周啟成　周維德　注譯
陳滿銘　黃俊郎　校閱

新譯昌黎先生文集（上）

三民書局

刊印古籍今注新譯叢書緣起

劉振強

人類歷史發展，每至偏執一端，往而不返的關頭，總有一股新興的反本運動繼起，要求回顧過往的源頭，從中汲取新生的創造力量。孔子所謂的述而不作，溫故知新，以及西方文藝復興所強調的再生精神，都體現了創造源頭這股日新不竭的力量。古典之所以重要，古籍之所以不可不讀，正在這層尋本與啟示的意義上。處於現代世界而倡言讀古書，並不是迷信傳統，更不是故步自封；而是當我們愈懂得聆聽來自根源的聲音，我們就愈懂得如何向歷史追問，也就愈能夠清醒正對當世的苦厄。要擴大心量，冥契古今心靈，會通宇宙精神，不能不由學會讀古書這一層根本的工夫做起。

基於這樣的想法，本局自草創以來，即懷著注譯傳統重要典籍的理想，由第一部的四書做起，希望藉由文字障礙的掃除，幫助有心的讀者，打開禁錮於古老話語中的豐沛寶藏。我們工作的原則是「兼取諸家，直注明解」。一方面熔鑄眾說，擇善而從；一方面也力求明白可喻，達到學術普及化的要求。叢書自陸續出刊以來，頗受各界的喜愛，使我們得到很大的鼓勵，也有信心繼續推廣這項工作。隨著海峽兩岸的交流，我們注譯的成員，也由臺灣各大學的教授，擴及大陸各有專長的學者。陣容的充實，使我們有更多的資源，整理更多樣化的古籍。兼採經、史、子、集四部的要典，重拾對通才器識的重視，將是我們進一步工作的目標。

古籍的注譯，固然是一件繁難的工作，但其實也只是整個工作的開端而已，最後的完成與意義的賦予，全賴讀者的閱讀與自得自證。我們期望這項工作能有助於為世界文化的未來匯流，注入一股源頭活水；也希望各界博雅君子不吝指正，讓我們的步伐能夠更堅穩地走下去。

新譯昌黎先生文集 目次

書　啟

序

下冊

賦

祭文

碑誌

表狀

順宗實錄

附錄

導讀

韓愈，字退之，我國唐代著名政治家、思想家、文學家。生於唐代宗大曆三年（西元七六八年）。祖籍河南河陽（今河南孟縣）。昌黎（三國魏郡名，隋時已廢）韓氏為一時著名的望族，韓愈常自稱「昌黎韓愈」，後人亦稱他為韓昌黎。

一、韓愈所處的時代

韓愈生活的年代在「安史之亂」之後，繁榮的太平盛世已經過去，國家陷於分裂割據的狀態。強大的藩鎮各擁重兵，朝廷對他們無可奈何。特別是河北的藩鎮，疆土、甲兵、政令、賦稅皆可專擅，名為王臣，實同敵國。德宗初期，經過又一次全國性的強藩叛亂——「建中之亂」，朝廷更失去了統馭天下的威勢。後來到憲宗朝，雖然在對藩鎮用兵上取得了暫時的成功，但禍根未除，不久變亂又起，驕兵悍將故態復萌，真是「天下分裂為八九，生民糜爛於兵間。」（宋范祖禹《范太史集・進故事》）加上肅宗、代宗、德宗幾個皇帝都是闇弱昏憒的君主，在朝廷內部親任宦官，重用權奸。宦官們飛揚跋扈，他們不僅擁有常備武裝，而且握有實際的政治權柄，甚至連皇帝的廢立、大臣的進退，也得由他們來決定。這時賦稅苛重，百姓生活十分困苦。佛教、道教非常盛行，大批壯丁出家，寺院兼併土地，以致直接影響到國家的軍事經濟實力。有見識的人曾指出：「國計軍防，並仰丁口。今丁口皆出家，兵悉入道，徵行租賦，何以補之！」（《新唐書・李嶠傳》）「十分天下之財，而佛有其七八。」（《舊唐書・辛替否傳》）當時雖有科舉制度，但這個制度本身就有許多弊病，而且某些掌握朝政的門閥勢力仍堅持顯官須由公卿子弟來出任，因而一些有抱負有才幹的中下層士人要想通過科舉而進身，往往遭到排斥和壓抑，鬱鬱不能得志。這種種黑暗腐敗的社會狀況，無疑對於韓愈的政治主張、學術思想和文學創作都起了重要的影響。

二、韓愈的生平

韓愈的先世出於漢代韓王信、弓高侯頹當之後。祖先中也出過一些封王封侯的顯貴大官，但到他曾祖、祖父、父親這三代，都只做過小官吏。他的曾祖韓泰為唐曹州司馬，祖父韓睿素為桂州都督府長史，父親韓仲卿歷官潞州銅鞮尉，調補武昌令，後改鄱陽令。韓愈的家族有著文學傳統，他的二叔韓雲卿曾被李白稱為「文章冠世」（《李太白全集・武昌宰韓君去思碑頌》），他的長兄韓會也能文，柳宗元說他「善清言，有文章，名最高。」（《柳河東集・先君石表陰先友記》）韓愈就是在文學氣氛濃厚的環境中長大的。

韓愈出生在京城長安，當時他的父親韓仲卿正在長安任祕書郎。韓愈出生才二月，他的母親便逝世了，三歲時，父親又去世了，於是只得依賴長兄韓會和嫂嫂鄭氏的撫養。十歲時，韓會被貶為韶州（今廣東曲江縣）刺史，他隨兄嫂同至韶州。不久，韓會病故，他又隨寡嫂北歸河陽，時值戰亂，乃輾轉南下，來到宣城，靠微薄財產度日。孤苦的身世更激起了他勤奮好學的精神，新舊《唐書》本傳都說他「自以孤子」，「刻苦學儒，不俟獎勵」，「日記數千百言」，所以他十三歲便能文，並且從獨孤及、梁肅等人遊學。他曾自稱「自昔始讀書，志欲干霸王。」（〈岳陽樓別竇司直〉）可見少年時在胸中就懷有雄心壯志，欲為國家做一番大事業。

貞元二年（西元七八六年），韓愈十九歲，來到京城長安考進士。由於家中沒有什麼產業，而京中物價又高，因而他的生活相當窘困，不得不奔走於權豪勢要門下，甚至攔馬求見北平王馬燧，乞求給予接濟。在科場上，儘管他文才出眾，卻連遭挫敗。先後參加四次進士考試，直到貞元八年，方才榜上有名。這次考試由宰相陸贄任主考官，梁肅、王礎為佐，先試詩賦，再經推薦，終於定了下來。一同登進士第的有李觀、李絳、崔群、歐陽詹、王涯、馮宿、庾承宣，他們「皆天下選，時稱龍虎榜。」（《新唐書·歐陽詹傳》）當時，科舉歸禮部管，選官歸吏部選，因此中進士後還要通過吏部考試才能分發做官。韓愈參加了三次吏部博學宏辭科考試，都沒有中選。三次給宰相上書，亦未得一覆。失望之餘，只好走「幕府吏」的道路。

貞元十二年（西元七九六年）七月，韓愈受汴州（今河南開封）刺史、宣武軍節度使董晉的辟舉，被任為觀察推官，旋又試授祕書校書郎（虛銜）。他的生活雖因而較為安定，但作為僚屬小吏，心中是不滿意的。貞元十五年二月，董晉死，韓愈護喪柩去洛陽。才離開四天，汴州就發生兵變，行軍司馬陸長源等被殺。三月底他攜三十口之家逃難到徐州，被武寧軍節度使張建封署為節度推官，試協律郎。他與張建封相處得很不和諧，次年五月即被免職。不久，張建封卒，徐州又亂。

貞元十六年（西元八〇〇年）七月，韓愈赴長安參加吏部詮選，翌年三月，順利通過。秋末冬初，三十四歲的韓愈被任為一個位置不高的學官——四門博士（從七品上階）。由於他一面倡導古文，一面向考官舉薦有才之士，所以許多舉子都投到他的門下，稱為「韓門弟子」。他這種好為人師的行為，頗受社會上某些思想狹隘者的議論和責難，韓愈乃寫了〈師說〉一文對此作出了公開的答覆和駁斥。

貞元十九年（西元八〇三年）七月，韓愈被擢升為監察御史。到任不久，京城附近一帶大旱，他忠於職守，上〈論天旱人饑狀〉，敘述人民「寒餒道塗，斃踣溝壑」的困苦情狀，要求停徵當年的賦稅。

為此他被幸臣所讒，貶為連州陽山（今屬廣東）令。貞元二十一年初，唐順宗即位，韓愈接到大赦赦書，即離開陽山來到郴州侯訊。這年八月順宗遜位，憲宗繼位，改元永貞，韓愈又得赦書，移官江陵（今屬湖北省），任法曹參軍。

元和元年（西元八〇六年）六月，韓愈奉召回長安授權知國子博士。後以避讒，請求外調，遂以權知國子博士分司洛陽。次年改為真博士分司。

元和四年（西元八〇九年）六月，韓愈改授刑部都官員外郎分司東都兼判祠部。他根據六典，把東都寺觀的管理權從宦官手中收歸祠部，並懲辦誅殺了一批不法僧尼、道士，這就大大得罪了宦官們，遭到他們的激烈攻擊。元和五年冬，韓愈改任河南縣令（縣治仍在洛陽）。在河南令任上，他又敢於對藩鎮在東都私邸的犯禁軍士依法處置。

元和六年（西元八一一年），韓愈入朝為尚書職方員外郎，次年二月由於為華陰令柳澗辯罪，復左遷為國子博士。元和八年三月由於宰相認為他「學識精博，文力雄健」，被擢升為比部郎中，史館修撰。他修撰的《順宗實錄》，記禁中事頗為切直，因而為宦官不滿，屢遭刪削。

元和十年（西元八一五年）十二月，韓愈轉吏部考功郎中、知制誥，後又遷中書舍人。當時藩鎮跋扈已極，鎮州節度使王承宗曾遣人刺死宰相武元衡，刺傷御史中丞裴度，「是日京城大駭」。而淮西吳元濟又反叛，朝廷中對此形成主戰和主和二派。一派以宰相裴度為首，主張採取用兵的政策；一派以宰相李逢吉、韋貫之為代表，主張採用安撫的政策。韓愈堅決站在裴度一邊。他曾上奏〈論淮西事宜狀〉，指出淮西「以三小州殘弊困劇之餘，而當天下之全力，其破敗可立而待也。然所未可知者，在陛下斷與不斷耳。」這一來引起了李逢吉等的不快，就藉口裴均父子事件，將韓愈由中書舍人改為太子右庶子，又一次受到降級處分。元和十二年八月，唐憲宗決定對吳元濟用兵，乃命裴度「以宰相節度彰義軍，宣慰淮西」，裴度則奏請韓愈為行軍司馬。十月，李愬雪夜入蔡州，生擒吳元濟，淮西叛亂始告平息。鎮州節度使王承宗也大恐，上書請求歸服。這一戰打擊了藩鎮的囂張氣焰。韓愈因功遷刑部侍郎。他曾奉詔撰〈平淮西碑〉，由於多敘裴度事，為李愬妻所訴，詔令磨去，命翰林學士段文昌重撰刻石。

元和十四年（西元八一九年）正月，唐憲宗派使者往鳳翔迎佛骨入宮中，供奉三日後送寺，從而在王公士庶中掀起一片佞佛的狂潮。韓愈不顧個人安危，毅然上〈論佛骨表〉，竟說歷代信佛的帝王大都「運祚不長」，要求將佛骨「投諸水火，永絕根本，斷天下之疑，絕後代之惑。」憲宗大怒，要處韓愈以極刑。幸而裴度、崔群及國戚貴人為他說情，方貶為潮州刺史。同年十月，因大赦被量移為袁州（今江西宜春）刺史。他在潮州和袁州任內，都頗有政績。

穆宗即位後，於元和十五年九月，韓愈奉詔調為國子祭酒。他對主管的國子監進行了整頓，使國子監的面貌有所改觀。

長慶元年（西元八二一年）七月，韓愈轉任兵部侍郎。時鎮州兵亂，殺死節度使田弘正，立王廷湊，朝廷命深州刺史牛元翼率兵進討。結果，牛元翼被鎮州兵包圍，形勢緊張。翌年二月，穆宗命韓愈前往宣撫。韓愈憑著過人的膽識，面折強橫，曉以利害，使王廷湊解除深州之圍。九月，韓愈轉任吏部侍郎。

長慶三年（西元八二三年）六月，韓愈轉任京兆尹兼御史大夫。京兆之地向來複雜難理，韓愈到任執法公正，不避權貴，懲治了一批驕兵巨猾，社會秩序大為改善。後來由於宰相李逢吉的挑撥，韓愈與御史中丞李紳不協，十月，調任兵部侍郎，後又改任吏部侍郎。長慶四年正月，敬宗即位，仍任吏部侍郎不變，故後人亦稱他韓吏部。

韓愈晚年官高俸厚，潤筆豐富，所以生活優裕。長慶四年（西元八二四年）五月，他生病告假，八月告假滿百日，免去吏部侍郎。十二月二日卒於長安靖安里第，終年五十七歲。朝廷贈他禮部尚書，諡號曰文，故後人常尊稱他為韓文公。

三、韓愈的思想

韓愈一生以儒學的繼承者和捍衛者自命。他在他的重要學術論文〈原道〉中提出了道統說。他說，道是古代聖賢一脈相承的，「堯以是傳之舜，舜以是傳之禹，禹以是傳之湯，湯以是傳之文、武、周公，文、武、周公傳之孔子，孔子傳之孟軻；軻之死，不得其傳焉。荀與揚也，擇焉而不精，語焉而不詳。」道統中間斷絕，由誰來繼承呢？他在〈與孟尚書書〉中暗示：「使其道由愈而粗傳，雖滅死萬萬無恨。」這就是說他本人有志於繼承儒學的道統。

什麼是傳統的先王之道？他認為，先王之道的中心是仁、義、道、德，「博愛之謂仁，行而宜之之謂義，由是而之焉之謂道，足乎己無待於外之謂德。仁與義為定名，道與德為虛位。」（〈原道〉）他說道與德是需要實際內容去充實它的，所以是「虛位」，只有實行仁義方是真正的儒家之道。所謂仁義，實際指的是在君主制度下，發展物質生產來生養百姓，運用禮樂刑政來教化治理百姓。這種觀點和《禮記・大學》中修身、治國、平天下的理論是一脈相承的。韓愈打出道統說的旗幟主要是為了排斥佛教和道教。由於佛教係由國外傳入，所以他特別要嚴夷夏之防，批評禮佛的做法是「舉夷狄之法，而加之先王之教之上，幾何其不胥而為夷也！」（〈原道〉）他還指出，僧尼道士是士、農、工、賈之外的寄食者，他們只知追求「清淨」、「寂滅」，不問天下國家，不管君臣父子，因而對皇朝的權威、對國計民生造成了很大的危害。這種排斥佛、老的立場，韓愈一生中從未改變過。

韓愈的人性論則是上承漢代董仲舒的性三品說。他著有〈原性〉一篇來專論這個問題。他把人性分為上、中、下三品，而性的內容則是仁、禮、信、義、智五者，上品者五德俱全，中品者則五德有所虧損，下品者則五德全無。而人情則表現為喜、怒、哀、懼、愛、惡、欲。上品之人的七情都能合乎中道，中品之人的七情則有過和不及，而下品之人的七情則完全放縱而發，不合道德標準。根據這種人性論，他認為教育只能適用於中品以上的人性。上品之性「就學而愈明」，中品之性「可導而上下」；唯有下品之性是不可教育的，只能採取強制手段，使其「畏威而寡罪」。

韓愈對於天命有時抱著相信的態度，有時表現出懷疑的態度。在〈與衛中行書〉中，他說：「賢不肖存乎己，貴與賤、禍與福存乎天，名聲之善惡存乎人。存乎己者，吾將勉之；存乎天、存乎人者，吾將任彼而不用吾力焉。」這裡他認為人的賢與不肖是由自己的努力所決定，而貴賤禍福則取決於天命。他相信天命是賞善罰惡的，因而說：「斯道未喪，天命不欺，豈遂殆哉！豈遂困哉！」（〈上考功崔虞部書〉）然而社會現實給了他無情的嘲弄，有時他又有些氣憤地指出：「自省事已來，又見賢者恆不遇，不賢者比肩青紫，賢者恆無以自存，不賢者志滿氣得，賢者雖得卑位，則旋而死，不賢者或至眉壽。不知造物者意竟如何，無乃所好惡與人異心哉？又不知無乃都不省記，任其死生壽夭邪？未可知也。」（〈與崔群書〉）他認為天與人好惡相異，「合於天而乖於人」。他在與柳宗元談話中也曾對「殘民者昌，佑民者殃」的上天提出過抱怨（見柳宗元〈天說〉引）。這些就對神化的上天流露出了一種困惑難解的心理。

四、韓愈的文學主張

魏晉以後，文章漸趨駢儷化，這類作品全篇以儷句為主，講究對仗和聲律。唐代科舉取士也規定用駢體文，因而駢體文更加流行。這種文體雖也出過一些好作品，但對作者才情的發揮無疑有很大的束縛作用。武后時陳子昂開始革新文體。開元、天寶以後，蕭穎士、李華、元結、獨孤及、梁肅和柳冕等人相繼竭力宣傳為文必須尊儒、宗經、載道，取法三代兩漢，有助社會教化等。待到韓愈、柳宗元，更是大力反對駢文，提倡古文（指先秦兩漢時通行的散體文），終於掀起了一場波瀾壯闊的文學革新運動——

古文運動。

韓愈特別強調修辭為了明道，「愈之所志於古者，不惟其辭之好，好其道焉爾。」（〈答李秀才書〉）「志在古道，又甚好其言辭。」（〈答陳生書〉）而「學所以為道，文所以為理。」（〈送陳秀才彤序〉）「君子居其位，則思死其官；未得位，則思修其辭以明其道。我將以明道也，非以為直而加人也。」（〈爭臣論〉）這就是說他要提倡古道古學，所以要竭力提倡表現古道古學的古文，在他看來，著文乃是為了明道的。

韓愈很重視作家的修養，他在〈答李翊書〉中說：「將蘄至於古之立言者，則無望其速成，無誘於勢利。養其根而竢其實，加其膏而希其光。根之茂者其實遂，膏之沃者其光曄。仁義之人，其言藹如也。」他認為作者的德行是根本，言辭文章是德行的外部表現；德行深厚，則文章華實並茂。他還很重視養氣，在〈答李翊書〉中說：「氣，水也；言，浮物也。水大而物之浮者大小畢浮。氣之與言猶是也，氣盛則言之短長與聲之高下者皆宜。」他還介紹了自己的養氣過程，始而「戛戛乎其難哉」，中而「汩汩然來矣」，最後是「浩乎其沛然矣」。氣，就是作文之氣，由修養而致，修養到家則氣盛，氣盛則發為文章，無施不可了。

在學習古文的方法上，韓愈提出既要師古，又要注意創新。他說自己開始學習時，「非三代兩漢之書不敢觀」（〈答李翊書〉），他尤其重視西漢的文章，特別推重司馬遷、司馬相如、揚雄諸家。這一方面他和那些固守宗經者不同，表現出評價古代文學的獨特眼光。但是他又強調對古人之文要「師其意，不師其辭。」（〈答劉正夫書〉）他十分注意創新，反對摹擬，他說：「當其取於心而注於手也，惟陳言之務去，戛戛乎其難哉！」（〈答李翊書〉）在〈樊紹述墓誌銘〉中說：「惟古於詞必己出，降而不能乃剽賊。」稱讚樊紹述的文章「必出於己，不襲蹈前人一言一句，又何其難也。」

五、韓愈散文的藝術特色

韓愈提倡寫古文，其實他所寫的文章並不是先秦兩漢通行的那種文體，而是一種吸收了古代文學滋養而加以創造的一種新體散文。他的文章無論是論說，是記敘，還是抒情，都多姿多采，富於藝術特色。

氣勢充沛，雄健奔放，是韓文的一大特色。如〈進學解〉，文章次第展開，步步緊扣，抑揚頓挫，辭約義豐。文中用典相當自然。他甚至還倣傚騷賦體裁隔句押韻，但不刻意追求，好似信手拈來。因而全文酣暢淋漓，豪放灑脫。皇甫湜、蘇洵和茅坤曾以奔騰不息的長江浪濤和瞬息萬變的迅雷閃電，來比喻韓文的氣勢，是具體而貼切的。

議論縱橫，說理透闢，也是韓文的一大特色。他的許多論辯性文章，論點很鮮明，圍繞著論點廣徵博引，多方論證，邏輯推理嚴密，具有很強的說服力。如〈諱辯〉、〈論佛骨表〉等文都是代表性的作品。呂大防評韓文說：「考其辭力，少而銳，壯而健，老而嚴，非妙於文章，不足以至此。」（《韓吏部文公集年譜》跋尾）用銳、健、嚴三字恰切地概括了韓愈論說文的發展過程。

韓文取譬工巧，向為人所稱道。他學習了先秦諸子大量使用比喻、寓言的技法，在〈送石處士序〉中一連使用五個比喻，準確勾勒出主人公的形象。在〈雜說〉、〈毛穎傳〉、〈送窮文〉等作中虛構了「龍」、「千里馬」、「毛穎」、「窮鬼」等物和人，用龍、馬象徵聖君和懷才不遇之士，「毛穎」代表有功被棄之人，「窮鬼」則映有作者自己的影子，貼切而生動，深入而淺出，在詼諧中寓有莊嚴，遊戲裡語含酸楚，頗發人深思。

韓愈文章感情色彩非常明顯。這點，尤其可在一些祭文和送別的序文中看出。如〈祭十二郎文〉，如與亡者對語，瑣瑣絮絮，令人不厭其煩，真切感人之至。還有一些送知交遠行的序，或勸勉，或諷諭，感情寄寓很深，讀來令人難忘。

韓愈在駕馭語言上表現出高超的技巧。他善於從口語中提煉語言，也善於借鑑古人有生命力的語言，他把口語、古語、僻語、奇語熔於一爐之中，因而他的文章的語言極其凝煉、精粹，極富表現力。他的一些生動的語句，常被後人提煉為成語，如「不平則鳴」、「駕輕就熟」就出於〈送孟東野序〉、〈送石處士序〉等文中，這類例子舉不勝舉。他還善用虛字，利用虛字，使文章的語氣節奏更為靈活多變，酣暢淋漓。如〈祭十二郎文〉中寫到聽說老成之死內心感受一段，前人指出：「僅三十句，凡句尾連用『邪』字者三，連用『乎』字者三，連用『也』字者四，連用『矣』字者七，幾於句句用助辭矣。而反覆出沒，如怒濤驚湍，變化不測，非妙於文章者，安能及此！」（宋費袞《梁谿漫志》）韓愈雖反對駢文，但他也注意吸收駢文的技巧來為己所用。他特別善於使用對偶和排比的手法，他的不少文章駢散間行，造成一種特殊的瀏亮頓挫而富於辭采的格調。

六、韓愈在中國散文史上的地位和影響

韓愈由於其鮮明的文學主張、傑出的藝術成就和對後學的培植獎掖，因而在當時文壇上處於極高的地位，和他同時代的劉禹錫就稱他「為文章盟主」，說他「手持文柄，高視寰海」，「三十餘年，聲名塞天」（〈祭韓吏部文〉）。他和柳宗元等大力倡導的古文，沉重地打擊了居於統治地位的駢文，開創了中國散文的新傳統，所以蘇軾推崇他「文起八代之衰」（〈祭韓吏部文〉）。

古文的勃興，使文體相對地得到了自由，這就促進了同時代傳奇小說的發展。韓柳古文作品還影響到晚唐皮日休、陸龜蒙、羅隱等人的創作，他們所作諷刺小品正是韓柳散文的一個發展。

但是，從晚唐五代到北宋初，古文運動實際趨向衰落，駢文恢復了統治地位。到了北宋初期，柳開、

王禹偁、姚鉉、穆脩等，重又標榜韓柳古文，反對晚唐五代的浮靡文風；到了中葉，在新的現實條件下，以歐陽修為首，再一次掀起了古文運動。在文學主張上歐陽修與韓愈一脈相承，他說：「聖人之文，雖不可及，然大抵道勝者，文不難而自至也。」（〈答吳充秀才書〉）同時他還主張文章「中於時病而不為空言」（〈與黃校書論文書〉）。由於他主持科舉，有很大的政治權力，再加上他與曾、王、三蘇等人在古文創作方面取得的巨大成就，因而古文運動終於取得了勝利，韓柳古文遂成新傳統。明代唐順之、歸有光等的古文和清代桐城派的古文，也都是以韓、柳為首的唐宋古文新傳統的直接繼承和發展。這個新傳統支配中國文壇共達一千多年。

七、韓集的流傳

韓愈死後，他的作品是由他的女婿兼門人李漢編纂成集，命名為《昌黎先生集》。據李漢說，他「收拾遺文，無所失墜」，共輯得詩、賦、文共七百一十六篇，連同目錄合為四十一卷；又有《注論語》十卷傳學者；《順宗實錄》五卷列於史書，不在集中（見李漢〈昌黎先生集序〉）。

在這以後，韓集在唐宋間出現了許多傳本，並且漸漸還把集外逸文佚詩匯集附錄。在流傳過程中，韓集中字句的缺墜訛誤之處極多，因而到南宋淳熙年間方崧卿乃匯集多種刻本和十七個碑本，對韓集作了一番認真的校勘考訂工作，寫下《韓集舉正》十卷。慶元年間，著名學者朱熹，在方崧卿《韓集舉正》基礎上，進一步作了《韓文考異》十卷，使對韓集的校訂更進了一步。後來王伯大把《考異》散入韓集正文之中，並加了一些音釋，編為《朱文公校昌黎先生集》四十卷，集傳一卷、外集十卷、遺文一卷。於是世間大都倣照此本翻刻，宋末、元、明、清以後，各種韓集刻本大多數都是此本的後裔。

韓昌黎注本影響最大的是宋魏仲舉《新刊五百家註音辨昌黎先生集》四十卷，外集一卷。這是個集注性質的注本，所謂「五百家」實是個誇大的說法，而且一些注也是互相牴觸矛盾的，但是這部書保存了大量今已罕見的宋人注說和豐富的資料，為研究者提供了可貴的線索。另一個注本為廖瑩中的世綵堂注《昌黎先生集》四十卷，外集十卷、遺文一卷，書成於宋度宗咸淳年間，此書是在《五百家註》基礎上編撰而成的，原文以朱熹《韓文考異》為準，注解則酌取魏本而參以己意，自成一家。其後韓詩注解尚有多家，韓文則以近代桐城名家馬其昶的《韓昌黎文集校注》（古典文學出版社，西元一九五七年）最為精當。

本書正文即依據《韓昌黎文集校注》，選目是在參考了歷代多種重要選本及歷代主要評論而確定下來的。保存了韓集的絕大部分篇章，僅刪去少數歌功頌德、官場應酬之作，違心失實之文及平淡枯槁之篇，碑與墓誌寫同一人者，擇取其一。本書的選目及雜著、書、啟、序之注譯由周啟成承擔，哀辭、祭文、碑誌、表狀、賦等之注譯則由周維德承擔。錯誤不足之處，敬祈讀者指正。

雜著

原道

【題　解】原道，即探求先王之道的本原的意思。韓愈在本文一開始就指出，他所說的道是以仁與義為主要內涵的，而義又是按仁而行，所以他所說的道，實際就是儒家的仁政學說。怎樣施行這種道呢？他對君主制度下各階層的關係作出了明確的規定。據他說，君是發布政令的；而臣（即士）則是執行政令和傳達於民，同時還擔當教化的職責；而人民則只有服事其上的責任。農夫要供應粟米麻絲，工匠要製作器皿，商賈要流通貨財。人民如果失職，政府就要追究處罰；而對於人民中鰥寡孤獨廢疾者則要加以贍養。可以明顯地看出，這套制度是十分缺乏民主色彩的。但是在當時藩鎮割據、宦官專權、佛道猖獗的形勢下，強調君主專政，強調國家政令統一，是不得已的，也有著積極意義。

韓愈這篇文章實是一篇討伐佛、老的檄文。他先指出佛、道之徒是四民之外的寄生者。接著對道家所說「聖人不死，大盜不止」之論和返回「太古之無事」之論，予以駁斥；又對佛家拋開家國，不顧君臣父子，只追求清淨寂滅之說提出抨擊，直斥之為夷狄之法。最後他公開主張全面取締佛、道二教，使僧尼、道士還俗，焚燒佛、道經籍，把寺觀改為民居。他這番議論固然也繼承了前代學者之見，但在當時的確是振聾發聵，令人心大快之說，有力打擊了佛、道氣燄。連後代佛教徒也對這篇文章感到不安，甚至在選韓文時故意把這篇文章刪去（見吳闓生《古文範》卷三評語）。

這篇文章的寫作技巧向來受人稱道。古人認為此文是一種文章的正體，黃庭堅給後學講授文章布置，每以〈原道〉為例（見宋范溫《潛溪詩眼》）。此文全篇以敘述先王之道和批駁佛、老之道為主幹，反覆數疊，最後得出實施先王之道和禁絕佛、老的結論。結構謹嚴，理路清晰，說服力很強。文中還大量使用排比手法，一開始就用四個排句，「古之時」一段中，基本都用排句。大量使用排句，就增強了文章的氣勢，讀來有一種江河直瀉的感覺。同時排句又與散句交錯使用，句式不斷變化，於雄渾之中顯出靈動，的確極具匠心。

博愛之謂仁❶，行❷而宜❸之之謂義，由是而之焉之謂道❹，足乎己❺無待於外❻之謂德❼。仁與義為定名，道與德為虛位❽。故道有君子、小人❾，而德有凶有吉❿。

老子⓫之小仁義⓬，非毀⓭之也，其見者小也。坐井而觀天，曰天小者，非天小也。彼以煦煦⓮為仁，孑孑⓯為義，其小之也則宜⓰。其所謂道，道其所道⓱，非吾所謂道也；其所謂德，德其所德⓲，非吾所謂德也。凡吾所謂道德云者，合⓳仁與義言之也，天下之公言⓴也；老子之所謂道德云者，去㉑仁與義言之也，一人之私言也。

【章　旨】指出仁、義、道、德的真正含義，說明先王之道以仁義為本的實質及其與老子之道的區別。此為全文立論之本。

【注　釋】❶博愛之謂仁　博愛謂廣大、普遍的愛。《論語・顏淵》：「樊遲問仁。子曰：『愛人。』」《孟子・梁惠王上》：「老吾老，以及人之老；幼吾幼，以及人之幼，天下可運於掌。」「故推恩足以保四海，不推恩無以保妻子。」所以這種廣博的愛就是實行仁政。❷行　指人的實際行事。❸宜　適宜。指合於人情事理之所當然，也就是合於仁的具體表現。《禮記・中庸》：「義者，宜也。」❹由是而之焉之謂道　從仁義出發向前走去，這條路就是道。由是，從此。是，此；這。指上文所說的仁義。之，往；去。焉，語氣詞。道，道路，指人人應當遵循的理❺足乎己　是說仁義發於內心，有了足夠的自我修養。❻無待於外　不需要借助任何外界力量。❼德　指人自我修養所達到的精神境界。《周禮・地官・司徒・師氏》鄭注：「在心為德，施之為行。」❽仁與義為定名二句　謂儒家言仁義，有其具體的實際內容，而道德則各家可作不同的解釋。定名，有固定內容的概念。名，概念。虛位，無固定內容的概念。❾道有君子小人　君子之道指含有仁義內容的道，小人之道則無仁義內容。❿德有凶有吉　指德有美惡之分。凶，惡德。吉，美德。⓫老子　先秦著名哲學家。著有《老子》(又稱《道德經》)。東漢末張魯等創設道教奉老子為尊神。本文批評老子，實際是在批評道教。⓬小仁義　《老子》：「大道廢，有仁義。」「失道而後德，失德而後仁，失仁而後義，失義而後禮。」認為仁義禮等產生於道德廢棄後的亂世。小，看輕。⓭毀　誹謗。⓮煦煦　和藹；施點小恩小惠。不能如韓愈所說的博愛。⓯孑孑　謹慎微小的樣子。⓰宜　應該；理所當然。⓱道其所道　把自己所認為的道當作道。上「道」字，以……為道的意思。所道，他所認為的道。對於老子哲學的道，學術界爭論很大，一般認為指萬物的本原、規律。⓲德其所德　把自己所認為的德當作德。上「德」字，以……作為德的意思。所德，老子所認為的德。道家與儒家之見不同，提出：「失道而後德」，又說：「上德不德，是以有德；下德不失德，是以無德。」(《老子・三八章》)認為清靜無為，不有意講求德行的人才是有德。⓳合　包括。⓴公言　公理；大道。㉑去　除掉。

【語　譯】對人類廣博的愛稱為仁，行事合於仁稱為義，循此原則行於世就稱為道，內心充足，不待外求，就稱為德。仁與義是有固定含義的概念，道與德的內容則不一定。所以道有君子之道、小人之道，而德有惡德、美德。

老子看輕仁義，不是他存心詆毀仁義，是他把仁義看得太狹小了。坐在井底看天說天小，其實天並不小。他把和悅惠愛當作仁，把謹小慎微當作義，看輕仁義也就理所當然的了。他所說的道，是把他所認為的道作為道，不是我所說的道；他所說的德，是把他所認為的德作為德，不是我所說的德。凡是我所說的道德，是包括仁和義來說的，是天下合於公理之言；老子所說的道德，是除去仁和義來說的，是一己偏見之言。

周道衰❶，孔子沒❷，火于秦❸，黃老于漢❹，佛于晉、魏、梁、隋之間❺。其言道德仁義者，不入于楊，則入于墨❻；不入于老，則入于佛❼。入于彼，必出于此。入者主之❽，出者奴之❾；入則附❿之，出者汙⓫之。噫！後之人其欲聞仁義道德之說，孰從⓬而聽之！老者曰：「孔子，吾師之弟子也。」⓭佛者曰：「孔子，吾師之弟子也。」⓮為孔子者⓯，習聞其說，樂其誕⓰而自小⓱也，亦曰：「吾師亦嘗師之云爾。」⓲不惟舉之於其口，而又筆之於其書。噫！後之人雖欲聞仁義道德之說，其孰從而求之！甚矣，人之好怪也⓳！不求其端，不訊其末⓴，惟怪之欲聞。

古之為民者四㉑，今之為民者六㉒；古之教者㉓處其一，今之教者處其三㉔。農之家一，而食粟之家六；工之家一，而用器之家六；賈之家一，而資焉㉕之家六：奈之何民不窮且盜也！

古之時㉖，人之害多矣。有聖人㉗者立，然後教之以相生養之道㉘。為之君㉙，為之師，驅其蟲蛇禽獸，而處之中土㉚；寒，然後為之衣㉛；飢，然後為之食㉜。

木處[33]而顛，土處[34]而病也，然後為之宮室[35]。為之工，以贍[36]其器用；為之賈，以通其有無；為之醫藥，以濟其夭死[37]；為之葬埋祭祀[38]，以長[39]其恩愛；為之禮，以次其先後[40]；為之樂，以宣[41]其壹鬱[42]；為之政，以率[43]其怠勸[44]；為之刑，以鋤[45]其強梗[46]；相欺也，為之符璽斗斛權衡[47]以信之；相奪也，為之城郭甲兵[48]以守之。害至而為之備，患生而為之防。今其言曰：「聖人不死，大盜不止；剖斗折衡，而民不爭。」[49]嗚呼！其亦不思而已矣！如古之無聖人，人之類滅久矣。何也？無羽毛鱗介[50]以居寒熱也，無爪牙以爭食也。

是故君者，出令者[51]也；臣者，行君之令而致之民[52]者也；民者，出粟米麻絲、作器皿、通貨財以事其上者也[53]。君不出令，則失其所以為君；臣不行君之令而致之民，民不出粟米麻絲、作器皿、通貨財以事其上，則誅[54]。今其法曰：「必棄而君臣[55]，去而父子，禁而相生養之道。」以求其所謂「清淨」「寂滅」[56]者。嗚呼！其亦幸而出於三代[57]之後，不見黜[58]於禹、湯、文、武、周公、孔子[59]也；其亦不幸而不出於三代之前，不見正於禹、湯、文、武、周公、孔子也。

帝[60]之與王[61]，其號名殊，其所以為聖[62]一也。夏葛而冬裘，渴飲而飢食，其事殊，其所以為智一也。今其言曰：「曷不為太古之無事！」[63]是亦責冬之裘者曰：「曷不為葛之之易也！」責飢之食者曰：「曷不為飲之之易也！」

傳64曰：「古之欲明明德於天下65者，先治其國；欲治其國者，先齊66其家；欲齊其家者，先修其身67；欲修其身者，先正其心；欲正其心者，先誠其意。」然則古之所謂正心而誠意者，將以有為68也。今也欲治其心，而外天下國家69，滅其天常70，子焉而不父其父71，臣焉而不君其君，民焉而不事其事72。孔子之作《春秋》73也，諸侯用夷禮則夷之，進於中國則中國之74。經75曰：「夷狄之有君，不如諸夏之亡。」76《詩》曰77：「戎狄是膺，荊舒是懲。」78今也舉夷狄之法79，而加之先王之教80之上，幾何其不胥而為夷也81！

【章旨】先回顧歷史，指出儒學失傳、人們受惑的嚴重情形。接著揭露佛、道二教對國計民生造成的危害。繼而次第批判道家絕聖棄智、回復太古無為而治的主張及佛教「外天下國家」的教義。

【注釋】❶周道衰　指周平王東遷以後，偏處一隅之地，逐漸失去天下共主的地位，於是文、武先王之道就不能通行全國了。❷孔子沒　孔子死後，儒分八派（見《韓非子・顯學》），諸子百家爭鳴，先王之道就湮沒不明了。沒，同「歿」。死。❸火于秦　秦始皇三十四年，下令燒燬秦國以外的別國史籍，不是博士掌管的民間所藏的《詩》、《書》、百家語，一律燒燬。火，燒燬。❹黃老于漢　西漢初，黃老之學極盛，君臣信奉，以為治道（見王鳴盛《十七史商榷》卷六）。黃老，黃帝、老子之學，在漢代道家稱黃老之學。❺佛于晉魏梁隋之間　指晉、魏、梁、隋這些朝代佛教十分盛行。梁武帝、隋文帝都是虔誠的佛教徒。魏，這裡指南北朝時北魏和東、西魏。梁，指南朝梁。❻不入于楊二句　《孟子・滕文公下》：「楊朱、墨翟之言盈天下，天下之言不歸楊則歸墨。」楊，楊朱。墨，墨翟。楊、墨的學說在戰國時最為盛行。❼不入于老二句　指漢以來佛、道盛行的情形。漢代尚黃老，魏晉以後，佛教盛行；而清談之士，則以老、莊為宗，流為玄學一派。❽主之　以之為主人，即尊奉的意思。❾奴之　以之為奴僕。即卑視之意。❿附　附和。⓫汙　汙衊。⓬孰從　從哪裡。⓭老者曰三句　《莊子·天運》：「孔子行年五十有一而不聞道，乃南之沛見老聃。」葛洪《神仙傳》亦有孔子師事老子事。⓮佛者曰三句　釋道安《二教論》引《清淨法行經》說：「佛遣三弟子震旦（即中華）教化。儒童菩薩，彼稱孔丘；光淨菩薩，彼稱顏淵；摩訶迦葉，彼稱老子。」（見《廣弘明集》卷八）《清淨法行經》係僧徒所撰偽經。這種說法當時流行極廣。⓯為孔子者　尊奉孔子學說的人。⓰誕　指佛、道怪誕之說。⓱自小　自卑。⓲吾師亦嘗師之云爾　《禮記·曾子問》記孔子答曾子問，有「吾聞諸老聃曰」之語。《禮記》為孔門後學所記。韓愈自己也曾說過：「聖人無常師，孔子師郯子、萇弘、師襄、老聃。」（〈師說〉）吾師，指儒者的先師孔子。⓳甚矣二句　這是倒裝句，即「人之好怪也，甚矣」。⓴不求其端二句　謂對先王之道不探求訊問其始末發展情形。㉑古之為民者四　士、農、工、賈（商人）。㉒今之為民者六　指四民之外加上僧尼、道士。㉓古之教者指士，以先王之道（即儒學）教人。㉔今之教者處其三　指加上僧道，各以其教義教人。㉕資焉　取資於賈。㉖古之時　此指上古之時。㉗聖人　道德智能極高的人。這裡兼指傳說中的古帝。㉘相生養之道　互相養育的方法。㉙為之君　為他們設立了君主。「君」字為動詞，下之「為之師」等皆同。㉚中土　中原。《孟子·滕文公上》曾記述舜使益焚山澤驅趕野獸。㉛衣　製衣。㉜食　指培植五穀。《孟子·滕文公上》：「后稷教民稼穡，樹藝五穀。」㉝木處　住在樹上。㉞土處　住在地穴山洞裡。㉟宮室　建造房屋。宮，原義即室，後專指帝王的住所。㊱贍　給足。㊲夭死　少壯而死。㊳葬埋祭祀　謂制訂埋葬祭祀的制度。㊴長　增加。㊵次其先後　規定他們之間尊卑、貴賤、少長的次序。㊶宣　宣洩；舒散。㊷壹鬱　情志抑塞。壹，或作「湮」、「堙」。當作「壹」，抑塞也。㊸率　約束；管教。㊹怠勌　怠惰。勌，同「倦」。㊺鋤　鏟除。㊻強梗　驕橫跋扈之人。㊼符璽斗斛權衡　指各種憑證與度量衡。符，古人用來傳達君命或調遣軍隊的憑證，一半在君主手裡，另一半在地方官或將領手裡。璽，就是印。先秦時通稱璽，到秦代以後只有皇帝的印才可稱璽。斗斛，都是量器，同時也是容量單位，十升為一斗，十斗為一斛。權，秤錘。衡，秤桿。㊽城郭甲兵　指內外城與攻防武器。郭，外城。甲，鎧甲。兵，兵器。㊾聖人不死四句　這四句出於《莊子·胠篋》，今天的一些學者認為這是莊子的某些後學之見。這些後學認為諸侯不但竊國而已，同時盜竊聖智之法來鞏固他的地位。這實是不滿當時社會的憤激之辭。老子也有類似之語：「絕聖棄智，民利百倍；絕仁棄義，民復孝慈；絕巧棄利，盜賊無有。」㊿介　甲。(51)出令者　制訂發布政令的人。(52)致之民　謂治理百姓。(53)出粟米麻絲句　此句實說農、工、賈的責任。皿，碗、碟、杯、盤等用器的總稱。通貨財，流通貨物錢財。指從事商業。(54)誅　責罰。謂追究其應得之罪。55棄而君臣　僧人見皇帝不拜，不行世俗臣見君之禮，所以說拋棄君臣關係。而，你（下二句同）。56清淨寂滅　佛家語。佛家以離一切惡行煩惱為清淨。寂滅的音譯是涅槃，即寂滅一切煩惱和圓滿一切清淨功德，是佛教徒追求的最高境界。57三代　夏、商、周三朝。58見黜　被貶斥；被廢除。59禹湯文武周公孔子　儒家所推尊的古代聖人。禹，夏朝的第一個王。湯，殷商的王，滅掉夏桀。文、武，周文王和他的兒子周武王。周公，周武王的弟弟周公旦，輔佐武王的兒子成王，消滅殷商的殘餘力量，制禮作樂。60帝　指五帝。司馬遷說：黃帝、顓頊、帝嚳、堯、舜為五帝。皇甫謐說：少昊、顓頊、帝嚳、堯、舜為五帝。61王　指三王。即夏禹、商湯、周文王、周武王（文、武合為一王）。62所以為聖　謂古帝王各有功德於人民，因而被尊為聖人。這是反駁道家「太古無事」之說。63曷不為太古之無事　《老子》有曰：「小國寡民，使民有什佰之器而不用，使民重死而不遠徙。雖有舟輿，無所乘之；雖有甲兵，無所陳之。使民復結繩而用之。」《莊子・胠篋》也有類似之論，都主張要返回太古原始時代，無為而治。64傳　解釋經義，傳示後人之書。這裡指《禮記》，下面十句引自《禮記・大學》。65欲明明德於天下　想要發揚光大聖明之德於天下。第一個「明」字為動詞。66齊　整齊。67修其身　努力提高自己的品德修養。68有為　有所作為。指修身、齊家、治國、平天下。69外天下國家　謂自外於天下國家，即把天下國家拋在腦後。70天常　天理倫常。即君臣、父子、師友、賓主、昆弟、夫婦等種種人倫關係。71不父其父　指佛教徒出家之後，不拜父母。72不事其事　指「不出粟米麻絲、作器皿、通貨財以事其上」。73春秋　本是春秋時魯國史官所記的編年史，後來流傳的本子，據《孟子》裡說是孔子加以刪削過的。74諸侯用夷禮二句　據說《春秋》記載歷史事實，都寓有深意。其中之一，即以中國（漢族）為本位，嚴華夷之辨：凡中國諸侯用夷禮的，孔子就把他看成夷狄外邦；而夷人能知嚮慕中國風俗禮節的，則把他認同如中國。《春秋公羊傳》（西漢一本解釋《春秋》義理的著作）多闡釋其意。75經　指《論語》。《論語》為七經之一，故稱「經曰」。下面所引二句出於《論語・八佾》。76夷狄之有君二句　邢昺疏曰：「言夷狄雖有君長而無禮義，中國雖偶無君，若周、召共和之年，而禮義不廢。」夷狄，指先秦時的少數民族。諸夏，猶言中國，指中原地區華夏族諸國。亡，同「無」。77詩曰　下引二句出於《詩・魯頌・閟宮》。78戎狄是膺二句　這二句是宣揚春秋前期魯國抗禦戎狄、討伐荊舒的聲威。戎，古代西方少數民族。狄，古代北方少數民族。膺，抵擋；抗禦。荊，指在今河南南部、湖北北部的楚國。舒，是附屬於楚的小國。懲，懲罰。79夷狄之法　指由外國傳入的佛教。80先王之教　指先王之道。81幾何其不胥而為夷也　此句是說和夷狄差不多的意思。幾何，相去若干；相去多少。胥，皆；相與。

【語　譯】周朝的政教衰敗，孔子逝世，《詩》、《書》等經籍在秦朝遭到焚燒，黃老之學在漢代受到尊奉，佛教盛行於晉、魏、梁、隋幾朝。那些講道德仁義的人，不歸附楊朱一派，就歸附墨子一派；不歸附道家，就歸附佛家。歸附那一家，必定背離這一家。對歸附的那一家就尊崇，對背離的這一家就卑視；對歸附的那一家便附和其說，對背離的這一家則汙衊不置。唉！後代那些想要知道仁義道德的學說的人，該從哪裡去聽取呢！信奉老子之學的人說：「孔子是我們祖師的學生。」信奉佛教的人說：「孔子是我們祖師的學生。」信奉孔子的人，聽慣了這些說法，以它們的怪誕為樂而自甘卑微，也說：「我們的先師也曾經向他們請教過。」不僅嘴上這麼說，而且還寫在書上。唉！後代人雖然想要知道仁義道德的學說，該向誰去求取呢！人們喜歡怪誕之說也太過分了！對於先王之道不探求它是如何開端的，也不詢問它的演變結果，只想聽怪誕的說法。

古代的人民是四種人，如今的人民是六種人；古代執行教化之責的是一種人，如今有三種人以教義教人。農夫只是一種人，而食用糧食的人則有六種；工人只是一種人，而使用器皿的人則有六種；商賈只是一種人，而依靠他們生活的人則有六種人：人民怎麼能不貧窮而為盜賊呢！

古代的時候，人們的災害多得很。有聖人出世，然後把互相養育的方法教給人們。為他們推舉了君主，為他們擇立了老師，驅走蟲蛇禽獸，使人們定居在中原；他們冷了，就教他們製作衣服；他們餓了，就教他們生產食物。人們住在樹上有跌下的危險，住在地穴山洞又容易得病，就教他們建造房屋。教他們做工，來充分供應使用的器具；教他們做商賈，來互通有無；教他們行醫用藥，來救助人們，使他們免於少壯而死；為他們制訂葬埋祭祀的制度，來增加人們親屬之間的感情；為他們制訂禮儀，使尊卑、貴賤形成次序；為他們創作音樂，來宣洩人們心中的抑鬱；為他們創制政令，來約束那些怠惰之人；為他們訂立刑法，來鏟除那些驕橫跋扈之人；人們之間發生互相欺詐的事件，就為他們製作了符、璽、斗、斛、權、衡，使他們建立互相信賴的關係；人們之間產生爭奪之事，就為他們創設城郭、鎧甲、兵器來守禦。災害來臨之先為他們作好準備，禍患發生之前為他們作好防衛。如今那些人說：「聖人不死，大盜無法消除；敲破斗，折斷秤桿，人民就不會爭鬥。」唉！這也太不加思考了！假如古代沒有聖人出世，人類恐怕滅絕很久了。為什麼呢？因為人類沒有羽毛鱗甲來對付嚴寒酷熱，沒有尖爪利齒來和野獸爭食啊。

所以君主是制訂發布政令的；臣子是執行君主政令來施行在人民身上的；人民則是生產粟米麻絲、製作器皿、流通貨物錢財來事奉上面的人的。君主不發出政令，就失掉為君的責任；臣子不執行君令施行於人民，人民不生產粟米麻絲、製作器皿、流通貨物錢財來事奉上面的人，就應當責罰。如今那些人的教義規定：「必定要捨棄你的君臣關係，拋開你的父子關係，禁止你謀生的方式。」來追求所謂「清淨」「寂滅」。唉！他們幸而出生於三代之後，才未遭到禹、湯、文王、武王、周公、孔子的貶斥；他們也不幸而未出生於三代之前，不能被禹、湯、文王、武王、周公、孔子所糾正。

帝與王，名號不同，他們被稱為聖人的原因是一樣的。夏天穿葛衣，冬天穿裘皮，渴了喝水，餓了進食，事情雖不一樣，作為明智之舉則是一樣的。如今那些人說：「為什麼不像上古社會那樣無為而治！」這就如責備冬天穿裘皮的人說：「為什麼不簡易地穿件葛衣！」責備餓了進食的人說：「為什麼不簡易地喝點水！」古書說：「古人想要光大他的聖明之德於天下的，先得治好他的國；想要治好他的國的，先要整齊他的家；想要整齊他的家的，先要提高自身品德修養；想要提高自身品德修養的，先要端正他的心；想要端正他的心的，先要誠實他的意。」如此看來，古人正心誠意，是打算由此而有所作為的。如今那些人要修治他的心，卻把天下國家拋開，滅絕天倫，做兒子卻不把父親當作父親，做臣子卻不把君主當作君主，做人民卻不做他們本分的事。孔子作《春秋》，中國諸侯凡用夷禮的，就把他當作夷人，凡是夷人進用中國禮節的，就把他看作中國人。經書上說：「夷狄雖有君長，還不如華夏族偶而無君之時。」《詩經》說：「抗禦戎狄，懲罰荊舒。」如今那些人把夷狄的教義，卻放在先王之道上面，那不是差不多都要變成夷人了嗎！

夫所謂先王之教者，何也？博愛之謂仁，行而宜之之謂義，由是而之焉之謂道，足乎己無待於外之謂德。其文：《詩》、《書》、《易》、《春秋》❶；其法：禮、樂、刑、政；其民：士、農、工、賈；其位：君臣、父子、師友、賓主、昆弟、夫婦；其服：麻、絲；其居：宮、室；其食：粟米、果蔬、魚肉。其為道易明，而其為教易行也。是故以之❷為己❸，則順而祥；以之為人❹，則愛而公❺；以之為心❻，則和而平；以之為天下國家，無所處而不當❼。是故生則得其情❽，死則盡其常❾；郊❿焉而天神假⓫，廟⓬焉而人鬼饗⓭。曰⓮：「斯道也，何道也？」曰：「斯吾所謂道也，非向所謂老與佛之道也。堯以是傳之舜，舜以是傳之禹，禹以是傳之湯，湯以是傳之文、武、周公，文、武、周公傳之孔子，孔子傳之孟軻；軻之死，不得其傳焉。荀⓯與揚⓰也，擇焉而不精⓱，語焉而不詳⓲。由周公而上⓳，上而為君，故其事行⓴；由周公而下㉑，下而為臣，故其說長㉒。」

然則如之何而可也？曰：「不塞不流，不止不行㉓。人其人㉔，火其書㉕，廬其居㉖；明先王之道以道㉗之，鰥寡孤獨廢疾者有養也㉘。其亦庶乎㉙其可也。」

【章旨】總結全文，先具體說明先王之道的內容和其優越性；再敘述道統的源遠流長和中斷情形，表明興復道統之必要。最後提出全面取締佛道二教，對鰥寡孤獨廢疾之人給予撫養的主張。

【注釋】❶詩書易春秋　這裡實際是指五經，所以沒有提到《禮》，大約因為下文有「禮、樂」，不便重複。❷之　指先王之道。❸為己　即修身。❹為人　治理人民。❺愛而公　即前所言博愛的意思。❻為心　治心。即前所言正心誠意的意思。

❼無所處而不當　即無往之意。無所，沒有什麼地方。處，處置；處理。此句就是「行而宜之之謂義」，「當」即「宜」。❽生則得其情　謂人活在世上，吃穿住用各種社會關係都能合於其需要。情，性。❾死則盡其常　謂使民能盡到葬埋祭祀的常禮。❿郊　古代祭天的典禮，因為要到郊外舉行，所以叫郊。一說：郊是和神明交接的意思。⓫假　本應寫作「假」字，是至、到的意思。古人認為只有有德者祭祀，神靈才會來享受祭品並且賜福。《左傳・僖公五年》：「非德，民不和、神不享矣。」奉行先王之道則天神降臨。⓬廟　宗廟祭祀。⓭人鬼饗　謂神鬼來享用祭品。人鬼，指已逝的祖宗。⓮曰　此下是作者自問自答。⓯荀　荀子。名況，戰國後期儒家一派的大師，《荀子》中有一部分為他所作。⓰揚　揚雄。字子雲，漢朝人，著有《太玄》、《法言》及辭賦多篇。⓱擇焉而不精　這是說荀子抉擇先王之道不夠精當。韓愈〈讀荀子〉：「孔子刪《詩》、《書》，筆削《春秋》，合於道者著之，離於道者黜去之，故《詩》、《書》、《春秋》無疵。余欲削荀氏之不合者，附于聖人之籍，亦孔子之志歟！孟氏醇乎醇者也。荀與揚，大醇而小疵。」⓲語焉而不詳　這是說揚雄說得不夠詳細。北宋程頤說：「荀卿才高其過多，揚雄才短其過少。韓子稱其大醇，非也。若二子，可謂大駁矣。然韓子責人甚恕。」（《二程語錄》卷一一）⓳由周公而上　指堯、舜、禹、湯、文、武。⓴其事行　這是說他們的道是通過政事來推行、來表現的，他們沒有發表什麼系統的學說。㉑由周公而下　指孔、孟。㉒其說長　是說以論說先王之道見長。㉓不塞不流二句　意謂老、佛之道不加塞止，則儒家的聖人之道不得流行。㉔人其人　意謂使道士僧徒返回四民之中，各就本業，負擔人民應盡的完糧、納稅、服役的義務。㉕火其書　燒燬佛、道之經籍。火，作動詞。㉖廬其居　把寺觀廟宇改為房屋廬舍。廬，此處作動詞。即以之為廬舍的意思。其居，指佛道寺觀。㉗道　同「導」。開導。㉘鰥寡孤獨廢疾句　《禮記・禮運》：「矜（通「鰥」）寡孤獨廢疾者皆有所養。」《孟子・梁惠王下》：「老而無妻曰鰥，老而無夫曰寡，老而無子曰獨，幼而無父曰孤。此四者，天下之窮民而無告者，文王發政施仁，必先斯四者。」廢，啞、聾、跛、盲等殘疾者。疾，生病者。㉙庶乎　庶幾乎；差不多。

【語譯】這個先王之教是什麼呢？對人類廣博的愛稱為仁，行事合於仁稱為義，循此原則行於世就稱為道，內心充足，不待外求，就稱為德。先王之教的文獻是：《詩》、《書》、《易》、《春秋》；它的法度是：禮、樂、刑、政；它的人民是：士、農、工、賈；它的位分是：君臣、父子、師友、賓主、兄弟、夫婦；它規定穿的是：麻、絲；它規定住的是：房屋；它規定的食物是：粟米、果蔬、魚肉。它作為道理容易明瞭，而它作為教育也易於實行。因此用它來修身，則和順而安詳；用它來治民，則仁愛而廣博；用它來治心，則和諧而平靜；用它來治理天下國家，沒有什麼地方會處置不當。這樣人們活在世上就能適合他本性需要，人死了也能對他盡到葬埋祭祀的常禮；祭天則天神降臨，祭祖則鬼神來享用。如果問：「這種道，是什麼道呢？」回答是：「這就是我們所說的道，不是前面所說的道教和佛教的道。堯把這種道傳給舜，舜傳給禹，禹傳給湯，湯傳給文王、武王、周公，文王、武王、周公傳給孔子，孔子傳給孟軻；孟軻死後，就沒有傳下去。荀況和揚雄，一個說得過多而抉擇欠精當，一個雖談到卻不夠詳細。由周公往上數的那幾位，都是在上為君，所以他們的道是通過政事來推行的；由周公往下數的二位，都是在下為臣，所以以論說先王之道見長。」

如此說來，怎樣做才可以呢？回答是：「不堵塞佛道二教，先王之教便不得流傳；不制止一方，就不能推行另一方。把僧徒道士還俗為民，把佛道經籍付之大火，把寺觀都改為民居；發揚先王之道來引導百姓，使鰥、寡、孤、獨、殘廢、痼疾之人都能生養。這樣也就差不多可以了。」

原性

【題解】這是韓愈專論人性的一篇文章。他把人的性與情分別開來，認為性是生來即具有的，而情則是接觸外物而產生的。他又把性分為上中下三品，上品性善，下品性惡，中品善惡相混。情則受性所決定，也分為三品。韓愈在文中批駁了孟子的性善論、荀子的性惡論和揚子的性善惡混論，說他們是「舉其中而遺其上下」。他認為人性的三品是不會改易的。

早在西漢，賈誼論「材性」，已分為「有上主者，有中主者，有下主者」（《新書・連語》）。董仲舒又分為「聖人之性」、「中人之性」、「斗筲之性」三類（《春秋繁露・實性》）。韓愈的理論是承繼了前人的觀點。而他這篇文章在後人中也引起不少爭論。

這篇文章的最末批評當時人論性「雜佛、老而言」。佛家排斥情，認為為情所累，會影響見性成佛。道家則認為，人應當閉其聞見，去其情慾，就可以保全天性，同於大道。而韓愈在文中則提出：性決定情，應該努力使情處理適宜，而不是加以排斥。對於性的內容，他也從儒家立場出發，規定為：仁、禮、信、義、智。這些都表現出他與佛、老之說的分歧。

性也者，與生俱生也；情也者，接於物而生也。性之品❶有三，而其所以為性者❷五；情之品有三，而其所以為情者❸七。曰：何也？曰：性之品有上中下三。上焉者，善焉而已矣；中焉者，可導而上下也；下焉者，惡焉而已矣。其所以為性者五：曰仁，曰禮，曰信，曰義，曰智。上焉者之於五也，主於一而行於四❹；中焉者之於五也，一不少有焉，則少反焉，其於四也混❺；下焉者之於五也，反於一而悖於四❻。性之於情視其品❼，情之品有上中下三。其所以為情者七：曰喜，曰怒，曰哀，曰懼，曰愛，曰惡，曰欲❽。上焉者之於七也，動而處其中❾；中焉者之於七也，有所甚❿，有所亡⓫，然而求合其中者也；下焉者之於七也，亡與甚，直情⓬而行者也。情之於性視其品。

孟子之言性曰：「人之性善。」⓭荀子之言性曰：「人之性惡。」⓮揚子之言性曰：「人之性善惡混。」⓯夫始善而進惡，與始惡而進善，與始也混，而今也善惡，皆舉其中而遺其上下者也，得其一而失其二⓰者也。叔魚之生也，其母視之，知其必以賄死⓱。楊食我之生也，叔向之母聞其號也，知必滅其宗⓲。越椒之生也，子文以為大戚，知若敖氏之鬼不食也⓳。人之性果善乎？后稷之生也，其母無災，其始匍匐也，則岐岐然，嶷嶷然⓴。文王之在母也，母不憂；既生也，傅不勤；既學也，師不煩㉑。人之性果惡乎？堯之朱，舜之均㉒，文王之管、蔡㉓，習非不善也，而卒為姦㉔。瞽叟㉕之舜，鯀㉖之禹，習非不惡也，而卒為聖。人之性善惡果混乎？故曰：三子之言性也，舉其中而遺其上下者也，得其一而失其二者也。

曰：然則性之上下者，其終不可移乎？曰：上之性就學而愈明，下之性畏威而寡罪，是故上者可教而下者可制也。其品則孔子謂不移㉗也。曰：今之言性者異於此，何也？曰：今之言者，雜佛、老而言也。雜佛、老而言也者，奚言而不異？

【注釋】❶品　等級。❷所以為性者　指構成性的內容。❸所以為情者　指構成情的內容。❹主於一而行於四　謂對仁、禮、信、義、智五種美德，只要具備其中之一，其他則能依類擴充。❺一不少有焉三句　謂對於五種美德，其中某種可能稍微具備，也可能稍不具備，其他四種則往往雜而不純。❻反於一而悖於四　謂對五種美德違反其中一種，也背離其他四種。❼性之於情視其品　此言七情由性三品決定。❽其所以為情者七八句　《禮記・禮運》：「何謂人情？喜、怒、哀、懼、愛、惡、欲七者，弗學而能。」❾動而處其中　此言上品之人對七情每每能處理得很恰當，無過與不及之弊。❿甚　過分。⓫亡　通「無」。謂不及。⓬直情　任情。⓭孟子之言性二句　《孟子・告子上》：「人性之善也，猶水之就下也。人無有不善，水無有不下。」⓮荀子之言性二句　《荀子・性惡》：「人之性惡，其善者偽也。」⓯揚子之言性二句　揚子《法言・修身》：「人之性也善惡混，修其善則為善人，修其惡則為惡人。」⓰得其一而失其二　言此三家只說到中品之人，而未說到上品、下品之人。⓱叔魚之生也三句　《國語・晉語》：「叔魚生，其母視之，曰：『是虎目而豕喙，鳶肩而牛腹，谿壑可盈，是不可饜也，必以賄死。』遂不視。」後叔魚為贊理，受雍子女而抑刑侯，終被刑侯殺死。叔魚即羊舌鮒，春秋時晉大夫，羊舌肸之弟。⓲楊食我之生也三句　《國語・晉語》：「楊食我生，叔向之母聞之，往，及堂。聞其號也乃還，曰：『其聲，豺狼之聲，終滅羊舌氏之宗者，必是子也。』」後楊食我長成，至昭公二十八年，黨於祁盈，祁盈失敗，同為晉侯所殺。遂滅祁氏與羊舌氏（事見《左傳・昭公二十八年》）。叔向即羊舌肸，楊食我係叔向之子，又名伯石。⓳越椒之生也三句　據《左傳・宣公四年》，越椒為楚司馬子良之子，初生之時，其兄子文說：「必殺之，是子也，熊虎之狀，而豺狼之聲，弗殺，必滅若敖氏也。」子良不肯，子文大慼（大為悲傷），臨死時對族人說，如果越椒參政，若敖氏之鬼將要挨餓了（意謂族滅，無人祭饗）。後越椒長成，為爭權發動叛亂，兵敗族滅，時為宣公四年。⓴后稷之生也五句　《詩・大雅・生民》：「厥初生民，時維姜嫄。」「載生載育，時維后稷。誕彌厥月，先生如達。不拆不副，無菑無害。」「誕實匍匐，克岐克嶷，以就口食。」言后稷之母姜嫄生育后稷之時十分順利，沒有災害。剛能爬行，即懂事體，能自進飲食。后稷為周之始祖。岐岐然、嶷嶷然，毛傳：「岐，知意也；嶷，識也。」㉑文王之在母也六句　語出《國語・晉語》：「昔者大任娠文王不變，少溲于豕牢而得文王，不加病焉。文王在母不憂，在傅弗勤，處師弗煩，事王不怒。」此言文王之母大任懷孕時無變動，於上廁所小便而生文王。而文王不憂母，不勤傅（教導之人），不煩師，不怒王。㉒堯之朱二句　指堯之子丹朱和舜之子商均兩人均不肖，因而堯傳位於舜，舜傳位於禹。然丹朱、商均皆封有疆土，以客禮見天子（見《史記・五帝本紀》）。㉓文王之管蔡　管即管叔鮮，蔡即蔡叔度，兩人均為文王之子、武王之弟。武王去世後，他們揚言周公旦要不利成王，和武庚合謀叛亂。失敗後管叔被殺（一說自殺），蔡叔被逐。㉔姦　邪惡詐偽之事。㉕瞽叟　舜父。愛其後妻之子象，屢次合謀殺舜，都被舜避過，而舜事之愈謹。㉖鯀　禹父。奉命治水，九年無功，被舜殺死。㉗其品則孔子謂不移　《論語・陽貨》：「子曰：唯上知與下愚不移。」

【語譯】性是人一生下來就具有的，情是接觸外物才產生的。性分三等，而性的內容則有五個方面；情分三等，而情的內容則有七個方面。也許人會問：為什麼是這樣呢？我說：性有上中下三等。上等的性，本性良善罷了；中等的性，可經過引導而或高或低；下等的性，本性邪惡罷了。性的內容有五個方面：叫做仁、禮、信、義、智。上等的性對於這五方面，主要具備其中一種，而對其他四種都能擴充具備；中等的性對於這五個方面，其中某種可能稍微具備，也可能稍微缺乏，其他四種則往往雜而不純；下等的性對於這五個方面，違反其中一種，也背離其他四種。性對於情按等級決定，情也有上中下三個等級。情的內容有七個方面：叫做喜、怒、哀、懼、愛、惡、欲。上等的情對於這七個方面，每每能處理得很恰當；中等的情對於這七個方面，有的過分，有的不夠，然而還是想要處理得恰當；下等的情對於這七個方面，有的沒有，有的過分，任情而發。情對於性是按等對應的。

孟子論性說：「人的性善良。」荀子論性說：「人的性邪惡。」揚子論性說：「人的性善惡混雜。」說人本來善良，而後來變得邪惡，和說人本來邪惡，而後來變得善良，和說人本來善惡混雜，而如今方變得有善有惡，這都是只說到中等的性而沒有提到上等和下等，說對一類，卻沒有說對另外二類。叔魚初生，他的母親看他的外貌，就知道他日後必定會因為受賄而死。楊食我初生，叔向的母親聽到他的哭聲，就知道他日後必會招致滅宗之禍。越椒初生之時，子文大為悲傷，知道若敖氏的鬼以後要挨餓了。人的本性果真都是善良的嗎？后稷初生，他的母親沒有災害，他剛會爬行，就知人意，有知識。文王在母親腹中時，母親沒有憂患；文王生下來，保傅不辛苦；上學以後，老師不煩心。人的本性果真是邪惡的嗎？堯之子丹朱，舜之子商均，文王之子管叔、蔡叔，後天所學到的並非不好，卻終於做出邪惡詐偽之事。瞽叟之子舜，鯀之子禹，後天所學到的並非不壞，卻終於成了聖人。人的本性果真都是善惡混雜的嗎？所以說：這三位學者論性，只說到中等的性卻遺漏了上等和下等的性，說對一類，卻沒有說對另外二類。

也許問：既然如此，那麼上等的性、下等的性，難道終究不能移易的嗎？回答是：上等性的人經過學習會更加明白道理，下等性的人會因為害怕刑法的威嚴而減少犯罪，所以上等性的人是可以教育而下等性的人是可以制約的。至於他們所屬的等級，孔子已經說過是不會移易的。也許問：當今一些人對人性的議論有異於上面所說的這些，是為什麼呢？回答是：當今談論人性的人，是夾雜著佛、老之說來談的。夾雜佛、老之說來談人性，又怎麼會與我所說的相同呢？

原毀

【題解】原毀，就是探索毀謗產生的原因，這是本文的中心議題。作者首先以頌揚的口吻談到「古之君子」是如何對自己要求嚴格而對別人則寬厚不苛的。這實是根據孔孟的有關教導加以闡述的，而所謂「古之君子」的為人之道則是他理想中的人格。接著作者描述了今日士大夫的狀況：他們對自己要求極低，對別人則百般挑剔非難。最後作者分析了今日士大夫喜好毀謗別人的情形，指出原因在於「怠與忌」二者。而二者中根本還在於忌，怠惰進修是造成嫉妒的內在原因之一。隨後他舉自己親身經驗的實例來證明這種分析，並提醒身居高位之人要注意毀謗的產生。

這篇文章無疑是有感而發的。有唐一代的朝政仍是為一些豪門世族所把持，出身庶族的士人要想通過科舉在仕途得到進身，是很不容易的，常要遭到各種壓抑。尤其像韓愈這樣有著卓越見解，敢於直言的英特之士，就更要遭到各方面的誹謗和攻訐了。他一生屢遭挫折，對世道領會極深，所以此文「道人情之所以然，曲曲皆中時俗之弊」（清林紓《韓柳文研究法・韓文研究法》）。然而作者寫此文並不僅僅在於發洩心中的憤懣，而目的在於提醒在高位的人要警惕士大夫中這種風氣，保護和拔擢有德有能之士，這樣才能治理好國家。這裡，作者不但表現出開闊的胸襟，而且更顯示出他具有高遠的政治目光。

古之君子❶，其責己也重以周，其待人也輕以約❷。重以周，故不怠；輕以約，故人樂為善。聞古之人有舜者，其為人也，仁義人也❸；求其所以為舜者，責於己曰：「彼，人也；予，人也。彼能是，而我乃不能是！」❹早夜以思，去其不如舜者，就其如舜者。聞古之人有周公者，其為人也，多才與藝人❺也；求其所以為周公者，責於己曰：「彼，人也；予，人也。彼能是，而我乃不能是！」早夜以思，去其不如周公者，就其如周公者。舜，大聖人也，後世無及❻焉；周公，大聖人也，後世無及焉。是人❼也，乃曰：「不如舜，不如周公，吾之病❽也。」是不亦責於己者重以周乎！其於人也，曰：「彼人也，能有是，是足為良人❾矣；能善是，是足為藝人❿矣。」取其一，不責其二⓫；即其新，不究其舊⓬；恐恐然⓭惟懼其人之不得為善之利⓮。一善易修也，一藝易能也。其於人也，乃曰：「能有是，是亦足矣。」曰：「能善是，是亦足矣。」是不亦待於人者輕以約乎！

今之君子則不然，其責人也詳，其待己也廉⓯。詳，故人難於為善；廉，故自取⓰也少。己未有善，曰：「我善是，是亦足矣。」己未有能，曰：「我能是，是亦足矣。」外以欺於人，內以欺於心，未少⓱有得而止矣，不亦待其身者已廉⓲乎！其於人也，曰：「彼雖能是，其人不足稱也。」「彼雖善是，其用⓳不足稱也。」舉其一⓴，不計其十㉑；究其舊，不圖其新；恐恐然惟懼其人之有聞㉒也。是不亦責於人者已詳乎！夫是之謂不以眾人待其身㉓，而以聖人望㉔於人，吾未見其尊己㉕也！

雖然，為是者有本有原㉖，怠與忌㉗之謂也。怠者不能修㉘，而忌者畏人修。吾常試之矣。嘗試語於眾曰：「某良士，某良士。」其應者，必其人之與㉙也；不然，則其所疏遠不與同其利者㉚也；不然，則其畏也。不若是，強者必怒於言；懦者必怒於色㉛矣。又嘗語於眾曰：「某非良士，某非良士。」其不應者，必其人之與也；不然，則其所疏遠不與同其利者也；不然，則其畏也。不若是，強者必說於言，懦者必說㉜於色矣。是故事修而謗興，德高而毀來。嗚呼！士之處此世，而望名譽之光㉝，道德之行㉞，難矣！

將有作於上者，得吾說而存之㉟，其國家可幾㊱而理㊲歟！

【注釋】❶君子　指士大夫階級。下「今之君子」同。與勞力服事於人的「小人」相對稱。❷其責己也重以周二句　語本《論語・衛靈公》孔子所說「躬自厚而薄責於人」和《尚書・伊訓》伊尹所說「與人不求備，檢身若不及」。責，要求。重以周，嚴格而周詳。輕，寬。約，簡易；不苛求。❸仁義人也　《孟子・離婁下》：「舜明於庶物，察於人倫，由仁義行，非行仁義也。」語本此。❹彼人也六句　《孟子・離婁下》孟子曰：「舜，人也；我，亦人也。舜為法於天下，可傳於後世，我由（通「猶」）未免為鄉人也，是則可憂也。憂之如何？如舜而已矣。」❺多才與藝人　《尚書・金縢》記周公之言：「予仁若考，能多材多藝，能事鬼神。」藝，技藝，指禮、樂、射、御（馭）、書、數等六藝。❻無及　趕不上。❼是人　指「古之君子」。❽病　缺陷。❾良人　良善的人。❿藝人　有技藝的人。⓫取其一二句　謂取重人一技之長（或一方面善德），不苛求他的其他方面，這是對人「輕以約」的表現。⓬即其新二句　此謂只要別人新近有好的表現，即予肯定，不再追究他過去如何。這也是對人「輕以約」的表現。⑬恐恐然　憂懼的樣子。⑭為善之利　爭取上進的好處。⑮廉　少。⑯自取　自己得益。⑰少　稍。⑱已廉　太少。⑲用　指才能。⑳一　個別缺點。㉑十　主要的許多優點。㉒聞　聲望；名譽。㉓不以眾人待其身　不以一般人的標準來要求自己。意謂比要求一般人的標準還要低。一說「眾」字應當作「聖」。是說今之君子，不以聖人待其身，而以聖人望於人。㉔望　要求。或解作「比況」。《禮記．表記》：「以人望人。」㉕尊己　自尊；愛重自己。㉖有本有原　謂有原因。本，木之根。原，「源」之本字。㉗忌　嫉妒。㉘修　指品德與技能的進修。㉙與　黨與；親附者。㉚不與同其利者　沒有利益衝突的人。㉛怒於色　怒形於色；憤怒表現於臉色上。㉜說　通「悅」。㉝光　昭著。㉞行　實行；貫徹。㉟存之　記在心中，加以留意。㊱幾　幾乎；將近。㊲理　治。唐人因為要避高宗李治的御諱，通常用「理」字來代替「治」字。

【語　譯】古代的士大夫，要求自己嚴格而周全，要求別人寬厚而簡約。對自己要求嚴格而周全，所以不懈怠；對人要求寬厚而簡約，所以人們樂於做好事。聽說古代有個叫舜的人，是一個講仁愛、守道義的人；於是尋求舜為什麼會成為這樣一個人的原因，然後要求自己說：「他是個人，我也是個人。他能這樣，而我就不能做到這樣嗎！」從早到晚思索，去掉自己不如舜的地方，向舜的標準努力接近。聽說古代有個周公，這是個多才多藝的人；於是尋求周公為什麼會成為這樣一個人的原因，然後要求自己說：「他是個人，我也是個人。他能這樣，而我就不能做到這樣嗎！」從早到晚思索，去掉自己不如周公的地方，向周公的標準努力接近。舜是大聖人，後世無人趕得上他；周公是大聖人，後世無人趕得上他。此人竟說：「不如舜，不如周公，這是我的缺點。」這不是要求自己嚴格而周全嗎！他對於別人，就說：「那個人能有這點優點，這樣足夠算是個好人了；能擅長這個，這就足夠稱為有技藝的人了。」看重別人一點長處，不苛求其他方面；只要別人新近有好的表現就予肯定，不去追究過去如何不好；心中擔心，惟恐別人不得爭取上進的好處。一點善德，容易進修；一種技藝，容易學會。他對於別人，竟說：「能有這點長處，這也足夠了。」說：「能擅長這種技藝，這也足夠了。」這不是要求別人寬厚而簡約嗎！

如今的士大夫卻不是這樣，他們要求別人很苛細，對自己要求卻很稀少。對人要求苛細，所以別人難於做好事；對自己要求稀少，所以自己得益也少。自己沒有什麼長處，卻說：「我擅長這個，這也足夠了。」自己沒有什麼本領，卻說：「我能做這個，這也足夠了。」對外欺瞞別人，對內欺騙自心，不曾稍有收穫就停止進取了，這樣不是要求自己過於稀少了嗎！他們對於別人，卻說：「他雖能這樣，他的為人不足稱道。」「他雖擅長這個，他的才能不值得稱道。」挑出人家個別缺點，不顧人家其他許多優點；追究人家過去一些過錯，不考慮人家新近好的表現；心中擔心，惟恐人家有名聲。這不是要求別人過於苛細了嗎！這就叫做不用普通人的標準來要求自己，卻用聖人來要求別人，我看不出他尊重自己的地方啊！

雖然如此，造成這種情形是有原因的，可說是怠惰和嫉妒二者。怠惰的人不能進修，而嫉妒的人怕人家進修。我常常試探這些人。我在眾人面前試著說：「某人是好人，某人是好人。」那些應和的人，必定是某人的好朋友；不是這樣的話，則是關係疏遠，不與他有共同利益的人；不是這樣的話，則是怕他的人。若不是這三種人，強硬的人必定會說出憤怒的話來，懦弱的人也必定會表現出憤怒的神色來。我又曾在眾人面前說：「某人不是好人，某人不是好人。」那些不應和我的話的人，必定是某人的好朋友；不是這樣的話，則是關係疏遠，不與他有共同利益的人；不是這樣的話，則是怕他的人。若不是這三種人，強硬的人必定會高興地把話說出口來，懦弱的人也必定會露出高興的神色。因此事情做好，誹謗就隨之產生；品德高尚，詆毀跟著就來。唉！士人身處這樣的世道，而希望名聲顯著，道德實行，困難得很啊！

居於高位而打算有所作為的人，看到我的這些意見而留存心中，那麼國家差不多就可治理好了吧！

原人

【題解】這篇文章是韓愈談仁道的一篇論文。他認為天地之間一切有生命的都屬於人，人為之主，如人道亂則夷狄禽獸不得安生。所以作為聖人，作為人君，就不能損害這些從屬者，而要同樣看待，同施仁慈，遠近沒有差別。這顯然發揮了〈原道〉中「博愛之謂仁」的觀點。有人批評他「流入於墨氏」（宋陳善《捫蝨新話》卷一），其實他所說的範圍，比墨家所說兼愛更廣一些，不但包括「夷狄」，竟還包括「禽獸」。他的這種觀點，後來宋代理學家張載在他的名篇〈西銘〉中發揮得更為充分。

形於上者謂之天，形於下者謂之地，命於其兩間者謂之人。形於上，日月星辰皆天也；形於下，草木山川皆地也；命於其兩間，夷狄禽獸皆人也。曰：然則吾謂禽獸人，可乎？曰：非也。指山而問焉，曰：山乎？曰山，可也。山有草木禽獸，皆舉之矣。指山之一草而問焉，曰：山乎？曰山，則不可。天道亂，而日月星辰不得其行；地道亂，而草木山川不得其平❶；人道亂，而夷狄禽獸不得其情❷。天者，日月星辰之主也；地者，草木山川之主也；人者，夷狄禽獸之主也。主而暴之，不得其為主之道矣。是故聖人一視而同仁，篤近而舉遠。

【注釋】❶平 寧靜。❷情 性。

【語 譯】成形於上的稱為天，成形於下的稱為地，生於天地兩者之間的稱為人。成形於上，日月星辰都屬於天；成形於下，草木山川都屬於地；生於天地兩者之間，夷狄禽獸都屬於人。要是問：既然如此，那麼我稱禽獸為人，可以嗎？我說：不能這麼稱呼。指山而問，說：這是山嗎？答說：是山。是可以的，山上有草木禽獸，都包括進去了。指著山上的一株草而問，說：這是山嗎？答說：是山。那是不可以的。天道混亂，日月星辰就不能正常運行；地道混亂，草木山川就不能寧靜；人道混亂，夷狄禽獸就不能正常生活。天是日月星辰的主宰，地是草木山川的主宰，人是夷狄禽獸的主宰。為主者卻損害從屬者，就不合為主的道理了。所以聖人對人獸一樣看待，同施仁道，厚待近者，包括遠者。

原鬼

【題解】這是一篇談鬼的文章。作者認為鬼一般是不現形的，只有在特殊情況下方顯現出來，還有一種則是物怪。韓愈為了解決一般人關於鬼的疑惑而寫了此文，然而他也未能提供正確的答案。當然，對於一千多年前的古人來說，這也未可深責。

有嘯於梁❶，從而燭❷之，無見也，斯鬼乎？曰：「非也，鬼無聲。」有立於堂，從而視之，無見也，斯鬼乎？曰：「非也，鬼無形。」有觸吾躬❸，從而執之，無得也，斯鬼乎？曰：「非也，鬼無聲與形，安有氣！」曰：「鬼無聲也，無形也，無氣也，果無鬼乎？」曰：「有形而無聲者，物有之矣，土石是也；有聲而無形者，物有之矣，風霆❹是也；有聲與形者，物有之矣，人獸是也；無聲與形者，物有之矣，鬼神是也。」

曰：「然則有怪而與民物接者何也？」曰：「是有二：有鬼有物❺。漠然無形與聲者，鬼之常也。民有忤❻於天，有違於時❼，有爽❽於物，逆於倫❾而感於氣，於是乎鬼有形於形，有憑於聲以應之，而下殃禍焉，皆民之為之也。其既也，又反乎其常。」曰：「何謂物？」曰：「成於形與聲者，土石、風霆、人獸是也。反乎無聲與形者，鬼神是也。不能有形與聲，不能無形與聲者，物怪是也。故其作而接於民也無恆，故有動於民而為禍，亦有動於民而為福，亦有動於民而莫之為禍福。」

適丁❿民之有是時⓫也，作〈原鬼〉。

【注釋】❶梁　屋梁。❷燭　點火照耀。❸躬　身。❹霆　劈雷；霹靂。❺物　精怪。❻忤　逆。❼時　原作「民」。據他本改。❽爽　差；失。❾倫　倫序。❿丁　當；遭逢。⓫是時　此時，指在梁上、堂上發現鬼蹤之時。

【語譯】從屋梁上發出尖嘯的聲音，隨即點火照耀，看不見東西，這是鬼嗎？我說：「不是鬼，鬼無聲。」似有東西立在堂上，隨即定睛去看，看不見東西，這是鬼嗎？我說：「不是鬼，鬼無形。」有東西觸到我的身體，隨即去握它，沒有握到東西，這是鬼嗎？我說：「這不是鬼，鬼無聲無形，怎麼會有氣！」要是問：「既說鬼無聲、無形、無氣，那麼果真沒有鬼嗎？」我說：「有形無聲，有這樣的東西，就是土石；有聲無形，有這樣的東西，就是風雷；有聲有形，有這樣的東西，就是人獸；無聲無形，有這樣的東西，就是鬼神。」

要是問：「既然如此，那麼有怪物與人物接觸，是什麼緣故呢？」我說：「這是因為有兩樣東西存在：鬼和物。寂然無形無聲，這是鬼的常態。百姓如果忤逆上天，違背時令，有錯失於人物，悖逆於倫序，而感歎聲氣，於是鬼就現出形來，借助聲音來呼應，降下禍殃於人，這都是百姓自己造成的。事情過後，又恢復到平常的狀況。」問說：「什麼是物呢？」我說：「形成形體和聲音的，是土石、風雷、人獸。恢復到無聲無形的，是鬼神。不能有形有聲，不能無形無聲，這是物怪。物怪發作影響到百姓，並沒有一定規律，有的影響到百姓，造成禍患，也有的影響到百姓，造成福祉，也有的影響到百姓，卻沒有造成禍福。」

恰逢百姓此時遇到怪物，我就寫了這篇〈原鬼〉。

讀荀子

【題解】 韓愈自己說能「識古書之正偽」，這篇就是他對古籍加以辨識評價的一篇文章。此文和〈讀鶡冠子〉、〈讀儀禮〉、〈讀墨子〉為一組性質相同的文章。荀子是我國戰國時的大學者，名況，字卿，一稱孫卿，趙國郇（今山西臨猗）人。他的學說遠紹孔子，屬於儒家，然而他又吸收了別派學說的精華，提出了一系列獨特見解。他與同為儒家的孟子在很多方面是有著分歧的，所以在〈非十二子〉中，荀子曾猛烈批評孟子。韓愈所堅持的儒學正統是以孔孟為正宗的，他正是站在這個立場上來評價荀子，以孟子學說來約束荀子，所以認為荀子「時若不粹」，終於得出荀子「大醇而小疵」的結論。本文論點鮮明，結構也很緊湊。

始吾讀孟軻書，然後知孔子之道尊❶，聖人之道易行，王易王❷，霸易霸❸也。以為孔子之徒沒，尊聖人者，孟氏而已。晚得揚雄書，益尊信孟氏❹。因雄書而孟氏益尊，則雄者，亦聖人之徒歟！

聖人之道，不傳于世。周之衰❺，好事者各以其說干時君❻，紛紛❼藉藉❽相亂，六經與百家之說錯雜，然老師❾大儒❿猶在。火于秦，黃老于漢⓫，其存而醇⓬者，孟軻氏而止耳，揚雄氏而止耳。及得荀氏書，於是又知有荀氏者也。考其辭，時若不粹，要其歸⓭，與孔子異者鮮⓮矣，抑⓯猶在軻、雄之間⓰乎！

孔子刪《詩》、《書》⓱，筆削《春秋》⓲，合於道者著之，離於道者黜去之，故《詩》、《書》、《春秋》無疵。余欲削荀氏之不合者⓳，附于聖人之籍，亦孔子之志歟！孟氏醇乎醇者也。荀與揚，大醇而小疵。

【注　釋】❶知孔子之道尊　孟子十分推尊孔子。《孟子・公孫丑上》有若曰：「聖人之於民，亦類也。出於其類，拔乎其萃，自生民以來，未有盛於孔子也。」❷王易王　實行王道易於成王業。儒家主張的王道是以仁義治天下，統一中國。王者以德服人，故人心悅誠服。❸霸易霸　實行霸道易於稱霸。《孟子・公孫丑上》：「以力假（借）仁者霸。」儒家所謂霸業，是指諸侯中的大國之君，率領諸侯尊王室，攘夷狄，救災恤難等，如齊桓公、晉文公之所為。霸業自然比王業要次一等。❹晚得揚雄書二句　《法言・吾子》：「古者楊墨塞路，孟子辭而闢之，廓如也；後之塞路者有矣，竊自比於孟子。」又《法言・淵騫》稱讚孟子「勇於義而果於德，不以貧富貴賤死生動其心」。❺周之衰　指平王東遷之後。❻好事者各以其說干時君　這裡指戰國時百家之徒遊說諸侯，以求富貴，如韓非、申不害、田駢、慎到諸人。好事者，喜歡生事者。干，求。❼紛紛　形容多。❽藉藉　同「狼藉」。紊亂。❾老師　年輩最尊的學者。《史記・孟子荀卿列傳》：「齊襄王時，而荀卿最為老師。」❿大儒　儒學大師。《荀子・儒效》：「通則一天下，窮則獨立貴名，天不能死，地不能理，桀跖之世不能汙，非大儒莫之能立，仲尼、子弓是也。」⓫火于秦二句　見〈原道〉篇注。⓬存而醇　謂經過秦之劫火，漢時黃老流行之世，既能保存下來，又純一不雜。醇，通「純」。⓭要其歸　探求它的大旨。要，探求。歸，旨歸。⓮鮮　少。⓯抑　然而。⓰在軻雄之間　意謂荀子在儒學上的地位在孟軻、揚雄之間。⓱孔子刪詩書　相傳《詩》原有三千餘篇，孔子去其重複，取可施於禮義者，共為三百零五篇（說見《史記・孔子世家》）。《書》的篇數也很多，傳說也經孔子編選而成。⓲筆削春秋　《春秋》是魯國史書，孔子曾加以整理。筆，沿用舊文。削，削去原文有所改定。⓳欲削荀氏之不合者　韓愈未具體論述《荀子》書中哪些是不合孔子之道者，因此宋儒以後討論頗多，難有定論。

【語　譯】當初我讀了孟軻所著的書，然後才知道孔子學說的崇高博大，聖人的政治理論易於施行，實行王道易於成王業，實行霸道易於成霸業。我認為孔子的弟子們過世之後，尊崇聖人的，只有孟子。後來我得到揚雄的書，越加尊信孟子。靠了揚雄的著作而孟子的地位越加崇高，那麼揚雄，也是聖人的弟子吧！

聖人的理論不再在世上傳承。周朝衰敗了，一些喜歡生事的人各自憑著他們的學說去打動國君們以求取富貴，紛紛紜紜，十分混亂，六經和諸子百家的學說錯雜在一起，然而年尊的儒學大師還在世。秦朝焚燒經籍，漢朝黃老之學盛行，既得以保存下來而學說又純一不雜的，只有孟軻的著作，只有揚雄的著作。等到看到荀子的著作，於是又知道有荀子這個人。考核《荀子》的文辭，可以發現時有不夠純粹的地方，然而探求它的大旨，則與孔子相異之處很少，荀子的地位還應排在孟軻、揚雄之間吧！

孔子刪選《詩》、《書》，改定《春秋》，合於聖人之道的，他就保留；不合聖人之道的，他就排除掉；所以《詩》、《書》、《春秋》沒有毛病。我也想刪除掉《荀子》中不合聖人之道的部分，把它附於聖人經籍之後，這也符合孔子的一貫思想吧！孟子是純而又純的；而荀子和揚雄則大旨純粹，卻存有一些小毛病。

讀鶡冠子

【題　解】鶡冠子，相傳係戰國時楚人。姓名不詳。隱居深山，用鶡羽飾冠，因以為號。《漢書・藝文志》著錄《鶡冠子》一篇。今本《鶡冠子》為三卷，十九篇。鶡冠子的學說祖述黃老，又近於法家刑名之說，而且喜歡談兵。韓愈雖然堅持儒家之道，但對諸子之學很寬容。對於《鶡冠子》，他肯定了書中部分內容，而且認為其人有學問，有抱負，可惜不遇於時，使其道不得施展，因而很表同情。對於同一本《鶡冠子》，柳宗元則認為其言淺鄙，斷為偽作。韓是還是柳是，在後人中也引起過一些爭論。

《鶡冠子》十有九篇❶，其詞雜黃老刑名❷。其〈博選〉❸篇四稽五至❹之說當矣。使其人遇時❺，援其道而施於國家，功德豈少哉！〈學問〉篇稱賤生於無所用，中流失船，一壺千金❻者，余三讀❼其辭而悲之。文字脫謬，為之正❽三十有五字，乙❾者三，滅❿者二十有二，注⓫十有二字云。

【注　釋】❶鶡冠子十有九篇　北宋陸佃《鶡冠子》序曰：「自〈博選〉篇至〈武靈王問〉凡十有九篇，而退之讀此云十有六篇者，非全書也。」故《四庫全書提要》曰：「佃，北宋人，其時古本韓文初出，當得其真。今本韓文乃亦作十九篇，殆後來反據此書以改韓集。」❷黃老刑名　黃老，指黃老學派。是戰國至西漢時期道家流派之一，尊傳說中的黃帝和老子為創始人，故名。此派學說以道家為主，兼取法家思想，既提倡清靜無為的治術，又主張以法為一切準繩。刑名，亦稱「形名」。原指形體和名稱的關係，認為二者必須相合。先秦法家則把刑名和「法術」聯繫起來，把「名」引申為法令、名分、言論等，主張循名責實，慎賞明罰。❸博選　《鶡冠子》的第一篇。❹四稽五至　〈博選〉：「道凡四稽：一曰天，二曰地，三曰人，四曰命。權人有五至：一曰伯己，二曰什己，三曰若己，四曰廝役，五曰徒隸。」前者謂道之所在；後者謂用不同方式來待人，則有不同的人來到。❺遇時　遇到好時機。意謂得到重用。❻學問篇三句　〈學問〉為《鶡冠子》第十五篇。篇中龐子問道：「天下至道而世主廢之，何哉？」鶡冠子答曰：「不提生於弗器，賤生於無所用，中河失船，一壺千金。」壺，通「瓠」。即瓠瓜。此指盛物的葫蘆，佩一空葫蘆，入水不溺。此處謂器物被賤視由於不用它，河中翻船，一個葫蘆貴逾千金，所以貴賤無常時。至道無所用，因而遭到賤視。韓愈有感於至道無所用，所以下句有「悲之」之語。❼三讀　多次讀；反覆讀。❽正　糾正錯字。❾乙　倒置上下字。❿滅　塗去。⓫注　添綴於旁。

【語　譯】《鶡冠子》十九篇，文辭夾雜黃老刑名之論。其中〈博選〉篇的四稽五至之說很為恰切。假使此人能遇到好的時機，把他的主張用於治理國家，功德難道會少嗎！〈學問〉篇說至道受到賤視，由於人主不用它，如果河中翻船，一個葫蘆貴值千金，我反覆讀這段話，而為他感到悲哀。此書文字有些脫誤，我糾正了三十五個字，倒置上下字三處，塗去二十二個字，在旁邊添綴了十二個字。

讀儀禮

【題解】《儀禮》，簡稱《禮》，亦稱《禮經》或《士禮》。儒家經典之一，共十七篇。一說出於周公，一說孔子所訂定，一般認為此書是周代禮制的紀錄。近人亦有認為是春秋、戰國時代一部分禮制的匯編。該書以冠、昏、喪、祭、射、鄉、朝、聘八者為主要內容。這些禮儀制度到了唐代已經完全與時代不合，無所可用了。韓愈此文公開承認了此點。但他認為書中所記還有可吸收之處，於是從書中作了一個摘要，供學生瀏覽。這種對待古籍，既不是盲目尊崇，又不是全盤否定的態度是可取的。

有人認為文中「無所用之」一語是含有諷刺的微辭，諷刺當時政治不能奉行古道（清翁元圻注《困學紀聞》卷五〈儀禮〉），似可聊備一說。

余嘗苦《儀禮》難讀，又其行于今者蓋寡，沿襲不同❶，復之無由，考于今，誠無所用之。然文王、周公之法制粗在于是，孔子曰：「吾從周。」❷謂其文章❸之盛也。古書之存者希❹矣，百氏雜家❺尚有可取，況聖人之制度邪！於是掇❻其大要，奇辭奧旨著于篇，學者可觀焉。惜乎吾不及其時，進退揖讓❼于其間，嗚呼，盛哉！

【注釋】❶沿襲不同　此言歷代禮儀的傳承有變化，故不同。❷孔子曰二句　《論語．八佾》：「子曰：『周監於二代，郁郁乎文哉！吾從周。』」❸文章　謂其禮儀制度。❹希　少。❺百氏雜家　此指儒家之外的諸子百家。❻掇　拾取。此謂摘取。❼進退揖讓　謂實行周代的禮儀。揖讓，古代賓主相見的禮節。

【語　譯】我常苦於《儀禮》一書難讀，而且書中所記的禮儀在今世實行的可以說已很少了，歷代的傳承不同，無從恢復，由今日世情考察古禮，實在無法實行。然而周文王、周公的禮儀制度大體在於此書中，孔子說：「我贊同周代。」也是說周代禮儀制度豐富多采。留存下來的古書已經稀少了，諸子百家尚且有可取之處，何況聖人所作的禮儀制度呢！於是摘取此書大綱要旨，使它的瑰奇的辭采、深奧的意蘊顯於篇章之上，初學的人便於閱讀。可惜我不能生於文王、周公之時，進退揖讓於他們中間，啊！那場面會是多麼美盛啊！

讀墨子

【題解】墨子是先秦的偉大學者，他出身平民，一生始終站在平民一邊，對於廣大人民懷著真摯之愛，為了拯民於水火，即使自己粉身碎骨，也在所不惜。墨家有著嚴密的組織，有著系統的理論，所以成為先秦「顯學」之一。但到秦統一前夕，墨家即已急趨衰微；後來由於儒學地位的尊崇，墨學更是一直受到貶抑。韓愈寫作此文，很明顯是想要抬高墨子的地位。然而他不去細緻剖析墨子學說的積極方面和消極方面，不去切實評價墨學在戰國時所起的歷史作用，而是用片斷的孔子之言去與墨子主張相比，找出幾點表面相同之處，就得出結論：「孔子必用墨子，墨子必用孔子，不相用不足為孔、墨。」這種推理方法是不夠嚴密的。但韓愈認為儒墨之爭，是起於後學之間，這是對的。本篇是重在肯定墨子學說的根本出發點，不是肯定後來的墨家學派。

本文在後世頗受衛道之士的議論，明茅坤批評韓愈「混儒墨而無辨，此昌黎汩其文辭，而忘其本也！」（《唐宋八大家文鈔・韓文》卷一〇評語）而我們看來，韓愈作為一代儒學大師，不把自己僅僅局限在儒學的門限之內，敢於冒天下之大不韙，提出孔、墨可相互為用的結論，而且在〈進士策問〉中，他還盛讚管仲、商鞅，指斥後世之人「羞言管、商氏」，是「不責其實」。這種追求真理，不懼流俗的勇氣，是多麼值得欽敬啊！

儒譏墨以上同❶、兼愛❷、上賢❸、明鬼❹。而孔子畏大人❺，居是邦不非其大夫❻，《春秋》譏專臣❼，不上同哉！孔子泛愛親仁❽，以博施濟眾為聖❾，不兼愛哉！孔子賢賢⑩，以四科進褒弟子⑪，疾歿世而名不稱⑫，不上賢哉！孔子祭如在，譏祭如不祭者⑬，曰：「我祭則受福。」⑭不明鬼哉！

儒墨同是堯、舜⑮，同非桀、紂⑯，同修身正心以治天下國家⑰，奚不相悅⑱如是哉！余以為辯生於末學⑲，各務售⑳其師之說，非二師之道本然㉑也。

孔子必用墨子，墨子必用孔子，不相用不足為孔、墨。

【注釋】❶上同　一作「尚同」。這是《墨子》的篇名，也是墨子的一項重要主張。墨子假託古人先例提出，人們的思想都要統一於他們的長官，下級要統一於上級，以此統一思想輿論。墨子這一主張有其前提，這就是自天子、三公、諸侯，直至地方上的鄉長、里長都必須是選立的賢者，自上而下建立了賢人政治體制，如此尚同，則「中（符合）國家百姓之利」。❷兼愛　這是《墨子》的篇名，也是墨子的重要主張。兼愛主要包含兩方面的意思：一是每個人都應該愛人如己；二是人與人之間應該相親相愛。他所說的「愛」不是空泛的，是與「利」密切相聯，他號召「兼相愛，交相利」，「愛利萬民」，「愛利天下」。兼愛是墨子學說的核心。❸上賢　一作「尚賢」。這是《墨子》的篇名，也是墨子的重要主張。他認為賢者是國家之寶、社稷之佐，「義人在上，天下必治」，因此，「尚賢者，政之本」。他堅決主張用賢能之士去代替那些無才德的世襲貴族官員，提出「官無常貴，而民無終賤，有能則舉之」。❹明鬼　這是《墨子》的篇名，也是墨子的一個主要觀點。墨子說鬼神確實存在，他特別宣揚鬼神能達到賞賢罰暴的作用，他說鬼神目光極其銳利，能洞察隱微之處，賞罰十分嚴明。❺孔子畏大人　《論語・季氏》：「孔子曰：『君子有三畏：畏天命，畏大人，畏聖人之言。』」大人，指身在高位的王公大人。❻居是邦不非其大夫　《荀子・子道》記載子路曾就魯大夫失禮的舉動向孔子請教，孔子回答：「吾不知也。」子路以為孔子真不知，子貢向他解釋說：依禮，居住在那個國家裡不非議其國的大夫。韓愈認為這同於墨子「上同」之論，其實墨子是要求與賢能的在上者保持一致。❼春秋譏專臣　孔子在《春秋》的記述中寄寓著深意。如《春秋公羊傳・隱公三年》解釋「尹氏卒」一語說，這是「譏世卿」，因為尹氏是周之大臣，不書其名，是譏誚他子孫世代為卿大夫，不容選賢而用。其後昭公二十三年果然發生立王子朝為王之事。專臣，專權之臣。❽孔子泛愛親仁　《論語・學而》記述孔子教育後生的話中有「汎愛眾，而親仁」之語。汎愛眾，博愛大眾。親仁，親近有仁德的人。❾以博施濟眾為聖　《論語・雍也》記子貢問曰：「如有博施於民而能濟眾，何如？可謂仁乎？」孔子回答說：「何事於仁！必也聖乎！」博施於民而能濟眾，廣泛地給人民以好處，又能幫助大家生活得很好。孔子認為能做到這樣，何止是仁道，那一定是聖德了。❿賢賢　《論語・學而》記子夏語：「賢賢易色。」謂用尊重賢德之人的心來改換好色之心。第一個「賢」字用作動詞。⓫以四科進褒弟子　《論語・先進》：「德行：顏淵、閔子騫、冉伯牛、仲弓；言語：宰我、子貢；政事：冉有、季路；文學：子游、子夏。」孔子褒揚四科成績優異的弟子來促使弟子們努力上進。⓬疾歿世而名不稱　《論語・衛靈公》：「子曰：『君子疾沒世而名不稱焉。』」⓭孔子祭如在二句　《論語・八佾》：「祭如在，祭神如神在。子曰：『吾不與祭，如不祭。』」意謂孔子祭祀祖先時，便好似祖先真在那裡；祭神的時候，便好似神真在那裡。孔子又說，自己不能親自祭祀，請人代祭就如同不祭一般。⓮我祭則受福　《禮記・禮器》：「孔子曰：『我戰則克，祭則受福，蓋得其道矣。』」此言知禮之人祭祀先人，合於禮節，因此鬼神歆享，而受福祉。⓯儒墨同是堯舜　《禮記・中庸》說：仲尼祖述堯、舜。《墨子・三辯》：「周成王之治天下也不若武王，武王之治天下也不若成湯，成湯之治天下也不若堯舜。」其他如〈上賢〉、〈節用〉、〈節葬〉諸篇都稱讚堯、舜。是，肯定。⓰同非桀紂　《禮記・大學》：「桀、紂率天下以暴。」孟子稱道「湯放桀，武王伐紂」。《墨子》之〈所染〉、〈非攻〉、〈明鬼〉諸篇都非難桀、紂。非，否定。⓱同修身正心以治天下國家　《禮記・大學》集中提出儒家關於正心、修身、齊家、治國、平天下的一套理論。《墨子・修身》也是專門談品行的修養。⓲不相悅　不和諧。《孟子・滕文公下》：「楊氏為我，是無君也；墨氏兼愛，是無父也。無父無君，是禽獸也。」「楊墨之道不息，孔子之道不著，是邪說誣民，充塞仁義也。」⓳末學　後學。⓴務售　勉力推行。售，推行。㉑本然　本來這樣。意謂儒墨本來互相並不排斥。

【語　譯】儒家由於墨家主張上同、兼愛、上賢、明鬼而譏誚墨家。但是，孔子畏懼王公大人，居住在此邦就不去非議此邦大夫，《春秋》譏諷專權之臣，這些不就是上同嗎！孔子要後生博愛大眾，親近有仁德的人，把廣泛施捨，救濟眾人視為聖德，這些不就是兼愛嗎！孔子尊重賢德之人，列舉四科優異者的名單來促進弟子們上進，把死後名譽不被人稱道作為恨事，這些不就是上賢嗎！孔子祭祖便好似祖先真在那裡，譏誚不親自參加祭祀的人如同不祭一般，他說：「我祭祀合於道，就定能受福。」這些不就是明鬼嗎！

儒家、墨家同樣肯定堯、舜，同樣否定桀、紂，同樣主張修養品格、端正自心來治理天下國家，為什麼兩家不和諧到如此地步呢！我認為爭辯起於儒、墨二家的後學，他們努力推行各自祖師的學說所以如此，不是儒、墨二家祖師的學說本來就是這樣的。

孔子一定會採用墨子的學說，墨子一定會採用孔子的學說，不相互採用就不成其為孔子、墨子。

鄠人對

【題解】《新唐書・孝友傳》載：「唐時陳藏器著《本草拾遺》，謂人肉治羸疾，自是民間以父母疾多刲股肉而進。」這種做法本來是一種愚昧無知的行為，然而朝廷作為孝行竟下令旌表門閭（即賜匾額，建牌坊等予以表彰），免其賦稅，因而助長了社會上這種不正之風。韓愈十分反對割股療親的做法，更反對朝廷的旌表。此文是藉回答鄠縣人之言而發表的一篇評論，故名〈鄠人對〉。

文中韓愈從孝道出發，指出割股療親會毀傷身體，弄不好造成後嗣斷絕，實有損於孝道。最後他說這種人希圖免繳賦稅而為此，本應腰斬於市，如再旌表他們，對社會影響實在太大了。批評可說是極嚴厲的，要求糾正陋俗的用心也是急切的，然而並不十分有力。要真正擊中割股這種錯誤做法的要害，就要從科學角度來分析說理，這是韓愈所無法做到的。

鄠❶有以孝為旌門者。乃本❷其自於鄠人。曰：「彼自剔股❸以奉母，疾瘳❹。以為大夫❺以聞其令尹❻，令尹以聞其上。上俾聚土❼，以旌其門，使勿輸賦❽，以為後勸❾。鄠大夫常曰：『他邑有是人乎！』」

愈曰：「母疾則止於烹❿藥餌⓫以為是⓬，未聞毀傷支體⓭以為養，在教未聞有如此者。苟不傷於義，則聖賢當先眾而為之也。是不幸因而致死，則毀傷滅絕⓮之罪有歸矣。其為不孝，得無⓯甚乎？苟有合孝之道，又不當旌門，蓋生人之所宜為，曷⑯足為異乎！既以一家為孝，是辨⑰一邑里皆無孝矣；以一身為孝，是辨其祖父皆無孝矣。然或陷於危難，能固其忠孝，而不苟生之逆亂，以是而死者，乃旌表門閭，爵祿其子孫，斯為為勸已，矧非是而希⑱免輸者乎？曾不以毀傷為罪，滅絕為憂，不腰⑲於市，而已黷於政⑳，況復旌其門！」

【注　釋】❶鄠　縣名。在今陝西戶縣北。❷本　作動詞。尋其根源。❸刲股　割大腿肉。❹瘳　病癒。❺大夫　謂縣令。❻令尹　指京兆尹。❼聚土　指聚土為墳，褒揚其祖先之意。❽輸賦　繳納賦稅。❾後勸　勉勵後人勤於孝道。❿烹　煮。⓫藥餌　原作「粉藥石」。據《新唐書・卷一九五・孝友傳》改。⓬是　疑為「事」之誤。⓭支體　肢體。支，通「肢」。⓮滅絕　謂斷絕後嗣。⓯得無　能不；豈不。⓰曷　何。⓱辨　判別。⓲希　通「睎」。企望。⓳腰　指腰斬。⓴黷於政　給政治抹黑。黷，黑。

【語　譯】鄠縣有人由於孝行受到朝廷旌表門閭。我於是向鄠縣人探詢此事的起因。鄠縣人說：「他自己割下大腿肉來敬奉母親，母親的病就好了。縣令就把此事稟報京兆尹，京兆尹又上奏皇上。皇上命人聚土為墳，旌表此人門閭，又命此人不用繳納賦稅，以此來勉勵後人。縣令常說：『別的縣有這樣的人嗎！』」

我認為：「母親生病只該煮煮藥物來治病，沒有聽說以毀傷肢體來奉養母親，教令中也沒有聽說要百姓如此做的。假如這樣做在道理上不算錯，那麼聖賢應該比眾人早就這樣做了。若這樣做不幸因而致死，則毀傷肢體、斷絕後嗣的罪名都成立了，作為不孝，豈不是很嚴重嗎？如果這樣做合於孝道，也不應當旌表門閭，因為人們都應該這麼做，有什麼值得稱奇的呢！既然認為一家為孝，這就判別一里一縣的人都不孝了；認為一人為孝，這就判別他的父親、祖父都不孝了。然而有人陷於危難之中，能夠固守忠孝，而不在逆亂之中苟且偷生，因此而死，朝廷於是旌表他的門閭，給他的子孫官爵俸祿，這可稱得上是在勉勵後人，何況並不是如此，而是希圖免繳賦稅的呢？不認為毀傷肢體是有罪的，斷絕後嗣是可憂的，不把這種人腰斬於市，就已經給當今政治抹上汙點了，何況還旌表這種人的門閭呢！」

對禹問

【題解】中國古代史上有所謂官天下和家天下之別。堯、舜傳位於賢者，是官天下；由禹開始傳位於子，是謂家天下。由官天下轉為家天下，這是歷史演變的一個必然過程。古人對此討論很多，孟子主要從天命來看，認為「天與賢，則與賢；天與子，則與子」，這種說法多少有些神祕色彩。而韓愈此篇就人事進行分析，則有道理得多。〈對禹問〉的「對」，是回答的意思，此文是就禹傳子一事回答一系列問題。

韓愈認為禹傳子最主要的考慮是防止帝王身後為爭位而發生禍亂，太子是預先確定的，政權的交接就能平穩進行。即使繼承人不是很賢能，只要肯遵守祖制就行。桀、紂一類大惡人究竟不多。這種傳子的制度，有助於保持社會安定，也符合人民的利益。應該說韓愈在這裡所討論的是中國幾千年君主制度中一個十分重要的問題，而且言之成理。方苞曾說：「其言未出，世未嘗聞此義，其言既出，世不可無此言，是謂立言。」可見古人對韓愈這篇見解的推重了。

或問曰：「堯、舜傳諸[1]賢，禹傳諸子，信乎？」曰：「然。」「然則禹之賢不及堯與舜也歟？」曰：「不然。堯、舜之傳賢也，欲天下之得其所也；禹之傳子也，憂後世爭之之亂也。堯、舜之利民也大，禹之慮民也深。」曰：「然則堯、舜何以不憂後世？」曰：「舜如堯，堯傳之；禹如舜，舜傳之。得其人而傳之，堯、舜也；無其人，慮其患而不傳者，禹也。舜不能以傳禹，堯為不知人；

禹不能以傳子，舜為不知人。堯以傳舜為憂後世，禹以傳子為慮後世。」

曰：「禹之慮也則深矣，傳之子而當❷不淑❸，則奈何？」曰：「時益以難理❹，傳之人則爭，未前定也；傳之子則不爭，前定也。前定雖不當賢，猶可以守法❺；不前定而不遇賢，則爭且亂。天之生大聖也不數❻，其生大惡也亦不數。傳諸人，得大聖，然後人莫敢爭；傳諸子，得大惡，然後人受其亂。禹之後四百年，然後得桀❼；亦四百年，然後得湯❽與伊尹❾。湯與伊尹不可待而傳也，與其傳不得聖人而爭且亂，孰若傳諸子，雖不得賢，猶可守法。」

曰：「孟子之所謂『天與賢，則與賢；天與子，則與子』者❿，何也？」曰：「孟子之心，以為聖人不苟私於其子以害天下，求其說而不得，從而為之辭。」

【注釋】❶諸　「之於」的合音。❷當　逢到。❸不淑　不善之人。淑，善；美。❹時益以難理　益，伯益。禹的重要助手。一說禹死後，天下由益治理，但他不能服眾，諸侯皆歸於禹之子啟，益也主動讓位，於是啟入繼王位（見《孟子》、《史記》）。一說益與啟爭位，啟殺之乃登位（見古本《竹書紀年》）。❺守法　指遵守祖宗的法制。❻數　常常；頻繁。❼桀　夏朝國王。名履癸，暴虐荒淫。後被商湯擊敗，出奔南方而死，夏朝遂亡。❽湯　又稱成湯。商朝開國之君。❾伊尹　商初大臣。名伊，尹是官名。輔佐成湯，攻滅夏桀，治理國家。❿孟子之所謂四句　見《孟子．萬章上》。孟子還說：不是堯以天下與舜，而是天與之。而啟賢能，敬承禹道，故天與之。匹夫有天下，必德若堯、舜，又有天子薦之；天之所廢，必若桀、紂。

【語譯】有人問：「堯、舜傳位給賢者，禹傳位給他的兒子，確實嗎？」我回答說：「是的。」「如此則禹不如堯與舜賢明嗎？」我說：「不是這樣。堯、舜傳位給賢能之人，是想要天下人能夠過安逸的生活；禹傳位給他的兒子，是擔心後世人為爭王位而發生禍亂。堯、舜給人民帶來的好處很大，禹為人民考慮得很深。」人問：「既然如此，那麼堯、舜為什麼不憂慮後世人會爭奪王位呢？」我說：「舜的為人和堯一樣，堯就傳位他；禹的為人和舜一樣，舜就傳位給他。得到合適的繼承人而傳位給他，這是堯、舜；沒有合適的繼承人，擔心會發生禍亂，因而不傳位給外人，這是禹。舜如果不能傳位給禹，堯就是不知人；禹不能傳位給兒子，舜就是不知人。堯傳位給舜就是為後世人操心，禹傳位給兒子就是為後世人憂慮。」

有人問：「禹的考慮也很深了，要是傳位給兒子卻碰上兒子不好，那麼怎麼辦？」我說：「當時益難以治理天下，傳位給外人就發生爭奪，因為預先沒有確定給誰；傳給兒子就不會發生爭奪，因為預先已經確定繼承人了。預先確定的即使不是賢者，還可以遵守祖宗法制來做；不預先確定繼承人卻沒有遇上賢者，就會發生爭奪和禍亂。上天降生大聖人並不是常有的事，降生大惡人也不是常有的事。傳位給外人，正好得到大聖人而傳給他，然後眾人不敢爭奪；傳位給兒子，正好遇上大惡人而傳給他，然後人民遭受禍亂。禹身後過了四百年，然後出了個桀；也就過了這四百年，然後才出了湯與伊尹。不可能直等到湯和伊尹降生了才傳位給他們，與其傳位給不是聖人的人因而發生爭奪和禍亂，還不如傳給兒子，即使得不到賢者，他還可以遵守祖制。」

有人問：「孟子說『天要把王位傳給賢者，就傳給賢者，天要把王位傳給兒子，就傳給兒子』，這是為什麼呢？」我說：「孟子的本心，是認為聖人不會偏心於他的兒子而危害天下人，想找個恰當的說法卻找不出，因而想出這番話來。」

行難

【題解】〈行難〉的「行」有兩種解釋：一是解作行事之行；一是解作品行之行。似以前者為是。本文的中心議題是討論如何選拔人才，讚揚陸參（當作傪，以下作「傪」）能接受韓愈的意見，在選拔人才時改變以往苛細的做法。由於為人能擇善而從，的確是行事之難者，所以題為〈行難〉。陸傪於貞元中任禮部所屬祠部員外郎。禮部在中唐時主管科舉，是為朝廷選拔人才的重要機構。並且陸傪也曾在貞元十八年（西元八〇二年）佐權德輿主持省試。而本文就記述了作者和陸傪的兩次討論。

第一次討論的中心問題是：如何看待出身卑微的士人。由於韓愈自己出身不高，所以藉小吏、商人的遭遇而發出議論，也道出了自己的心聲，故古人說他「假〈行難〉以鳴己志」（明茅坤《唐宋八大家文鈔・韓文》卷一一評語）。第二次討論是集中在選拔人才的標準上，陸傪選才苛而細，他看得入眼的士人不多。韓愈指出，朝廷需要大量賢才，如果今天擇人過嚴，人才儲備得不充分，那麼日後需人時不敷所用，就會變得粗濫起來。這種見解相當精闢，使陸傪為之折服。

或問：「行孰難？」曰：「捨我之矜❶，從爾之稱❷。孰能之？」曰：「陸先生參何如？」曰：「先生之賢聞天下，是是而非非❸。貞元中❹，自越州❺徵拜祠部員外郎❻。京師之人日造❼焉，閉門而拒之滿街，愈嘗往間❽客席。

「先生矜語其客曰：『某，胥❾也；某，商也。其生，某❿任之⓫；其死，某誅之⑫。某與某，可人⑬也，任與誅也非罪⑭歟？』皆曰：『然。』愈曰：『某之胥，某之商，其得任與誅也有由乎，抑有罪不足任而誅之邪？』先生曰：『否！吾惡其初⑮；不然，任與誅也何尤⑯！』愈曰：『苟如是，先生之言過矣。昔者管敬子取盜二人為大夫於公⑰，趙文子舉管庫之士七十有餘家⑱，夫惡⑲求其初！』先生曰：『不然，彼之取者賢也。』愈曰：『先生之所謂賢者，大賢⑳歟？抑賢於人之賢㉑歟？齊也晉也且有二與七十，而可謂今之天下無其人邪！先生之選人也已詳㉒。』先生曰：『然。』愈曰：『聖人不世出㉓，賢人不時出㉔，千百歲之間儻㉕有焉。不幸而有出於胥、商之族者，先生之說傳，吾不忍赤子㉖之不得乳於其母也。』先生曰：『然。』

「他日，又往坐焉。先生曰：『今之用人也不詳。位乎朝者吾取某與某而已，在下者多于朝，凡吾與㉗者若干人。』愈曰：『先生之與者盡於此乎？其皆賢乎？抑猶有舉其多而缺其少㉘乎？』先生曰：『固然㉙，吾敢㉚求其全？』愈曰：『由宰相至百執事㉛凡幾位？由一方至一州凡幾位？先生之得者，無乃㉜不足充其位邪？不早圖之㉝，一朝㉞而舉焉，今雖詳，其後用也必粗。』先生曰：『然。子之言，孟軻不如。』」

【注 釋】❶矜 自以為是。❷稱 稱說。❸是是而非非 以是為是，以非為非。即明辨是非之意。❹貞元中 貞元是唐德宗年號。此言貞元中，當指貞元十八年前。❺越州 陸傪原任浙東觀察使御史，浙東觀察使治所在越州。❻祠部員外郎 祠部是禮部所屬四部之一，掌祭祀等事。員外郎為該部副長官。是時禮部主管科舉，貞元十八年陸傪佐權德輿參與其事。❼造 到。謂到其府。❽間 參與。❾胥 官府中的小吏。❿某 指朝廷某官。一說指陸傪自己。⓫任之 謂任用某胥為較高職務。⓬誄之 謂為某商作誄辭。誄，用以表彰死者德行並致哀悼的文辭。⓭可人 有長處可取的人。⓮罪 錯誤；過失。⓯初 謂其本來身分。⓰尤 過錯。⓱管敬子句 《禮記・雜記下》載，管仲遇盜，取其二人推薦給齊桓公為臣，他說：這二人是交遊不好，所以為盜，其實是可取之人。齊桓公任用了此二人。管敬子，即管仲，敬子是稱謚號。⓲趙文子句 《禮記・檀弓下》載，趙文子，即趙武，春秋時晉國大夫，後執晉國之政。曾舉薦管庫之士七十餘人。此句及前句是說明，舉才不論出身，有所長即可舉，不必要求十全十美。⓳惡 何。⓴大賢 指孔子之類超群絕類的賢聖之人。㉑賢於人之賢 謂比起一般人有其長處者。㉒詳 周遍；仔細。㉓不世出 不是每世都有。世，三十年。㉔不時出 不常有。㉕儻 偶然。㉖赤子 初生嬰兒。㉗與 讚許。㉘舉其多而缺其少 謂取其長而略其短。㉙固然 誠然；本來如此。㉚敢 怎敢。㉛執事 指朝中專職的官員。㉜無乃 莫非；是不是。㉝圖之 此指選拔合適的人才。㉞一朝 儘速之意。

【語 譯】有人問：「什麼事情做起來最難？」我說：「放棄自我之見，聽從你說的話。誰能夠這樣呢？」人說：「陸參先生怎麼樣？」我說：「先生的賢能，天下都聞知，他能明辨是非。貞元年間，先生由越州內調，任為祠部員外郎。京城的士人天天到陸府去拜訪，被關在門外拒絕接見的人站滿了街，而我也曾經坐在他的客位上。

「先生自負地對他的客人說：『某人是小吏，某人是商人。某小吏在世時，某官任用他；某商人死了，某先生為他作誄辭。某官與某先生，都是可取之人，任用這類人，並為他們作誄，不是犯了過失嗎？』眾人都說：『是的。』我說：『某人做小吏，某人經商，他們受到任用、得到誄辭是有理由的呢，還是有過錯不值得任用和得到誄辭呢？』先生說：『不！我厭惡他們本來身分；若不是這個原因，任用他們、為他們作誄辭有什麼過錯呢？』我說：『如果是這樣，先生的話就錯了。從前管敬子選拔二名盜賊為齊國的大夫，趙文子舉薦管庫之士七十多人，他們又哪裡管這些人本來的身分呢？』先生說：『不是如此，他們所選取的是賢者。』我說：『先生所說的賢者，是指大賢人呢？還是指比起一般人有其長處的賢者呢？齊國、晉國尚且有二名和七十名的人可用，卻可以說當今天下沒有那樣的人嗎？先生取人太審慎了。』先生說：『是的。』我說：『聖人不是代代都有，賢人也不是常常有，千百年之間偶或出生於世上。如果有賢聖之人不幸出生於小吏、商人之家，而先生的這種看法流傳於世，我不忍心看到會有許多初生嬰兒不能從母親那裡得到哺乳之養。』先生說：『是的。』

「另一日，我又去坐在他的客位上。先生說：『如今用人不審慎。在朝中做官的，我看就某人和某人可取而已，下層官員中可取者多於朝官，我所讚許的共計若干人。』我說：『先生所讚許的全在這裡嗎？他們都是賢人嗎？還是依然有取其長而略其短的情形呢？』先生說：『本來就如此，我怎敢要求士人十全十美呢？』我說：『從宰相至眾專職官員共計多少人？由一方至一州共計多少官員？先生看中的人，豈不是不夠充任這些官位嗎？不及早考慮這件事，儘速舉薦，則今日雖然選得審慎，但日後使用時一定會粗濫啊。』先生說：『是的。您的話，孟軻也比不上。』」

諱辯

【題解】在我國古代，對於君主和尊長的名字，不能直接說出和寫出，而要用其他字來代替，這稱為避諱。據宋黃震、清錢謙益等考，周代時人死後，其子孫奉祀時不敢直稱父祖之名，乃採用避諱之法（見《黃氏日鈔》卷五九、《牧齋初學集》卷四四〈原諱〉）。但後來這種避諱就擴展到生人身上，並且越來越苛細。唐代的法律《唐律・職制律》裡就規定官府的名稱和本人的父名、祖名相同，本人不能做這個官，否則要判處一年徒刑。唐憲宗元和三年（西元八〇八年）李賀去洛陽，時韓愈以國子博士分司東都，勸李賀參加進士科考試。進士科當時很為人看重，而李賀很有才名，考取的可能性很大。那些妒嫉李賀的競爭者們就說，李賀的父親名晉肅，「晉」與「進」同音，所以李賀不該考進士，鼓勵他考進士的人錯了。一時的輿論壓力很大，若堅持去考，甚至有被治罪的危險。韓愈乃寫了這篇〈諱辯〉來公開駁斥社會上的謬論。辯，是文體名，諱辯，即辯諱，是就避諱中的問題進行辯論，以抒發自己的見解。

本文分四層來寫，首先引證《律》文，說明按國家法律尊長雙名不用單獨避諱其中一個字，也不用避諱與尊長名字同音的字；其次根據經書，說明周公、孔子、曾參都不這樣避諱；復次又覆按朝廷的典故，說明章奏、詔書中都沒有這種避諱；最後用周公、孔子、曾參的行事來和「宦者宮妾」注重繁瑣避諱的做法作對比，結論不言而自明。一路寫來，雄辯有力，犀利明快。

愈與李賀❶書勸賀舉進士❷。賀舉進士有名❸，與賀爭名者❹毀❺之曰：「賀父名晉肅，賀不舉進士為是，勸之舉者為非。」聽者不察也，和而唱❻之，同然一辭⑦。皇甫湜⑧曰：「若不明白⑨，子與賀且得罪。」愈曰：「然。」

《律》⑩曰：「二名不偏諱⑪。」釋之者⑫曰：「謂若言『徵』不稱『在』，言『在』不稱『徵』是也⑬。」《律》曰：「不諱嫌名⑭。」釋之者曰：「謂若『禹』與『雨』、『丘』與『蓲』⑮之類是也。」今賀父名晉肅，賀舉進士，為犯二名律乎？為犯嫌名律乎？父名晉肅，子不得舉進士；若父名仁，子不得為人乎？

夫諱始於何時？作法制以教天下者，非周公、孔子歟？周公作詩不諱⑯，孔子不偏諱二名⑰，《春秋》不譏不諱嫌名⑱。康王釗之孫，實為昭王⑲；曾參之父名「晳」，曾子不諱「昔」⑳。周之時有騏期㉑，漢之時有杜度㉒，此其子宜如何諱？將㉓諱其嫌，遂諱其姓乎？將不諱其嫌者乎？漢諱武帝名「徹」為「通」㉔，不聞又諱車轍之「轍」為某字也；諱呂后名「雉」為「野雞」㉕，不聞又諱治天下之「治」為某字也。今上章㉖及詔㉗，不聞諱「滸」㉘、「勢」㉙、「秉」㉚、「饑」㉛也。惟宦官宮妾㉜乃不敢言「諭」㉝及「機」㉞，以為觸犯。士君子言語行事，宜何所法守也？今考之於經，質㉟之於《律》，稽㊱之以國家之典㊲，賀舉進士為可邪？為不可邪？

凡事父母，得如曾參，可以無譏矣。作人得如周公、孔子，亦可以止矣。今世之士，不務行曾參、周公、孔子之行，而諱親之名，則務勝於曾參、周公、孔子，亦見其惑也夫！周公、孔子、曾參卒不可勝，勝周公、孔子、曾參乃比於宦者宮妾，則是宦者宮妾之孝於其親，賢於周公、孔子、曾參者耶？

【注釋】❶李賀　字長吉，福昌（今河南宜陽西）人，唐皇室遠支，家世早已沒落，生活困頓。曾官奉禮郎，是從九品上階的小官，二十七歲病死。李賀為唐代著名詩人，辭采瑰麗。❷舉進士　指受地方推舉，參加禮部進士科考試。進士為唐代科舉的一個科目。❸舉進士有名　唐代科舉考試的試卷不密封，考生平時名聲大，對考官的錄取意向就有影響。時李賀已很有詩名。❹爭名者　指同考進士者。❺毀　毀謗；攻訐。❻和而唱　跟著唱。和，以聲應和。❼一辭　一樣的話。❽皇甫湜　唐代文學家，字持正，睦州新安（今浙江淳安）人。元和進士，官工部郎中，曾從韓愈學古文。❾白　辯白；申辯。❿律　指《唐律》，是唐代政府制訂的法律條文，唐高祖時草創，太宗時修訂成十二卷，並有注文，以後列朝都作了修改。高宗還編了《律疏》，解說條文和注文。⓫二名不偏諱　這是說，如果君主、尊長之名有兩個字，那只提到其中一個字，就不算觸犯名諱。這條規定見於《唐律．職制律》，原出《禮記．曲禮》。⓬釋之者　指《律》之注。這原是漢代學者鄭玄為《禮記．曲禮》作的注文。⓭言徵不稱在二句　孔子的母親名徵在，孔子可單獨說「徵」或說「在」。⓮不諱嫌名　謂不避諱與尊者、長者名字讀音相近的字。這也見於《唐律．職制律》，原出《禮記．曲禮》。⓯禹與雨丘與蓲　這也是鄭玄對《禮記．曲禮》「不避嫌名」作的解釋，也被用於《唐律．職制律》的注文中。⓰周公作詩不諱　傳說《詩．周頌》中的〈噫嘻〉、〈雝〉兩篇為周公作，詩中有「駿發爾私」、「克昌厥後」兩句，而周文王名昌，周武王名發，說明周公作詩並不避諱尊者、長者的名字。⓱孔子不偏諱二名　孔子的母親名徵在，但《論語．八佾》有孔子說「宋不足徵」的話，《論語．衛靈公》有孔子說「某在斯」的話，可見孔子不避諱尊長雙名中的一個字。⓲春秋不譏不諱嫌名　《春秋》是魯國編年史，曾經孔子修訂，其中字句常表示出孔子對人物事件的態度。當時有個衛國的國君名完，死後諡桓，叫衛桓公。《春秋》並未對此提出譏評，可見不諱嫌名。⓳康王釗之孫二句　康王，指周康王，名釗。他的兒子為昭王瑕，不是孫子。「釗」與「昭」同音，這是不諱嫌名。⓴曾參之父名晳二句　曾參即曾子，曾參父名蒧，字晳，亦孔子弟子。《論語．泰伯》中說曾參講「昔者吾友嘗從事於斯矣」，「昔」和「晳」

同音，這說明了曾子不諱嫌名。㉑騏期　姓騏名期，春秋時楚國人。姓與名同音，其子若諱嫌名，則不得姓騏，故下文曰「此其子宜如何諱」。㉒杜度　東漢時齊國丞相。一說指魏之杜操，字伯度，避武帝曹操諱，改為杜度。㉓將　還是。選擇語氣。下同。㉔漢諱武帝名徹為通　漢武帝名徹，其時把徹侯改為通侯、蒯徹改為蒯通。㉕諱呂后名雉為野雞　呂后，漢高祖劉邦的皇后，名雉，當時為了避諱把鳥名雉改稱「野雞」。㉖上章　上給皇帝的奏章。㉗詔　皇帝所下詔書。㉘滸　唐高祖的祖父名虎，「滸」和「虎」同音。㉙勢　唐太宗名世民，「勢」和「世」同音。㉚秉　唐高祖的父親名昞，「秉」和「昞」同音。㉛饑　唐玄宗名隆基，「饑」和「基」同音。㉜宦官宮妾　太監宮女。㉝諭　唐代宗名豫。㉞機　與玄宗隆基之「基」同音。㉟質　詢問；質正。㊱稽　查考。㊲國家之典　指本朝的典故。

【語　譯】我給李賀寫信，勸他參加進士科考試。李賀參加進士科考試前已有聲名，妒嫉李賀的人就毀謗他說：「李賀的父親名叫晉肅，所以李賀不能參加進士科考試才對，勉勵他參加考試的人錯了。」聽到這種話的人也不仔細考慮，就跟著學舌，說同樣的話。皇甫湜說：「對這件事若再不申辯清楚，您和李賀將會承擔罪名。」我說：「是的。」

《律》上說：「尊長兩個字的名字，不單獨避諱其中一個字。」解釋的人說：「這是說，若說『徵』就不提『在』，說『在』就不提『徵』。」《律》上說：「不避諱與尊長名字讀音相近的字。」解釋的人說：「這是說，像『禹』與『雨』、『丘』與『蓲』之類。」如今李賀的父親名叫晉肅，李賀參加進士科考試，是違犯了關於尊長兩個名字如何避諱的法律呢？還是違犯了關於與尊長名字同音字如何避諱的法律？父親名叫晉肅，兒子不能參加進士科考試；若是父親名叫仁，兒子還不能為人嗎？

這種避諱起於什麼時候？訂立法令制度來教化天下人的，不是周公、孔子嗎？周公作詩不避諱尊長的名字，孔子不避諱尊長雙名中的一個字，《春秋》不譏刺不避諱與尊長名字同音字的人。周康王釗的孫子，就是昭王，不諱嫌名；曾參的父親名叫「晳」，曾子也不避諱「昔」字。周代有個騏期，漢朝有個杜度，他們的兒子該怎麼避諱呢？是避諱與父名同音的字，因而連姓也避諱呢？還是不避諱與父名同音的字？漢代避諱武帝的名字「徹」，改為「通」，沒有聽說又避諱車轍的「轍」字，改為另一個字的；避諱呂后的名字「雉」，改稱

「野雞」，沒有聽說又避諱治天下的「治」字，改為另一個字的。如今的奏章和詔書中，沒有聽說避諱「滸」、「勢」、「秉」、「饑」等字。只有太監宮女才不敢說「諭」和「機」字，認為是觸犯避諱。士君子的言論行事，應該遵循什麼法則呢？如今考查經書，查對《律》文，核對朝廷舊典，李賀到底可以考進士科呢？還是不可以考？

凡是侍奉父母，能夠如曾參，可以不受批評了。做人能如周公、孔子，也可算是到頂了。如今世上的人，不努力做到曾參、周公、孔子的德行，卻在避諱父母名字上，努力地要勝過曾參、周公、孔子，這顯示出他們是何等糊塗啊！周公、孔子、曾參的德行終究勝不過，在勝過周公、孔子、曾參的方面竟然等同於太監宮女，那麼說，太監宮女對於父母的孝順，要超過周公、孔子、曾參了嗎？

獲麟解

【題 解】麟，即麒麟，是古代傳說中的一種動物。形狀似鹿，全身鱗甲，尾巴像牛。牠不履生蟲，不折生草，所以稱為仁獸。傳說有聖明天子在位，天下太平，就會有麟出世，這是一種上天顯示的嘉瑞。相傳魯哀公十四年（西元前四八一年），叔孫氏的御者子鉏商在魯西大野澤中狩獵時獲得一隻麟，孔子趕去看，傷心地說：「麟也，孰為來哉！孰為來哉！」又以袍袖擦淚說：「吾道窮矣！」他原根據魯史在寫作《春秋》，到此時，看到仁獸被獲，上無聖明天子來感應這一嘉瑞，周朝先王之道不能復興，於是記下「西狩獲麟」四字就慨然絕筆，不再寫下去了（以上所述根據《左傳・哀公十四年》、《公羊傳・哀公十四年》、《史記・儒林列傳》等）。解，是文體名，以辯釋疑惑，解駁紛難為主。韓愈在本文之中就西狩獲麟之事，自設詰難，自作解答，故名篇為〈獲麟解〉。

此文雖僅一百八十多字，但宋以來朱熹等人都盛讚此文多曲折變化，有人說文凡四轉（明茅坤語），有人說文凡五轉（清吳楚材等語），有人說文凡六轉（清過珙語）。綜合看來，文章是圍繞麟是「祥」還是「不祥」的論題來展開反覆辯駁。在一開始先說麟為祥瑞之物，人皆共知；接著突起奇峰，說麟不為人識，因而也可以說不祥。這其中就已暗寓著才德之士不為俗人所知的酸辛。接著他又說聖人知麟，所以麟「不為不祥」，這是肯定麟的客觀價值，也是肯定才士的價值。末後，他又掀起波瀾，提出祥瑞的麟出不逢時，為人所獵獲，也可說是不祥之物。這自是充滿牢騷的反語，其實是對不珍惜人才的世道的一種憤怒的抗議。全文表面是論麟的祥與不祥，其實是論對人才的知與不知，感慨殊深！

麟之為靈昭昭❶也，詠於《詩》❷，書於《春秋》，雜出於傳、記、百家之書❸，雖婦人小子皆知其為祥也。然麟之為物，不畜於家，不恆有於天下。其為形也不類❹，非若馬、牛、犬、豕❺、豺❻、狼、麋❼、鹿然。然則，雖有麟，不可知其為麟也。角者吾知其為牛，鬣❽者吾知其為馬，犬、豕、豺、狼、麋、鹿，吾知其為犬、豕、豺、狼、麋、鹿。惟麟也不可知。不可知，則其謂之不祥也亦宜。雖然，麟之出，必有聖人❾在乎位，麟為聖人出也，聖人者，必知麟，麟之果❿不為不祥也。又曰：麟之所以為麟者，以德不以形⓫。若麟之出不待聖人，則謂之不祥也亦宜。

【注　釋】❶昭昭　明顯。❷詠於詩　此指《詩．周南．麟之趾》。❸雜出於傳記百家之書　麟在《左傳》、《公羊傳》、《大戴禮記》、《史記》、《漢書》、《荀子》、《鶡冠子》等書中都曾言及。❹不類　不類似其他動物。❺豕　豬。❻豺　一種像狼的野獸。耳朵比狼耳短而圓，性貪暴。❼麋　也叫駝鹿或犴。比牛大，全身赤褐色，角大，尾短。❽鬣　獸類頸上的長毛。❾聖人　指聖明的天子。❿果　果真；誠然。⓫麟之所以為麟者二句　此謂麟被視為祥瑞的原因，不是由於其形狀特殊，而是由於麟有異德。而此種異德則來源於有道聖君。

【語　譯】麟作為靈獸，是很明顯的，《詩》中歌詠過，《春秋》也曾記載，還見於經傳、史書、諸子百家書中。即使婦女小孩也都知道麟是祥瑞的動物。然而麟這種動物，不是人家飼養的，也不常出現於天下。麟的形狀不類似其他動物，不像馬、牛、狗、豬、豺、狼、麋、鹿那樣。既然如此，那麼即使有麟，也不可能知道牠就是麟了。有角，我知道那是牛；頸上有著長毛，我知道那是馬；狗、豬、豺、狼、麋、鹿的樣子，我知道那是狗、豬、豺、狼、麋、鹿。只有麟不能知道。不知是麟，那麼即使說牠是不祥的動物也可以。雖然如此，麟出現在世上，一定有聖明的天子在位，麟是因為聖君而出世的，聖君必定知道麟是什麼樣子，麟確實不是不祥的動物。我又認為：麟之所以是麟的原因，在於牠有德，而不在於牠的形狀。如果麟不等到聖明天子在位時出世，那麼說牠是不祥的動物，也是可以的。

通解

【題解】「通」，指具備各種品德和才能，這只有聖人才能做到；相對於「通」來說的「獨行」，則指具備某一方面優異的品行，這是賢人才能做到的。如何理解和評價這二者，如何來進行道德修養，如何看待當時社會上的種種謬論，這就是本文所討論的主要內容。

作者特別推重獨行，列舉了許由、關龍逢、伯夷三人作為獨行的榜樣，說他們以個人的所為為後人立教，使人們知道什麼是「讓」，什麼是「忠」，什麼是「義」，因而成為萬世師表。作者又嚴厲地批評當時那些「慕通達，恥獨行」之人，說他們其實是百行百藝缺於身，只想求合於世而已。他們的「通」，只是通於個人私欲；他們自比聖人，不過是擾亂聖教、欺世盜名的行為。

由於作者認為要求人們做孔子一樣的通人，是不實際的；因而鼓勵廣大學子要努力於獨行，向賢人追趕，向賢人看齊，認為這才是一條實際的途徑。這種見解是可取的。

今之人以一善為行❶而恥為之，慕❷達節❸而稱夫通才❹者多矣。然而脂韋❺汩沒❻以至於老死者相繼，亦未見他人之稱，其豈非亂教❼賊名❽之術歟！且五常❾之教，與天地皆生，然而天下之人不得其師，終不能自知而行之矣。故堯之前千萬年，天下之人促促❿然不知其讓之為美也，於是許由⓫哀天下之愚，且以爭為能，迺⓬脫屣⓭其九州，高揖⓮而辭堯。由是後之人竦然⓯而言曰：「雖天下猶有薄而不售[16]者，況其小者乎！」故讓之教行於天下，許由為之師也。自桀之前千萬年，天下之人循循[17]然不知忠易其死也，故龍逢[18]哀天下之不仁，覩君父、百姓入水火而不救，於是進盡其言，退就割烹[19]，故後之臣竦然而言曰：「雖萬死猶有忠而不懼者，況其小者乎！」故忠之教行於天下，由龍逢為之師也。自周之前千萬年，渾渾然[20]不知義之可以換其生也，故伯夷[21]哀天下之偷[22]，且以彊[23]則服，食其葛薇[24]，逃山[25]而死，故後之人竦然而言曰：「雖餓死猶有義而不懼者，況其小者乎！」故義之教行於天下，由伯夷為之師也。是三人俱以一身立教，而為師於百千萬年間，其身亡而其教存，扶持天地[26]，功亦厚矣！

嚮[27]今三師[28]恥獨行，慕通達，則堯之日，必曰：「得位而濟道[29]，安用讓為[30]！」夏之日，必曰：「長進[31]而否退[32]，安用死為！」周之日，必曰：「和光而同塵[33]，安用餓為！」若然者，天下之人促促然而爭，循循然而佞[34]，渾渾然而偷，其何懼而不為哉！是則三師生於今，必謂偏而不通者矣，可不謂之大賢者哉！嗚呼！今之人其慕通達之為弊也！

且古聖人言通者，蓋百行眾藝備於身而行之者也；今恒人[35]之言通者，蓋百行眾闕[36]於身而求合[37]者也。是則古之言通者，通於道義[38]；今之言通者，通於私曲㊴。其亦異矣！將欲齊之者，其不猶矜糞丸而擬質隨珠㊵者乎！且今父兄教其子弟者曰：「爾當通於行如仲尼㊶。」雖愚者亦知其不能也。曰：「爾尚力一行如古之一賢。」雖中人亦希其能。豈不由聖可慕而不可齊邪！賢可及而可齊也。今之人行未能及乎賢而欲齊乎聖者，亦見其病矣。夫古人之進修，或幾㊷乎聖人。今之人行不出乎中人㊸，而恥乎力一行為獨行，且曰：「我通同如聖人。」彼其欺心邪？吾不知矣；彼其欺人而賊名邪？吾不知矣。余懼其說之將深，為〈通解〉。

【注釋】❶一善為行　某一方面的品行特別好。即下文之「獨行」。❷慕　羡慕；仰慕。❸達節　語出《左傳・成公十五年》子臧之語：「聖達節，次守節，下失節。」據杜注孔疏，節，猶分。聖人達於天命，識己知分，故所為不拘常禮，而無不合於天命己分，稱為達節。❹通才　此處指具備各種美好品德、才能的人。❺脂韋　《楚辭・卜居》：「寧廉潔正直以自清乎？將突梯滑稽如脂如韋以絜楹乎？」後因以「脂韋」比喻阿諛或圓滑。脂，油脂。韋，軟皮。❻汩沒　沉淪；墮落。❼亂教　攪亂教化。❽賊名　盜名。❾五常　指仁、義、禮、智、信。此為儒家所主之五種長久不變的道德。❿促促　急忙的樣子。⓫許由　相傳堯要把君位讓給他，他逃至箕山下，農耕而食。堯又請他做九州長官，他到潁水邊洗耳，表示不願聽到。所以歷來被人認為是高士。⓬迺　「乃」的異體字。⓭脫屣　比喻看得很輕，無所顧戀，猶如脫掉鞋子一般。屣，鞋。⓮高揖　一種謙讓的禮貌。揖，拱手為禮。⓯竦然　肅敬的樣子。⓰售　買。此處指收受。⓱循循　墨守舊規的樣子。⓲龍逄　即關龍逄。夏之賢臣，夏桀無道，為酒池糟丘，龍逄極諫，桀因而殺之。⓳割烹　指夏桀殘酷的死刑。⓴渾渾然　糊塗的樣子。㉑伯夷　商末孤竹君長子。初孤竹君以第三子叔齊為繼承人，孤竹君死後，叔齊讓位，他不受，二人都投奔到周。到周後，反對周武王伐商。武王滅商後，他們逃避到首陽山，不食周粟而死。㉒偷　苟且；不講究道義。㉓彊　即「強」。強迫。

㉔葛薇　皆野生植物名。伯夷以天下歸周，故不食周粟，只採野生植物吃。㉕山　指首陽山。在山西永濟南。㉖扶持天地　謂扶持天地間的綱常。㉗嚮　從前；往昔。㉘三師　指許由、關龍逢、伯夷。三人以其行為教天下，故稱之為師。㉙濟道　成道。㉚為　表反詰語氣。㉛長進　受尊重時進言參政。長，興盛。㉜否退　窮蹙時則退而保全自己。㉝和光而同塵　《老子》：「和其光，同其塵。」王弼注：「和光而不污其體，同塵而不渝其貞。」後謂不露鋒芒，與世無爭的處世態度為「和光同塵」。老子是春秋時人，而此處擬周初人語，引用《老子》是不恰當的。㉞佞　用花言巧語諂媚人。㉟恒人　常人；一般人。㊱闕　欠缺。㊲求合　求合於世；求合於眾。㊳道義　道德義理。㊴私曲　指個人欲望、利益。㊵隨珠　即隋珠。是古代傳說中的明珠。據《淮南子・覽冥》高誘注說：隋侯見大蛇傷斷，用藥為牠敷治，後來大蛇從江中銜大珠報答他。珠即明月珠。㊶仲尼　孔子的字。㊷幾　近。㊸中人　指品行中等之人。

【語　譯】如今的人認為只在某一方面的品行特別好當做是恥辱，不願去做，卻羨慕古代聖人能進能退，無不合於天命己分，因而自稱通才的人很多。然而這種人圓滑地沉淪於世，直到相繼老死，也沒有見到別人稱道他們，這難道不是擾亂聖教，盜名竊譽的做法嗎！再說五常的道德，在天地產生時即已存在，然而天下人得不到師長教導，終究不能自己覺知而實行。所以堯之前千萬年，天下人忙忙亂亂地不知道謙讓是美德，於是許由憐憫天下人的愚昧，憐憫他們還以和人爭奪為能事，許由就像脫去鞋子一樣看輕九州，高高拱手辭讓了堯的君位。從此後代人肅敬地說：「即使是天下之大，尚且有人鄙薄而不接受，何況是小的東西呢！」所以謙讓之教傳遍天下，許由便是表率。夏桀之前的千萬年，天下人因循守舊，不知為了盡忠而死，所以關龍逢憐憫天下人不仁愛，目睹君父、百姓入於水火之中卻不救援，於是向桀傾吐諍言，退身接受宰割、湯鑊的酷刑，所以後代的臣子肅敬地說：「即使是萬死，還有人盡忠不懼，何況是小的事情呢！」所以盡忠之教傳遍天下，關龍逢做了表率的緣故。周朝之前千萬年，天下人糊塗懵懂，不知為了義可以放棄生命，所以伯夷憐憫天下人的苟且，憐憫他們受強迫就服從，於是伯夷只吃葛、薇，逃匿在首陽山而餓死，所以後代人肅敬地說：「即使是餓死，也有人為了義而不畏懼，何況是小事呢！」所以行義之教傳遍天下，這是由於伯夷做了表率。這三個人都以自身之所為，為後人立教，在百、千、萬年間都是表率，他們人死了，但對後人的教育還存在，扶持天地間的綱常不致顛墜，他們的功績也夠巨大的了！

當初假如三位師長認為只具備一種優異品行是可恥的，而羨慕為人通達，那麼堯的時代，許由一定會說：「得到君位來實現大道，何必謙讓呢！」夏桀的時候，關龍逢一定會說：「受尊重時進言，窮蹙時退身，何必為進言而死呢！」周朝的時候，伯夷一定會說：「混世無爭便可，何必挨餓呢！」如果這樣的話，天下人迫不及待地爭奪，因循守舊地諂媚，糊塗懵懂地苟且，那麼什麼事情會害怕不做呢！因此三位師長若生於今天，今人一定會說他們偏而不通，更不會稱他們是大賢人了！唉，今人羨慕通達實在是弊病啊！

況且古代聖人說到通，大致是說各種品德、各種才能都具備，而且還在實行不已；如今一般人說到通，大致是各種品德、各種才能都缺乏，卻想求合於世。這樣看來，古人所說的通，是通於道德義理；今人所說的通，是通於種種個人欲望。這兩者是不一樣的！要想把這二者等同起來，豈不是自負糞球卻去比擬明月珠嗎！

況且要今世做父兄的教育他們的子弟說：「你應當像孔子一樣通於各種品行。」即使愚笨的人也知道這是做不到的。如果教育說：「你要像古代一位賢者那樣，努力進修一種品行。」即使中等資質的人也希求能夠做到。這難道不是因為聖人可仰慕卻不可平等的嗎！而賢人是可趕得上而且可做到平等的。今人品行不能趕上賢人，卻要和聖人平等，這也顯示出他們的缺點。古人進修品行，有的近於聖人。如今品行超不過中等水準的人，卻認為努力進修一種品行成為獨行是可恥的，還說：「我像聖人一樣是通才。」他是欺騙自己嗎？我不知道；他是騙人而盜名竊譽嗎？我不知道。我怕這種說法深入人心，就寫了這篇〈通解〉。

擇言解

【題 解】本文談的是言語的作用，一方面固然肯定它「可化可令，可告可訓」的社會功能；另一方面更強調，若是言語縱放不慎，就會造成難以彌補的損失，比起水火之災還要嚴重。因此作者指出，要謹慎地擇言。

這篇短文寫得十分含蓄，主旨只是點到為止，沒有作詳盡的闡述，然而頗能引人思索。明茅坤評論此文：「其思深，其調逸。」是說得不錯的。

人生在世，對自己說的話自然要負責，因此謹慎擇言之教，確有意義。韓愈一生論天災、諫佛骨、主伐藩鎮，說了許多人不敢說的話，從而遭受許多挫折，因此也最能體會言災之烈，這篇文章也透露出一絲牢騷。然而他並沒有鉗口不言，變得圓滑起來，這是我們讀這篇文章所應當注意的。慎於擇言，不是專挑別人喜歡聽的話說，更不是於義當言的話也不敢說，我們不要錯會這篇文章的意思。

火洩於密❶，而為用且大，能不違於道，可燔可炙❷，可鎔❸可甄❹，以利乎生物。及其放而不禁，反為災矣。水發於深，而為用且遠，能不違於道，可浮可載，可飲可灌，以濟❺乎生物。及其導而不防❻，反為患矣。言起於微❼，而為用且博，能不違於道，可化可令，可告可訓，以推於生物。及其縱而不慎，反為禍矣。火既我災，有水而可伏其焰，能使不陷於灰燼❽矣。水既我患，有土而可遏❾其流，能使不仆❿於波濤矣。言既我禍，即無以掩其辭，能不罹⓫於過者亦鮮矣。

所以知理者又焉得不擇其言歟！其為慎而甚於水火。

【注釋】❶密　指隱蔽之處。❷可燔可炙　可以用火來烤。燔、炙，都是烤的意思。❸鎔　以高溫使固體物質轉為液態。❹甄　《廣雅・釋宮》：「甄，窯也。」王念孫《疏證》：「《眾經音義》卷一四引《倉頡篇》云：『窯，燒瓦竈也。』」此處則轉作動詞用，意為燒磚瓦。❺濟　有益。❻防　築堤防水。❼微　小地方。❽燼　火燒剩下的東西。❾遏　阻止。❿仆　跌入。⓫罹　遭受。

【語譯】火從隱祕之處冒出來，它的作用很大，能不違反使用規律，則火可烘可烤，可鎔鍊，可燒窯，有利於生物。但等到它縱放而不受限制，就反而會造成災禍。水出於地下深處，它的作用長遠，能不違反它的規律，就可浮物於上，可以載舟，可以飲用，可以灌溉，有益於生物。但等到對它疏通而不築堤防，它就反而會造成禍患。言語從微小之處發出，而作用廣大，能不違反使用它的規律，則可用以教化，可用以發令，可用以告示，可用以訓誨，來推擴到各種生物之上。但等到它放縱而不謹慎，反過來就會造成禍患。火已給我造成災難，有水就可以把火焰壓下去，能使我不陷於灰燼之中。水已給我造成禍患，有土就可以阻止流水，能使我不跌入波濤之中。言語已給我造成禍患，則無法掩蓋說過的言辭，能不受責備是少有的。所以懂得道理的人又怎能不選擇言辭呢！態度要比對待水火更為謹慎。

進學解

【題　解】元和七年（西元八一二年）二月，韓愈因替華陰令柳澗辯罪，左遷復為國子博士。他自以才高，累遭擯黜，乃作〈進學解〉以自喻（見《新唐書・韓愈傳》）。亦有人認為此文作於元和初韓愈二為博士時，見清沈誾《韓文論述》卷五）。「進學」的意思是使學生在學業、德行上能有所進益。「解」，是說對疑難問題進行辯析，為文體之一。

本文第一段是發端，寫國子學先生教誨學生努力於學業、德行的進修，不要擔心因有司不明而不會受到任用。第二段是駁，假託一位學生對先生的教誨提出詰問，他以先生自己的遭遇為例，說先生在學業、德行、文章、為人等方面都傑出於眾，卻久不升職，家境貧困。第三段是解，國子學先生辯說，宰相的職責本在兼收並蓄，量才錄用，而自己的才德不如人，因而投閒置散，本該如此。這篇文章就是這樣透過國子學先生與弟子的對話，抒發作者長期不受重用，反遭貶斥的不滿情緒，也暗寓著對當時執政者不以才德取人，用人不公不明的諷刺。妙在他不用自己的口來說，而是假借別人之口來鳴不平，自己反而表現得極為謙退，可是愈顯出世道之不公，有司之不明。林紓曾評說：「文不過一問一答，而啼笑橫生，莊諧間作，文心之狡獪，歎觀止矣。」（《韓柳文研究法》）

這篇文章的體裁取法東方朔〈答客難〉、揚雄〈解嘲〉，誇張鋪排，屬於賦的範圍。又吸收了六朝駢文的長處，大量採用對偶句式，但又與散文句法交錯使用，使整齊之中又顯出靈動活潑。全篇亦注意用韻，有時多句一韻，有時兩句一轉，毫無拘滯之感，讀來琅琅上口，極為流暢。

國子先生[1]晨入太學[2]，招諸生立館[3]下，誨之曰：「業[4]精於勤，荒於嬉[5]；

行[6]成於思[7]，毀於隨[8]。方今聖賢[9]相逢，治具[10]畢張[11]。拔去[12]兇邪[13]，登崇[14]俊良[15]。占[16]小善[17]者率[18]以[19]錄[20]，名一藝者[21]無不庸[22]。爬羅剔抉[23]，刮垢磨光[24]。蓋有幸而獲選，孰云多而不揚[25]！諸生業患不能精，無患有司[26]之不明；行患不能成，無患有司之不公。」

言未既，有笑於列者曰：「先生欺余哉！弟子事[27]先生，於茲有年[28]矣。先生口不絕吟[29]於六藝[30]之文，手不停披[31]於百家之編[32]；記事者[33]必提其要[34]，纂言者[35]必鉤其玄[36]；貪多務得[37]，細大不捐[38]；焚膏油[39]以繼晷[40]，恆兀兀[41]以窮年[42]。先生之業，可謂勤矣。觝排[43]異端[44]，攘斥[45]佛老；補苴罅漏[46]，張皇[47]幽眇[48]；尋墜緒[49]之茫茫[50]，獨旁搜[51]而遠紹[52]；障百川而東之[53]，迴狂瀾於既倒[54]。先生之於儒，可謂有勞[55]矣。沉浸醲郁[56]，含英咀華[57]，作為文章，其書滿家。上規[58]姚姒[59]，渾渾[60]無涯；周誥[61]殷盤[62]，佶屈聱牙[63]；《春秋》謹嚴[64]，《左氏》[65]浮誇[66]；《易》奇而法[67]，《詩》正而葩[68]；下逮《莊》[69]、〈騷〉[70]，太史所錄[71]；子雲、相如[72]，同工異曲[73]。先生之於文，可謂閎其中[74]而肆其外[75]矣。少始知學，勇於敢為[76]；長通於方[77]，左右具宜[78]。先生之於為人，可謂成[79]矣。然而公不見信於人，私不見助於友[80]。跋前躓後[81]，動輒[82]得咎[83]。暫為御史[84]，遂竄南夷[85]。三年博士[86]，兀不見治㉗。命與仇謀㉘，取敗幾時㉙。冬暖而兒號寒，年豐而妻啼飢㉚。頭童㉛齒豁㉜，竟死㉝何裨㉞！不知慮此，而反教人為！」

【章　旨】先以國子先生訓導諸生的話為發端。國子先生提出「業精」「行成」二方面進修的目的，勉勵諸生努力進取。後敘諸生中有人對先生的話提出問難，說先生自己在為人、學業等上都很努力了，為什麼處境還這樣貧窮窘困。

【注　釋】❶國子先生　韓愈自稱。唐代的國子監是主管國家教育政令的官署，又是設在京城的最高學府，下轄國子學、太學、廣文館、四門學、律學、書學、算學七學，每學都設博士若干人任教授之職。❷太學　唐朝的國子學相當於秦漢時代設來教育貴族子弟的最高學府太學，有國子生八十人，三品以上官和國公的子孫、從二品以上官員的曾孫才能進去學習。❸館　學舍。❹業　學業。❺嬉　嬉戲；遊玩。❻行　德行。❼思　思考。三思而後行的意思。❽隨　隨意；任性率意。❾聖賢　這是恭維話頭。聖，指皇帝。賢，指執政大臣。❿治具　治國之具。指法律政令。⓫畢張　全部得以實施。⓬拔去　除去。⓭兇邪　兇惡奸邪之人。⓮登崇　提拔。⓯俊良　才德優良的人才。⓰占　具有。⓱小善　小長處。⓲率　大都。⓳以　同「已」。⓴錄　錄用。㉑名一藝者　指能以治一種經書著稱的人。㉒庸　用。㉓爬羅剔抉　指搜羅人才。爬，爬梳；整理。羅，搜羅。剔，剔除；區分。抉，挑選。㉔刮垢磨光　是說精心造就人才。刮垢，刮去汙垢。磨光，磨去毛瑕，使之光潔。㉕蓋有幸而獲選二句　意謂只有才行有所不及而幸獲選拔的人，而決無才行優異而不蒙提舉的人。蓋，大概；或許。幸，僥倖。多，賢。揚，舉用。㉖有司　指負責選拔人才的官吏。㉗事　侍奉。此指跟先生學習。㉘有年　多年。㉙吟　吟誦；朗讀。㉚六藝　六經，即《詩》、《書》、《禮》、《樂》、《易》、《春秋》。㉛披　打開；翻閱。㉜百家之編　指諸子百家的著作。㉝記事者　指記事一類的著作。㉞要　要點；綱領。㉟纂言者　指立論一類的著作。㊱鉤其玄　探求其深奧的道理。㊲貪多務得　貪圖多學，務求得益。㊳捐　棄。㊴焚膏油　指點燃燈燭。㊵晷　日影。即日光，指白天。㊶兀兀　勤奮勞苦的樣子。㊷窮年　終年；整年。㊸觝排　抵制排斥。㊹異端　指與儒家相對立的學派。㊺攘斥　排除；反對。㊻補苴罅漏　是說補充前人學說中不足之處。補苴，填補。罅漏，裂縫；缺漏。㊼張皇　張大。引申為闡發。㊽幽眇　指儒家學說的深奧隱微之處。

(49)墜緒　意指行將衰絕、失傳的儒家道統。(50)茫茫　遙遠的樣子。(51)旁搜　廣泛搜尋。(52)紹　繼承。(53)障百川而東之　比喻引導百家之說歸於儒家。障，「墇」的通假字。即防的意思。一說此字當從另本作「停」。停，通「亭」。作平字解。有疏導之意。(54)迴狂瀾於既倒　是說在波濤洶湧澎湃，處於壓倒優勢的情況下，扭轉它的方向。比喻挽轉矯正那被佛老邪說所腐蝕敗壞的人心世風。迴，挽轉。狂瀾，兇猛的大浪。比喻佛老邪說。既倒，指狂瀾橫流的情形。(55)勞　功勞；勞績。(56)醲郁　借嗜好美酒來譬喻價值很高的古籍。醲，味厚的美酒。郁，同「鬱」。是用芳草合釀的酒。(57)含英咀華　意謂對美好的文章細細欣賞。英、華，都是花。(58)規　取法。這個「規」字的賓語一直到下文的「《詩》正而葩」。(59)姚姒　姚，虞舜的姓。姒，夏禹之姓。此指《尚書》中的〈虞書〉、〈夏書〉。(60)渾渾　渾厚博大的樣子。(61)周誥　指《尚書・周書》中的〈大誥〉等篇。(62)殷盤　指《尚書・商書》中的〈盤庚〉等篇。(63)佶屈聱牙　指文辭艱澀難懂。(64)春秋謹嚴　指《春秋》一書對人和事的褒貶謹嚴有法。(65)左氏　指《左氏傳》，即《左傳》。(66)浮誇　指文辭鋪張華美。一說謂其誇大事實，如呂相作〈絕秦書〉等。(67)易奇而法　意謂《周易》變易多奇而有法則。(68)正而葩　思想純正而華美。葩，花。(69)莊　指《莊子》。(70)騷　屈原所著〈離騷〉，此指《楚辭》。(71)太史所錄　指《史記》。太史，史官。這裡指太史公司馬遷。所錄，指所著《史記》。(72)子雲相如　指漢代辭賦家揚雄、司馬相如。(73)同工異曲　曲調不同，卻都很工妙。這是綜評《莊》、〈騷〉以下。(74)閎其中　指內容博大。閎，博大。中，指文章內容。(75)肆其外　指文辭奔放。肆，奔放。外，指文辭。(76)勇於敢為　敢作敢為。(77)方　禮法。(78)左右具宜　各方面都做得恰如其分。左右，指各個方面。(79)成　完美；成熟。《論語・憲問》：「子路問成人……（孔子）曰：『……見利思義，見危授命，久要（約）不忘平生之言，亦可以為成人矣。』」(80)見助於友　得到朋友幫助。(81)跋前躓後　意謂進退兩難。跋，踏。躓，又作「疐」。顛蹶阻礙。《詩・豳風・狼跋》：「狼跋其胡，載疐其尾。」是說老狼前進即踩其胡（下巴懸肉），後退就踩其尾。(82)輒　每每如此。(83)咎　罪。(84)御史　監察御史。(85)遂竄南夷　貞元十九年，韓愈由監察御史貶為陽山令。因陽山地處南方荒僻地區，故稱南夷。竄，指受貶逐。(86)三年博士　年，一本作「為」。擔任。有人據《新唐書・韓愈傳》認為，韓愈元和七年至八年任國子博士，前後不到三年，故當作「三為」。然從前後文看，「三為博士」似也不很妥帖，姑錄此說作為參考。(87)冗不見治　投閒置散，毫無成就。冗，閒散。見，表現。治，治績。(88)命與仇謀　命運與仇敵相合。謀，合。(89)取敗幾時　意謂屢次招致失敗。(90)冬暖而兒號寒二句　冬暖而號寒，可見衣物單薄；年豐而啼飢，說明平日更為乏食。這是作者誇張的寫法。不過韓愈的家累的確很重，到晚年方轉優裕。(91)頭童　頭禿。《釋名・釋長幼》：「山無草木者曰童。」(92)齒豁　牙齒脫落。(93)竟死　到死。竟，終。(94)裨　補益。

【語　譯】國子學先生早晨進入學校，把所有學生召集起來站在學館階下，教誨他們說：「學業之精進在於勤奮，學業之荒疏由於嬉戲；德行之完美在於多思，德行之敗壞由於任性率意。當今聖君賢臣在上，法律政令全部實施。除去兇惡奸邪之徒，提拔才德優良之士。具有一點小長處的人都能錄用，以治一種經書著稱之才也無不任用。細心搜羅選擇人才，像對玉器刮垢磨光一樣加以造就。大約只有才行不足卻僥倖被提拔的，誰說會有賢能而不被舉用！你們只要擔心自己的學業不能精進，不用擔心主管官員沒有知人之明；只要擔心自己德行不完美，不用擔心主管官員不公正。」

話未說完，有一個學生在行列中譏笑說：「先生在騙我們呀！弟子跟從先生求學，到今天已有幾年了。先生口裡不斷誦讀六經的文句，手上不停翻閱諸子百家的著作；記事的書一定抓住它的內容要點，立論的書一定探索它深奧的道理。貪圖多學，務求得益，只要是知識，不論大小都不放棄；點起燈燭接續白天來攻讀，整年經常這樣勞苦不息。先生對於學業，可說是勤奮的了。抵拒異端邪說，排斥佛、老之教；補充前輩學說的缺漏之處，闡發它深奧隱微之旨；尋覓那遙深迷茫、行將衰絕的道統，獨自廣泛搜索，遠遠地繼承它；引導百家歸宗於儒，好像阻擋百川使它們東流；改變人們的信仰，就似挽轉那正橫流的兇猛巨浪。先生對於儒學，可說是有功勞的了。沉浸在古典名著的濃厚滋味之中，細細品味美好的辭采。自己寫作文章，書稿堆滿家中。向上取法《尚書》中的〈虞書〉、〈夏書〉，內容渾厚博大，沒有邊際；《尚書》中〈大誥〉、〈盤庚〉等篇，文辭艱澀難懂；《春秋》謹嚴有法，《左傳》鋪張誇大；《周易》變易多奇而有法則，《詩經》思想純正而華美。向下取法則至於《莊子》、《楚辭》，太史公所著《史記》，揚雄、司馬相如所作辭賦，這些作品雖各不相同，卻同樣美妙。先生在學習寫作古文上，可稱得上是內容博大而文辭恣肆的了。少年時剛懂得學習，就已敢作敢為；長大後通於禮法，各個方面都做得恰如其分。先生在做人上，可以稱得上是完美的了。然而先生在公事上不受人信用，在私交上不能得到朋友幫助。進退兩難，常常獲罪。做了短時間的監察御史，就被貶逐到南方荒僻之地。做了三年博士，閒散而無成績。命運與仇敵相合，屢次招致失敗。冬天天暖，兒子卻叫著寒冷；五穀豐登，妻子卻為腹飢流淚。弄得頭禿而齒落，這樣到死又有什麼好處！自己不知道考慮這些，卻反而教訓別人嗎！」

先生曰：「吁！子來前。夫大木為宗[1]，細木為桷[2]，欂櫨[3]侏儒[4]，椳闑居楔[5]，各得其宜，施以成室者，匠氏之工也。玉札[6]丹砂[7]，赤箭[8]青芝[9]，牛溲[10]馬勃[11]，敗鼓之皮[12]，俱收並蓄，待用無遺者，醫師之良也。登[13]明選[14]公，雜進巧拙[15]，紆餘[16]為妍[17]，卓犖[18]為傑，校短量長[19]，惟器[20]是適者，宰相之方[21]也。昔者孟軻好辯[22]，孔道以明。轍環[23]天下，卒老於行[24]。荀卿守正[25]，大論[26]是弘[27]。逃讒於楚，廢死蘭陵[28]。是二儒者，吐辭[29]為經[30]，舉足[31]為法[32]，絕類離倫[33]，優[34]入聖域[35]，其遇於世何如也！今先生學雖勤而不繇[36]其統[37]，言雖多而不要[38]其中[39]，文雖奇而不濟於用[40]，行雖修[41]而不顯於眾，猶且月費俸錢，歲靡廩粟[42]。子不知耕，婦不知織。乘馬從徒[43]，安坐而食。踵常途[44]之促促[45]，窺陳編[46]以盜竊[47]。然而聖主不加誅[48]，宰臣[49]不見斥[50]，茲非其幸歟！動而得謗，名亦隨之[51]。投閒置散[52]，乃分[53]之宜。若夫商財賄[54]之有亡[55]，計班資[56]之崇庳[57]，忘己量[58]之所稱[59]，指前人[60]之瑕疵[61]，是所謂詰[62]匠氏之不以杙為楹[63]，而訾[64]醫師以昌陽[65]引年，欲進其豨苓[66]也！」

【章　旨】國子先生回答諸生之言，辯明了進學的目的，勉勵諸生不要計較遇不遇，藉此抨擊執政者的不公不明。

【注　釋】❶宗　棟梁。❷桷　屋椽。❸欂櫨　即斗栱。柱上的方木，用以支撐屋棟。❹侏儒　原為短人之稱。這裡作短柱解，在梁上。❺椳闑扂楔　門的組件。椳，承門樞的門臼。闑，古代門中立的短柱。扂，門閂之類。楔，門框兩側的長木。❻玉札　玉屑，又名瓊漿。可服用。一說指地榆，藥名。❼丹砂　朱砂。❽赤箭　藥名。即天麻。一說指一種芝類。❾青芝　藥名。又名龍芝。一說指生於泰山的青色芝草。❿牛溲　牛尿。一說為車前草。⓫馬勃　生溼地及腐木上，狀如狗肝，治惡瘡。⓬敗鼓之皮　破鼓的皮。治蠱毒。⓭登　升用。⓮選　選拔。⓯雜進巧拙　意謂聰敏和拙笨的人都能得到合理的錄用。⓰紆餘　從容舒緩的樣子。⓱妍　美好。⓲卓犖　超絕的樣子。⓳校短量長　是說比較人才的優劣。⓴器　才具。㉑方　治術。㉒孟軻好辯　孟子曾極力批駁楊朱、墨翟的主張。《孟子・滕文公下》：「公都子曰：『外人稱夫子好辯，敢問何也？』孟子曰：『予豈好辯哉？予不得已也。』」㉓轍環　走遍之意。轍，車輪的痕跡。環，環繞。㉔卒老於行　終於老死在道路上。卒，終於。老，年老而死。行，道路。㉕守正　恪守孔子正道。㉖大論　博大精深的學說，指儒道。㉗弘　弘揚。㉘逃讒於楚二句　齊襄王時，荀卿到齊國，被尊為稷下學宮祭酒，成為學術界領袖。後被人讒毀，逃往楚國。楚國宰相春申君黃歇任他為蘭陵（今山東蒼山縣西南蘭陵鎮）令。春申君死後，荀卿被廢去官，住在蘭陵講學，後來便死在那裡（見《史記・孟子荀卿列傳》）。㉙吐辭　指言論。㉚經　規範；經典。㉛舉足　指行動。㉜法　法則。㉝絕類離倫　超越同儕。絕、離，都作超越解。類、倫，都指同類、同輩。㉞優　有餘之意。㉟聖域　聖人的境界。㊱繇　通「由」。從。㊲統　指儒家道統。㊳要　求。㊴中　要害；要領。㊵不濟於用　無益於實用。㊶修　美。㊷月費俸錢二句　國子博士官級是正五品上，月得俸錢四十貫文，每年得祿米二百斛。靡，耗費。廩，倉庫。㊸從徒　有徒眾跟隨。從，跟隨。徒，奴僕。㊹踵常途　踐履世俗之道。㊺促促　同「娖娖」。拘謹的樣子。㊻陳編　古籍。㊼盜竊　謂東抄西襲，沒有什麼心得發明可言。㊽誅　責罰。㊾宰臣　宰相。㊿見斥　罷免我。見，指代第一人稱賓語。今語猶有「見諒」（原諒我）。(51)動而得謗二句　謂自己一舉一動、一言一行都遭到謗毀；一遭謗毀，名聲也就隨而顯著了。所以柳宗元說韓愈「以是得狂名」，這表現出一種兀傲自負的情緒。(52)投閑置散　安置在閒散位置上。(53)分　本分。(54)商財賄　謀算俸祿。(55)亡　通「無」。(56)計班資　計較官位。計，計較。班資，班列資格。指官職地位。古時文武大臣朝見皇帝，按官位高低列班。(57)崇庳　高低。庳，通「卑」。(58)己量　指自己能力的大小。59稱　相稱；適合。60前人　指在自己上面的人。即顯貴者、執政者。61瑕疵　微小的缺點。這裡指不公不明。62詰責　問。63以杙為楹　用小木樁充當柱子。杙，小木樁。楹，柱子。64訾　毀謗；非議。65昌陽　即昌蒲。《證類本草》卷六：「昌蒲，久服輕身，聰耳明目，延年益心智。」一說，昌陽、昌蒲不是一物，昌陽不可服食，韓愈誤（見吳曾《能改齋漫錄》卷一三）。66豨苓　豬苓。藥材，利尿。

【語　譯】國子學先生說：「唉！你到前邊來。大木頭做棟梁，細木頭做屋椽，斗栱、短柱、門臼、門橛、門閂、門柱，各用在合適的地方，裝置成為房子，這是工匠的技巧。玉屑、朱砂、赤箭、青芝、牛溲、馬勃、破鼓的皮，全都收藏，預備使用，而沒有遺漏，這是醫生高明的地方。明智公正地選拔人才，聰敏、笨拙的都能得到合理錄用，以從容舒緩為美善，以超絕不凡為傑出，比較人才的長處和短處，切合他們的才具來加以任用，這是宰相的治術。從前孟軻喜歡與人辯論，孔子的學說因而得以顯揚。他周遊天下，終於老死在道途之上。荀卿恪守正道，儒家博大的學說因而得以弘揚。他受人讒毀，逃往楚國，免官之後死於蘭陵。這二位儒學大師，言論成為規範，行為成為法則，遠遠超越他們的同輩，進入聖人的境界而有餘。他們在世上的際遇如何呢！如今先生在學習上雖然勤奮，卻不遵從道統；言論雖多，卻不得要領；文章雖然新奇，卻無益於實用；品行雖美，卻不顯於眾；尚且每月靡費朝廷俸錢，每年消耗國家倉庫中的糧食。兒子不懂得耕田，妻子不知道紡織。出門騎馬，奴僕跟從，在家安穩坐著進食。拘謹地按著世俗之道而行，只會從舊書中東抄西襲。然而聖明的天子沒責罰我，宰相也沒罷免我，這不是我的幸運嗎！一舉一動，每每遭到毀謗，聲名也就隨之顯著。把我安置在閒散的職位，是合於我的本分的。至於謀算俸祿的有無，計較官職的高低，忘記自己能力是否相稱，指責上級的微小缺失，這樣就是所謂責問木匠為什麼不以小木樁做柱子，而非議醫師用昌陽做延年益壽的補藥，卻要他採用豨苓啊！」

送窮文

【題　解】送窮是古代的風俗，傳說古帝高陽氏（一說高辛氏）之子喜歡穿破衣、吃粥，正月月末死於巷中，後人遂於這一天祭送他，稱為送窮，或稱除貧。唐代這一風俗很盛，姚合有詩說：「萬戶千門看，無人不送窮。」韓愈元和六年（西元八一一年）初正任河南令，在千家萬戶送窮之時，他卻寫下這一篇名為送窮卻是留窮的奇幻詼詭之作。

文章記述主人說，纏住他不放的窮鬼共有五個，這就是智窮、學窮、文窮、命窮、交窮。由於這五鬼作祟，使他一生特立獨行，不為世人所喜，屢屢困窘顛躓；窮鬼回答說，不合於世，方通於天道，因而才會有千秋百代之名。主人無奈，只得請窮鬼上座。作者藉這一番對答傾訴了他的憤世嫉俗之情和對自己遭際的不滿。清林雲銘說此文「總因仕路淹蹇，抒出一肚皮孤憤耳」（《韓文起》評語）。孔子在困境之中曾說過「君子固窮」的話（見《論語・衛靈公》），本文之旨也從此生發而來。

這篇文章寓莊於諧，取法揚雄的〈逐貧賦〉，又似從王延壽〈夢賦〉、劉峻〈絕交論〉中汲取過技巧，然而辭采遠過於前人。文筆風趣雋永，描寫生動細緻，想像力極為豐富。

元和六年正月乙丑晦❶，主人使奴星❷結柳作車，縛草為船，載糗❸輿粻❹，牛繫軛下❺，引帆上檣❻。三揖窮鬼而告之曰：「聞子行有日矣，鄙人❼不敢問所塗❽，竊❾具船與車，備載糗粻，日吉時良，利行四方❿。子飯⓫一盂⓬，子啜⓭一觴⓮，攜朋挈儔⓯，去故就新⓰，駕塵⓱彍風⓲，與電爭光。子無底滯⓳之尤⓴，我有資送㉑之恩。子等有意於行乎？」

屏息㉒潛㉓聽，如聞音聲，若嘯若啼，砉欻嚘嚶㉔。毛髮盡豎，竦肩縮頸㉕，疑有而無，久乃可明。若有言者曰：「吾與子居，四十年餘：子在孩提㉖，吾不子愚㉗。子學子耕，求官與名，惟子是從，不變於初。門神戶靈㉘，我叱我呵㉙，包羞㉚詭隨㉛，志不在他。子遷南荒㉜，熱爍㉝濕蒸，我非其鄉，百鬼欺陵㉞。太學四年㉟，朝齏暮鹽㊱，惟我保汝，人皆汝嫌㊲。自初及終，未始背汝，心無異謀，口絕行語。於何聽聞，云我當去？是必夫子㊳信讒㊴，有間㊵於予也。我鬼非人，安用車船！鼻齅臭㊶香，糗粻可捐㊷。單獨一身，誰為朋儔！子苟備知，可數㊸已不㊹？子能盡言，可謂聖智；情狀既露，敢不迴避？」

【章旨】主人安排車船酒食等物，祭送窮鬼，窮鬼則備述四十多年來伴隨主人的情狀。

【注釋】❶元和六年正月乙丑晦　指元和六年正月三十日。晦，陰曆每月的最後一天。❷奴星　名叫星的奴僕。❸糗　乾糧。炒米粉或炒麥麵。❹輿粻　用車裝載糧食。粻，糧食。❺牛繫軛下　表示車已套好，準備出發。軛，車轅前端套住牛馬頸部的用具。這裡所說的「牛」，當是手工製作的模擬的牛，以拉柳車。❻引帆上檣　表示草作的船已掛上帆，可以出發。檣，船的桅杆。❼鄙人　自謙之詞。見識淺陋之人的意思。❽所塗　走哪條路。❾竊　私下。謙詞。❿日吉時良二句　古代陰陽家講究挑選吉利的日子、時辰出門，認為才能順利。⓫飯　吃。⓬盂　古代盛飯的器具。⓭啜　飲。⓮觴　古代酒杯。⓯挈儔　帶著伴侶。與「攜朋」意思差不多。⓰去故就新　離開我這老地方，到一個新的所在。⓱駕塵　指牛車駛行，塵土飛揚。⓲彍風　指疾風鼓帆，船行很快。彍，快捷。⓳底滯　停滯。⓴尤　怨恨。㉑資送　資助送行。㉒屏息　憋住呼吸。㉓潛暗中；偷偷地。㉔砉欻嚘嚶　皆象聲詞。砉欻，形容微小飄忽的聲音。嚘嚶，低而雜的聲音。㉕竦肩縮頸　害怕的樣子。㉖孩提　幼兒。孩，同「咳」。小兒笑。提，可提抱者。㉗子愚　即愚子。認為您愚鈍。㉘門神戶靈　古人認為門戶都有神靈呵護，以防鬼怪進入。㉙我叱我呵　對我大聲怒斥。㉚包羞　包含容忍羞恥之事。㉛詭隨　盲目追隨。㉜子遷南荒　指韓愈於貞元十九年被貶為陽山令事。南荒，南方蠻荒之地。㉝熱爍　為熱氣所傷。爍，同「鑠」。消損。㉞欺陵　欺壓。陵，通「凌」。㉟太學四年　韓愈在元和元年至元和四年任國子博士。國子學相當秦漢時教育貴族子弟的太學，故說在太學任職四年。其實其中二年多在東都。㊱朝齏暮鹽　是說吃得很差。齏，原作「虀」。細切的菜。㊲人皆汝嫌　即「人皆嫌汝」。㊳夫子　對人敬稱。如說先生。㊴讒　讒言；毀謗忠良的話。㊵間　隔閡。㊶齅臭　嗅到氣味。齅，同「嗅」。臭，氣味。㊷捐　棄。㊸數　計算。㊹已不　與否。

【語　譯】元和六年正月三十日，也就是月底這一天。主人命奴僕星用柳枝編了車，用草縛了船，車船裝載了炒麵、糧食，車前牛已套好，船桅也掛好了帆。主人對窮鬼作了三個揖，對祂說：「聽說祢起程有日期了，鄙人不敢問祢要上哪裡去，私自安排了船與車，備齊了炒麵、乾糧，正逢吉日良辰，出行四方都順利。請祢吃一盂飯，飲一觴酒，攜同祢的伙伴們，離開我這老地方，去到一個新的所在，駕車趲路，塵土飛揚；船去如箭，疾風鼓帆，可與閃電爭個先後。祢不再有停滯於此的怨恨，我對祢也有資助送行的恩惠。祢們打算出發嗎？」

主人摒住呼吸，悄悄地聽著，似乎聽到一些聲音，好像長嘯，好像啼哭，窸窸窣窣，聲音微小飄忽。主人感到毛髮都豎了起來，聳肩縮頸，心中害怕，疑心有聲卻又聽不見了，過了好久才聽明白。好像有聲音在說：「我與您一起生活四十多年了：您小的時候，我不認為您愚鈍。您求學、務農的時候，謀取官職、聲名的時候，我一心只跟從您，不改變初衷。守護門戶的神靈，對我大聲怒斥，我含羞忍辱緊緊追隨，心裡從來沒有想過別人。您被貶謫到南方蠻荒之地，我被熱氣灼傷、溼氣蒸損，我又不是當地之鬼，因而受到眾鬼欺凌。您在太學任職四年，生活十分清苦，只有我保佑您，人們都嫌棄您。從始至終，我從未背離過您，心中沒有其他打算，嘴上也絕不說走。您從哪裡聽來，說我將要離開？這一定是先生聽信讒言，和我有隔閡了。

我是鬼不是人，車船有什麼用！只要鼻子嗅嗅香味，炒麵、糧食都無用處。孤單一身，誰是伙伴！您如全知道，可不可以數數看？您都能說得出，可算是智慧超群；我的樣子全都暴露，怎敢不迴避呢？」

主人應之曰：「子以吾為真不知也邪？子之朋儔，非六非四，在十去五，滿七除二。各有主張❶，私立名字，捩手覆羹❷，轉喉觸諱❸，凡所以使吾面目可憎、語言無味者，皆子之志也。其名曰智窮：矯矯亢亢❹，惡圓喜方，羞為姦欺，不忍害傷。其次名曰學窮：傲數與名❺，摘抉杳微❻，高挹群言❼，執❽神之機❾。又其次曰文窮：不專一能，怪怪奇奇，不可時施❿，祇以自嬉⓫。又其次曰命窮：影與形殊⓬，面醜心妍，利居眾後，責在人先。又其次曰交窮：磨肌戛骨⓭，吐出心肝，企足⓮以待，寘我讎冤⓯。凡此五鬼，為吾五患，饑我寒我，興訛造訕⓰，能使我迷，人莫能間，朝悔其行，暮已復然，蠅營狗苟⓱，驅去復還。」

言未畢，五鬼相與⓲張眼吐舌，跳踉偃仆⓳，抵掌⓴頓腳，失笑相顧。徐謂主人曰：「子知我名，凡我所為，驅我今去，小黠㉑大癡。人生一世，其久幾何？吾立子名，百世不磨。小人君子，其心不同，惟乖㉒於時，乃與天㉓通。攜持琬琰㉔，易一羊皮，飫㉕於肥甘㉖，慕彼糠糜㉗。天下知子，誰過於予？雖遭斥逐，不忍子疎。謂予不信㉘，請質㉙《詩》、《書》。」

主人於是垂頭喪氣，上手㉚稱謝㉛，燒車與船，延㉜之上座。

【章　旨】主人歷數智窮、學窮、文窮、命窮、交窮五鬼的作為及造成的禍患，五鬼回說祂們將為主人立名，不忍離去，主人無奈，只得請祂們上座。

【注　釋】❶主張　主宰。指分管事務。❷捩手覆羹　是說鬼來扭轉主人手腕，就把羹湯打翻了，意謂動手惹禍。捩，拗；扭。❸轉喉觸諱　開口說話，觸人忌諱，到處不討人喜歡。轉喉，開口說話。❹矯矯亢亢　剛強高傲。❺傲數與名　看輕技藝、名物。傲，傲視。數，指算術、曆數等具體技藝。名，指名物制度。❻摘抉杳微　闡發微妙的道理。摘抉，有揭示闡發的意思。摘，揭開。抉，取出。杳微，指深奧隱微之理。❼高挹群言　此句表現韓愈尊崇儒學的見解。高揖，辭讓的意思。挹，通「揖」。群言，指諸子百家之論。❽執　掌握。❾神之機　微妙變化的關鍵。神，微妙的變化。《易・繫辭上》：「陰陽不測之謂神。」機，樞機。❿不可時施　不可施用於當世。韓愈是主張文章要有用於當世的，此處是說自己的文章不合時宜，不合當世某些大人先生的胃口，是牢騷話。時，指當世。⓫自嬉　供自己取樂。⓬影與形殊　影子雖然歪斜，本身卻是正直的，二者迥然不同。⓭磨肌戛骨　是說為了朋友，寧願自己肌肉摩損，骨頭敲傷。磨，通「摩」。摩擦。戛，敲擊。⓮企足　提起足跟。表期待、盼望。⓯寘我讎冤　把我當作仇敵。寘，同「置」。讎，同「仇」。⓰興訛造訕　興起謠言，造成毀謗。訛，謠言。訕，毀謗。⓱蠅營狗苟　像蒼蠅一樣到處鑽營，像狗一樣苟且求活。⓲相與　共同；一起。⓳跳踉偃仆　跳躍跌倒。跳踉，跳躍。偃仆，後仰前跌。⓴抵掌　擊掌；鼓掌。㉑黠　聰明；狡猾。㉒乖　背離；違背。㉓天　指道。即自然規律。㉔琬琰　都是美玉，指寶貴的東西。㉕飫　飽。㉖肥甘　肥美的食物。㉗糠糜　糠煮的粥。㉘信　確實。㉙質　詢問。㉚上手　舉起手。㉛謝　認錯；道歉。㉜延　請；邀。

【語　譯】主人回答祂說：「祢認為我真不知道嗎？祢的伙伴，不是六個也不是四個，十個減去五個，滿七個時去掉兩個。祢們各有執掌，私自取了名字，弄得我一動手就惹禍，一開口就觸犯人家忌諱，凡是使我面目可厭、說話無味的種種做法，都是祢們的主意。老大名叫智窮：剛強高傲，厭惡圓滑，喜歡方正，羞做奸邪欺瞞之事，不忍心傷害良善之人；老二名叫學窮：輕視學習技藝和名物，一心要闡發深奧隱微的道理，辭謝諸子百家之言，掌握天地微妙變化的樞機；老三名叫文窮：才能不專於一個方面，文章奇奇怪怪，不能用於當世，只可供自己取樂；老四名叫命窮：影子歪斜而本身卻正直，面容醜陋而心靈卻美好，獲利居於眾人之後，受責卻總是在眾人的前頭；老五名叫交窮：為了朋友損肌傷骨，真誠相待，吐出心肝，踮起腳來等待回報，人家卻把我當作仇敵看待。所有這五鬼，成為我的五種禍患，使我挨餓，使我受凍，給我興起謠言，使我受到毀謗，令我著迷不醒，沒有人能把我和祢們隔開，早晨悔恨自己的行為，晚上旋即恢復老樣子，像蒼蠅一樣營生，像狗一樣苟活，把祢們趕走，祢們又跑了回來。」

主人的話沒有說完，五鬼就一起瞪眼吐舌頭，蹦蹦跳跳，前仆後倒，拍手頓腳，相互看著發笑。然後慢慢對主人說：「您既然知道我們的名字，以及所有我們的作為，卻來驅趕我們，要我們離開，雖有小聰明，卻是個大傻瓜。人活一生，能有多長時間？我們為您立名，使您的名字百代也不會磨滅。小人和君子，他們的居心不一樣，只有不合於時，才與大道相通。有君子之名卻羨慕小人浮榮，就像手持美玉，去換一張羊皮，吃飽了肥美的食品，卻羨慕糠煮的粥。在天下所有您的知己中，誰能超過我們呢？雖然遭到您的斥逐，我們也不忍心和您疏遠。您如認為我們的話不實在，那就請問問《詩》、《書》吧。」

主人聽了這一番話，垂頭喪氣，舉手認錯，燒掉柳車、草船，邀請窮鬼們坐到上座。

師說

【題解】本文約作於貞元十九年（西元八〇三年），當時韓愈三十六歲，在京師任國子監四門博士。雖然官位不高，卻負有傳道授業之責。這時他在文壇已相當有名望，為了倡導儒道和古文，他一方面自己刻苦創作，一方面又廣泛和青年後進交往，熱心地給予他們學業上的指導，積極向主持科舉的考官推薦才德之士。因而許多舉子投奔韓愈門下，稱為「韓門弟子」。這在當時可說是驚世駭俗之舉。一些所謂世祿之家（即文中所說的「士大夫之族」），他們自恃門第高，不必要靠科舉進入仕途，因而不重講學解惑，不重師道，對韓愈的做法紛紛議論指責，柳宗元〈答韋中立論師道書〉說：「由魏晉氏以下，人益不事師。今之世，不聞有師；有輒笑之，以為狂人。獨韓愈奮不顧流俗，犯笑侮，收召後學，作〈師說〉，因抗顏而為師。」（《柳宗元集》卷三四）可見此文是他用來回擊那些誹謗者的一篇宣言。

本文旨在闡述從師之道的重要性，有人曾這樣概括：「通篇只是『吾師道也』一句。」（吳楚材、吳調侯《古文觀止》卷八評語）的確，作者正是由學道的重要性來論述師道的重要性。全篇共分為三大段，第一大段一開始，作者就說到老師的作用是「傳道受業解惑」的，因此無論貴賤少長，只要他懂得道就可為師。第二大段作者對當時不良的社會風氣作了嚴肅的批評。他用古代聖人和今日的眾人的不同行為、用今人對孩子和對自己的不同態度、用「巫醫樂師百工之人」和「士大夫之族」的不同表現作了三層對比，鮮明地揭示出當時士大夫們在從師問題上的愚蠢無知。第三大段又轉入正面論述，以大聖人孔子為榜樣，說明「弟子不必不如師，師不必賢於弟子」的道理。最後點明寫作本文的起因，是為了贈給自己的學生李蟠。

這篇文章在論述上由正而反，由反而正，層層深入，有議論，有事實，因而很具說服力。而對後世影響很大，曾有不少作家寫過續〈師說〉，針對師道上出現的新問題，發表了各種有益的見解。

古之學者必有師。師者，所以傳道❶受業❷解惑❸也。人非生而知之者，孰能無惑！惑而不從師，其為惑也終不解矣❹。

生乎吾前，其聞道❺也固❻先乎吾，吾從而師之；生乎吾後，其聞道也亦先乎吾，吾從而師之。吾師道也，夫庸❼知其年之先後生於吾乎！是故無貴無賤，無長無少，道之所存，師之所存也。

嗟乎！師道之不傳也久矣！欲人之無惑也難矣！古之聖人，其出人❽也遠矣，猶且從師而問焉；今之眾人，其下聖人❾也亦遠矣，而恥學於師。是故聖益聖，愚益愚；聖人之所以為聖，愚人之所以為愚，其皆出於此❿乎！

愛其子，擇師而教之，於其身⓫也，則恥師焉，惑⓬矣！彼童子之師，授之書而習其句讀⓭者也，非吾所謂傳其道解其惑者也。句讀之不知，惑之不解，或師焉，或不⓮焉，小學⓯而大遺⓰，吾未見其明也。

巫醫⓱樂師百工之人，不恥相師，士大夫之族⓲，曰師曰弟子云者，則群聚而笑之。問之，則曰：「彼與彼年相若⓳也，道相似也。」位卑則足羞，官盛⓴則近諛㉑。嗚呼！師道之不復可知矣！巫醫樂師百工之人，君子不齒㉒。今其智乃反不能及，其可怪也歟！

聖人無常師㉓，孔子師郯子、萇弘、師襄、老聃㉔。郯子之徒，其賢不及孔子。孔子曰：「三人行，則必有我師。」㉕是故弟子不必不如師，師不必賢於弟子，聞道有先後，術業有專攻，如是而已。

李氏子蟠㉖，年十七，好古文，六藝經傳㉗，皆通習之，不拘於時㉘，學於余。余嘉其能行古道，作〈師說〉以貽之。

【注釋】❶道　指儒家之道。韓愈自己對道的解釋，見〈原道〉。❷受業　就是講授古文和「六藝」之業。受，同「授」。❸解惑　調解答道和業兩方面的疑難問題。惑，疑難問題。❹人非生而知之者四句　《論語・季氏》：「生而知之者，上也；學而知之者，次也；困而學之，又其次也；困而不學，民斯為下矣。」韓愈此處化用其意。「生而知之者」指天才卓越的聖人，本文則針對「學而知之者」以下人而言。❺聞道　懂得道。《論語・里仁》：「子曰：『朝聞道，夕死可矣。』」❻固　本來。❼庸　豈；何必。❽出人　超出於眾人。❾下聖人　低於聖人。❿出於此　由於此。此，指「從師而問」和「恥學於師」兩種態度。⓫身　自身。⓬惑　糊塗。⓭句讀　指文字誦讀。凡書文語意盡處，謂之句；語意未盡，誦時須略作停頓處，謂之讀，通作「逗」。古代書上沒有標點斷句，所以教孩子讀書除教他們識字以外，就是要教他們能讀成句。⓮不　同「否」。⓯小學　指學習句讀。⓰大遺　指傳道授業解惑這樣的大事反而放棄了。遺，放棄；丟掉。⓱巫醫　古代祭神時能以歌舞娛神，並能代主人祝福的人。由於能以禳禱之術為人治病，所以連稱巫醫。《論語・子路》：「南人有言：『人而無恆，不可以作巫醫。』善夫！」⓲士大夫之族　指上層社會的那一幫人。士大夫，先秦時諸侯以下有大夫，大夫以下有士，到韓愈之時，「士大夫」已泛指當時社會的上層人士。族，類；輩。⓳相若　相近。⓴官盛　此處是官大的意思。㉑近諛　近似於奉承討好。謂有奉承討好的嫌疑。㉒君子不齒　指君子羞與為伍。君子，指上所說之「士大夫」。不齒，不屑與之同列的意思。齒，齒列。㉓常師　固定的老師。《論語・子張》：「夫子焉不學，而亦何常師之有！」語本此。㉔郯子萇弘師襄老聃　皆古賢者。郯子，春秋時郯國國君。《左傳・昭公十七年》上說孔子曾向他請教古代少皞氏用鳥名作為官職的事情。萇弘，周敬王時大夫。據說孔子至周，訪樂於萇弘《孔子家語・觀周》。師襄，師，樂師。襄，人名。孔子曾向他學琴（見《史記・孔子世家》、《淮南子・主術》）。老聃，即老子李耳。聃，是他的字。孔子曾問禮於老子（據《史記・老子韓非列傳》，老子字聃，是據《索隱》等考證）。韓愈在〈原道〉中不相信孔子曾向老子問禮一事，也許〈原道〉和〈師說〉不是同時期所寫。㉕三人行二句　《論語・述而》：「子曰：『三人行，必有我師焉，擇其善者而從之，其不善者而改之。』」三，表多數。㉖李氏子蟠　李蟠。韓愈的弟子。貞元十九年進士。㉗六藝經傳　六經的經文和傳文。六藝，指六經，即《詩》、《書》、《禮》、《樂》、《易》、《春秋》，其中《樂》已亡，故實為五經。經傳，經文和傳文。傳是解經之書。㉘時　時俗風氣。指恥於從師的社會風氣。

【語　譯】古代求學的人必有老師。老師，是傳授聖人之道、教授學業、解答疑難的人。人若不是那種生下來就懂得道理的人，誰能沒有疑難問題！有了疑難問題卻不從師請教，那些疑難問題就終究不得解決了。

出生在我前面，他懂得道本來比我早，我向他學習，拜他為師；出生在我之後，他懂得道也比我早，我向他學習，拜他為師。我是以道為師，哪裡管他的年歲比我大還是比我小呢！因此無論地位高貴，無論地位卑賤，無論年長還是年少，道在那裡，老師就在那裡。

唉！從師之道失傳已經很久了！要人們沒有疑難問題也很難了！古代聖人超出眾人許多，尚且拜師，向人求教；如今的眾人比起聖人要差許多，卻以拜師學習為恥。所以聖明的更加聖明，愚蠢的更加愚蠢；聖人之所以聖明，愚人之所以愚蠢，原因大概都在這裡吧！

愛自己的孩子，選擇老師來教育他，而對於自身，卻以從師學習為恥，真是糊塗呵！那些教孩子的老師，只是教孩子讀書和學習斷句標點而已，不是我這裡所說的傳授道理、解決疑難的老師。不知斷句標點，不能解決疑難問題，前者能從師學習，後者卻不肯從師請教，小的知識去學習而大的道理卻放棄，我看不出這有什麼聰明之處。

巫醫、樂師和各種工匠，這些人不以互相從師為恥；士大夫這一類人，聽到人們稱老師、稱弟子，就成群相聚嘲笑人家。問他們為什麼這樣，他們就說：「那個人和那個人年齡相近，學問差不多。」拜地位低的人為師就認為值得丟臉，拜官職大的人為師則又覺得近於奉承討好。唉！從師之道不能恢復由此可知了！巫醫、樂師、各種工匠這些人，士大夫們不屑與他們同列。如今對道理的領會竟然趕不上他們，這不是很可怪嗎！

聖人沒有固定的老師，孔子曾向郯子、萇弘、師襄、老聃學習。郯子這些人，他們的賢能及不上孔子。孔子說：「幾個人在一起，就一定有可做我老師的人。」所以弟子不一定不如老師，老師也不一定比弟子賢能，懂得道理有先後，技術學業各有專門致力的領域，如此而已。

姓李的年輕人名叫蟠，十七歲，喜好古文，六經的經文傳文全都學過，不受時俗風氣的拘束，來向我學習。我對他能行古人的師道很為稱讚，所以寫了〈師說〉一文來贈給他。

釋言

【題解】這篇文章約作於元和二年（西元八〇七年）春。韓愈於元和元年由江陵法曹參軍召回長安，任國子博士。由於宰相鄭絪頗欣賞他的文才，韓愈乃抄寫詩文若干篇以獻，結果妒嫉他的人就向鄭絪進讒言。後來又有人向翰林學士李吉甫、中書舍人裴垍進關於韓愈的讒言，而李吉甫不久又升任宰相。韓愈得到這些消息，很為擔心，於是寫了這篇〈釋言〉。釋，解釋，意謂解釋讒者之言。

這篇文章文筆宛轉：先辯說自己絕不會說鄭、李、裴三公的壞話；繼而又擔憂讒言可能得逞，禍將不遠；末了又進一步說明三公賢明，不可能信讒。故古人分析此篇手法是「惟恐其信，而決其必不信，立詞之微婉也」（清儲欣《唐宋八大家類選》卷三）。

作者在此文中雖故作坦然之辭，然而他那種憂讒畏謗的心情還是可以很清楚地感覺到。這一年夏末，韓愈終於為了避讒而請求以權知國子博士分司東都，離開了長安。

元和元年六月十日，愈自江陵法曹詔拜國子博士，始進見今相國鄭公，公賜之坐，且曰：「吾見子某詩，吾時在翰林❶，職親而地禁❷，不敢相聞❸。今為我寫子詩書為一通❹以來。」愈再拜❺謝，退錄詩書若干篇，擇日時以獻。於後之數月，有來謂愈者曰：「子獻相國詩書乎？」曰：「然。」曰：「有為讒於相國之座者曰：『韓愈曰：「相國徵余文，余不敢匿❻，相國豈知我哉！」』子其慎之！」愈應之曰：「愈為御史，得罪德宗朝⑦，同遷于南者凡三人⑧，獨愈為先收用，相國之賜大矣。百官之進見相國者，或立語以退，而愈辱⑨賜坐語，相國之禮過⑩矣。四海九州之人，自百官已下，欲以其業⑪徹相國左右⑫者多矣，皆憚而莫之敢，獨愈辱先索，相國之知至矣。賜之大，禮之過，知之至，是三者於敵以下⑬受之宜以何報，況在天子之宰乎？人莫不自知，凡適於用之謂才，堪其事之謂力。愈於二者，雖日勉焉而不逮⑭，束帶執笏⑮立士大夫之行⑯，不見斥以不肖⑰，幸矣，其何敢敖⑱於言乎！夫敖雖凶德，必有恃⑲而敢行。愈之族親鮮少，無扳聯⑳之勢於今；不善交人，無相先相死之友㉑於朝；無宿資蓄貨㉒以釣㉓聲勢；弱於才而腐於力，不能奔走抵巇㉔以要㉕權利：夫何恃而敖！若夫狂惑喪心㉖之人，蹈河㉗而入火，妄言而罵詈㉘者，則有之矣，而愈人知其無是疾也。雖有讒者百人，相國將不信之矣，愈何懼而慎歟！」

既累月，又有來謂愈曰：「有讒子於翰林，舍人李公與裴公者，子其慎歟！」愈曰：「二公者，吾君朝夕訪焉，以為政於天下，而階太平之治，居則與天子為心膂㉙，出則與天子為股肱㉚，四海九州之人，自百官已下，其孰不願忠而望賜！愈也不狂不愚，不蹈河而入火，病風㉛而妄罵，不當有如讒者之說也。雖有讒者百人，二公將不信之矣，愈何懼而慎！」

【章　旨】先敘受到宰相鄭公的禮遇，有人乃向鄭公進讒言，作者自信鄭公必不信讒。再敘又有人向李公、裴公毀謗作者，作者亦自信二公必不會聽信讒言。

【注　釋】❶在翰林　指任翰林學士之時。❷職親而地禁　時翰林學士的職掌是為皇帝撰擬機要文書，故其職親近皇帝，而供職之所為學士院，地在宮禁之內。❸不敢相聞　唐時翰林學士不得接待賓客。❹一通　一遍。通，通徹首尾，猶「遍」。❺再拜　古代的一種禮節。先後拜兩次，表示禮節隆重。❻匿　隱藏。❼得罪德宗朝　貞元十九年韓愈初任監察御史，因上表言京畿諸縣天旱人飢，應停徵賦稅，又請求罷除宮市，為幸臣李實所讒，貶為連州陽山令。❽三人　指韓愈、張署、李方叔。❾辱　謙詞。猶言承蒙。❿過　太甚。⓫業　古時的書版。指篇卷。⓬徹相國左右　上達相國。徹，通。相國左右，即指相國。這是一種尊敬的稱法。⓭於敵以下　指自對等以下之人。《國語・楚語》：「且夫自敵以下則有讎。」韋注：「敵，敵體也。」敵即同等、相當之意。⓮逮　及。⓯束帶執笏　指上朝。束帶，穿著官服。是上朝時的裝束。《論語・公治長》：「赤也束帶立於朝，可使與賓客言也。」笏，即朝笏。古時大臣朝見時手中所執的狹長板子，用玉、象牙或竹片製成，以為指畫及記事之用。⓰行　行列。指朝班。⓱不肖　不賢。⓲敖　通「傲」。倨傲。⓳恃　依仗；憑藉。⓴扳聯　援引。㉑相先相死之友　《禮記・儒行》：「儒有聞善以相告也，見善以相示也，爵位相先也，患難相死也。」相先，相讓。相死，相為致死。㉒宿資蓄貨　積蓄財物。㉓鈞　這裡是取的意思。㉔抵巇　鑽營之意。《鬼谷子・抵巇》：「巇始有朕，可抵而塞，可抵而卻，可抵而息，可抵而匿，可抵而得，此謂抵巇之理也。」陶弘景題注：「抵，擊實也；巇，釁隙也。牆崩因隙，器壞因釁，而擊實之，則牆器不敗。若不可救，因而除之，更有所營置，人事亦由是也。」㉕要　通「徼」。求；取。㉖喪心　失去理智。㉗蹈河　投河。㉘詈　罵。㉙心膂　心和脊骨。是人體重要部分，比喻親信得力的人。《書・君牙》：「今命爾予翼，作股肱心膂。」㉚股肱　比喻帝王左右輔助得力的臣子。股，大腿。肱，手臂從肘到腕的部分。㉛風　通「瘋」。

【語　譯】元和元年六月十日，我受詔由江陵法曹改任國子博士，才去謁見當今宰相鄭公，鄭公賜我座位，並且說：「我曾讀到您的某一首詩，我當時任翰林學士，由於職務的原因接近皇上，辦公地點又在宮禁之內，不敢告訴您。如今請把您的詩文抄寫一遍給我。」我再拜致謝，回來抄寫了自己的詩文若干篇，挑選了合適的時間獻給鄭公。此事之後數月，有人來對我說：「您把詩文獻給相國了嗎？」我說：「是的。」此人說：「有人向相國進讒言說：『韓愈說：「相國要我的文章，我不敢隱藏，相國難道能瞭解我嗎！」』您可要謹慎啊。」我回答他說：「我曾任監察御史，在德宗朝犯了過失，而同時被貶職到南方的共三人，只有我先受到任用，相國給我的恩惠是夠大的了。百官謁見相國，有的站著回完話就退出了，我卻承蒙賜坐談話，相國給我的禮遇也太甚了。以天下之人，自百官以下的官員中，想要把自己的著作呈獻給相國的人很多，都心中懼怕不敢進獻，只有我承蒙相國先來向我索取，相國對我的瞭解太深了。給我的恩惠這樣大，禮遇這樣甚，瞭解這樣深，這三者就是從同等地位或地位更低的人那裡接受，也不知應如何報答，何況受之於天子的宰相呢？沒有人不知道自己的，凡是適合於所任用的職務，就稱為才，凡是勝任所做的事，就稱為力。我在才、力二方面，雖然天天努力，卻有達不到的地方，這樣穿著官服，手執朝笏，站在眾官員的行列中，卻不由於不賢而被排斥，已經是很幸運的了，哪裡還敢傲慢地說話呢！傲慢雖是不好的品德，一定要有所倚仗才敢如此。而我本族親戚很少，如今沒有什麼可以攀附的勢力；我不善與人交際，朝中沒有肯讓我佔先、為我而死的朋友；我沒有積蓄的財物可作資本去爭取聲名勢力；我才能缺乏，力量不夠，不能奔走鑽營去求取權利：我靠什麼來傲慢！至於發狂喪失理智的人，投河入火，胡說罵人，這種事是有的，但人們知道我是沒有這毛病的。即使有上百個進我讒言的人，相國必不會相信他們，我懼怕什麼而要謹慎呢！」

過了幾個月，又有人來對我說：「有人在翰林李公、舍人裴公那裡進您讒言，您要謹慎啊！」我說：「李、裴二公，我皇日常徵求他們的意見，來治理天下，以達到太平盛世，在朝是天子的親信，出朝是天子的輔佐，天下之人，百官以下，誰不願忠於二公而得到他們的關照呢！我不發狂，不愚笨，不會投河入火，不會發瘋亂罵，不會說出進讒者所捏造的那些話。即使有上百個進讒言的人，二公必不會相信他們，我懼怕什麼而要謹慎呢！」

既以語應客，夜歸私自尤[1]曰：「咄[2]！市有虎[3]而曾參殺人[4]，讒者之效也。《詩》[5]曰：『取彼讒人，投畀[6]豺虎。豺虎不食，投畀有北[7]。有北不受，投畀有昊[8]。』傷於讒，疾而甚之之辭也。又曰[9]：『亂之初生，僭始既涵[10]。亂之又生，君子[11]信讒。』始疑而終信之之謂也。孔子曰『遠佞人』[12]。夫佞人不能遠，則有時而信之矣。今我恃直而不戒，禍其至哉！」徐又自解之曰：「市有虎，聽者庸也；曾參殺人，以愛惑聰[13]也；〈巷伯〉之傷，亂世是逢也。今三賢[14]方與天子謀所以施政於天下而階太平之治，聽聰而視明，公正而敦大[15]。夫聰明則聽視不惑，公正則不邇[16]讒邪，敦大則有以容而思。彼讒人者，孰敢進而為讒哉！雖進而為之，亦莫之聽矣，我何懼而慎！」既累月，上命李公相[17]，客謂愈曰：「子前被言於一相，今李公又相，子其危哉！」愈曰：「前之謗我於宰相者，翰林不知也；後之謗我於翰林者，宰相不知也。今二公合處而會言，若及愈，必曰：『韓愈亦人耳，彼敖宰相，又敖翰林，其將何求！必不然。』吾乃今知免矣。」既而讒言果不行。

【章旨】自思讒言的危害，認為三公終必不會聽信讒言。

【注　釋】❶尤　怨恨。❷咄　歎詞。此處表感慨。❸市有虎　《戰國策・魏策二》記載：龐葱與太子質於邯鄲，問魏王說：「三人言市有虎，王信之乎？」王答：「寡人信之矣。」龐葱說：「夫市之無虎明矣，然而三人言而成虎。」❹曾參殺人　《戰國策・秦策二》說到：費人有個與曾參同名的人殺人，別人三次告訴曾參的母親：「曾參殺人！」他的母親初不相信，後終於感到害怕，投杼逾牆而逃。曾參，孔子弟子，大賢人。❺詩　此指《詩・小雅・巷伯》。毛序：「〈巷伯〉，刺幽王也。寺人傷於讒，故作是詩也。」❻畀　給予；付與。❼有北　北方寒涼不毛之地。❽投畀有昊　此句謂把讒人擲予上天，由上天處置其罪。有昊，指上天。❾又曰　此指《詩・小雅・巧言》。毛序：「〈巧言〉，刺幽王也。大夫傷於讒，故作是詩也。」❿僭始既涵　開始容納不信實的言論。僭，不信之言。涵，容。⓫君子　指執政大臣。⓬孔子曰遠佞人　見《論語・衛靈公》。佞人，花言巧語諂媚的人。⓭聰　聽覺靈敏。此處則指分辨真偽的能力。⓮三賢　指上所言鄭、李、裴三公。⓯敦大　寬厚。敦，厚。⓰邇　近。⓱相　為宰相。

【語　譯】我回答了來客的話之後，晚上回到家中自己抱怨說：「唉！三人說市上有虎，人們就相信市上有虎，三人說曾參殺人，他的母親也會逾牆而逃，這是進讒言的效驗。《詩經》上說：『把那進讒言的人，扔給豺虎去吃。豺虎如果不吃，就扔到寒冷的北方去。北方如果不接受，就扔給老天去處置。』這是憂心讒言之害，痛恨至極的言辭。《詩經》又說：『昏亂初生，開始容納不信實之言論。昏亂又生，在位大臣聽信了讒言。』這是說對讒言開始懷疑，終於相信的事情。孔子說『要疏遠花言巧語的人』。這種花言巧語的人不能疏遠，那麼有時就會相信他們。如今我倚仗正直而不加戒備，禍患恐怕要降臨了啊！」一會兒，我又自我解釋說：「三人說市上有虎，人們就相信市上有虎，這是因為聽者是平庸之輩；三人說曾參殺人，他的母親逾牆而逃，這是由於對親子之愛影響了她分辨真偽之言的能力；〈巷伯〉這首詩憂心讒言，是因為作者生逢亂世。如今鄭、李、裴三位大賢正與天子研究如何治理天下，從而實現太平盛世，他們聽覺靈敏、視力分明、公正而寬厚。視聽分明就不會受到讒言迷惑，為人公正就不親近讒邪之人，胸懷寬厚就能容人之言而加以思考。那些讒佞之人，誰敢去進讒言呢！即使進了讒言，也不會聽信，我懼怕什麼而要謹慎呢！」過了幾個月，皇上任命李公為宰相，客人對我說：「您以前只被人在一位宰相那裡進了讒言，如今李公又任了宰相，您恐怕有危險了！」

我說：「先前有人在宰相面前毀謗我，翰林不知道；後來有人在翰林面前毀謗我，宰相不知道。如今二公在一處辦公，一處說話，若說到我，一定會說：『韓愈也是人嘛，他對宰相傲慢，又對翰林傲慢，他想求取什麼呢！他一定不會像別人以前對我們所說那樣。』我如今才知道我免於禍患了。」後來讒言果真起不了作用。

守戒

【題解】唐代自安史之亂之後，形成藩鎮割據的局面，他們擁有重兵，自留賦稅，父子兄弟相傳，並且時常起兵叛亂，劫掠州縣，成為朝廷最大的禍患。韓愈一生始終主張裁抑藩鎮，這篇文章主要就是針對一些朝廷的封疆大員們寫的，告誡他們重視守備，以防藩鎮的侵犯，所以題名〈守戒〉。在當時全國政治形勢下，此文無疑是有著現實意義的。

這篇文章分前後二段。前段指出一些通都大邑位於強藩之間，卻毫無守備的嚴重情形。後段分析形成這種情形的原因，作者認為主要有二種：一種是思想麻痺，以為不值得加強守備，另一種是雖認識到守備的必要，但材力不足。作者認為前一種人危險性最大，在強敵環伺，虎視眈眈的形勢下，無異是俎上之肉。作者竭力向這些人敲起警鐘。文章最末，作者提出，加強守備的關鍵「在得人」，意謂只有任用合適的人來主持，才能濟事，然而並沒有加以詳細闡述，留給讀者以思索的餘地。

《詩》❶曰：「大邦維翰❷。」《書》❸曰：「以蕃王室❹。」諸侯之於天子，不惟守土地❺奉職貢❻而已，固將有以翰蕃之也。今人有宅於山者，知猛獸之為害，則必高其柴楥❼而外施窞穽❽以待之。宅於都者，知穿窬❾之為盜，則必峻其垣牆而內固扃鐍❿以防之。此野人鄙夫⓫之所及，非有過人之智而後能也。今之通都大邑⓬，介於屈強⓭之間，而不知為之備，噫，亦惑矣！

野人鄙夫能之，而王公大人反不能焉，豈材力⑭為有不足歟？蓋以謂不足為而不為耳。天下之禍，莫大於不足為，材力不足者次之。不足為者，敵至而不知；材力不足者，先事而思，則其於禍也有間⑮矣。彼之屈強者，帶甲荷戈⑯不知其多少，其緜地⑰則千里，而與我壤地相錯，無有丘、陵、江、河、洞庭、孟門之關⑱其間，又自知其不得與天下齒⑲，朝夕舉踵引頸⑳，冀天下之有事㉑，以乘吾之便㉒，此其暴於猛獸穿窬也甚矣。嗚呼！胡知而不為之備乎哉！賁育㉓之不戒，童子之不抗；魯雞之不期，蜀雞之不支㉔；今夫鹿之於豹非不巍然大矣，然而卒為之禽㉕者，爪牙之材不同，猛怯之資殊也。曰：然則如之何而備之？曰：在得人。

【注釋】❶詩　指《詩・大雅・板》。❷大邦維翰　原文是：「大邦維屏，大宗維翰。」大邦，指諸侯大國。翰，通「榦」。骨榦；棟梁。❸書　《書・微子之命》及《書・蔡仲之命》都有所引之句。❹以蕃王室　保護天子。蕃，通「藩」。屏障的意思。王室，指天子。❺守土地　鎮守一方，維持安寧。❻奉職貢　應時納貢物、賦稅。職，貢物或賦稅。❼柴楥　木欄；木柵。❽窖穽　深坑。❾穿窬　鑿穿牆壁。窬，穴牆。❿扃鐍　門窗上可加鎖的地方。扃，門窗上的插關。鐍，有舌的環。⓫野人鄙夫　指粗野俗人。野人，粗野之人。鄙夫，庸俗淺陋之人。⓬通都大邑　四通八達的大城市。⓭屈強　倔強。指不柔服的藩鎮。⓮材力　指守備者的能力。所以文末提出要「得人」。⓯間　距離。⓰帶甲荷戈　穿戴甲冑，扛著戈。指士兵。⓱緜地　綿延不斷的土地。⓲丘陵江河洞庭孟門之關　泛指可依恃的險要地勢。丘，小土山。陵，大土山。洞庭，指洞庭湖。在今湖南省。孟門，古隘道名。在今河南輝縣西。《史記・孫子吳起列傳》：「殷紂之國，左孟門，右太行。」⓳齒　並列。

這些藩鎮不肯臣服朝廷，所以不能與天下之州縣並列。⑳舉踵引頸　表示盼望期待。舉踵，提起腳後跟。引頸，伸長脖子。㉑天下之有事　指朝廷統治的地區發生戰事、動亂。㉒乘吾之便　是說乘著我方出現對他有利的機會。乘便，乘著有利的機會。㉓賁育　指戰國時勇士孟賁、夏育。傳說孟賁能生拔牛角，夏育可力舉千鈞。㉔魯雞之不期二句　是說大雞若不曾料到，連小雞也敵不過。蜀雞，當作「越雞」。《莊子．庚桑楚》：「越雞不能伏鵠卵，魯雞固能矣。」陸德明《釋文》引向秀曰：「越雞，小雞，或云荊雞。魯雞，大雞也，今蜀雞也。」㉕禽　通「擒」。

【語　譯】《詩經》上說：「諸侯大國是王室的骨幹。」《尚書》上說：「屏障王室。」諸侯對於天子，不只是鎮守一方、繳納賦稅、貢物而已，是本來就負有支持保衛之責的。若有人在山中造房，知道猛獸會侵害，則一定高建木欄，並在外面挖深坑來防備。若有人在城裡建宅，知道盜賊慣於穿牆，則一定築高牆頭，加固門鎖來防備。這是粗野鄙陋之人都能做到的，並不須超人的智慧才能做到。而今四通八達的大城市，處於不肯臣服者之間，卻不知道為它加強戒備，唉，太糊塗了！

粗野鄙陋之人能夠做到，王公大人卻反而不能做到，難道是能力不夠嗎？恐怕是認為不值得做而不做罷了。天下的禍患，莫大於認為不值得戒備而造成的，能力不夠所造成的還屬其次。認為不值得戒備的王公大人，敵人殺到跟前都不知道；能力不夠做好戒備的人，事先有所思考，則與禍患尚有一段距離。那些倔強不肯臣服者，擁有穿甲扛戈的士兵不知多少，領地綿延千里，而且與我方的土地犬牙交錯，雙方之間沒有丘、陵、江、河、洞庭湖、孟門關介於其間，他們又自己知道不能和天下州縣並列，於是踮腳伸頸地期待著，希望天下動亂，可以乘著我方這種於他有利的時機來一逞陰謀，他們的兇暴比起猛獸、盜賊要厲害多了。唉，為什麼知道這種情形而不肯為這些都市加強戒備呢！孟賁、夏育不做戒備，還抵抗不住一個孩子的進攻；大雞若不曾預防，連小雞也敵不過；那鹿比起豹不是巍然大物嗎，然而終於被豹所擒，是由於爪牙的利鈍不同，勇猛和膽怯的資質兩樣的緣故。有人問道：既然如此，那麼怎樣才能戒備呢？我說：關鍵在於得到人才。

雜說一

【題解】這篇短文是論述龍與雲的關係：雲為龍所造成，是龍使它顯得靈異；然而龍無雲則失去憑依，不能神妙莫測；二者之中，龍是主，雲是從。這一番論述的寓意是什麼？古來有不少猜測，但多數人都認為是在比喻君臣的遇合。清吳楚材、吳調侯說：「此篇以龍喻聖君，雲喻賢臣；言賢臣固不可無聖君，而聖君尤不可無賢臣。」（《古文觀止》卷七評語）這種看法大致是不錯的。此文寫得極其簡練，含意卻有好幾個層次，幾乎一二句一轉，頗受前人讚賞。

龍噓氣❶成雲，雲固弗靈於龍也。然龍乘是氣，茫洋❷窮乎玄間❸，薄❹日月，伏光景❺，感震電❻，神變化❼，水下土❽，汩陵谷❾。雲亦靈怪矣哉！

雲，龍之所能使為靈也。若龍之靈，則非雲之所能使為靈也。然龍弗得雲，無以神其靈❿矣。失其所憑依，信不可歟！異哉！其所憑依，乃其所自為也。《易》⓫曰：「雲從龍。」既曰龍，雲從之矣。

【注釋】❶噓氣　吹氣；吐氣。❷茫洋　猶「漭瀁」。廣大的漾子。❸玄間　指遼闊的天上。玄，幽遠。古語：天玄而地黃。❹薄　接近。❺伏光景　遮住日月的光芒。景，日光。❻感震電　引動雷電。❼神變化　使變化神妙莫測之意。❽水下土　是說雲化為雨，潤澤下土。❾汩陵谷　淹沒大土山和溪谷。❿神其靈　使其靈異神妙莫測。⓫易　指《易．乾卦．文言》。

【語譯】龍吐氣就積成雲，雲本來是不比龍靈異的。然而龍乘著雲氣，遊遍廣大無垠的天上，接近日月，遮住日月光華，引動雷電，變化莫測，播降雨水在大地上，淹沒山陵、河谷。這樣看來，雲也夠靈異的啦！

雲，是龍使它變得靈異的。至於龍的靈異，則不是雲使牠靈異起來的。然而龍沒有雲，就無法使牠的靈異神妙莫測。失去憑依之物，實在不行呢！奇怪啊！牠所憑依之物，竟是自己所吐出來的。《易經》上說：「雲隨龍而出。」既然叫做龍，雲就跟從牠了。

雜說二

【題解】這篇短文以人的脈象來比喻國家的法制倫常，作者認為，只要法制倫常不失，那麼即使國家出現一時的危難，問題還是不大的；反之，如果法制倫常不存在了，那麼即使四海一時無事，國家也傾覆在即。因此，治天下，關鍵在於修明政治，維持和鞏固國家法制的實行和上下尊卑的秩序。這一番道理自然不是空發的，而是針對藩鎮割據、天下多事的現實而言，無疑具有一定意義。

善醫者，不視人之瘠❶肥，察其脈❷之病否而已矣。善計❸天下者，不視天下之安危，察其紀綱❹之理亂而已矣。天下者，人也；安危者，肥瘠也；紀綱者，脈也。脈不病，唯瘠不害；脈病而肥者，死矣。通於此說者，其知❺所以為❻天下乎？

夏殷周之衰也，諸侯作而戰伐日行矣，傳數十王而天下不傾者，紀綱存焉耳；秦之王天下也，無分勢於諸侯❼，聚兵而焚之❽，傳二世而天下傾者，紀綱亡焉耳。是故四支❾雖無故，不足恃也，脈而已矣；四海雖無事，不足矜❿，紀綱而已矣。憂其所可恃，懼其所可矜，善醫善計者，謂之天扶與⓫之。《易》⓬曰：「視履考祥⓭。」善醫善計者為之。

【注釋】❶瘠　瘦弱。❷脈　脈象；脈搏的形象與動態。為中醫辨症的依據之一。晉王叔和《脈經》分為二十四脈，後代醫學家又續有增加。❸計　計慮。❹紀綱　指法制、倫常。❺知　通「智」。❻為　治理。❼無分勢於諸侯　指秦實行郡縣制，不大封諸侯，因而權力集中在中央政府手中。❽聚兵而焚之　秦始皇二十六年，收天下兵器鎔鑄為鐘鐻、銅人（見《史記・秦始皇本紀》）。❾支　通「肢」。❿矜　自負。⓫扶與　扶助。⓬易　指《易・履》之上九爻辭。⓭視履考祥　指視其所行之善惡得失，考其吉凶禍福的預兆。履，行。祥，吉凶的預兆。

【語　譯】擅長醫術的人，不看人的胖瘦，只是考察此人的脈象是否顯示出病狀來。擅長計慮天下的人，不看天下的安危，只是考察法制倫常是正常還是紊亂。天下如同是個人，安危如同人的胖瘦，法制倫常如同人的脈象。脈象沒有病，即使瘦也無害處；脈象有病而胖的人，就要死了。能懂得這個道理的人，他的智慧可用來治理天下了吧？

夏、殷、周在王室衰落的時候，諸侯紛起，經常互相攻伐，然而傳了幾十代而王室沒有傾覆，這是由於法制倫常還存在的緣故罷了；秦朝統治天下，權勢不分散到諸侯手中，把天下兵器聚集起來加以銷毀，然而傳到二世皇帝，王朝就傾覆，這是由於法制倫常不存在的緣故罷了。所以四肢雖然沒有問題，不值得倚仗，值得倚仗的只有脈象好。四海雖然無事，不值得自負，值得自負的只有法制倫常。能夠憂心於可倚仗的脈象，能夠擔心可自負的法制倫常，擅長醫病、擅長計慮國事的人就說是上天扶助了。《易經》上說：「觀測所行，考察預兆。」擅長醫病、擅長計慮國事的人就是這樣做的。

雜說三

【題　解】這篇短文是讀談生〈崔山君傳〉而抒發的一些感想，故又名〈題崔山君傳〉。文章主旨是說有的聖人雖貌若禽獸，卻有高尚的德行，而世人中有的雖形貌昳麗，心地則如同禽獸，因而觀人要觀其居心行事。這一番話自是作者閱盡世態之後所作的入骨的批評，正如作者自己所說，是對原作中憤世嫉邪之意所產生的共鳴。

談生之為〈崔山君傳〉，稱鶴言者，豈不怪哉！然吾觀於人，其能盡其性❶而不類於禽獸異物者希矣，將憤世嫉邪長往而不來❷者之所為乎！昔之聖者，其首有若牛者，其形有若蛇者❸，其喙有若鳥者❹，其貌有若蒙倛❺者。彼皆貌似而心不同焉，可謂之非人邪！即有平脅曼膚❻，顏如渥丹❼，美而很❽者，貌則人，其心則禽獸，又惡❾可謂之人邪！然則觀貌之是非，不若論其心與其行事之可否為不失也。怪神之事，孔子之徒不言❿，余將特取其憤世嫉邪而作之，故題之云爾⓫。

【注　釋】❶盡其性　完全體現了人性。❷長往而不來　謂隱居不出。❸其首有若牛者二句　《列子・黃帝》謂庖犧氏、女媧氏、神農氏、夏后氏蛇身人面，牛首虎鼻，而有大聖之德。❹喙有若鳥者　《尸子》說：禹「長頸鳥喙」。喙，嘴。❺蒙倛古時臘月驅逐疫鬼或出喪時所用之神像。臉方而醜，髮多而亂，形兇惡。《荀子・非相》：「仲尼之狀，面如蒙倛。」倛，即「魌」。魌頭，古時打鬼驅疫時用的面具。❻平脅曼膚　謂胸部豐滿，皮膚細嫩滑澤。《楚辭・天問》：「平脅曼膚，何以肥之？」朱熹《集注》：「舊說云：平脅曼膚，肥澤之貌。」❼顏如渥丹　面色紅潤。《詩・秦風・終南》：「顏如渥丹。」鄭玄箋：「渥，厚漬也，顏色如厚漬之丹，言赤而澤也。」❽美而很　貌美而心狠戾。很，通「狠」。《左傳・襄公二十六年》：「太子痤美而狠。」❾惡　何；怎麼。❿怪神之事二句　《論語・述而》：「子不語怪力亂神。」怪神之事，指關於怪異、勇力、叛亂、鬼神之事。⓫云爾　如此而已。

【語　譯】談生寫的〈崔山君傳〉，提到像鶴那樣說話的人，難道不奇怪嗎！然而我觀察世人，能夠完全體現人性，不似禽獸怪物的人很少，又哪裡可以像憤世嫉邪、隱居不出的人的行為呢！從前的聖人，有的頭像牛，有的形體像蛇，有的嘴像鳥，有的面貌像驅鬼時戴的面具。他們都貌似禽獸怪物，而心不似，可說他們不是人嗎！有的人胸部豐滿，皮膚滑嫩，面色紅潤，美麗心狠，外貌可算是人，而心腸卻是禽獸，又怎麼可以稱為人呢！既然如此，那麼看外貌是不是人，還不如論他的居心和行為合不合人道，更不會失誤。怪異、鬼神之類的事，孔門弟子是不說的，我只是取文中憤世嫉邪之意而作，所以題寫了這些話。

雜說四

【題解】這篇短文也題作〈馬說〉，是用千里馬比喻賢士，伯樂比喻賢相，闡述應該注重識別和提拔人才的道理，傾訴了賢才遭到埋沒的感慨。本文共分三段：首段說，世上千里馬常有，只有伯樂才能識別，意謂只有賢相方能識賢士。第二段是說識別千里馬的難處在於要深入瞭解千里馬的習性而加以照應，不要像對待凡馬那樣來對待千里馬，這是說要善於識士和養士。第三段是感歎世無伯樂能識別千里馬，以感歎世上無人能識才士。這篇文章才一百五十餘字，但寓意深曲，議論透闢，一波三折，詞鋒雄健有力，描述又很有形象性。

世有伯樂，然後有千里馬❶；千里馬常有，而伯樂不常有。故雖有名馬，祇❷辱於奴隸人❸之手，駢死❹於槽櫪❺之間，不以千里稱也。

馬之千里者，一食或盡粟一石；食馬者❻不知其能千里而食也。是馬也，雖有千里之能，食不飽，力不足，才美不外見❼；且欲與常馬等不可得，安求其能千里也！

策之不以其道❽，食之不能盡其材❾，鳴之❿不能通其意，執策而臨之，曰：「天下無馬。」嗚呼！其真無馬邪？其真不知馬也？

【注釋】❶世有伯樂二句　《戰國策・楚策四》載汗明見春申君曰：「君亦聞驥乎？夫驥之齒至矣，服鹽車而上太行，蹄中膝折，尾湛胕潰，漉汁灑地，白汗交流，中坂遷延，負轅不能上。伯樂遭之，下車攀而哭之，解紵衣以冪之。驥於是俯而噴，仰而鳴，聲達於天，若出金石聲者何也？彼見伯樂之知己也。」此句意本此，謂有伯樂方能發現千里馬。伯樂，姓孫名陽，秦穆公時人，以善相馬著稱。❷祇　只是。❸奴隸人　指牧養和駕馭馬匹的奴僕。❹駢死　謂和一般馬同死。駢，併；並。❺槽櫪　指馬廄。槽，盛飼料的器具。櫪，繫馬之處。❻食馬者　餵馬的人。食，同「飼」。❼才美不外見　能力好卻不表現於外。才，指千里馬的能力。美，善。見，同「現」。表現。❽策之不以其道　謂千里馬與凡馬不同，無須重加鞭策。策，馬鞭。這裡作動詞用，作鞭策、駕馭解。不以其道，指不按馬的性情。❾盡其材　謂不能餵飽，以使牠發揮其異能。❿鳴之　指馬鳴。仍暗用千里馬見伯樂的典故。一說指養馬者對馬的吆喝。

【語　譯】世上有了伯樂，然後才會有千里馬；千里馬常有，但伯樂不常有。所以雖然有名馬，也只是在奴僕手裡受凌辱，和凡馬一起死在馬廄裡，不能由於日行千里而被人稱道。

能日行千里的馬，一頓可能要吃掉一石糧食；餵馬的人不知道牠能日行千里才吃這麼多。這馬雖然有日行千里的能力，吃不飽，力不足，優異的才能顯現不出來，就是要和凡馬一樣也做不到，怎能要求牠日行千里呢！

駕馭牠不依照牠的性情，餵牠又不能使牠吃飽以發揮才能，牠嘶鳴又不能明白牠的心意，卻手執馬鞭對著牠說：「天下沒有千里馬。」唉！是真沒有千里馬呢？還是真不能識別千里馬呢？

貓相乳

【題解】馬燧，字洵美，汝州郟城（今河南郟縣）人，以破田悅功封北平郡王。貞元三年（西元七八七年），二十歲的韓愈正在長安參加進士科考試，以從兄韓弇幼弟的身分拜見馬燧。馬燧給予他經濟上的接濟，又命兩個兒子熱情接待他，韓愈遂成馬府的座上客。這篇文章當是此段時間所作。

這篇文章記述馬燧家一隻母貓為另一隻死去的母貓哺乳幼子的故事，由此歌頌馬燧功德感應之深，並借客人之口談到保持富貴之難，「得之於功，或失於德；得之於身，或失於子孫」，進而斷言，馬燧一家將會永保其福祉。這篇文章敘述貓的動態，簡練傳神。所發議論，亦「關係大體」（明茅坤《唐宋八大家文鈔》）。然而曾國藩曾批評此文說：「而所以為文之意，固不免有人之見者存，故收處過詖。」（《求闕齋讀書錄》卷八）這批評有一定道理。

司徒北平王家貓有生子同日者，其一死焉，有二子飲於死母，母且死，其鳴咿咿。其一方乳其子，若❶聞之，起而若聽之，走而若救之。銜其一置於其棲，又往如之，反而乳之若其子然。噫，亦異之大者也！

夫貓，人畜❷也，非性於仁義者也，其感於所畜者乎哉？北平王牧人以康❸，伐罪以平❹，理陰陽❺以得其宜。國事既畢，家道乃行，父父子子，兄兄弟弟❻，雍雍如❼也，愉愉如❽也。視外❾猶視中❿，一家猶一人。夫如是，其所感應召致⓫，其亦可知矣。《易》曰⑫：「信及豚魚⑬。」非此類也夫？

愈時獲幸於北平王，客有問王之德者，愈以是對。客曰：「夫祿位貴富，人之所大欲也。得之之難，未若持之⑭之難也。得之於功，或失於德；得之於身，或失於子孫。今夫功德如是，祥祉⑮如是，其善持之也可知已。」既已，因敘之為〈貓相乳〉說云。

【注釋】❶若　乃；就。❷人畜　人所飼養的。畜，飼養。❸牧人以康　治民使安樂。牧人，治民。古時把官吏治民比做牧人牧養牲畜。康，安樂。❹伐罪以平　討伐有罪者，以示公平。❺理陰陽　即「燮理陰陽」。和理陰陽的意思。《書・周官》：「茲惟三公，論道經邦，燮理陰陽。」時馬燧官司徒，列於三公，故如此說。❻父父子子二句　是說父行父道，子行子道，兄行兄道，弟行弟道。語出《易・家人・彖》：「父父子子，兄兄弟弟，夫夫婦婦，而家道正，正家而天下定矣。」父父，上一字為名詞，下一字為動詞。「子子，兄兄弟弟」皆如此。❼雍雍如　和洽的樣子；和樂的樣子。❽愉愉如　和悅的樣子。❾外　指外人、外事。❿中　家中。⓫其所感應召致　意指馬燧的功業道德感動影響所致。⓬易曰　指《易・中孚・彖》。⓭信及豚魚　謂誠信能夠達到豚、魚身上。豚，豬。⓮持之　保持住它。⓯祥祉　吉祥福祉。祉，福。

【語譯】司徒北平王家有兩隻貓同日生子，一隻母貓死了，有兩隻小貓仍在死母懷中吃奶，由於母貓已死，小貓咿咿地叫著。另一隻母貓正在給牠的小貓餵奶；聽到叫聲，便起身注意著，於是跑過去救助牠們。牠先銜著一隻小貓放到自己棲身之處，又過去銜起另一隻放到自己棲身之處，回來餵牠們奶，就像對待自己的子女一樣。哦，這也是一件大怪事呵！

貓是人所飼養的，不是本性仁義的，牠是被飼養者所感化了嗎？北平王治理百姓，使他們生活安樂；討伐有罪者，加以公平對待；和理陰陽，使陰陽得宜。國事已經治理完成，家道就接著推行，父行父道，子行子道，兄行兄道，弟行弟道，和睦相處，快快樂樂。看待外事如同家事，看待一家如同一人。能夠做到這樣，他所感應造成的後果，也是可想而知了。《易經》上說：「誠信能夠達到豬、魚身上。」不是指這一類事嗎？

我當時正有幸受到北平王的接待，有一位客人問到北平王的德行，我就把這件事回答他。客人說：「官位俸祿能夠貴富，這是人生一大願望。得到它雖困難，但不如保持它來得困難。由功業得到，有時失於德行有缺；自身得到，有時由子孫失去。如今北平王功德如此，吉祥福祉如此，可知他是善於保持的了。」這之後，我就寫了這篇〈貓相乳〉敘述事情的經過。

五箴

【題解】箴，文體名，語句簡明、整齊而且協韻，用以規戒。這一組五則箴言作於韓愈三十八歲時（一說當從另本，作於四十八歲時，見宋黃震《黃氏日鈔》卷五九）。他當時正從連州陽山令遇赦北還，撫今思昔，感慨良多，乃藉此文抒發出來。

這一組箴言內容很複雜，有對人生經驗的總結，有對自己過錯的針砭，也有牢騷反話。如〈行箴〉中談到：如果自己錯了，就應該悔恨；然而如果言行不錯，那就應該堅持不悔。這無疑是對自己前段時期的坎坷經歷作了一番思考所得出的結論。又如〈好惡箴〉中談到交友之道不能憑一時個人好惡，而應用道的標準來衡量，這也是練達人情之後的體會。此外像〈游箴〉中對自己「既飽而嬉」的不滿，〈言箴〉中批評自己對不知言者盡言，都含有針砭己過的意思。但是這一組箴言中，佔的成分最多的是作者藉以批評自己所發的牢騷。〈言箴〉中說到做幕僚、做御史時進盡忠言受到的誤解，〈知名箴〉中說到自己倡導古文、提攜後進所受到的憎怨等等，作者並不以為過，所作責備也非出於真心，倒顯出一種傲兀不改之慨。

人患不知其過，既知之，不能改，是無勇❶也。余生三十有八年❷，髮之短者日益白，齒之搖者日益脫，聰明❸不及於前時，道德日負❹於初心，其不至於君子而卒為小人也昭昭❺矣。作〈五箴〉以訟其惡❻云。

【章旨】此為文序。敘明自覺衰老，感慨有過不能改，乃作此〈五箴〉。

【注釋】❶無勇　無勇氣。孔子說過：「過，則勿憚改。」（《論語・學而》）憚於改過則是無勇。❷三十有八年　一作「四十有八」。但從他〈與崔羣書〉、〈祭十二郎文〉及〈感春〉詩來看，韓愈年未四十，就屢有衰老之歎。❸聰明　聽力好為聰，視力好為明。❹負　背離。❺昭昭　明白的樣子。❻訟其惡　責備自己的過失。訟，責備。惡，過錯。《論語・公冶長》：「吾未見能見其過而內自訟者。」語本此。

【語譯】為人就怕不知自己的過錯，已經知道了，不能夠改正，這是沒有勇氣。我已經三十八歲了，短髮一天天變白，動搖的牙齒一天天脫落，聽力、視力已不及從前，學問德行又漸漸違背當初的志願，看來不能成為君子，卻終於成為小人，這是很明顯的了。我於是作了這篇〈五箴〉來責備自己的過錯。

游箴

余少之時，將求多能，蚤❶夜以孜孜❷。余今之時，既飽而嬉，蚤夜以無為。嗚呼余乎！其❸無知乎！君子之棄，而小人之歸乎！

【章旨】戒遊嬉而不努力。

【注釋】❶蚤　「早」的通假字。❷孜孜　努力不怠。❸其　豈。

【語譯】我年輕的時候，總想求得很多學識，從早到晚努力不懈怠。我這個時候，卻吃飽了就玩耍，從早到晚無所作為。唉，我這個人呀！難道是無知嗎！放棄做君子，卻歸於小人了嗎！

言箴

不知言之人，烏❶可與言？知言之人，默焉而其意已傳。幕中之辯❷，人反以汝為叛。臺中之評❸，人反以汝為傾❹。汝不懲❺邪？而呶呶❻以害其生邪！

【章　旨】戒多言。

【注　釋】❶烏　何。❷幕中之辯　韓愈貞元十二年秋為汴州觀察使董晉幕僚，貞元十五年為徐州節度使張建封的幕僚。韓愈曾上書張建封論使院中晨入夜歸制度，其後又有諫擊毬書及詩（見〈上張僕射書〉、〈上張僕射第二書〉）。❸臺中之評　貞元十九年韓愈任監察御史，曾與張署、李方叔上疏請寬民徭，而免田租之弊。遂為幸臣李實所讒，貶為連州陽山令。臺，指御史臺。這是朝廷的監察機構。監察御史為御史臺察院屬官。❹傾　邪僻。❺懲　戒止。❻呶呶　多言不休。

【語　譯】不明白話中真意的人，怎麼可以跟他說話？能夠明白話中真意的人，你雖沉默不言，意思卻已傳遞給他。昔日在幕府中辯論，人們反而認為你叛逆。在御史臺時評議時政，人們反而認為你邪僻。你還不戒止嗎？卻還要嘮叨不休地危害自身嗎！

行　箴

行與義乖❶，言與法違。後雖無害，汝可以悔。行也無邪，言也無頗❷。死而不死❸，汝悔而何！宜悔而休❹，汝惡曷瘳❺？宜休而悔，汝善安在？悔不可追，悔不可為。思而斯得，汝則弗思。

【章　旨】言當悔則悔，不當悔則不可悔。

【注　釋】❶乖　背離。❷頗　偏頗；不平正。❸死而不死　言雖得罪而死，但猶如活著，其精神不死。❹休　止；不做。❺曷瘳　如何痊癒。曷，何。瘳，病癒。

【語　譯】行為與道義背離，言論與法度違反。日後自己雖然沒有災禍，你卻應該因而悔恨。行為無邪僻，言論無偏頗。人雖死，精神卻不死，你悔恨什麼！應該悔恨卻不悔恨，你的過錯如何糾正？不應該悔恨卻悔恨，你的優點哪裡去了？或者悔恨往事，無法彌補；或者悔恨之事，絕不可為。這個道理一想就會明白，你就是不肯用心思索。

好惡箴

無善而好❶，不觀其道。無悖❷而惡❸，不詳其故。前之所好，今見其尤❹。從也為比❺，捨也為讎❻。前之所惡，今見其臧❼。從也為愧，捨也為狂❽。維讎維比，維狂維愧。於身不祥，於德不義。不義不祥，維惡之大。幾如是為，而不顛沛❾？齒❿之尚少，庸⓫有不思。今其老矣，不慎胡為⓬！

【章　旨】言交遊應以道為標準。

【注　釋】❶好　喜歡。❷悖　悖逆；背離正道。❸惡　厭惡。❹尤　過錯。❺比　勾結；結黨。《論語・為政》：「君子周而不比，小人比而不周。」朱熹《集注》：「比，偏黨也。」❻讎　同「仇」。敵對。❼臧　善；好。❽狂　愚妄無知。❾顛沛　跌仆。❿齒　年紀。⓫庸　用；因而。⓬胡為　何為。

【語　譯】沒有善行，你卻喜歡他，不去看他為人是否符合道義。沒有背離正道，卻對他厭惡，也不清楚他過去的為人。以前所喜歡的人，如今發現他的過錯。追隨他就成為勾結營私，丟開他就會結為仇人。以前所厭惡的人，如今發現他的美德，追隨他心存羞愧，丟開他是痴愚無知。結冤、結黨，痴愚、羞愧，在自身而言，既不吉利；對道德而言，又不合正義。不正義、不吉利，是最大的惡行。屢屢如此而為，卻能不摔跤嗎！年紀尚小，因而有欠思考之處。如今年紀老了，為什麼不謹慎呢！

知名箴

內不足❶者，急於人知。霈焉❷有餘，厥聞❸四馳。今日告汝，知名之法。勿病無聞，病其暐暐❹。昔者子路❺，惟恐有聞❻。赫然❼千載，德譽愈尊。矜汝文章，負汝言語。乘人不能，揜❽以自取。汝非其父，汝非其師。不請而教，誰云不欺！欺以賈❾憎，揜以媒❿怨。汝曾⓫不寤⓬，以及於難。小人在辱，亦克⓭知悔。及其既寧，終莫能戒。既出汝心，又銘汝前。汝如不顧，禍亦宜然。

【章　旨】此戒急於知名。

【注　釋】❶內不足　指內在道德學問的修養。❷霈焉　大雨的樣子。此處形容作者名噪一時的樣子。❸厥聞　其名聲。❹暐暐　光彩顯耀的樣子。❺子路　即仲由。孔子的弟子。❻惟恐有聞　《論語・公冶長》：「子路有聞，未之能行，唯恐有聞。」韓愈此處把「聞」作「聲聞」解。謂子路惟恐未能行其實而得其聲，故不欲其有聞。❼赫然　顯耀的樣子。❽揜　奪取。❾賈　買。這裡是自找的意思。❿媒　引來。⓫曾　乃；竟。⓬寤　通「悟」。⓭克　能。

【語　譯】道德學問不充足，卻急於讓別人聞名。好像大雨嘩嘩下個不停，使你的名聲四處傳揚。今天告誡於你，有關名為人知的道理。不要憂心沒有名聲，而要憂心過於顯耀。古代的賢者子路，惟恐有名聲而不符實。他的光輝流傳千載，德行聲譽愈受推崇。驕矜你的文章，自負你的語言銳利。乘別人不能做到，為自己奪取名聲。你不是人家的父親，你不是人家的老師。人家不請就去教誨，誰說這不是欺辱！欺辱會招人憎惡，奪名會引來怨恨。你竟然還不覺悟，以致遭到災難。小人在困辱之時，也能知道悔恨爭名。等到處境已經安寧，終究不能戒絕。這番箴言既出自你心，又銘刻在你座前。你如果尚不記取，遭禍也是應該。

子產不毀鄉校頌

【題　解】子產，春秋時鄭國大夫，名公孫僑，字子產，一字子美。他是當時著名政治家，執政二十餘年，實行了一系列政治改革，並把「刑書」(法律條文)鑄在鼎上公布。他的政績卓著，使弱小的鄭國安定下來，並在大國相爭中得以保存。本文所敘之事載於《左傳・襄公三十一年》：子產執政之初，鄭人遊於鄉間學校，議論執政的措施。一個叫然明的人向子產建議把鄉校毀(關閉)掉。子產卻以疏導民怨為由加以拒絕，因而使鄭國大治。頌，一種文體的名稱，以頌揚讚美某人某事為內容，一般是韻文，偶而也有無韻的。劉勰《文心雕龍・頌讚》：「頌者，容也，所以美盛德而述形容也。」本文即藉讚頌子產能容國人言論，來表達他希望朝廷改革政治、廣開言路的見解。

本文可分前後二大段，前段是敘述子產不毀鄉校本事，把子產精闢之論幾乎全部轉述一遍；接著又舉周代盛時和衰時對待言者的不同態度為旁證，說明是敞開還是堵塞言路對於國家興亡的重大意義。後段則由述古轉到論今。作者先作一過渡，說子產之道如施於天下，天下必定大治。接著用一「於虖」來感歎當今「四海所以不理」之狀，然而若詳細說下去，在當時情勢下，有許多關礙不便之處，於是只能歸於「有君無臣」四字。其實，君非明君，說「有君」只是不得已而已。而「無臣」二字卻下得很重很認真，對於當政者明確提出了批評，正如宋黃震所指出的，這是說「為人臣者忌人言而蒙主聽」(《黃氏日鈔》卷五九)。文末巧妙地套用昔日鄭國人稱讚子產的話：「誰其嗣之。」其實表達了作者對於當代賢臣的企盼心情。而以「我思古人」作結，既與文章開頭相應，又寄寓了撫今思昔的無限感慨。

我思古人，伊❶鄭之僑。以禮相國❷，人未安其教❸。遊于鄉之校，眾口囂囂❹。

或謂子產，毀鄉校則止。曰：「何患❺焉！可以成美❻。夫豈多言，言各其志❼。善也吾行，不善吾避。維善維否❽，我於此視❾。川不可防❿，言不可弭⓫。下塞上聾⓬，邦其傾⓭矣。」既鄉校不毀，而鄭國以理⓮。

在周之興，養老乞言⓯；及其已衰，謗者使監⓰。成敗之迹⓱，昭哉可觀。維是⓲子產，執政之式⓳。維其不遇⓴，化止一國㉑。誠率是道㉒，相天下君㉓。交暢旁達㉔，施㉕及無垠㉖。於虖㉗！四海㉘所以不理，有君無臣㉙。誰其嗣之㉚？我思古人。

【注釋】❶伊　句首語氣詞。沒有實義。❷相國　佐理國政。《左傳．襄公二十六年》載公孫揮之言：「子產其將知政矣，讓不失禮。」❸安其教　對教令心悅誠服。安，習慣；悅服。教，教化；教令。❹囂囂　嘈雜喧鬧的樣子。❺患　憂慮；擔心。❻成美　成就美政。❼言各其志　《論語．先進》：「亦各言其志也已矣。」志，心中的想法。❽維善維否　指施政的好壞。維，語氣詞。善、否，謂政治上好的地方和不好的地方。❾視　觀察。❿防　築堤防水。⓫弭　止；塞。《國語．周語》：「邵公曰：『防民之口，甚於防川。』」⓬下塞上聾　謂堵塞議政者之口，則在上者如同聾子一般，聽不到批評。《穀梁傳．文公五年》：「上泄則下闇，下闇則上聾，且闇且聾，無以相通。」下，指議政的士人。上，指執政者。⓭傾　傾覆；垮掉。⓮理　治。為避唐高宗李治之諱，故改為「理」。⓯養老乞言　奉養賢而有德的老人，聽取其言，以作施政的標準。《詩．大雅．行葦》序：「〈行葦〉，忠厚也。周家忠厚，仁及草木，故能內睦九族，外尊事黃耇（老人），養老乞言，以成其福祿焉。」公劉時已舉行養老的典禮。《禮記》中也有類似記載。⓰謗者使監　《國語．周語》記載：周厲王暴虐無道，國人咒罵他，他派衛巫去監視罵他的人（謗者），發現就處死。造成「國人莫敢言，道路以目」的恐怖局勢。厲王得意洋洋地說：「吾能弭謗矣。」拒絕接受邵公使民開口的忠告。三年之後發生了國人暴亂，厲王不得不「奔彘」，西周於是走向衰亡。⓱迹　事跡；歷史事實。⑱是　這個。⑲式　法式；典範。⑳不遇　謂子產不受知於天子，故稱不遇。㉑化止一國　只能在鄭國施行其教化。㉒誠率是道　假如遵循這種治國方法。誠，假如。率，遵循；依照。是道，此種治國之道。㉓天下君　指天子。㉔交暢旁達　謂子產的治國之道如得到推廣。交，皆；俱。旁，作「溥」字解。普遍的意思。㉕施　延續。㉖垠　界限。㉗於虖　同「嗚呼」。㉘四海　天下。古人以為中國四面環海，在四海之內，故用四海之內指全國各地。㉙有君無臣　意謂有明君而無賢臣。㉚誰其嗣之　《左傳・襄公三十一年》：「子產從政一年，輿人（眾人）誦之曰：『取我衣冠而褚（貯）之，取我田疇而伍之，孰殺子產，吾其與之。』三年又誦之曰：『我有子弟，子產誨之；我有田疇，子產殖之；子產而死，誰其嗣之？』」嗣，繼承。

【語譯】我思慕的古代賢臣，是鄭國執政公孫僑。他初依禮義治國，人民還不安於政教。都來鄉校議論，眾口嘈雜喧鬧。有人建議子產，關閉鄉校止議。他說：「何必擔心呢？它將有助於推動政治。眾人哪裡多言了，只不過各言心中所思而已。大家說好，由我來辦；大家說不好，我就迴避。施政是好是壞，我在此地觀察便知。河水不可堵塞，言論不可壓制。人民啞了，使君上成為聾子，國家就要傾覆難支了。」鄉校既已不閉，鄭國因而大治。

周代興旺的時期，尊養老人以求言；等到衰敗的時候，監視言者特別嚴。歷史成敗的事實，明白地可作借鑑。

這位子產大夫，是一代執政的典範。他的際遇不佳，只在鄭國施展他的才幹。假如遵循這種治道，輔佐天下的共主。那就能普遍順利推廣，代代相傳無盡。唉！天下不治的原因是：只有明君而沒有賢臣。如今誰來繼承子產？我思慕這位古代賢人。

伯夷頌

【題　解】伯夷、叔齊是商末孤竹君之二子，相傳其父遺命要立次子叔齊為繼承人。孤竹君死後，叔齊讓位給伯夷，伯夷不受，叔齊也不願登位，先後都逃到周國。周武王伐紂，二人叩馬諫阻說：「父死不葬，爰及干戈，可謂孝乎？以臣弒君，可謂仁乎？」武王左右想殺掉他們，太公說：「此義人也！」命人把他們扶開。武王滅商後，他們恥食周粟，採薇而食，餓死於首陽山。事見《呂氏春秋．滅廉》、《史記．伯夷列傳》等。《論語．公冶長》邢昺《疏》引〈春秋少陽篇〉：「伯夷姓墨，名允，字公信。伯，長也；夷，謚。叔齊名智，字公達，伯夷之弟，齊亦謚也。」古人向來把伯夷、叔齊作為抱節守志的典範。

這篇文章的主旨是歌頌伯夷堅守正義的原則，即使再多的人非議他，他也絕不動搖的精神。全文共分三大段。第一段先用一連串排句，說明特立獨行的士人若能在眾人反對下猶力行不惑，這就極少了；而伯夷即使到天地窮盡、萬世終極之人都反對他，他也絕不顧忌，這簡直是古往今來，一人而已。作者繼而又用三個排句歌頌伯夷人格的光明、崇高和偉大。這樣對於伯夷的精神就作了最大的推崇和讚揚。第二段乃就伯夷、叔齊諫阻伐商、不食周粟二事來具體論證他們這種精神。指出伯夷、叔齊不是有所求，而是深信大道，自知甚明的緣故。第三段對比如今的士人，他們以人之是非為是非，而伯夷連萬世標準的聖人也敢於非議，堅守自己的立場。這就更突出了伯夷的為人特點。文末作者筆鋒一轉，突然說：「雖然，微二子，亂臣賊子接跡於後世矣！」這就是說雖然伯夷、叔齊不顧忌世人的是非，但他們永為後世人所景仰，他們為萬世立下君臣大義的榜樣，使有不臣之心的人為之警懼。這裡所表述的實是全篇的副主題。清林雲銘指出：「此專從不為眾論所惑處，驗其有定力定識，故獨舉不臣周一節，發出他『特立獨行』，備極推讚。要知成得這一個『是』，不比尋常硜硜小夫執拗偏見，其有關于萬世綱常者匪小，末段又補出此意作結。」（《韓文起》卷七評語）正是如此，只推重伯夷堅持己見，怎樣劃清他與那些偏執的小人的界線呢？從道理上說不免片面之處，故文末補充說明他所堅持的君臣之義對後世的重大意義，這樣論述就全面了。

士之特立獨行❶，適於義❷而已，不顧人之是非❸，皆豪傑之士，信道篤❹而自知明者也。一家非之，力行而不惑者，寡矣；至於一國一州非之，力行而不惑者，蓋天下一人而已矣；若至於舉世❺非之，力行而不惑者，則千百年乃一人而已耳。若伯夷者，窮天地亙萬世❻而不顧者也。昭乎日月不足為明，崒❼乎泰山不足為高，巍❽乎天地不足為容也。

當殷之亡，周之興，微子賢也，抱祭器而去之❾。武王、周公聖也，從❿天下之賢士與天下之諸侯而往攻之⓫，未嘗聞有非之者也。彼伯夷、叔齊者，乃獨以為不可。殷既滅矣，天下宗周⓬，彼二子乃獨恥食其粟，餓死而不顧。繇⓭是而言，夫豈有求而為哉⓮？信道篤而自知明也。

今世之所謂士者，一凡人譽之，則自以為有餘；一凡人沮⓯之，則自以為不足。彼獨非聖人而自是如此！夫聖人乃萬世之標準也⓰。余故曰：若伯夷者，特立獨行，窮天地亙萬世而不顧者也。雖然，微二子⓱，亂臣賊子⓲接跡於後世矣！

【注釋】❶特立獨行　有獨特的操守和見識，而不隨波逐流。《禮記・儒行》：「儒有澡身而浴德……其特立獨行，有如此者。」特，獨。行，品行。❷義　《禮記・中庸》：「義者，宜也。」指思想行為合於一定的標準。❸是非　即是之非之，指人們肯定和否定的評價。❹篤　深厚。❺舉世　全世間之人。❻窮天地亙萬世　指窮極時空。窮天地，謂直到天地窮盡之時。亙萬世，終極萬世。❼崒　險峻。❽巍　高大。❾微子賢也二句　微子，名啟（一作開），商紂的庶兄，封於微（今山東梁山縣西北）。因見商代將亡，數諫紂王，王不聽，遂出走。周武王滅商時，微子乃持祭器到軍門，肉袒面縛，膝行請降，武王乃釋之，復其位如故。後周公平武庚之亂，命微子代殷後，奉其先祀，封於宋，遂為周代宋國始祖（事見《史記・宋微子世家》）。❿從　率領。⓫攻之　指攻商紂王。⓬宗周　歸向於周。⓭繇　通「由」。從；自。⓮豈有求而為哉　即言無所求而為之。清何焯說，此句呼應上「適於義」句（《義門讀書記・昌黎集》卷二評語），甚是。這是說伯夷是遵從道義而行，並無個人所求。⓯沮　毀傷。此謂說壞話。⓰彼獨非聖人而自是如此二句　這二句朱熹曾這樣解釋：「說開了，當云雖武王、周公為『萬世標準』；然伯夷、叔齊，惟自『特立不顧』。」（《朱子語類》卷一三九）彼，指伯夷等。聖人，指武王、周公。標準，榜樣。⓱微二子　沒有這兩個人。微，無。二子，指伯夷、叔齊。⓲亂臣賊子　指不守臣道、心懷異志的人。《孟子・滕文公下》：「孔子成《春秋》，而亂臣賊子懼。」這裡也倣其意，謂伯夷、叔齊使欲為不臣之事的人知所警懼。

【語　譯】士人有獨特的操行和見識，只要合於事理就行了，不必顧忌別人說好說壞，這種人都是豪傑之士，他們深信大道而且自知甚明。有一家批評他，他仍努力而行，不產生疑慮，這樣的人少見了；到了有一州一國的人批評他，他仍努力而行，不產生疑慮，大概天下也只有一個人罷了；若是到了全世間的人都批評他，他仍努力而行，不產生疑慮，則千百年間才有一個人罷了。像伯夷這個人，就是直到天地窮盡、萬世終極的人都批評他，他也是不會顧忌的。他的光輝，就連日月和他相比也不算明亮；他的崇高，就連泰山和他相比也不算高峻；他的偉大，就連天地之間也不夠容納。

當殷商將亡，周朝興起之時，微子這個賢人，抱持祭器離開了紂王。周武王、周公都是聖人，率領天下的賢士和天下的諸侯去攻殷紂，並未聽說有人批評他們這樣做。那伯夷、叔齊二人，唯獨認為這樣做不對。殷商已經滅亡，天下諸侯歸向於周，那二人唯獨以吃周室之粟為恥辱，即使餓死也不顧惜。由此說來，他們難道會是有所求而這樣做嗎？這是由於他們深信大道而自知甚明的緣故啊。

如今世上稱為士的這種人，一個普通人誇獎他，他就自以為德行已有餘了；一個普通人說他壞話，他就以為自己的德行已不足了。唯獨伯夷、叔齊這樣批評聖人，卻認為自己正確！聖人是千秋萬世人的榜樣啊。我所以說：像伯夷這樣的人，有獨特的見識和操行，就是直到天地窮盡、萬世終極的人都批評他，他也不會顧忌。雖然如此，如果沒有這二人，後世亂臣賊子會一個接一個地出現的！

訟風伯

【題解】貞元十九年（西元八〇三年）正月至七月，京城大旱。皇帝下詔書減免百姓租稅，但京兆（今陝西西安）尹李實不執行命令，反而說：「今年雖旱，而穀甚好。」仍舊不顧一切地橫徵暴斂。

當時韓愈為監察御史，看到百姓拆屋砍樹繳稅，飢餓貧病，甚至外出逃荒，一片慘境。韓愈把百姓遭受的痛苦，寫成奏章，如實地向皇帝報告，要求停徵租稅，以救民命。他的言行卻觸怒了幸臣李實之流，反而被貶為陽山（今廣東陽山縣）縣令。

文章寫於此時。以雲喻君子，以風喻小人。山雲情深，給百姓以雨露。但是風伯殘忍，把雲層吹薄、吹散，使它不得下雨送恩澤，致使旱情越來越嚴重。天道神明，所以只好向上天控告，嚴懲風伯。

文章採用《楚辭》體，形容殊為生動。

維茲之旱兮，其誰之由？我知其端兮，風伯❶是尤❷。山升雲兮澤上氣；雷鞭車兮電搖幟❸。雨寖寖❹兮將墜；風伯怒兮雲不得止。暘烏❺之仁兮，念此下民❻；閟❼其光兮，不鬬其神❽。嗟風伯兮，其獨謂何❾？我於爾兮，豈有其他？求其時兮修祀事❿；羊甚肥兮酒甚旨⓫。食足飽兮飲足醉，風伯之怒兮誰使⓬？雲屏屏⓭兮吹使醨⓮之；氣將交兮吹使離之。鑠⓯之使氣不得化，寒之使雲不得施⓰。嗟爾風伯兮，欲逃其罪又何辭！上天孔明⓱兮，有紀有綱⓲；我今上訟⓳兮，其罪誰當？天誅⑳加兮，不可悔；風伯雖死兮，人誰汝傷？

【注釋】❶風伯　神話中的風神。❷尤　過失；罪過。❸搖幟　搖動旗幟。形容閃電。❹寖寖　漸漸。❺暘烏　太陽。古代神話說日中有烏，故稱太陽為「暘烏」。❻下民　百姓；人民。❼閟　隱藏；掩蔽。❽神　神威。指太陽的威力。❾謂何　如何；為何。❿祀事　祭祀供奉。⓫旨　味美。⓬使　命令。⓭屏屏　層疊貌。⓮醨　薄；不厚。⓯鑠　熔化；銷鑠。形容炎熱。⓰施　散布。⓱孔明　十分明白。⓲有紀有綱　紀律法度。⓳訟　訴訟；控告。⓴誅　殺戮。

【語譯】這次旱災啊，是誰所為？我知道它的原委啊，是風伯的罪過。山上升起雲啊，水上起蒸氣；雷公鞭打車子啊，電光搖動旗幟。雨漸漸地啊，將要下降；風伯發怒啊，雲不能停止。太陽仁慈啊，顧念百姓；隱藏他的陽光啊，不顯他的神威。唉，風神啊，還要怎麼樣？我對你啊，難道有其他對不起你的地方？選擇吉日良辰啊，設祭供奉；羊很肥啊，酒很味美。供奉的食品足以吃飽啊，供奉的酒足以喝醉，風伯發怒啊，是誰要你這樣做？層層疊疊的雲啊，被你吹薄；天地之氣將要相交啊，你吹得分開。你炎熱使水氣不能化成雲，你嚴寒使雲不能散成雨。唉，你風伯啊，要逃避罪責又有什麼好說！上天很明白啊，有紀律有法則；我現在向上天控告啊，這罪名由誰承擔？上天加罪殺戮啊，不可以後悔了；風伯即使死了啊，人間有誰哀傷你？

後漢三賢贊

【題　解】後漢，即東漢；三賢，指王充、王符、仲長統；贊，是一種文體，以讚美為主。這一組三篇贊，所寫之人都不是有功業、做過大官的人，但他們有很高的才學，卻始終不受重用，甚至還受到世人的輕賤、譏諷。韓愈讀他們的傳和書，同情他們的遭遇，乃寫下這三則短文。所以清儲欣說：「三賢皆著書立言而不遇於世者，范史合為一傳。公本其傳而贊之，非贊也，弔也。」（《昌黎先生全集錄》）

這三篇贊都運用韻語把人物一生勾勒出來，十分簡練，卻扣住了人物的特徵和主要事跡。有人認為文筆風格近似東漢樂府詞（見清何焯《義門讀書記》）。

王充者何？會稽上虞❶，本自元城❷，爰❸來徙居❹。師事班彪❺，家貧無書。閱書於肆❻，市肆是遊，一見誦憶，遂通眾流❼。閉門潛思，《論衡》以修❽。為州治中，自免歸歟❾。同郡友人，謝姓夷吾❿，上書薦之，待詔公車⓫，以病不行，年七十餘。乃作《養性》⓬，一十六篇。肅宗之時，終於永元⓭。

【章　旨】綜述王充身世、學習、著作及用世等。

【注　釋】❶會稽上虞　會稽，郡名。上虞，縣名。今浙江上虞。王充出生於此地。❷元城　王充祖籍為魏郡元城，即今河北大名。❸爰　乃；於是。❹徙居　遷居。王充上代剛強任俠，祖父王汎遷居會稽郡錢塘縣，父親王誦又遷到上虞縣。❺師事班彪　王充本傳說他「師事扶風班彪」，但王充晚年所寫《論衡・自紀》未提到此事，故今人認為由於後來學術流別的不同，王充不承認曾師事班彪了。班彪，字叔皮，扶風人，著名儒家學者，班固之父。❻肆　陳列貨物售賣的場所。此指書肆。❼眾流　指各學派的學說。❽論衡以修　寫作《論衡》。《論衡》三十卷，八十五篇。王充以畢生精力所作，是中國學術史上的重要著作。❾為州治中二句　章帝元和三年，王充因事避難到揚州，在揚州當了一名從事，復轉治中，後自免還家。❿謝姓夷吾　謝夷吾，字堯卿，會稽山陰人，官至鉅鹿太守。見《後漢書·方術傳》。⓫待詔公車　按本傳：「肅宗特詔公車徵，病不行。」「待詔」當為「特詔」之訛。公車，漢代的官署設有公車司馬，總領天下上書和皇帝徵召等事。⓬養性　《養性書》，今失傳，《太平御覽》卷六〇二、《會稽典錄》作《養生》。⓭肅宗之時二句　據考王充的卒年約在東漢永元八年至十六年。永元為穆宗（和帝）的年號，所以此句應為「穆宗之時，終於永元」。

【語　譯】王充是什麼人？會稽上虞縣人。祖籍魏郡元城，遷居來到此境。早年師從班彪，家貧無書可讀。書肆之中閱書，市場成遊學處，過目就能背誦，通曉各家學說，閉門深入思考，結果寫就《論衡》。曾任揚州治中，終於辭職歸去。同郡有個友人，姓謝名叫夷吾。上書舉薦王充，朝廷特詔徵召，因病不能成行，年歲也過七十。寫作《養性》之書，總計一十六篇。肅宗之日去世，時在永元年間。

王符節信❶，安定臨涇❷。好學有志，為鄉人所輕❸，憤世著論，「潛夫」是名❹。〈述赦〉之篇，以赦為賊良民之甚❺，其旨甚明。皇甫度遼❻，聞至乃驚。衣不及帶，屣履出迎❼，豈若鴈門，問鴈呼卿❽！不仕終家，吁嗟❾先生！

【章　旨】綜述王符憤世論著，受度遼將軍皇甫規的禮重等事跡。

【注　釋】❶王符節信　王符字節信。❷安定臨涇　安定郡臨涇縣。治所在今甘肅鎮原南。❸為鄉人所輕　王符是妾生庶子，故為人所輕。❹憤世著論二句　王符著《潛夫論》，據本傳說：「其指訐時短，討讁物情，足以觀見當時風政。」所以說是憤世而著。潛夫，猶言隱名氏。王符不願彰顯己名，故號此。❺述赦之篇二句　〈述赦〉是《潛夫論》之一篇。主旨是反對過多地赦免囚犯，以免惡人肆無忌憚，而良善之民受害，其中說到「今日賊良民之甚者，莫大於數赦贖，赦贖數則惡人昌而善人傷矣」。賊，傷害。❻皇甫度遼　是度遼將軍皇甫規的倒裝句。時皇甫規正解官歸安定。❼衣不及帶二句　形容匆忙之狀，以表現皇甫規對王符的尊重。帶，束帶。屣履出迎，拖著鞋子出迎。❽豈若鴈門二句　鴈，同「雁」。據〈王符傳〉載，有鄉人以錢財買官，得雁門太守，去謁見皇甫規，皇甫規臥不起，鄉人入內，皇甫規問：「卿前在郡食雁美乎？」稱「卿」表現了一種以上對下的口氣，問人食雁美不美，說明皇甫規認為此人政績不值一談，故只問雁味。總之，「問雁呼卿」表現了皇甫規的輕視和嘲諷。❾吁嗟　感歎詞。

【語　譯】王符的字為節信，籍貫在安定臨涇。既好學且有志向，可惜被鄉人看輕，憤世嫉邪而著論，以「潛夫」作為書名。〈述赦〉是其中一篇，認為赦贖最為危害良民，主旨十分顯明。度遼將軍皇甫規，聞說王符到來而吃驚。著衣不及束帶，拖著鞋子出迎。哪像對待雁門太守，問他雁味又呼為卿！不曾出仕卻終老家中，唉，這一位先生！

仲長統公理❶，山陽高平❷。謂高幹有雄志而無雄才，其後果敗❸，以此有聲。俶儻❹敢言，語默無常，人以為狂生。州郡會召❺，稱疾不就，著論見情❻。初舉尚書郎❼，後參丞相❽軍事，卒不至于榮。論說古今，發憤著書，「昌言」❾是名。友人繆襲❿，稱其文章足繼西京⓫。四十一終，何其短邪！嗚呼先生！

【章　旨】綜述仲長統的行事、用世，以及著作，並稱頌其文章的成就。

【注　釋】❶仲長統公理　姓仲名長統，字公理。❷山陽高平　山陽郡高平縣。今山東金鄉。❸謂高幹有雄志而無雄才二句　仲長統曾見高幹，對他說：「君有雄志而無雄才，好士而不能擇人，所以為君深戒也。」高幹不能接受，後背叛，兵敗，欲奔荊州，為上洛都尉王琰捕斬。高幹，袁紹外甥。投曹操，為并州刺史，招納四方遊士。❹俶儻　灑脫；不拘束。❺州郡會召　本傳：「每州郡命召，輒稱疾不就。」故「會召」當為「命召」之訛。召，辟召；舉為屬吏。❻見情　表現內心之情思。見，同「現」。據本傳所載，他抒發的主要是不願立身揚名，只願優遊卒歲的情思。❼尚書郎　屬尚書令，掌管起草文書。❽丞相　指曹操。❾昌言　此書凡三十四篇，十餘萬言。昌，當。有當於理的意思。❿繆襲　字熙伯，東海（今山東郯縣西南）人，官至尚書光祿勳。⓫稱其文章足繼西京　據本傳云：「友人東海繆襲常稱統才章足繼西京董、賈、劉、揚。」故「文章」似為「才章」之訛。西京，西漢。董，董仲舒。賈，賈誼。劉，劉向。揚，揚雄。

【語　譯】仲長統字公理，籍貫山陽高平。曾說高幹有雄心卻無雄才，後來高幹果然敗亡，長統因此有了名聲。為人俶儻敢言，或發論或沉默不合常規，時人認為是個狂生。州郡長官召他，都稱病不肯就職，著論以抒發高情。初被舉任為尚書郎，後參預丞相軍事，終究不能躋身尊榮。論說古今之事，發憤寫成一書，「昌言」就是書名。友人名叫繆襲，稱他的文章足以繼承西漢諸家。但四十一歲就辭世，享壽多麼短啊！唉！這麼一位先生！

圬者王承福傳

【題　解】圬者，塗牆的泥水匠。本篇是為泥水匠王承福所作的傳。文中用以寫王承福生平的字數不多，主要的篇幅在記述其言。王承福的主要觀點是：量力而行，自食其力，安於本分，無愧於心；因為怕養不活妻、子，甚至不願成立家庭。在他看來，那些能薄功小，尸位素餐，驕奢淫佚的富貴之徒，終究不會有好的下場。總結這些言論，韓愈評論王承福說，他是個「獨善其身」的賢者，品德高尚，但為己打算過多，為人打算過少。

清蔡鑄認為：「不必有其人也，不必有其事也。公疾當世之『食而怠其事者』，特借圬者口中以警之耳。憑空結撰，此文家無中生有法也。」（《蔡氏古文評注補正全集》卷六）說得很有道理，這篇傳其實是韓愈借題發揮來抨擊世上不良現象的一篇文章，是否真有王承福其人，是很難說的。

圬之為技，賤且勞者也。有業之，其色若自得者。聽其言，約而盡。問之，王其姓，承福其名，世為京兆長安❶農夫。天寶之亂，發人為兵❷，持弓矢十三年，有官勳❸。棄之來歸，喪其土田，手鏝❹衣食，餘三十年。舍於市之主人❺，而歸其屋食之當❻焉，視時屋食之貴賤，而上下其圬之傭❼以償之，有餘，則以與道路之廢疾❽餓者焉。

又曰：粟，稼❾而生者也，若布與帛❿，必蠶績⓫而後成者也，其他所以養生之具，皆待人力而後完也，吾皆賴之。然人不可徧為，宜乎各致其能以相生⑫也。故君者，理⑬我所以生者也，而百官者，承君之化⑭者也。任有小大，惟其所能，若器皿焉。食焉而怠其事，必有天殃⑮，故吾不敢一日捨鏝以嬉。夫鏝易能，可力焉，又誠有功，取其直⑯，雖勞無愧，吾心安焉。夫力易強⑰而有功也，心難強而有智也，用力者使於人，用心者使人⑱，亦其宜也，吾特擇其易為而無愧者取焉。嘻！吾操鏝以入貴富之家有年矣，有一至者焉，又往過之，則為墟⑲矣；有再至⑳三至者焉，而往過之，則為墟矣。問之其鄰，或曰：噫！刑戮也。或曰：身既死，而其子孫不能有也。或曰：死而歸之官也。吾以是觀之，非所謂食焉怠其事，而得天殃者邪？非強心以智而不足，不擇其才之稱否，而冒㉑之者邪？非多行可愧，知其不可，而強為之者邪？將貴富難守，薄功而厚饗㉒之者邪？抑豐悴㉓有時，一去一來，而不可常者邪？吾之心憫焉，是故擇其力之可能者行焉。樂富貴而悲貧賤，我豈異於人哉！

又曰：功大者其所以自奉㉔也博，妻與子皆養於我者也，吾能薄而功小，不有之可也。又吾所謂勞力者，若立吾家而力不足，則心又勞也，一身而二任㉕焉，雖聖者不可能也。

愈始聞而惑之，又從而思之，蓋賢者也，蓋所謂「獨善其身」㉖者也。然吾有譏㉗焉，謂其自為也過多，其為人也過少，其學楊朱㉘之道者邪？楊之道，不肯拔我一毛而利天下㉙，而夫人以有家為勞心，不肯一動其心，以畜㉚其妻子，其肯勞其心以為人乎哉！雖然，其賢於世之患不得之而患失之㉛者、以濟其生之欲、貪邪而亡道㉜以喪其身者，其亦遠矣！又其言有可以警余㉝者，故余為之傳，而自鑒㉞焉。

【注釋】❶京兆長安　唐代以西京為中心包括周圍二十多個縣設置京兆府，以京兆尹為長官。在京城以中軸線朱雀街為界，東部包括郊區是萬年縣，西部包括郊區是長安縣。❷天寶之亂二句　天寶十四載十一月，范陽、平盧、河東節度使安祿山叛亂，玄宗曾命榮王李琬為元帥，在京師招募士兵十一萬討伐。天寶，唐玄宗的年號。❸官勳　安史亂起，軍隊裡所授官勳很多很濫，一些空頭官勳毫無實際意義。官，官職。勳，勳級。❹手鏝　拿著瓦刀。手，用為動詞。作拿、握解。鏝，泥水匠抹牆的工具。俗稱瓦刀。❺市之主人　長安城裡的房東。市，指長安城裡的商業區，有東市、西市。主人，指房東。收取房租飯費。❻屋食之當　指房飯錢的價格。當，相當。❼上下其圬之傭　增減塗牆的工價。傭，指工錢。❽廢疾　殘廢者、疾病者。❾稼　種植穀物。❿帛　絲織物的總稱。在唐代一般指絹，絹帛當時不僅是衣料，還代替貨幣使用。⓫蠶績　養蠶織布。蠶，指養蠶、繅絲、織帛。績，緝麻線，用來織布，當時的布一般都是麻布。⓬各致其能以相生　各人盡自己能力生產各種物品，互相供應，維持生存。⓭理　治。此避唐高宗李治諱。⓮化　教化。⓯天殃　上天所降的災殃。⓰直　同「值」。⓱強　勉強。⓲用力者使於人二句　《孟子．滕文公上》：「勞心者治人，勞力者治於人。」⓳墟　廢墟；房屋倒塌或拆毀之後的遺跡。⓴再至　二次到。㉑冒　冒進；硬要去幹。㉒饗　同「享」。㉓豐悴　指盛衰。㉔自奉　供養自身。㉕二任　指勞力又勞心。㉖獨善其身　謂做好自身的品行修養。《孟子．盡心上》：「窮則獨善其身，達則兼善天下。」㉗譏　批評。㉘楊朱　字子居，戰國時人，思想家。他反對墨子的兼愛和儒家的倫理，主張「貴生重己」，宣揚「為我」至上。㉙不肯拔我

一毛而利天下　出自《孟子．盡心上》：「楊子取為我，拔一毛而利下，不為也。」但今人認為孟子之言過於誇張。《淮南子．氾論》傳達得比較準確：「全性保真，不以物累形，楊子之所言也，而孟子非之。」㉚畜　養活。㉛患不得之而患失之　出自《論語．陽貨》：「其未得之也，患得之（據考，此句原為「患不得之」）。既得之，患失之。」是批評一般「鄙夫」的心理。㉜亡道　無道。亡，通「無」。㉝警余　使我警惕。㉞自鑒　即「鑒自」。鑒，本義是鏡子。此處是照驗、檢查的意思。

【語　譯】塗牆作為一種手藝，是卑賤而且辛苦的。有人從事這個職業，神色卻顯得相當滿足的樣子。聽他說的話，簡約又透徹。問他，他說姓王，名叫承福，世代是京兆府長安縣的農夫。天寶年間發生叛亂，朝廷徵發百姓當兵，就手持弓箭從軍共十三年，已獲得官勳。卻放棄官勳回到故里，由於失去了田地，便拿起瓦刀塗牆來供自己衣食，過了三十多年。住在市上房東家，交納相當的房錢飯費，看當時房飯錢的高低，抬高或抑低塗牆工錢來償付，錢有得剩餘，就給路上那些殘廢、有病、挨餓的人。

他又說：粟，要種植才能生出來，至於麻布和絹帛，一定要經過養蠶、緝麻等加工才能織成，其他各種用來維持生活的用具，都要靠人力才能做成，這種種物資我都要依賴它們。然而人不可能樣樣都去做，應該各人盡自己能力來互相供養。所以君主是治理我們各行各業的，而百官則是秉承君主的命令來推行教化的。各人承擔的工作有大有小，由他們的能力來決定，就像各種各樣的器皿各有它們的用途一樣。靠這些來吃飯卻做事怠惰，必定會遭到天降的災殃，所以我不敢丟下瓦刀遊戲一天。用瓦刀塗牆容易學會，可用力氣去做，又真有功用，領取工錢，雖然勞苦卻不慚愧，使我能夠心安。人的力氣，容易勉強使勁而做出功效；人的心就難以勉強運用而變得有智慧，因此用力的人被人驅使，用心的人驅使別人，這是理所當然的，我只是挑選那容易做又無愧於心的工作做。唉！我拿著瓦刀進出富貴人家多年了，有的人家我到過一次，再經過那裡，就已經成為廢墟了；有的人家我到過二次、三次，後來經過，就已經成為廢墟了。問這些人家的鄰居，有的說：唉！遭刑獄被處死了。有的說：本人死後，他的子孫沒有能力保有財產。有的說：死後財產歸了官府。我由這些人的結局看來，他們不是前面所說的靠人供養卻做事怠惰，因而遭到天降的災殃嗎？不是勉強用心而才智不足，不考慮和自己的才能是否相稱，卻硬要去做的嗎？不是多做可愧的事情，明知不對，卻勉強去做嗎？是富貴難於保持，功勞少而享用太多呢？還是盛衰有一定時運，有時去、有時來，不能長久不變呢？我心中為此感到傷感，因而選擇力所能及的工作來做。樂享富貴，悲傷貧賤，我難道會和別人有什麼不同嗎！

他又說：功勞大的人，用來供養自己的東西也豐厚，妻與子都要靠我養活，我能力薄弱功勞微小，沒有妻、子也可以的。再說我是前面所說的勞力者，若是建立了家庭卻力量不夠，那麼又得操心了，我一人卻要擔負勞心、勞力兩樣事情，即使是聖人，也不可能做到。

我初聽他的話，感到困惑不解，繼而想到，這個人大概是位賢人，大概是所謂「獨善其身」的人吧。然而我對他還是有所批評的，認為他為自己打算得過多，為別人打算得過少，難道是學楊朱的學說嗎？楊朱的學說是，不肯拔自己一根毫毛來有利於天下人，而這個人把有家室當作勞心事，不肯稍微費心，來養活他的妻、子，難道會肯為別人勞心嗎！雖然如此，他比起世上那些擔心得不到富貴、又擔心失去富貴的人，那些為滿足人生欲望、貪邪不講道義而送掉性命的人，要好過太多了！而他的有些話可使我警惕，所以我為他寫了傳，用來反省自己。

太學生何蕃傳

【題解】太學是國子監所屬六學之一，是專稱；但也可作通稱，其他五學的生徒，也可稱作太學生。此文是為太學生何蕃所作的傳，但「傳」字舊本作「書」，李漢編集時把此文編入書牘類，看來可能原作「書」字。所以近人疑此文也是推薦何蕃書函之一，寫其事跡作宣傳介紹之用。

本文沒有全面介紹何蕃的事跡，只是扣住他「仁勇」的特點，各舉一二例來說明；而對於何蕃在當時學界的影響，作了相當濃重的渲染。這樣，文字雖簡省，但對這一個才德之士的不遇，讀者留下相當深的印象。文末的議論，其中心是「必有待」三字，作者運用比喻說明貧賤之士一定要等到時機，得到職位，方能一展胸中所學。因此，實際上是向朝廷、向在位的公卿大夫呼籲，要他們不要埋沒人才，儘先引用何蕃這樣的貧士。

太學生何蕃，入太學者廿餘年矣。歲舉進士❶，學成行尊，自太學諸生推頌不敢與蕃齒❷，相與言於助教、博士❸，助教、博士以狀申於司業、祭酒❹，司業、祭酒撰次❺蕃之群行焯焯❻者數十餘事，以之升於禮部❼而以聞於天子。京師諸生以薦蕃名文說❽者，不可選紀❾。公卿大夫知蕃者比肩立❿，莫為禮部；為禮部者，率⓫蕃所不合者，以是無成功。

蕃，淮南⓬人，父母具全；初入太學，歲率一歸，父母止之；其後間⓭一二歲乃一歸，又止之；不歸者五歲矣。蕃純孝人也，閔⑭親之老，不自克⑮，一日，揖諸生歸養於和州⑯，諸生不能止，乃閉蕃空舍中。於是太學六館⑰之士百餘人，又以蕃之義行⑱言於司業陽先生城⑲，請諭留蕃，於是太學闕⑳祭酒，會陽先生出道州㉑，不果留。

歐陽詹生㉒言曰：「蕃，仁勇人也。」或者曰：「蕃居太學，諸生不為非義，葬死者之無歸㉓，哀其孤而字焉㉔，惠之大小，必以力復㉕，斯其所謂仁歟！蕃之力不任其體，其貌不任其心㉖，吾不知其勇也。」歐陽詹生曰：「朱泚之亂㉗，太學諸生舉將從之，來請起蕃，蕃正色叱之，六館之士不從亂，茲非其勇歟？」

惜乎！蕃之居下，其可以施於人者不流也。譬之水，其為澤㉘，不為川乎！川者高，澤者卑，高者流，卑者止，是故蕃之仁義，充諸心，行諸太學，積者多，施者不遐㉙也。天將雨，水氣上，無擇於川澤澗谿之高下，然則澤之道，其亦有施乎！抑有待於彼者歟！故凡貧賤之士必有待㉚，然後能有所立㉛，獨何蕃歟！吾是以言之，無亦使其無傳焉。

【注釋】❶舉進士　被舉送參加禮部進士科考試稱為舉進士。❷齒　並列。❸助教博士　博士和他的助手。助教，博士的助手。博士，學館中的主要教師。❹司業祭酒　皆官名。司業，國子監的副長官。祭酒，國子監的正長官。總領國子、太學、四門、律、書、算等六學。❺撰次　著述編排。❻焯焯　光明顯著的樣子。❼禮部　當時主持考試的政府部門。❽以薦蕃名文說　作文說辭以推薦何蕃為標題。名，標題。❾不可選紀　無法計算記錄。選，通「算」。❿比肩立　並肩而立。形容人多。⓫率　通常；一概。⓬淮南　唐有淮南道。⓭間　隔開。⓮閔　悲哀。⓯克　克制、抑制悲傷的心情。⓰和州　今安徽和縣。唐代屬淮南道。⓱太學六館　國子監所屬國子、太學、四門、律、書、算六學。⓲義行　忠義或節義的行跡。⓳陽先生城　陽城。字亢宗，性好學。登第後隱中條山，德宗召為諫議大夫。後因上疏救陸贄，論裴延齡奸佞，罷為國子司業。復因同情直言的學生出為道州刺史。在道州治民寬厚，因而賦稅不登，終於攜家離職。⓴闕　通「缺」。㉑道州　今湖南道縣。㉒歐陽詹生　歐陽詹。字行周，泉州晉江人。和韓愈同年進士。生，先生。時詹任四門助教，所以尊稱他為先生。㉓死者之無歸　指不能歸葬者。㉔哀其孤而字焉　哀憐其孤兒而加以撫養。孤，幼年喪父。字，孳養。㉕以力復　盡自己力量去報答。㉖蕃之力不任其體二句　此言何蕃之力和其體既不相稱，心和貌也不相稱。意謂他體貌很衰弱。不任，不能勝任；不能承受。㉗朱泚之亂　唐德宗建中四年，涇原軍反叛唐朝，推朱泚為領袖。㉘澤　陂澤；湖沼。㉙遐　遠。㉚必有待　謂一定要等待時機，獲得地位、職務。㉛有所立　指建立功業。

【語　譯】 太學生何蕃入太學學習已經二十多年了。每年都參加進士考試，由於學業成就，行輩又高，因而太學的學生對他推尊頌揚，不敢與他並列，共同把他的情況告訴助教、博士；助教、博士又把他的事跡報告給司業、祭酒，於是司業、祭酒把數十件有關何蕃光輝品行的事跡加以編排記述，呈報給禮部，以使天子知道。京城中的學生以薦舉何蕃作為文章說辭標題的，無法計算記錄。知道何蕃的公卿大夫很多，但沒有人在禮部為官；而在禮部為官的，都是與何蕃感情不合的人，因而何蕃考進士總不能成功。

何蕃是淮南道人，父母雙全；他初入太學時，每年都回去省親一次，父母叫他不要這樣做；以後他就隔一二年回去省親一次，他的父母又叫他不要這樣做；於是他不回去省親已有五年了。何蕃是個十分孝順的人，哀憐雙親已老，難以抑制戀慕之情，有一天，他告別眾同學要回和州去奉養雙親，同學們不能阻止他，就把何蕃關閉在空房間裡。於是國子監所屬六館的學生一百多人，又把何蕃的節義行跡報告司業陽城先生，請求他出面說話，留下何蕃，當時國子監祭酒空缺，剛好陽先生又出任道州刺史，因而未能留成。

歐陽詹先生說：「何蕃是個既仁且勇的人。」有人說：「何蕃在太學，學生們不做不義的事；安葬不能歸葬的人，因為哀憐他的孤兒而加以撫養；受人恩惠，不論大小，一定盡力去報答；這大約就是你所說的仁吧！何蕃看起來，他的力量不能承受他的身體，他的外貌不能承受他的內心，我不知道他有什麼勇敢的地方。」歐陽詹先生說：「朱泚叛亂，太學的學生們全都要追隨朱泚，來請何蕃參加，何蕃面色莊重地叱責他們，六館的學生便沒有追隨叛亂者，這不是他的勇敢嗎？」

可惜啊！何蕃的地位低下，他那種可用於百姓身上的仁義之道不能推展開來。若將之比做水，他就是湖沼，而不是河流啊！河流高，湖沼低，高的流動，低的靜止，所以何蕃的仁義之道，充滿於心中，也施行於太學中，但積蓄得多，卻施行得不夠廣遠。天將下雨，水氣上升，不管是高是低的河流、湖沼、山澗、溪水的水氣都要上升，既然如此，那麼湖沼的水，大約也有廣施的可能吧！或者有待於那個時機吧！所以貧賤之士一定要等待時機，然後才能建立功業，哪裡只是何蕃呢！我因此說這番話，不使他的事跡不能流傳下去。

毛穎傳

【題　解】毛穎，兔毛的尖鋒，即指毛筆。本文以擬人的手法，為毛穎作傳，敘述毛氏祖先、毛穎一生經歷及其子孫概況，實是把有關毛筆的原料產地、創造發明、廣泛用途及種種神話傳說加以鎔鑄成篇。一方面讚揚毛筆對於中國文化發展的貢獻，另一方面也藉毛穎的遭遇諷刺君主刻薄寡恩，悲悼遭到疏忌的士人的命運。文中「中書君」「今不中書邪」，還語含對執政大臣的嘲諷。一般研究者認為此文約作於元和五年（西元八一〇年），時韓愈正在東都洛陽任職。

這篇文章文筆詼諧，語多雙關，古人稱為以文為戲。有人說這是傳奇小說，有人說是寓言，仍屬古文。看來後者之見較有道理。本文取法史書，敘述樸素簡潔，以寓意為主，不似傳奇重在鋪敘情節，文詞濃豔。

這篇傳寫成後，一時曾遭到不少人的非難和攻擊，甚至連他的朋友張籍，也寫信批評他「多尚駁雜無實之說」（〈上韓昌黎書〉），裴度也反對他「不以文立制，而以文為戲」（〈寄李翱書〉）。但是柳宗元讀後，卻「甚奇其書」，說：「若捕龍蛇，搏虎豹，急與之角而力不敢暇，信韓子之怪於文也。」（〈讀韓愈所著毛穎傳後題〉）後世文人多數對此文給予好評，明胡應麟甚至說：「今遍讀唐三百年文集，可追西漢者僅〈毛穎〉一篇。」（《詩藪外編》卷三）倣作續作者也很多。

毛穎者，中山❶人也。其先明眎❷，佐禹治東方土，養萬物有功，因封於卯地❸，死為十二神❹。嘗曰：「吾子孫神明之後，不可與物同，當吐而生❺。」已而果然。明眎八世孫䨲❻，世傳當殷時居中山，得神仙之術，能匿光使物❼，竊恆娥，騎蟾蜍入月❽，其後代遂隱不仕云。居東郭者曰㕙❾，狡而善走❿，與韓盧爭能⓫，盧不及。盧怒，與宋鵲謀而殺之，醢⓬其家。

【章　旨】敘述毛穎的祖先、籍貫。

【注　釋】❶中山　戰國時有中山國，都城在今河北定縣，又遷都今河北平山縣東北，後為趙國併吞。據《事文類聚》，漢諸郡獻兔毫，書鴻都門（洛陽城門）匾額，惟趙國毫中用。所以這裡要說毛穎是中山人。❷明眎　兔的別稱。眎，古「視」字。《禮記．曲禮下》：「兔曰明視。」疏曰：「兔肥則目開而視明也。」❸佐禹治東方土三句　古代術數家用十二種動物來配十二地支，其中卯為兔，所以說明眎封於卯地；而古以十二支配方位，卯配東方，所以說佐禹治東方土；又因為四時中春的位置也在東方，春能生萬物，所以說明眎養萬物有功。❹死為十二神　唐代把十二地支化為十二神，其形象是人的身子，鼠、牛、兔等十二種動物的頭。近年已出土了一些。❺吐而生　《論衡．奇怪》：「兔吮毫而懷子，及其子生，從口而出。」《博物志》卷二，亦有類似之說。❻明眎八世孫䨲　䨲是小兔，韓愈借來作名，所謂八世孫也是他杜撰的。❼匿光使物　這是二種法術。匿光，謂隱形於陽光之中。《淵鑒類函》卷四三一，記《主物簿》有關於兔的類似記載。使物，謂役使鬼物。❽竊恆娥二句　據《淮南子．覽冥》等記載，羿（夏代諸侯）從西王母處求得不死之藥，他的妻子恆娥竊而奔月。而月中又有蟾蜍（即癩蛤蟆）和兔。韓愈因而虛構為䨲拐騙恆娥，騎蟾蜍入月。恆娥，即嫦娥。❾居東郭者曰㕙　住在東城郊外的名叫㕙。郭，外城。㕙，狡兔。❿走　奔跑。⓫與韓盧爭能　《戰國策．齊策》說到㕙和韓盧競逐之事。韓盧，韓國的狗，名叫盧。下文說到的宋鵲，是宋國的狗，名叫鵲。⓬醢　肉醬。此作動詞。謂剁成肉醬。

【語　譯】毛穎是中山人。他的祖先明眎，輔佐禹治理東方的土地，生養萬物有功，因而被封於卯地，死後成為十二神之一。他曾說：「我的子孫是神明的後代，不可與別的動物相同，出生應當從口中吐出。」後來果真如此。明眎的第八代孫子名叫䨲，傳說殷代時居住在中山，學會神仙法術，能夠隱身光中，役使鬼物，他拐騙了恆娥，騎著蟾蜍進入月中，他的後代就一直隱居不肯出來做官。居住在東城外的名叫㕙，狡猾而且擅長奔跑，跟韓盧比試本領，韓盧追不上他。韓盧生了氣，與宋鵲合謀把㕙殺掉，又把㕙全家剁成了肉醬。

秦始皇時，蒙將軍恬南伐楚❶，次❷中山，將大獵以懼楚。召左右庶長與軍尉❸，以《連山》筮之❹，得天與人文之兆❺。筮者賀曰：「今日之獲，不角不牙❻，衣褐之徒❼，缺口而長鬚❽，八竅而趺居❾，獨取其髦❿，簡牘是資⓫，天下同其書⓬。秦其遂兼諸侯乎！」遂獵，圍毛氏之族，拔其豪⓭，載穎而歸，獻俘於章臺宮⓮，聚其族而加束縛焉⓯。秦皇帝使恬賜之湯沐⓰，而封諸管城⓱，號曰管城子，日見親寵任事⓲。

【章　旨】敘述毛穎由被俘虜、被約束到被親寵重用的經過，亦即交代毛筆被發明重用經過。

【注　釋】❶蒙將軍恬南伐楚　《初學記・文部》引《博物志》曰：「蒙恬造筆。」其實如今在戰國古墓中已發現毛筆。歷史上並無蒙恬率兵伐楚的記載，這裡所記乃作者為下文次中山、得兔毫以造筆而敷演其事。蒙恬，秦始皇時名將。❷次　宿歇。❸左右庶長與軍尉　官爵名。左右庶長，商鞅所定秦國的爵位，左庶長是第十級，右庶長十一級。軍尉，尉是戰國時武官的名稱，位在將軍之下。❹以連山筮之　用《連山易》占卦。《連山》，相傳《周易》前的古《易》。筮，用蓍草占卦叫筮。❺得天與人文之兆　得到天象和人事的卦兆。天，天象。人文，人間之事。兆，卦兆。❻不角不牙　兔不長角，也不生尖長的犬齒。❼衣褐之徒　褐是獸毛或粗麻織成的短衣，多為黃黑色，古代窮人所穿。這裡是喻披毛的兔。❽缺口而長鬚　兔上唇中央有裂縫，有長鬍鬚。❾八竅而趺居　傳說兔只有八竅，而且盤足蹲踞。居，同「踞」。❿髦　毛中長毫，亦指人中俊傑，此處則二者雙關。⓫簡牘是資　簡牘都要靠它來書寫。古代無紙，寫在竹片上的叫簡，寫在木板上的叫牘。資，憑藉。⓬天下同其書　這裡是雙關語，既是說「書同文」，即字體統一，又是說天下都同樣要用毛筆書寫。⓭豪　豪傑；頭目。又通「毫」。指兔身上的毫毛。這也是雙關語。⓮獻俘於章臺宮　在章臺宮把俘虜獻給君主，這是一種禮儀。章臺宮是秦宮殿名。⓯聚其族而加束縛焉　這裡暗含著把許多兔毛加以束縛而成為筆頭的意思，所以也是雙關語。⓰湯沐　湯沐邑，古代天子賜給諸侯的封地，意謂供其沐浴齋戒，準備朝見。製筆必須用熱水把毫毛洗乾淨，所以借湯沐字作雙關語。⑰管城　周初管叔的封地，即今河南鄭州。這裡指筆桿，筆頭要插在筆桿上，筆桿為竹管所製。⑱親寵任事　實言筆被珍視使用。

【語譯】秦始皇的時候，蒙恬將軍率軍往南征伐楚國，在中山宿營，打算舉行大規模的狩獵來恐嚇楚國。他召集左右庶長和軍尉，叫人用《連山易》來占卦，得到天象和人事的卦兆。占卦的人祝賀說：「今天打獵所獲，沒有生角，不長尖牙，身穿粗毛衫，豁唇長鬚，只有八竅，盤腿蹲踞，只取豪俊，簡牘都要靠他，天下將同樣用他來書寫。秦國大約就要兼併諸侯了吧！」於是開始打獵，包圍了毛氏家族，選拔俊豪，把毛穎用車載回，在章臺宮舉行獻俘儀式，把毛穎一族聚集並加以束縛。秦皇帝命蒙恬賜給毛穎湯沐邑，把他封在管城，號稱管城子，他日益受到親信寵愛而被命辦事。

穎為人強記而便敏❶，自結繩之代❷以及秦事，無不纂錄❸。陰陽❹、卜筮❺、占相❻、醫方❼、族氏❽、山經❾、地志❿、字書⓫、圖畫、九流⓬、百家⓭、天人之書⓮，及至浮圖⓯、老子、外國之說，皆所詳悉。又通於當代之務，官府簿書、市井貨錢注記⓰，惟上所使。自秦皇帝及太子扶蘇⓱、胡亥⓲、丞相斯⓳、中車府令高⓴下及國人，無不愛重。又善隨人意，正直邪曲巧拙，一隨其人。雖後見廢棄，終默不洩。惟不喜武士，然見請亦時往。累拜中書令㉑，與上益狎㉒，上嘗呼為中書君。上親決事，以衡石自程㉓，雖宮人不得立左右，獨穎與執燭㉔者常侍，上休乃罷。穎與絳人陳玄、弘農陶泓及會稽褚先生㉕友善，相推致，其出處㉖

必偕。上召穎，三人者，不待詔輒俱往，上未嘗怪焉。

後因進見，上將有任使，拂拭之，因免冠謝㉗，上見其髮禿，又所摹畫㉘不能稱上意。上嘻笑曰：「中書君老而禿，不任吾用。吾嘗謂君中書，君今不中書耶？」對曰：「臣所謂盡心㉙者。」因不復召，歸封邑，終於管城。其子孫甚多，散處中國夷狄，皆冒㉚管城，惟居中山者能繼父祖業。

【章旨】細述毛穎的才能、性格、官職、同事及晚年被廢的遭遇，並簡述其後代情形。這實即敘述了毛筆的用途、貢獻及相關之事。

【注釋】❶強記而便敏　記性良好，機靈敏捷。❷結繩之代　指遠古之時，藉結繩來記事。❸纂錄　編集記錄。❹陰陽　古指陰陽變化、律曆之事。後淪為五行相勝相剋，鬼神迷信之類。❺卜筮　燒灼龜甲問吉凶為卜，用蓍草預測吉凶為筮。這裡指各種算卦之類的書籍。❻占相　占候看相。占，測候陰陽風雨之類。相，看相。❼醫方　醫書藥方。❽族氏　家族姓氏。指氏族譜之類。❾山經　記載有關山脈情形的書。古有山經水志。❿地志　記載地理、物產、歷史、風俗之類的地理書。⓫字書　識字用的書。即今字典。⓬九流　儒家、道家、陰陽家、法家、名家、墨家、縱橫家、雜家、農家為九流。⓭百家　指諸子百家。⓮天人之書　天象人事之書。⓯浮圖　「佛陀」的舊譯。即佛。韓愈明知東漢時佛教方始傳入中國（見〈論佛骨表〉），秦時尚無佛教，這裡只是信筆而寫。⓰官府簿書市井貨錢注記　指各種簿書、賬冊。簿，簿籍。書，文書。市井，古代城裡指定的商業區。貨，財物。注記，指賬冊之類。⓱太子扶蘇　秦始皇長子。後被李斯、趙高、胡亥等所害。⓲胡亥　秦始皇的小兒子。即後之二世皇帝。⓳丞相斯　丞相李斯。⓴中車府令高　指趙高。中車府令，官名。㉑中書令　中書省的長官，地位極高，這一官職不是秦代所有，此處亦不必拘泥。「中書」也是雙關語，亦含有適宜寫字的意思。㉒狎　親昵。㉓以衡石自程　是說一天自己規定要看一百二十斤簡牘為限額。《史記・秦始皇本紀》曾有此記載。衡是稱量。石是重量單位，當時以一百二十斤為一石。程，限度。㉔燭　此指火炬。㉕絳人陳玄弘農陶泓及會稽褚先生　指墨、硯和紙。絳人陳玄，指墨。

唐代絳州（今山西絳縣）進貢墨，墨是黑色，玄是黑，越陳越好，所以叫陳玄。弘農陶泓，唐代虢州（今河南靈寶）古為弘農郡，進貢硯，硯為陶製，下凹積水處曰泓，故陶泓指硯。會稽褚先生，指紙。唐代會稽（今浙江紹興）進貢紙，當時紙是用楮木搗爛浸水製成，漢代有褚先生（名少孫），補《史記》有文名，故文中以「楮」諧音「褚」。㉖出處　出仕和居家閒住。指使用時和不用時。㉗免冠謝　脫下帽子來致謝。免冠，脫下帽子。古時表謝罪，這裡則表致謝。實是講用筆時脫去筆帽。㉘摹畫　書寫。摹，依樣書寫。㉙盡心　竭盡心力。《孟子・梁惠王上》有「盡心焉耳矣」之語。此處雙關筆鋒已盡之意。㉚冒假冒。

【語譯】毛穎為人記性好，機靈敏捷，從遠古結繩記事的時代直到秦代之事，無不編集記錄。陰陽、卜筮、占相、醫方、族氏、山經、地志、字書、圖畫、九流、百家、天象人事之書，以至於佛教、道教、外國的學說，都能詳細瞭解。又精通當代事務，官府的簿籍文書、市上的錢財賬目，一切聽憑皇上指使，無不會寫。從秦皇帝到太子扶蘇、胡亥、丞相李斯、中車府令趙高下到國人，無不喜愛他、看重他。他又擅長隨從別人心意，時正時直，時邪時曲，時巧時拙，全隨人變化。即使後來遭到拋棄不用，終究沉默不肯洩露。只是不喜歡武士，然而邀請他也常去。他多次加官，做到中書令，和皇上越加親近，皇上曾叫他中書君。皇上親自處理政事，每天要看一石簡牘作為定額，即使宮女們也不能侍立在旁，只有毛穎和拿火炬的經常侍從，在皇上休息時才退出。毛穎和絳州陳玄、弘農陶泓及會稽褚先生是好朋友，互相推舉，辦公或休息一定聚在一起。皇上召喚毛穎，那三人不等下詔就一起去了，皇上從來不怪罪他們。

後來因毛穎進見皇上，皇上打算對他有所任用，輕輕拂拭他，他於是脫帽謝恩。皇上見他頭髮已禿，又書寫起來不能稱皇上心意。皇上嘻笑說：「中書君年老頭禿，不能勝任我交付的工作嘍。我稱你中書，你如今不中書啊？」毛穎回答說：「臣就是所謂盡了心的人。」於是皇上不再召見任用他，他回到封邑，死於管城。他的子孫很多，散居在中原和夷狄之中，都稱管城毛氏，只有居住在中山的，能夠繼承先輩的事業。

太史公曰❶：毛氏有兩族，其一姬姓，文王之子，封於毛❷，所謂魯、衛、毛、聃❸者也。戰國時有毛公、毛遂❹。獨中山之族，不知其本所出，子孫最為蕃昌❺。《春秋》之成，見絕於孔子而非其罪❻。及蒙將軍拔中山之豪，始皇封諸管城，世遂有名，而姬姓之毛無聞。穎始以俘見，卒見任使，秦之滅諸侯，穎與❼有功，賞不酬勞，以老見疏，秦真少恩哉！

【章　旨】概述毛氏的源流興衰，讚揚毛穎之功，批評秦之寡恩少仁。

【注　釋】❶太史公曰　《史記》在每篇紀傳後，都有「太史公曰」一段文字，或補史實，或作評論，太史公即司馬遷。本文倣效《史記》體制，故也加「太史公曰」一段。❷其一姬姓三句　文王子毛伯鄭封於毛，在今河南省宜陽縣，故以姬姓。❸魯衛毛聃　《左傳・僖公二十四年》富辰曰：「魯、衛、毛、聃，文之昭也。」魯，文王子周公旦的封國。衛，文王子康叔的封國。聃，文王子聃季載的封國。❹毛公毛遂　兩個姓毛的人。毛公，趙國人，信陵君門客。曾勸信陵君歸國救魏，名聞當世（見《史記・魏公子列傳》）。毛遂，平原君門客。曾自薦立功（見《史記・平原君虞卿列傳》）。❺蕃昌　繁殖昌盛。❻春秋之成二句　孔子作《春秋》，杜預說：「《春秋》絕筆於獲麟。」按獲麟事在魯哀公十四年，孔子歎道：「吾道窮矣。」遂絕筆不作。❼與　參與。

【語　譯】太史公說：毛氏有兩族，一族姓姬，周文王的兒子封於毛，即所謂魯、衛、毛、聃等封國之一。戰國時有毛公、毛遂。只有中山毛氏這一族，不知源出於哪裡，子孫最為繁衍昌盛。《春秋》寫成，被孔子所棄絕，也不是毛氏罪過。待到蒙將軍拔取中山豪俊，秦始皇把毛穎封在管城，他在世上就此出名，而姓姬的毛氏就不聽說起了。毛穎開始以俘虜的身分進見，終於受到任用，秦國蕩滅諸侯，毛穎是有功績的，獎賞不足報償功勞，由於年老而被疏遠，秦待人真是缺少恩德啊！

張中丞傳後敘

【題解】張中丞，指張巡。肅宗至德二載（西元七五七年），安慶緒叛軍的大將尹子奇圍攻睢陽（治所宋城，在今河南商丘南），張巡與許遠等堅守十月，終因糧盡援絕而城陷。張巡、許遠等人不屈，先後被殺。朝中一些文武官員為開脫自己怯敵逃跑的可恥行徑，曾百般詆毀張巡、許遠，李翰乃寫了〈張巡傳〉上呈肅宗，敘述事實，澄清是非。但五十年之後，仍有一些對張、許的不實之辭在流傳，而李翰〈張巡傳〉又有一些疏漏不足之處，韓愈就寫了這篇文章，來回擊對張、許的誹謗，又補充一些史實軼事。後敘，也可寫作「後序」，也可叫做跋，是在書或詩文之後寫上一段文字，發感想，發議論，或加以補充。

這篇文章前半篇主要是議論，由於李翰未給許遠立傳，社會上的毀謗又主要針對許遠而來，所以著重為許遠辯解。作者擺出大量事實，猛烈批駁誣衊許遠怕死降賊、睢陽城陷罪在許遠和張、許固守睢陽愚而有罪等種種謬論，高度評價張、許等人的歷史功績。行文夾敘夾議，條理清楚，文氣充沛，極具說服力。後半篇是敘事，補敘南霽雲求援、張巡和南霽雲慷慨就義以及有關張巡的一些軼事。作者運用高明的手法，把這些忠肝義膽、視死如歸的英雄，描繪得栩栩如生，躍然紙上。

元和二年四月十三日夜，愈與吳郡張籍❶閱家中舊書，得李翰所為〈張巡傳〉❷。翰以文章自名，為此傳頗詳密。然尚恨有闕者❸：不為許遠❹立傳，又不載雷萬春事首尾❺。

【章　旨】指出李翰〈張巡傳〉的欠缺，說明寫作本文的原因和意圖。

【注　釋】❶張籍　字文昌，原籍吳郡（今江蘇蘇州），寄居和州（今安徽和縣）。貞元十四年進士。元和初，任太常寺太祝。後歷任水部郎中、國子司業等官。他是韓愈的學生，擅長樂府詩，有《張司業集》八卷。❷李翰所為張巡傳　李翰，趙州贊皇（今河北元氏）人。官至翰林學士，他曾為張巡作傳上肅宗，反擊對張巡的誣衊。張巡，鄧州南陽（今河南南陽）人。開元末進士。由太子通事舍人出為清河令，調真源令。安祿山反，起兵抗擊。後與許遠同守睢陽（今河南商丘），詔拜御史中丞。睢陽被圍十月，張巡嬰城拒戰，後因糧盡援絕而陷落，張巡和部將等三十六人同時遇難。❸闕者　缺漏。闕，同「缺」。❹許遠　字令威，杭州鹽官（今浙江海寧）人。安史亂時，任睢陽太守，和張巡協力抗擊安史叛軍的進攻，城破，被械送洛陽，至偃師，不屈而死。❺不載雷萬春事首尾　雷萬春是張巡部下勇將之一。據說面中六箭，仍兀立不動，城陷時犧牲。首尾，是指他的出身和殉難後所贈官職等。此句是追恨李翰親見戰守事跡，卻沒有留下關於雷萬春的歷史文獻。一說，此處「雷萬春」三字，當是「南霽雲」之誤。作南霽雲，前後文方相應。

【語　譯】元和二年四月十三日的夜間，我和吳郡張籍翻閱家裡的舊書，找到李翰所作〈張巡傳〉。李翰由於會寫文章而出名，寫這個傳也寫得很詳細周密。然而我感到遺憾的是還有不足之處：沒有給許遠寫傳，又不記載雷萬春的出身及後事等。

遠雖材若不及巡者，開門納巡，位本在巡上，授之柄而處其下❶，無所疑忌，竟與巡俱守死，成功名。城陷而虜，與巡死先後異耳❷。兩家子弟材智下，不能通知二父志❸，以為巡死而遠就虜，疑畏死而辭服❹於賊。遠誠畏死，何苦守尺寸之地，食其所愛之肉❺，以與賊抗而不降乎？當其圍守時，外無蚍蜉蟻子之援❻，所欲忠者，國與主耳，而賊語以國亡主滅❼。遠見救援不至，而賊來益眾，必以其言為信，外無待而猶死守❽，人相食且盡，雖愚人亦能數日❾而知死處矣。遠之不畏死亦明矣！烏有城壞其徒俱死，獨蒙愧恥求活！雖至愚者不忍為，嗚呼！而謂遠之賢而為之邪！

說者又謂遠與巡分城而守，城之陷，自遠所分始❿。以此詬⓫遠。此又與兒童之見無異。人之將死，其藏腑⓬必有先受其病者；引繩而絕之，其絕必有處。觀者見其然，從而尤⓭之，其亦不達於理矣！小人之好議論，不樂成人之美⓮，如是哉！如巡、遠之所成就，如此卓卓⓯，猶不得免，其他則又何說！

當二公之初守也，寧能知人之卒不救，棄城而逆遁⓰？苟此不能守，雖避之他處何益！及其無救而且窮也，將⓱其創殘餓羸之餘⓲，雖欲去，必不達。二公之賢，其講之精⓳矣！守一城，捍天下，以千百就盡之卒，戰百萬日滋之師，蔽遮江淮，沮遏其勢，天下之不亡，其誰之功也⓴？當是時，棄城而圖存者，不可一二數㉑；擅彊兵坐而觀者，相環也。不追議此，而責二公以死守，亦見其自比於逆亂㉒，設淫辭㉓而助之攻也。

【章旨】反駁對張巡、許遠的種種責怪和流言蜚語，指明二人寧死不屈，守一城，捍天下的功績與節義。

【注 釋】❶開門納巡三句 唐肅宗至德二載正月，安慶緒部將尹子奇引兵十三萬趨睢陽。睢陽太守許遠告急於張巡，巡自寧陵引兵入睢陽。許遠對張巡說：「遠懦，不習兵，公智勇兼濟；遠請為公守，公請為遠戰。」此後，戰鬥主要由張巡指揮，許遠負責後勤接應（見《資治通鑑》卷二一九）。當時張巡的職位是真源令，地位在許遠之下。❷城陷而虜二句 至德二載十月，睢陽城陷，張巡、許遠等被俘虜。張巡當即遇害，許遠被送往洛陽，行至偃師亦被害。❸兩家子弟材智下二句 大曆中，張巡子去疾曾上書，言城陷時，巡及將校三十餘人皆割心剖肌，慘毒備至，而許遠獨生。巡臨死時恨遠心不可測，誤國家事。請追奪遠官爵，以刷冤恥。詔下尚書省，使去疾與許遠之子許峴及百官議。張去疾和許峴都為其父爭功諉過。議論結果是：許遠是太守，「凡屠城以生致主將為功，則遠後巡死不足惑」；況且「當此時去疾尚幼，事未詳知」（見《新唐書．許遠傳》）。❹辭服 請降。❺食其所愛之肉 當時睢陽城裡缺糧，先吃茶葉、紙張，再吃馬、鼠、雀，最後不得已吃沒有戰鬥力的人，於是張巡殺愛妾，許遠殺奴僮給士兵充飢（見《新唐書．張巡傳》及《資治通鑑》卷二二〇）。❻蚍蜉蟻子之援 形容極微小的援助。蚍蜉，黑色大螞蟻。蟻子，小螞蟻。❼賊語以國亡主滅 當時兩京陷落，玄宗逃往蜀中，但肅宗已於靈武即位，「國亡主滅」當是叛軍利用睢陽被圍，消息斷絕的情形，對張、許等人的招降之語。❽外無待而猶死守 睢陽圍急，時御史大夫、河南節度使賀蘭進明屯兵臨淮（今安徽盱眙，在睢陽東），許叔冀在譙郡（今安徽亳縣，在睢陽南），尚衡駐彭城（今江蘇銅山縣，在睢陽東），皆擁兵觀望，不肯救援。❾數日 計算時日，預知死期。❿說者又謂遠與巡分城而守三句 張巡和許遠各守睢陽城的一方，張守東北，許守西南。城破時，是先從許遠所守部分打開缺口的，故議論者如此說。⓫詬 罵。⓬藏腑 同「臟腑」。⓭尤 歸罪。⓮成人之美 《論語．顏淵》：「子曰：『君子成人之美，不成人之惡，小人反是。』」⓯卓卓 卓越特異的樣子。⓰棄城而逆遁 當時曾發生過關於棄城他去的討論。《新唐書．張巡傳》：「眾議東奔，巡、遠議，以睢陽江淮保障也，若棄之，賊乘勝鼓而南，江淮必亡。且帥飢眾行，必不達。」逆遁，預先料到而逃走。⓱將 率領。⓲創殘餓羸之餘 受傷致殘，飢餓瘦弱的殘餘士卒。羸，瘦弱。⓳講之精 研究、考慮得很精密周到。⓴守一城八句 李翰〈進張中丞傳表〉：「巡退軍睢陽，扼其咽領，前後拒守。自春徂冬，大戰數十，小戰數百，以少擊眾，以弱擊強，出奇無窮，制勝如神，殺其兇醜凡九十餘萬。賊所以不敢越睢陽而取江淮，江淮所以保全者，巡之力也。」從當時形勢看，張、許守睢陽，對保全江、淮，扭轉戰局，都起了重大作用。㉑棄城而圖存者二句 安祿山反後，譙郡太守楊萬石、雍丘縣令令狐潮均先後降賊。山南東道節度使魯炅棄南陽奔襄陽，靈昌太守許叔冀奔彭城（見《新唐書．張巡傳》及《資治通鑑》卷二一九）。㉒自比於逆亂 將自己比附成叛逆作亂之人。㉓淫辭 荒謬的議論。

【語　譯】許遠雖然才能好像不及張巡，但能打開城門接納張巡，官職本在張巡之上，卻把兵權交給張巡，自己受張巡指揮，沒有疑慮猜忌之心，終於和張巡一起堅守殉難，成就了功業聲名。城被攻陷都成了俘虜，他與張巡只是就義的時間先後不同罷了。兩家的子弟材智低下，不能完全理解他們的父親的胸懷，認為張巡被殺而許遠被俘，懷疑許遠怕死而向叛賊請降。許遠假如怕死，何苦堅守這一小塊土地，吃他所愛的人的肉，來跟叛賊對抗而不肯投降呢！當他守城被圍之時，沒有一點點外援，所要盡忠的，不過國家和皇上而已；可是叛賊對他們說國家已亡、皇上已死。許遠眼見救兵不到，而賊兵越來越多，一定認為叛賊的話是真的。外無可等待的救兵，卻還是死守，人吃人也快吃光了，即使是愚蠢的人，也能算得出自己的死期和死處了。許遠不怕死也很明顯！哪有城被攻破，部屬都死，獨自蒙受羞愧恥辱以乞求活命之理！即使是最愚蠢的人也不忍心這樣做，唉！像許遠這麼賢明的人會這麼做嗎！

議論的人又說，許遠與張巡分段守城，城被攻陷，是從許遠防守的那段先攻破的。他們抓住這點來責罵許遠。這又和兒童的見解沒有什麼兩樣。人快死了，他的內臟一定有先遭到疾病侵害的部位；把繩子拉斷，總有個斷開的地方。旁觀的人見到這種情形，就歸罪這些先出事的地方，這也太不懂道理了！小人喜歡議論別人，不樂意成全別人美德，竟到了如此地步啊！像張巡、許遠成就的功績，如此卓越特異，尚且不免遭到議論，至於其他人，更還有什麼好說的呢！

當張、許二公開始守城時，哪裡能夠知道別人終於不來救援，於是棄城而先逃走？如果此地不能守，即使逃到別處又有什麼用！等到他們得不到救援，處境極其窮蹙的時候，率領受傷致殘、飢餓瘦弱的殘存士卒，即使想要撤離，一定不能達到目的。張、許二公這樣賢能，考慮得一定很仔細了。守此一城，捍衛了天下，憑藉千百名傷亡殆盡的兵卒，來抵擋百萬日益增多的敵軍，遮護江淮地區，阻扼叛賊兵勢，國家不滅亡，該是誰的功勞！在此時，丟棄城池，希圖保全自身的人，不止一個、二個；擁有強大兵力坐視旁觀的人，在睢陽四周環繞。不追究這些人，卻責怪二公不該死守睢陽，也正看出持這種言論者是自同於叛逆作亂之賊，編造荒謬之說來幫助他們攻擊二公了。

愈嘗從事於汴、徐二府❶，屢道❷於兩府間，親祭於其所謂雙廟❸者。其老人往往說巡、遠時事云：南霽雲之乞救於賀蘭❹也，賀蘭嫉巡、遠之聲威功績出己上，不肯出師救；愛霽雲之勇且壯，不聽其語，彊❺留之，具食與樂，延霽雲坐。霽雲慷慨語曰：「雲來時，睢陽之人，不食月餘日矣！雲雖欲獨食，義不忍；雖食，且不下咽！」因拔所佩刀，斷一指，血淋漓，以示賀蘭。一座大驚，皆感激❻為雲泣下。雲知賀蘭終無為雲出師意，即馳去；將出城，抽矢射佛寺浮圖❼，矢著其上甎半箭❽，曰：「吾歸破賊，必滅賀蘭，此矢所以志❾也。」愈貞元中過泗州❿，船上人猶指以相語。城陷，賊以刃脅降巡，巡不屈，即牽去，將斬之；又降霽雲，雲未應。巡呼雲曰：「南八⓫，男兒死耳，不可為不義屈！」雲笑曰：「欲將以有為也；公有言，雲敢不死！」即不屈。

【章　旨】敘述張巡部將南霽雲壯烈事跡。

【注　釋】❶愈嘗從事於汴徐二府　貞元十二年韓愈在汴州（今河南開封）任宣武軍節度使董晉的推官，貞元十五年在徐州（今江蘇徐州）任武寧軍節度使張建封的推官。❷道　路過。❸雙廟　張巡、許遠死後，肅宗追贈巡為揚州大都督，遠為荊州大都督，立廟睢陽，歲時祭祀，號雙廟。❹南霽雲之乞救於賀蘭　南霽雲曾向賀蘭求救兵。南霽雲，魏州頓丘（今河南清豐西南）人。少微賤，為人操舟。安祿山叛亂，鉅野尉張沼起兵討賊，拔以為將。後為尚衡先鋒，奉命至睢陽與張巡議事，感張巡真心待人，遂為其部將，後與張巡同時殉難。《新唐書》有傳。賀蘭，指賀蘭進明。時任河南節度使，率重兵駐臨淮（今安徽盱眙西北）。❺彊　即「強」。勉強。❻感激　有所感動而情緒激動。❼浮圖　此處指佛塔。❽半箭　這裡指箭桿的一半。箭本是一種叫箭竹的竹子，可用來做弓矢的矢桿，故矢又稱箭。❾志　通「識」、「誌」。作標記。❿泗州　曾名臨淮郡。治所在臨淮縣（今江蘇盱眙西北淮水西岸）。⓫南八　南霽雲排行第八，所以稱南八，表示親切。

【語　譯】我曾在汴州、徐州節度使幕府中任職，時常來往於兩地之間，親自到人們所稱的雙廟去致祭。那裡的老人常常說到張巡、許遠時的事情，說南霽雲曾向賀蘭進明討救兵，賀蘭進明妒嫉張巡、許遠的聲威功績超過自己，不肯出兵去救援；但他喜愛南霽雲勇敢強壯，雖不聽他勸說，卻硬要留他，於是備辦了酒食歌舞，請南霽雲入席。南霽雲慷慨激昂地說：「我來的時候，睢陽城裡的人，已經斷糧個把月了！我雖然想一個人吃，於道義上說實不忍心；即使吃了，也將難以下咽！」於是拔出佩刀，斬斷一根手指，鮮血淋漓地給賀蘭進明看。滿座的人大驚失色，都被他感動得落淚。南霽雲知道賀蘭進明終究沒有為他出兵的想法，即縱馬離去；將出城時，抽出一枝箭射向佛寺的塔，箭桿一半射入塔磚裡，他說：「我回去擊退賊兵後，一定要回來消滅賀蘭進明，這一箭用來作標記。」我在貞元年間路過泗州，船上人還指著那枝箭互相談論。睢陽失陷後，賊兵用刀脅迫張巡投降，張巡不肯屈服，立刻拉出去，將要處斬；賊兵又來脅迫南霽雲投降，南霽雲沒有回答。張巡對南霽雲喊道：「南八，男子漢死就死吧！不可為了不義之事而屈服！」南霽雲笑著說：「我本想活下來有所作為；公既然有這樣的囑告，我怎敢不去死！」他就這樣不肯向賊兵屈服而殉難。

張籍曰：「有于嵩者，少依於巡；及巡起事❶，嵩常在圍中❷。籍大曆❸中於和州烏江縣❹見嵩，嵩時年六十餘矣。以巡初嘗得臨渙縣尉❺，好學無所不讀。籍時尚小，粗問巡、遠事，不能細也。云：巡長七尺餘，鬚髯❻若神。嘗見嵩讀《漢書》，謂嵩曰：『何為久讀此？』嵩曰：『未熟也。』巡曰：『吾於書讀不過三遍，終身不忘也。』因誦嵩所讀書，盡卷不錯一字。嵩驚，以為巡偶熟此卷，因亂抽他帙❼以試，無不盡然。嵩又取架上諸書試以問巡，巡應口誦無疑。嵩從巡久，亦不見巡常讀書也。為文章，操紙筆立書，未嘗起草。初守睢陽時，士卒僅萬人❽，城中居人，戶亦且數萬，巡因一見問姓名，其後無不識者。巡怒，鬚髯輒張。及城陷，賊縛巡等數十人坐，且將戮。巡起旋❾，其眾見巡起，或起或泣。巡曰：『汝勿怖！死，命也。』眾泣不能仰視。巡就戮時，顏色不亂❿，陽陽⓫如平常。遠寬厚長者⓬，貌如其心；與巡同年生，月日後於巡，呼巡為兄，死時年四十九。嵩貞元初死於亳宋⓭間，或傳嵩有田在亳宋間，武人奪而有之，嵩將詣州訟理⓮，為所殺。嵩無子。」張籍云。

【章旨】轉述張巡部下于嵩的話，敘明張巡的超凡才智和臨難不屈之狀。

【注釋】❶起事 指起兵討賊。❷圍中 指睢陽圍城之中。❸大曆 唐代宗李豫的年號。❹和州烏江縣 即今安徽和縣東北烏江鎮。❺以巡初嘗得臨渙縣尉 這是說張巡殉難後，其部下因跟從張巡，敘功受賞，于嵩被授予臨渙縣尉。臨渙，即今安徽宿縣。❻鬚髯 鬍鬚的總稱。在頤曰鬚，在頰曰髯。❼帙 包書的套子。若干卷（一般是十個卷子）為一帙，這裡指套中的書。❽僅萬人 近萬人。《說文》段玉裁注：「唐人文字，僅，多訓庶幾之幾。如杜詩：『山城僅百層。』韓文：『初守睢陽時，士卒僅萬人。』又：『家累僅三十口。』」❾起旋 起來小便。《左傳・定公三年》：「夷射姑旋焉。」杜預注：「旋，小便。」一說：旋，環行。❿顏色不亂 臉色不變。⓫陽陽 安詳自得的樣子。⓬長者 指德高望重之人。⓭亳宋 即原來的睢陽郡，後來改稱宋州。這裡稱「亳宋」，是因為宋州的治所宋城附近是商代北亳、南亳所在地。⓮訟理 訴訟。

【語譯】張籍說：「有個叫于嵩的人，年輕時就跟從張巡；到了張巡起兵抗賊，于嵩一直在圍城之中。我大曆年間在和州烏江縣見到過于嵩，于嵩當時六十多歲了。由於跟從張巡之功起初曾任臨渙縣尉，他好學，什麼書都要讀。我當時年紀還小，粗略地問了一些張巡、許遠的事跡，不能問得仔細。他說：張巡身高七尺多，鬍鬚長得像天神一樣。他曾經看見于嵩在讀《漢書》，就對于嵩說：『為什麼老是讀這本書？』于嵩說：『我沒有讀熟呵。』張巡說：『我讀書不超過三遍，終生都不忘記。』於是背誦于嵩所讀的書，一卷背完，不錯一個字。于嵩很驚奇，還認為張巡偶然熟悉這一卷，於是亂抽別的書套裡的幾卷來試問張巡，無不背得很熟。于嵩又取架上各種書來問張巡，張巡隨口背誦，毫不遲疑。于嵩跟從張巡很久，也沒看見張巡經常在讀書。張巡寫文章，拿來紙筆就寫，從不打草稿。開始守睢陽的時候，士卒近萬人，城裡居民，也將近幾萬戶，張巡見過一次，問過了姓名，以後沒有不認識的。張巡發怒，鬍鬚就都張開來。到了城被攻陷，賊兵把張巡等數十人綁著坐在地上，將要處死。張巡起身小便，他的部下看見張巡起身，有的起身，有的哭泣。張巡說：『你們不要害怕！死，這是命定的。』眾人哭泣，抬不起頭來看他。張巡被殺的時候，面色不變，安詳自如的樣子，就同平時一樣。許遠是個寬厚、德高望重的人，外貌就和他的居心一樣；和張巡同年生，月份日子比張巡晚，稱張巡為兄，死的時候四十九歲。于嵩在貞元初年死於亳宋之間，有人傳說于嵩在亳宋之間有田，被軍人強佔去，于嵩打算到州裡去告狀，就被殺害了。于嵩沒有兒子。」張籍這樣說。

科斗書後記

【題　解】科斗書，即科斗文，是一種古字體。由於本文是寫在兩部古文字書抄本之末的，所以稱後記。全文共分三段：首段記敘大曆之世韓雲卿、李陽冰、韓擇木三人各以擅長文章和書寫古文字名揚於時，三家子弟也繼承了這種傳統的往事；第二段是記敘貞元年間李陽冰子服之贈韓愈科斗文《孝經》及衛宏《官書》，而後韓愈又轉贈歸登之事；第三段記敘元和時作者為了學習古文字，乃借回這二部書加以研讀，並請人抄寫了一份的經過。

本文從頭到尾都在記事，平直簡練，曾國藩曾讚說：「敘述無一閒字。」（見《求闕齋讀書錄》卷八）然而顧其首尾，從前文讚韓雲卿文章獨步一時，「天下之欲銘述其先人功行、取信來世者，咸歸韓氏」，到後文說自己「亟不獲讓，嗣為銘文，薦道功德」，可以感到作者為自己能繼承家族能文的傳統而流露出一種沾沾自喜的心情。

愈叔父❶當大曆❷世，文辭獨行中朝，天下之欲銘述其先人功行、取信來世者❸，咸歸韓氏。於時李監陽冰❹獨能篆書❺，而同姓叔父擇木❻善八分❼。不問可知其人，不如是者不稱三服❽，故三家傳子弟往來。

貞元中❾，愈事董丞相幕府於汴州❿，識開封令服之者，陽冰子，授余以其家科斗《孝經》⓫、漢衛宏《官書》⓬，兩部合一卷，愈寶蓄之而不暇學。後來京師，為四門博士⑬，識歸公⑭。歸公好古書⑮，能通之，愈曰：「古書得其據依，蓋可講⑯。」因進其所有書屬歸氏。

元和⑰來，愈亟不獲讓⑱，嗣為銘文，薦道功德。思凡為文辭，宜略識字，因從歸公乞觀二部書。得之，留月餘，張籍令進士賀拔恕⑲寫以留愈，蓋得其十四五，而歸其書歸氏。十一年六月四日，右庶子韓愈記。

【注釋】❶愈叔父　此謂韓愈的二叔韓雲卿。曾任監察御史、禮部郎中、禮部侍郎。李白〈武昌宰韓君去思碑〉云：「雲卿文章冠世。」❷大曆　唐代宗的年號。❸欲銘述其先人功行取信來世者　此謂欲撰寫墓誌，敘述先人功業品行，鏤之碑石，以為後人所知所信。❹李監陽冰　李陽冰。字少溫，趙郡人。唐朝文字學家、書法家。乾元時為縉雲令，官至將作監，故稱李監。工篆書，得法於秦〈嶧山刻石〉，後世學篆者多宗之。❺篆書　漢字的一種字體。有大篆、小篆。❻同姓叔父擇木　指韓擇木。代宗時官禮部尚書。❼八分　漢字的一種書體。即八分書，也稱分書。傳為秦時上谷人王次仲所造，似隸書而多波磔。唐張懷瓘《書斷》以為其得名是由於字的波磔左右分開，如八字之分背。❽三服　喪服的三個等級（斬衰、齊衰、大功）。此指三服範圍內的親戚關係。❾貞元中　此指貞元十二年。貞元，唐德宗年號。❿愈事董丞相幕府於汴州　指韓愈受汴州刺史、宣武軍節度使董晉的辟舉，出任觀察推官，旋又試授祕書省校書郎。時董晉任同中書門下平章事，故稱之為董丞相。⓫科斗孝經　科斗文寫的《孝經》。科斗文，也叫「科斗篆」、「科斗書」。書體的一種。因頭粗尾細，形似科斗（蝌蚪），故名。⓬漢衛宏官書　衛宏，字子敬，東漢光武帝時為議郎，作《官書》。⓭為四門博士　貞元十七年韓愈被任為國子監四門博士。⓮歸公　歸登。字沖之，有文章，工草隸。⓯古書　指古字體。⓰講　講求。⓱元和　憲宗年號。⓲亟不獲讓　不被允許辭讓。亟，屢次。⓳進士賀拔恕　生平事跡不詳。進士，唐代稱應進士科考試者為「舉進士」，或逕稱進士。賀拔，複姓。恕，名。

【語譯】我的叔父在大曆年間，所寫文章在朝中無人能比，天下之人，想要撰寫墓誌，敘述先人功業品行，以使後世人知信的，都會來找韓氏。當時將作監李陽冰獨能寫篆字，而我的同姓叔父擇木則擅長寫八分書。三家子孫不用打聽就知道這人的特長，不是這樣不稱為三服之內親屬，所以三家都把特長傳給子弟，互相往來。

貞元年間，我在汴州董丞相幕府中任職，認識了開封令李服之，他是李陽冰之子，他把家傳的科斗文《孝經》、漢代衛宏的《官書》送給我，兩部書合成一卷，我珍貴地收藏起來，卻沒有功夫學習。後來我來到京城，任四門博士，認識了歸公。歸公喜好古文字，並且能夠通曉。我說：「只要得到依據，古文字大致可以講讀。」於是把所藏的兩部書奉贈給歸公。

元和以來，我往往因推辭不掉而繼續撰寫墓誌銘，以褒揚功德。我想，凡寫文章，應該稍稍認識字，於是向歸公求讀二部書。得到書後，留在身邊一個多月，張籍叫進士賀拔恕抄寫一份給我，大致抄得十分之四五的內容，就把原書歸還歸公。十一年六月四日，右庶子韓愈記。

爭臣論

【題解】爭臣，即諫諍之臣，也叫諫官，專門負責向皇帝提出規勸，「爭」，也寫作「諍」。本文也題作〈諫臣論〉。文中所論的爭臣，是德宗朝的諫議大夫陽城。陽城，字亢宗，北平（今河北定縣）人，家貧，借為書寫吏，得以飽覽經籍。隱居中條山下，人品學問為遠近所仰慕。李泌為相，舉他為諫議大夫，然而五年中，陽城只是飲酒自樂，沒有對朝政提出一條批評。到了貞元八年（西元七九二年），二十五歲的韓愈就寫了這篇〈爭臣論〉，批評陽城身為諫官，卻不問政治，獨善其身，就是放棄職責，算不上有道之士，敦促他有所改進。據說陽城看到這篇文章，並不介意。到了貞元十一年，當佞臣裴延齡誣陷宰相陸贄時，陽城就奮起上疏極諫，論裴延齡奸佞，陸贄無罪。後又竭力阻止皇帝任裴延齡為相，甚至表示若任裴為相，他要把白麻詔書撕掉，終使裴延齡未能為相。陽城因而不得皇帝歡心而被改任國子司業，後又左遷道州刺史，所到之處都有善政，不肯隨波逐流。韓愈後來在寫《順宗實錄》時特別敘述了陽城生平，高度評價了陽城的道德和事業。

作者在本文中就陽城之事，暢述了對士大夫應如何對待國事的看法，表現了儒家積極入世的精神和宏遠的政治抱負。全文四問四答，反覆辯駁，層層深入，筆鋒犀利，是作者的力作。

或問諫議大夫陽城於愈：可以為有道之士乎哉？學廣而聞多，不求聞於人也，行古人之道，居於晉之鄙，晉之鄙人薰其德而善良者幾千人❶。大臣聞而薦之❷，天子以為諫議大夫❸。人皆以為華❹，陽子不色喜。居於位，五年矣，視其德如在野❺，彼豈以富貴移易其心哉！

愈應之曰：是《易》所謂「恆其德貞，而夫子凶」❻者也，惡得為有道之士乎哉！在《易·蠱》之上九云：「不事王侯，高尚其事。」❼〈蹇〉之六二則曰：「王臣蹇蹇，匪躬之故。」❽夫不❾以所居之時不一，而所蹈之德不同也。若〈蠱〉之上九，居無用之地，而致匪躬之節❿，以〈蹇〉之六二，在王臣之位，而高⓫不事之心，則冒進⓬之患生，曠官⓭之刺興，志不可則⓮，而尤⓯不終無也。今陽子在位不為不久矣，聞天下之得失，不為不熟矣，天子待之，不為不加矣。而未嘗一言及於政，視政之得失，若越人視秦人之肥瘠⓰，忽焉⓱不加喜戚於其心。問其官，則曰：「諫議也。」問其祿，則曰：「下大夫之秩⓲也。」問其政，則曰：「我不知也。」有道之士，固如是乎哉？且吾聞之：「有官守者，不得其職則去；有言責者，不得其言則去⓳。」今陽子以為得其言乎哉？得其言而不言，與不得其言而不去，無一可者也。陽子將為祿仕乎？古之人有云：「仕不為貧，而有時乎為貧，謂祿仕者也。宜乎辭尊而居卑，辭富而居貧，若抱關擊柝者可也。蓋孔子嘗為委吏矣，嘗為乘田矣，亦不敢曠其職，必曰：『會計當而已矣。』必曰：『牛羊遂而已矣。』」⓴若陽子之秩祿，不為卑且貧，章章㉑明矣，而如此其可乎哉？

【章　旨】批評陽城在位五年，不能對朝政有所諫諍。

【注　釋】❶居於晉之鄙二句　是說陽城隱居在中條山時，他的德行使附近鄉野之人受到薰陶，因而變得善良起來。晉，古國名。中條山在今山西西南部，主峰雪花山在今永濟東南，屬古晉國境內。鄙，郊野之處。❷大臣聞而薦之　指李泌薦陽城為著作郎。❸天子以為諫議大夫　德宗令長安尉楊寧齎束帛召陽城為諫議大夫。❹華　榮耀；光彩。❺在野　指為平民之時。❻恆其德貞二句　這是《易・恆》之六五爻辭。原文是：「恆其德貞，婦人吉，夫子凶。」是說長久堅持貞一之德，對婦人說是好事，因為她們只要忠貞於丈夫；而對於男子來說，則不是好事，因為男子須因事制宜。這裡是借《易》之辭批評陽城在朝在野都一樣，不能隨著處境的變化而改變他的處世態度。❼在易蠱之上九云三句　這是引〈蠱卦〉的上九爻辭。意思是說，不為王侯役使，行為高尚。這是讚揚隱居之士。所以〈象傳〉說：「不事王侯，志可則也。」❽蹇之六二則曰三句　這是〈蹇卦〉的六二爻辭。是說臣子歷盡艱難，不以自身之故而不去盡忠王室。蹇蹇，難上加難。匪，通「非」。躬，自身。〈象傳〉說：「王臣蹇蹇，終無尤也。」❾不　清吳楚材、吳調侯編《古文觀止》中此字作「亦」，似更通順一些，不知據何版本。❿節　操行；品德。⓫高　高度評價。⓬冒進　超越本分，貪求仕進。⓭曠官　放棄職責。⓮則　取法；倣效。⓯尤　過失。⓰肥瘠　胖瘦。⓱忽焉　不經意的樣子。⓲下大夫之秩　唐制，諫議大夫為正五品，年俸二百石，相當於古下大夫一級。秩，官吏的俸祿。⓳吾聞之五句　語出《孟子・公孫丑下》。不得其職則去，不能守其職，就離職而去。有言責者，有獻忠言的責任者。⓴古之人有云十四句　語出《孟子・萬章下》，然語句有所更動。祿仕，此處意謂仕本為行道濟民，而有人只是為了俸祿而出仕，此為祿仕。抱關，看守城門。關是橫持門戶的木頭，如同門閂。擊柝，即打更。柝，打更用的梆子，擊之以報更次。委吏，管理糧倉的小吏。乘田，管理放牧牛羊的小吏。會計，總匯計算。牛羊遂而已矣，《孟子》原文作「牛羊茁壯長而已矣」。遂，生長。《國語・齊語》：「犧牲不略，則牛羊遂。」㉑章章　明顯的樣子。

【語　譯】有人向我問到諫議大夫陽城：他可以算是有道德的人吧？學識廣博，見聞豐富，不求被人們所知，實行古人的處世原則，住在古晉國的郊野，當地鄉下人受到他的德行的薰陶而變得善良的近千人。朝廷大臣聽說他的名聲便舉薦了他，天子任他為諫議大夫。人們都認為這是榮耀，而陽先生臉上並不顯得高興。在這個職位上，已經五年了，看他的品德就和做平民時一樣，他難道會因為富貴而改變他的本心嗎！

我回答說：這是《易》所說「長久保持貞一之德，對男子倒是不祥之事」，他怎麼算是有道德的人呢！《易・蠱》的上九爻辭說：「不為王侯役使，是高尚的行為。」〈蹇卦〉的六二爻辭說：「王臣歷盡艱難，不因自身之故不去盡忠。」不因為所處情況不一樣，而所實行的道德也不同。若像〈蠱卦〉上九所說，處於不被任用之地，卻具有不顧自身、盡忠王室的操行，按〈蹇卦〉的六二所說，身在王臣的職位上，卻高度評價不事王侯的志向，那麼貪求仕進、超越本分的禍患就會產生，做官失職的批評就會出現，這種志向不可倣效，而過失終究難以避免了。如今陽先生在諫官的職位上，為時不算短了，所聽到天下政治的利弊，不能說不詳細了；天子待他，不能說不厚了。可是他從來沒有對朝政評論過一句，看待朝政的得失，就像越國人看秦國人的胖瘦，漠不關心，無喜無憂。問他任什麼官，就說：「任諫議大夫。」問他的俸祿，就說：「相當於古下大夫的俸祿。」問他對朝政的看法，就說：「我不知道。」有道德的人難道是這樣的嗎？而且我聽說：「有官職的人，不能盡職責就離職而去；有獻忠言這種責任的人，沒有進忠言就離職而去。」如今陽先生認為自己能進忠言，他說了嗎？能進忠言卻不說，和不能進忠言卻不離職而去，二者沒有一樣是可取的。陽先生或許是為俸祿而做官的吧？古人說過：「做官不是為了救窮，但有時是由於貧窮，這是指為俸祿而出仕的人。這就應該辭去高職位而就低職位，辭去厚祿而領取薄祿，做做像守城門打更的職務就可以了。孔子曾做過管糧倉的小吏，曾做過管理放牧牛羊的小吏，他也不敢放棄自己的職責，一定要說：『統計清楚就行了。』一定要說：『牛羊成長就行了。』」像陽先生的品級俸祿，不算低而少，這是很明顯的，而他這樣做官難道可以嗎？

或曰：否，非若此也。夫陽子惡訕上者❶，惡為人臣招❷其君之過而以為名者，故雖諫且議，使人不得而知焉。《書》曰：「爾有嘉謨嘉猷，則入告爾后于內，爾乃順之于外，曰：『斯謨斯猷，惟我后之德。』」❸夫陽子之用心，亦若此者。

愈應之曰：若陽子之用心如此，滋❹所謂惑者矣！入則諫其君，出不使人知者，大臣宰相之事，非陽子之所宜行也。夫陽子本以布衣❺隱於蓬蒿之下❻，主上嘉其行誼❼，擢在此位，官以諫為名，誠宜有以奉其職。使四方後代，知朝廷有直言骨鯁之臣❽，天子有不僭賞❾、從諫如流❿之美，庶巖穴之士⓫，聞而慕之，束帶結髮，願進於闕下，而伸⓬其辭說，致吾君於堯舜，熙⓭鴻號⓮於無窮也。若《書》所謂，則大臣宰相之事，非陽子之所宜行也。且陽子之心將使君人者惡聞其過乎？是啟之也。

【章旨】反駁所謂陽城既諫且議，不使人知的說法，指出這是宰相大臣之事，不是陽城所宜行。

【注釋】❶惡訕上者　厭惡毀謗君主的人。❷招　揭露；揭示。❸書曰七句　語出《書・周書・君陳》，是周成王對大臣君陳的訓辭。嘉謨嘉猷，好的謀略，好的道術。后，君。順，附和。❹滋　愈益；更加。❺布衣　平民。❻蓬蒿之下　猶言草野之中。蓬蒿，蓬草和蒿草。❼行誼　品行道義。❽骨鯁之臣　剛直之臣。骨鯁，魚骨。喻勁直。❾不僭賞　沒有錯誤的獎賞。僭，差失。❿從諫如流　聽從正確的勸告，就像水從高處流下一樣順暢。⓫巖穴之士　指隱居山中的高士。⓬伸　同「申」。陳述；表達。⓭熙　光大；傳揚。⓮鴻號　偉大的名號。

【語譯】有人說：不對，不是如此。陽先生憎惡毀謗君主的人，憎惡身為人臣卻揭露君主的過失來博取個人名聲的人，所以雖然諫諍和議論朝政，卻使外人不知道。《尚書》說：「你有好的謀略、好的道術，就到宮內告訴你的君主，對外卻表現出附和君主的態度，說：『這好的謀略、好的道術，都說明我君的聖德啊。』」陽先生的用心，也是這樣。

我回答說：如果陽先生用心是這樣，更是所謂糊塗人了！入宮諫諍君主，出宮不使外人知曉，這是大臣宰相所做的事，不是陽先生所應該做的。陽先生本是平民，隱居於鄉野之中，皇上讚賞他的品行道義，提拔他任此職位，以「諫議」為官名，實在應當有所作為來履行職責。使得四方百姓後代子孫知道我朝有剛正直言的臣子，天子有獎賞無誤、虛心採納忠言的美德，使隱居山中的高士，聽說如此而心中嚮往，束好衣帶，盤結頭髮，願意到朝廷來，陳述自己的見解，使我君成為堯、舜一樣的聖君，使我君偉大的名號光照萬代。像《尚書》所說，則是大臣宰相做的事情，不是陽先生所應當做的。而且陽先生的用心是要使君臨天下的天子厭煩聽到自己的過失嗎？這是在啟發他呢。

或曰：陽子之不求聞而人聞之，不求用而君用之，不得已而起，守其道而不變，何子過❶之深也？

愈曰：自古聖人賢士皆非有求於聞用也，閔❷其時之不平，人之不乂❸，得其道，不敢獨善其身，而必以兼濟天下也❹。孜孜矻矻❺，死而後已❻。故禹過家門不入❼，孔席不暇暖，而墨突不得黔❽。彼二聖一賢❾者，豈不知自安佚❿之為樂哉？誠畏天命而悲人窮也。夫天授人以賢聖才能，豈使自有餘而已，誠欲以補其不足者也。耳目之於身也，耳司聞而目司見，聽其是非，視其險易⓫，然後身得安焉。聖賢者，時人之耳目也；時人者，聖賢之身也。且陽子之不賢，則將役於賢，以奉其上矣；若果賢，則固畏天命而閔人窮也，惡得以自暇逸乎哉！

【章　旨】批駁聖人賢士都不求有聞有用於世的說法，指出聖賢應以兼濟天下為務。

【注　釋】❶過　責備。❷閔　通「憫」。憐惜；憂慮。❸乂　治理。❹不敢獨善其身二句　《孟子・盡心上》：「窮則獨善其身，達則兼善天下。」原義是說，窮困時就注意自身修養；得志做官時，就澤加於民，廣濟天下。韓愈這裡的觀點略有不同，強調要兼善天下。❺孜孜矻矻　勤奮勞苦的樣子。❻死而後已　到死才罷休。已，止。❼禹過家門不入　傳說舜帝命禹治理洪水，前後十三年，三過家門而不入。❽孔席不暇暖二句　這是說孔子周遊列國，無暇把席坐暖；墨子四方奔走，家裡的煙囪都沒有燒黑。班固〈答賓戲〉：「孔席不暖，墨突不黔。」突，煙囪。黔，黑。❾二聖一賢　總括上文而言。二聖，指禹和孔子。一賢，指墨子。❿安佚　即安逸。⓫險易　危險平安。

【語　譯】有人說：陽先生不求聞名卻名聲為眾人所知，不求被任用卻被君主任用，不得已才出山從政，堅守自己做人的準則不變，為什麼您這麼苛刻地責備他呢？

我說：自古以來聖人賢士都不追求聞名和被任用，他們憂傷時世不能太平，人民不得治理，學得道術，不敢只顧加深個人的修養，而一定要廣濟天下百姓。勤奮勞苦，到死方才罷休。所以禹走過家門不進去，孔子沒有功夫把席子坐暖，墨子家的煙囪都沒有燒黑。那二位聖人、一位賢士，難道不知道使自己安逸是樂事嗎？實在是敬畏天命而悲憫人民困窮啊。天把賢士、聖人、有才能之士授予人類，難道只使他們為自己運用有餘就夠了，實在是要他們來補世人之不足啊。耳目對於身體，耳管聽、目管看，聽到是和非，看到危險和平安，然後身體得以平安。聖人賢士，就是當時人的耳目；當時人，是聖人賢士的身體。再說陽先生如不賢能，則應當被賢士所役使，來侍奉皇上；如果他果真賢能，那麼本當敬畏天命而憂傷人民的窮困，怎能只顧自己而閒暇安逸呢！

或曰：吾聞「君子不欲加諸人」❶，而「惡訐以為直者」❷，若吾子之論，直則直矣，無乃傷于德而費於辭乎？好盡言以招人過，國武子之所以見殺於齊也❸，吾子其亦聞乎？

愈曰：君子居其位，則思死其官；未得位，則思修其辭以明其道。我將以明道也，非以為直而加人也。且國武子不能得善人而好盡言於亂國，是以見殺。傳曰：「惟善人，能受盡言。」❹謂其聞而能改之也。子告我曰：「陽子可以為有道之士也。」今雖不能及已，陽子將不得為善人乎？

【章　旨】反駁人們說韓愈此文是「傷于德而費於辭」的攻擊，說明自己是為了明道而發此議論，並希望陽城能接受他的批評。

【注　釋】❶君子不欲加諸人　《論語・公冶長》：「子貢曰：『我不欲人之加諸我也，吾亦欲無加諸人。』子曰：『賜也，非爾所及也。』」加，駕凌；凌辱。❷惡訐以為直者　《論語・陽貨》：子貢曰：「惡訐以為直者。」訐，揭露別人的陰私。❸好盡言以招人過二句　據《國語・周語下》記載，柯陵會盟時，單襄公會見國武子，發現他說話非常坦率，善惡褒貶無所隱諱。單襄公認為國武子將難免於禍患，說他「立於淫亂之國而好盡言，以招人過，怨之本也。唯善人能受盡言，齊其有乎！」後來國武子果然因直言斥責齊靈公母與慶克私通之事，被齊靈公所殺（見《左傳・成公十八年》）。國武子，名佐，諡號武子，春秋時齊國國卿。❹傳曰三句　見《國語・周語下》。

【語　譯】有人說：我聽說「君子不想要凌辱別人」，而「憎惡把揭露別人陰私當做耿直的人」，說到您的議論，直爽是夠直爽了，不是有損於您的品德而且多費言辭呢？喜歡直言不諱地揭發別人的過失，這是國武子在齊國被殺的緣故，您聽說了嗎？

我說：君子擔任一定的官位，就想到為盡職而死；沒有做官，就想到運用美好的文辭來闡明道理。我是想闡明道理，不是要以此來表現自己的耿直而凌辱別人。而且國武子沒能遇上德行好的人卻喜歡在混亂的國家裡直言不諱，因此被殺。史傳上說：「只有德行好的人，才能接受直言不諱的批評。」這是說德行好的人聽到批評就能改正錯誤。您告訴我說：「陽先生可算是有道德的人。」如今他雖不能夠得上這個標準，那麼陽先生尚算不上一個好人嗎？

禘祫議

【題　解】禘祫，即禘祭和祫祭，都是天子、諸侯盛大的宗廟祭禮，是對遠近祖先的大合祭。唐代開國以來，對歷代祖先都曾陸續追尊，到玄宗時已追尊始祖咎繇為德明皇帝，涼武昭王李暠為興聖皇帝（皆另立廟），暠子涼王李韶，韶子弘農太守李重耳，重耳之子金門鎮將李熙（唐高祖李淵的高祖）尊為獻祖，熙子幢主李天賜（李淵的曾祖）尊為懿祖，天賜子唐公李虎（李淵的祖父）尊為景皇帝，廟號太祖，虎子唐公李昞（李淵之父）尊為元皇帝，廟號世祖（唐人後避太宗諱稱代祖）。按周代之制，天子七廟，即太祖廟和三昭三穆（見《禮記・王制》）。超過這個數字，除太祖及不遷之宗外，其餘則應按親疏把遠者之廟毀去。到開元時，從獻祖至睿宗，太廟已有九室，而且由於獻、懿二祖為太祖的長輩，所以合祭時東向正位始終虛設。到代宗時玄宗、肅宗又要入祀太廟，就把獻、懿二祖的神主（即牌位）遷到太廟西夾室之中，太祖始居第一室，合祭時乃得東向其位。這樣一來，禘祫時獻、懿二祖如何對待就成了問題：禘祫是合祭，如二祖參加太廟合祭，太祖就要讓出東向尊位，如二祖不參加太廟合祭，則於禘祫本意不合。於是從建中二年（西元七八一年）開始至貞元十九年（西元八〇三年）展開了一場大討論，朝臣紛紛獻上自己的意見，歷經二十多年。最後，德宗決定把獻、懿二祖的神主遷到德明、興聖二廟中，禘祫時就在本室行享禮。太祖遂專太廟最尊之位。

貞元十九年三月，韓愈任國子監四門博士，正逢朝廷降敕旨，垂詢禘祫時如何對待獻、懿二祖之事，遂獻上此議，發表自己的意見。韓愈批駁了種種不同看法，主張獻、懿二祖的神主在禘祫時應當仍入太廟合祭，獻祖居東向正位，太祖屈居昭穆之列。他認為應從人情去揆度神道，事異殷、周之時，禮也應當跟著變化。此議後來未被德宗採納。本文條理清晰，敘述簡要，文詞醇雅，很為得體。

右今月十六日勑旨❶，宜令百僚議，限五日內聞奏者。將仕郎守國子監四門博士臣韓愈謹獻議曰：伏❷以陛下追孝祖宗，肅敬祀事。凡在擬議，不敢自專。聿❸求厥中，延訪群下。然而禮文繁漫❹，所執各殊。自建中之初，迄至今歲，屢經禘祫，未合適從。臣生遭聖明❺，涵泳❻恩澤，雖賤不及議❼，而志切❽效忠，今輒先舉眾議之非，然後申明其說。

一曰：「獻、懿廟主宜永藏之夾室。」❾臣以為不可。夫祫者，合也，毀廟之主皆當合食於太祖。獻、懿二祖，即毀廟主也，今雖藏於夾室，至禘祫之時，豈得不食於太廟乎？名曰合祭，而二祖不得祭焉，不可謂之合矣。

二曰：「獻、懿廟主宜毀之瘞之。」❿臣又以為不可。謹按《禮記》⓫：天子立七廟，一壇一墠⓬，其毀廟之主，皆藏於祧廟⓭，雖百代不毀，祫則陳於太廟而饗⓮焉。自魏、晉以降，始有毀瘞之議⓯，事非經據，竟不可施行。今國家德厚流光⓰，創立九廟⓱，以周制推之，獻、懿猶在壇墠之位，況於毀瘞而不禘祫乎？

三曰：「獻、懿廟主，宜各遷於其陵所。」⓲臣又以為不可。二祖之祭於京師，列於太廟也，二百年矣⓳。今一朝遷之，豈惟人聽疑惑？抑恐二祖之靈眷顧依遲[20]，不即饗於下國也。

四曰：「獻、懿廟主，宜附於興聖廟而不禘祫。」[21]臣又以為不可。傳曰：「祭如在。」[22]景皇帝雖太祖，其於屬，乃獻、懿之子孫也。今欲正其子東向之位，廢其父之大祭，固不可為典矣。

五曰：「獻、懿二祖，宜別立廟於京師。」[23]臣又以為不可。夫禮有所降，情有所殺[24]，是故去廟為祧，去祧為壇，去壇為墠，去墠為鬼[25]，漸而之遠，其祭益稀。昔者魯立煬宮，《春秋》非之[26]，以為不當取已毀之廟，既藏之主，而復築宮以祭。今之所議，與此正同。又雖違禮立廟，至於禘祫也，合食則禘無其所，廢祭則於義不通[27]。

此五說者，皆所不可。故臣博采前聞，求其折中。以為殷祖玄王[28]，周祖后稷[29]，太祖之上，皆自為帝，又其代數已遠，不復祭之。故太祖得正東向之位，子孫從昭穆之列[30]。禮所稱者，蓋以紀一時之宜，非傳於後代之法也。傳曰：「子雖齊聖，不先父食。」[31]蓋言子為父屈也。景皇帝雖太祖也，其於獻、懿，則子孫也。當禘祫之時，獻祖宜居東向之位，景皇帝宜從昭穆之列，祖以孫尊，孫以祖屈，求之神道，豈遠人情？又常祭甚眾，合祭甚寡，則是太祖所屈之祭至少，所伸之祭至多，比於伸孫之尊，廢祖之祭，不亦順乎？事異殷、周，禮從而變，非所失禮也。

臣伏以制禮作樂者，天子之職也。陛下以臣議有可采，粗合天心，斷而行之，是則為禮。如以為猶或可疑，乞召臣對，面陳得失，庶有發明㉜。謹議。

【注釋】❶敕旨　皇帝的詔書。❷伏　敬辭。❸聿　語詞。❹繁漫　繁雜而無系統。❺聖明　指當今天子。即唐德宗。❻涵泳　沉浸。❼賤不及議　唐代都省集議，惟朝官可以參與，國子博士不是朝官，故曰賤不及議。❽切　迫切；懇切。❾一曰二句　貞元八年正月，太子左庶子李嶸等七人議曰：「晉朝博士孫欽議云，王者受命太祖及諸侯始封之君，其以前神主據以上數，過五代即毀其廟，禘祫不復及也。禘祫所及者，謂受命太祖之後，迭毀上升，藏於二祧者，雖百代禘祫及之。伏以獻、懿二祖，則太祖以前親盡之主也，據三代以降之制，則禘祫不及矣。」「宜效先朝故事，獻、懿神主藏於西夾室。」「太祖既昭配天地，位當東嚮之尊，庶符合經義，不失舊章。」（《通典．吉禮九》）夾室，古時宗廟內堂東西廂的後部，收藏五世祖以上遠祖神主的地方。❿二曰二句　主此說者已難確考。據權載之〈遷廟奏議〉可知當時有人主張把獻、懿二祖神主加幣玉瘞埋。瘞，埋。⓫謹按禮記　此處所據為《禮記．祭法》。原文為：「王立七廟，一壇一墠，曰考廟，曰王考廟，曰皇考廟，曰顯考廟，曰祖考廟，皆月祭之，遠廟為祧，有二祧，享嘗乃止，去祧為壇，去壇為墠，壇墠有禱焉祭之，無禱乃止，去墠曰鬼。」⓬一壇一墠　此謂毀廟的神主於祈禱之時就壇或墠受祭。壇，土築的臺。此為祭祀之用。墠，供祭祀用的經清除的整潔地面。⓭祧廟　遠祖廟。收藏遠祖神主之處。周代文、武二廟不遷，遷主即收藏其中，此二廟即為祧廟。⓮饗　祭獻。⓯自魏晉以降二句　漢元帝時，丞相韋玄成提出：太上、孝惠廟皆親盡宜毀，太上廟主宜瘞於園，孝惠神主遷於太祖廟，奏可。魏朝議者認為毀廟神主應埋兩階之間。晉咸康中議及太祖之上四祖時，處士虞喜認為「四君無追號之禮，益明應毀而無祭」（以上所述，見《漢書．韋玄成傳》、《晉書．禮志》）。⓰流光　福澤廣遠，傳至後世。⓱創立九廟　《通典．吉禮》：「開元十年制移中宗神主就正廟，仍創立九室，其後制獻祖、懿祖、太祖、代祖、高祖、太宗、高宗、中宗、睿宗太廟九室也。」⓲三曰三句　司動員外郎裴樞議曰：「今若建石室於園寢，遷神主以永安，庶乎《春秋》變禮之正，動也中者焉。」（《通典．

吉禮》⑲二祖之祭於京師三句　自唐高祖武德元年至德宗貞元十九年，凡一百八十六年。二百年，是舉其成數而言。⑳眷顧依遲　戀戀不捨。眷顧，回視戀慕。依遲，依依不捨的樣子。㉑四曰三句　此說自建中二年以來陳京曾多次提出過。《唐會要》十三載其見曰：「伏請奉獻、懿二祖遷祔于德明、興聖廟，此大順也。或以祫者合也，今二祖別廟，是分食也，何合之為？臣以為德明、興聖二廟，每禘祫之年，亦皆饗薦，是亦合食，奚疑於二祖乎？」陸淳、王權、王紹皆主此說，後遂成定議。㉒傳曰二句　《論語・八佾》：「祭如在。」謂孔子祭祀祖先時，便好像祖先真在那裡一般。㉓五曰三句　《通典・吉禮九》載吏部郎中柳冕等十二人之議曰：「又按《周禮》有先王之祧，先公之祧。」「今獻祖以下之祧，猶先公也，太祖以下之祧，猶先王也，請築別廟以居二祖，則行周之禮，復古之道也。」㉔殺　減少；降等。㉕去廟為祧四句　謂天子毀廟之神主則藏於祧廟之中，若有祈禱則就壇受祭，次遠之主則就墠受祭，最遠之主則遷入石函為鬼，雖有祈禱，亦不及之，唯禘祫時乃出而受祭。語出《禮記・祭法》。㉖昔者魯立煬宮二句　《春秋・定公元年》：「立煬宮。」煬宮是煬公之廟，季氏禱之而立。煬公名熙，伯禽子，早已為毀廟之主，不當重為之立廟，故《春秋》譏之，《左氏》、《公羊》、《穀梁》三傳皆議及。㉗合食則禘無其所二句　此謂禘祫本當合食，另立廟則無法合聚，不讓獻、懿二主參加禘祫合食，於禮義不合。㉘玄王　指契。《禮記・祭法》：「殷人祖契而宗湯。」㉙周祖后稷　周立七廟，以始祖后稷與文王、武王之廟為不遷。㉚昭穆之列　古代宗法制度，宗廟次序，始祖（或太祖）廟居中，以下父子遞為昭穆，左為昭，右為穆。㉛傳曰三句　謂子雖肅敬聖明，宗廟祭祀之時，其受祭次序也不能排在其父前面。齊，肅敬；莊重。語出《左傳・文公二年》。㉜發明　闡述；說明。

【語　譯】以上是本月十六日的敕旨，謂應令百官議論此事，限五日之內上奏。將仕郎守國子監四門博士臣韓愈恭謹地獻上我的議論：陛下孝順祖宗，肅敬地對待祭祀之事。凡屬揣度議論之事，不敢自作主張。為求允當之見，主動垂詢群臣。然而記述禮的文獻繁冗雜亂，各人所根據的材料不一樣。從建中初年，直到今年，屢次經過禘祭祫祭，未能確定該按何種辦法來辦理。臣生逢聖明天子，長期蒙受恩德，雖然官位卑賤，不屬參與議事範圍，但心中急於想效忠皇上，所以現在就先指出眾人主張的錯誤，然後來闡明我的見解。

第一種主張是：「獻祖、懿祖二廟的神主應當永遠收藏在夾室之中。」臣認為不可以這樣做。祫是合的意思，已撤除日常奉祀的前代神主都應當在太祖廟一起接受祭祀。獻、懿二祖，都是撤除日常奉祀的神主，如今雖然收藏在夾室之中，到了禘祭祫祭的時候，難道能夠不到太廟受饗祭祀嗎？名為合祭，二祖卻不能受祭，就不可以稱為合祭了。

第二種主張是：「獻祖、懿祖的神主應當毀掉、埋掉。」臣又認為不可以這樣做。謹按《禮記》所說：天子立七廟，另有一個祭壇，一塊祭祀的空地，那些撤除日常奉祀的前代神主，都收藏在祧廟之中，即使過百代也不毀掉，祫祭時就陳列在太廟中接受祭獻。從魏晉以來，才有毀埋前代神主的說法，這種做法沒有經典做根據，終究不可以實行。如今皇家道德高厚，福澤流布廣遠，創立了九廟，按照周朝的制度推算，獻祖、懿祖的神主祈禱時還應在祭壇、空地受祭，哪裡談得到毀掉、埋掉，不參加禘祭祫祭呢？

第三種主張是：「獻祖、懿祖的神主，應該各自遷到他們的墓地。」臣又認為不可以這樣做。二祖在京師受祭，陳列在太廟之中，已經二百年了。如今突然遷去，豈止社會輿論會產生疑問？而且恐怕二祖的神靈也會依戀不捨，不肯馬上到地方去受祭啊。

第四種主張是：「獻祖、懿祖的神主應當附屬於興聖皇帝廟中受祭，而不參加禘祭祫祭。」臣又認為不可以這樣做。古書上說：「祭祀祖先便好像祖先真在那裡一般。」景皇帝雖然是太祖，在歸屬上，還是獻祖、懿祖的子孫。如今為擺正兒子在太廟中東向的位置，廢棄做父親的禘祫大祭，這種做法實在不可以作為典常。

第五種主張是：「獻、懿二祖應當在京師另外建廟。」臣又認為不可以這樣做。對遠祖禮儀的規制會逐步降格，親情會逐步減少，所以遠祖的神主不在廟中受祭，就藏於祧廟之中，有祈禱就離開祧廟到壇上受祭，或不在壇上就到空地上受祭，或不在空地受祭，只在石函中做鬼，這樣推移上去，越是遠的祖先，受祭越是少。從前魯國季氏為煬公立廟，《春秋》提出批評，認為不應當把已撤除日常奉祀、已經收藏起來的神主，重又建廟祭祀。如今某些人提出的建議，跟這種做法正好相同。而且雖然違反禮制立了廟，到了禘祭祫祭時，要合祭吧，又沒有適當的地方舉行；不合祭吧，則在道理上說不通。

這五種主張，都不可以採納。所以臣廣泛搜尋前代有關記述，求得折中之見。臣認為，殷代以玄王作太祖，周代以后稷作太祖，他們的太祖以上列祖，都自己做過帝王，而且代數已遠，就不再祭祀。所以太祖能夠擺正向東的位置，子孫的神主按次左右排列。禮書所稱道的，只是記載適合於一時情況的做法，不是傳於後代的規定法制。古書上說：「兒子雖然肅敬聖明，也不在父親前面受祭。」這是說兒子因為父親而屈尊。景皇帝雖然是太祖，對於獻祖、懿祖，則是他們的子孫。在禘祭祫祭時，獻祖應當居於向東的正位，景皇帝應當跟從在左右行列，祖父由於孫子之故而尊嚴，孫子由於祖父之故而暫屈，探求對待神靈的法則，難道和人之常情離開得遠嗎？又日常的祭祀很多，合祭的典禮很少，則太祖受屈的祭祀極少，舒展東向的祭祀極多，這種做法比起增長孫子的尊嚴、廢棄祖父的大祭，不是更順於道理嗎？今天的情況和殷、周不同，禮也跟著變化，這不是違禮。

臣認為制禮作樂，是天子的職責。陛下認為下臣的建議有可採納之處，大體合於天意，便作出決斷而推行，這就成了禮制。如果認為還有什麼不明之處，請求陛下召臣答問，容臣當面陳述各種建議的得失，但願能進一步有所說明。謹作以上議論。

改葬服議

【題解】本文是韓愈議禮的文章，討論的中心問題是：下葬多年之後又進行改葬，死者的兒子應當穿什麼喪服，其他親屬又應當穿什麼喪服？韓愈認為：改葬時死者的兒子和妻子應當穿五等喪服中最輕的緦麻，其他親屬就不必穿喪服了。文中他首先引用《儀禮》及《穀梁傳》有關記載來證明其說，接著又引用《孔叢子》中子思之言來說明改葬和未葬的區別，最後結合唐代當時社會的實際情形，作一些具體說明。從全文看，該是針對當時改葬時穿重喪服的習俗而發，著重指出此種做法的不合禮。全文反覆論證，條分縷析，論據充足，很有說服力。

有人認為此文可能作於元和十三年（西元八一八年），因為是年四月，鄭餘慶為詳定禮樂使，奏韓愈、李程為副，韓愈因而有較多機會接觸禮儀方面問題，於是寫了這篇文章，此說頗有道理。

經曰：「改葬緦。」❶《春秋穀梁傳》亦曰：「改葬之禮緦，舉下，緬也。」❷

此皆謂子之於父母，其他則皆無服。何以識其必然？經次五等之服❸，小功❹之下然後著改葬之制，更無輕重之差，以此知惟記其最親者，其他無服則不記也。若主人❺當服斬衰❻，其餘親各服其服❼，則經亦言之，不當惟云緦也。傳稱「舉下，緬」者，緬猶遠也，下謂服之最輕者也，以其遠，故其服輕也。江熙曰：「禮，天子諸侯易服而葬，以為交於神明者不可以純凶。況其緬者乎？是故改葬之禮，其服惟輕。」❽以此而言，則亦明矣。

衛司徒文子改葬其叔父❾，問服於子思❿。子思曰：「禮，父母改葬緦，既葬而除之，不忍無服送至親也。非父母無服，無服則弔服而加麻⓫。」此又其著也。文子又曰：「喪服既除，然後乃葬，則其服何服？」子思曰：「三年之喪未葬，服不變，除何有焉！」然則改葬與未葬者有異矣。古者諸侯五月而葬，大夫三月而葬，士逾月，無故，未有過時而不葬者也。過時而不葬，謂之不能葬，《春秋》譏之⓬。若有故而未葬，雖出三年，子之服不變。此孝子之所以著其情，先王之所以必其時之道也，雖有其文，未有著其人者，以是知其至少也。改葬者，為山崩水涌毀其墓，及葬而禮不備者，若文王之葬王季，以水齧其墓⓭，魯隱公之葬惠公，以有宋師，太子少，葬故有闕⓮之類是也。

喪事有進而無退⓯，有易以輕服，無加以重服，殯於堂，則謂之殯⓰，瘞⓱於野，則謂之葬。近代已來，事與古異，或游或仕在千里之外，或子幼妻稚而不能自還，甚者拘以陰陽畏忌，遂葬於其土。及其反葬也，遠者或至數十年，近者亦出三年，其吉服⓲而從於事也久矣，又安可取未葬不變服之例而反為之重服歟？在喪當葬，猶宜易以輕服，況既遠而反純凶以葬乎？若果重服，是所謂未可除而除，不當重而更重也。或曰：「喪，與其易也寧戚⑲，雖重服不亦可乎？」曰：「不然，易之與戚，則易固不如戚矣，雖然，未若合禮之為懿⑳也；儉之與奢，則儉固愈於奢矣，雖然，未若合禮之為懿也。過猶不及㉑，其此類之謂乎？」或曰：「經稱『改葬緦』，而不著其月數，則似三月而後除也。子思之對文子則曰：『既葬而除之。』今宜如何？」曰：「自啟至于既葬而三月，則除之；未三月，則服以終三月也。」曰：「妻為夫何如？」曰：「如子。」「無弔服而加麻則何如？」曰：「今之弔服，猶古之弔服也。」

【注釋】❶經曰二句　見《儀禮．喪服》之記。緦，即緦麻。喪服名。五服中最輕的一種。其服用細麻布製成，服期三月。❷春秋穀梁傳亦曰四句　見《春秋穀梁傳．莊公三年》。❸五等之服　喪服的五個等級。即斬衰、齊衰、大功、小功、緦麻，按照生者和死者之間親屬關係的遠近而制定。❹小功　五服中次於大功的喪服。用熟麻布，較大功服更精細。小功服喪五個月。❺主人　指孝子。即死者之子。❻斬衰　五服中最重的一種。凡喪服，上衣叫衰，下衣叫裳。斬衰用最粗的生麻布製成，衣旁和下邊不縫邊。斬就是斬布製成喪服，不縫緝。服期三年。❼其餘親各服其服　此謂孝子之外的其他親人各按親疏遠近穿不同等級的喪服。❽江熙曰七句　引自《春秋穀梁傳．莊公三年》范甯注，但文字有出入。天子諸侯易服而葬，以為交於神明者不可以純凶，這是說天子諸侯居喪時冠服皆純凶，到葬時則當以禮敬之心接於神明，故易服。《禮記．檀弓下》：「弁經葛而葬，與神交之道也，有敬心焉。」是說以絹素為弁，以葛為環經在首以送葬，不敢穿完全的喪服。❾衛司徒文子改葬其叔父　此下所述文子與子思的對答俱出《孔叢子．抗志》。❿子思　姓孔，名伋，孔子之孫。相傳曾受業於曾子，而孟子受業於子思的門人。其學說以《中庸》為核心。⓫弔服而加麻　弔喪之服加麻帶。麻帶是喪服所用。《孔子家語．終記解》記孔子逝後，其弟子皆弔服加麻，如喪父而無服，可見弔服加麻是無服而對尊長格外表示敬意的做法。⓬過時而不葬三句　《春秋・隱公五年》：「夏，四月，葬衛桓公。」桓公是隱公四年二月被弒，理應五個月而葬，此則過時，故《春秋》不書葬日，《春秋公羊傳・隱公三年》曰：「過時而不日，謂之不能葬也。」⓭若文王之葬王季二句　據《呂氏春秋・開春論・開春》，昔周王季歷葬於渦山之尾，欒水齧其墓，現棺之頭，文王乃出棺，三日後更葬。齧，咬。此謂沖壞。⓮魯隱公之葬惠公四句　《左傳・隱公元年》：「冬，十月，庚申，改葬惠公。」「惠公之薨也，有宋師，太子少，葬故有闕，是以改葬。」此言魯惠公死時，因與宋有戰爭，隱公率兵作戰，太子（即桓公）年少，因而葬禮有缺。至隱公元年十月庚申乃改葬。⓯喪事有進而無退　《禮記・檀弓下》：「子游曰：飯於牖下，小斂於戶內，大斂於阼，殯於客位，祖於庭，葬於墓，所以即遠也，故喪事有進而無退。」此謂喪事一節一節逐步進行下去，只可前進，不可又回轉過來，方才合禮。⓰殯　停柩待葬叫殯。周代制度，人死，殮屍於棺，在堂的西階掘一坎地停柩，這就是孔子說的「周人殯於西階之上，則猶賓之也」（《禮記・檀弓》）。西階是客位，這是把靈柩當作賓客。⓱瘞　埋。⓲吉服　指一般禮服。⓳喪二句　《論語・八佾》記孔子之言曰：「禮，與其奢也，寧儉；喪，與其易也，寧戚。」此言就一般禮儀而言，與其奢侈，寧可儉約；喪禮，與其注重虛文，寧可哀戚。蓋以為奢儉、易戚俱不合禮，相比之下，又取重儉與戚。⓴懿　美；好。㉑過猶不及　意謂過分與趕不上一樣都是不好的。語出《論語・先進》。

【語　譯】經書說：「改葬緦。」《春秋穀梁傳》也說：「改葬之禮緦，舉下，緬也。」這都是說兒子在父母改葬之時要穿緦麻喪服，其他人就不穿喪服了。如何看出一定是如此呢？經書把喪服分為五等，就在小功這一等之下才載明改葬的禮制，更沒有輕重的差別，因此知道只記載死者最親近的人所穿喪服，其他人不用穿喪服就不記了。假如孝子應穿斬衰，其他親人應當各穿適當的喪服，則經書裡也會說的，不應只說穿緦麻。傳書說「舉下，緬」，緬就是遠的意思，下是說喪服中最輕一種，由於死者去世久遠，所以喪服就輕了。江熙說：「按照禮制，天子諸侯要改換喪服去送葬，認為與神明打交道不可以穿完全的重喪服。何況送死去久遠者改葬呢？所以改葬的禮儀，喪服是輕的。」按他所說，則也很明白了。

衛國的司徒文子改葬他的叔父，問子思關於喪服的問題。子思說：「按禮制，父母改葬應穿緦麻，改葬之後就不用穿了，因為不忍心不穿喪服送最親近的人改葬。不是自己父母改葬就不用穿喪服，不穿喪服那麼就穿一般弔喪之服加麻帶。」這又是說得很清楚的。文子又說：「喪服已經除去，然後才下葬，那麼應當穿什麼喪服呢？」子思說：「三年穿喪服的期間沒有下葬，喪服不變，如何談得上除服呢？」這樣看來，改葬和沒有下葬是不同的。古時候諸侯五個月後下葬，大夫三個月後就下葬，士過一個月下葬，沒有特殊原因，沒有過時不下葬的。過時卻不下葬，稱為不能葬，《春秋》是加以譏刺的。如果有特殊原因沒有下葬，雖然超出三年，兒子的喪服不變。這是孝子用以表現他的心情，先王也用在某種特定時候的做法，雖然有文字規定，卻沒有記載這樣做的人，因此可知這樣做的人極少。改葬是因為山崩水湧，毀壞墳墓，和因為下葬時禮儀不完備，如文王改葬王季，就由於河水沖壞了墓，魯隱公改葬惠公，是由於下葬時正與宋軍作戰，太子年紀小，因而禮儀有欠缺，諸如此類情形。

喪事只可逐步向前進行，卻不可又回轉過來，有換成輕的喪服的先例，沒有反而加上重的喪服之事，停柩在堂上，就稱做殯，埋棺野外，就稱為葬。近代以來，情況跟古代不一樣，有的遊學、有的做官在千里之外，有的兒子小、妻子年輕，不能把靈柩送回故鄉，甚至還有被陰陽畏忌之說所拘束，就葬在客居之地。等到葬回故鄉，久遠者有的達到幾十年，近者也超出三年，穿禮服辦事已很久了，又怎麼可以依照未葬不變服的成例卻反而穿起重的喪服呢？在服喪期間該下葬時，還應當換成輕的喪服，何況時已久遠卻反而穿完全的重喪服去參加改葬呢？如果果真穿上了重喪服，這是所謂不該除去喪服卻除去了，不該穿重喪服卻穿上了。有人說：「喪事，與其簡易，寧可哀戚；即使穿重喪服不也可以嗎？」回答說：「不是這樣，簡易跟哀戚相比，則簡易本來就不如哀戚，雖然如此，還是不如合乎禮制為美；儉約跟奢侈相比，則儉約本來比奢侈好一些，雖然如此，還是不如合乎禮制為美。過分與不夠一樣都不好，大約就說的是這一類情形吧？」有人說：「經書上說『改葬緦』，但不寫明穿緦麻的月數，則好像穿三個月就可除服了。子思回答文子則說：『改葬之後就不用穿了。』如今應該如何辦呢？」回答說：「從打開墓到改葬完畢有三個月，就除服；不到三個月，就穿滿三個月。」有人說：「妻為夫改葬應如何辦？」回答說：「應當和兒子一樣。」有人問：「沒有弔喪之服加麻帶，怎麼辦？」回答說：「今天的弔喪之服，如同古時的弔喪之服，沒什麼兩樣。」

進士策問十三首

【題解】進士是唐代科舉的一個科目，當時最為人所看重。考生一般先在州縣參加鄉試，合格者再赴京城參加禮部（開元二十四年之前是吏部）主持的省試。考試的內容是：時務策、帖經及詩賦等。策問是一種文體，起源於漢代，提出有關經義或政事等問題，以簡策難問，徵求對答，謂之策問。本篇則是為進士科考試作的策問，用來考問考生。至於作者是何時為何種考試所作，已難一一確考，一般認為這些不是韓愈一時所作，而編集時卻編在一起了。

這十三道策問涉及面很廣，上及五經要旨，下至唐代一些重要社會問題。文雖簡省，內容豐富，頗引人深思，故清儲欣說：「公生平學問經濟，具見諸策問中。」（《昌黎先生全集錄》卷二）

問：《書》稱：「汝則有大疑，謀及乃心，謀及卿士，以至于庶人龜筮，考其從違，以審吉凶。」❶則是聖人之舉事興為，無不與人共之者也。於《易》則又曰：「君不密則失臣，臣不密則失身，幾事不密則害成。」❷而《春秋》亦有譏漏言之詞❸，如是，則又似不與人共之而獨運者。《書》與《易》、《春秋》，經也，聖人於是乎盡其心焉耳矣，今其文相戾悖❹如此，欲人之無疑，不可得已。是二說者，其信有是非乎？抑所指各殊，而學者不之能察也。諒非深考古訓❺，讀聖人之書者，其何能辨之！此固吾子❻之所宜無讓者，願承教焉。

【章　旨】此問是說：《書》說大政要與眾人商議，而《易》、《春秋》則說政事要保密，二說何者為是，還是各有所指，要考生分辨回答。

【注　釋】❶書稱七句　語出《尚書・周書・洪範》箕子之語。語曰：「汝則有大疑，謀及乃心，謀及卿士，謀及庶人，謀及卜筮。」以下談到這幾方面之見有從有逆時如何決定，則重在龜筮。龜，指占卜。以火灼龜甲，根據裂紋推測行事吉凶。筮，用蓍草占卦。❷易則又曰四句　這幾句的意思是說，臣為君盡忠謀事，而君不慎密，洩露臣所為，使群下嫉怒而害臣；而臣自己言行有虧失，則會喪其生；機密之事不慎密，就會做不成功。語出《易・繫辭上》，相傳為孔子所作。幾事，機密之事。❸春秋亦有譏漏言之詞　《春秋・文公六年》：「晉殺其大夫陽處父。晉狐射姑出奔狄。」《公羊傳・文公六年》解釋說：「晉殺其大夫陽處父，則狐射姑曷為出奔？射姑殺也。射姑殺，則其稱國以殺何？君漏言也。其漏言奈何？君將使射姑將，陽處父諫曰：『射姑民眾不說，不可使將。』於是廢將。陽處父出，射姑入，君謂射姑曰：『陽處父言曰：射姑民眾不說，不可使將。』射姑怒，出射陽處父於朝而走。」《春秋》稱「晉殺其大夫陽處父」，而不說「狐射姑殺陽處父」，是譏刺晉襄公漏言以致造成陽處父之死。❹戾悖　乖張背離。❺古訓　古代流傳下來的典籍或可以作為準繩的話。《詩・大雅・烝民》：「古訓是式，威儀是力。」鄭玄箋：「故訓，先王之遺典也。」❻吾子　對人親切的稱呼或泛稱。

【語　譯】問：《尚書》說：「您如有大的疑難問題，在您心中謀慮，問計於卿士，以至於眾人、占卜、占卦，考究其中一致和不一致的意見，來弄清是吉是凶。」由此看來，聖人舉辦大事採取行動，無不與人共同商議。在《周易》中則又說：「君主不慎密就會失去忠臣，臣子言行不慎密就會喪生，機密的事做得不慎密就會失敗。」而且《春秋》也有譏刺君主漏言的詞句，這樣看來，則又好像君主不應與人共商大事，而應獨自考慮決定。《尚書》與《周易》、《春秋》，都是經書，聖人把心思都用在裡面，如今文字相背離到這樣地步，要人沒有疑惑，是不可能的。這二種說法，確實是有對有錯嗎？還是各自所指的不同情況，而學習的人卻不能明察。料想不是深入地考究古代典籍、閱讀聖人之書的人，怎麼能夠分辨！這該是您所不應謙讓的，希望聽聽您的高見。

問：古之人有云：夏之政尚忠，殷之政尚敬，而周之政尚文❶，是三者相循環終始，若五行❷之與四時焉。原其所以為心，皆非故立殊而求異也，各適於時，救其弊而已矣。夏殷之書存者可見矣，至周之典籍咸在，考其文章，其所尚若不相遠然，焉所謂三者之異云乎？抑其道深微不可究歟，將其詞隱而難知也？不然則是說為謬矣。周之後秦、漢、蜀、吳、魏、晉之興與霸，亦有尚乎無也？觀其所為，其亦有意云爾？循環之說安在？吾子其無所隱焉。

【章旨】此問是說：古人曾經說過，夏政尚忠，殷政尚敬，周政尚文，然從三代古籍看，並看不出政治學說有何差異，這是什麼原因？秦漢之後各代的政治學說是否還是這樣循環相生？

【注釋】❶古之人有云四句 《史記·高祖本紀·贊》：「太史公曰：夏之政忠，忠之敝小人以野；故殷人承之以敬，敬之敝小人以鬼；故周人承之以文，文之敝小人以僿。三王之道若循環，終而復始。」文，文法。指禮樂制度。❷五行 指木、火、土、金、水。戰國時有所謂五行相生相勝之說，謂木生火、火生土、土生金、金生水、水生木，而水勝火、火勝金、金勝木、木勝土、土勝水。

【語譯】問：古人說過：夏代的政治崇尚忠誠，殷代的政治崇尚恭敬，而周代的政治崇尚文法，這三種政治循環相生，互為終始，就像五行相生和四時相代一樣。推究當初創立這種種政治的本心，都不是故意標新立異，而是各自適應當時形勢，解救前代的弊政罷了。夏代、殷代保存下來的書可以見到，至於周代的典籍都還存在，考究三代的文章，感到他們所崇尚的好像並不相距很遠，哪裡看得出所謂三代的政治不同呢？是他們的學說精深奧妙不能探索到呢，還是詞語隱晦難懂呢？不如此的話，那就是古人這種說法是謬誤的了。周代之後，秦、漢、蜀、吳、魏、晉興起稱霸，也各自崇尚什麼沒有？看各代政治上的施為，恐怕也各有用心的吧？古人循環相生的說法在哪裡？希望您無所保留地說一說。

問：夫子之序帝王之書，而繫以秦、魯❶，及次列國之風，而宋、魯獨稱頌焉❷。秦穆❸之德，不踰於二霸❹，宋、魯之君，不賢乎齊、晉。其位等，其德同，升黜取捨❺，如是之相遠，亦將有由乎？願聞所以辨之之說。

【章旨】此問是說：孔子編訂《尚書》，末收秦、魯二君之文，刪定《詩經》，把宋、魯之詩稱之為頌，而秦、魯、宋君並不賢於其他諸侯，孔子這樣做是什麼原因？

【注釋】❶夫子之序帝王之書二句　《尚書》相傳為孔子編訂，各篇前之序亦傳為孔子所作（見《漢書・藝文志》）。而《尚書》主要記述虞、夏、商、周帝王的言和事，但末二篇為〈費誓〉、〈秦誓〉。前者為魯侯伯禽征淮夷徐戎作，後者為秦穆公為晉所敗還師時作。夫子，指孔子。帝王之書，指《尚書》。記上至堯舜、下至春秋時秦穆公的言行，故稱帝王之書。❷次列國之風二句　這是說孔子刪定《詩經》時，他編定十五國之詩，稱為風（周南、召南實也是風），而宋國、魯國之詩則歸入頌。其實，因為周成王曾賜周公子伯禽以天子禮樂，故魯國郊廟亦得有頌，但僅為一國之頌；而宋本商微子之後，其大夫正考甫得〈商頌〉十二篇於周太師，歸祀其先王，孔子遂收其所存五篇入《詩經》。❸秦穆　指秦穆公任好。春秋時秦國之君。曾擊敗晉國，滅梁、芮二國，後為晉軍所敗，轉而向西發展，稱霸西戎。❹二霸　指齊桓公、晉文公。❺升黜取捨　有升有降，有取有捨。升黜，升降。指編《詩經》時升為頌、降為風。取捨，指編《尚書》時取秦、魯二文而捨他國之文。

【語譯】問：夫子為帝王之書作序，而書末收錄秦、魯二君之文，待到編排各國歌詩，卻把宋、魯之詩稱為頌。秦穆公的德行，並不超過齊桓公、晉文公二霸；宋國、魯國之君，不比齊國、晉國之君賢明。他們地位相等，道德相同，升降取捨，相距如此之遠，也有緣由嗎？希望能聽一聽您如何分辨這個問題。

問：夫子既沒，聖人之道不明，蓋有楊墨❶者，始侵而亂之，其時天下咸化而從焉❷，孟子辭而闢之❸，則既廓如❹也。今其書尚有存者，其道可推而知不可乎？其所守者何事？其不合於道❺者幾何？孟子之所以辭而闢之者何說？今之學者有學於彼者乎？有近於彼者乎❻？其已無傳乎？其無乃化而不自知乎？其無傳也，則善矣；如其尚在，將何以救之乎？諸生學聖人之道，必有能言是者，其無所為讓。

【章　旨】此問是說：孔子死後，楊墨之說流行，幸得孟子加以蕩除，請問當時雙方的主要論點是什麼？今日楊墨之說是否還有影響？如尚有影響，應如何挽救？

【注　釋】❶楊墨　指楊朱、墨翟。楊朱，戰國初思想家，主張「貴生」、「重己」、「全性葆真，不以物累形」。墨翟，春秋戰國之際思想家，主「兼愛」、「非攻」、「非樂」、「節用」、「尚賢」等。❷其時天下咸化而從焉　戰國時期楊、墨兩派學說都很流行。《孟子・滕文公下》：「天下之言，不歸楊則歸墨。」❸孟子辭而闢之　孟子對於楊、墨之說進行了猛烈的抨擊。他曾說：「楊墨之道不息，孔子之道不著，是邪說誣民，充塞仁義也。仁義充塞，則率獸食人，人將相食。吾為此懼，閑先聖之道，距楊墨，放淫辭，邪說者不得作。」（《孟子・滕文公下》）闢，排斥；屏除。❹廓如　澄清的樣子。按：韓愈這幾句實本自揚雄《法言・吾子》：「古者楊墨塞路，孟子辭而闢之，廓如也。」❺道　此指儒家先王之道。❻有近於彼者乎　孟子曾批評楊、墨無父無君（見《孟子・滕文公下》），韓愈在〈原道〉中批評佛、道之說「滅其天常，子焉而不父其父，臣焉而不君其君，民焉而不事其事」，故此處韓愈實指佛、道之說。

【語　譯】問：孔子死後，聖人的學說就不顯明了，於是有楊、墨之說開始來侵犯擾亂，那時天下人都被它們感染而信從，孟子力辯而排斥楊、墨，四海方才澄清。如今楊、墨的書還有保存下來的，他們的主張還可不可以推究而知道？他們所持的觀點是什麼？他們的主張有多少不合於聖人之道？孟子用以辯說並排斥楊、墨的是什麼學說？如今學者有學楊、墨之說的嗎？有近於楊、墨之說的學說嗎？楊、墨之說已經不流傳了嗎？是不是人們受它們感染而自己不知道？楊、墨之說不流傳，則是好事；如果楊、墨之說還存在世間，將要如何去加以挽救？諸位學生學習聖人的學說，必能談談這些問題，希望不要有所謙讓。

問：所貴乎道者，不以其便於人而得於己乎？當周之衰，管夷吾以其君霸❶，九合諸侯❷，一匡天下❸，戎狄以微，京師❹以尊，四海之內，無不受其賜者，天下諸侯奔走其政令之不暇，而誰與為敵！此豈非便於人而得於己乎！秦用商君之法❺，人以富，國以彊❻，諸侯不敢抗，及七君而天下為秦，使天下為秦者，商君也。而後代之稱道者，咸羞言管、商氏，何哉？庸❼非求其名而不責❽其實歟？願與諸生論之，無惑於舊說。

【章　旨】此問是說：管仲輔其君成就霸業，有功於四海；商鞅變法，使秦國強盛，終於統一天下。此二人有利於民，有功於國，後世人卻不肯稱揚他們，這是什麼原因呢？希望學生們不囿於舊說，大膽發表議論。

【注　釋】❶管夷吾以其君霸　管夷吾，字仲，春秋初期政治家。被齊桓公任為卿，佐桓公治理齊國，國力大振，又以「尊王攘夷」為號召，使齊桓公成為春秋第一個霸主。❷九合諸侯　此謂齊桓公多次主持諸侯間的盟會，停止了戰爭。九，此用作虛數，以表多數。齊桓公糾合諸侯共計十一次。《論語・憲問》：「桓公九合諸侯，不以兵車，管仲之力也。」❸一匡天下使天下一切受到匡正。《論語・憲問》：「管仲相桓公，霸諸侯，一匡天下，民到于今受其賜。」❹京師　此指周天子。❺秦用商君之法　商鞅佐秦孝公二次變法，促進生產，獎勵軍功，奠定了秦國富強的基礎。商君，公孫氏，名鞅。因功封商十五邑，號商君，因稱商鞅。❻彊　同「強」。❼庸　難道。❽責　求。

【語譯】問：道之所以值得寶貴，不是因為實行道有利於百姓而自己也有所得嗎？當周朝衰落的時候，管夷吾使他的國君得以稱霸，多次主持諸侯間的盟會，使天下一切受到匡正，戎狄因而衰微，天子因而尊嚴，四海之內，沒有人不受到齊國的恩惠，天下諸侯為齊國的政令奔走尚且沒有空，還跟誰為敵呢！這難道不是有利於百姓而自己有所得嗎！秦國採用商君之法，百姓因而富裕，國家因而強盛，而諸侯也不敢對抗，到了第七代君主就使天下成為秦的領地。使天下成為秦的領地，這是商君的功績。但是後代談論道的人，都羞於說到管、商二人，這是為什麼呢？難道不是只問他們的名聲而不探求他們實際的事功嗎？希望能與諸位學生討論這個問題，不要被舊說所迷惑。

問：夫子之言：「盍各言爾志？」❶又曰：「居則曰：『不吾知也。』如或知爾，則何以哉？」❷今之舉者❸，不本於鄉，不序於庠❹，一朝而群至乎有司❺，有司之不之知也宜矣。今將自州縣始，請各誦所懷，聊以觀諸生之志。「死者可作，其誰與歸？」❻「事其大夫之賢者，友其士之仁者」❼，敢問諸生之所事而友者為誰乎？所謂賢而仁者，其事如何哉？言及之而不言❽，亦君子之所不為也。

【章旨】此問是要考生談談他們的志向，談談他們崇敬的古人及奉事和結交者的情形。從文中「今將自州縣始，請各誦所懷」之語看，似是韓愈在汴州為考官時所作策問。

【注　釋】❶盍各言爾志　見《論語・公冶長》。這是孔子對顏淵、季路說的話，謂：何不各人說說自己的志向？盍，「何不」的合音字。❷居則曰四句　語出《論語・先進》。也是孔子對弟子所說，謂：你們平時說：「人家不瞭解我呀！」假如有人瞭解你們，請你們出去做事，那你們怎麼辦？❸今之舉者　此謂由州縣舉送進京參加進士科考試者。❹庠　古代的地方學校。❺有司　有關主管部門。❻死者可作二句　《禮記・檀弓下》記趙文子與叔譽觀於晉國卿大夫的墓地九原，文子問：「死者如可作也，吾誰與歸？」作，起。指復活。吾誰與歸，謂誰最賢，可與之歸。❼事其大夫之賢者二句　語出《論語・衛靈公》，謂：敬奉賢能的大夫，結交仁義的士人。❽言及之而不言　《論語・季氏》：「侍於君子有三愆」，「言及之而不言謂之隱。」謂：陪著君子說話，該輪到他說話卻不說，叫做隱瞞。

【語　譯】問：孔子說：「何不各人說說自己的志向？」又說：「你們平時說：『人家不瞭解我呀。』假如有人瞭解你們，那你們怎麼辦？」如今應舉的人，不出自本鄉，不依序出自學校，突然之間湧到主管部門那裡，主管的不瞭解他們也是正常的。如今則從州縣開始，請你們各自說說各自的抱負，姑且看看諸位的志向。「死去的人如可起而復生，該要依歸誰呢？」「敬奉賢能的大夫，結交仁義的士人」，請問諸位敬奉並結交的是什麼人？您所說的賢能而仁義的人，他的事跡如何？該說話時不說，也是君子所不做的。

問：春秋之時，百有餘國，皆有大夫士❶，詳於傳者，無國無賢人焉，其餘皆足以充其位，不聞有無其人而闕其官者。春秋之後，其書尤詳，以至于吳、蜀、魏，下及晉氏之亂，國分如錙銖❷，讀其書，亦皆有人焉。今天下九州四海，其為土地大矣，國家之舉士，內有明經、進士❸，外有方維大臣❹之薦，其餘以門地勳力❺進者，又有倍於是，其為門戶多矣，而自御史臺❻、尚書省❼，以至于中書、門下省❽，咸不足其官。豈今之人不及於古之人邪？何求而不得也？夫子之言曰：「十室之邑，必有忠信如丘者焉。」❾誠得忠信如聖人者，而委之以大臣宰相之事，有不可乎？況於百執事之微者哉？古之十室必有任宰相大臣者，今之天下而不足士大夫於朝，其亦有說乎？

【章　旨】此問是說：從史書看，歷朝官員從不乏人，而今朝廷各部門官員都不足，國家舉士的門路又很多，難道是今人不如古人嗎？希望能對這種現象有所解釋評說。

【注　釋】❶大夫士　任官職者之稱。周代在國君之下有卿、大夫、士三等，各等又分上、中、下三級。❷錙銖　都是很小的重量單位，此謂南北朝時中國分裂成的小國。❸明經進士　都是唐代科舉的科目。進士科考試偏重詩賦，明經科偏重經義時務。這二科外尚有秀才、明法、明算等科，皆為每年定期的常舉。另外還有皇帝特詔舉行的考試，稱為制舉。❹方維大臣　指地方軍政長官。語本《詩・小雅・節南山》：「秉國之鈞，四方是維。」❺門地勳力　指門第、功勳。門地，猶門第。指家族的等級，顯貴高門可做官。勳力，即功勳、功勞。❻御史臺　唐代的中央監察機構。有御史大夫、御史中丞、侍御史等官。❼尚書省　唐代最高的執行機關。下屬六部二十四司。❽中書門下省　皆官署名。中書省，是受命皇帝的最高決策與出令機關。審理章奏公文，起草詔令文書。門下省，是朝廷政令的審議機構。這二省都是樞要部門，有不少屬官及附屬機構。❾夫子之言曰三句　語見《論語・公冶長》。

【語　譯】問：春秋的時候，有一百多國，各國都有大夫、士，傳書上記得很詳細，沒有一個國家沒有賢人，其他人也都足夠任那些職位，沒有聽說由於沒有合適的人選因而使官位空著的事情。春秋之後，史書上的記載尤其詳細，直到吳、蜀、魏，下至於晉代之亂時，一個個國家分得很小，讀有關那段期間的史書，也都有人在做官。如今天下九州四海，地方太大了，國家選拔人才，內有明經、進士等科考試，外有地方軍政大臣的推薦，其他由於門第高、有功勳而做官的，又比前說二種多一倍，作為進身做官的門路已多得很，然而從御史臺、尚書省，直到中書省、門下省，官員都不足。難道今天的人不及古時候的人嗎？為什麼找不到人來做官呢？孔子說過：「十戶人家的地方，一定有像我這樣忠心誠實的人。」假如找到像聖人那樣忠心誠實的人，就委任他們宰相大臣的職務，有什麼不可呢？更何況去擔任眾多一般的微小職務呢？古代十戶人家的地方一定有可任宰相大臣的人才，如今的天下卻找不到足夠士大夫來任職朝中，難道也有解釋評說嗎？

問：夫子曰：「潔淨精微，《易》教也。」❶今習其書，不識四者之所謂，盍舉其義而陳其數❷焉？

【章旨】此問是要求闡釋「潔淨精微」之《易》教。

【注釋】❶夫子曰三句　語出《禮記·經解》，前後文是：「孔子曰：入其國，其教可知也。其為人也」，「絜靜精微，《易》教也。」絜，即潔。潔靜，謂為人嚴正。精微，是說人能深入鑽研微妙之理。❷數　法則。

【語譯】問：孔子說：「潔淨精微，這是《易》的教育。」如今的士人學這部書，卻不懂這四個字說的什麼，何不指出《易》教的意義，並談談具體法則？

問：《易》之〈說〉曰：「乾，健也。」❶今考〈乾〉之爻在初者曰：「潛龍勿用。」❷在三者曰：「夕惕若厲，无咎。」❸在四者亦曰：「无咎。」❹在上曰：「有悔。」❺卦六位❻，一「勿用」，二苟得「无咎」，一「有悔」，安在其為健乎？又曰：「乾以易知，坤以簡能。」❼〈乾〉之四位❽既不為易矣，〈坤〉之爻又曰：「龍戰于野。」❾戰之於事，其足為簡乎？《易》，六經也，學者之所宜用心，願施其詞陳其義焉。

【章旨】此問是就《易》的〈乾〉、〈坤〉二卦爻辭來質問《易‧說卦》：「乾，健也。」和《易‧繫辭上》：「乾以易知，坤以簡能。」二處論斷。

【注釋】❶易之說曰三句　此指《易‧說卦》：「乾，健也。」孔穎達《疏》曰：「乾象天體運轉不息，故為健也。」乾卦表現了一種剛健的精神。❷乾之爻在初者曰二句　此爻是說貴人應潛藏不出。乾之爻在初者，即初九。指乾卦之倒數第一陽爻。潛龍，謂像龍潛伏著。勿用，不可有所作為。❸在三者曰三句　〈乾〉之九三曰：「君子終日乾乾，夕惕若厲，无咎。」言貴人自強不息，終日至晚憂懼警惕，如在傾危之中，因而無害。❹在四者亦曰二句　〈乾〉之九四曰：「或躍在淵，无咎。」言龍在淵中，疑惑跳躍，猶豫未決，所以無害。這也比喻貴人欲向尊位進發卻未行動，故亦無害。❺在上曰二句　〈乾卦〉之上九：「亢龍，有悔。」言處在極高處的龍，則有悔恨。以人事而言，則說貴人若居極高之位，上而不能下，則會有悔恨。❻卦六位　指初爻至上爻，共六位。❼乾以易知二句　此謂乾坤生成萬物，乾以易略無所造為來顯示其智，坤以簡省凝靜、不須繁勞來顯示其能。語出《易‧繫辭上》。❽乾之四位　指上所言之初九、九三、九四、上九四爻。❾坤之爻又曰二句　〈坤卦〉之上六：「龍戰于野，其血玄黃。」言兩龍在野地相戰，血作玄黃色。這是說陰陽二氣在交戰，陰欲兼併陽。

【語譯】問：《易經》的〈說卦〉說：「乾象徵剛健的精神。」如今考究〈乾卦〉的初九說：「像龍潛伏著，不可有所作為。」九三說：「終日至晚，憂懼警惕，如在傾危之中，無害。」九四也說：「無害。」上九說：「有悔恨。」在一卦六爻中，一個「不可有所作為」，兩個只得「無害」，一個「有悔恨」，它怎麼是剛健的呢？又有這樣的話：「乾以易略顯示智慧，坤以簡省顯示才能。」〈乾卦〉的四爻已經不算易略了，〈坤卦〉的爻辭又說：「二龍在野地相戰。」戰爭這種事，能算是簡省之事嗎？《易經》是六經之一，求學的人應當用心鑽研，希望您能寫文章以陳述其精義。

問：人之仰❶而生者穀帛❷，穀帛豐，無飢寒之患，然後可以行之於仁義之途，措之於安平之地，此愚智所同識也。今天下穀愈多而帛愈賤、人愈困者何也？耕者不多而穀有餘，蠶者不多而帛有餘，有餘宜足，而反不足，此其故又何也？將以救之，其說如何？

【章旨】此問是說：人依賴穀帛而生存，穀帛豐足方能施行教化。然而當今之世，穀多帛賤，而民貧困不足，這是什麼原因？如何來救助百姓？

【注釋】❶仰　依賴。❷帛　絲織物的總稱。

【語譯】問：人是依賴穀帛而生存，穀帛豐足，人民沒有飢寒的禍患，然後才可以引導他們在仁義的道路上行進，把他們安置在平安的境地之中，這是愚者、智者的共識。如今天下穀愈多、帛愈賤而人愈困，這是為什麼呢？耕種的人不多但穀有餘，養蠶織帛的人不多但帛有餘，穀帛有餘，人民的衣食應當充足，卻反而不足，這又是什麼緣故呢？打算解救這種局面，有什麼見解嗎？

問：夫子言：「堯舜垂衣裳而天下理。」❶又曰：「無為而理者，其舜也歟？」❷《書》之說堯曰：「親九族」❸，又曰：「平章百姓」❹，又曰：「協和萬邦」❺，又曰：「曆象日月星辰，敬授人時」❻，又曰：「洪水懷山襄陵，下人其咨。」❼夫親九族，平百姓，和萬邦，則天道，授人時，愁水禍，非無事也，而其言曰「垂衣裳而天下理」者何也？於舜則曰：「慎五典」❽，又曰：「敘百揆」❾，又曰：「賓四門」❿，又曰：「齊七政」⓫，又曰：「類上帝，禋六宗，望山川，徧群神。」⓬又曰：「協時月正日，同律度量衡。」「五載一巡狩。」⓭又曰：「分十二州，封山濬川⓮，恤五刑⓯，典三禮⓰，彰施五色，出納五言⓱。」嗚呼，其何勤且煩如是！而其言曰「無為而理」者何也？將亦有深辭隱義不可曉邪？抑其年代已遠失其傳邪？二三子⓲其辨焉。

【章旨】此問是就《尚書》所載堯、舜事功來質問孔子關於堯、舜無為而治的論斷。

【注釋】❶堯舜垂衣裳而天下理　原文見《易・繫辭下》：「黃帝堯舜垂衣裳而天下治，蓋取諸乾坤。」韓愈此處為避高宗諱，改「治」為「理」。原義是說黃帝、堯、舜取法乾坤，作衣裳下垂，明辨貴賤，因而天下大治。〈繫辭〉相傳是孔子作，因而說「夫子言」。❷無為而理者二句　語出《論語・衛靈公》：「無為而治者，其舜也與？」「治」也因避諱引作「理」。其義蓋謂：自己從容安靜而使天下太平的人，大概只有舜罷？❸親九族　使帝之九族親睦。語見《書・堯典》。九族，上自高祖，下至玄孫。❹平章百姓　語出《書・堯典》。平章，辨明。謂以禮義明辨治理。百姓，百官族姓。古代對貴族的總稱。❺協和萬邦　謂調和四方諸侯。語出《書・堯典》。❻曆象日月星辰二句　此言堯命羲氏、和氏，推算觀測日月星辰的運行，以敬授人民天時。語出《書・堯典》。曆，推算。象，取法。星，指中星。辰，謂北辰。❼洪水懷山襄陵二句　這是說堯憂心洪水之災。語出《書・堯典》，原句如下：「帝曰：咨！四岳。湯湯洪水方割，蕩蕩懷山襄陵，浩浩滔天。下民其咨，有能俾乂？」

懷，包。襄，除。咨，嗟歎。❽慎五典　此言舜慎重使五種常法完善，人民能順從它們，無所違背。見《書・堯典》（十三經本則割為〈舜典〉）。原文是：「慎徽五典，五典克從。」徽，善。五典，五種常法。❾敘百揆　此言帝堯入舜於百官之中，試以司空之職，百官承順治事，有條不紊。語出《書・堯典》（十三經本為〈舜典〉）。原文是：「納于百揆，百揆時敘。」百揆，百官。敘，承順。❿賓四門　此言舜引導賓客於明堂四門，四門之賓客皆敬穆。此蓋指試舜以司馬之職。語出《書・堯典》（十三經本為〈舜典〉）。原文是：「賓于四門，四門穆穆。」賓，借為儐，引導之意。四門，明堂之四門。穆穆，敬穆。⓫齊七政　此謂舜受禪攝政，觀察北斗七星，以排列七大政事。語出《書・堯典》（十三經本為〈舜典〉）。原文是：「在璿璣玉衡，以齊七政。」璿、璣、玉衡，指北斗七星。齊，排列。七政，七項政事。指祭祀、班瑞、東巡、南巡、西巡、北巡、歸格藝祖。⓬類上帝四句　此皆舜攝政時事。語出《書・堯典》（十三經本為〈舜典〉）。原文是：「肆類于上帝，禋于六宗。望于山川，徧于群神。」肆，遂。類，祭名。禋，升煙以祭天。六宗，天地四時。望，祭山川。徧于群神，遍祭群神。⓭協時月正日三句　語出《書・堯典》（十三經本為〈舜典〉）。協，合。正，定。同，統一。律，音律。度，長度。量，容積。衡，重量。巡狩，原文作「巡守」。天子到諸侯之處巡視其所守。⓮分十二州二句　語出《書・堯典》（十三經本為〈舜典〉）。原文作：「肇十有二州，封十有二山，濬川。」肇，始。封，封土為壇而祭之。濬，疏通。⓯恤五刑　《書・堯典》（十三經本為〈舜典〉）：「象以典刑，流宥五刑，鞭作官刑，扑作教刑，金作贖刑。眚災肆赦，怙終賊刑。欽哉，欽哉，惟刑之恤哉！」這一段是舜陳典刑之義，以寬宥為主，所以概括為恤五刑。恤，慎。五刑，墨、劓、剕、宮、大辟。⓰典三禮　《書・堯典》（十三經本為〈舜典〉）：「帝曰：咨，四岳，有能典朕三禮？僉曰：伯夷。帝曰：俞，咨，伯！汝作秩宗。夙夜惟寅，直哉惟清。伯拜稽首。」此謂帝舜命伯夷任秩宗，主持三禮。典，主持。三禮，天事、地事、人事之禮。⓱彰施五色二句　《書・皋陶謨》（十三經本割為〈益稷〉）：「以五采彰施于五色，作服，汝明。予欲聞六律五聲八音，在治忽，以出納五言，汝聽。」此為帝舜之言。謂作成五色鮮明的服裝，以明等第；由聲音之哀樂可察知政教之治亂，依據音樂進退五方所陳之意見。五采，五種顏料。五色，五種顏色。出納，進退。五言，五方之言。指五方之意見。⓲二三子　猶諸君。

【語　譯】問：孔子說：「堯、舜作衣裳下垂，天下因而太平。」又說：「自己從容安靜而使天下太平的人，大概只有舜吧？」但《尚書》說堯：「使九族親睦」，又說：「以禮義辨明百官的善惡」，又說：「調和萬國」，又說：「推算取法日、月、中星、北辰的運行，以敬授人民天時」，又說：「洪水包山沒陵，人民嗟歎。」帝堯親睦九族，辨明百官，調和萬國，取法天道，授民天時，憂愁水災，可見他並不是不去治理，但孔子說堯「作衣裳下垂，因而天下太平」，這是為什麼呢？《尚書》對於舜則說：「慎重五法」，又說：「使百官承順」，又說：「引導賓客於明堂四門」，又說：「排列七種政事」，又說：「祭上帝，祭天地四時，祭山川，遍祭群神。」又說：「協合四時月份，正定日子，統一音律、長度、容積、重量。」「五年到諸侯處一巡視。」又說：「分天下為十二州，封土為壇祭大山，疏通河流，慎用五刑，命人主持三禮，作成五色鮮明的服裝，取捨五方所陳意見。」唉，他多麼勤勞繁雜，到了這種地步！而孔子卻說舜「無為而治」，這是為什麼？是辭語深奧，意義曲折，難以理解呢？還是由於年代久遠，對孔子話的解釋已經失傳了呢？諸君應該辨明這個問題。

問：古之學者必有師，所以通其業，成就其道德者也。由漢氏已來，師道日微，然猶時有授經傳業者，及于今則無聞矣。德行若顏回，言語若子貢，政事若子路，文學若子游，猶且有師❶。非獨如此，雖孔子亦有師，問禮於老聃❷，問樂於萇弘❸是也。今之人不及孔子、顏回遠矣，而且無師，然其不聞有業不通而道德不成者何也？

【章　旨】此問是說：古人講究師道，雖孔子、顏回也有師，然而漢以來師道日微，今人雖遠不及古人，卻口不言師，亦不言學業道德無成，這是什麼原因？

【注　釋】❶德行若顏回五句　此本《論語・先進》：「德行：顏淵、閔子騫、冉伯牛、仲弓。言語：宰我、子貢。政事：冉有、季路。文學：子游、子夏。」師，指孔子。顏回等為孔門弟子。❷雖孔子亦有師二句　《史記・老子韓非列傳》：「孔子適周，將問禮於老聃。」❸問樂於萇弘　《孔子家語・觀周》說孔子至周，「訪樂於萇弘」。萇弘是周敬王時大夫。

【語　譯】問：古代求學的人一定有老師，靠著老師以精通學業，成就道德。從漢代以來，從師之道日漸衰微，然而有時還有傳授經學傳授學問的，到今天就聽不到這種事情了。德行傑出如顏回，能言善道如子貢，辦事能幹如子路，熟悉文獻如子游，尚且有老師。不單如此，即使孔子也有老師，他向老聃請教禮，向萇弘請教音樂。今天的人不及孔子、顏回太多了，卻又沒有老師，然而沒聽說他們中有自認學業不精通、道德不成就的人，這是為什麼？

問：食粟衣帛❶，服行仁義以竢❷死者，二帝三王❸之所守，聖人未之有改焉者也。今之說者，有神仙不死之道，不食粟，不衣帛，薄仁義，以為不足為，是誠何道邪？聖人之於人，猶父母之於子，有其道而不以教之，不仁；其道雖有而未之知，不智。仁與智且不能，又烏足為聖人乎？不然，則說神仙者妄矣。

【章　旨】此問是說：有人說神仙不死之道，不吃糧食，不穿絲綢，鄙薄仁義，這算什麼道呢？如確有其道不說不知，是不仁不智；如不是不知不說，那就是神仙之說是虛妄的。

【注　釋】❶衣帛　穿絲織品。❷竢　等待。❸二帝三王　指唐堯、虞舜、夏禹、商湯、周文王（或周武王）。

【語　譯】問：吃糧食，穿絲織品，實行仁義，直到死亡，二帝三王都這樣遵守，聖人也未曾改變過。今人有這樣說法，說有神仙不死之道，不吃糧食，不穿絲織品，鄙薄仁義，認為不值得行仁義，這實在算是什麼道呢？聖人對待人，如同父母對待兒子，確有道術卻不教他，這是不仁；雖有道術卻不知道，則是不智。既不能仁，又不能智，又如何是聖人呢？不是這種情形，那麼他們所說神仙不死之道是虛妄的。

畫記

【題解】貞元十年（西元七九四年）時，二十七歲的韓愈在京城參加吏部博學宏辭科考試，與友人獨孤申叔比試彈棋，贏了一幅畫，十分珍惜。次年他回河陽老家，與人論畫時，巧遇臨摹此畫的原主趙侍御。趙很傷感，述及失畫原委。韓愈便慨然贈還給他，並寫了此記，聊以自釋。

本文所記之畫，作者說「雜古今人物小畫共一卷」，古人和今人是不能畫在一幅畫裡的，可見這是把若干獨立的小畫合摹在一個長卷裡。這卷畫內容相當龐雜，計人一百二十三個，馬八十三匹，其他牛、驢、駱駝等四十八頭，兵器、用具等二百五十一件。人和動物形態各異，器物亦各不同，然而作者僅用四百多字，便記清楚了。用筆極其精練，能抓住人和物的特徵。全文共分四段，前三段分記人、馬、眾畜諸器，末段記得畫贈畫經過，層次極清楚，而馬為人所騎牽，物為人所用，前三段之間又是互相關聯的。宋秦觀曾說：「嘗覽韓文公〈畫記〉，愛其善敘事，該而不煩縟，詳而有軌律。讀其文，恍然如即其畫，心竊慕焉。」（《淮海集》卷三八〈五百羅漢圖記〉）清林雲銘說：「記本因畫而作，然記中實有畫。在當日畫固為入神之畫，而記尤為入神之記也。」（《韓文起》評語卷七）可見此文受推崇之一斑。

雜古今人物小畫共一卷。

騎而立❶者五人，騎而被甲載兵❷立者十人，一人騎執大旗前立，騎而被甲載兵行且下牽者十人，騎且負者二人，騎執器者二人，騎擁田犬❸者一人，騎而牽者二人，騎而驅者三人，執羈靮❹立者二人，騎而下倚馬臂隼❺而立者一人，騎而驅涉❻者二人，徒而驅牧❼者二人，坐而指使❽者一人，甲胄手弓矢鈇鉞植者❾七人，甲胄執幟植❿者十人，負者七人，偃寢休⓫者二人，甲胄坐睡者一人，方涉者一人，坐而脫足⓬者一人，寒附火⓭者一人，雜執器物役者⓮八人，奉壺矢⓯者一人，舍而具食⓰者十有一人，挹且注⓱者四人，牛牽者二人，驢驅者四人，一人杖而負⓲者，婦人以孺子載而可見者六人，載而上下⓳者三人，孺子戲者九人。凡人之事三十有二，為人大小百二十有三，而莫有同者焉。

【章　旨】記畫上人的行事及數目。

【注　釋】❶騎而立　騎馬站定。❷被甲載兵　披著鎧甲，負著兵器。被，通「披」。身披。甲，鎧甲。載，負荷。兵，兵器。❸田犬　指獵犬。田，同「畋」。打獵。❹羈靮　馬籠頭、馬韁繩。❺臂隼　手臂上架著隼。臂，這裡作動詞用。隼，一種兇猛的鳥。又叫「鶻」。上嘴鉤曲，背青黑色，尾尖白色，腹部黃色。飼養馴熟後，可用以幫助打獵。❻涉　蹚水而過。❼徒而驅牧　以步行驅趕放牧牲畜。徒，步行。❽指使　指點；指揮。❾甲胄手弓矢鈇鉞植者　畫中一種人物。甲胄，是穿甲戴盔的意思。甲，鎧甲。胄，頭盔。手弓矢，手執弓矢。鈇鉞植，這是指手持斧鉞，長柄樹立在地上。鈇，通「斧」。鉞，大斧。植，樹立。❿執幟植　手執旗幟，旗杆豎立在地上。⓫偃寢休　躺倒休息。偃，仰臥。⓬脫足　脫去鞋襪，腳就脫露出來，所以說是脫足。⓭寒附火　因寒烤火。附，靠近。⓮役者　做活的人。⓯奉壺矢　手捧壺矢。奉，同「捧」。壺矢，古代一種遊戲名投壺，用矢投入壺中，以投中多少決勝負。⓰舍而具食　停下來備辦食物。舍，休息。具食，備辦食物。⓱挹且注　酌水或酒灌入容器中。挹，舀；酌。注，灌入。⓲杖而負　拄杖負物。⓳載而上下　指上車下車。

【語　譯】古今人物的小畫雜合起來成為一卷。

騎馬立定的有五人，騎馬披鎧甲、負荷兵器立定的有十人，有一人騎馬手執大旗在前立定，騎馬披甲、負荷兵器邊行邊下來牽著馬的有十人，騎馬揹著東西的有二人，騎馬拿著器物的有二人，騎馬帶著獵犬的有一人，騎馬牽著馬的有二人，騎在馬上鞭馬前進的有三人，手裡抓住馬籠頭、馬轡繩站著的有二人，從馬上下來倚馬站著而臂上架著隼的有一人，騎馬加鞭渡水的有二人，步行驅趕放牧牲畜的有二人，坐著指揮的有一人，戴盔披甲、手執弓箭豎立著斧鉞的有七人，戴盔披甲、手執豎立著的旗幟的有十人，揹著東西的有七人，仰臥休息的有二人，戴盔披甲、坐著睡覺的有一人，正在渡水的有一人，坐著脫鞋襪的有一人，怕冷烤火的有一人，拿著各種東西服役的有八人，手捧壺矢的有一人，停下來備辦食物的有十一人，舀取水或酒灌注的有四人，牽牛的有二人，趕驢的有四人，有一人拄杖負物，婦人帶著孩子坐在車上可以看得出的有六人，正在上下車的有三人，在玩耍的孩子有九人。共計人的行為三十二種，大人小孩一百二十三人，卻沒有相同的。

馬大者九匹。於馬之中，又有上者❶，下者❷，行者，牽者，涉者，陸❸者，翹❹者，顧❺者，鳴者，寢者，訛❻者，立者，人立者，齕❼者，飲者，溲❽者，陟❾者，降者，痒磨樹者，噓者，嗅者，喜相戲者，怒相踶齧❿者，秣⓫者，騎者，驟⓬者，走⓭者，載服物⓮者，載狐兔者。凡馬之事二十有七，為馬大小八十有三，而莫有同者焉。

【章旨】記畫卷上馬的行動和數目。

【注釋】❶上者 在山上的。❷下者 在山下的。❸陸 通「踛」。跳躍。❹翹 通「蹻」。舉起足。❺顧 回頭看。❻訛 通「吪」。動。❼齕 吃草。❽溲 撒尿。❾陟 登高。❿踶齧 踢、咬。踶，用蹄踢。齧，咬。⓫秣 吃草料。⓬驟 馬疾行。⓭走　奔跑。⓮服物　用的東西。

【語　譯】大的馬有九匹。在馬當中，又有在山上的，在山下的，行走的，被牽著的，渡水的，跳躍的，抬起腳的，回頭看的，鳴叫的，睡著的，行動的，立定的，像人一樣立起的，啃草的，飲水的，撒尿的，登高的，下坡的，磨樹解癢的，吐氣的，聞氣息的，高興而相互戲弄的，發怒而相互踢咬的，吃飼料的，被騎著的，疾行的，奔馳的，負載用物的，負載狐兔的。共計馬的行動二十七種，大小馬八十三匹，卻沒有相同的。

牛大小十一頭，槖駝❶三頭，驢如槖駝之數而加其一焉，隼一，犬羊狐兔麋❷鹿共三十，旃車❸三兩❹，雜兵器❺弓矢旌旗刀劍矛楯❻弓服❼矢房❽甲冑之屬，缾盂簦笠筐筥錡釜❾飲食服用之器，壺矢博弈❿之具，二百五十有一，皆曲極其妙。

【章　旨】記畫卷上其他動物、車輛、兵器、用器及遊戲器具。

【注　釋】❶槖駝　駱駝。❷麋　也叫駝鹿或犴。比牛大，全身赤褐色，角大，尾短，能游泳。❸旃車　指插有一種曲柄旗的車子。旃是純赤色的曲柄旗。也有人疑旃車即氈車。氈、旃通假。❹兩　通「輛」。一車有兩輪，所以一車叫一兩。❺雜兵器　指下述諸兵器之外者。❻楯　同「盾」。❼弓服　盛弓的袋子。❽矢房　裝箭的筒子。❾缾盂簦笠筐筥錡釜　皆器具名。缾，同「瓶」。古代汲水用的瓦罐。盂，盛食物或水漿的圓口器皿。簦，古代大而有柄的防雨工具。即後世用的傘。笠，戴在頭上無柄的雨具。筐，竹編的方形盛物器。筥，圓形竹編盛物器。錡，炊具，有足。釜，炊具，無足。❿博弈　局戲、圍棋。博，局戲。用六箸十二棋。弈，圍棋。

【語　譯】大小牛有十一頭，駱駝有三頭，驢比駱駝多一頭，隼有一隻，犬羊狐兔麋鹿共三十隻，旃車有三輛，雜兵器、弓矢、旌旗、刀劍、矛盾、弓服、矢房、甲冑之類，瓶盂、簦笠、筐筥、錡釜等飲食日用的器具，壺矢、博弈等遊戲的用品，共二百五十一件，都畫得極其工妙傳神。

貞元甲戌年❶，余在京師，甚無事，同居有獨孤生申叔❷者，始得此畫，而與余彈棊❸，余幸勝而獲焉。意甚惜之，以為非一工人之所能運思，蓋藂集❹眾工人之所長耳，雖百金不願易也。明年出京師，至河陽❺，與二三客論畫品格❻，因出而觀之。座有趙侍御❼者，君子人也。見之戚然❽若有感然，少而進曰：「噫！余之手摸❾也，亡之且二十年矣。余少時常有志乎茲事❿，得國本⓫，絕人事⓬而摸得之，遊閩中⓭而喪焉。居閒處獨，時往來余懷也，以其始為之勞，而夙好之篤⓮也。今雖遇之，力不能為已，且命工人存其大都⓯焉。」余既甚愛之，又感趙君之事，因以贈之。而記其人物之形狀與數，而時觀之以自釋⓰焉。

【章旨】記敘得畫、贈畫經過，並說明寫此記的目的。

【注釋】❶貞元甲戌年　貞元十年。❷獨孤生申叔　字子重，二十二歲舉進士。曾任校書郎，貞元十八年去世。韓愈寫過一篇〈獨孤申叔哀辭〉。獨孤，複姓。生，是先生的省稱。申叔，是名。❸彈棊　一種遊戲，漢時已有，現已失傳。只知唐時用二十四棋，棋局方二尺，中心高出如覆盂。❹藂集　聚集。藂，同「叢」。❺河陽　今河南孟縣。❻品格　指畫的質量格調。❼趙侍御　其人已難確考。有人根據《歷代名畫記》卷一〇疑即趙博宣、趙博文。侍御，即侍御史。唐代御史臺官員。❽戚然　憂傷的樣子。❾摸　同「摹」。照原畫臨摹。❿茲事　指繪畫。⓫國本　國庫所藏畫本，或國工（國中技藝特別高超的畫工）所繪畫本。⓬絕人事　謂斷絕社會交往。⓭閩中　秦朝在今福建包括浙江南部地區設置閩中郡，所以後來通稱今福建為閩或閩中。⓮夙好之篤　素來非常喜歡。夙好，素常喜歡。篤，深厚。⓯大都　大略；大概。⓰自釋　以喜愛的畫贈人，心中不免有些遺憾，故以此記自我解釋，自我寬慰。

【語譯】貞元甲戌年，我在京城，很閒，無事可幹，和我住在一起的有一位叫獨孤申叔的先生，剛得到此畫，就用為賭注跟我比試彈棋，我僥倖勝利獲得了它。我心裡很珍惜此畫，認為這不是一個畫工所能構思畫成的，大約是集合多位畫工所長而成，即使人家出百金，我也不願出讓。次年我離開京城，來到河陽，與二三個客人談論畫的品質格調，就取出此畫給大家看。在座的有位姓趙的侍御，是位君子。見了這幅畫憂傷地似乎很有感觸，過了一會兒上前來說：「唉！這是我親手臨摹的，丟失將近二十年了。我年輕時曾很想學繪畫，得到國工畫本，就斷絕交遊臨摹下來，出遊閩中時丟失了。此後一個人閒中無事時，這畫常掛在我心中，因為當初臨摹辛勞，而且平素極為喜愛。如今雖然重見此畫，精力已不能再臨摹了，姑且命畫工臨摹其大略吧。」我既很愛此畫，又被趙君的事所感動，就把此畫贈給他。我記下畫上人物的形狀和數目，時常讀讀來自我寬解。

汴州東西水門記

【題　解】貞元十四年（西元七九八年），韓愈在汴州（今河南開封）宣武軍節度使董晉幕中任觀察推官，三月汴州城的東西水門建成，韓愈受命寫下此記，後來刻於石碑之上。此文除記敘建水門經過外，主要是敘述和頌揚董晉安定汴州，消弭動亂的治績，基本還符合史實，不為溢美。此記用詞莊重典雅，敘事淨練，句尾協韻，合於金石之體。

貞元十四年正月戊子❶，隴西公❷命作東西水門，越三月辛巳朔❸，水門成。

三日癸未❹，大合樂❺，設水嬉❻，會監軍、軍司馬、賓佐僚屬、將校熊羆之士❼，肅❽四方之賓客以落❾之。士女龢會❿，闐郭溢郛⓫。既卒事，其從事⓬昌黎韓愈請紀⓭成績，其詞曰：

維⓮汴州河水自中注，厥初距河為城，其不合者⓯，誕寘聯鎖于河⓰，宵浮晝湛⓱，舟不潛通⓲。然其襟抱⓳虧疏，風氣宣洩，邑居⓴弗寧，訛言㉑屢騰，歷載已來，孰究孰思！皇帝御天下十有八載㉒，此邦之人，遭逢疾威㉓，囂童嗷嘑㉔，劫眾阻兵㉕，懍懍慄慄㉖，若墜若覆。時維隴西公受命作藩㉗，爰自洛京㉘，單車來臨㉙，遂拯其危，遂去其疵㉚，弗肅弗厲㉛，薰為太和㉜。神應祥福，五穀穰熟㉝，既庶㉞而豐，人力有餘。監軍是咨㉟，司馬是謀，乃作水門，為邦之郛，以固風氣，以閉寇偷㊱。黃流渾渾㊲，飛閣渠渠㊳，因而飾之，匪㊴為觀游。天子之武，維隴西公是布㊵；天子之文㊶，維隴西公是宣㊷。河之沄沄，源于崑崙，天子萬祀，公多受祉㊸。乃伐㊹山石，刻之日月，尚俾㊺來者知作之所始。

【注　釋】❶貞元十四年正月戊子　即貞元十四年正月初七（西元七九八年一月二十八日）。❷隴西公　指董晉。董晉本董仲舒之後，其先人自廣川徙隴西。❸三月辛巳朔　該年三月辛巳為初一。朔，夏曆每月初一。❹三日癸未　該年三月三日為癸未。❺合樂　諸樂合奏。❻水嬉　水上遊戲。如歌舞、競渡、雜技等。❼監軍軍司馬賓佐僚屬將校熊羆之士　此籠統介紹與會之軍職人員。監軍，唐後期以宦官任之，分統帥之權，時為俱文珍。軍司馬，即行軍司馬。掌軍政，權任甚重，時為陸長源。賓佐僚屬，指幕賓屬官。將校熊羆之士，指軍官與勇士。將校是軍官通稱。熊羆之士，謂勇武之士。羆是熊的一種。❽肅　恭敬地引進。❾落　古代重要建築新成時的慶祝祭禮。❿龢會　此謂和樂相集。龢，同「和」。⓫闉郭溢郛　城內外都擠滿了人。闉，充滿；擠滿。郭，城外圍著城的牆。溢，滿而流出。郛，城圈外圍的大城。⓬從事　地方長官自辟的僚屬。時韓愈為汴州觀察推官。⓭紀　記載。⓮維　語首助詞。⓯不合者　指城牆因河水通過造成的缺口。⓰誕寘聯鎖于河　言以大鐵鏈設於河中。誕，大。寘，即「置」。安置。聯鎖，大鐵鏈。⓱宵浮晝湛　夜晚把鐵鏈拉出水面，阻船通行，白晝則沉鐵鏈於水底，開放交通。湛，通「沉」。⓲潛通　暗中通行，不受管制。⓳襟抱　襟懷。指水流交會處。⓴邑居　城中民居。㉑訛言　虛假、謠傳的話。㉒皇帝御天下十有八載　謂德宗君臨天下十八年。指貞元十二年。㉓疾威　猶暴虐、威虐。㉔嚚童嗷嘷　指李迺作威作福。貞元十二年六月宣武節度使李萬榮病風，昏不知事，其子李迺自署為兵馬使，任意誅殺將吏，作威作福。嚚童，猶頑童。指愚昧無知之人。此指李萬榮子李迺。嗷嘷，大聲叫呼。㉕劫眾阻兵　即恃兵脅眾。劫眾，威逼眾人。阻兵，仗恃軍隊。㉖栗栗　同「慄慄」。寒顫的樣子。㉗隴西公受命作藩　貞元十二年七月董晉被任為宣武軍節度使、宋亳潁觀察使。㉘爰自洛京　董晉原任東都留守，故自洛陽來。爰，於是。洛京，指東都洛陽。㉙單車來臨　董晉受命未帶兵衛，只帶十餘隨從即來汴州赴任。單車，形容其輕車簡從。㉚遂去其疵　除去弊政。疵，毛病。董晉至汴，不敢多有更作，只是罷去庭廡弓劍之士，以示無猜疑於當地軍士。㉛厲　嚴。㉜薰為大和　溫和地造成太平之世。薰，溫和的樣子。大和，太平。㉝穰熟　莊稼豐熟。㉞庶　多。指人多。㉟咨　問。㊱閑寇偷　防備匪寇盜賊。閑，防備。㊲渾渾　水流盛大的樣子。㊳飛閣渠渠　指城樓深廣。飛閣，高閣。此當指城樓。渠渠，深廣的樣子。㊴匪　通「非」。㊵布　顯示。㊶文　指教化。㊷宣　公布。㊸河之沄沄四句　謂黃河壯大，發源於崑崙。隴西公多福，來自於天子。此以前二句比後二句。河，指黃河。沄沄，水流洶湧的樣子。萬祀，萬年。祉，福。㊹伐　開鑿。㊺俾　使。

【語　譯】貞元十四年正月戊子日，隴西公下令建造東西水門，到了三月辛巳初一日，水門建成。初三癸未這一日，大規模地合奏諸樂，安排了水上遊戲，會合監軍、行軍司馬、幕賓僚屬、將校等勇武之士，恭迎四方賓客，來舉行水門落成的慶祝祭禮。此時男男女女和樂相集，城裡城外都擠滿了人。慶典結束，屬官昌黎韓愈請求記載下這一事跡，文詞如下：

河水從汴州城中通過，當初城牆一直築到河邊，城牆不能合攏的缺口處，安設大鐵鏈在河中，夜晚拉出水面，白天沉入水底，從此船隻就不能偷偷通行。然而此城水流交會的地方空缺無門，風氣洩露出去，城中民居不得安寧，謠言多次喧騰，歷年以來，誰會為這事想一想呢！當今皇帝君臨天下十八年，此州的人，遭受殘害，愚頑小子猖獗一時，仗恃軍隊威逼眾人，使眾人害怕戰慄，好像墜入深淵、顛覆在地。這時隴西公受詔來此為帥，他從洛陽出發，單車來到汴州，就拯救眾人危難，除去弊政，不過分嚴肅，溫和地造就太平之世。神靈因而賜予祥福，五穀豐熟，百姓既眾多又富裕，人力綽綽有餘。於是徵詢了監軍的意見，又和行軍司馬商議，便建造了水門，作為本州城牆的一部分，從而保存風氣，防備匪寇盜賊。河水滾滾，高閣既深且廣，趁著這個機會裝飾一下，不是為了觀賞遊覽啊。天子的威武，由隴西公顯示；天子的文治，由隴西公宣揚。黃河洶湧，發源於崑崙山，天子萬歲，隴西公多受福祉。於是開鑿山石，刻下建造水門的日期，使得後代人知道此門興建之由來。

徐泗豪三州節度掌書記廳石記

【題　解】唐景龍元年（西元七〇七年）規定節度使府設掌書記（簡稱書記）一名，掌文牘之事，由節度使徵辟，朝廷任命。貞元十五年，韓愈在徐泗豪節度使張建封幕中任節度推官，本文是為節度使掌書記廳所作，作成，即刻石嵌於廳的壁間。是時張建封在任已十一年，用過三名掌書記，即許孟容、杜兼、李博。本文從節度使和掌書記的關係落筆，形容雙方那種魚水相得之誼，頌揚張與三人的文才。文章寫得很得體。

書記之任亦難矣！元戎❶整齊❷三軍之士，統理所部之甿❸，以鎮守邦國，贊❹天子施教化，而又外與賓客四鄰交，其朝覲、聘問、慰薦❺、祭祀、祈祝之文，與所部之政，三軍之號令升黜❻，凡文辭之事，皆出書記。非閎辨通敏兼人之才❼，莫宜居之。然皆元戎自辟❽，然後命於天子，苟其帥之不文，則其所辟或不當，亦其理宜也。南陽公❾自御史大夫、豪壽廬三州觀察使，授節❿移鎮徐州，歷十一年，而掌書記者三人：其一人曰高陽許子孟容⓫，入仕于王朝，今為尚書禮部郎中⓬；其一人曰京兆杜兼⓭，今為尚書禮部員外郎、觀察判官⓮；其一人隴西李博⓯，自前鄉貢進士⓰授祕書省校書郎⓱方為之。南陽公文章稱天下，其所辟實所謂閎辨通敏兼人之才者也。後之人苟未知南陽公之文章，吾請觀於三君子；苟未知三君子之文章，吾請觀於南陽公可知矣。蔚⑱乎其相章，炳乎其相輝，志同而氣合，魚川泳而鳥雲飛也。愈樂是賓主之相得也，故請刻石以記之，而陷置于壁間，俾來者得以覽觀焉。

【注釋】❶元戎　主將。此指節度使。❷整齊　整飭齊一。❸甿　農民。❹贊　佐助。❺朝覲聘問慰薦　朝聘舉薦。朝覲，朝見天子。聘問，國與國之間遣使訪問。此則指當時各鎮之間的交往。慰薦，推薦。❻黜　降職或罷免。❼閎辨通敏兼人之才　雄辯而通達敏慧的超凡人才。閎辨，即閎辯，雄辯。通敏，通達聰慧。兼人之才，一人抵二人的出眾之才。❽辟　徵召。❾南陽公　指張建封。❿授節　授予符節。謂任命將帥。⓫許孟容　字公範，京兆長安人。貞元初為徐州節度使從事，遷濠州刺史，徵為禮部員外郎。韓愈寫此記時，已遷給事中。終官東都留守，卒諡憲。⓬尚書禮部郎中　尚書省所屬禮部的司級正長官。⓭杜兼　字處弘，建中初進士。曾為徐州節度使從事，積勞任濠州刺史，累遷至河南尹，為人貪財橫恣。⓮尚書禮部員外郎觀察判官　尚書省所屬禮部司級副長官，某道觀察使的屬官。⓯李博　貞元八年與韓愈同登進士科。⓰前鄉貢進士　指登進士第者。⓱祕書省校書郎　祕書省屬官，也可以是虛銜。⓲蔚　文采華美。

【語譯】書記的職務也算是難的了！一個主將統領整飭三軍將士，治理本地區的農民，來鎮守州郡，佐助天子施行教化，而又對外跟賓客四鄰交往，他用以朝見天子、聯絡別鎮、舉薦人才、祭祀神靈、祈禱祝福的文字，和所轄地區的政治，軍隊中的號令、升官降職，凡是文辭方面的事，都出於書記的筆下。因此若不是雄辯通達聰慧超凡的人才，不適合擔任這個職位。然而書記都是主將自己選用，然後由天子任命的，如果主將不通文理，則他所選用的人有時不恰當，這也是合乎情理的。南陽公由御史大夫、豪壽廬三州觀察使，任命為節度使移鎮徐州，已經過了十一年，而做過掌書記的共三人：一人是高陽許孟容，已經入朝為官，如今任尚書省禮部郎中；一人是京兆杜兼，如今任尚書省禮部員外郎、觀察使判官；一人是隴西李博，登進士第後授祕書省校書郎，才任此職。南陽公的文章為天下所稱道，他所選用的書記確實都是所謂雄辯通達聰慧超凡的人才。後人如果不知南陽公的文章如何，我請他看一看三君子；如果不知三君子的文章，我請他看一看南陽公就可知道了。他們雙方文采華美，互相顯耀；光明燦爛，互相輝映。志向相同而意氣相合，如同魚暢游於河中、鳥高飛於雲間。我對這種賓主之間互相投合的關係感到高興，所以請求記載下來刻在石碑上，並且把石碑嵌在廳壁裡，使得後人能夠讀到。

燕喜亭記

【題解】 貞元二十年（西元八〇四年），韓愈正被貶為連州陽山令。當時還有一位王仲舒（字弘中），也由吏部考功員外郎貶為連州司戶參軍。此人立朝剛正，排斥佛老，與韓愈意氣相投。由於王仲舒在住所附近的荒地上開出一片園林，日日在內盤桓休憩。所以韓愈寫了此記，以記述其事。

文章首先是敘述王仲舒發現和整治此地的經過；接著為其地的丘、谷、池、瀑布命名，又總括全部景物為其居屋取名燕喜亭，這些命名的主要含意都是頌揚王仲舒的德行；最後發了一些議論，作者認為，這片清景是上天賜與王仲舒的，像他這樣樂山樂水的仁智之士，不會長久蟄居嶺外，很快就會被朝廷召回，受到重用，這就對王仲舒的失意表示了安慰之意。因韓愈與王仲舒交誼頗深，處境相似，所以文中的頌揚和祝願都出於一片真情，並不是虛偽庸俗的客套應酬。

太原王弘中在連州，與學佛人景常、元慧游。異日，從二人❶者，行於其居之後，丘荒之間，上高而望，得異處焉。斬茅而嘉樹列，發石而清泉激，輦糞壤❷，燔椔翳❸。卻立❹而視之，出者突然成丘，陷者呀❺然成谷，窪❻者為池，而缺者為洞，若有鬼神異物陰來相❼之。自是弘中與二人者晨往而夕忘歸焉，乃立屋以避風雨寒暑。

既成，愈請名之。其丘曰：竢德之丘❽，蔽於古而顯於今，有竢之道也。其石谷曰：謙受之谷❾，瀑曰：振鷺之瀑❿，谷言德，瀑言容也。其土谷曰：黃金之谷⓫，瀑曰：秩秩之瀑⓬，谷言容，瀑言德也。洞曰：寒居之洞，志⓭其入時也。池曰：君子之池，虛以鍾其美，盈以出其惡⓮也。泉之源曰：天澤之泉⓯，出高而施下也。合而名之以屋曰：燕喜之亭，取《詩》所謂「魯侯燕喜」者⓰，頌也。於是州民之老，聞而相與觀焉。曰：「吾州之山水名天下，然而無與燕喜者比，經營於其側者相接也，而莫直⓱其地，凡天作而地藏之以遺⓲其人乎？」

弘中自吏部郎貶秩⓳而來，次其道途所經：自藍田⓴入商洛㉑，涉淅湍㉒，臨漢水㉓，升峴首㉔以望方城㉕，出荊門㉖，下岷江㉗，過洞庭㉘，上湘水㉙，行衡山㉚之下，繇郴㉛踰嶺㉜。蝯狖㉝所家，魚龍所宮，極幽遐瑰詭之觀，宜其於山水飫聞而厭見㉞也，今其意乃若不足，傳㉟曰：「智者樂水，仁者樂山。」弘中之德，與其所好，可謂協矣。智以謀之，仁以居之，吾知其去是而羽儀於天朝㊱也不遠矣，遂刻石以記。

【注　釋】❶從二人　帶著兩人。❷輦糞壤　用車運走穢土。❸燔椔翳　焚燒枯死倒斃的樹木。燔，焚燒。椔，樹木立著枯死。翳，通「殪」。樹木倒斃。❹卻立　退後而立。❺呀　大而空闊。❻窪　低凹。❼相　輔助。❽竢德之丘　謂其丘一直等到今日方顯露出來，是等待有德之人（指王弘中）。竢，即「俟」。等待。❾謙受之谷　十三經本《尚書．大禹謨》（即偽古文《尚書》：「滿招損，謙受益，時乃天道。」谷內空，故言謙虛受益。❿振鷺之瀑　《詩・周頌・振鷺》：「振鷺于飛，于彼西雝。」振鷺，群飛的白鷺。這是形容瀑布的形狀。⓫黃金之谷　土色金黃，從外貌命名，故稱土谷為黃金之谷。⓬秩秩之瀑　《詩・小雅・斯干》：「秩秩斯干。」鄭《箋》曰：「喻宣王之德如澗水之源，秩秩流出無極已也。」此以瀑布象徵無盡之德。秩秩，水流的樣子。⓭志　記載。⓮虛以鍾其美二句　池子空虛能聚集美好的東西，滿了又能流出穢惡之物。比喻君子謙虛能接受美德，在道德成就十分充實之時，又能不斷改掉缺點。⓯天澤之泉　泉水由高流低，如同上天的恩澤。⓰詩所謂魯侯燕喜者　《詩・魯頌・閟宮》：「魯侯燕喜，令妻壽母，宜大夫庶士，邦國是有，既多受祉，黃髮兒齒。」魯侯，指魯僖公。燕喜，飲宴喜悅。韓愈取名燕喜亭，是把王弘中比作諸侯魯僖公，說他在此飲宴喜悅，妻、母、本地人都會深受福祉，有一種歌頌祝福的意思。⓱直　通「值」。遇到。⓲遺　贈予。⓳貶秩　貶官。秩，官吏的俸祿。引申指官吏的職位或品級。⓴藍田　今陝西藍田。位於渭河南秦嶺北。㉑商洛　縣名。治所在今陝西商縣東南商洛鎮。㉒淅湍　二水名。淅水在河南西南部。湍水在淅水東南。㉓漢水　發源陝西，流入湖北，至漢陽匯入長江。㉔峴首　山名。即峴山。在湖北襄陽南，東臨漢水。㉕方城　此指楚長城。大抵在河南省西南部。㉖荊門　縣名。今湖北荊門。㉗岷江　此指湖北境內的長江。《書・禹貢》：「岷山導江，東別為沱。」可見認為長江由岷山來，故謂岷江。按鄭玄之說，合漢水與鄱陽湖後，〈禹貢〉方稱岷江為中江。㉘洞庭　湖名。在湖南境內，北通長江。㉙上湘水　溯湘水而行。上，逆流而上，此處是南行。湘水，源出廣西東北部、海洋山西麓，流入洞庭湖，為湖南第一大河。㉚衡山　在湖南衡山縣西，為五岳之南岳。㉛緜郴　經由郴縣。緜，同「由」。郴，縣名。今湖南郴縣。㉜嶺　南嶺。㉝蝯狖　猿猴。蝯，即「猿」。狖，猴類。㉞飫聞而厭見　謂飽於聞見。飫，飽。厭，通「饜」。飽；滿足。㉟傳　此指《論語・雍也》，原文是：「知者樂水，仁者樂山。知者動，仁者靜。知者樂，仁者壽。」這裡引用，一是說王弘中是仁智之人，二是祝他既壽且樂。㊱羽儀於天朝　在朝中做人榜樣。羽儀，《易・漸》：「鴻漸于陸，其羽可用為儀。」孔穎達疏：「其羽可用為物之儀表，可貴可法也。」因以羽儀比喻被人尊重，可作為表率。天朝，指中央朝廷。

【語　譯】太原王弘中在連州，與學佛人景常、元慧一同交遊。有一天他帶著此二人，走到住所的後面，土丘荒野之間，登上高處瞭望，找到一處不平常的地方。斬除茅草現出行行美樹，掀起石頭就發現清泉湍急而流，於是用車運走穢土，焚燒枯死的樹木。退步立定一看，冒出的地方突兀聳立，成為山丘；凹陷的地方大而空闊，成為山谷；低窪的地方成為水池，而豁口的地方成為洞穴，如有鬼神靈怪之物暗中來相助一般。從此弘中與二人早晨同遊而晚上常忘記歸來，就造了房屋來避風雨寒暑。

營建完成，我來給景物命名。土丘命名為「竢德之丘」，因它古時隱藏，到今天才顯露，表示的是有所等待的義理。石谷命名為「謙受之谷」，瀑布命名為「振鷺之瀑」，石谷的命名是說它所象徵的道德，瀑布的命名是說它的外觀。土谷命名為「黃金之谷」，瀑布命名為「秩秩之瀑」，土谷的命名是說它的外觀，瀑布的命名是說它所象徵的道德。洞穴就命名為「寒居之洞」，這是紀念初入洞的時令。池子命名為「君子之池」，這是說它空虛時集聚美好，滿盈時排出穢惡。泉水源頭命名為「天澤之泉」，這是說它出於高處，流於低處。總括這裡的景物，給房屋命名為「燕喜之亭」，採用《詩經》所謂「魯侯燕喜」一句，含有歌頌的意思。於是那些年老的州民聽說此事，就一同來觀賞。他們說：「我州的山水，天下聞名，然而沒有一處能跟燕喜亭相比，在這附近生活的人很多，卻沒有發現這塊地方，這都是天所創造、地所收藏來贈予合適的人吧？」

弘中由吏部員外郎貶官而來，依次算一算他路上所經過的地方：由藍田縣進入商洛縣，渡過淅水、湍水，來到漢水，登上峴首山而眺望方城，出荊門，順岷江而下，經過洞庭湖，沿湘水溯流而上，經過衡山下，由郴縣翻越南嶺。經過猿猴生活的深山密林，以及魚龍盤踞的河流湖泊，看盡了幽遠奇美的風景，應該說對於山水已經欣賞夠足的了，如今他的意思竟然好像還不足，古書上說：「聰明的人喜歡水，仁愛的人喜歡山。」弘中的德行，和他的喜好，可以說是相合的了。運用聰明來謀劃，本著仁愛來居留，我知道他離開此亭在朝中為人表率的日子將會不遠了，就刻下這篇碑文來記述建亭的經過。

河南府同官記

【題　解】本文記述的是裴均、盧邁、鄭餘慶、趙宗儒、顧少連等五人之事，他們早年都同在河南府及其屬縣任小官，後來陸續做到宰相、封疆大吏。本文記述他們仕途經歷，頌揚他們的治績為人，所以稱〈河南府同官記〉。

永貞元年（西元八〇五年），韓愈在江陵任法曹參軍，是裴均的屬官，此記又立石在裴均昔年曾任參軍的河南府參軍舍庭中，所以此文著重歌頌的是裴均，其他四人只處於次要陪襯的地位。據作者說，此文前半篇作於永貞元年，五年後即元和四年（西元八〇九年）又補寫了後半篇，時韓愈任都官員外郎，守東都省。

永貞元年，愈自陽山❶移江陵❷法曹參軍，獲事河東公❸。嘗❹與其從事言：

建中❺初，天子始紀年更元❻，命官吏舉貞觀、開元之烈❼，群臣惕慄奉職❽，命材登良❾，不敢私違。當時自齒朝之士❿而上，以及下百執事⓫，官闕一人，將補必取其良。然而河南同時於天下稱多，獨得將相五人：故於府之參軍，則得我公⓬；於河南主簿⓭，則得故相國范陽盧公⓮；於汜水⓯主簿，則得故相國、今太子賓客滎陽鄭公⓰；於陸渾⓱主簿，則得相國、今吏部侍郎天水趙公⓲；於登封⓳主簿，則得故吏部尚書、東都留守吳郡顧公⓴。盧公去河南為右補闕，其後由尚書左丞至宰相；鄭公去氾水為監察御史，佐山南軍㉑，其後由工部侍郎至宰相㉒，罷而又為㉓；趙公去陸渾為右拾遺，其後由給事中為宰相㉔；顧公去登封為監察御史，其後由京兆尹至吏部尚書、東都留守；我公去府為長水尉，其後由膳部郎中為荊南節度行軍司馬，遂為節度使。自工部尚書至吏部尚書㉕，三相國之勞在史冊；顧吏部㉖慎職小心，于時有聲；我公愿潔而沈密㉗，開亮㉘而卓偉，行茂于宗，事修㉙于官，嗣紹家烈㉚，不違其先㉛，作帥南荊，厥聞休顯㉜，武志既揚，文教亦熙㉝，登槐贊元㉞，其慶且至㉟。故好語故事㊱者，以為五公之始迹㊲也同，其後進而偕大也亦同，其稱名臣也又同，官職雖分，而功德有巨細，其有忠勞於國家也同，有若將同其後而先同其初也。有聞而問者，於是焉書。

既五年，始立石刻其語河南府參軍舍庭中。於時河東公為左僕射宰相，出藩大邦，開府漢南㊳；鄭公以工部尚書留守東都；趙公以吏部尚書鎮江陵。漢南地連七州㊴，戎士十萬，其官宰相也；留守之官，居禁省㊵中，歲時出旌旗㊶，序留司文武百官於宮城門外而衙之；江陵，故楚都也，戎士五萬。三公同時，千里相望，可謂盛矣。河東公名均，姓裴氏。

【注釋】①陽山　此言任連州陽山令。②江陵　府名。治所在江陵（今湖北江陵）。③河東公　指裴均。字君齊，河東人，故稱河東公。時任荊南節度使，鎮江陵。④嘗　原作「公嘗」。今據另本改。⑤建中　唐德宗年號。⑥天子始紀年更元　這是說德宗開始改換年號，記載年代。⑦命官吏舉貞觀開元之烈　德宗即位之初，曾有勵精圖治之意，故命群臣列舉往代功業。貞觀、開元，太宗、玄宗年號。是唐朝的興旺時期。烈，功業。⑧惕慄奉職　戒懼地奉行職事。⑨命材登良　任命才士，選拔良臣。⑩齒朝之士　列於朝廷的官吏。此指朝中的高級官員。⑪百執事　指眾多負責某一專職的中下級官員。⑫我公　指裴均。時韓愈為裴均屬官，故如此稱呼。⑬主簿　地方官的僚屬。⑭故相國范陽盧公　盧邁。字子玄，范陽人。貞元九年以尚書右丞同中書門下平章事，故稱相國。⑮汜水　縣名。屬河南府。⑯滎陽鄭公　指鄭餘慶。字居業，滎陽人。⑰陸渾　縣名。屬河南府。⑱天水趙公　趙宗儒。字秉文。⑲登封　縣名。⑳顧公　顧少連。字夷仲，蘇州吳人。㉑佐山南軍　建中末，山南節度使嚴震辟鄭餘慶為從事。㉒由工部侍郎至宰相　貞元十四年鄭餘慶自工部侍郎拜中書門下平章事。㉓罷而又為　鄭餘慶於貞元十六年九月罷相貶郴州司馬，永貞元年八月復以尚書左丞同平章事。㉔其後由給事中為宰相　貞元十二年十月，趙宗儒自給事中同平章事。㉕自工部尚書至吏部尚書　此謂鄭餘慶、盧邁、趙宗儒三人。按文中所述，此當謂三人永貞元年時官職，而其實已涉及其後官職。鄭餘慶於元和三年六月以工部尚書留守東都（史傳未載）；趙宗儒元和三年檢校吏部尚書為荊南節度使。㉖顧吏部　指顧少連。㉗愿潔而沈密　樸實廉潔，深沉嚴謹。㉘開亮　開通明達。㉙脩　同「修」。美；善。㉚嗣紹家烈　承繼家業。㉛不違其先　裴均的曾祖裴行儉為高宗朝名臣，屢立大功於邊陲；裴均的祖父裴光廷，玄宗朝曾拜相。故謂均不辱家聲。㉜厥聞休顯　他的名聲美好顯耀。㉝熙　光明。㉞登槐贊元　升任宰臣，以輔佐天子。登槐，周代朝廷種三槐九棘，以為朝臣列班的位次，三公坐三槐下，後因以登槐指登上三公宰輔之位。贊元，輔佐元首。㉟其慶且至　那福祉即將降臨。慶，幸福。且，將。㊱故事　舊事。㊲始迹　指初入仕途時的情形。㊳出藩大邦二句　裴均於元和三年九月加同平章事出為山南東道節度使。開府，成立府署，自選僚屬。漢南，漢水之南。㊴漢南地連七州　山南東道管襄、鄧、隋、唐、安、均、房七州。㊵禁省　皇宮。此當指東都宮城中。㊶歲時出旌旗　《舊唐書・呂元膺傳》：「舊例：留守賜旗甲，與方鎮同。」歲時，每年一定的季節或時間。

【語譯】永貞元年，我從陽山令移官江陵任法曹參軍，得以在河東公屬下做事。我曾對他的從事說：建中之初，天子開始改換年號，命官吏們列舉貞觀、開元年間的功業，群臣戒懼地奉行職事，任命才士，選拔良臣，不敢私自有所違反。當時從列班朝中的官員以上，以至於眾多下屬專職官員，哪個官職缺一人，要補充一定選取好的人才。然而河南府所有的人才比同時天下其他地方為多，獨得將相共五人：其中在府的參軍的職位上，則得到我河東公；在河南主簿的職位上，則得到後來曾做過相國的范陽盧公；在汜水主簿的職位上，則得到後來曾做過相國，如今任太子賓客的滎陽鄭公；在陸渾主簿的職位上，則得到相國、今吏部侍郎天水趙公；在登封主簿的職位上，則得到後來曾做過吏部尚書、東都留守的吳郡顧公。盧公離開河南任右補闕，以後由尚書左丞到任宰相；鄭公離開汜水任監察御史，輔佐山南節度使，以後由工部侍郎到任宰相，罷相後又拜相；趙公離開陸渾任右拾遺，以後由給事中任宰相；顧公離開登封任監察御史，以後由京兆尹到吏部尚書、東都留守；我公離開河南府任長水尉，以後由膳部郎中任荊南節度行軍司馬，接著任節度使。從工部尚書至吏部尚書，三位相國的勳勞都寫在史冊上；顧吏部對職務謹慎小心，在當時很有名聲；我公樸實廉潔，深沉嚴謹，開通明達，超凡偉岸，在宗族中德行優秀，為官時治績美善，承繼家業，不違傳統，在荊南為帥，名聲美好顯耀，勇武之志既已發揚，禮樂教化也成績輝煌，將為宰輔以輔佐元首，那福祉就要降臨下來。所以喜好談舊事的人，認為五公初入仕途的情形相同，後來晉升都一同成為高官也相同，被稱為名臣也相同，官職雖有分別，而且功德有大小，但他們對國家都有忠忱勞績也相同，他們好像為了要有以後相同的成就而故意先有共同的出身一樣。有人聽說此事而來問我，於是就寫下上面這段話。

五年之後，才把我的話刻在石碑上而立於河南府參軍的公廳庭院中。這時河東公拜左僕射宰相，出任大鎮節度使，在漢水之南開府；鄭公以工部尚書留守東都；趙公以吏部尚書鎮江陵。漢南有相連的七州土地，十萬將士，節度使由宰相來任；東都留守這官，住在宮城中，每年一定時間擁旌旗而出，留守司文武百官的衙門都在宮城門外排列；江陵是古代楚國的都城，五萬將士。三公同時任高官，千里相望，可說是盛況了。河東公名均，姓裴氏。

藍田縣丞廳壁記

【題解】藍田（今陝西藍田），屬於京兆府管轄，為畿縣。其縣令，正六品上；縣丞，正八品上；主簿，正九品上；尉，正九品下；此外尚有七司屬吏（見《通典・職官》卷十五）。縣丞，作為一縣的副長官，對於全縣的政務原是應有相當權責的。然而在唐代，縣令獨攬大權，縣吏因而也不把縣丞放在眼裡，縣丞成了無足輕重的擺設，已經相沿成習。崔斯立，字立之，博陵人，雖然才氣橫溢，科場連捷，但仕途坎坷。在貶官之後來到藍田任縣丞，他本想在任上有所作為，後來卻只得噤若寒蟬，一遵舊例，不問公事。韓愈與崔斯立是好友，有憤於這種官場陋習，乃寫了此文來加以揭露。清何焯說：「(此文) 極意摹寫，見其流失非一日。既為斯立發其憤懣，亦望為政者聞之，使無失其官守也。」(《義門讀書記・昌黎集》第二卷評語)

唐代官員習慣在辦公的官廳的牆壁上題寫姓名，一任任題得多了，還要請人寫一篇廳壁記，本文是為藍田縣縣丞辦公的丞廳寫的壁記。時為元和十年（西元八一五年），韓愈正在朝中任考功郎中、知制誥之職。此記實是一篇政治諷刺文，把縣丞那種有職無權，任人擺布的無可奈何之態和縣吏那種仗勢欺人的傲慢神態都刻畫得維妙維肖，深刻揭示和抨擊這種吏治的積弊。全篇寓莊於諧，寄意深婉，是壁記中別具一格的佳作。

丞之職所以貳❶令，於一邑無所不當問。其下主簿、尉，主簿、尉乃有分職❷。丞位高而偪❸，例以嫌不可否事❹。文書行❺，吏抱成案❻詣丞。卷其前，鉗以左手，右手摘紙尾❼，鴈鶩行❽以進，平立❾，睨❿丞曰：「當署。」丞涉筆占位署⓫，惟謹。目吏，問：「可不可？」吏曰：「得⓬。」則退。不敢略省⓭，漫不知何事。官雖尊，力勢反出主簿、尉下。諺數慢⑭，必曰丞，至以相訾謷⑮。丞之設，豈端⑯使然哉！

博陵⑰崔斯立，種學績文⑱，以蓄其有，泓涵演迤⑲，日大以肆⑳。貞元初，挾其能，戰藝於京師，再進再屈千人㉑。元和初，以前大理評事言得失黜官㉒，再轉而為丞茲邑㉓。始至，喟然㉔曰：「官無卑，顧㉕材不足塞職㉖。」既噤㉗不得施用，又喟然曰：「丞哉！丞哉！余不負丞，而丞負余㉘。」則盡枿去牙角㉙，一躡故跡㉚，破崖岸㉛而為之。

丞廳故有記，壞漏污不可讀。斯立易桷㉜與瓦，墁治壁㉝，悉書前任人名氏。庭有老槐四行，南牆鉅竹千梃㉞，儼立㉟若相持，水虢虢循除鳴㊱。斯立痛掃溉㊲，對樹二松，日吟哦其間。有問者，輒對曰：「余方有公事，子姑去！」

考功郎中、知制誥韓愈記。

【注釋】❶貳　副職。❷主簿尉乃有分職　主簿主管文書簿籍，尉主管治安，各有其職守。❸丞位高而偪　此謂縣丞官位高於主簿、尉，逼近縣令。偪，同「逼」。迫近、侵迫之意。❹例以嫌不可否事　此言縣丞照例因為避嫌，對公事不表可否。嫌，指與縣令爭權的嫌疑。❺文書行　謂文書將發出之時。❻成案　已成的案卷。即文書。文書由該管各司擬稿，經縣令最後判行，成為定案，故曰成案。❼卷其前三句　古代公文發行，由主管長官署名，副職也要副署。縣吏不讓縣丞看文書前面正文的內容，就把卷子的前面捲起來，倒持其卷，左手夾住前面捲起來的部分，右手拉住卷尾，露出該簽名的地方，叫縣丞簽名。❽鴈鶩行　雁列隊飛行，故古人把排隊稱雁行。鶩是韓愈隨手加進去的。此處形容眾縣吏像雁和鴨子一樣排著隊找縣丞副署。鶩，鴨子。❾平立　平等地對立。縣吏本是縣丞下級，應十分恭順，卻十分隨便地站在面前，表示出他們的輕蔑。❿睨　斜視。⓫丞涉筆占位署　縣丞蘸了筆，找到空著讓他署名的地方署名。占，視。⓬得　口語。猶言可以、就這樣。⓭不敢略省　不敢略向縣吏追問公文的內容。省，瞭解。⓮諺數慢　俗語講到閒散之官。諺，俗語。數，舉列；講到。慢，無關緊要。此指閒散官、冗員。⓯訾謷　詆毀。這裡有取笑嘲罵的意思。⓰端　本。⓱博陵　今河北定縣。博陵崔氏原是北方的高門世族，當時人還是以出身世族為榮耀的。⓲種學績文　猶言勤學能文。種和績，是以耕織來比喻日日努力於學問和寫作。績，把麻搓捻成線或繩。⓳泓涵演迤　此言崔的學術修養包孕宏深，境界廣闊。泓，水深。涵，包容。演，廣。迤，靡迤；廣被。⓴肆　顯露。㉑貞元初四句　崔斯立於貞元四年登進士第，六年中博學宏辭科。戰藝是形容考試時以文藝與人較量。再進再屈千人，是兩次應試，俱得中，使眾人為之屈。「千」字原闕字，或言當作「出」。今從《文苑》本。㉒黜官　貶官。㉓茲邑　此縣。指藍田。㉔喟然　歎息的樣子。㉕顧　只是；可是。㉖塞職　盡職。㉗噤　閉口不敢說話。㉘余不負丞二句　崔不因縣丞官卑而不想好好做事，故云「余不負丞」；但縣丞的職位的確無事可為，有力無處使，故云「而丞負余」。㉙盡枿去牙角　謂完全收斂其鋒芒。枿，斬伐；絕。牙角，是比喻人的稜角、鋒芒。㉚一躡故跡　一切遵循舊例。一，完全。躡，跟蹤。故跡，過去的腳印。指過去做縣丞的舊例。㉛破崖岸　是說隨同流俗。崖岸，比喻高傲嚴峻之行。㉜桷　屋椽的一種。圓的叫椽，方的叫桷。㉝墁治壁　粉刷好牆壁。墁，同「鏝」。塗牆的工具。這裡作動詞用。㉞梃　竿。㉟儼立　矜持地挺立。㊱水㶁㶁循除鳴　水順著庭階㶁㶁地鳴著。㶁㶁，水聲。除，庭階。㊲痛掃溉　徹底地灑掃灌溉。

【語　譯】縣丞的職責是當縣令的副手，對於一縣的事務沒有什麼不應當過問的。他的下屬有主簿、尉，主簿、尉分別有他們的職守。縣丞地位高而迫近縣令，照例由於避嫌對公事不表可否。文書將要發出時，縣吏抱著已成的案卷來找縣丞。案卷的前面捲著，縣吏用左手夾著，右手扯住卷尾，排成行向前走，走到縣丞面前，隨便地立著，斜眼看著縣丞說：「應當署名。」縣丞蘸了筆看準地方署上名，一副恭恭敬敬的樣子。他看著縣吏問：「行不行？」縣吏說：「行。」就退出丞廳。縣丞不敢稍微瞭解一下內容，完全不知道寫文書是為了什麼事。官位雖高，權勢反在主簿、尉之下。俗語講到閒散官，一定會說到縣丞，甚至用來取笑嘲罵。設置縣丞這個職位，難道它的本意是這樣的嗎！

博陵崔斯立，努力治學寫作，來充實自己，深厚廣博，日漸增進而顯露。貞元初年，仗恃他的才能，到京師競藝，兩次考試，兩次勝了眾人。元和初年，他在任大理評事時議論朝政得失而被貶官，兩次遷官而到此縣來做縣丞。才到的時候，他歎息說：「官無所謂卑小，只怕才能不能盡職。」後來弄得不敢說話，才能不得施展的時候，他又歎息說：「縣丞啊縣丞啊！我不辜負縣丞，可是縣丞辜負我。」就完全收斂鋒芒，一切遵循舊例，丟掉傲岸的態度來做這個官。

丞廳過去有壁記，由於房屋損壞漏雨已無法辨讀。斯立換了屋椽和瓦，粉刷好牆壁，把前任的姓名都寫上去。庭院中有老槐四排，南牆邊有千竿大竹，矜持地對立，好像不相上下，水順著庭階濊濊地鳴著。斯立徹底地打掃灌溉，種上兩棵面對著的松樹，天天在這裡吟詩。有事問他，他就回答說：「我正好有公事，您暫且離開吧！」

考功郎中、知制誥韓愈記述。

新修滕王閣記

【題　解】 滕王閣故址在今江西南昌贛江邊（唐屬江南西道洪州南昌縣），為唐高祖子李元嬰任洪州刺史時始建。這是唐代的一處名勝，初唐四傑之一的王勃曾登此樓寫下著名的〈滕王閣序〉。此閣屢經修繕，元和十五年（西元八二〇年）九月，江西觀察使、洪州刺史王仲舒又新修了此閣，乃命韓愈寫下此記。

韓愈時任袁州（今江西宜春）刺史，是王仲舒的屬官。他在受命寫作時並沒有遊覽過此閣，而且登臨所見江山之美，前人也寫得夠多了。所以韓愈就從另一條路來著筆，他著重述說自己如何嚮往，又如何始終不能如願的心情：初則久聞其名，由於在朝為官，不得分身；繼則被貶南行，又取道海上，無緣覿面；末則雖身入江西，卻又由於王公舉措得當，找不到藉口到南昌來。這樣經過一層層推波助瀾的敘寫，就把他對於滕王閣的渴慕渲染得很充足，也把滕王閣的佳勝推崇得很高，同時又不露形跡地頌揚了長官的治績。這的確是別開生面的妙筆！

愈少時則聞江南多臨觀之美，而滕王閣獨為第一，有瑰偉絕特❶之稱。及得三王所為序賦記❷等，壯其文辭，益欲往一觀而讀之，以忘吾憂。繫官于朝，願莫之遂。十四年❸，以言事斥守揭陽❹，便道取疾，以至海上，又不得過南昌❺而觀所謂滕王閣者。其冬，以天子進大號，加恩區內❻，移刺袁州❼。袁於南昌為屬邑，私喜幸自語，以為當得躬詣大府❽，受約束於下執事，及其無事且還，儻❾

得一至其處，竊寄目[10]償所願焉。至州之七月[11]，詔以中書舍人、太原王公[12]為御史中丞，觀察江南西道[13]。洪、江、饒、虔、吉、信、撫、袁悉治所，八州之人，前所不便及所願欲而不得者，公至之日，皆罷行之，大者驛聞[14]，小者立變，春生秋殺，陽開陰閉，令修[15]於庭戶數日之間，而人自得於湖山千里之外。吾雖欲出意見，論利害，聽命於幕下，而吾州乃無一事可假而行者，又安得捨己所事以勤館人[16]！則滕王閣又無因而至焉矣。

其歲九月，人吏浹和[17]，公與監軍使[18]燕于此閣，文武賓士皆與在席，酒半，合辭言曰：「此屋不修且壞，前公為從事此邦，適理新之，公所為文，實書在壁。今三十年而公來為邦伯[19]，適及期月[20]，公又來燕于此，公烏得無情哉？」公應曰：「諾。」於是棟楹、梁桷、板檻[21]之腐黑撓折[22]者，蓋瓦級甎[23]之破缺者，赤白之漫漶不鮮[24]者，治之則已，無侈前人，無廢後觀。工既訖功，公以眾飲，而以書命愈曰：「子其為我記之。」愈既以未得造觀為歎，竊喜載名其上，詞列三王之次，有榮耀焉，乃不辭而承公命。其江山之好，登望之樂，雖老矣，如獲從公遊，尚能為公賦之。元和十五年十月某日，袁州刺史韓愈記。

【注　釋】❶瑰偉絕特　奇偉超出尋常。❷三王所為序賦記　指王勃所作〈滕王閣序〉、王緒所作之賦、王仲舒為從事時所作〈修閣記〉。❸十四年　元和十四年。❹以言事斥守揭陽　此指因上〈論佛骨表〉被貶為潮州刺史。唐之潮州即漢代南海揭陽地。守，太守，唐刺史相當漢太守。❺南昌　縣名。唐洪州治此，江西觀察使駐節於此。故下文言袁州於南昌為屬邑。其地即今江西南昌。❻天子進大號二句　元和十四年七月，群臣為憲宗上尊號曰「元和聖文神武法天應道皇帝」，遂大赦天下，加恩群臣。區內，宇內，天下。❼移刺袁州　元和十四年十月廿四日韓愈改授袁州刺史。❽大府　指觀察使府。❾儻　或許。❿寄目　寄其目力。即觀覽之意。⓫至州之七月　指元和十五年六月。⓬太原王公　即王仲舒。⓭觀察江南西道　即任江西觀察使。⓮驛聞　通過驛郵向朝廷請示。⓯修　治。⓰館人　管理館舍、招待賓客的人。⓱浹和　和洽。⓲監軍使　唐代後期以宦官充仕，以分主帥之權。⓳邦伯　古用以稱一方諸侯之長。此指州牧。時王仲舒任洪州刺史。⓴期月　一整月。㉑棟楹梁桷板檻　房屋的各種木製組件。棟，房屋的脊檁。楹，房屋的柱子。梁，架在牆上或柱子上支撐屋頂的橫木。桷，方的屋椽。板檻，木板欄杆。㉒撓折　彎曲折斷。㉓級甎　階磚。甎，同「磚」。㉔漫漶不鮮　模糊不鮮明。

【語　譯】我年輕時就聽說江南有很多可以登臨觀覽的美景，而滕王閣獨為第一，有奇偉超凡的名聲。等到得了三王所寫作的序、賦、記，很讚賞他們的文辭，越加想去滕王閣觀覽來欣賞這些文章的佳妙，以抒解我的憂愁。只是我身繫在朝中做官，這個心願不能實現。元和十四年，我因為上表議論國事被貶斥為揭陽太守，貪快而走捷徑，就走了海路，又不能過南昌去觀賞所謂滕王閣。這年冬天，由於天子進尊號，加恩天下，我被改授袁州刺史。袁州是南昌下屬的州，我暗暗慶幸告訴自己，認為應當親身去到觀察使府，聽從諸執事的管教，等到公事已完將要返回之時，或許能到滕王閣去一次，私自觀賞一番，以償我的夙願。就在我到袁州的第七個月，詔書任命中書舍人、太原王公為御史中丞，觀察江南西道。洪、江、饒、虔、吉、信、撫、袁八州都是他的轄區，八州人民以前所感到不便的和所希望得到而得不到的，王公一到，就都按民意罷去或實行，大的事情向朝廷請示，小的事情立即改變，春日生養，秋日刑殺，順陽開豁，順陰凝閉，數日之間便在公廳制訂出法令，使得千里之外生活在湖山之中的人民受惠而自得。我雖然想要提出我的看法，議論利與害，到觀察使幕府聆聽面教，然而我州竟然沒有一件事可被我作為藉口而去的，又怎麼能放棄此間日常公事去南昌勞動館人呢！這樣又沒有機會到滕王閣了。

這年九月，民吏和洽，王公和監軍使在此閣設宴，文官、武將、幕賓、士人都列席，宴會進行到一半，官員們一起說：「這所房屋再不修理將要毀壞，以前您在此州任從事時，剛好修理一新，您為此寫的文章，還寫在牆壁上。三十年後如今您來此任刺史，恰好過了一個月，您又來到此閣設宴，您對此閣怎麼會沒有情感呢？」王公答說：「好。」於是把腐黑彎折的棟柱、梁椽、板欄，破缺的蓋瓦、階磚，模糊不鮮明的紅白彩畫，都加以整治，使它們不比以前奢華，也不使後人無可觀覽。工匠完工之後，王公又召眾人在此飲宴，並寫信命令我說：「您為我寫記。」我既由於未能去觀覽而歎息，卻又私心為能把名字題在閣上，文詞能列於三王之後，是件有榮耀的事而感到高興，就不加推辭而接受了王公之命。至於此閣面對的江山的美好，登臨眺望的樂趣，我雖然年老了，如有機會跟從王公一遊，尚能為公描述一番。元和十五年十月某日，袁州刺史韓愈記。

書 啟

應科目時與人書

【題解】韓愈終於在貞元八年（西元七九二年）考取進士，但是按唐代制度，這樣還做不了官，還要參加吏部考試，合格了才能正式授予官職。因此，貞元九年韓愈參加了吏部的博學宏辭科的考試。本文題目中之「應科目」即指參加這次考試。據考這封書信是寫給一位韋舍人的，韓愈請求這位韋舍人能為他向主持考試的官員作個推薦。

由於這番意思如果正面直道，很難啟齒，因而作者採取迂迴的筆法。他把自己比作水邊怪物，但因《國語》中有「龍為水之怪」的說法，所以他實是以龍自比。他說這條龍正落在江海的岸邊，失水困頓，如果有一位有力的人稍稍幫他一把，就可使這條龍入於清波之中暢其志向了。這樣的比喻很恰切，意思表達明白，又顧全了自己的身分，和那些「俛首帖耳搖尾而乞憐者」，劃清了界限。本文很短，但運筆曲折，夭矯如龍，向來為人們所稱道。

月日愈再拜❶：天池❷之濱，大江之濆❸，曰有怪物焉，蓋非常鱗凡介❹之品彙❺匹儔❻也。其得水，變化風雨上下于天不難也；其不及水，蓋尋常❼尺寸之間耳。無高山大陵曠途絕險為之關隔也，然其窮涸❽不能自致乎水，為獱獺❾之笑者，蓋十八九矣。如有力者哀其窮而運轉之，蓋一舉手一投足之勞也。

然是物也，負其異於眾也，且曰：「爛死於沙泥，吾寧樂之！若俛❿首帖耳搖尾而乞憐者，非我之志也。」是以有力者遇之，熟視之若無覩也，其死其生，固不可知也。今又有有力者當其前矣，聊試仰首一鳴號焉，庸詎⓫知有力者不哀其窮，而忘一舉手一投足之勞而轉之清波乎？

其哀之，命也；其不哀之，命也；知其在命而且鳴號之者，亦命也。愈今者實有類於是，是以忘其疏愚⓬之罪，而有是說，閤下⓭其亦憐察之。

【注　釋】❶再拜　古代的一種禮節，先後拜兩次，表示禮節隆重。❷天池　天然形成的大池。指大海。語本《莊子・逍遙遊》。❸濆　江河邊的高地。❹介　甲。❺品彙　品種類別。❻匹儔　比得上。❼尋常　八尺為尋，倍尋為常。❽涸　水乾。❾獱獺　指水獺。一種生活在水邊的野獸，能游泳，捕魚為食。獱，小獺。❿俛　同「俯」。⓫庸詎　豈；怎麼。⓬疏愚　粗疏愚昧。⓭閤下　對有官職的人的敬稱。閤，同「閣」。

【語　譯】某月某日，韓愈再拜：大海的水邊，大江的岸上，有個怪物，可以說不是一般魚類、甲殼類品種的水生動物所能比得上的。牠如果得到水，就能有變化神通，起風降雨，上天入地全沒有困難；牠如果不接觸水，就只能在很小的範圍內活動。雖然沒有高山大崗、遙遠的路途、奇絕的險阻成為障礙，然而牠窘迫地困在乾涸的地方，不能使自己到達水中，受到水獺之類的嘲笑，這種情形是十常八九會發生的。如果有力的人同情牠的窘困來移動牠，大約只是一抬手、一動腳的事罷了。

然而這個怪物，自恃牠與眾不同，還要說：「爛死在沙泥之中，我難道樂意！但若要我俯首帖耳，搖尾乞憐，那也違背我的意向。」因此有力的人遇到牠，對牠熟視無睹，牠是死是活，當然不能預料了。如今又有有力的人在牠面前，姑且抬起頭向他呼叫一聲，怎麼知道有力的人不同情牠的窘困，因而不計一抬手、一動腳的麻煩而把牠移入清清的波濤之中呢？

有力的人同情牠，這是命運；不同情牠，這也是命運；知道這些都是命運仍要呼叫，這還是命運。我如今的處境實在有些類似這個怪物，因此不顧自己粗疏愚昧的過錯，說了上面這番話，希望閣下明瞭和同情我。

上考功崔虞部書

【題　解】 貞元九年（西元七九三年），韓愈參加吏部博學宏辭科考試。當時直接主持考試的官員是崔元翰，此人比較看重古文（見《舊唐書．崔元翰傳》）。大約因為這個原因，他對韓愈文章另眼相看，把韓愈和另外三人的名字一同上報，結果其他三人都被取中，韓愈卻被中書黜落。落榜之後韓愈寫了此信給崔元翰，表示謝意，引崔元翰為知己。考功是吏部的一個部門，虞部即虞部員外郎，是崔元翰的官職。

這封信中韓愈認為，自己所以被黜落，一是說自己的文章古樸，不入時人之眼；二是說自己的為人不能隨俗趨時。以後該怎麼辦呢？韓愈表示，現在才二十六歲，來日方長，一定要堅定不惑，以古人為榜樣，努力行道求學，自強不息，終究是會有所成就的。韓愈這種在困難挫折面前剛毅不拔的精神，是值得稱道的。

愈不肖❶，行能誠無可取，行己頗僻，與時俗異態，抱愚守迷，固不識仕進之門。迺與群士爭名競得失，行人之所甚鄙，求人之所甚利❷，其為不可，雖童昏❸實知之。如執事❹者，不以是為念，援之幽窮之中，推之高顯之上。是知其文之或可，而不知其人之莫可也；知其人之或可，而不知其時之莫可也。既以自咎❺，又歎執事者所守異於人人，廢耳任目❻，華實不兼❼，故有所進，故有所退。且執事始考文之明日，浮囂之徒❽，已相與稱曰：「某得矣，某得矣！」問其所從來，必言其有自，一日之間，九❾變其說。凡進士之應此選者，三十有二人，其所不言者，數人而已，而愈在焉。及執事既上名之後，三人⑩之中，其二人者，固所傳聞矣，華實兼者也，果竟得之，而又升焉；其一人者，則莫之聞矣，實與華違，行與時乖⑪，果竟退之。如是則可見時之所與者、時之所不與者之相遠矣。

【章旨】自述參加吏部考試，雖受到崔元翰的賞識，但終遭黜退的經過。

【注釋】❶不肖　不賢。❷迺與群士爭名競得失三句　指參加吏部博學宏辭科考試這件事。❸童昏　年幼無知者。❹執事　原指侍從左右供使令的人。書信中用以稱對方，謂不敢直陳，故向執事者陳述，表示尊敬。❺自咎　責備自己。❻廢耳任目　這是說崔元翰取士不聽時人傳說褒貶，只以所見文章為準。❼華實不兼　這句表面意思是說崔元翰評文不全顧到文章語言華美、內容充實兩方面，實是說崔元翰別具眼光，不取時俗華靡之作，只取古樸雅淡的文章。❽浮囂之徒　浮躁輕狂的人。❾九　泛指多數。❿三人　實際當時推薦上去的共有四人。⓫乖　不順；不和諧。

【語　譯】我這個人不賢良，德行才能實在沒有可取之處，做人十分怪僻，與世俗人情不一樣，堅持愚昧糊塗的想法，因而不懂得做官的門路。這次竟然跟眾多士人一起競爭名譽利益，做起人們所鄙薄的事情，求取人們認為很有好處的職務，我不該這樣做，即使無知的孩童也確切知道。而像您這樣的人，不把我的不賢良放在心上，把我從隱晦窘困的處境之中拔擢出來，推薦到高貴顯耀的地位上去。這是知道我的文章或許還好，卻不知我的為人不行；知道我的為人或許還行，卻不知我所處的時代與我是不適宜的。我已經責備我自己，又感歎您堅守的原則與一般人不同，您不管耳聞的傳言，只憑目見的文章為準，對文章也不一定要求華麗充實兼具，故而對文章有的薦進，有的則擯退。而您才開始考論文章的第二天，浮躁輕狂的人們，已經互相傳說：「某人取中了，某人取中了！」問他們從何而知，他們一定說是有來歷的，一日之間，他們的說法又改變了多次。總計進士參加這次考試的人數，有三十二人，他們沒有說到的，只幾個人，而我是其中之一。等到您把取中者的名單上報之後，三人中的二人，本來是從傳說中聽到過的，文章是華麗充實兼具的，果真終於取中，而且又得到擢用；三人中的另一人，則是傳說中沒有聽說過的，文章不能做到充實又華麗，而為人又和時勢不和諧，果然終於遭到擯斥。如此則可以看出，時人所讚許的人和時人所不讚許的人的遭遇是相距很遠的。

然愚之所守，竟非偶然，故不可變。凡在京師八九年矣，足不跡公卿之門，名不譽於大夫士之口。始者謬為今相國所第❶，此時惟念以為得失固有天命，不在趨時，而偃仰❷一室，嘯歌❸古人。今則復疑矣：未知夫天竟如何，命竟如何，由人乎哉，不由人乎哉？欲事干謁❹，則患不能小書❺，困於投刺❻。欲學為佞❼，則患言訥❽詞直，卒事不成，徒使其躬儳焉而不終日❾。是以勞思❿長懷，中夜起坐，度時揣己，廢然⓫而返，雖欲從之，末由也已⓬。

【章旨】訴說吏部試遭淘汰後的困惑心情。

【注釋】❶謬為今相國所第　這是謙說貞元八年考取進士一事。今相國，謂陸贄。貞元八年主持科舉考試，到寫此信之貞元九年，陸贄已經為相，故稱今相國。❷偃仰　安居。❸嘯歌　吟詠；歌唱。❹干謁　對權貴有所求而請見。❺小書　小字書寫。❻投刺　投送名帖。❼佞　巧言諂媚。❽訥　語言遲鈍。❾徒使其躬儳焉而不終日　徒然使我身苟且不整，因而不能終日。此句蓋出於《禮記・表記》：「子曰：『君子莊敬日強，安肆日偷。君子不以一日使其躬儳焉如不終日。』」儳，不整齊；苟且。❿勞思　憂思。⓫廢然　沮喪失望的樣子。⓬雖欲從之二句　意謂即使要向前追逐，也無法著手了。這二句出於《論語・子罕》。

【語　譯】然而我所恪守的立身準則，卻不是偶而實行一下的，所以不能改變。我在京城八九年了，腳不曾踏入公卿顯宦家的大門，名字不曾在士大夫口上稱道。當初我謬為當今相國取為進士，這時候心中認為得失本來在於天命，不在於個人是否去追隨時俗，因而安居於一室之內，吟詠著古代高人。如今則又疑惑起來：不知天究竟怎樣，命又究竟怎樣，是由人干涉的呢，還是不由人所干涉的呢？想要去求見權貴，則擔心不能用小字書寫名帖，投遞起來也沒有辦法。想要學巧言諂媚那一套，則又擔心言語遲鈍，話說得過於直率，終於還是辦不成事，徒然使我自身苟且不整，以致好像一天也過不完似的。因此憂思遐想，半夜起坐，忖度時勢，揣測自己的能力，只得沮喪地作罷，即使要向前追逐，也無從著手了。

又常念古之人日已進，今之人日已退。夫古之人四十而仕，其行道為學，既已大成，而又之死不倦，故其事業功德，老而益明，死而益光。故《詩》曰：「雖無老成人，尚有典刑。」❶言老成之可尚也。又曰：「樂只君子，德音不已。」❷謂死而不亡也。夫今之人務利而遺道，其學其問❸，以之取名致官而已。得一名，獲一位，則棄其業而役役❹於持權者之門，故其事業功德日以忘，月以削，老而益昏，死而遂亡。愈今二十有六矣，距古人始仕之年尚十四年，豈為晚哉！行之以不息，要❺之以至死，不有得於今，必有得於古，不有得於身，必有得於後。用此自遣，且以為知己者之報，執事以為如何哉？其信然否也？今所病者在於窮約❻，無僦屋賃僕之資，無縕袍糲食❼之給，驅馬出門，不知所之。斯道❽未喪，天命不欺，豈遂殆哉！豈遂困哉！竊惟執事之於愈也，無師友之交，無久故之事，無顏色言語之情，卒然❾振而發之者，必有以見知爾。故盡暴其所志，不敢以默。又懼執事多在省❿，非公事不敢以至，是則拜見之不可期，獲侍之無時也，是以進其說如此，庶⓫執事察之也。

【章　旨】對比古人和今人為學入仕之道，表示決心要按古人之道而行。

【注　釋】❶詩曰三句　語見《詩・大雅・蕩》。老成人，閱歷多而練達世事的人。謂舊臣。典刑，謂舊法。❷又曰三句　語見《詩・小雅・南山有臺》。此詩按毛序解釋是「樂得賢也」。是說樂有此君子，他有德的聲譽永不止息。只，助詞。❸問　問難。❹役役　形容勞苦不休的樣子。❺要　通「徼」。求；取。❻窮約　窮困；貧賤。❼縕袍糲食　新舊混合的絲綿袍和粗米做的食品。❽斯道　此道。指古賢人奉行的先王之道。❾卒然　突然。卒，同「猝」。❿省　指尚書省。⓫庶　幸。希冀之詞。

【語　譯】我又常想到，古代的人一天比一天進步，如今的人卻一天比一天退步。古代的人四十歲才做官，他們實踐聖道，研修學問，已經大有成就，而又繼續努力，至死不倦，所以他們的事業功德，至老而越加鮮明，身死而越加光輝。所以《詩經》說：「雖然沒有練達世事的老成人，尚有舊法存在。」這是說老成之人值得尊崇。又說：「樂有此君子，他的美德聲譽永不止息。」這是說古代君子雖死而不亡。今天的人一心追求利益，卻拋棄道義，他們學習問難，只是用來獲取聲名和弄到官位而已。得到一點名聲，獲得一個官位，就放棄學業，專在當權者的門上辛苦奔走，所以他們的事業功德日漸疏忽，日漸削弱，年紀老了越加糊塗，人一死就什麼也沒有了。我今年二十六歲了，距離古人開始做官的年齡還有十四年，哪裡就晚了呢！實踐聖道不止息，追求學問直到死，在今天不能有所得，於古道必能有所得，在世時不能有所得，身後必能有所得。我用這種想法自我排遣，並且以此來酬報知己的人，您認為如何呢？到底對不對呢？目前我感到苦惱的是貧困，沒有租屋、僱僕人的資財，沒有舊綿袍、粗飯食的供給，騎馬馳出門，不知該往哪裡去。但大道沒有消失，上天不會有所欺蒙，我難道就此危殆嗎！難道就此窮困嗎！我個人想，您跟我韓愈，沒有師友的交誼，也不是早就相識，也沒有見過面、講過話，突然顯揚、提拔我，我一定有被您看重的地方。所以我把心中所想的傾訴出來，不敢緘默不語。我又擔心您多數時間都在省裡，不是為了公事，我不敢去，這樣就不能預計拜見您的時間，得不到侍坐交談的機會了，因此奉上以上這番話，希望您能明察。

與鳳翔邢尚書書

【題　解】唐德宗初年，西北邊陲上吐蕃族時有入侵，長安城西幾百里以外，就是前線。鳳翔是實際司令部所在地，駐節當地的軍事長官為邢君牙。他且耕且戰，守備有方，多次抵禦來犯之敵，保衛了京師西部邊境，曾做到右神策行營節度、鳳翔隴州觀察使、加檢校工部尚書之職。

貞元十年（西元七九四年），韓愈又應了一次吏部試，還是失敗了。這年六月，他來到鳳翔，寫了這封書信，求見邢君牙。在信中他直率地指出：王公大人和布衣之士之間相互依賴，相互憑藉，要招徠賢才，關鍵在於精鑑和博采。信中韓愈以賢才自許，希望邢君牙能接見和重視他。此信上後的結果如何，不能確切知道，但看來韓愈並沒有博得邢君牙的同情和幫助，因而他又回到了長安。

愈再拜：布衣❶之士，身居窮約，不借勢於王公大人則無以成其志；王公大人，功業顯著，不借譽於布衣之士則無以廣其名。是故布衣之士雖甚賤而不諂，王公大人雖甚貴而不驕，其事勢相須❷，其先後相資❸也。今閤下為王爪牙❹，為國藩垣❺，威行如秋❻，仁行如春，戎狄❼棄甲而遠遁，朝廷高枕而不虞❽，是豈負大丈夫平生之志願哉！豈負明天子非常之顧遇❾哉！赫赫❿乎！洸洸⓫乎！功業逐日以新，名聲隨風而流。宜乎讙呼海隅高談之士，奔走天下慕義之人，使或願馳一傳⓬，或願操一戈⓭，納君於唐虞⓮，收地於河湟⓯。然而未至乎是者，蓋亦有說云：豈非待士之道未甚厚，遇士之禮未甚優？請粗言其事，閣下試詳而聽之。夫士之來也，必有求於閣下，夫以貧賤而求於富貴，正其宜也。閣下之財不可以徧施於天下，在擇其人之賢愚而厚薄等級之可也。假如賢者至，閣下乃一見之，愚者至，不得見焉，則賢者莫不至而愚者日遠矣。假如愚者至，閣下以千金與之，賢者至，亦以千金與之，則愚者莫不至而賢者日遠矣。欲求得士之道，盡於此而已。欲求士之賢愚，在於精鑒⑯博采之而已。精鑒於己，固已得其十七八矣，又博采於人，百無一二遺者焉。若果能是道，愈見天下之竹帛⑰不足書閣下之功德，天下之金石⑱不足頌閣下之形容⑲矣。

【章　旨】論述王公大人和布衣之士之間相須相資的關係，並指出正確的識士、得士之道。

【注　釋】❶布衣　平民。此處實指沒有做官的讀書人。❷相須　互相依存；互相配合。❸相資　相互憑藉。❹爪牙　比喻武臣。《詩・小雅・祈父》：「祈父，予王之爪牙。」❺藩垣　比喻衛國重臣。《詩・大雅・板》：「价人維藩，大師維垣。」藩，籬笆。垣，牆。❻威行如秋　形容其威令之行如秋氣肅殺。❼戎狄　古代對西北少數民族的統稱。此指吐蕃族。❽虞　憂慮。❾顧遇　猶知遇。指被賞識而受到優厚的待遇。❿赫赫　顯耀盛大的樣子。⓫洸洸　威武的樣子。⓬傳　指驛站上所備車馬。⓭或願操一戈　「或」字上似當有一字，方與上句相稱。⓮唐虞　指古帝堯、舜。⓯河湟　此指黃河湟水流域。原為唐朝治地，安史亂後為吐蕃侵佔。河，指黃河。湟，指湟水。是黃河上游支流。⓰精鑒　精審地識別。⓱竹帛　竹簡和白絹。古代供書寫之用。⓲金石　指鐘鼎碑石。用來銘刻功績。⓳形容　指盛德的表現。

【語　譯】韓愈再拜：無官的讀書人，身處貧困之中，不借助王公大人的權勢無法實現他們的志向；王公大人，功業顯耀，不借助無官的讀書人的稱頌就無法廣傳他們的名聲。所以無官的讀書人雖很低賤卻不諂媚，王公大人雖很高貴卻不驕傲，是因為他們在形勢上相互依存，先後相互憑藉。如今閣下是天子的得力武臣，是護衛國家的屏障，威令傳行如秋氣肅殺，仁政推行似陽春生發，使戎狄棄甲遠逃，朝廷高枕無憂，這樣難道會辜負大丈夫平生的志願嗎！難道會辜負聖明天子的異常知遇之恩嗎！顯赫盛大啊！威武雄壯啊！新的功績一天一天地出現，您的名聲隨風流傳。因而當然地使海邊高談學術的讀書人為您歡呼，使天下傾慕道義的人為您奔走，有的願意乘一輛驛車為閣下出使，或者願執一把戈為閣下征戍，使天子成為堯、舜一樣的君主，收復河、湟一帶的失地。然而今天並沒有達到這樣的盛況，大致可這樣認為：難道不是因為對待讀書人的方式不十分豐厚，對待讀書人的禮儀不十分優越嗎？請允許我粗略地談一談這方面的事情，閣下嘗試仔細聽一聽。讀書人來到這裡，一定有求於閣下，處境貧賤來求助於富貴的人，正是應該的。閣下的資財不可能普遍施捨給天下每一個人，只能擇別來人的賢愚而分成厚薄的等級來對待，就可以了。假如有賢能的人來到，閣下就接見一次，無能的人來到，不能得到接見，那麼賢能的人無不來到而無能的人便日漸遠離了。假如無能的人來到，閣下贈給他千金，賢能的人來到，也贈給他千金，那麼無能的人無不來到而賢能的人便日漸遠離了。想要尋求招徠賢能的人的方法，全在我說的這些而已。想要知道人是賢能還是無能，則在於精審地識別、廣博地採納而已。自己精審地識別人，本來已能得到十分之七八的賢能的人，再加上廣博地採納來人，則遺漏的賢人百分之一二也不到了。假如果真能這樣做，我認為把天下的竹簡白絹都用來記載閣下的功德還不夠用，把天下的鐘鼎碑石都用來銘刻對閣下盛德體現的歌頌，也是不夠用的。

愈也布衣之士也，生七歲而讀書，十三而能文，二十五而擢第於春官[1]，以文名於四方。前古之興亡未嘗不經於心也，當世之得失未嘗不留於意也。常以天下之安危在邊，故六月于邁❷，來觀其師。及至此都，徘徊而不能去者，誠悅閣下之義，願少立於堦墀❸之際，望見君子之威儀❹也。居十日而不敢進者，誠以左右無先為容，懼閣下以眾人視之，則殺身不足以滅恥，徒悔恨於無窮。故先此書序其所以來之意，閣下其無以為狂而以禮進退之。幸甚幸甚❺。愈再拜。

【章　旨】簡述身世，表達欲面謁邢尚書之意。

【注　釋】❶擢第於春官　指考中進士。擢第，拔登進士等第。春官，禮部的別稱。中唐時進士科歸禮部主持。❷于邁　遠行。❸堦墀　臺階。❹威儀　王公大人的儀仗、隨從。此處言望見威儀，實是說要面見邢尚書本人，不直接言之，表尊重。❺幸甚　書信中習用語。表殷切希望。

【語　譯】我韓愈是個無官的讀書人，七歲讀書，十三歲就能作文章，二十五歲高中了禮部進士科，由於會寫文章而名播四方。前朝的興亡未嘗不常在心中思考，當代政治的得失未嘗不時時留意。我常認為天下的安危取決於邊防，所以在六月遠行，來觀看此方軍隊。等到來到此城，徘徊不能離開的原因是，實在欣慕閣下的道義，希望能在閣下堂前階級的邊上稍稍站立一會，以瞻望閣下的儀仗。我在此居停十日而不敢進見，實在是因為閣下的左右沒有預先為我紹介，我擔心閣下把我當一般人看待，那麼我就是自殺也不能夠消除我的恥辱，而空留下無盡的悔恨。所以先寫這封書信敘述我為何來此的本意，希望閣下不要認為我疏狂而以禮來擯退我。盼望之至，韓愈再拜。

答侯繼書

【題解】這封信作於貞元十一年（西元七九五年）初。由於韓愈第三次參加吏部考試，還是遭到失敗的下場。所以他在這封給當年一同中進士的朋友侯繼的信中，表現出內心的憤懣，說是「為考官所辱」。他還打算退身東歸，從此不問世事，閉門讀書，透露出一種悲涼失望的情緒。但是他又特別聲明這樣做絕不是消極的行動，認為認真研究學問，向古代大賢君子的境界進發，仍符合自強不息的精神。所以清林雲銘評說：「此書悲中帶壯」，又說：「每讀是篇，輒為起舞。」（《韓文起》卷三）是體會到了韓愈心中那種既悲憤又不屈不撓的精神實質。

裴子自城來，得足下一書；明日，又於崔大❶處，得足下陝州所留書。翫而復之，不能自休。尋知足下不得留，僕又為考官所辱❷。欲致一書開足下，并自舒其所懷，含意連辭❸，將發復已，卒不能成就其說。及得足下二書，凡僕之所欲進於左右❹者，足下皆以自得之。僕雖欲重累其辭，諒無居足下之意外者，故絕意不為。行❺自念方當遠去，潛深伏隩❻，與時世不相聞，雖足下之思我，無所窺尋其聲光❼。故不得不有書為別，非復有所感發也。

僕少好學問，自五經之外，百氏之書，未有聞而不求得而不觀者，然其所志惟在其意義所歸。至於禮樂之名數❽，陰陽、土地、星辰、方藥之書，未嘗一得其門戶。雖今之仕進者不要❾此道，然古之人未有不通此而能為大賢君子者。僕雖庸愚，每讀書，輒❿用自愧。今幸不為時所用，無朝夕役役之勞，將試學焉；力不足而後止，猶將愈於汲汲於時俗之所爭⓫，既不得而怨天尤人者，此吾今之志也。懼足下以吾退歸，因謂我不復能自彊不息，故因書奉曉，冀足下知吾之退未始不為進，而眾人之進未始不為退也。既貨馬，即求船東下，二事皆不過後月十日。有相問者，為我謝焉。

【注釋】❶崔大　崔群。字敦詩。❷為考官所辱　指參加吏部試失敗。❸含意連辭　這是說寫文章時遇到的困難。含意是說措辭不能說透心中的意思；連辭則是說想要表達這方面內容，卻又牽涉另一方面內容，因而安排不妥帖。❹左右　指對方。不直稱其人，僅稱他的左右以示尊敬。❺行　又。❻陝　水涯深曲處。❼聲光　音容光采。❽名數　名位禮數。語本《左傳・莊公十八年》：「王命諸侯，名位不同，禮亦異數。」❾要　探求。❿輒　總是。⓫時俗之所爭　指參加吏部試與眾人競爭。

【語譯】裴先生從城中來，我收到您的一封書信；次日，又在崔大那裡，得到您在陝州時寫給我的書信。反覆研讀體會，難以自止。隨即得知您不能在陝州逗留，而我又一次被考官所屈辱。想要寄一封書信寬解您，並且舒展我的懷抱，可是心意難於表達，文辭難於安排，想寫又止，終於沒有能夠寫成。等到得到您的二封書信，所有我想貢獻給您的話，您都自己知道了。我即使想要重新發表一篇文辭，料想也不能超出您所想到的範圍之外，所以決定不寫了。我又想到，我正要遠離，像魚和獸一樣潛入深淵伏處隱曲的水涯，與時世不通音訊，即使您思念我，也無從尋找以一見我的音容了。所以不得不寫這封信告別，不是又有什麼新的感觸而要抒發。

我年少時就喜歡研習學問，五經以外，諸子百家的書，沒有聽說而不去尋求，得到而不加閱讀的，然而我的目的只在於找出這些書的主旨。至於禮樂中種種名位禮數，還有陰陽、土地、星辰、方藥方面的書，從來沒有找到它們的門戶去細探。雖然如今做官的人不探求這些學問，然而在古代沒有不通曉這些學問而能成為大賢君子的。我雖然平庸愚笨，每次讀書，總是因而自覺慚愧。如今我幸虧不被當世所任用，不必早晚辛勤勞碌，就打算嘗試去學一學；能力不夠就停止，這樣還要勝過急切地參與世人競爭，得不到了就怨恨命運、責怪旁人這種情形，這是我今天的志向。擔心您由於我退身歸去，因而說我不再能夠自強不息了，所以就寫這封書信告訴您，希望您能知道我的退身未必不是前進，而眾人的前進未必不是後退。賣掉馬，我就找條船東下，兩件事都不超過下月十日。有人問起我，請代我向他們辭別。

答崔立之書

【題　解】貞元十一年（西元七九五年），韓愈第三次應吏部博學宏辭科考試失敗之後，他的好友崔立之（字斯立，貞元四年進士）同情韓愈的遭遇，寫了一封信給韓愈。信中以卞和獻玉比喻士人參加吏部試，說卞和雖兩次被刖足，但終究被識者所接受，因而要韓愈不要灰心，繼續努力於此科考試。這原是一番慰藉之意，但是並不投合韓愈當時心理。韓愈心中充滿憤激之情，他認為科舉考試之文實在像是「俳優者之辭」，只會學人口吻，毫無獨創，若使古代大文學家來參加考試，也同樣會遭到屈辱的下場。這種考試不是憑真才實學去考，所以根本不是獻玉，考官也不是獨具慧眼的識者。韓愈決意不再走此途了，他打算就天下政治得失直接上書宰相，以求得到賞識，或者則歸去耕田釣魚，閉門著史。他認為這都是大丈夫所為。清曾國藩說此文「視世絕卑，自負絕大」（《求闕齋讀書錄》卷八）。清林雲銘評說：「文之反覆曲折，總緣失意時有激而發，遂覺勁悍氣沛然莫禦耳。」（《韓文起》卷三）都準確地道出了韓愈當時的心態及此文風格。

斯立足下：僕見險不能止，動不得時，顛頓❶狼狽，失其操持❷，困不知變，以至於再三，君子小人之所憫笑❸，天下之所背而馳者也。足下猶復以為可教，貶損道德，乃至手筆以問❹之，扳援古昔❺，辭義高遠，且進且勸，足下之於故舊之道得矣。雖僕亦固望於吾子，不敢望於他人者耳。

然尚有似不相曉者，非故欲發余乎？不然，何子之不以丈夫期我也？不能默默，聊復自明。僕始年十六七時，未知人事，讀聖人之書，以為人之仕者皆為人❻耳，非有利乎己也。及年二十時，苦家貧，衣食不足，謀於所親，然後知仕之不唯為人耳。及來京師，見有舉進士者❼，人多貴之，僕誠樂之。就求其術，或出禮部所試賦詩策等以相示，僕以為可無學而能。因詣州縣求舉❽，有司者❾好惡出於其心，四舉而後有成❿，亦未即得仕。聞吏部有以博學宏辭選者，人尤謂之才，且得美仕。就求其術，或出所試文章，亦禮部之類，私怪其故，然猶樂其名。因又詣州府求舉，凡二試於吏部，一既得之，而又黜於中書。雖不得仕，人或謂之能焉。退自取所試讀之，乃類於俳優⓫者之辭，顏忸怩⓬而心不寧者數月。既已為之，則欲有所成就⓭，《書》所謂「恥過作非」⓮者也，因復求舉，亦無幸焉。乃復自疑，以為所試與得之者不同其程度，及得觀之，余亦無甚愧焉。

【章旨】感謝崔立之來信慰問，自述參加進士科和博學宏辭科考試的經過，並貶抑應舉文章的價值。

【注釋】❶顛頓　顛沛困頓。❷操持　指平素所守的志行品德。❸憫笑　憐憫嘲笑。❹問　慰問。❺扳援古昔　援引古代的例子。即指崔立之來信舉卞和獻玉的故事。❻為人　謂忠君、施恩澤於人民。❼舉進士者　指為州縣所舉參加進士科考試者。❽詣州縣求舉　唐代科舉考試的考生除各級學校的學生外，尚有鄉貢一途。那些不在校學習而自學有成就的人，則向州縣提出書面申請，經考試合格後，再由州縣送尚書省參加考試。❾有司者　指主持進士科考試的禮部官員。❿四舉而後有成　指四次參加進士科考試，終於在貞元八年及第。⓫俳優　以樂舞諧戲為業的藝人。⓬忸怩　羞慚的樣子。⓭有所成就　此謂考中博學宏辭科。⑭書所謂恥過作非 《書・說命中》：「無恥過作非。」孔傳說：「恥過誤而文之，遂成大非。」

【語譯】斯立足下：我見到險境而不能自止，採取行動又不適合時勢，顛沛困頓，窘迫不堪，失去平素做人的原則，自己處境困難也不知改變，竟至於第二次、第三次還是這樣，因而君子和小人都對我憐憫嘲笑，天下人都背我遠去。只有您認為我還可教誨，貶損您的道德，竟至親筆寫信來慰問我，信中援引古人事例，文章所含的義理高遠，又敦促又勉勵，您在對待老朋友方面實在是做得符合於道義的了。就是我也堅定地寄希望於您，不敢寄希望於他人了。

然而您似乎尚有沒有說明白的地方，不是故意要來啟發我嗎？不是這樣的話，為什麼您不用做個大丈夫來要求我呢？我不能保持緘默，姑且由自己來說個清楚。我才十六七歲的時候，不懂世事，讀了聖人的書，認為人們出來做官都是為別人謀福利，不是為了自己得好處。等到二十歲時，為了家境貧窮而苦惱，衣食不足，向親近的人求助，然後才知道出來做官不只是為別人謀利益而已。等到來到京城，見到有人來參加進士科考試，人們對於中進士都很看重，我實在很樂意能夠這樣。便去請教考進士的方法，有人拿出禮部考試時作的賦詩策等給我看，我認為這類文章可以不學就能寫。於是到所屬州縣請求舉送，主持進士科考試的有關官員對文章的喜歡與否，完全出於各自的觀點，使我參加了四次考試才考中，也沒有立即得到官職。聽說吏部通過博學宏辭科選官，得中者人們尤其稱之為人才，而且能得到好的官職。我去求教考此科的方法，有人拿出參加考試時寫的文章，也就是禮部考試那一類，我內心對這事感到不解，然而還是喜歡得中此科的名聲。於是又向所屬州府請求舉送，在吏部共參加了兩次考試，一次已經取中，卻又被中書所黜落。雖然不能得到官職，有的人就稱我能文。參加考試之後我拿出自己考試寫的文章來讀，竟感到類似藝人說的話，臉上羞慚而心中不安了幾個月。既然已經參加，則想能得成功，像《書經》上所說「對自己的錯誤感到羞愧，卻不肯改，遂鑄成大錯」，於是又一次請求舉送參加考試，也沒有僥倖考中。自己又感到疑惑，認為自己參試的文章和取中者的文章水準不同，等到得到他們的文章一讀，發現我也沒有什麼可以感到羞愧的。

夫所謂博學者，豈今之所謂者乎！夫所謂宏辭者，豈今之所謂者乎！誠使古之豪傑之士若屈原、孟軻、司馬遷、相如、揚雄❶之徒進于是選，必知其懷慙乃不自進而已耳。設使與夫今之善進取者競於蒙昧之中，僕必知其辱焉。然彼五子者，且使生於今之世，其道雖不顯於天下，其自負何如哉？肯與夫斗筲者❷決得失於一夫之目❸而為之憂樂哉！故凡僕之汲汲於進者，其小得蓋欲以具裘葛❹，養窮孤❺，其大得蓋欲以同吾之所樂於人❻耳。其他可否自計已熟，誠不待人而後知。今足下乃復比之獻玉者❼，以為必竢工人之剖，然後見知於天下，雖兩刖足❽不為病，且無使勍❾者再剋❿，誠足下相勉之意厚也。然仕進者豈捨此而無門哉！足下謂我必待是而後進者，尤非相悉之辭也。僕之玉固未嘗獻，而足固未嘗刖，足下無為為我戚戚也。

方今天下風俗尚有未及於古者，邊境尚有被甲執兵者⓫，主上不得怡，而宰相以為憂。僕雖不賢，亦且潛究其得失，致之乎吾相，薦之乎吾君，上希⓬卿大夫之位，下猶取一障而乘之⓭。若都不可得，猶將耕於寬閒⓮之野，釣於寂寞之濱，求國家之遺事，考賢人哲士之終始，作唐之一經，垂之於無窮，誅姦諛於既死，發潛德之幽光⓯。二者將必有一可。足下以為僕之玉凡幾獻，而足凡幾刖也？

又所謂勍者果誰也？再剋之刑信如何也？士固信於知己，微足下無以發吾之狂言。愈再拜。

【章　旨】指出今之博學宏辭科雖古之豪傑亦不一定能考中，所以崔比之獻玉，並不恰當。進而論述自己今後的志向是向秉政者建言或退而著書。

【注　釋】❶屈原孟軻司馬遷相如揚雄　這是五位古代大學者、大文豪。屈原，戰國辭賦家。孟軻，戰國儒家學者。司馬遷，西漢史學家。相如，指司馬相如。西漢文學家。揚雄，西漢文學家、學問家。❷斗筲者　斗和筲容量都很小，故用來比喻才識短淺之人。斗和筲都是容器，斗容一斗，筲為竹器，容一斗二升。❸一夫之目　指考官的品評。❹裘葛　冬夏衣服。裘，皮衣。葛，葛布衣。❺窮孤　困厄孤苦。❻同吾之所樂於人　把自己所樂之事推廣到眾人身上。意謂為百姓謀利益。❼獻玉者　指卞和。卞和為春秋時楚國人，相傳他覓得玉璞，兩次獻給楚王，都被認為虛假，先後被砍去雙腳。楚文王即位，他抱璞哭於荊山下，王使人雕琢其璞，果得寶玉，稱為「和氏之璧」。❽刖足　砍腳之刑。❾勍　強有力。❿剋　砍削。⓫邊境　這尚有被甲執兵者　此謂邊境仍有外敵侵擾，所以戰士全副武裝。被，通「披」。兵，兵器。⓬希　謀求。⓭取一障而乘之　這是說取得守邊的職務。障，塞上險要處所築守備工事。乘，登而守之。⓮寬閒　寬廣僻靜。⓯求國家之遺事六句　這是說蒐集唐代史料，寫作唐史，就像孔子作《春秋》一樣成為經書，從而貶抑姦諛，褒揚忠義。

【語　譯】所謂博學，難道是今天所說的博學宏辭科的博學嗎！所謂宏辭，難道是今天所說的博學宏辭科的宏辭嗎！假如使像屈原、孟軻、司馬遷、司馬相如、揚雄這些古代的傑出之士也參加這種選士考試，我可以肯定地知道，他們會心懷慚愧不肯努力。假如使他們與今天那些善於取科第的人在不洩名的情況下競爭，我可以肯定地知道，他們也會遭到屈辱。然而那五位先生，若使他們生活於當代，他們的學術與主張即使不在天下顯揚，他們又是怎樣自許呢？怎麼肯跟那些才識短小之輩一起由一個考官的眼光來決定得失，從而為此而憂愁或喜悅呢！所以我急切地參加這科考試，如果考中了，小的收穫則是想添置些衣物，解除困厄孤苦的生活，大的收穫則是想使別人和我一樣快樂而已。其他事能不能做，我已考慮得深入和長久了，實在不必等待旁人指點才知曉。如今您竟然更把參加此科考試比為卞和獻玉，認為一定要等待玉工來剖璞，然後才被天下人所認識，即使兩次被砍掉腳也不為恨，而且不要讓強有力的人又一次砍削，這實在都表現出您對我勉勵之意的深厚。然而要想做官的人難道除了參加此科就沒有別的門路嗎！您說我一定要等待中了此科後才能做官，這尤其不是瞭解我的話了。我的玉本來未曾獻過，而腳也本來未曾砍掉過，您不必為我憂傷了。

當今天下的風俗還有不及古代淳厚的地方，邊境之上的兵士還身披鎧甲、手執武器，使皇上不能快樂，而宰相也為此憂慮。我雖不賢能，也曾深入研究政治的得失，如把我的意見呈給宰相，宰相推薦給皇上，我上可謀求卿大夫的職位，下也還可以得到一個邊塞守備的位置。如果都得不到，還打算去寬廣僻靜的田野上耕種，去寂寞無人的河邊釣魚，蒐羅國家遺留的事跡，考證賢人智士的生平，作成唐代的一部經書，流傳永久，以聲討已死的奸邪諂諛之臣，發揚不被人所知的德人被隱藏的光輝。這兩種打算必有一種是適宜實行的，您認為我的玉共獻幾次，而腳共砍了幾次呢？又您所說的強有力的人實在是誰呢？又一次砍削我的刑罰實在是怎樣的呢？讀書人本來對知己的人誠實不欺，沒有您，我沒有機會抒發我的狂言。韓愈再拜。

上宰相書

【題解】貞元十一年初（西元七九五年），韓愈第三次參加吏部考試失敗，他看出再由此路求官，恐怕很困難，於是效法古人直接給當朝宰相上書，請求予以擢用。前後共上三封信，這是第一封。信中內容主要是：引證古代經典說明當政者有培養教育人才的責任，有選任官員的責任，而他韓愈正是這樣合適的人才，現在卻找不到出路，若能對他破格擢用，將會造成重大影響，使山林隱士也會聞訊而來。全文寫得不卑不亢，陳義宏大，但究其目的，無非是為了求官。

後人對此文頗有微詞，清林雲銘說：「余每讀是書，又未嘗不為公之躁進惋惜也。」（《韓文起》卷三）清全祖望則認為此文是「白圭之玷」（《鮚埼亭集》外編卷四八）。其實在古代社會，一個有才能的人若要想有所作為，恐怕不做官是不行的。韓愈公開上書求官，其實倒是未可苛責的。此文結構頗費經營，措辭也很得體，在韓愈少作中也算一篇佳作。

正月二十七日，前鄉貢進士❶韓愈謹伏光範門❷下，再拜獻書相公閣下❸：

《詩》之序❹曰：「〈菁菁者莪〉，樂育材也。君子能長育人材，則天下喜樂之矣。」其詩曰：「菁菁者莪，在彼中阿。既見君子，樂且有儀。」說者❺曰：菁菁者，盛也；莪，微草也；阿，大陵也。言君子之長育人材，若大陵之長育微草能使之菁菁然盛也。「既見君子，樂且有儀」云者，天下美之之辭也。其三章曰：「既見君子，錫❻我百朋❼。」說者曰：百朋，多之之辭也，言君子既長育人材，又當爵命❽之，賜之厚祿以寵貴之云爾。其卒章曰：「泛泛楊舟，載沈載浮。既見君子，我心則休。」說者曰：載，載也；沈浮者，物也。言君子之於人才，無所不取，若舟之於物，浮沈皆載之❾云爾。「既見君子，我心則休❿」云者，言若此則天下之心美之也。君子之於人也，既長育之，又當爵命寵貴之，而於其才無所遺焉。孟子曰：「君子有三樂，王天下不與存焉。」⓫其一曰：「樂得天下之英才而教育之。」此皆聖人賢士之所極言至論⓬，古今之所宜法者也。然則孰能長育天下之人材？將非吾君與吾相乎？孰能教育天下之英材？將非吾君與吾相乎？幸今天下無事，小大之官，各守其職，錢穀甲兵之問不至於廟堂⓭，論道經邦之暇，捨此宜無大者焉。

今有人生二十八年矣，名不著於農工商賈⓮之版⓯，其業則讀書著文歌頌堯舜之道，雞鳴而起，孜孜⓰焉亦不為利。其所讀皆聖人之書，楊墨釋老之學⓱無所入於其心。其所著皆約六經之旨而成文，抑邪與正⓲，辨時俗之所惑，居窮守約⓳，亦時有感激⓴怨懟㉑奇怪之辭，以求知於天下，亦不悖㉒於教化，妖淫諛佞譸張㉓之說，無所出於其中。四舉於禮部乃一得，三選於吏部卒無成。九品之位㉔

其可望！一畝之宮㉕其可懷！遑遑乎四海無所歸，恤恤㉖乎飢不得食，寒不得衣，濱於死而益固㉗，得其所者㉘爭笑之。忽將棄其舊而新是圖㉙，求老農老圃而為師。悼本志之變化，中夜涕泗交頤㉚。雖不足當詩人孟子之謂㉛，抑長育之使成材，其亦可矣；教育之使成才，其亦可矣。

【章旨】援引《詩經》和《孟子》論證長育人材並使之富貴是君相的責任，敘述自己的德行學問及處境，說明自己正是人才，應當受到重視。

【注釋】❶前鄉貢進士　唐代州縣參加進士科考試的考生，隨各州縣進貢物品一同解送，故稱鄉貢進士；進士考中，稱前鄉貢進士。❷光範門　在宣政殿西南，通中書省，宰相治事之所。❸相公閤下　對宰相的敬稱。❹詩之序　指《毛詩・小雅・菁菁者莪》之小序。❺說者　指解說《詩》義者。綜下所引，可見韓愈雜採毛傳、鄭箋之解。❻錫　賜予。❼百朋　言得祿之多。朋，古代以貝殼為貨幣，五貝為一串，兩串為一朋。❽爵命　封爵授職。❾浮沈皆載之　韓愈是採用毛傳、鄭箋之解來解釋「載沈載浮」一句，把「載」作「運送」解，所以說浮物沉物都載運。其實，「載」字在此句是語助詞，無義。❿休　美。⓫孟子曰三句　語見《孟子・盡心上》。⓬極言至論　最準確恰當的話。⓭廟堂　朝廷。⓮商賈　泛指商人。流動販賣的為商，設肆販賣的為賈。⓯版　名冊；戶籍。⓰孜孜　勤謹；不懈怠。⓱楊墨釋老之學　楊朱、墨翟、佛教、道教的學說。⓲與正　支持正道。與，贊成；支持。⓳守約　堅持儉樸的生活。⓴感激　有所感受而情緒激動。㉑怨懟　怨恨。㉒悖　違背。㉓譸張　欺誑。㉔九品之位　指最低的官職。㉕一畝之宮　謂狹小的居室。《禮記・儒行》：「儒有一畝之宮。」㉖恤恤　憂慮的樣子。㉗濱於死而益固　接近死亡卻越加固執。濱，通「瀕」。㉘得其所者　指已得官的人。㉙棄其舊而新是圖　放棄舊業（指做儒生求做官），以謀求新的職業（指歸去種地）。㉚涕泗交頤　眼淚鼻涕在臉上交流。頤，面頰；腮。㉛詩人孟子之謂　這是指本文前面所引《詩經》和《孟子》的幾段話中所說的人才、英才。

【語譯】正月二十七日，前鄉貢進士韓愈恭謹地俯伏在光範門下，再拜呈獻書信給相公閤下：《詩經》的小序說：「〈菁菁者莪〉這首詩，是表現對培育人才的歡欣。君子能夠培育人才，那麼天下人都喜慶快樂。」這首詩說：「菁菁的莪，長在那阿中。見到了君子，快樂且受到禮儀接待。」解說的人說：菁菁是茂盛的樣子；莪是小草；阿是大土山。這是說君子培育人才，就像大土山生養小草，能使它們十分茂盛。「見到了君子，快樂且受到禮儀接待」這二句，是天下人讚美君子之辭。這首詩的第三章說：「見到了君子，賜我百朋。」解說的人說：百朋，表示俸祿多的意思，這是說君子培育了人才，又必對他們封爵授職，賜給他們豐厚的俸祿，來寵幸他們，使他們尊貴。這首詩的末章說：「楊木之舟泛游水上，載沉載浮。見到君子，我心就讚美。」解說的人說：載是載運的意思；沉浮指物品。這是說君子對於人才，沒有不錄用的，就像船對於物品，浮物沉物都一一運載。「見到了君子，我心就讚美」，是說如此則天下人在心中都讚美他。君子對於人才，既把他們培育成就，又必對他們封爵授職，來讓他們尊榮顯貴，從而使人才無所遺漏。孟子說：「君子有三件樂事，成就王業於天下是不在其中的。」三件中的一件是：「很高興能得到天下的英俊之才來加以教育。」這些都是聖人賢士最正確的論斷，古人今人都應當效法的。既然如此，那麼誰能培育天下的人才呢？還不是皇上和宰相嗎？誰能教育天下的英俊之才？還不是皇上和宰相嗎？幸而如今天下無事，大小官員，各自謹守自己的職務，錢糧軍事方面的疑難問題不提到朝廷上來，皇上和宰相在討論治道以管理國家的空閒時間，除了過問此事，應該說沒有更大的事了。

如今有人已二十八歲了，名字不在農工商販的簿籍上，他日常做的工作就是讀書、寫文章、歌頌堯舜之道，雞鳴即起身，勤勤懇懇，不是為了謀利。他所讀的都是聖人寫的書，楊、墨、佛、道的學問從不進入他的心中。他的文章都是歸納六經的要旨而寫成，貶抑邪惡，支援正道，辨析時俗所疑惑的問題，生活窮困，甘守儉樸，也有時會發出激動、怨恨、奇怪的言辭，來設法讓天下的人知曉，也不違背教化的原則，怪邪、諛諂、欺誑的言辭，絕不會由他心中發出。他四次被舉送禮部才得登第，三次參加吏部選士終究沒有成功。最低的職位哪裡望得到！狹小的居室哪裡可想到！急忙不安，四海無歸處，憂心忡忡，飢不得食，寒不得衣，瀕臨死亡，而志向卻越加堅固，使得那些得到美官的人爭相嘲笑他。他很快地將要放棄舊業而謀求新的職業，去找老農夫和老菜農為師。為了原來的志向產生變化而感傷，半夜裡眼淚鼻涕不由得在臉上交流。他雖然夠不上詩人、孟子所說的人才、英才，而培育他使他成為人才，大概也是可以的吧；教育他使他成為英才，大概也是可以的吧。

抑又聞古之君子相其君也，一夫不獲其所，若己推而內之溝中[1]。今有人生七年而學聖人之道以修其身，積二十年，不得已一朝而毀之[2]，是亦不獲其所矣。伏念今有仁人在上位[3]，若不往告之而遂行，是果於自棄而不以古之君子之道待吾相也，其可乎？寧往告焉，若不得志則命也，其亦行矣。〈洪範〉[4]曰：「凡厥庶民，有猷[5]、有為[6]、有守[7]，汝[8]則念之[9]。不協于極[10]，不罹于咎[11]，皇則受之[12]。而康而色[13]，曰『予攸好德』[14]，汝則錫之福[15]。」是皆與善[16]之辭也。抑又聞古之人有自進[17]者，而君子不逆[18]之矣，「曰『予攸好德』，汝則錫之福」之謂也。

抑又聞上之設官制祿，必求其人[19]而授之者，非苟慕其才而富貴其身也，蓋將用其能理不能，用其明理不明者耳。下之修己立誠必求其位而居之者，非苟沒[20]於利而榮於名也，蓋將推己之所餘[21]以濟其不足者耳。然則上之於求人，下之於求位，交相求而一其致焉耳。苟以是而為心，則上之道不必難[22]其下，下之道不必難其上。可舉而舉焉，不必讓㉓其自舉也；可進而進焉，不必廉㉔於自進也。

【章旨】先引用〈洪範〉之言說明宰相應當錄用人才，不要阻遏自薦之人；再進一步說明上之求人，下之求位，其實目的都是一致的，都是為了治理百姓。

【注釋】❶若己推而內之溝中　如同自己把他推入溝中。語出《孟子．萬章上》及〈萬章下〉。內，通「納」。❷一朝而毀之　指前面所說的放棄讀書求仕進的打算而去務農種菜。❸上位　指宰相之職。❹洪範　《尚書．周書》的篇名。武王克殷，訪於箕子，箕子為述治國之道。❺有猷　有謀。❻有為　有作為。❼有守　有操守。❽汝　指武王。❾念之　思念之。言當重視他們。❿不協于極　不合於中道。協，合。極，指中道。為治國之本。⓫不罹于咎　不陷於過惡。⓬皇則受之　謂君主對於這種雖不合於中道亦不陷於惡的中材，不能放棄，要接受下來，隨其才而成就之。⓭而康而色　言被用之臣表現出安和而溫潤的神色。康，安和。色，溫潤。⓮予攸好德　我嚮往力行美德。攸，助詞。⓯錫之福　賜給他爵祿。⓰與善　即與人為善之意。《孟子．公孫丑上》：「取諸人以為善，是與人為善者也，故君子莫大乎與人為善。」原意與人同做好事。後也用作善意幫助別人或幫助人向善的意思，此處即為此意。⓱自進　謂不經薦舉，自謀仕進。⓲逆　排斥；拒絕。⓳其人　這裡指適合於官職的人才。⓴沒　貪。㉑推己之所餘　指上文所說的「能」與「明」。㉒難　詰責；為難。㉓讓　責備。㉔廉　拘束。

【語譯】而我又聽說古代的君子輔佐君主，有一個人沒有安排好，就像是自己把他推入到溝中一樣。如今有一個人，七歲就學習聖人的學說來提高自己的道德和知識，如此持續二十年，不得已一旦放棄了，這也屬於沒有安排好的情形吧。我在想當今仁義之人位居宰相，如果不去告訴他我的打算就這麼走了，這是果真自暴自棄而不按照古代君子的原則來對待宰相了，難道可以嗎？寧可去告訴他，假如結果不符合我的願望，那是命運了，應該走了。〈洪範〉說：「人民之中，有謀略、有作為、有操守的人，你要重視他。有不合於中道，也不陷於過惡的，君主就接受和成就他。有臉色安和而溫潤，說『我嚮往和力行美德』的，你就賜給他爵祿。」這都是助人向善的話。而我又聽說古代有自謀仕進的人，君子不排斥他，這也是前面所說的「他說『我嚮往和力行美德』的，你就賜給他爵祿」。

而我又聽說，朝廷設置官位、制定俸祿，一定要尋求合適的人來授給他，不只是愛重他的才能因而使他富貴起來，是要運用他的能力去治理無能的人，運用他的明智去治理不明智的人罷了。士人修養自己，樹立誠信，一定要求得官位來擔任，不只是貪圖利祿和追求榮名，是要把自己富有的東西去救助不足的人。既然這樣，那麼朝廷尋求人才，士人尋求官位，互相尋求，意向是一致的。如果以此作為宗旨，那麼朝廷的求才規則不必責難士人，士人求位的方式也不必責難朝廷。適合舉薦就舉薦，不必責備他自己舉薦自己；適合仕進就去仕進，不必為自謀仕進而受拘束。

抑又聞上之化下，得其道，則勸賞不必徧加乎天下而天下從焉，因人之所欲為而遂推之之謂也。今天下不由吏部而仕進者幾希矣，主上感傷山林之士有逸遺者❶，屢詔內外之臣旁❷求于四海，而其至者蓋闕❸焉。豈其無人乎哉？亦見國家不以非常之道禮之而不來耳。彼之處隱就閒者亦人耳，其耳目鼻口之所欲，其心之所樂，其體之所安，豈有異於人乎哉？今所以惡衣食，窮體膚❹，麋❺鹿之與處，猨狖❻之與居，固自以其身不能與時從順俯仰，故甘心自絕而不悔焉。而方聞國家之仕進者，必舉於州縣，然後升於禮部、吏部，試之以繡繪雕琢之文，考之以聲勢之逆順❼，章句之短長❽，中其程式❾者，然後得從下士之列❿。雖有化俗之方，安邊之畫⓫，不繇是而稍進，萬不有一得焉。彼惟恐入山之不深，入林之不密，其影響昧昧，惟恐聞於人也。今若聞有以書進宰相而求仕者，而宰相不辱焉，而薦之天子，而爵命之，而布其書於四方，枯槁沈溺魁閎寬通之士⑫，必且洋洋焉⑬動其心，峨峨焉纓其冠⑭，于于焉⑮而來矣。此所謂勸賞不必偏加乎天下而天下從焉者也，因人之所欲為而遂推之之謂者也。

伏惟覽《詩》、《書》、《孟子》之所指，念育才錫福之所以，考古之君子相其君之道，而忘自進自舉之罪，思設官制祿之故，以誘致山林逸遺之士，庶天下之行道者知所歸焉。小子不敢自幸，其嘗所著文，輒採其可者若干首，錄在異卷，冀辱⑯賜觀焉。干黷⑰尊嚴，伏地待罪，愈再拜。

【章　旨】進一步提出，若能破格錄用自薦舉者，必能使山林逸遺之士來歸。最後總結全篇主旨，表示懇切之意。

【注　釋】❶山林之士有逸遺者　有隱居山林未被徵召之士。逸遺，遺漏。❷旁　廣。❸闕　空缺。❹窮體膚　因不得溫飽，體膚瘦弱枯槁。❺麋　獸名。也叫四不像，頭似馬，身似驢，蹄似牛，角似鹿。❻猨狖　都是猿類。猨，同「猿」。狖，長尾猿。❼聲勢之逆順　指音韻的和諧。❽章句之短長　謂分章釐句符合標準。❾程式　規定的格式。❿下士之列　低等官員的等列。古代有上士、中士、下士的官職。見《禮記．王制》。⓫安邊之畫　安定邊疆的謀劃。⓬枯槁沈溺魁閎寬通之士　指形容憔悴、專心於學、志氣高宏、心胸寬廣的人。⓭洋洋焉　感動的樣子。⓮纓其冠　結好冠帶。纓，冠帶。此處作動詞。⓯于于焉　行動舒緩自得的樣子。⓰辱　謙詞。⓱干黷　冒犯汙辱。

【語　譯】而我又聽說，朝廷教化天下，如果方法得宜，那麼獎賞不一定要周遍地加到天下每一個人身上天下人才跟從，這就是順著人所想要做的加以推助的做法。當今天下不由吏部而做官的幾乎很少了，皇上為了有隱居山林未被徵召的士人而感到遺憾，屢次下詔給內外臣子命他們在四海廣泛徵求，但應詔而來的人可以說沒有。難道沒有隱居的士人嗎？他也是見到國家不用非同一般的方式來禮待他們，因而就不來了。那退隱閒居之士也是人嘛，他的耳目鼻口所要接觸的，他心中所喜歡的，他的身體所安適的，難道跟普通人兩樣嗎？如今他衣食惡劣，體膚枯瘦，與麋鹿相處，與猿類共居的原因，原來是自認為他不能與時俗隨順俯仰，所以甘心與世隔絕而不後悔啊。而且又聽說要在朝中做官，一定要由州縣舉送，然後才升至禮部、吏部，用寫浮華雕琢的文章去考他，看他的文章聲律是否和諧，章句的長短是否合適，符合規定的格式，然後才能進入低等官員的行列。即使有教化民俗的方法，安定邊境的謀劃，不由這條路而得到一點官做，一萬個人也不到一個。他只怕入山還不夠深，入林還不夠密，無聲無息，只怕被人聽說他的行蹤。如今他若是聽說有人寫信呈獻宰相求官，而宰相不羞辱他，把他推薦給天子，從而授予官職，把他的上書向四方公布，那麼形容憔悴、專注於學、志氣高宏、心胸寬廣的人，一定會怦然心動，戴上高冠，結好冠帶，舒緩自得地來到。這就是所謂獎賞不必周遍地加到天下每一個人身上而天下人就跟從，這是因為順著人所想要做的加以推助而造成的。

我閱覽《詩經》、《尚書》、《孟子》有關文字的要旨，想到培育人才賜予爵祿的原委，考證古代君子輔佐君主的方法，而忘記自謀仕進、自己薦舉的過錯，思考設置官位制定俸祿的原理，來引誘羅致山林中未被徵召的士人，使得天下推行聖道的人能知道有所遵循。我不敢自存僥倖，就在我曾經寫的文章中，採摘比較合意的若干篇，抄錄在另外一卷，希望您能賜觀。冒犯沾辱您的尊嚴，我伏地等待您的責罰，韓愈再拜。

後十九日復上書

【題解】前一封書呈上以後，韓愈等了十九日，宰相並沒有答覆。韓愈實在忍耐不住，就又呈上這第二封書給宰相。信中他說自己已陷於窮餓的水火之中，懇求宰相不要見死不救，而要伸手救他一把。一種急不可待的心情已經溢於言表。清何焯評此文「文勢如奔湍激箭」（《義門讀書記》），是很恰當的。

但他如此急於求官，也遭到後人的一些非議，宋張九成說他「略不知恥」，黃唐說：「古人寧乞憐如是乎？」今人則認為，在唐朝向權勢者上書，卑辭求告，也是知識分子中的一種風氣，李白、柳宗元都有類似之作，所以也不必獨責韓愈。

二月十六日，前鄉貢進士韓愈謹再拜言相公閣下：向上書及所著文後，待命❶凡十有九日，不得命，恐懼不敢逃遁，不知所為，乃復敢自納於不測之誅，以求畢其說而請命於左右。

愈聞之，蹈水火者之求免於人也，不惟其父兄子弟之慈愛，然後呼而望之也，將有介於其側者❷，雖其所憎怨，苟不至乎欲其死者，則將大其聲疾呼而望其仁之也。彼介於其側者，聞其聲而見其事，不惟其父兄子弟之慈愛然後往而全之也。雖有所憎怨，苟不至乎欲其死者，則將狂奔盡氣，濡手足，焦毛髮，救之而不辭也。若是者何哉？其勢誠急，而其情誠可悲也。

愈之彊學力行有年矣，愚不惟道之險夷❸，行且不息，以蹈於窮餓之水火，其既危且亟❹矣，大其聲而疾呼矣，閣下其亦聞而見之矣，其將往而全之歟，抑將安而不救歟？有來言於閣下者曰：有觀溺於水而爇❺於火者，有可救之道而終莫之救也，閣下且以為仁人乎哉？不然，若愈者，亦君子之所宜動心者也。

或謂愈，子言則然矣，宰相則知子矣，如時不可何？愈竊謂之不知言者，誠其材能不足當吾賢相之舉耳。若所謂時者，固在上位者之為耳，非天之所為也。前五六年時，宰相薦聞尚有自布衣蒙抽擢者❻，與今豈異時哉？且今節度、觀察使及防禦、營田諸小使等，尚得自舉判官❼，無間於已仕未仕者，況在宰相，吾君所尊敬者，而曰不可乎？古之進人者，或取於盜，或舉於管庫❽，今布衣雖賤，猶足以方❾於此。情隘辭慼❿，不知所裁⓫，亦惟少垂憐焉。愈再拜。

【注釋】❶待命　等待指示；等待回音。❷介於其側者　在他旁邊的人。介，接近。❸險夷　險阻或平坦。❹亟　急迫。❺爇　焚燒。❻自布衣蒙抽擢者　此指陽城。宰相李泌舉薦陽城任諫議大夫。布衣，平民。❼判官　一種幕僚官。唐代特派擔任臨時職務的大臣皆得自選官充任判官，以資佐理。中期以後，節度、觀察等使亦得選任判官。❽或取於盜二句　《禮記．雜記下》引孔子的話說，管仲遇盜，舉薦其中二人做公臣，說他們雖交遊邪僻，做了強盜，但本質還是不錯的。《禮記．檀弓下》記載晉趙文子舉薦管庫之士七十餘家。參前文〈行難〉⓱⓲。❾方　比。❿情隘辭慼　感情急迫，辭語憂傷。隘，急。

慼，憂。⓫裁　決斷。

【語　譯】二月十六日，前鄉貢進士韓愈恭謹地再拜，致言相公閣下：前些時我上書並附上我所寫的文章之後，等待覆示共十九日，仍得不到，心中恐懼，不敢逃走，不知該做什麼，就又大膽地冒著難以預測的責罰，以圖把心中的話說清楚，並請求您給予指示。

我聽說，投入水火之中向人求救，不只是對他慈祥愛戴的父兄子弟，他才對他們呼喊，望他們來救他；如果近於他的身邊有人，即使是他所厭恨的人，只要不到想要他死的地步，也要大聲疾呼，希望他能推愛相助。而那個近在旁邊的人，聽到他求救的聲音，見到他陷於水火之中，不只是對他慈祥愛戴的父兄子弟之親他才去保全他。即使有些怨恨，只要不到想要他死的地步，也要狂奔過去，直到氣都透不過來，手腳溼淋淋，毛髮燒焦，為了救人而不顧一切。這種情形是為什麼呢？是因為形勢實在緊急，而情態又實在值得同情的緣故。

我勤奮地學習、努力地行道已有多年了，愚昧到不管道路的險阻或平坦，都前進不停，以至於落入窮困挨餓的水火之中，我的處境又危險又急迫，已經大聲疾呼了，閣下大約也聽到見到了，是打算去保全我呢，還是打算安坐不救援呢？有人來對閣下說：有人看見人家在水中要淹死或在火中焚燒，有能夠救援的辦法，卻終究沒有去救，閣下認為此人是仁慈的人嗎？如果不是這樣，像我韓愈，也就是君子應當動心救援的人了。

有人對我說，你的話是對的，宰相也知道你，只是時勢不適宜，怎麼辦？我個人認為此人是不明白我的話的人，他的才能實在不值得賢能的宰相來薦舉。至於所謂時勢，本來是居高位的人所造成的，不是上天所造成的。前五六年時，宰相所推薦的知名人士中，還有從平民拔擢上來的，那時跟現在難道時勢有什麼不同嗎？再說如今節度使、觀察使以及防禦使、營田使等小使，尚且可以自己舉薦判官，不分已做過官、未做過官，何況宰相，是天子所尊敬的人，卻說不可以嗎？古代舉薦人才，有的從盜賊中拔取，有的從管庫之士中舉薦，如今平民身分的讀書人即使低賤，總還可以同這些人相比。感情急迫，文辭憂傷，不知該如何決斷，希望您能稍微同情我。韓愈再拜。

後廿九日復上書

【題解】韓愈第二封書呈上之後，宰相仍無回音，他曾三次上門求見，也遭拒絕，他終於忍耐不住，又寫了這第三封書呈上。這封信主要是談宰相應如何對待賢才，作者把周公和今相對待賢才的態度作了對比，指出今相不應對士人的求薦採取默不理睬的態度。最後韓愈又聲明，他之所以自求仕進不止，是因為心憂天下，不甘於終老山林之故。這封信雖是求仕，但並不低三下四地乞憐，而是義正辭壯，直率坦白，對宰相的拒不接見明確表示了不滿。所以清吳闓生評論此文說：「雖志在干時，而倔強兀傲之天性，自不可掩，最足見公之意態。文亦偉岸奇縱，盡棄故常，獨創一格。」（《古文範》卷三）

韓愈這樣一而再，再而三地求官，當然是唐代風氣使然。清沈闇也曾為之解釋說：「細觀三書，公當日急於進取，並非貪榮慕祿，特以年少氣銳，自負其學，以為我一出仕，自可致天下於大治，即我求進，至於不已，亦猶古人相君，周流列國也，其情事如此而已。故非無可責，但當責其自視太高，自信太深耳。」（《韓文論述》卷一）這種看法不無道理。可惜韓愈此信呈上後，仍如石投大海，宰相沒有給他回音。韓愈在人生道路上又一次遭到挫折。

三月十六日，前鄉貢進士韓愈謹再拜言相公閣下：愈聞周公之為輔相❶，其急於見賢也，方一食三吐其哺❷，方一沐三捉其髮❸。當是時，天下之賢才皆已舉用，姦邪讒佞欺負❹之徒皆已除去，四海皆已無虞❺；九夷八蠻❻之在荒服❼之外者，皆已賓貢❽；天災時變、昆蟲草木之妖，皆已銷息；天下之所謂禮樂刑政教化之具，皆已脩理⑨，風俗皆已敦厚；動植之物、風雨霜露之所霑被者，皆已得宜；休徵嘉瑞⑩、麟鳳龜龍之屬⑪皆已備至。而周公以聖人之才，憑叔父之親⑫，其所輔理承化之功又盡章章⑬如是，其所求進見之士，豈復有賢於周公者哉！不惟不賢於周公而已，豈復有賢於時百執事⑭者哉！豈復有所計議能補於周公之化者哉！然而周公求之如此其急，惟恐耳目有所不聞見，思慮有所未及，以負成王託周公之意⑮，不得於天下之心。如周公之心，設使其時輔理承化之功未盡章章如是，而非聖人之才，而無叔父之親，則將不暇食與沐矣，豈特吐哺捉髮為勤而止哉！維其如是，故于今頌成王之德而稱周公之功不衰。

今閣下為輔相亦近耳，天下之賢才豈盡舉用！姦邪讒佞欺負之徒豈盡除去！四海豈盡無虞！九夷八蠻之在荒服之外者，豈盡賓貢！天災時變、昆蟲草木之妖，豈盡銷息！天下之所謂禮樂刑政教化之具，豈盡脩理！風俗豈盡敦厚！動植之物、風雨霜露之所霑被者，豈盡得宜！休徵嘉瑞、麟鳳龜龍之屬，豈盡備至！其所求進見之士，雖不足以希望盛德，至比於百執事，豈盡出其下哉！其所稱說，豈盡無所補哉！今雖不能如周公吐哺捉髮，亦宜引而進之，察其所以而去就之，不宜默默而已也。

愈之待命四十餘日矣，書再上，而志不得通。足三及門，而閽人⑯辭焉，惟其昏愚不知逃遁，故復有周公之說焉，閣下其亦察之。古之士三月不仕則相弔⑰，故出疆必載質⑱。然所以重於自進者，以其於周不可，則去之魯；於魯不可，則去之齊；於齊不可，則去之宋、之鄭、之秦、之楚也。今天下一君，四海一國，舍乎此則夷狄矣，去父母之邦矣。故士之行道者，不得於朝，則山林而已矣。山林者，士之所獨善自養而不憂天下者之所能安也；如有憂天下之心，則不能矣。故愈每自進而不知愧焉。書亟⑲上，足數及門，而不知止焉，寧獨如此而已？惴惴焉惟不得出大賢⑳之門下是懼，亦惟少垂察焉。瀆冒威尊，惶恐無已。愈再拜。

【注　釋】❶輔相　宰相。❷哺　口中正在吃的食物。❸一沐三捉其髮　洗一次頭多次挽起頭髮。形容周公思賢若渴，毫不怠慢。❹欺負　欺詐負義。❺無虞　無憂。❻九夷八蠻　泛指少數民族。❼荒服　古稱距離王畿二千至二千五百里的地區。❽賓貢　賓服朝貢。❾脩理　完善。❿休徵嘉瑞　指美好吉祥的徵兆。⓫麟鳳龜龍之屬　都是象徵吉祥太平的動物。⓬叔父之親　周公是成王的叔父。⓭章章　亦作「彰彰」。顯著；明晰。⓮百執事　眾專職官員。⓯成王託周公之意　舊注云「疑此周公字當是國字」；也可能「成王」係「武王」之誤。⓰閽人　管門人。⓱古之士三月不仕則相弔　《孟子・滕文公下》載孟子引公明儀之言曰：「古之人三月無君，則弔。」趙岐注曰：「公明儀，賢者也，言古人三月無君則弔，明當仕也。」此處謂受人慰問。⓲出疆必載質　意謂不得仕的士，就離故國，帶著禮品，到別國去見其君主。見《孟子・滕文公下》。質，同「贄」。見君的禮品。⓳亟　屢次。⓴大賢　指宰相。這是恭維話。

【語　譯】三月十六日，前鄉貢進士韓愈恭謹地再拜，致言相公閣下：我聽說周公為輔政宰相，他急於見到賢人，正在吃飯時多次吐出口中食物，正在洗頭時多次挽起頭髮。這時候，天下的賢才都已舉薦任用，姦邪讒佞、欺詐負義的人都已擯除，四海都已無憂；遠離王畿二千五百里之外的蠻夷之族，都已歸服朝貢；自然災害、天時異變、昆蟲草木的妖怪，都已消失；天下用來進行禮樂刑政教化的設施，都已完善，民間風俗都已敦厚；動物植物、風雨霜露所潤澤之物，都已得到適合生長的環境；美好吉祥的徵兆、麟鳳龜龍之類的靈物，都已全部出現。而周公具有聖人的才幹，憑仗著作為天子叔父的親戚關係，他輔佐治理，承繼教化的功績，又都如此顯明，那些要求接見的人，難道還有比周公更賢能的嗎！不只是不比周公賢能而已，難道還有比當時的眾多專職官員更賢能的嗎！難道還有什麼主意能有補於周公的教化嗎！然而周公求才是這樣急迫，只怕耳目有聽不到、見不到的，思慮有顧不到的，辜負了成王委託他的盛意，失了天下人心。一樣有周公這種心理，假使當時輔佐治理、承繼教化的功績還沒有這樣明顯，而且又不具備聖人的才幹，又沒有作為天子叔父的親戚關係，那麼將會沒有功夫吃飯和洗頭了，哪裡僅僅吐出口中之食、挽上頭髮就算勤勞而已呢！正因為如此，所以至今人們頌揚成王的德行並稱讚周公的功績一直沒有止息。

如今閣下作為輔政宰相，情形也近於此，天下的賢才難道都已舉薦任用！姦邪讒佞、欺詐負義的人難道都已擯除！四海難道都已無憂！王畿二千五百里之外的蠻夷之族，難道都已歸服朝貢！自然災害、天時異變、昆蟲草木的妖怪，難道都已消失！天下用來進行禮樂刑政教化的設施，難道都已完善！民間風俗難道都已敦厚！動物植物、風雨霜露所潤澤之物，難道都已得到適合生長的環境！美好吉祥的徵兆、麟鳳龜龍之類的靈物，難道都已全部出現！那要求接見的人，雖然不夠攀比閣下的盛德，至於和朝中眾專職官員相比，難道都比他們差嗎！他所稱說的話，難道全都對政治沒有好處的嗎！如今雖不能像周公那樣吐出口中食物、挽起頭髮來見賢士，也應當引導他進見，明察他求見的情由，再決定留用他還是不留用他，不該只是默默不作回答啊。

我等待覆示已四十多天了，二次上書，卻不能把心意上達。腳三次走到門口，但管門人拒絕了我。只由於我糊塗愚笨，不知道逃走，所以才又有關於周公的說法，希望閣下明察。古代的讀書人三個月不做官，人家就來慰問他，所以離開故國一定帶著去見別國國君的禮物。然而他們重視自謀仕進的緣故，是因為在周天子處過不下去，就到魯國去，在魯國過不下去，就到齊國去，在齊國過不下去，就到宋國、到鄭國、到秦國、到楚國去。如今天下只有一個君主，四海為一個國家，離開這個國家就只有到夷狄少數民族那裡去了，離開父母之邦了。所以實行聖道的讀書人，在朝中不得志，就只有到山林去了。山林那地方，是獨善其身，只顧養活自己，不關心天下的人所能安居的；如有關心天下之心，就不能在山林安居了。所以我總是自謀仕進而不知慚愧。屢次上書，多次來到門前，卻不知停止，哪裡只是如此而已？我恐懼不安，還只怕不能出於您這位大賢門下，希望您能稍微瞭解我的微情。觸犯您的尊嚴，惶恐不止。韓愈再拜。

答張籍書

【題解】貞元十二年（西元七九六年）七月，韓愈隨宣武軍節度使董晉去汴州（今河南開封），做董晉的幕僚，後被任為觀察推官。貞元十四年，韓愈受命領進士試，負責選拔當地貢舉參加進士試的士子。張籍就在這年十月經孟郊介紹與韓愈相識。張籍，字文昌，吳郡（今江蘇蘇州）人，貞元十五年考中進士，是一位有成就的詩人。在汴州時，他對韓愈十分敬仰，因而對韓愈期望也很高。他寫了一封信給韓愈，直率地提出四點批評：一、批評韓愈喧譁多言，希望他把排斥釋老的理論寫成書，不要口頭與人爭吵；二、批評韓愈多尚「無實駁雜之說」；三、批評韓愈與人爭論時，不能平心靜氣；四、批評韓愈喜歡博塞之戲。

韓愈對於張籍的第一、二點批評提出辯解，就寫了這封書信。信中韓愈表示：口頭教化不能放棄，著書要待到五六十歲之時；談談「無實駁雜之說」也可作為遊戲，總比喜歡酒色好。至於第三、四點批評則基本上表示接受。由這封信中也可以看到古人以道義相交的精神。

愈始者望見吾子於人人❶之中，固有異焉。及聆其音聲，接其辭氣，則有願交之志。因緣幸會，遂得所圖。豈惟吾子之不遺，抑僕之所遇有時焉耳。

近者嘗有意吾子之闕焉無言，意僕所以交之之道不至也。今乃大得所圖，脫然若沉痾❷之去體，灑然若執熱❸者之濯清風也。然吾子所論，排釋老不若著書，囂囂❹多言，徒相為訾❺，若僕之見，則有異乎此也。夫所謂著書者，義止於辭耳，宣之於口，書之於簡，何擇焉！孟軻之書，非軻自著，軻既歿❻，其徒萬章、公孫丑相與記軻所言焉耳。僕自得聖人之道而誦之，排前二家❼有年矣。不知者以僕為好辯也，然從而化者亦有矣，聞而疑者又有倍焉。頑然不入者，親以言諭之不入，則其觀吾書也，固將無得矣。為此而止，吾豈有愛於力乎哉！然有一說：化當世莫若口，傳來世莫若書，又懼吾力之未至也。「三十而立，四十而不惑」❽，吾於聖人，既過之猶懼不及，矧今未至，固有所未至耳，請待五六十然後為之，冀其少過也。

吾子又譏吾與人人為無實駁雜之說❾，此吾所以為戲耳，比之酒色，不有間乎！吾子譏之，似同浴而譏裸裎❿也，若商論⓫不能下氣⓬，或似有之，當更思而悔之⓭耳。博塞⓮之譏，敢不承教！其他俟相見。薄晚⓯須到公府，言不能盡。愈再拜。

【注　釋】❶人人　眾人。❷沈痾　重病。❸執熱　手執灼熱之物。《詩・大雅・桑柔》：「誰能執熱，逝不以濯。」❹囂囂　喧譁。❺訾　毀謗非議。❻歿　死。❼前二家　指釋老二家。❽三十而立二句　原是孔子自謂，說他三十歲能立於禮，四十歲能遇事明辨不疑。語出《論語・為政》。❾無實駁雜之說　指社會上流傳的一些不可靠、不純正的傳聞雜說。駁雜，混雜。❿裸裎　赤身露體。⓫商論　磋商討論。⓬下氣　平心靜氣，態度隨和。⓭悔之　改過。⓮博塞　本作「簙簺」。即博戲。古代的一種棋戲。⓯薄晚　傍晚。

【語　譯】我初次在眾人之中望見您的時候，就感到有些不同。等到聽到您的聲音，領會您的語氣，則更加產生了要和您結交的想法。湊巧幸運地與您相會，從而滿足了願望。難道只是您不嫌棄我，該也是我和您相識有個適宜的時機吧。

近來我曾感到您對我缺少匡正之言，我猜想我在和您結交之中做得不夠吧。現在我才大為滿足了我的願望，好像重病脫離了身體，好像手執灼熱之物吹到了清風。然而您所議論的見解，說我排斥佛教、道教不如著書，喧譁多言，只是互相毀謗，可是我的見解，卻和您有些不同。所謂寫書，思想就只表現在文辭上，口上說出來，和書面表達，有什麼差別！孟軻的書，不是孟軻自己寫的，孟軻死後，他的學生萬章、公孫丑一起記述孟軻的話而成為書。我自從得到聖人之道，不斷誦習，排斥前面說到的那二家好些年了。不瞭解我的人認為我喜歡跟人辯論，然而由此而接受我的看法的人也有，聽了感到疑惑的人更是加倍。頑固不接受的人，我親自用言辭對他說，他聽不進，那麼他讀我的書，本來也將無所得了。事情做到此為止，我難道會吝惜我的力量嚒！然而我有這樣的看法：教化當代的人莫如用口，傳道給來世的人則莫如用書。而我又擔心我的力量不夠。「三十歲才立於禮，四十歲就明辨不惑」，我和聖人相比，年紀過了還擔心達不到這一要求，何況如今年齡不到，水準一定還不夠啊，所以請允許我等到五六十歲然後來寫書吧，希望能減少一些錯誤。

您又批評我與眾人談論些不實而混雜的傳說，這只是我作為遊戲罷了，比起喜好酒色，不是還有些距離嗎！您批評我，就好像一同洗浴卻批評人家赤身露體。至於說我跟人磋商討論，不能平心靜氣，有時似乎有這種情形，應該再考慮改過。您還批評我玩博戲，我怎敢不接受您的教誨！其他事待見面後再談，由於傍晚時候要到公府，話未能說盡。韓愈再拜。

重答張籍書

【題解】韓愈上一封信答覆張籍之後，張籍又寫了一封信給韓愈，反駁了韓愈的論據，並重申他上封信中的論點：希望韓愈儘早著書；不要以「駁雜無實之說為戲」。韓愈於是又寫了這封信來答覆張籍。

這封信中，韓愈坦露了一些內心真實想法，他說：佛教、道教已經流行了六百多年，根深而流廣，上自天子，下至公卿宰相，都在崇奉。如果貿然著書公開排斥這二家，必然會遭到大禍，所以目前還不是著書的時候。這番話的確寫出一些當時的社會狀況，但要說明的是，韓愈在這裡只是表示排斥佛、道要注意策略，不能孟浪，絕不是說要就此罷手遠禍。他的〈原道〉等文就作在此時前後，後來他又冒死上了〈論佛骨表〉，抗爭精神一直很頑強。

這封信中韓愈儼然以孔、孟、揚雄以來的道統繼承者自居，他豪邁地自許：上天如果想要使這一代人有所知，那麼除了由我來做，還有誰呢！他決心在他一生中完成行道、著書、化今、傳後的重任，表現了一種強烈的歷史使命感。

吾子不以愈無似❶，意欲推而納諸聖賢之域，拂其邪心，增其所未高，謂愈之質有可以至於道者，浚❷其源，導其所歸，溉其根，將食其實，此盛德者之所辭讓，況於愈者哉！抑其中有宜復者，故不可遂已。

昔者聖人❸之作《春秋》也，既深其文辭矣❹，然猶不敢公傳道之，口授弟子，至於後世，然後其書出焉，其所以慮患之道微也。今夫二氏❺之所宗而事之者，下乃公卿輔相❻，吾豈敢昌言❼排之哉！擇其可語者誨之，猶時與吾悖❽，其聲嘵嘵❾。若遂成其書，則見而怒之者必多矣，必且以我為狂為惑，其身之不能恤❿，書於吾何有！夫子，聖人也，且曰：「自吾得子路而惡聲不入於耳。」⓫其餘輔而相者周天下，猶且絕糧於陳⓬，畏於匡⓭，毀於叔孫⓮，奔走於齊、魯、宋、衛之郊。其道雖尊，其窮也亦甚矣！賴其徒相與守之，卒有立於天下。向使獨言之而獨書之，其存也可冀乎！今夫二氏行乎中土也蓋六百年有餘矣，其植根固，其流波漫，非所以朝令而夕禁也。自文王沒，武王、周公、成、康相與守之，禮樂皆在，及乎夫子，未久也。自夫子而及乎孟子，未久也，自孟子而及乎揚雄，亦未久也，然猶其勤若此，其困若此，而後能有所立，吾其可易而為之哉！其為也易，則其傳也不遠，故余所以不敢也。然觀古人，得其時行其道，則無所為書，書者，皆所為不行乎今而行乎後世者也。今吾之得吾志、失吾志未可知，俟五六十為之未失也。天不欲使茲人⓯有知乎，則吾之命不可期；如使茲人有知乎，非我其誰哉！其行道，其為書，其化今，其傳後，必有在矣，吾子其何遽⓰戚戚⓱於吾所為哉！

前書謂吾與人商論，不能下氣，若好勝者然。雖誠有之，抑非好己勝也，好己之道勝也；非好己之道勝也，己之道乃夫子、孟軻、揚雄所傳之道也；若不勝，則無以為道。吾豈敢避是名哉！夫子之言曰：「吾與回言終日，不違，如愚。」⑱則其與眾人辨⑲也有矣。駁雜之譏，前書盡之，吾子其復之。昔者夫子猶有所戲⑳。《詩》不云乎：「善戲謔兮，不為虐兮！」㉑《記》曰：「張而不弛，文武不能也。」㉒惡㉓害於道哉！吾子其未之思乎？孟君㉔將有所適㉕，思與吾子別，庶幾一來。愈再拜。

【注釋】❶無似　不肖。謙詞。❷浚　疏通；挖深。❸聖人　指孔子。❹深其文辭矣　《春秋》敘事用語精微，常含有很深的褒貶之意。❺二氏　指佛教、道教。❻下乃公卿輔相　意謂上自天子亦宗事二氏。這是隱約其辭的說法。❼昌言　公開宣言。❽悖　違背；相反。❾嘵嘵　雜亂的爭辯聲。❿恤　救濟。⓫自吾得子路而惡聲不入於耳　《史記・仲尼弟子列傳》：「孔子曰：『自吾得由，惡言不聞於耳。』」由，仲由。字子路，孔子弟子。為人勇敢性直，做孔子的侍衛，外人因而不敢以惡言侮慢孔子。⓬絕糧於陳　孔子在陳國，遇吳國攻打陳國，孔子斷了糧食，從人餓得爬不起來。⓭畏於匡　孔子離開衛國到陳國去，路過匡（今河南長垣西南十五里之匡城），匡人誤認他是陽貨，把他圍困了五日。畏，拘囚。⓮毀於叔孫　叔孫曾經毀謗孔子，遭到子貢的駁斥。叔孫，叔孫武叔。名州仇，魯大夫。⓯茲人　今人。⓰何遽　如何；怎麼。⓱戚戚　憂懼的樣子。⓲夫子之言曰四句　見《論語・為政》。⓳辨　通「辯」。⓴夫子猶有所戲　孔子曾到子游為政的武城，聽到弦歌之聲，微笑說：「殺雞焉用牛刀！」子游作了解釋後，孔子就對學生說，子游的話是對的，「前言戲之耳」。事見《論語・陽貨》。㉑詩不云乎三句　見《詩・衛風・淇奧》。戲謔，開玩笑。虐，侵害。㉒記曰三句　見《禮記・雜記下》。張而不弛二句，原文作「張而不弛，文武弗能也」。這是用弓弩來作比喻，說若是長久把弓弦繃緊，不放鬆，是不行的。使用民力也是這樣，若是久勞而不逸樂，那麼即使周文王、周武王也無法治理，所以「一張一弛，文武之道也」。㉓惡　何。㉔孟君　指孟郊。
㉕適　往；到。

【語　譯】您不認為我不肖，想要推戴我，把我納入聖賢之行列中去，拂去不正之心，提高我還不夠的德行，說我的品質可以達到聖道的水準，疏通源流，開導流向，灌溉根柢，打算吃果實，這是道德隆盛的人也要推辭的，何況我呢！而您的話中有應該答覆的地方，所以不能就這麼算了。

從前聖人寫作《春秋》，已經把大義深藏於文辭之中，然而還不敢公開傳播闡述，只是口頭授給弟子，到了後世，他的書才出現，可見他憂慮禍患的方式做得隱晦。如今尊仰而信從那二家的人，等次低一些的就是公卿宰相，我難道敢公開宣言排斥那二家嗎！選擇可以談談的人來教誨，還要有時與我意見相反，爭辯之聲一片嘈雜。若是竟而寫成書，那麼見到此書發怒的人一定很多，必然認為我發狂、發昏，我自身都不能保住，書對我有什麼用！孔子是聖人，尚且說：「自從我有了子路這個弟子，就聽不到人家的惡言侮慢了。」其他幫助他的人遍天下，尚且在陳國斷絕了糧食，在匡地被圍困，遭到叔孫武叔的毀謗，在齊、魯、宋、衛等國郊外奔波。他的學問雖然崇高，他所遭受的困厄也夠深重的！依賴他的弟子們共同來保護，終於在天下有所建樹。當初若讓他一個人去宣傳自己的學說，一個人去著書，能夠期望他幸存下來嗎！如今那二家在中原流行大約有六百多年了，它們扎根堅實，勢力廣泛，不是早上下令、晚上就可以禁止的。自從文王死後，武王、周公、成王、康王共同堅守，禮樂制度都保存著，到了孔子，時間還不算長久。從孔子到孟子，時間不久，從孟子到揚雄，時間也不久，然而他們還如此辛苦，如此困頓，而後才能有所建樹，我難道可以容易地做到嗎！如果做起來容易，那麼這種書流傳也不久遠，所以我不敢著書。然而看古人，能得到好的時機去推行他的主張，則用不到書，書都是他的主張在當代不能實行卻在後世可以實行的人寫的。現在我能否得志還不知道，等到五六十歲來寫，也不算錯。上天不想要使這一代人對聖道有所明白，則我的命運不能預料，如果上天想要使這一代人對聖道有所明白，靠的不是我還有誰呢！我實行聖道，我著書，我教化當代人，我傳道於後世人，上天一定都會安排好的，您為什麼這樣擔心我所做的事呢！

您前封信說我和人磋商談論，不能平心靜氣，像是好勝的樣子。雖然我確實有這種情形，但我不是喜好自己獲勝，是喜好自己的學說勝利；也不是喜好自己的學說勝利，因為自己的學說是孔子、孟軻、揚雄傳下來的學說；若是不勝，就不算是聖人的學說了。我難道敢迴避傳揚聖道的這一聲名嗎！孔子這麼說：「我跟顏回談論一天，他從不與我持相反意見，好像很愚笨的樣子。」由此看來，孔子與眾人爭辯的時候也是有的。您批評我喜歡談論混雜的傳說，上一封信已說盡了，您這次又重複說起。從前孔子還跟人開玩笑。《詩經》不也說過：「擅長開玩笑啊，不會傷害人啊！」《禮記》也說：「像把弓弦長久繃緊而不鬆弛那樣來使用民力，那是周文王、周武王也做不到的。」開開玩笑對於聖道有什麼妨害呢！您沒有考慮過嗎？孟君將要出行，想和您告別，希望您能來一次。韓愈再拜。

與馮宿論文書

【題解】馮宿，字拱之，婺州東陽（今浙江東陽）人。這是貞元十四年（西元七九八年）韓愈在汴州任宣武軍節度使董晉的幕僚時寫給馮宿的信。韓愈當時已在大力倡導古文，除了指導李翺、張籍等人學寫之外，還儘量廣為宣傳自己的文學主張。本文的主旨是說學寫古文不要受時人評價的影響，要毫不動搖地努力下去，表現出韓愈作為開一代風氣者那種無所畏懼、傲岸果敢的氣概。

全文共分三大段：第一段作者就自己的親身體會來談論寫作古文和時文的不同感受和時人的不同反應。他說，自己認為好的文章，人必以為不好；自己感到慚愧的文章，人家反認為好。這就突出描繪出兩種文學觀反差之大，描繪出古文家在當時文壇上孤軍奮戰之狀。第二段舉了揚雄著《太玄》為例。揚雄不以不為世人所知為懷，而是認為後世必有知音之人。作者從而提出，一個藝業卓越的「作者」就要具備這種高遠的目光和充足的自信心。第三段則簡略評論近來身邊的兩個弟子——李翺、張籍——的學業，使對方知道學寫古文雖是寂寞之業，但有志者仍在矻矻以求，可說吾道不孤。

辱❶示〈初筮賦〉，實有意思❷。但力為之，古人不難到。但不知直❸似古人，亦何得於今人也！僕為文久，每自則意中以為好，則人必以為惡矣。小稱意，人亦小怪之；大稱意，即人必大怪之也。時時應事作俗下文字，下筆令人慚，及示人，則人以為好矣。小慚者亦蒙謂之小好，大慚者即必以為大好矣。不知古文直何用於今世也！然以竢❹知者知耳。

昔揚子雲著《太玄》❺，人皆笑之。子雲之言曰：「世不我知無害也，後世復有揚子雲，必好之矣。」子雲死近千載，竟未有揚子雲，可歎也！其時桓譚❻亦以為雄書勝老子❼，老子未足道❽也，子雲豈止與老子爭彊❾而已乎！此未為知雄者。其弟子侯芭❿頗知之，以為其師之書勝《周易》。然侯之他文不見於世，不知其人果如何耳。以此而言，作者不祈人之知也明矣，直「百世以竢聖人而不惑，質諸鬼神而不疑」⓫耳，足下豈不謂然乎？

近李翺從僕學文，頗有所得，然其人家貧多事，未能卒其業。有張籍者，年長於翺，而亦學於僕，其文與翺相上下，一二年業之，庶幾乎至⓬也。然閔⓭其棄俗尚而從於寂寞之道⓮，以之爭名於時也。久不談，聊感足下能自進於此⓯，故復發憤一道。愈再拜⓰。

【注釋】❶辱 謙詞。猶言「承蒙」。❷意思 意義；道理。❸直 竟。副詞。❹竢 等待。❺太玄 亦稱《太玄經》。共十卷。體裁模擬《周易》，內容則是儒、道、陰陽三家的混合。全書以「玄」為中心思想，相當於《老子》的「道」和《周易》的「易」。❻桓譚 字君山，沛國（今安徽濉縣西北）人。東漢經學家、哲學家。官至議郎給事中。博學多通，遍習五經，反對讖緯神學，也喜非毀俗儒。❼以為雄書勝老子 《漢書．揚雄傳》之贊載桓譚答嚴尤之言曰：「（雄之書）必傳，顧君與譚不及見也。凡人賤近而貴遠，親見揚子雲祿位容貌不能動人，故輕其書。昔老聃著虛無之言兩篇，薄仁義，非禮學，然後世好之者尚以為過於五經，自漢文景之君及司馬遷皆有是言。今揚子之書，文義至深，而論不詭於聖人，若使遭遇時君，更閱賢知，為所稱善，則必度越諸子矣。」❽老子未足道　韓愈一貫排斥佛、老，故貶低老子學說。❾彊　「強」的異體字。❿侯芭　揚雄弟子。鉅鹿人，從揚雄受《太玄》、《法言》。⓫百世以竢聖人而不惑二句　語出《禮記・中庸》。質，評斷；評量。⓬至　盡。謂窮盡古文之理。⓭閔　亦作「憫」。憐念。⓮寂寞之道　與「俗尚」相對。指學寫古文。⓯此　指為文之道。⓰再拜　古代的一種禮節，先後拜兩次，表示禮節隆重。此處則表敬意。

【語譯】承蒙您把〈初筮賦〉給我讀，感到此賦內容很有意義。只要努力這樣寫下去，古人的水準不難達到。只是不知寫得與古人就是相似，從今人那裡會得到什麼評價！我研習寫作很久了，常有這樣的情況，自己認為寫得好的文章，人們必定認為寫得不好。我比較滿意的文章，人們對它稍微感到奇怪；我十分滿意的文章，人們必定對它大感奇怪。有時為了應付俗事而寫作時下流行的文章，下筆時心中感到慚愧，等到把文章拿給人看，人們卻認為文章寫得好。我稍微感到慚愧的文章，就承人們許為比較好的文章；我大感慚愧的文章，人們必定認為是很好的文章。不知古文對於今世之人竟有什麼用處！然而我仍寫作古文等待知音的賞識。

從前揚子雲寫作《太玄》，當時人們譏笑他。子雲說：「世人不曉得我沒有關係，後世有揚子雲復出，他必定喜好《太玄》。」子雲死了近千年，竟然沒有揚子雲復出，很值得歎息呵！那時桓譚也認為揚雄的書勝過老子之作，老子不值得一說，子雲難道只是和老子爭一個高低就罷了嗎！這個桓譚也不是揚雄的知己。揚雄的弟子侯芭很瞭解揚雄，認為他老師的書勝過《周易》。然而侯芭其他文章未在世上流傳，不知這人的水準果真如何。由此說來，在藝業上有卓越成就的人不要求人們瞭解他是很明顯的，真是「等待百世之後聖人出世方瞭解他也不動搖，任由鬼神去評斷而不疑惑」，足下難道不認為這樣嗎？

近來李翺跟從我學習寫作古文，很有心得，只是此人家貧事多，不能完成他的學業。有一個張籍，年紀比李翺大，而且也向我學習作文，他的文章的水準和李翺的文章高低相近，一二年學下來，差不多可窮盡古文寫作要領。然而我憐念他拋棄時俗好尚卻從事於這個少有人過問的事業，在世上憑此以爭名。久未敘談，且為足下在學習寫作上自己努力到這樣地步所感動，所以說這些以抒發憤懣。韓愈再拜。

與李翱書

【題解】李翱，字習之，隴西成紀（今甘肅秦安）人，貞元十四年（西元七九八年）進士。唐代散文家和哲學家。貞元十五年二月初，韓愈護送宣武軍節度使董晉的喪柩去洛陽，不久汴州發生兵變，韓愈只得到徐州（今江蘇徐州）投靠徐泗濠節度使張建封。張建封雖也任用他為節度推官，但並不重視他。這時韓愈的學生兼好友李翱寫信給他，責備他不該這樣虛度時光，要他到京城去圖發展。韓愈於是寫了這封信來答覆李翱。

在此信中，韓愈談到自己的處境，說自己家累極重，經濟上沒有可依靠的人，因而無奈只得暫依張建封來謀取俸祿。如說到京城去，以前在京中八九年，經濟無資助，結交無知己，那種靠乞求過日子的生活，實在太令人寒心了，所以不想再去了。這封信是寫給知他重他的好友，所以情感真摯，毫不虛飾，把自己的困境全盤托出，充滿一種英雄失路的悲哀，讀來頗引人同情。

使至，辱❶足下書，歡愧來并❷，不容于心。嗟乎！子之言意皆是也，僕雖巧說，何能逃其責邪！然皆子之愛我多，重我厚，不酌時人待我之情，而以子之待我之意使我望於時人也。僕之家本窮空，重遇攻劫❸，衣服無所得，養生之具無所有，家累僅❹三十口。攜此將安所歸託乎？捨之入京不可也，挈之而行不可也，足下將安以為我謀哉！此一事耳。

足下謂我入京城有所益乎？僕之有子，猶有不知者，時人能知我哉！持僕所守，驅而使奔走伺候❺公卿間，開口論議，其安能有以合乎！僕在京城八九年，無所取資❻，日求於人以度時月，當時行之不覺也，今而思之，如痛定之人，思當痛之時不知何能自處也！今年加長也，復驅之使就其故地，是亦難矣。所貴乎京師者，不以明天子在上，賢公卿在下，布衣韋帶❼之士談道義者多乎！以僕遑遑❽於其中，能上聞而下達乎！其知我者固少，知而相愛不相忌者又加少。內無所資，外無所從，終安所為乎！嗟乎！子之責我誠是也，愛我誠多也，今天下之人有如子者乎！自堯舜已來，士有不遇者乎？無也。子獨安能使我潔清不洿❾而處其所可樂哉！非不願為子之所云者，力不足，勢不便故也。

僕於此豈以為大相知乎！累累❿隨行，役役⓫逐隊，飢而食，飽而嬉者也。其所以止而不去者，以其心誠有愛於僕也。然所愛於我者少，不知我者猶多，吾豈樂於此乎哉！將亦有所病而求息於此也。嗟乎！子誠愛我矣，子之所責於我者誠是矣，然恐子有時不暇責我而悲我，不暇悲我而自責且自悲也。及之而後知，履之而後難耳。孔子稱顏回「一簞食，一瓢飲，人不堪其憂，回也不改其樂。」⓬彼人者，有聖者為之依歸，而又有簞食瓢飲足以不死，其不憂而樂也豈不易哉！若僕無所依歸，無簞食，無瓢飲，無所取資，則餓而死，其不亦難乎！子之聞我言亦悲矣，嗟乎！子亦慎其所之哉！離違久，乍還侍左右，當日⓭懽喜，故專使馳此候足下意，并以自解。愈再拜。

【注釋】❶辱　謙詞。猶言「承蒙」。❷并　合。❸攻劫　攻擊掠奪。此指貞元十五年二月汴州發生兵變事。❹僅　多至。❺伺候　窺伺；守候。❻取資　憑藉；助益。❼布衣韋帶　古時未仕或隱居在野者的粗陋之服。韋帶，熟牛皮帶。❽遑遑　匆忙的樣子。❾洿　汙穢。❿累累　聯貫成串的樣子。⓫役役　勞苦不休的樣子。⓬孔子稱顏回四句　語出《論語・雍也》。簞，古代盛飯的圓形竹筐。陋巷，窄小的巷子。⓭當日　當時。

【語譯】使者來到，承蒙您給我寄信來，歡喜和慚愧的心情交集，幾乎心中都容納不下了。唉！您的話和意思都很對，我雖然巧於辯說，怎麼逃得開您對我的責備呢！然而您的話都表現出您特別地愛惜我，格外地看重我，不採取時人對待我的那種想法，而是用您對待我的情意使我去寄希望於時人。我的家境本來窮得空無所有，又遇上兵禍掠奪，衣服既沒有了，生活用具也沒有了，而家中要負擔的人口多達三十人。攜同這麼多人還能到哪裡去投奔託身呢？放棄他們，自己去京城，這當然不行，帶領他們一同去也不行，您要如何為我打算呢！這是一件事。

您認為我入京城有好處嗎？我有您這樣的朋友，您對我還有不瞭解的地方，時人能夠瞭解我嗎！我堅持這樣的操守，卻勉強使我在公卿之間奔走、守候，我開口議論，我的話能夠和他們投合嗎！我在京城住了八九年，沒有什麼可憑藉的，每天向人求助度時光，當時這麼做也不覺怎樣，如今回想起來，就像一個病痛已經好了的人，回想當初病痛發作的時候不知自己是怎樣過下去的一樣！如今年紀又大了一些，又再強逼我來到老地方像從前那樣過日子，這也難了。京城可貴的原因，不就是由於有聖明天子在上，賢能的公卿在下，談論道義而沒有做官的讀書人很多嗎！我在這些人裡面匆忙奔走，上能使天子聞名，下能使公卿知曉嗎！那些人中瞭解我的本來少，瞭解我又愛惜我而不憎恨我的人更加少了。我內無經濟上的支持可以度日，外無知心的朋友可以交往，到底能做些什麼呢！唉！您對我的責備確實是對的，對我的愛惜確實是深厚的，如今天下的人裡面有如您這樣的人嗎！從堯、舜以來的盛世，有才的讀書人有不受當政者的重視的嗎？沒有。您怎能使我保持清潔不受汙穢而又過上快樂的生活！我不是不願做您所說的事，只是因為力量不足，時勢於我不方便罷了。

我在這裡難道就認為是被人十分瞭解嗎！挨個排班作為主帥隨行人員，忙忙碌碌地跟著這一班人轉，餓了吃飯，飽了就遊戲。而我在這裡逗留卻不離開的原因，是由於主帥心中確實愛惜我。然而愛惜我的成分少，不瞭解我的成分還是居多，我難道會覺得在此很快樂嗎！我也是由於有些困難而在此求得蘇息而已。唉！您確實愛惜我，您責備我的話確實很對，然而恐怕您有時來不及責備我就同情我，來不及同情我就責備自己、同情自己了。您接觸了就會明白，親身經歷就會感到困難了。孔子稱讚顏回「一竹筐飯，一瓢飲水，人不能忍受愁苦，顏回卻不改變他的樂觀態度。」那個人，有聖人作為他的依靠，而且又有竹筐中的飯、瓢裡的飲水足夠使他不死，那麼他不憂愁而保持樂觀難道不容易嗎！若是像我這樣沒有可依靠的人，沒有現成的竹筐中的飯、瓢中的飲水，沒有經濟來源，那就飢餓而死了，難道不難嗎！您聽到我的話也會感到悲哀，唉！您也要謹慎掌握自己的去向！離別好久，突然好像回到您的身邊，一時感到很高興，所以專門差人騎馬送這封信給您致以問候，並且自我作一些解釋。韓愈再拜。

上張僕射書

【題解】這封信作於貞元十五年（西元七九九年）九月一日，當時韓愈才被徐泗濠節度使張建封任為節度推官。當時節度使院中規定：每年九月至次年二月，要早入晚歸，不得隨意離開。韓愈對這項規定很不耐煩，於是寫了這封信上給張建封。因為當時張建封加檢校右僕射的官職，所以稱「上張僕射書」。

韓愈在信中提出：自己來此並不是為了處理日常瑣務，作為隨員而已，而是在大的方面會另有所報效，而且自己的個性也不慣拘束，所以每天有半日到使院就夠了，希望能格外給予寬容厚待。這封信雖是向上司提出懇求，但處處可以見到韓愈以國士自居，不肯貶低自己身分，所以清吳闓生說此文「質健傲兀，見古君子所以自處，不阿曲以徇人，乃韓公偉岸倔強之天性」（《古文範》卷三）。不過有人認為韓愈上這封信還帶有試探張建封是否對自己格外重視的意向，看來也有可能。

九月一日愈再拜：受牒❶之明日，在使院❷中，有小吏持院中故事節目❸十餘事來示愈。其中不可者，有自九月至明年二月之終，皆晨入夜歸，非有疾病事故輒不許出。當時以初受命不敢言。古人有言曰：「人各有能有不能。」若此者，非愈之所能也。抑而行之，必發狂疾❹。上無以承事于公，忘其所以報德者❺，下無以自立，喪失其所以為心。夫如是則安得而不言！

凡執事之擇於愈者，非為其能晨入夜歸也，必將有以取之。苟有以取之，雖不晨入而夜歸，其所取者猶在也。下之事上，不一其事；上之使下，不一其事。量力而任之，度才而處之，其所不能，不彊[6]使為是，故為下者不獲罪於上，為上者不得怨於下矣。孟子有云：今之諸侯無大相過者，以其皆「好臣其所教，而不好臣其所受教」[7]。今之時，與孟子之時又加遠矣，皆好其聞命而奔走者，不好其直己而行道者。聞命而奔走者，好利者也；直己而行道者，好義者也。未有好利而愛其君者，未有好義而忘其君者。今之王公大人，惟執事可以聞此言，惟愈於執事也可以此言進。

愈蒙幸於執事，其所從舊矣[8]。若寬假[9]之使不失其性，加待之使足以為名。寅[10]而入，盡辰[11]而退，申[12]而入，終酉[13]而退，率[14]以為常，亦不廢事。天下之人聞執事之於愈如是也，必皆曰：「執事之好士也如此，執事之待士以禮如此，執事之使人不枉其性而能有容如此，執事之欲成人之名如此，執事之厚於故舊如此。」又將曰：「韓愈之識其所依歸也如此，韓愈之不諂屈於富貴之人如此，韓愈之賢，能使其主待之以禮如此。」則死於執事之門無悔也。若使隨行而入，逐隊而趨，言不敢盡其誠，道有屈於己。天下之人聞執事之於愈如此，皆曰：「執事之用韓愈，哀其窮，收之而已耳。韓愈之事執事，不以道，利之而已耳。」苟如是，雖日受千金之賜，一歲九遷其官，感恩則有之矣，將以稱於天下曰：「知己知己，則未也。」伏惟⑮哀其所不足，矜⑯其愚不錄其罪，察其辭而垂仁採納焉。愈恐懼再拜。

【注　釋】❶牒　公文；憑證。此指任命韓愈為節度推官的文書。❷使院　指節度使官署。❸故事節目　舊日典章制度的條目。❹狂疾　瘋狂病。❺忘其將所以報德者　忘記打算真正用來報答您的大德的主意。這是說本想在建功立德這些大事上幫助張建封，而不是用晨入夜歸日常隨侍來服務。❻彊　即「強」字。勉強。❼孟子有云四句　語出《孟子・公孫丑下》。意謂今天下的諸侯都沒有太大差別，都喜歡用他所教訓的人為臣，而不喜歡用自己奉以為師、受過教育的人為師。「故湯之於伊尹，學焉而後臣之，故不勞而王；桓公之於管仲，學焉而後臣之，故不勞而霸」。❽其所從舊矣　韓愈與張建封多年前因馬燧之薦即有交往；貞元四年曾薦薛公達於建封；後來赴汴州之前又原擬去徐州依建封的，但未成行。❾寬假　寬容。❿寅　十二時辰之一。三時至五時。⓫辰　七時到九時。⓬申　下午三時到五時。⓭酉　下午五時到七時。⓮率　大概；大略。⓯伏惟　舊時常用為下對上有所陳述時的表敬之辭。⓰矜　憐憫。

【語　譯】九月一日韓愈再拜：接受公文的次日，在使院中，有一個小吏拿了使院的舊日規章制度十來條給我看。其中不准許的事情裡，有一條規定：從九月至來年二月末，都要早晨入院，夜晚歸家，不是有疾病或有事情就不許出院。當時我因為剛接受任命不敢有異議。古人有這樣的話：「人各有他能做的事，也有他不能做的事。」像這樣的規定，就不是我所能做的事了。如果克制自己去按規定做，我一定會發瘋的。往上說，無法承命服務於您，忘記了打算報答大德所應做的事情，往下說，我也無法自立為人，喪失了維持心情平靜的因素。這樣的後果我怎能不開口說話呢！

您選擇我為屬官，不是因為我能夠晨入夜歸，一定另有原因取用我。如果另有取用我的原因，雖然我不晨入夜歸，那錄取我的原因還是在。下級為上級服務，不都是做一樣的事；上級使用下級，也不會要他們做同樣的事。估量下級的能力去任用他，揣測他的才幹去安排他，他不能做的事，不勉強差他去做，所以做下級的不會受到上級的怪罪，做上級的也不會遭到下級的怨恨。孟子說過：如今的諸侯沒有太大的差距，由於他們都「喜歡用他教訓過的人為臣，而不喜歡用教育過自己的人為臣」。如今的時代，跟孟子的時代離得更遠了，都喜歡用那些聽到命令就去奔走的人，不喜歡用那些正直並按聖道行事的人。聽到命令就去奔走的人，是貪戀利祿的人；正直並按聖道行事的人，是喜好道義的人。沒有貪戀利祿而能真正愛戴他的君主的，沒有喜好道義卻會忘記他的君主的。今天的王公大人之中，只有您可以聽這番話，也只有我可以把這番話跟您說。

我承蒙您看重，交往了很久。如果寬容我，使我不致喪失個性，優待我，使我足夠因此成名。寅時入院，辰時盡了出院；申時入院，酉時終了退出，大致以此作為常規，也不會荒廢事務。天下人聽說您這樣對待我，一定都會說：「執事這樣愛重賢士，執事這樣待士有禮，執事用人不委曲他的個性，能夠這樣寬容，執事這樣要使人成名，執事這樣厚待舊相識的人。」又要說：「韓愈這樣瞭解他所依靠的人，韓愈這樣不諂媚屈服於富貴的人，韓愈的賢能，可以使他的上司這樣以禮對待他。」那麼我就是死在您的門下也無所悔恨。若是使我隨著眾人行列入院，跟著眾人成隊快步而走，說話不敢完全誠實，自己的主張也不能完全施展。天下人聽說您這樣對待我，都會說：「執事任用韓愈，只是憐憫他窮困，收錄他罷了。韓愈為執事做事，不是憑著道義，而是為了利祿罷了。」如果是這樣，即使一天之中您賜給我千金，一年之中多次提拔我的官職，我感恩是會的，但對天下人說起來：「要說執事瞭解我，則沒有。」希望您能同情我個性的缺陷，憐憫我的愚昧而不計較我的過錯，體察我的言辭而施予我慈仁，採納我的請求。韓愈恐懼再拜。

上張僕射第二書

【題解】這一封書信約作於貞元十五年（西元七九九年）秋，由於是繼上封信之後所作，故稱第二書。信中內容主要是對徐泗濠節度使張建封喜好打馬球一事，提出忠告。馬球在唐代上層社會很流行，張建封也樂此不疲，人們的勸告他也不聽。韓愈此信不是從打馬球易造成意外傷亡來談，而是從馬身上說起，得出結論說，這種劇烈運動不但對馬，對人的內在器官肯定也會造成損害，所以必有禍患。這種說法就把打馬球的害處從偶然性說成必然性了，自有其高明之處。韓愈勸告張建封保重身體也並不是對張個人討好，而是希望他把精力投入到國家正事上去。當時他還有一首詩，也是描寫張建封打馬球的，詩的末尾二句說：「當今忠臣不可得，公馬莫走須殺賊。」（〈汴泗交流贈張僕射〉）諷諫之意更為明顯了。

愈再拜：以擊毬事諫執事者多矣，諫者不休，執事不止，此非為其樂不可捨、其諫不足聽故哉！諫不足聽者，辭不足感心也；樂不可捨者，患不能切身也。今之言毬之害者必曰：有危墮❶之憂，有激射之虞❷，小者傷面目，大者殘形軀。執事聞之若不聞者，其意必曰：進若習熟，則無危墮之憂；避能便捷❸，則免激射之虞。小何傷於面目！大何累❹於形軀哉！

愈今所言皆不在此，其指要❺非以他事外物牽引相比也，特以擊毬之間之事明之耳。馬之與人，情性殊異，至於筋骸之相束，血氣之相持，安佚則適，勞頓則疲者同也。乘之有道，步驟折中，少必無疾，老必後衰。及以之馳毬於場，蕩搖其心腑❻，振撓❼其骨筋，氣不及出入，走不及迴旋，遠者三四年，近者一二年，無全馬矣。然則毬之害於人也決矣，凡五藏❽之繫絡甚微，坐立必懸垂於胸臆❾之間，而以之顛頓❿馳騁，嗚呼！其危哉！《春秋傳》曰：「夫有尤物，足以移人，苟非德義，則必有禍。」⓫雖豈弟⓬君子，神明所扶持，然廣慮之，深思之，亦養壽命之一端也。愈恐懼再拜。

【注釋】❶危墮　從高處落下。此指落馬。❷虞　憂慮；憂患。❸便捷　行動利便敏捷。❹累　帶累；使受害。❺指要　亦作「旨要」。猶要旨。❻腑　中醫稱胃、膽、大腸、小腸、膀胱等為腑。❼振撓　振動彎曲。❽五藏　心、肝、脾、肺、腎五個臟器的總稱。❾胸臆　指胸部。❿顛頓　上下起伏；顛簸。⓫春秋傳曰五句　語出《左傳·昭公二十八年》。為叔向母親所說的話。尤物，特別美麗的女人。⓬豈弟　同「愷悌」。和易近人。

【語　譯】韓愈再拜：就打毬的事勸阻您的人很多，勸阻的人既未停止，而您打毬的活動也不停止，這不是由於打毬的樂趣不肯放棄，勸阻也不值得聽的緣故嗎！勸阻不值得聽，是因他們說的話不能夠感動您的心；打毬的樂趣不肯放棄，是因為您沒有親身體驗到打毬可造成的禍患。如今說打毬的害處的人一定說：有從高處跌下的禍患，有毬飛速射來的憂慮，小一點的禍事是損傷面目，大的禍事則是傷殘形體。您聽到這些話就像沒有聽到一樣，您所想的一定是：前進若是練習純熟，就沒有從高處跌下的禍患；閃避若是行動敏捷，就可以免除對毬飛速射來的憂慮。哪裡會有什麼損傷面目的小的禍事！哪裡會有什麼傷殘形體的大的禍事！

我如今所說的都不在這些方面，我所說的要旨不是用另外的事或物拉來比喻打毬，只是就打毬之中的事來說明。馬和人，性情不同，至於身體的筋和骨互相束縛，血與氣互相依存，安逸就舒適，勞苦就疲乏，這些都是相同的。如果按照正確的方法騎馬，步伐速度適中，馬年少時一定沒有疾病，年老了一定體衰較遲緩。等到用馬在場上飛馳打毬，搖蕩牠的心腑，振彎牠的骨筋，呼吸不正常，奔跑又來不及迴旋，遠則三四年，近則一二年，就沒有健全的馬了。既然如此，那麼打毬對於人體的危害也是肯定的了，五臟的維繫網絡都很細微，坐立都懸掛在胸部這個地方，卻把五臟在馳騁之中顛簸，唉！危險啊！《春秋傳》說：「有面貌特別美麗的女人，就足以使人的精神情態改變。如果不是極有道德正義的人娶她，就必定有禍患。」雖然說和易近人的君子，神明都會來幫助他，然而廣泛地考慮，深入地思索這一問題，也是保養壽命的一個方法。韓愈恐懼再拜。

與孟東野書

【題解】孟東野，即孟郊，東野是他的字，湖州武康（今浙江德清）人。他比韓愈大十七歲，二人的友誼非常深厚。韓愈對孟郊的詩才十分推重，二人詩風也相近，韓愈集中載有聯句十一首，有九首是同孟郊唱和之作，最長一首，有一千五百三十字。

孟郊一生鬱鬱不得志，四十六歲才考中進士，五十歲才得一小官。貞元十六年（西元八〇〇年）三月，由於韓愈在徐州幕中也不得意，因此思念摯友，寫下了這封書信。此信的開端寫得非常巧妙，寫自己思念對方，就懸想對方一定也在思念自己，寫自己獨居無友的境況，也就肯定對方必會知道自己心中的不樂。一段話綰住了兩個人，突出地寫出二人那種兩心相照的友情。第二段是對孟郊的處境表示同情。韓愈指出，孟郊文才高超，為人遵循古道，然而逐食於世，不得不與汙濁的世人混在一起，內心的痛苦可想而知，因而為他感到悲哀。對孟郊的內心世界理解得這樣深，也只有知心好友方能做到。文章末段是交代自己及舊友的近況，並發出會面的邀請。

這篇文章樸素自然，感情真摯，是古代書信中一篇難得的佳作。

與足下別久矣，以吾心之思足下，知足下懸懸❶於吾也。各以事牽，不可合并❷。其與人人❸，非足下之為見而日與之處，足下知吾心樂否也。吾言之而聽者誰歟！吾唱❹之而和❺者誰歟！言無聽也，唱無和也，獨行而無徒❻也，是非無所與同也，足下知吾心樂否也！

足下才高氣清❼，行古道，處今世，無田而衣食❽，事親左右無違❾，足下之用心勤矣，足下之處身勞且苦矣。混混與世相濁❿，獨其心追古人而從之，足下之道，其使吾悲也。

去年春，脫汴州之亂⓫，幸不死，無所於歸，遂來于此⓬。主人⓭與吾有故，哀其窮，居吾于符離睢上⓮。及秋將辭去，因被留以職事⓯，默默在此，行⓰一年矣。到今年秋，聊復辭去。江湖⓱余樂也，與足下終，幸矣。李習之⓲娶吾亡兄⓳之女，期在後月，朝夕⓴當來此。張籍㉑在和州居喪㉒，家甚貧。恐足下不知，故具此白。冀足下一來相視也。自彼㉓至此雖遠，要皆舟行可至，速圖之，吾之望也。春且盡，時氣向熱，惟侍奉吉慶㉔。愈眼疾比劇㉕，甚無聊，不復一一。愈再拜。

【注釋】❶懸懸　惦念；牽掛。❷合并　相聚。❸人人　一般人；眾人。❹唱　指吟詩。❺和　答詩。❻徒　同伴；同類。指志同道合的人。❼氣清　風神清雅。❽無田而衣食　沒有田可耕種，卻要謀取衣食。指靠文字之長遊幕為生。❾事親左右無違　謂孟郊侍奉老母樣樣盡禮周到。左右，各方面。無違，無失。❿混混與世相濁　這是說世上多汙濁之人，孟郊不得不與他們混在一起。混混，汙濁雜亂。⓫脫汴州之亂　貞元十五年駐汴州的宣武軍節度使董晉病卒，韓愈護柩才離開不久，就發生兵變，韓愈幸免於難。⓬此　指徐州。⓭主人　指徐泗濠節度使張建封。⓮符離睢上　地名。符離為今安徽宿縣符離集。睢上為睢水旁邊。⓯被留以職事　指被任為節度推官。⓰行　且；將。⓱江湖　指歸隱江湖，漁釣自樂。⓲李習之　即李翱。

⓳亡兄　指韓愈的從兄韓弇。⓴朝夕　早晚；時間很短。㉑張籍　字文昌，和州烏江（今安徽和縣）人。㉒居喪　尊親屬死亡，守喪居家不出。㉓彼　指孟郊所居之處。據考可能在常州。㉔侍奉吉慶　祝禱孟郊侍奉老母吉祥安慶。㉕比劇　近來加重。

【語　譯】跟您分別很久了，緣於我對您的思念，知道您一定在記掛著我。我們各自由於事務的牽絆，不能夠相聚。我每天和周圍這些一般人相處，而不是和您見面，您是知道我是否會快樂的。我說話，誰來聽呢！我吟詩，誰來和呢！說話無人聽，吟詩無人和，獨來獨往沒有同道之人，評論是非，沒有和我看法一致的人，您會知道我心中是否快樂！

您文才高超，氣度清雅，遵行古人立身準則，處在當今之世，沒有田地卻要謀取衣食，侍奉老母周到無失，您用心也夠努力的了，您對自身也夠勞碌而辛苦了。與世人汙濁地混在一起，只有您的心追慕古人而效法他們，您的處世方式，使我感到悲哀。

去年春天，我從汴州的禍亂中脫身，僥倖不死，無處託身，就來到這裡。主人跟我過去相識，憐憫我處境窘困，安排我住在符離的睢水邊上。到了秋天，我打算告辭離開，則被任命職務而留下來，默默無聞地在這裡，快一年了。到今年秋天，又將告辭離開。漁釣江湖，這是我喜歡的事，跟您一起終老，更是幸運的事。李翱之要娶我亡兄的女兒，時間定在下個月，很快就要到這裡來。張籍在和州守喪，家境很貧困。恐怕您不知道，所以在此告知。希望您能來一次看看我們。從您那裡到這裡，雖然路遠，總還是乘船可到的，快些安排吧，我在盼望著您來。春季將過盡，氣候已熱起來，希望您侍奉老母吉祥安慶。我的眼病近來鬧得很厲害，生活很無聊，不再詳細說了。韓愈再拜。

與衛中行書

【題解】貞元十六年（西元八〇〇年）五月，韓愈被張建封免職，離開徐州到了洛陽。不料他才離開徐州，張建封就死了，旋即發生兵亂，韓愈因禍得福，又一次避過災禍。他的朋友衛中行（字大受，河南府人，貞元九年進士）寫信給他，祝賀他再次脫離災禍，並由此發揮說：君子定會得到吉祥，而小人則終遭凶災。韓愈於是寫了這封信回覆衛中行。他首先對於衛中行的讚譽表示謙讓，接著談到了他自己信奉的人生哲學。他認為一個人的賢與不賢在於自己，而貴賤禍福則在於天，名聲好壞則在於世人，因而只要去努力增進道德修養，命運的窮通、人言的好壞都任它去，自己絕不動心。韓愈這番理論自是由他的生活經歷所得出，他深深體會到求仕的道路上有許多不是自己所能左右的因素，人言更是變化無常，公論難得，因而只有認定自己選擇的正確方向堅韌不拔地走下去，別無他路。這種人生哲學比起衛中行所說無疑要高明得多了。

大受足下：辱書，為賜甚大，然所稱道過盛，豈所謂誘之而欲其至於是歟！不敢當，不敢當。其中擇其一二近似者而竊取之，則於交友忠而不反於背面者，少似近焉，亦其心之所好耳，行之不倦，則未敢自謂能爾也，不敢當，不敢當。至於汲汲❶於富貴❷以救世為事者，皆聖賢之事業，知其智能謀力能任者也，如愈者又焉能之！始相識時，方甚貧，衣食於人，其後相見於汴、徐二州，僕皆為之從事❸，日月有所入，比之前時豐約百倍，足下視吾飲食衣服亦有異乎！然則僕之心或不為此汲汲也，其所不忘於仕進者，亦將小行乎其志耳，此未易遽言也！

凡禍福吉凶之來，似不在我。惟君子得禍為不幸，而小人得禍為恆，君子得福為恆，而小人得福為幸，以其所為似有以取之也。必曰：「君子則吉，小人則凶」者，不可也。賢不肖❹存乎己，貴與賤、禍與福存乎天，名聲之善惡存乎人。存乎己者，吾將勉之；存乎天、存乎人者，吾將任彼而不用吾力焉。其所守者豈不約而易行哉！足下曰：「命之窮通，自我為之。」吾恐未合於道，足下徵❺前世而言之，則知矣。若曰：「以道德為己任，窮通之來，不接吾心。」則可也。

窮居荒涼，草樹茂密，出無驢馬，因與人絕。一室之內，有以自娛❻。足下喜吾復脫禍亂❼，不當安安而居，遲遲而來也。

【注　釋】❶汲汲　心情急切的樣子。❷富貴　此指仕進。❸從事　地方長官自辟的僚屬。韓愈在汴州曾任觀察推官；在徐州曾任節度推官。❹不肖　不賢。❺徵　證驗。❻一室之內二句　此謂可在室內讀書寫作，自我娛樂。❼復脫禍亂　韓愈在汴州兵變前四日離汴，又在徐州兵亂前不久離開徐州，故如此說。

【語　譯】大受足下：承蒙您給我寫信，真是賜我很大的恩惠，然而您稱讚我的話實在過高了，難道是所謂加以誘導而要使人達到這種程度的做法嗎！不敢當，不敢當。在您讚許我的話中，我選擇一二條稍微相近的而妄自承認，則是交朋友忠誠而不在背後反對他這一條，好像稍微相近一些，這也是我心中喜歡這麼做罷了，實行而不疲倦，則不敢自稱已經能夠這樣了，不敢當，不敢當。至於說我急切地謀取富貴是把救濟世人作為事業，這都是聖人賢人們的事業，是知道自己的智慧才能謀略力量能夠勝任的人，像我這樣的人又怎麼能做得到！當初我們相識的時候，我正處於很貧困的境地，要靠人家周濟生活，後來我們又在汴、徐二州見面，我都做長官的僚屬，經常有經濟收入，比起從前寬裕百倍了，您看我飲食衣服和從前有什麼兩樣嗎！既然如此，那麼我的心或許並不是急切去追求這些物質享受的，我不忘去謀取做官的原因，也是打算稍微實現我的志向罷了，這不是容易隨便說說的！

禍福吉凶的降臨，似乎並不在於自己的行為。只是君子遭禍是不幸，而小人遭禍則是正常；君子得福是正常，而小人得福則是僥倖；這是因為他們各自的行為好像造成了這樣的結果。一定說：「君子一定會吉利，小人一定會遭凶災。」這就不行了。賢能不賢能在於自己，富貴與貧賤、遭禍與得福在於上天，名聲的好壞在於世人。在於自己的事，我就努力去做；在於上天、在於世人的事，我就隨它去，自己不在這上面用力。我所遵循的原則難道不簡約而容易實行嗎！您說：「命運窮蹙還是通達，由自己所造成。」我看這樣說恐怕不合於道理，您若是驗證前代史事來說，就明白了。若是說：「以增進道德修養作為自己責任，無論窮蹙還是通達的命運來臨，都不影響我心境。」這就行了。

我窘困地住在荒涼的地方，草樹長得十分茂密，出門沒有驢馬可騎，於是與外人隔絕。坐在室內，倒也有可以自我娛樂的事情。您既為我又一次脫離禍亂而高興，就不該安安靜靜地住在家裡，遲遲不上我這裡來。

答尉遲生書

【題解】尉遲生，名汾，貞元十八年（西元八〇二年）進士，是韓門弟子之一，韓愈曾向陸傪推薦過他，說他是文行出眾之才。這篇文章是貞元十七年為回答尉遲汾的求教而作。全文主旨是談論寫作古文的理論。韓愈首先指出，要學習寫作古文一定要重視自己的修養，道德操行如何，文章的內容就會如何；而人的個性不同，文章又會形成不同的風格。同時他又很重視辭采，說：「辭不足，不可以為成文。」就這樣比較概括又比較全面地表述了他的古文理論。

韓愈又繼而指出，他所提倡的古文並不是獵取功名利祿的利器，而是古人用以載道的文章。如想做官，則應當向那些得勢的「賢公卿大夫」、「賢士」們去請教，他們擅長的是科舉所用的場屋之文，這裡明顯表現出一種嘲諷鄙視的態度。而他對於自己的主張，則矜持自信，雖「不足以取於今」，卻表現出一種「傲兀自喜」（曾國藩語）之概。

愈白尉遲生足下：夫所謂文者，必有諸①其中，是故君子慎其實②。實之美惡③，其發也不揜④。本深而末茂，形大而聲宏⑤，行峻⑥而言厲，心醇⑦而氣⑧和，昭晰⑨者無疑，優游⑩者有餘⑪。體⑫不備，不可以為成人；辭⑬不足，不可以為成文。愈之所聞者如是，有問於愈者，亦以是對⑭。今吾子所為皆善矣，謙謙然⑮若不足而以徵於愈，愈又敢有愛⑯於言乎！抑⑰所能言者，皆古之道⑱。古之道不足以取於今，吾子何其愛之異⑲也！賢公卿大夫在上比肩⑳，始進之賢士在下比肩。彼其得之㉑，必有以取之㉒也。子欲仕乎？其往問焉，皆可學也。若獨有愛於是而非仕之謂㉓，則愈也嘗學之矣，請繼今以言。

【注釋】❶諸　「之於」的合音。之，指文章真實的內容。❷實　林雲銘說：「文本乎實，立心勵行也。」（《韓文起》卷四評語）可見「實」指人的道德、學識、操行。❸美惡　美醜。❹揜　掩蓋；遮蔽。❺本深而末茂二句　這二句用以比喻作家的修養和文章的關係。本，根。末，樹的枝葉。形，形體。❻行峻　品行嚴謹。❼醇　淳厚。❽氣　指文辭的語氣。❾昭晰　明白。❿優游　閒暇自得的樣子。⓫有餘　有餘裕，可以從容不迫地寫。⓬體　肢體。⓭辭　文辭。指文章的辭采方面。⓮對　答。⓯謙謙然　謙虛的樣子。⓰愛　吝惜。⓱抑　然而。表轉折語氣。⓲古之道　古人寫作的道理。實即他所提倡的寫作古文的道理。⓳異　謂不同於一般今人。⓴比肩　並肩；肩膀挨著肩膀。指人多。㉑得之　謂在仕途上得以進身。㉒有以取之　指科舉之文。韓愈雖也參加過科舉，但後來對科舉之文感到羞赧。㉓非仕之謂　非為仕。這是倒裝句。謂，通「為」。

【語譯】韓愈稟告尉遲生足下：所謂文章，必須有真實的內容，因而君子注重道德操行。道德操行有美有醜，表達在文章中也難以掩蓋。樹的根深就枝葉茂盛，人的形軀高大就聲音宏亮，品行嚴謹就出言峻厲，心性淳厚就語氣平和，明晰事理的人寫出來了無疑義，閒暇自得的人則從容不迫地來抒寫。肢體不全，不能算是人；辭采不足，不能算是文章。我所聽到的道理就是如此，有來問我的，我也這樣回答。如今你所寫的都已很好了，謙虛地自認為不夠，來向我請教，我又怎麼敢吝惜我的話呢！但我所能說的，都是古人寫作的道理，古人寫作的道理今人並不看重，你為什麼喜好與常人不同呢！在上面的賢能的公卿大夫多得很，在下面的剛任職的賢能之士也多得很。他們得到官職，定有取得的辦法。你想要做官嗎？該向他們去請教，他們那一套都可以學習。如果偏偏喜歡這些古人之道，而不是為了做官，那麼我曾學過，今後可以和你談談。

答李翊書

【題解】貞元十七年（西元八〇一年），青年學子李翊向韓愈請教寫作古文的經驗，韓愈於是寫了這封信來答覆他。在這封信中，韓愈主要闡述了四個問題：一、學習古文根本上要從道德修養入手，仁義之人，文章就會和潤；二、取法要以三代兩漢典籍為主，但創作中又要力去陳辭濫調；三、學文有一個長期曲折過程，不要以時人的毀譽為轉移；四、文章以氣勢為先，氣勢與文辭的關係是水與浮物的關係，氣勢盛大則語句聲韻無不適宜。在這封信中韓愈比較系統地提出了古文運動的理論，所以在文學批評史研究中是一份十分珍貴的資料。

本文寫得層層深入，波瀾起伏，連同他思想深處的一些微妙變化也刻劃得淋漓盡致，可說是把透闢的說理和生動的描寫完美地結合起來了。

六月二十六日，愈白李生足下：生之書辭甚高，而其問何下而恭也！能如是，誰不欲告生以其道❶，道德之歸也有日矣，況其外之文❷乎！抑愈所謂望孔子之門牆而不入于其宮者❸，焉足以知是且❹非邪？雖然，不可不為生言之。

生所謂立言❺者是也，生所為者與所期者甚似而幾❻矣。抑不知生之志蘄❼勝於人而取於人邪？將蘄至於古之立言者邪？蘄勝於人而取於人，則固勝於人而可取於人矣。將蘄至於古之立言者，則無望其速成，無誘於勢利❽。養其根而竢其實，加其膏[9]而希其光。根之茂者其實遂[10]，膏之沃[11]者其光曄[12]。仁義之人，其言藹如[13]也。

抑又有難者，愈之所為，不自知其至猶未也，雖然，學之二十餘年矣。始者非三代兩漢[14]之書不敢觀，非聖人之志不敢存。處若忘，行若遺，儼乎[15]其若思，茫乎其若迷。當其取於心而注於手也，惟陳言[16]之務去，戛戛乎[17]其難哉！其觀於人，不知其非笑[18]之為非笑也，如是者亦有年，猶不改。然後識古書之正偽[19]，與雖正而不至[20]焉者，昭昭然白黑分矣。而務去之，乃徐有得也。當其取於心而注於手也，汩汩然[21]來矣。其觀於人也，笑之則以為喜，譽之則以為憂，以其猶有人之說者存也。如是亦有年，然後浩乎[22]其沛然[23]矣，吾又懼其雜也，迎而距[24]之，平心而察之，其皆醇[25]也，然後肆[26]焉。雖然，不可以不養也，行之乎仁義之途，游之乎《詩》、《書》之源，無迷其途，無絕其源，終吾身而已矣。氣，水也；言，浮物也。水大而物之浮者大小畢浮。氣之與言猶是也，氣盛則言之短長[27]與聲之高下者皆宜。

雖如是，其敢自謂幾於成[28]乎！雖幾於成，其用於人也奚取焉[29]！雖然，待用於人者，其肖於器邪[30]？用與舍屬諸人。君子則不然，處心有道，行己有方，用則施諸人，舍則傳諸其徒，垂諸文㉛而為後世法。如是者，其亦足樂乎？其無足樂也？有志乎古者希㉜矣，志乎古必遺乎今。吾誠樂而悲之，亟㉝稱其人所以勸之，非敢褒其可褒而貶其可貶也㉞。問於愈者多矣，念生之言不志乎利，聊相為言之。愈白。

【注釋】❶道　此指「立言」之道。即本文所談寫作古文的經驗。一說指仁義之道，似非。❷其外之文　韓愈認為文辭是道德的外在表現。❸抑愈所謂望孔子之門牆而不入于其宮者　語本《論語・子張》：「子貢曰：『譬之宮牆，夫子之牆數仞，不得其門而入，不見宗廟之美，百官之富。』」韓愈化用此語謙說自己對於立言之道尚是個門外漢。❹且　還是。表選擇。❺立言　指著書立說，流傳後世。《左傳・襄公二十四年》：「太上有立德，其次有立功，其次有立言。」❻幾　近。❼蘄　通「祈」。求。❽無誘於勢利　當時應科舉用的是時文，如要學古文，就不能存獵取功名利祿的念頭。❾膏　油。此指燈油。❿遂　長成。指果實豐滿。⓫沃　盛多。⓬曄　光亮。⓭藹如　和潤的樣子。如，然。⓮三代兩漢　夏、商、周三代和西漢、東漢兩漢。⓯儼乎　莊嚴的樣子。⓰陳言　陳辭濫調。⓱戛戛乎　費力的樣子。⓲非笑　非議譏笑。⓳正偽　純正或駁雜。正，指純正的。偽，指不純正的或偽託的。⓴至　頂點；最高水準。㉑汩汩然　水流急速的樣子。此處用以形容文思泉湧之狀。㉒浩乎　水勢大的樣子。㉓沛然　水勢洶湧的樣子。與「浩乎」都用以形容文章的氣勢。㉔距　通「拒」。攔阻。㉕醇　純正。㉖肆　放縱。此謂縱情發揮，放手寫去。㉗言之短長　指語句的長短。㉘成　達到最高標準。《國語・周語下》：「成，德之終也。」㉙其用於人也奚取焉　這是感慨語。指會寫古文不為當時士大夫所取重。㉚待用於人者二句　等待被人取用的人，那不是很像一件器具了嗎？《論語・為政》：「君子不器。」每種器具只有一種用處，成德君子則無適而不可，故下文曰「君子則不然」。肖，像。㉛垂諸文　寫成文章留傳下去。㉜希　少；罕見。㉝亟　屢次；一再。㉞非敢褒其可褒而貶其可貶也　這是自謙的話。說我不敢妄自尊大，不敢對人表示褒貶意見。

【語譯】六月二十六日，韓愈奉告李先生足下：您來信的文辭很高超，而提問的態度是多麼謙虛而恭謹呀！

能夠這樣，誰不願意把他的理論告訴您，這樣，您成為有道德的人已指日可待了，更何況寫作表現道德的文章呢！而我是所謂望著孔子門牆卻走不進室內的人，怎麼能夠知道正確還是不正確呢？雖然如此，不可以不對您談一談。

您是古人所說的立言的人，您所做的和您所期望的很一致，也很接近了。但不知您的志向是要勝過世人因而被世人所取重呢？還是要成為古人所說的立言之人？如果想勝過世人因而被世人所取重，則您本來就已經勝過世人因而可以被世人所取重了。想要成為古人所說的立言之人，就不要指望快速成功，不要被功名利祿所引誘。培養根柢，以等待果實成熟；添加油脂，以盼望燈光明亮。根鬚茂盛，果實就豐盛，油脂盛多，燈光就明亮。仁義的人，他的文章就和潤溫厚。

然而又有困難的地方，我在寫作上的實踐，自己也不知道達到古代立言者的水準沒有，雖然如此，我學習寫作已經二十多年了。起初的時候，不是三代兩漢的書不敢讀，不是聖人的思想不敢存在心中。坐著好像忘記其他一切，走路時好像丟開其他的思慮，神態莊重，好像在思考，表情茫然，好像有什麼迷惑不解之處。當我從心中搜取情思見解而在手下表達出來的時候，凡屬陳辭濫調一定除去，戛戛地真是困難啊！把文章拿給人看，好像不懂得他們的非議譏笑是非議譏笑，這樣有一些年，還是不肯改變我的作風。然後能夠識別古書的純正和駁雜，以及那些雖然純正卻水準不夠的作品，明明白白地好像黑白那樣分得清楚。自己寫作時努力除去那些不純正或雖純正而水準不夠的地方，這才慢慢地有了收穫。當我從心中搜取情思見解而在手下表達出來的時候，文辭好像流水急速湧來。把文章給人看，人家譏笑就高興，人家稱讚就憂慮，這是因為我還把人家的看法放在心中。這樣又過了些年，然後文辭浩浩蕩蕩地洶湧而來，我又擔心其中駁雜，便迎頭攔阻它，平心靜氣地加以考察，發現都很純正，然後才放手寫去。雖然如此，還是不可以不注重修養，行走在仁義之道路，優遊於《詩》、《書》的源頭，不迷失道路，不斷絕源頭，這樣過盡我的一生罷了。文章的氣勢好比是水；文辭好比是浮在水上的物體。水勢洪大，大大小小的浮物都浮起了。氣勢與文辭的關係也如同這樣，氣勢盛大，那麼語句的長短和聲韻的抑揚都會很適宜。

雖然如此，我怎麼敢自稱接近了最高標準了呢！即使接近了最高標準，從被人採用來說，他們又會取用些什麼呢！即使這樣，等待被人所採用，難道不是像器具了嗎？被用和被捨棄全由人家決定。君子就不是這樣，用心有原則，做事有規矩，被任用就把仁義之道用在世人身上，被人家捨棄就傳給學生們，寫成文章傳下去，給後世人取法。這樣做，是值得快樂呢？還是不值得快樂？有志於做古代立言者的人少了，有志於古人就一定會被今人所遺棄。我實在感到既快樂又悲哀，我一再稱道這樣的人是為了要鼓勵他，不是敢做褒揚應該褒揚的人、貶抑應該貶抑的人這樣的事。詢問我的人很多，考慮到您的話不是為了追求利祿，姑且為你談談。韓愈奉告如上。

重答翊書

【題解】韓愈在上一封信中對李翊傾心相待，談了許多重要的見解，表現出獎掖後進的一番厚意。然而李翊並不能理解，反而責備韓愈對別人隆重熱情，而不能瞭解他，不能給予他不同於一般人的接待。韓愈不得不又寫了這封信來回答李翊，說明凡有人來請教，他總是抱著讚許人向善的態度來接待，悉心加以指導，並無厚薄之分；又告誡李翊不要擔心別人不瞭解自己，而要努力於自身道德的完善。從這封信中我們可以看到韓愈當時作為青年的導師是如何真誠熱情地對待前來請教的每一個人的，又是如何受到青年人的推崇的。而個別人對他產生誤解或不滿，自也是在所難免的了。

愈白李生：生之自道其志可也，其所疑於我者非也。人之來者雖其心異於生，其於我也皆有意焉。君子之於人，無不欲其入於善，寧有不可告而告之，孰有可進而不進也！言辭之不酬，禮貌之不答，雖孔子不得行於互鄉❶，宜乎余之不為也。苟來者，吾斯進之而已矣，烏待其禮踰而情過❷乎！雖然，生之志求知於我邪？求益於我邪？其思廣聖人之道邪？其欲善其身而使人不可及邪？其何汲汲於知而求待之殊也？賢不肖固有分矣，生其急乎其所自立，而無患乎人不己知，未嘗聞有響大而聲微❸者也。況愈之於生懇懇邪！屬❹有腹疾，無聊，不果❺

自書。愈白。

【注釋】❶言辭之不酬三句 《論語・述而》記載，互鄉這個地方的人說話自以為是，難於交談。一次一個童子來見孔子，孔子接見了他。事後孔子向弟子解釋他這樣做是與人為善的意思。韓愈此處化用這個典故，表示要盡心接待來訪的人。❷禮踰而情過 對來訪者的禮遇超過了他身分應得的規格，感情也過分了些，熱烈了些。從前後文推測看，這五字似是李翊指責韓愈的話。❸未嘗聞有響大而聲微 沒有聽說過有回聲大而原聲小這種事。此處以聲比人的自我修養，以響比世人的評價。響，回聲。❹屬 適值。❺不果 沒有實行。

【語譯】韓愈奉告李先生：您自述自己的志向是可以的，您對於我生疑惑就不對了。別人來訪，雖然所懷的想法跟您不一樣，但他們對於我都是有目的的。君子對於來人，沒有不希望他們學好的，寧可有不該告訴他的話也告訴了他，哪有可以接待人家進來而不去接待的事呢！不回答人家的話，不回應人家對自己的禮貌，即使孔子也無法在互鄉通行，我不能這麼做也是應該的。如果有來訪的人，我就接待他進見罷了，哪裡會待人禮貌踰分、感情過頭呢！雖然如此，您的意思是要我瞭解您呢？是要我有益於您呢？您是想推廣聖人之道呢？還是想完善自身修養，從而使人家趕不上呢？為什麼急切地要我瞭解你並給予不同於一般的接待呢？賢能和不賢能本來有區別，您應該急切地使自己道德修養完善起來，而不要擔心別人不瞭解您，從來沒有聽說過有回聲大卻原聲小的事。何況我對於您是很懇切的啊！正巧我肚子有病，無聊得很，不能親手寫回信。韓愈奉告如上。

與祠部陸員外書

【題　解】唐代科舉考試不糊名。考試前，常有人為主考官預列知名之士的名單，得中者往往即出於其中，這種做法稱為通榜。貞元十八年（西元八〇二年），中書舍人權德輿主持貢舉考試，他的好友陸傪負責通榜，為權選擇推薦人才。陸傪時任禮部第二司祠部的副長官員外郎之職。韓愈此信是向陸傪推薦一批才德之士，希望他能向主考官舉薦。

信上韓愈共列舉了十名，但著重介紹的則是四名。為了使對方有較深印象，韓愈敘述時突出了各人的特點：或以文勝，或以詩長，或則文行兼善。信末韓愈回憶自己當年登第時情形，進一步指出主考官與通榜者之間契合無間，認真對待這一國家盛舉的重要意義。韓愈推薦的十人中，當年即中了四人，後來幾年中大部分人也都登第了。韓愈識人的眼光和他舉薦之力由此可見，所以當時士子都爭當韓門弟子。

執事好賢樂善，孜孜以薦進良士、明白是非為己任，方今天下一人而已。愈之獲幸於左右❶，其足跡接於門牆之間，陞乎堂而望乎室❷者，亦將一年于今矣。念慮所及，輒欲不自疑外，竭其愚而道其志，況在執事之所孜孜為己任者，得不少助而張❸之乎？誠不自識其言之可采與否，其事則小人之事君子盡心之道也。天下之事，不可遽數❹，又執事之志或有待而為，未敢一二❺言也，今但言其最近而切者爾。執事之與司貢士者❻相知誠深矣，彼之所望於執事，執事之所以待乎彼者，可謂至而無間疑❼矣。彼之職在乎得人，執事之志在乎進賢，如得其人而授之，所謂兩得其求，順乎其必從也。

執事之知人其亦博矣，夫子之言曰：「舉爾所知」❽，然則愈之知者亦可言已。文章之尤者❾，有侯喜者、侯雲長者。喜之家，在開元❿中衣冠而朝者兄弟五六人，及喜之父仕不達，棄官而歸，喜率兄弟操耒耜⓫而耕于野。地薄而賦⓬多，不足以養其親，則以其耕之暇，讀書而為文，以干於有位者⓭而取足焉。喜之文章，學西京⓮而為也，舉進士十五六年矣。雲長之文，執事所自知，其為人淳重方實，可任以事，其文與喜相上下。有劉述古者，其文長於為詩，文麗而思深，當今舉於禮部者，其詩無與為比，而又工於應主司之試。其為人溫良誠信，無邪佞詐妄之心，彊志⓯而婉容，和平而有立，其趨事靜以敏，著美名而負屈稱者，其日已久矣。有韋群玉者，京兆⓰之從子⓱，其文有可取者，其進而未止者也，其為人賢而有材，志剛而氣和，樂於薦賢為善。其在家無子弟之過，居京兆之側，遇事輒爭，不從其令而從其義，求子弟之賢而能業其家者，群玉是也。凡此四子皆可以當執事首薦而極論者，主司疑焉，則以辨之，問焉，則以告之，未知焉，則殷勤而語之，期乎有成而後止可也。有沈杞者、張弦者、尉遲汾者、李紳者、張後餘者、李翊者，或文或行皆出群之才也。凡此數子，與之足以收人望⑱，得才實，主司疑焉，則與解之，問焉，則以對之，廣求焉，則以告之可也。

往者陸相公司貢士⑲，考文章甚詳，愈時亦幸在得中，而未知陸之得人也。其後一二年，所與及第者皆赫然⑳有聲。原其所以，亦由梁補闕肅、王郎中礎佐之，梁舉八人無有失者，其餘則王皆與謀焉。陸相之考文章甚詳也，待梁與王如此不疑也，梁與王舉人如此之當也，至今以為美談。自后㉑主司不能信人，人亦無足信者，故蔑蔑㉒無聞。今執事之與司貢士者，有相信之道，謀行之道，惜乎其不可失也。方今在朝廷者㉓，多以遊讌娛樂為事，獨執事眇然㉔高舉㉕，有深思長慮，為國家樹根本之道，宜乎小子㉖之以此言聞於左右也。愈恐懼再拜。

【注釋】❶左右　指陸傪。不直稱其人，僅稱他左右以示尊敬。❷陸乎堂而望乎室　這是用以比喻和陸傪相知很深。❸張　擴大。❹遽數　盡數。❺一二　猶一一。❻司貢士者　主持貢舉考試的官員。此指權德輿。❼間疑　嫌隙懷疑。❽舉爾所知　孔子答覆仲弓關於如何識別提拔人才時說到「舉爾所知」，意謂提拔你所知道的人才。見《論語・子路》。❾尤者　突出的。❿開元　唐玄宗年號。⓫耒耜　古代耕地用的農具。耒，犁上的木把。耜，犁上的鏵。⓬賦　賦稅。⓭干於有位者　向高級官員求取資助。干，求取。有位者，指官員。⓮西京　指西漢的文章。⓯彊志　強於記憶。⓰京兆　京兆尹。時為韋夏卿。⓱從子　兄弟的兒子。即姪兒。⓲人望　眾人屬望的人。⓳陸相公司貢士　陸贄在貞元八年曾主持進士考試。陸相公，指陸贄。貞元八年至十年曾官宰相，故稱相公。⓴赫然　顯明；盛大。㉑后　通「後」。㉒蔑蔑　猶「默默」。無聲息。㉓方今在朝廷者　陳景雲曰：「此謂王仲舒、裴茝諸人也。」㉔眇然　遼遠；高遠。眇，通「渺」。㉕高舉　行為高出凡俗。㉖小子舊時子弟晚輩對父兄尊長的自稱。此處韓愈謙稱自己。

【語　譯】您喜好賢士、樂重善人，努力不倦地把推薦提拔優秀人才、辨明是非作為自己的責任，當今天下這麼做的，只有您一個人罷了。我有幸和您相識，能夠走到您的門下，登上堂而望見室內，到如今也快一年了。我心中所考慮到的，總是要自己不見外，用盡自己低下的智力，說出心中的想法，何況是您一心一意作為自己責任的事，能不稍微幫助您而使事情的成效更大一些嗎？我自己實在不知道我的話是否值得採納，我這樣做只是按照小人為君子服務應當盡心這樣的道理啊。天下要做的事，無法數盡，而您的想法或許要等待機會才做，我不敢一一列舉來談，如今只說那種時間最接近而又最迫切的事罷了。您和此次主持貢舉考試的官員相互瞭解實在很深了，他如何期望您，您如何對待他，兩人關係好到極點，可說沒有任何嫌隙懷疑。他的職司在於選拔人才，您的心意在於薦進賢人，如果找到合適的人來推薦給他，這就是所說的雙方都滿足了各自的要求，他一定會順利地表示同意的。

您瞭解的人也很多了，孔子說：「舉薦你所知道的人才」，既然這樣，那麼我所知道的賢才也可以說一說了。文章突出的，有侯喜、侯雲長。侯喜的家族在開元中有五、六個兄弟在朝中做官，到了侯喜的父親，由於做官不順利，就放棄官職回到故鄉，而侯喜也率領兄弟拿起木犁在田野耕種。田地貧瘠而賦稅重，不夠養活父母，於是在耕種空閒的時候，讀書寫文章，向高級官員求取資助，從而補足家用。侯喜的文章，是學習西漢的文章寫出來的，被貢舉參加進士科考試已十五、六年了。雲長的文章，您自己是知道的，他為人淳厚穩重，端方樸實，可派他去辦重要的事，他的文章和侯喜的文章水準差不多。有個劉述古，他在文學方面擅長寫詩，文辭綺麗而思想深刻，當今被貢舉參加禮部考試人中，他寫的詩沒有人能夠相比，而且他又善於應對主考官的考試。他為人溫和善良，誠實可靠，沒有邪惡諂媚、欺詐虛妄的心腸，記憶力強而面容婉順，和順而有主見，他辦事沉靜而敏捷，美名顯著，卻被認為受到委曲對待，由來已久了。有個韋群玉，是京兆尹的姪兒，他的文章有可取之處，正在進步，沒有停止，他為人賢明有材幹，意志剛強而情緒平和，喜歡薦舉賢士做好事。他在家中不犯世家子弟的過錯，在京兆尹的旁邊，遇到事情總要爭議，不服從命令而服從道義，如要尋求賢明而能操持家業的世家子弟，韋群玉是這樣的一個人。這四個人都可以作為您首先推薦並竭力論述的，主考官疑惑他們，就為他們辨析，問到他們，就把情況報告，不瞭解他們，就盡心地對主考官說明，必定成功了才停止，這就可以了。還有沈杞、張苰、尉遲汾、李紳、張後餘、李翊，有的文章好，有的德行高，都是出眾的人才。這幾個人，舉薦他們足以收到眾所屬望之人，得到真正的人才，主考官有疑惑，您就解釋，有問題，您就回答，廣泛地徵求，您就報告給他，這就可以了。

從前陸相公主持貢舉考試，考論文章很詳細，我當時也僥倖得以及第，卻不知陸相公取中了人才。過了一、二年，跟我一起及第的人都顯耀有名聲了。推究陸相公取中人才的原因，也是由於補闕梁肅、郎中王礎輔佐他，梁肅舉薦八個人，沒有舉錯的，其他人則王礎也參與，幫出主意。陸相公考論文章很詳細，對待梁肅和王礎這樣不疑猜，梁肅與王礎舉薦人才這樣恰當，至今人們都傳為美談。這以後主考官不能信賴輔佐的人，輔佐的人也沒有值得信賴的，所以貢舉便默默無聞。如今您和主考官，有相互信賴的基礎，有出謀行事的道義責任，要珍惜啊，不要錯失這樣的良機。如今朝中大官，多數只顧遊宴娛樂，只有您德行遠遠高出凡俗，有深思遠慮，為國家打好根基的主張，我把這些話告訴您也是應該的。韓愈恐懼再拜。

答李秀才書

【題解】秀才一科此時早已廢去，此處為進士的代稱，指被貢舉參加進士科考試者。李秀才，名師錫。他在貞元十八年（西元八〇二年）寫信並附文章給韓愈，信中盛稱韓愈的德行。韓愈與李師錫從無交往，也不瞭解此人，回信很難下筆。幸好二人有個共同的好友李觀，此時已經謝世。韓愈即從李觀寫起，說見到李師錫的姓名就想到李觀，見到李師錫的文章，就看出李觀交友的慎重不苟。這樣寫既表現了對故友的思念之情，更表達了對新交的歡迎之意，十分巧妙。清過珙曾這樣評說：「此文就元賓（李觀字）以寫相與之情，俱是借客形主、無中生有法。」

愈白：故友李觀元賓[1]十年之前示愈〈別吳中故人〉詩六章，其首章則吾子也，盛有所稱引。元賓行峻潔清，其中狹隘不能苞容，於尋常人不肯苟有論說，因究其所以，於是知吾子非庸眾人。時吾子在吳中，其後愈出在外，無因緣相見。元賓既歿，其文益可貴重，思元賓而不見，見元賓之所與[2]者，則如元賓焉。今者辱惠書及文章，觀其姓名，元賓之聲容怳若相接，讀其文辭，見元賓之知人，交道之不污，甚矣子之心有似於吾元賓也！子之言以愈所為不違孔子，不以琢雕為工，將相從於此，愈敢自愛其道而以辭讓為事乎？然愈之所志於古者，不惟其辭之好，好其道焉爾。讀吾子之辭而得其所用心，將復有深於是者，與吾子樂之，況其外之文乎！愈頓首❸。

【注釋】❶李觀元賓　李觀，字元賓，隴西（今屬甘肅）人。貞元八年與韓愈同登進士第，明年復中博學宏辭科，官太子校書郎。卒時年僅二十九歲。李觀是當時古文名家，其文激揚超越，自成一體。❷與　友好。❸頓首　叩頭。用於信之開頭及結尾，以表對對方的敬意。

【語譯】韓愈奉告：我的老朋友李觀元賓在十年前把〈別吳中故人〉詩六章給我看，這詩的首章就是贈送給您的，對您十分稱道。元賓品行高潔，胸懷狹隘不能包容，對於普通人不肯隨便談論，我因而追究他為什麼寫這首詩，於是才知道您不是一個一般平庸的人。當時您在吳郡，後來我離京在外，沒有機會和您見面。元賓死後，他的文章越加值得寶重珍視，想念元賓卻不能見到，見到元賓的好友，就好像見到元賓一般。如今承蒙您贈給我書信和文章，看到您的姓名，元賓的音容就恍然如在我目前，讀了您的文章，我就看到元賓識人之明，結交朋友的準則不沾汙穢，您的情操非常像元賓啊！您說我的行為不違背孔子之道，不把修飾許為巧妙，打算在此跟我學習，我怎敢吝惜自己的學說而來推辭您呢！然而我重視古代典籍，不只是愛好古代文辭，而是愛好古代聖人的學說罷了。讀了您的文章，我瞭解了您的用心，顯然也是一個深究這一方面的人，我和您都喜愛聖人的學說，何況表現學說的文辭呢！韓愈頓首。

答陳生書

【題解】陳生，有人說名商，不能確考。貞元十八年（西元八〇二年），韓愈任四門學博士，陳生給他寫信並附了詩作。信中陳生向韓愈請教如何才能快速做官，認為不做官會貽羞父母。韓愈回了這封信，對陳生進行開導。他指出，一個人要有自信，要努力於把仁義由自身推廣開去；侍奉父母，不在於身外的名位，不在乎供養美味的飲食，而在於做兒子的德行如何。這一番話對於躁進的陳生無異是一劑清涼的良藥。此信反覆說理，諄諄告誡，可以看出韓愈作為一代青年師表的風範。

愈白：陳生足下，今之負名譽享顯榮者，在上位幾人，足下求速化❶之術，不於其人，乃以訪愈，是所謂借聽於聾，求道於盲，雖其請之勤勤❷，教之云云，未有見其得者也。愈之志在古道，又甚好其言辭，觀足下之書及十四篇之詩，亦云有志於是矣，而其所問則名，所慕則科❸，故愈疑於其對焉。雖然，厚意不可虛辱，聊為足下誦其所聞。

蓋君子病乎在己而順乎在天，待己以信，而事親以誠。所謂病乎在己者，仁義存乎內，彼聖賢者能推而廣之，而我蠢焉❹為眾人。所謂順乎在天者，貴賤窮通之來，平吾心而隨順之，不以累于其初。所謂待己以信者，己果能之，人曰不能，勿信也，己果不能，人曰能之，勿信也，孰信哉？信乎己而已矣。所謂事親以誠者，盡其心不夸❺於外，先乎其質後乎其文者也。盡其心不夸於外者，不以己之得於外者為父母榮也，名與位之謂也。先乎其質者，行也；後乎其文者，飲食旨甘❻，以其外物供養之道也。誠者不欺之名也，待於外而後為養，薄於質而厚於文，斯其不類於欺歟！果若是，子之汲汲於科名，以不得進為親之羞者，惑也。速化之術，如是而已。古之學者惟義之問。誠將學於太學，愈猶守是說而竢見焉。愈白。

【注釋】❶速化　快速入仕。❷勤勤　懇切至誠。❸科　謂登科。❹蠢焉　愚昧遲鈍的樣子。❺夸　誇耀。❻飲食旨甘　美好的飲食。

【語譯】韓愈奉告：陳先生足下，如今有多少人聲名顯赫，地位尊榮，身居高官，而您要尋求快速入仕的方法，不去找他們，竟然來問我，這真叫做找聾子借聽覺，向瞎子問道路，雖然您懇切地請求，又如此這般地說了一番理由，卻是不會有所收穫的。我用心研究的是古代學術，又十分愛好古代的文章，看您的書信和十四篇詩，據您說也有心研究古代的學術和文章的，但是您問我的則是如何得名，您嚮往的則是登科，所以我對於我的回答感到遲疑起來了。雖然如此，您對我的這一番隆厚的情意，我不能徒然蒙受，姑且為您陳述一些我所聽到的道理吧。

君子憂心自己而隨順於天，以信實對待自己，而以誠實侍奉父母。我所說君子憂心自己，是說仁義存在於各人的內心，那聖人和賢人能夠把仁義從自身推廣出去，我卻只能成為愚昧的普通人。我所說的隨順於天，是說無論富貴、貧賤、困窘、通達哪一種命運來臨，都要使自己的心平靜下來去隨順它，不要影響人的本性。我所說的以信實對待自己，是說自己果真能做的事，人家說不能，您不要相信，自己果真不能做的事，人家說能做，您不要相信，那麼相信誰呢？相信自己罷了。我所說的以誠實侍奉父母，是說盡心對待父母，不事外表的誇耀，把實質性問題放在前面，把形式方面的問題放在後面。盡心對待父母，不事外表的誇耀，就是不把自己在外面所得的東西作為父母的榮耀，這裡我指的是名譽和官位。實質性問題放在前面，指做兒子的德行；形式方面的問題放在後面，是說飲食美好，用外物來供養的這些做法。誠實就是不欺蒙的意思，待外面的事業成就了以後才來奉養父母，輕視實質性問題卻重視形式方面的問題，這樣做難道不類似於欺蒙嗎！果真如我所說，您急切地謀取登科成名，把不能仕進作為父母的羞恥，這是糊塗啊。我的快速入仕的方法，如此而已。古代的學者只問道義方面的問題。您如果要到太學學習，我還是堅守這個理論來教您。韓愈奉告如上。

與崔群書

【題解】崔群，字敦詩，貝州武城（今山東武城）人，與韓愈同年進士，貞元十八年（西元八〇二年）在宣州（今安徽宣城）任觀察判官。其時韓愈正任國子監四門學的博士，這是一個正七品上的小官，俸祿低，生活貧困，而個人健康也每下愈況。他想到好友崔群人品文章都超群絕類，然而託身於幕府之中，不能一展其才，而自己又是這般境況，思人思己，鬱鬱不平，因而寫了這封信給崔群，一傾心中的積愫。

這封信除了表達對崔群真摯的關切和熱烈的推重之外，還就天人關係發了一通議論。韓愈認為，世上賢者常不得志而短命，不賢者則多居高官而享長壽，因而上天和人類的好惡恐怕大不相同，天道與人道相左，上天根本不管人的死活。這番話固然含有不少牢騷的成分，但是也反映出韓愈的哲學觀點，不信天命，只相信人事，是他一貫的主張。因而信中他鼓勵崔群千萬不要懈怠。就信中所述看，韓愈似乎已心灰意冷，就將退居林下了。其實從他這番天人論就可以推出，他並不甘心向惡劣環境低頭，還要奮鬥一番，所以心中充滿了矛盾。這倒是讀這封信時要特別注意的。

自足下離東都❶，凡兩度枉問❷，尋承❸已達宣州。主人❹仁賢，同列皆君子❺，雖抱羈旅❻之念，亦且可以度日。無入而不自得❼，樂天知命❽者，固前修❾之所以禦外物者也。況足下度越❿此等百千輩，豈以出處⓫近遠累其靈臺⓬邪！宣州雖稱清涼高爽，然皆大江之南，風土不並以北。將息⓭之道，當先理其心，心閒無事，然後外患不入。風氣所宜，可以審備⑭，小小者⑮亦當自不至矣。足下之賢，雖在窮約⑯，猶能不改其樂，況地至近，官榮祿厚，親愛盡在左右者邪！所以如此云云者，以為足下賢者，宜在上位，託於幕府⑰則不為得其所，是以及之，乃相親重之道耳，非所以待足下者也。

僕自少至今，從事於往還朋友間一十七年矣，日月不為不久。所與交往相識者千百人，非不多，其相與如骨肉兄弟者亦且不少：或以事同⑱；或以藝取⑲；或慕其一善；或以其久故⑳；或初不甚知而與之已密，其後無大惡因不復決捨；或其人雖不皆入於善，而於己已厚，雖欲悔之不可。凡諸淺者固不足道，深者止如此。至於心所仰服，考之言行而無瑕尤㉑，窺之閫奧㉒而不見畛域㉓，明白㉔淳粹，輝光日新㉕者，惟吾崔君一人。僕愚陋無所知曉，然聖人之書無所不讀，其精麤㉖巨細，出入明晦，雖不盡識，抑不可謂不涉其流㉗者也。以此而推之，以此而度㉘之，誠知足下出群拔萃㉙，無謂僕何從而得之也。與足下情義寧須言而后自明邪！所以言者，懼足下以為吾所與深者多，不置白黑㉚於胸中耳。既謂能粗知足下，而復懼足下之不我知，亦過也。比亦有人說足下誠盡善盡美，抑猶有可疑者。僕謂之曰：「何疑？」疑者曰：「君子當有所好惡，好惡不可不明。如清河者㉛，人無賢愚無不說其善，伏其為人，以是而疑之耳。」僕應之曰：「鳳皇芝草㉜，賢愚皆以為美瑞。青天白日，奴隸亦知其清明。譬之食物，至於遐方異味，則有嗜者有不嗜者，至於稻也，粱㉝也，膾㉞也，胾㉟也，豈聞有不嗜者哉！」疑者乃解，解不解，於吾崔君無所損益也。

【章旨】對崔群表示關切之意，認為他託身幕府不為得其所。敘述對崔群的推重和相知之深。

【注釋】❶東都　指洛陽。❷兩度枉問　謂承蒙崔群兩次寫信來。枉，委屈。表客氣的語氣。問，問候。指書信。❸尋承　不久接奉。❹主人　指宣歙觀察使崔衍。崔群在他幕下任判官。❺同列皆君子　當時李博也在幕中。崔、李與韓愈三人是同年進士。❻羈旅　寄居他鄉。羈，寄託。旅，客旅。❼無入而不自得　此言君子無論到哪裡，心中都很自在，能夠「居易以俟命」。語出《禮記・中庸》。入，往。❽樂天知命　意思是樂於天道的安排，知守性命的分限，故能不憂。語出《易・繫辭上》。❾前修　前代哲人。修，美善。❿度越　超過。⓫出處　出仕和隱退。⓬靈臺　指心。⓭將息　保養休息。⓮審備　審察防備。⓯小小者　指上文之「外患」。⓰窮約　窘困貧苦。⓱託於幕府　謂作為地方長官自任的僚屬。⓲事同　指同事。⓳以藝取　指對方長於某一技藝為韓愈取重交友。⓴久故　長久的交往。㉑瑕尤　缺點過失。瑕，玉的疵點。尤，過錯。㉒窺之閫奧　由幽隱處來考察。閫，門限。奧，室中西南隅。㉓不見畛域　不見界限。意謂崔胸襟坦蕩，不見界限。畛，田上道路。域，界限。㉔明白　清白光明。㉕輝光日新　言其光輝日日有新景象。語本《易・大畜》。此指崔在道德、文章等方面日有所長進。㉖麤　同「粗」。㉗不可謂不涉其流　不能說沒有渡過這條水。這是比喻的說法。意謂我不能說對聖人書沒有探討過。涉，渡。㉘度　揣度。㉙拔萃　超拔於群聚之中。萃，聚集。㉚白黑　是非好壞。㉛清河者　指崔群。清河是崔的郡望，用以代崔。㉜鳳皇芝草　為瑞禽、瑞草。鳳皇，即鳳凰。神話傳說中的瑞禽。芝草為一種菌類植物，古人把它當作瑞草。㉝粱　粟的優良品種的統稱。㉞膾　細切的肉。㉟胾　火上烤熟的肉。

【語譯】自從您離開東都後，共有兩次賜信給我，不久就接到您到達宣州的消息。長官仁德賢明，同事又都是君子，雖然懷有作客他鄉的離情，也還可以度日吧。無論到哪裡心中都很自在，樂於順從天道，知道守住命運，本來是前代哲人用以抵禦外界事物影響的方法。何況您超越這些人千百個，難道會把出仕還是隱退和所在地方遠近的問題使心有所牽掛嗎！宣州雖然稱得上清涼高爽，然而都在大江之南，風土跟大江以北不一樣。保養休息的方法，應當先調理好自心，心境悠閒無事，然後外界的病患就不能侵入。風氣適宜什麼，您可以審察防備，小小的問題自然不會出現了。以您這樣的賢能，即使在窘困貧苦的處境中，還能不改變樂觀的心境，何況地方很近，官職榮耀，俸祿豐厚，而親近所愛的人都在身邊呢！我這樣說的原因，是認為您是位賢人，應該任高級官職，在幕府為僚則於您不適宜，所以提到這點，是對您表示親切重視的道理，其實是不該這樣看待您啊。

我從年少到現在，跟朋友交往已經十七年了，時間不算不久了。跟我交往相識的有千百人，不算不多了，跟我友好如骨肉兄弟一般的也不少：有的因為同事；有的因為長於某一種技藝而被我看重；有的是我仰慕他某一方面的優點；有的因為交往已久；有的起初不很瞭解，卻已經跟他來往密切，後來也沒有發現他有大的壞處，於是就不跟他斷絕來往；有的為人雖然不是各方面都很好，但對我好，即使想跟他不做朋友也不可能了。那些交情淺的本來不值得說，交情深的也只是如此。至於那我心中佩服，考察他的言行沒有缺點過失，暗中窺視只見他胸襟坦蕩、清白純粹，道德、文章日有長進的，只有我的崔君一人而已。我愚昧寡淺，不懂什麼，然而聖人的書沒有不讀過的，書中的精粗大小、出入明暗之處，雖然不能說完全瞭解，卻也不能說沒有探討過。由此來推測，由此來揣度，確可知道您是超群出類的人物，不要說我是從何處得出這個結論的。我和您的情誼哪裡需要說出來才明白呢！我這麼說的原因，是擔心您認為我交情深的朋友多，胸中不能分辨是非好壞。既然說能粗略地瞭解您，卻又擔心您不瞭解我，也是我的過錯。近來也有人說您雖是十全十美了，卻還有值得懷疑的地方。我對他說：「懷疑什麼呢？」懷疑的人說：「君子應當有喜歡的，也有厭惡的，喜歡和厭惡的態度不可不分明。如清河先生，人們無論賢能或愚昧無不喜歡他的優良品德，佩服他的為人，我因此而懷疑他。」我回答他說：「鳳凰靈芝，賢能愚昧的人都認為是美好吉祥的徵兆。青天白日，奴隸也知道是晴朗明亮。譬如食物，對於遠方而來的味道特殊的食品，則有人愛吃，有人不愛吃，對於稻米、小米、切細的肉絲和烤熟的肉，難道聽說有人不愛吃的嗎！」懷疑的人於是理解了，人們理解還是不理解，對於我的崔君並無損傷或增益。

自古賢者少，不肖者多。自省事❶已來，又見賢者恆不遇❷，不賢者比肩青紫❸，賢者恆無以自存，不賢者志滿氣得，賢者雖得卑位，則旋而死❹，不賢者或至眉壽❺。不知造物者❻意竟如何，無乃所好惡與人異心哉？又不知無乃都不省記，任其死生壽夭❼邪？未可知也。人固有薄卿相❽之官、千乘之位❾，而甘陋巷菜羹者，同是人也，猶有好惡如此之異者，況天之與人當必異其所好惡無疑也。合於天而乖❿於人，何害！況又時有兼得者邪！崔君崔君，無怠無怠！

僕無以自全活者，從一官於此，轉困窮甚，思自放於伊潁⓫之上，當亦終得之。近者尤衰憊⓬，左車⓭第二牙無故動搖脫去，目視昏花，尋常⓮間便不分人顏色。兩鬢半白，頭髮五分亦白其一，鬚亦有一莖兩莖白者。僕家不幸，諸父諸兄皆康彊早世⓯，如僕者，又可以圖於久長哉！以此忽忽⓰思與足下相見，一道其懷。小兒女滿前，能不顧念！足下何由得歸北來？僕不樂江南，官滿便終老嵩⓱下，足下可相就，僕不可去矣。珍重自愛，慎飲食，少思慮，惟此之望。愈再拜。

【章　旨】就彼此的遭遇發牢騷，於是懷疑造物者與人類的好惡不相同，得出「合於天而乖於人，何害！」的結論，勉勵崔群不要懈怠。最後說自己窮困衰憊的狀況，打算終老嵩山之下，要崔群來相就。

【注　釋】❶省事　懂事。❷遇　遇合；遇到賞識自己的人。❸比肩青紫　謂做大官的很多。比肩，並肩而站。青紫，漢代高級文武官員印綬的顏色，因用來代表高官貴人。❹旋而死　不久就死了。❺眉壽　老年人眉間往往有長毫秀出，因此稱年老長壽為眉壽。❻造物者　指創造萬物的上天。❼夭　短壽而死。❽卿相　執政大臣。❾千乘之位　指大國諸侯之位。古代大國出兵車千乘，一乘四馬。❿乖　違背。⓫伊潁　伊水、潁水。皆源出河南。⓬衰憊　衰老疲憊。⓭左車　左牙床。⓮尋常　謂不遠的距離。《國語・周語下》：「夫目之能察也，不過步武尺寸之間；其察色也，不過墨丈尋常之間。」韋注曰：「八尺為尋，倍尋為常。」⓯諸父諸兄皆康彊早世　韓愈長兄會，死年四十二歲；仲兄介，入仕即死；從兄弇，死年三十五歲；又從兄岌，死年五十七歲。彊，同「強」。早世，早死。⓰忽忽　神志不安、遽迫的情狀。⓱嵩　嵩山。在河南登封北。

【語　譯】從古以來賢能的人少，不賢能的人多。我自懂事以來，又見到賢能的人經常不能遇到賞識提拔自己的人，不賢能的人很多做了高官，賢能的人經常無法生存，不賢能的人心滿意足，洋洋得意，賢能的人即使得到下級官位，不久就死了，不賢能的人有的又可享長壽。不知道上天的意思竟是怎樣，莫不是上天的喜好厭惡跟人心不同嗎？又不知上天難道不是什麼都不記得，任隨人們去死、生、長壽、短命嗎？這些都無法知道。人本來有鄙薄執政大臣的官職、大國諸侯的地位，卻甘願住在簡陋的巷中喝菜湯的，同樣是人，還有喜好、厭惡如此不同的情形，何況上天跟人類必定有不同的喜好、厭惡，這是無疑的。合於天道卻跟人道不合，有什麼害處！何況有時又有兩方面都相合的情形呢！崔君崔君，不要懈怠，不要懈怠啊！

我是無法自己保全活命的人，自從在此做了一個官，反而窮困得厲害，想到伊水、潁水旁邊去放任自由，終究也必能如願。近來我特別衰老疲憊，左邊牙床第二顆牙無故動搖而落掉，視力昏花，不遠的距離便分不清人的面容。兩鬢半白，頭髮五分之一白了，鬍鬚也有一、二根白的。我家不幸，諸位叔伯父、諸位兄長都健康強壯而早死，像我這種狀況，又可希圖活得長久嗎！因此我極想和您見面，盡傾心中所想的一切。幼小兒女羅列面前，怎能不留戀！您怎樣才能回到北方來？我不喜歡江南，等官期滿了便到嵩山下去養老，您可以到我這裡來，我不能去了。珍重愛惜自己，飲食謹慎，少作思慮，我只希望您這些。韓愈再拜。

與于襄陽書

【題解】這封信作於貞元十八年（西元八〇二年）秋，時韓愈正任國子監四門博士，官微祿薄，生活貧困，因此獻此信求助於人。于襄陽，名頔，字允元，時以工部尚書為山南東道節度使，駐節襄陽。韓愈在信中提出，居上位的人和在下位的人是互相依存的，在下者靠在上者提拔，在上者靠在下者傳名，因而在下者要諂媚其上，在上者要顧念其下。這一番理論述完，韓愈才向于頔提出要求，希望于頔對他格外禮遇，給予他資助。于頔曾覆信給韓愈說：「足下之言是也。」（見〈送許郢州序〉）

于頔驕蹇不法，韓愈不為識人，而韓愈還在信中公然說在下者應諂媚其上，這些都受到後人的批評。但也有人多方為他辯解。韓愈家累重，經濟相當困難，向顯官求援，也是出於不得已。其實他一生大節還是凜然分明的。此信結構謹嚴，措辭婉轉，在寫作技巧上頗有可取之處。

七月三日，將仕郎守國子四門博士韓愈謹奉書尚書閣下：士之能享大名顯當世者，莫不有先達之士❶負天下之望❷者為之前焉；士之能垂休光❸照後世者，亦莫不有後進之士負天下之望者為之後焉。莫為之前，雖美而不彰；莫為之後，雖盛而不傳。是二人者，未始不相須❹也。然而千百載乃一相遇焉，豈上之人無可援，下之人無可推歟？何其相須之殷❺而相遇之疎❻也？其故在下之人負其能不肯諂其上，上之人負其位不肯顧其下，故高材多戚戚之窮，盛位無赫赫之光，是二人者之所為皆過也。未嘗干❼之，不可謂上無其人，未嘗求之，不可謂下無其人。愈之誦此言久矣，未嘗敢以聞於人。

側聞❽閤下抱不世之才❾，特立而獨行❿，道方而事實，卷舒⓫不隨乎時，文武唯其所用，豈愈所謂其人哉？抑未聞後進之士有遇知於左右，獲禮於門下者，豈求之而未得邪？將志存乎立功，而事專乎報主，雖遇其人，未暇禮邪？何其宜聞而久不聞也！愈雖不材，其自處，不敢後於恆人⓬，閤下將求之而未得歟？古人有言：「請自隗始。」⓭

愈今者惟朝夕芻⓮米僕賃之資是急，不過費閤下一朝之享而足也。如曰：「吾志存乎立功，而事專乎報主，雖遇其人，未暇禮焉。」則非愈之所敢知也。世之齪齪⓯者既不足以語之，磊落⓰奇偉之人又不能聽焉，則信乎命之窮也。謹獻舊所為文一十八首，如賜覽觀，亦足知其志之所存。愈恐懼再拜。

【注釋】❶先達之士　仕途先通達者。❷天下之望　指極高的聲望，為天下所聞名。❸休光　美善的光輝。❹相須　互相依存；互相配合。❺殷　深厚；迫切。❻疎　稀疏。❼干　求取。❽側聞　從旁聞知。表示曾有所聞的謙詞。❾不世之才　非一世所能有的人才；罕有之人才。❿特立而獨行　謂志行高潔，不隨波逐流。⓫卷舒　進退；隱顯。⓬恆人　常人。⓭古人有言二句　戰國時燕昭王欲報齊仇，擬招徠人才，向郭隗問計，郭隗說：「請先自隗始。」昭王即為其築宮而敬以為師，於是樂毅等相繼而至。事見《史記・燕召公世家》、《戰國策・燕策一》等。⓮芻　餵牲畜的草。⓯齪齪　拘謹的樣子；注意小節的樣子。⑯磊落　形容胸懷坦白的樣子。

【語　譯】七月三日，將仕郎守國子四門博士韓愈恭謹地獻書信給尚書閣下：士人能享有大名顯耀當代，無不是有天下聞名而先已通達的人給他作先導；士人能夠把美好的光輝照耀後代，也莫不是有天下聞名的後進之士作為他的後繼。沒有人作為先導，雖然德行美善也不會顯明；沒有人作為後繼，雖然一時隆盛卻不能傳名。這兩類人，未必不是互相依存的。然而千百年雙方才相遇一回，難道是地位高的人沒有人可以拔擢，地位低的人沒有人可以推戴嗎？為什麼相互依存這樣迫切卻相遇的機會很少呢？原因在於地位低的人倚仗自己的才能不肯諂媚地位高的人，地位高的人倚仗自己的官位不肯顧念地位低的人，所以才能高的人多數過著愁苦的窮困生活，官職很高的人也沒有盛大的光輝，這兩類人的做法都錯了。未曾向上求取，不能說高級官員中沒有肯拔擢後進的人；未曾向下尋求，不能說下層士人中沒有推戴前輩的人。我說這話很久了，只是未曾敢對人說啊。

我從旁聽說閣下懷有非凡的才能，志行高潔，為人方正，辦事實在，進退不隨時勢，文才武略隨您所用，難道是我所說的能拔擢後進的人嗎？而我沒有聽說後進之士有被閣下所賞識，而在您府中受到厚禮接待的，難道是閣下尋求過卻沒有找到嗎？還是閣下把心放在建立功業上，只忙於報答君主，雖然遇到合適的後進，卻沒有功夫去禮待他呢？為什麼應當聽說卻長久沒有聽說呢！我雖然沒有才能，但對待自己，從不敢比一般人落後，閣下還尋求合適的後進而沒有找到嗎？那麼古人有這麼一句話：「請求您從我郭隗開始禮敬吧。」

我如今每天牲畜的草料、食米、僱僕人的錢都很困難，只要花費您一頓早餐的錢就足夠了。您如果說：「我把心思放在建立功業上，只忙於報答君主，雖然遇到合適的後進，也沒有功夫去禮待他。」這就不是我所敢於知道的了。世上拘泥小節的人既然不值得去跟他談，坦蕩奇偉的人又不能聽我的話，那麼我命運窮困是確切無疑的了。恭謹地獻上從前所寫的文章十八篇，如果閣下肯賜予觀覽，也足以瞭解我的志向所在了。韓愈恐懼再拜。

答胡生書

【題解】胡生，名直均（或作直鈞），是一個在京參加進士科考試的青年學子。他仰慕韓愈，寫了長信，附了文章給韓愈，韓愈乃寫了此信來答覆他。當時韓愈不過是國子監四門學的一個博士，官階不高，但門下弟子眾多。這固然是由於韓愈才學出眾，為人推服，但也不可否認地還由於韓愈肯出頭為青年學子向主持科舉的官員推薦的緣故。胡生也懷有類似的動機，信中也有所表露。韓愈在答信中明確指出自己是有意於為青年學子說項的，但是有人藉此毀謗，不但影響到自己，也於被薦者無益，所以韓愈要求胡生不要把他對韓愈說的話告訴別人，以利於平息人家的毀謗。從這封信中可以看到，韓愈一方面熱心於為青年學子導路，另一方面又不得不顧忌社會上的惡意中傷，處境很是為難，但他對青年學子的一片熱腸並未改變。清儲欣評此文說：「惻惻若與家人語，為家人謀。寒士得此，當如挾纊（纊即綿絮）。」《昌黎先生全集錄》卷一）貞元十九年（西元八〇三年），胡直均考中進士，這也許和韓愈的揄揚有關罷。

愈頓首，胡生秀才❶足下：雨不止，薪芻❷價益高，生遠客，懷道守義，非其人不交，得無病乎？斯須❸不展，思想無已。愈不善自謀，口多而食寡，然猶月有所入❹，以愈之不足，知生之窮也。至於是而不悔，非信道篤❺者其誰能之！所示千百言，略不及此，而以不屢相見為憂，謝相知為急！謀道不謀食，樂以忘憂者，生之謂矣。顧無以當之，如何！

夫別是非，分賢與不肖，公卿貴位者之任也，愈不敢有意於是。如生之徒於我厚者，知其賢，時或道之，於生未有益也，不知者乃用是為謗，不敢自愛❻，懼生之無益而有傷也，如之何！若曰：「彼❼有所合，吾不利其求。」則庶可矣。生又離鄉邑，去親愛，甘辛苦而不厭者，本非為是❽也，如之何！愈之於生既不變矣，戒生無以示愈者語於人，用息不知者之謗，生慎從之。〈講禮〉、〈釋友〉二篇，比舊尤佳，志深而喻切，因事以陳辭，古之作者正如是爾。愈頓首。

【注釋】❶秀才　秀才一科此時已停止，此處只是代指舉進士之人。❷薪芻　柴草。❸斯須　須臾；片刻。❹月有所入　指俸祿。❺篤　忠實；全心全意。❻不敢自愛　言不敢愛惜自己，從此緘口不言，而仍要揄揚胡生。❼彼　指地位高而希望在其前美言的人。❽本非為是　本不是為了此。「是」即指上文「彼有所合，吾不利其求」的思想行為。意謂胡生來到京城並不是為了來自鳴清高，還是為了求仕。一說「是」指上文的相知稱道。

【語譯】韓愈頓首，胡生秀才足下：雨下個不停，柴草價格越發加高，先生遠來作客，一心遵循道義，不符合道義標準的人不跟他交朋友，難道沒有憂患嗎？我一時因而心頭不釋，懷想不止。我不善於謀生，人口多卻食糧少，然而每月還有收入，根據我經濟不足的景況，可以知道您的窮困了。到了這樣的地步卻不後悔，不是全心全意信仰聖道的人，誰能這樣！您給我的千百字信中，並不談這方面，卻把不能和我經常相見作為憂慮，把感謝我對您的瞭解作為急務！謀求道德而不謀求維生，樂於道義而忘記憂愁的人，說的就是您了。但我無法承受您的盛意，怎麼辦！

分別是非，分辨賢能和不賢的人，這是公卿高官的責任，我不敢有意做這樣的事。像您這樣跟我交情好的人，知道您賢能，有時或許在人前稱道您，對於您沒有好處，不瞭解的人竟然因此來毀謗我，我不敢愛惜自己的聲名，只是擔心這樣做對您沒有好處，倒有所損傷，怎麼辦！如果您說：「那些有地位的人自有他們合意的人，我不把向他們尋求幫助作為於己有利的事情去做。」能這樣想、這樣做那麼也差不多可以了。可是您離開故鄉，別離親人，甘嘗辛苦卻不厭倦的原因，本來不是為了這樣，怎麼辦！我對於您的態度不會改變，希望您不要把對我說的話告訴旁人，以此來平息對我不瞭解的人對我的毀謗，您要謹慎地照我說的這麼做。〈講禮〉、〈釋友〉二篇文章，比您從前寫的文章好得多，思想深刻而比喻貼切，就事情來陳述言辭，古代的作家正是這樣的。韓愈頓首。

與陳給事書

【題解】陳給事名京，字慶復，大曆元年（西元七六六年）進士，貞元十九年（西元八〇三年）遷給事中。給事中是門下省要職，掌駁正政令之違失。韓愈此信亦作於貞元十九年。全信主要敘述與陳京交往過程，說當初也曾蒙陳京讚許，後來隨著陳京地位升高而逐漸疏遠；近年雖二次謁見，陳京終待以冷淡。韓愈最後解釋說：陳京這種態度其實並不是真要冷淡自己，而是恰恰相反，在他內心還是希望韓愈常去謁見他的。基於這種牽強的解釋，信末韓愈向陳京表示認錯，並隨信附上部分近作。韓愈寫這篇文章的根本目的仍是希望陳京能夠在仕途上向他伸出援手，所以不惜「以熱眼對人冷面」（林雲銘《韓文起》卷三評語），讀來令人感歎。

這篇文章寫作技巧很受人稱道，吳楚材、吳調侯評說：「通篇以『見』字作主。上半篇從『見』說到『不見』，下半篇從『不見』說到要『見』。一路頓挫跌宕，波瀾層疊，姿態橫生，筆筆入妙也。」（《古文觀止》卷七評語）

愈再拜：愈之獲見於閣下有年矣，始者亦嘗辱一言之譽。貧賤也，衣食於奔走，不得朝夕繼見❶。其後閣下位益尊，伺候於門牆者日益進。夫位益尊，則賤者日隔；伺候於門牆者日益進，則愛博而情不專。愈也道不加修，而文日益有名。夫道不加修，則賢者不與；文日益有名，則同進者❷忌。始之以日隔之疏，加之以不專之望，以不與者之心，而聽忌者之說，由是閣下之庭無愈之跡矣。

去年春，亦嘗一進謁於左右矣，溫乎其容若加❸其新也，屬乎其言❹若閔其窮也。退而喜也以告於人。其後如❺東京❻取妻子，又不得朝夕繼見。及其還也，亦嘗一進謁于左右矣，邈乎❼其容若不察其愚❽也，悄乎其言若不接其情也，退而懼也不敢復進。今則釋然❾悟翻然❿悔曰：「其邈也，乃所以怒其來之不繼也；其悄也，乃所以示其意也。」不敏⓫之誅⓬，無所逃避。不敢遂進，輒自疏⓭其所以，并獻近所為〈復志賦〉已下十首為一卷，卷有標軸⓮。〈送孟郊序〉一首，生紙⓯寫，不加裝飾。皆有揩字⓰注字處，急於自解而謝⓱，不能竢更寫，閤下取其意而略其禮可也。愈恐懼再拜。

【注　釋】❶繼見　連續去謁見。❷同進者　同求進取者。❸加　舊注說：「疑『加』當作『嘉』，乃與下文『閔』字為對。」此說很有道理。❹屬乎其言　說話連續不斷。❺如　往。❻東京　唐以洛陽為東京。❼邈乎　疏遠。❽愚　謙稱自己所思。❾釋然　形容疑慮消除。❿翻然　形容轉變得很快。⓫不敏　不明達。⓬誅　責備。⓭疏　陳述。⓮標軸　標明題名的書軸子。古書畫用卷子，卷端的棍桿為軸。⓯生紙　未經煮硾或塗蠟之紙。⓰揩字　抹去字。⓱謝　認錯；道歉。

【語　譯】韓愈再拜：我自從得到謁見閣下的機會以來也有好些年了，起初也曾蒙您開口誇獎過當時貧賤的我。我為衣食奔走，不能早晚連續謁見您。後來閣下的地位越加尊貴，等候在門牆邊的人一日多於一日地進見。地位越加尊貴，則和卑賤者越加隔開；等候在門牆邊的人一日多於一日地進見，則您愛護的人多，感情就不能專一了。我呢，學問沒有進一步研習而文章一日比一日有名，學問不進一步研習，賢能的人就不跟我結交，文章一日比一日有名，同求進取的人就忌恨我。起初您和我之間日漸隔開而疏遠，再加上您又不能感情專一地期待我，存著不跟我結交之心，又聽了忌恨我的人的話，從此閣下的府上就再也見不到我的蹤影了。

去年春天，我也曾進府謁見過您一次，您面容溫和，好像讚許我有些進步，語言滔滔，好像憐憫我處境窮困。我回來後高興地把情況告訴別人。以後我到東京去接妻子和孩子，又不能早晚連續謁見您。等到我回到京城，也曾經進府謁見您一次，您表情疏遠，好像沒有察知我的內心，說話輕聲，好像不懂得我的感情，我回來後心中害怕，就不敢再來進見了。如今我則完全省悟，猛然悔改地對自己說：「他表情疏遠，是對我不能連續不斷去謁見表示不快；他說話輕聲，是向我示意啊。」我對人情這樣不明達，是不能逃避責備的。我不敢就此又來進見，就通過此信自己陳述緣由，並獻上最近所寫的〈復志賦〉等文章，十篇為一卷，卷有標題軸桿。〈送孟郊序〉一篇，用生紙書寫，不加裝飾。都有抹去字、添加字的地方，我因急於向您解釋並向您道歉，不能等待另外再抄寫一份，閣下只取我對您的敬意而不要計較我的失禮，就可以了。韓愈恐懼再拜。

答竇秀才書

【題解】竇秀才，名存亮，大約被舉參加進士科考試，故稱他秀才（時秀才科早已停止）。貞元二十年（西元八〇四年），韓愈被貶為連州陽山（今屬廣東）令，竇存亮寫信給韓愈要求跟他學習文章，韓愈乃寫了此信作覆。信的前半為自述，後半則對竇存亮的求教表示遜讓。此時正是韓愈失意之時，他說自己不通時務，性格不與世人相合，文章也不切實用，這些都是牢騷話。後面他又故意說朝廷熱心求賢，執政大臣都是優秀官員，其實語中含有譏諷。一個正直而有才能的知識分子，受到社會不公正的對待，抒發出這種怨憤，也是可以理解的。

愈白：愈少駑怯❶，於他藝能自度無可努力，又不通時事，而與世多齟齬❷，念終無以樹立，遂發憤篤專於文學❸。學不得其術，凡所辛苦而僅有之者，皆符於空言而不適於實用，又重以自廢，是故學成而道益窮，年老而智愈困。今又以罪黜於朝廷❹，遠宰蠻縣❺，愁憂無聊，瘴癘❻侵加，惴惴焉無以冀朝夕❼。

足下年少才俊，辭雅而氣銳，當朝廷求賢如不及之時，當道者❽又皆良有司，操數寸之管❾，書盈尺之紙，高可以釣爵位，循次而進，亦不失萬一於甲科❿。今乃乘不測之舟，入無人之地，以相從問文章為事。身勤而事左⓫，辭重而請約，非計之得也。雖使古之君子積道藏德，遁其光而不曜，膠其口而不傳者，遇足下之請懇懇，猶將倒廩傾囷⑫，羅列而進也，若愈之愚不肖，又安敢有愛於左右哉！顧⑬足下之能，足以自奮，愈之所有，如前所陳，是以臨事愧恥而不敢答也。錢財不足以賄⑭左右之匱急，文章不足以發足下之事業，稛載⑮而往，垂橐⑯而歸，足下亮⑰之而已。愈白。

【注　釋】❶駑怯　才能低劣而膽怯。駑，能力低下的馬。❷齟齬　上下齒不相配合。比喻意見不合、不融洽。❸文學　指儒家學說。❹以罪黜於朝廷　一般認為，韓愈上奏〈論天旱人饑狀〉，要求減免京畿災區賦稅，並揭發京兆尹李實為聚斂進奉，謊報年景，因此遭幸臣所讒，被貶連州陽山令。❺蠻縣　荒野遙遠的縣。指陽山縣。❻瘴癘　指瘴氣。舊指南方山林間溼熱蒸鬱致人疾病的氣。❼無以冀朝夕　無法寄希望於一朝一夕。意謂朝不保夕。朝夕，形容短時間。❽當道者　執政大臣。❾數寸之管　指筆。❿甲科　指科舉的高名次。唐代明經科有甲乙丙丁四科，進士科有甲乙科。此處當指進士高第。⓫事左　所做的事不合時宜。⓬倒廩傾囷　毫無保留之意。廩，米倉。囷，圓形的穀倉。⓭顧　但；只。⓮賄　以錢財送人。⓯稛載　猶言滿載、重載。稛，用繩索捆束。⓰垂橐　空囊。橐，囊。⓱亮　明鑑。

【語　譯】韓愈奉告：我年少時才劣膽怯，學別的技能自己估計不能學好，又不懂社會上的事務，而且跟世人多數都不融洽，我恐怕最終沒有什麼成就，就發憤全心全意地鑽研聖人的學問。但學習方法不當，凡是我辛苦努力才學到手的那一點點東西，都等於是空話，卻不適於實用，再加上自己懈怠，所以學成之後，學問更無法用來治世，年紀老了，智力愈加貧乏。如今又因為犯了過錯被朝廷貶斥出來，來到這遠方荒野小縣做縣令，憂愁無聊，瘴氣侵犯，心中恐懼，甚至不敢希求在很短的時間能自保。

您青春年少，才智過人，吐辭風雅，氣概勇銳，正當朝廷徵求賢才十分急切猶如不足一般的時候，執政大臣又都是優秀的官員。您握著幾寸長的筆桿，在一尺多的紙上書寫，高可以取得爵位，循著次序往前，可以取得進士科考試達到高等的成就，不會有萬分之一的失誤。如今竟然乘上難以預測前途吉凶的船，進入無人之地，把跟我學習寫文章作為正事。自身辛苦而所做的事不合時宜，話說得很鄭重而所要求的很少，這樣做不能說考慮得很得當。即使古代那種積藏道德，隱遁光采而不顯耀，封住口不肯傳授的君子，遇到您這樣誠懇的請求，也要毫無保留地把所知道的一切原原本本告訴您，像我這樣愚昧不賢，又怎麼敢對您有所吝惜不說的呢！但您的能力，足夠自己奮起去取得成功，我所有的學問，就如前面說過的那樣，因此面臨您向我請教一事就感到慚愧羞恥，不敢回答。我的錢財不夠接濟您來解決緊急匱乏，我的文章不夠啟發您在事業上取得成功，您將要滿載而來，空囊而歸，希望您能明察罷了。韓愈奉告如上。

上兵部李侍郎書

【題　解】兵部李侍郎，指李巽。這封書信作於永貞元年（西元八〇五年）十二月九日，時韓愈遇赦北還，在江陵（今湖北江陵）任法曹參軍。而李巽此時自江西觀察使入為兵部侍郎。此信分為兩段：前一段中韓愈一方面歎老嗟貧，感喟自己不通時事；另一方面對自己的學問頗為自許，自說唐、虞以來的典籍無不通曉。兩方面的鮮明對比，使人對他的懷才不遇印象很深。此信的第二段，是希望李巽能放出辨識賢才的眼光，伸出有力的手來援拔他。韓愈特別指出，天子（指憲宗）新即位，正是勵精圖治的用人之時，因此他寄予很高的期望。這封信雖是求人，卻傲兀自負，不低三下四；雖然自訴人生的悲苦，其實並不悲觀，而是滿懷著希望，所以筆力特別雄奇。

十二月九日，將仕郎守江陵府法曹參軍韓愈謹上書侍郎閣下：愈少鄙鈍❶，於時事都不通曉，家貧不足以自活。應舉❷覓官，凡二十年矣，薄命不幸，動❸遭讒謗，進寸退尺，卒無所成。性本好文學❹，因困厄悲愁，無所告語，遂得究窮於經傳❺史記❻百家之說，沈潛乎訓義❼，反復乎句讀❽，礱磨❾乎事業，而奮發乎文章。凡自唐虞❿以來，編簡⓫所存，大之為河海，高之為山嶽，明之為日月，幽之為鬼神，纖之為珠璣⓬華實⓭，變之為雷霆⓮風雨，奇辭奧旨，靡不通達。惟是鄙鈍不通曉於時事，學成而道益窮，年老而智益困。私自憐悼，悔其初心，髮禿齒豁⑮，不見知己。

夫牛角之歌⑯，辭鄙而義拙；堂下之言，不書於傳記⑰。齊桓舉以相國，叔向攜手以上。然則非言之難為聽，而識之者難遇也。伏以閤下內仁而外義，行高而德鉅，尚賢而與能⑱，哀窮而悼屈。自江而西，既化而行矣⑲，今者入守內職，為朝廷大臣。當天子新即位，汲汲於理化⑳之日，出言舉事，宜必施設㉑。既有聽之之明，又有振之之力，甯戚之歌，鬷明之言，不發於左右，則後而失其時矣。謹獻舊文一卷，扶樹㉒教道㉓，有所明白㉔。南行詩一卷，舒憂娛悲，雜以瓌怪㉕之言，時俗之好，所以諷㉖於口而聽於耳也。如賜覽觀，亦有可采。干黷㉗嚴尊，伏增惶恐。愈再拜。

【注釋】❶鄙鈍　鄙陋愚笨。❷應舉　應地方舉薦參加進士考試。❸動　往往；每每。❹文學　指聖人之道、儒家學說。❺傳　解說經書的文字。❻史記　此泛指前代史書。❼訓義　解釋文辭的意義。訓，解說。❽句讀　把古書加以斷句。句和讀本是一個意思，宋以後把斷句稱句，一句之中應停頓處稱為讀。❾礱磨　磨治鍛鍊。礱，磨。❿唐虞　指堯與舜。⓫編簡　原義為用牛皮條或繩子把寫有字的竹片或木片串起來。此指書籍。⓬璣　不圓的珠子。⓭華實　花和果實。⓮霆　劈雷。⓯齒豁　牙齒殘缺不全。⓰牛角之歌　春秋時衛國人甯戚修德不仕，做了商賈。一天齊桓公夜出，聽見甯戚一邊餵牛一邊叩牛角而歌，知道是位賢士，就舉用他為客卿。事見《楚辭・離騷》之王逸注、洪興祖《補注》及《琴操》。⓱堂下之言二句　晉叔向一次到鄭國去，鬷蔑長得很醜，想要觀察叔向是否識人，就混在收拾器皿的人當中，站在堂下只說了一句話，話說得很好，叔向聽了說：「一定是鬷蔑！」就下堂，拉著他的手上堂去。事見《左傳・昭公二十八年》，但沒有記下鬷蔑當時說了句什麼話。⑱與能　推薦有才能的人。⑲自江而西二句　這是稱讚李巽在江西觀察使任上的治績。⑳理化　治理教化。㉑施設　實施；實行。㉒扶樹　扶持培植。㉓教道　教化聖道。㉔明白　辨明；辨白。㉕瓌怪　奇特；怪異。㉖諷　朗讀；誦讀。㉗干黷　冒犯。

【語　譯】十二月九日，將仕郎守江陵府法曹參軍韓愈恭謹地獻書信於侍郎閣下：我年少時鄙陋愚笨，不懂得時事，家中貧窮，不夠維持生活。應地方舉薦參加進士考試，尋求官職，至今共二十年了，由於命運不好，遭遇不幸，常常遭到人家的讒言毀謗，前進一寸，後退倒有一尺，終於沒有什麼成就。我本性愛好聖人的學問，因為困苦悲愁，無處訴說，就去鑽研經、傳、史書、諸子百家的學說，深入理解文辭的意義，反覆琢磨古書的句讀，在事業中經受磨鍊，在文章中大加發揮。從堯、舜以來，凡是在書籍中所保存下來的文獻資料，宏大如河海，崇高如山嶽，光明如日月，幽隱如鬼神，細小如珠璣花果，變化如霹靂風雨，奇妙的文辭、深奧的意思，我沒有不能通達的。只是鄙陋愚笨，不懂得時事，學成之後，學問越加無法施展，年紀老了，智力越加困乏。我自己對自己憐憫悲傷，懊悔當初選擇了這樣的志願，頭髮禿了，牙齒殘缺不全，找不到知己的人。

甯戚敲牛角唱的歌，文辭鄙陋，含義拙劣；鬷蔑在堂下說的話，傳記沒有記載。齊桓公舉薦甯戚來輔佐國政，叔向拉著鬷蔑的手上堂去。這樣看來，不是難聽到賢人之言，而是能識別出賢人的人難得遇到。我認為閣下內懷仁愛，外行道義，品行高尚，道德宏大，推重賢人，舉薦有才能的人，哀憐窮困的人，悲悼受委屈的人。大江以西的百姓，都受到您的教化而實行聖道，如今您又入朝擔任內職，成為朝廷大臣。正當新天子初即大位，急切地從事於治理教化天下的時候，說話辦事，適當必可實施。您既有聽進賢人之言的明智，又有拔擢賢人的能力，甯戚唱的那種歌，鬷蔑說的那種話，不唱、不說給您聽，則延誤失時了。我恭謹地呈獻過去寫作的文章一卷，對扶植教化聖道，有辨明之處。南行詩一卷，解憂娛悲，其中雜有奇特的言辭，是時俗所愛好的，您可一邊用口讀，一邊用耳聽。如蒙您覽觀拙作，其中也許有可以採納的內容。冒犯您的尊嚴，增加我的惶恐。韓愈再拜。

上襄陽于相公書

【題解】 元和元年（西元八〇六年）六月，韓愈自江陵法曹詔拜國子博士，路過襄陽，駐節襄陽的山南東道節度使于頔盛情接待了他，並把自己所作的一些詩文贈給他。離開襄陽，行至鄧州（在今河南南部）的北部邊境，韓愈寫了這封信致于頔，談論自己一路上閱讀于頔作品的感想。于頔此時新加宰相銜，故稱相公。這封信主要是稱頌于頔的功德才華，當然有不少溢美之辭，所以曾國藩批評說：「諛辭累牘。」（《求闕齋讀書錄》卷八）但此文措辭得體，文采雅麗，還是有可取之處。

伏蒙示〈文武順聖樂辭〉❶、〈天保樂詩〉❷、〈讀蔡琰胡笳辭詩〉❸、〈移族從〉❹并〈與京兆書〉❺。自幕府❻至鄧❼之北境，凡五百餘里，自庚子至甲辰❽凡五日，手披❾目視，口詠其言，心惟❿其義，且恐且懼，忽⓫若有亡⓬，不知鞍馬之勤，道途之遠也。夫澗谷之水，深不過咫尺⓭，丘垤⓮之山，高不能踰尋⓯丈，人則狎⓰而翫⓱之。及至臨泰山之懸崖，窺巨海之驚瀾，莫不戰掉⓲悼慄⓳，眩惑⓴而自失㉑。所觀變於前，所守㉒易於內，亦其理宜也。

閣下負超卓之奇材，蓄雄剛之俊德㉓，渾然天成，無有畔岸㉔；而又貴窮乎公相㉕，威動乎區極㉖，天子之毗㉗，諸侯之師。故其文章言語與事㉘相侔㉙，憚赫㉚若雷霆，浩汗㉛若河漢㉜，正聲諧韶濩㉝，勁氣沮㉞金石，豐而不餘一言，約而不失一辭，其事信㉟，其理切。孔子之言曰：「有德者必有言。」㊱信乎其有德且有言也。揚子雲曰：「〈商書〉灝灝爾，〈周書〉噩噩爾。」㊲信乎其能灝灝而且噩噩也。昔者齊君行而失道，管子請釋老馬而隨之㊳。樊遲請學稼，孔子使問之老農㊴。夫馬之智不賢於夷吾㊵，農之能不聖於尼父㊶，然且云爾者，聖賢之能多，農馬之知㊷專故也。今愈雖愚且賤，其從事於文，實專且久，則其贊㊸王公之能，而稱大君子㊹之美，不為僭越㊺也，伏惟詳察。愈恐懼再拜。

【注釋】❶文武順聖樂辭　文武順聖樂是一種以歌頌皇家功德為內容的大型歌舞。樂辭則是歌辭。❷天保樂詩　類似於上述的歌詩。❸讀蔡琰胡笳辭詩　蔡琰，字文姬，東漢末女詩人。有琴曲歌辭〈胡笳十八拍〉相傳為她所作。此則為于頔讀〈胡笳十八拍〉所作的詩。❹移族從　這是于頔才離故鄉，告同族及從兄弟的文書。❺與京兆書　于頔致京兆尹的書信。舊注認為京兆尹指李實。❻幕府　即將軍府。此指襄陽。于頔時任山南東道節度使，駐節襄陽。❼鄧　州名。治所在穰縣（今河南鄧縣）。❽自庚子至甲辰　此指元和元年六月初八至十二日。❾披　翻閱。❿惟　思；想。⓫忽　恍惚。⓬亡　失。⓭咫尺　形容水不深。咫，周制為八寸。⓮丘垤　小土山。垤，小土堆。⓯尋　八尺為尋。⓰狎　親近而不莊重。⓱翫　即「玩」字。玩，玩耍；玩賞。⓲戰掉　發抖。戰，通「顫」。掉，顫。⓳悼慄　害怕發抖。⓴眩惑　眼花迷亂。㉑自失　不能自持的遑亂之狀。㉒所守　指心境。㉓俊德　大德。俊，通「駿」。㉔畔岸　邊際。㉕公相　指公卿、宰相一類的顯官。㉖區極　區域極盡處。指天涯。㉗毗　輔佐。㉘事　指于頔的事跡。㉙侔　相等；齊。㉚憚赫　威震。㉛浩汗　水盛大的樣子。㉜河漢　銀河。《莊子・逍遙遊》中曾以河漢比人大言。河漢若解作黃河、漢水，此處亦通。㉝韶濩　湯樂名。一說指舜樂和湯樂。此處泛指雅正的古樂。㉞沮　損壞。㉟信　確實。㊱孔子之言曰二句　語出《論語・憲問》。㊲揚子雲曰三句　見西漢揚雄《法言・問神》。〈商書〉灝灝爾，是說《尚書》中商代的篇章廣大無際。噩噩爾，嚴肅切直的樣子。㊳昔者齊君行而失道二句　管仲、隰朋跟從齊桓公討伐孤竹，春往冬返，迷失道路。管仲說：「老馬之智可用也。」就放開老馬任牠前走，眾人跟在後面，於是找到了路。事見《韓非子・說林》。㊴樊遲請學稼二句　樊遲是孔子的學生，他曾請求學種莊稼，孔子說：「吾不如老農。」事見《論語・子路》。㊵夷吾　管仲之名。㊶尼父　對孔子的尊稱。孔子字仲尼，故稱。㊷知　通「智」。㊸贊　稱頌；讚美。㊹大君子　稱道德、文章受人尊仰或地位高的人。㊺僭越　超越自己的名位本分。

【語　譯】承蒙您把尊作〈文武順聖樂辭〉、〈天保樂詩〉、〈讀蔡琰胡笳辭詩〉、〈移族從〉及〈與京兆書〉等給我讀。從幕府所在地到鄧州北部邊境，共計五百多里，從庚子日到甲辰日共五天，我用手翻動，用眼閱看，口中吟誦詩文，心中思考著含義，又是恐慌又是害怕，恍惚之間好像丟失了什麼，不知鞍馬的辛勞、道路的遙遠了。山澗中的水，不超過尺把深，小土山，不能超過丈把高，人就可親近玩賞。等到面臨泰山的懸崖，眼看大海的驚濤，沒有人不顫抖恐懼，眼花迷亂，不能自持。所看到的景象在眼前發生變化，人的心境也會在內部改換，這也是應有的道理。

閣下賦有超凡卓越的奇材，蘊蓄雄強剛健的大德，渾然天生而成，沒有止境；您又富貴之極，身為顯宦，聲威震動到天涯，是天子的輔佐重臣，是諸侯的師長。所以您的文章語言和事跡相合，威震像疾雷，浩大像銀河，雅正之聲和湯樂相和諧，雄勁之氣能損壞金屬石頭，文辭豐裕卻沒有一句多餘的話，文辭簡約卻又沒有少說一句該說的話，舉的事例可靠，說的道理恰當。孔子說過：「有道德的人一定會有有價值的言論。」您確實是既有道德又有有價值的言論。揚子雲說：「〈商書〉廣大無際，〈周書〉嚴肅切直。」您的文章確實能浩大無邊又嚴肅切直。從前齊國國君行軍，迷失道路，管子請求放開老馬隨牠前行。樊遲請求學習種莊稼，孔子叫他去問老農。老馬的智力不會強於管仲，老農的能力不會超過尼父，然而他們這樣說的原因是，聖人、賢人的能耐多，而老農、老馬的智力專一的緣故。如今我韓愈雖然愚笨而卑賤，但我從事於寫作，實在專一而且時間長久，那麼我讚揚王公的才能，稱頌大君子的美善，不算是超越了自己的名位了，希望您能詳察我這番話。韓愈恐懼再拜。

答馮宿書

【題解】元和二年（西元八〇七年），韓愈在長安因文才出眾而性格又不能與人和諧，遭到他人的妒嫉和誹謗，於是他請求外調，遂以權知國子博士分司洛陽。然而到了洛陽，他也未能清靜，毀謗依舊跟蹤而至。他的好友馮宿把一些人言轉告給他，韓愈就寫了這封信答覆馮宿。

這封信表面上似乎是表示認錯，表示悔過。然而他說自己的過錯實是傲視貴人，傲視不賢的小人，這怎麼算是錯呢！他越是形容自己如何剋己謙下，委屈求合，賠盡了小心，越顯得那人言之可畏、毀謗之可惡。所以這封信實是表現了韓愈對社會上種種流言蜚語的牢騷和憤懣。明茅坤就曾一針見血地指出，此信「在喜聞過中，卻有自家一段直己而守的意在」（《唐宋八大家文鈔》卷五）。此文用筆委婉含蓄，正話反說，旁敲側擊，技法極為出色。

垂示僕所闕❶，非情之至，僕安得聞此言！朋友道缺絕❷久，無有相箴規❸磨切❹之道，僕何幸乃得吾子！僕常閔時俗人有耳不自聞其過，懍懍然❺惟恐己之不自聞也，而今而後，有望於吾子矣。

然足下與僕交久，僕之所守，足下之所熟知。在京城時，囂囂❻之徒相訾❼百倍，足下時與僕居，朝夕同出入起居，亦見僕有不善乎！然僕退而思之，雖無以獲罪於人，亦有以獲罪於人者❽。僕在京城一年，不一至貴人之門，人之所趨，僕之所傲，與己合者，則從之遊，不合者，雖造❾吾廬❿，未嘗與之坐。此豈徒足致謗而已，不戮於人則幸也。追思之可為戰慄寒心。故至此已來，剋己⓫自下，雖不肖人至，未嘗敢以貌慢之，況時所尚者邪！以此自謂庶幾無時患，不知猶復云云也！

「聞流言不信其行」⓬，嗚呼，不復有斯人也！「君子不為小人之恟恟而易其行」⓭，僕何能爾！委曲從順，向風承意⓮，汲汲恐不得合，猶且不免云云！命也，可如何！然「子路聞其過則喜，禹聞昌言則下車拜」⓯。古人有言曰：「告我以吾過者，吾之師也。」⓰願足下不憚煩，苟有所聞，必以相告，吾亦有以報子，不敢虛也，不敢忘也。

【注釋】❶闕　通「缺」。缺點。❷缺絕　廢絕。❸箴規　規諫勸戒。❹磨切　此處是以磨切比喻朋友間相互勸告糾正的行為。語本《詩・衛風・淇奧》：「有匪君子，如切如磋，如琢如磨。」是說君子在道德上的修飾，猶如把骨角玉石加工成器物。❺懍懍然　危懼的樣子。❻囂囂　眾口讒毀的樣子。《詩・小雅・十月之交》：「讒口囂囂。」❼訾　毀謗非議。❽雖無以獲罪於人二句　前句謂自己並沒有得罪於世人，沒有做什麼不能見容於世人的事。後句則是說也有得罪某些小人的地方。❾造　到；去。❿廬　房舍。⓫剋己　約束自己。⓬聞流言不信其行　是孔子談交友之道的話。見《禮記・儒行》。⓭君子不為小人之恟恟而易其行　語出《荀子・天論》。今本此句作「君子不為小人匈匈也輟行」。意謂君子不因為小人的騷擾而停止行動。⓮向風承意　聽到一點風聲就秉承人家的意旨。⓯子路聞其過則喜二句　語本《孟子・公孫丑上》。原文作「子路人告之以有過則喜，禹聞善言則拜」。昌言，善言。《書・大禹謨》有「禹拜昌言」之語，韓愈誤入於《孟子》中。⓰古人

有言曰三句　此語本《荀子．修身》：「故非我而當者，吾師也。」

【語　譯】承蒙您把我的過錯告訴我，如果不是您對我的友情深厚到極點，我怎麼能聽得到這一番話！正確的朋友相交的方式廢絕已很久了，沒有相互之間規勸糾正的做法了，我多麼幸運，竟然得到您的指教！我常憐憫當世俗人們有耳朵卻聽不見自己的過錯，惶恐地只怕自己也同樣聽不到，從今以後，我可以寄望於您了。

然而您跟我做朋友已經很久，我做人的原則，您是知道得很清楚的。我在京城的時候，眾多好詆毀人的人百般誹謗我，當時您和我住在一起，從早到晚一同出入，一同生活，曾見到我有什麼不好的地方嗎！然而我歸來自己想，雖然我沒有什麼該受世人批評的地方，卻也有該受某些人批評的地方。我在京城一年，沒有一次去登門拜訪貴人，人家都去歸附的人，我卻傲視他，跟我合得來的人，就跟他交往，不跟我合得來的人，即使到我家裡來，我也未曾跟他一起坐談。這樣待人哪裡只是足夠造成人家對自己的毀謗而已，不被人殺掉就算是幸運的了。回想起來真堪為此而感到顫抖寒心。所以來到這裡以來，我約束自己，表示謙下，即使不賢的人來到，未曾敢在表面上怠慢他，何況對目前人們所尊崇的人呢！因此我自己認為差不多不會遭到什麼現時的禍患了，不知道人家還會如此說我！

「聽說關於朋友的流言蜚語，不相信他會這麼做」，唉，世上不再有這樣的人了！「君子不因為小人的騷擾而改變自己的行為」，我怎麼能做到這樣！我是委曲順從，聽到一點風聲就秉承人家的意旨，急切地生怕不能跟人家合得來，尚且不免被人家這麼說！這是命運啊，還能怎麼辦！然而「子路聽說自己的過錯就高興，禹聽說有益的話就下車拜謝」。古人有這樣的話：「把我的過錯告訴我的人，是我的師長。」希望您不要怕麻煩，如果聽到人家說我什麼，一定告訴我，我也會對您有所報答的，我不敢對您說空話，我不敢忘記您。

與少室李拾遺書

【題解】少室山是嵩山的西段，在今河南登封北。唐元和初，山中有一隱士，名叫李渤，他刻苦學習，道德學問聞名於外。戶部侍郎李巽、諫議大夫韋況都上奏章推薦李渤，朝廷於是下詔以右拾遺官職徵召李渤。河南少尹杜兼遣使持詔幣進山催促李渤出山就職，李渤卻上書辭謝。韓愈時為國子博士分司東都，就在元和三年（西元八〇八年）十二月寫了這封信寄給少室山中的李渤，勸他出山就職。這封信從兩方面來說服李渤：一是說當今正是朝廷勵精圖治，天下太平之時，賢人理應出山；二是說若再辭謝不出，朝廷一定會加高官職來徵召，那就有故意抬高身價之嫌了。兩條都說得合理，頗難辯駁。據歷史記載，李渤受到韓愈此信打動，舉家搬到東都洛陽，對朝廷缺失，時上章論列，可見此信的作用了。

十二月某日，愈頓首：伏承天恩❶，詔河南敦諭❷拾遺公❸，朝廷之士，引頸東望，若景星鳳皇❹之始見也，爭先覩之為快。方今天子仁聖，小大之事，皆出宰相，樂善言，如不得聞。自即大位已來，於今四年，凡所施者，無不得宜，勤儉之聲，寬大之政，幽閨婦女，草野小人，皆飽聞而厭❺道之。愈不通於古，請問先生，世非太平之運歟！加又有非人力而至者，年穀熟衍❻，符貺❼委至❽。若干紀之姦❾，不戰而拘纍❿；彊梁⓫之兇，銷鑠⓬縮栗⓭，迎風而委伏⓮。其有一事未就正，自視若不成人；四海之所環，無一夫甲而兵者。若此時也，拾遺公不疾起與天下之士君子⓯樂成而享之，斯無時矣！昔者孔子知不可為而為之不已，足跡接於諸侯之國。即可為之時，自藏深山，牢關而固距⓰，即與仁義者異守矣！想拾遺公冠帶⓱就車，惠然肯來⓲，舒所蓄積，以補綴盛德之有闕遺⓳，利加於時，名垂於將來，踊躍⓴悚企㉑，傾刻㉒以冀。

又竊聞朝廷之議，必起拾遺公，使者往若不許，即河南㉓必繼以行。拾遺徵君若不至，必加高秩㉔，如是則辭少就多，傷於廉而害於義，拾遺公必不為也。善人斯進，其類皆有望於拾遺公，拾遺公儻不為起，使眾善人不與斯人施也㉕。由拾遺公而使天子不盡得良臣，君子不盡得顯位，人庶不盡被惠利，其害不為細。必望審察而遠思之，務使合於孔子之道，幸甚㉖。愈再拜。

【注　釋】❶天恩　皇恩。❷敦諭　勸勉曉諭。❸拾遺公　謂李渤。❹景星鳳皇　都是祥瑞的象徵。傳說太平之世才能見到。景星，大星。古謂現於有道之國。鳳皇，傳說中的鳥王。雄名鳳，雌名皇（後作凰）。❺厭　通「饜」。飽。❻熟衍　豐收。❼符貺　天賜的瑞兆。貺，徵兆。❽委至　屢至。❾干紀之姦　違犯國家法紀的壞人。❿拘纍　監禁；囚禁。⓫彊梁　兇暴；強橫。彊，同「強」。⓬銷鑠　削弱；衰微。⓭縮栗　畏縮戰栗。⓮委伏　因畏服而收斂行跡。⓯士君子　指有學問而品德高尚的人。⓰距　通「拒」。拒絕。⓱冠帶　戴冠束帶。⓲惠然肯來　順從可來。語本《詩・邶風・終風》。後多用作對客人來臨表示歡迎之詞。惠，順。肯，可。⓳補綴盛德之有闕遺　這是說李渤就任右拾遺這一諫官，履行其職責。⓴踊躍　歡欣鼓舞的樣子。㉑悚企　引頸舉踵而望。㉒傾刻　指很短的時間。猶言即刻、片刻。㉓河南　指河南府尹。㉔高秩　高官。秩，官吏的俸祿。㉕使眾善人不與斯人施也　使眾善人不能得到您的施捨（即也得到提拔任用）。此句前人即已疑有誤，今姑作如此解釋。㉖幸甚　書信中習用語。表示殷切希望之意。

【語　譯】十二月某日，韓愈頓首：承蒙皇恩，朝廷特命河南府勸勉曉諭拾遺公，朝中官員，都伸長頸子向東而望，好像景星、鳳凰初次出現一般，都爭著先睹為快。當今天子慈仁聖明，大小國事，都出於宰相，喜歡聽有道理的話，好像聽不到那樣渴望。自從就天子之位以來，至今已有四年，所有實行的政治措施，沒有不適當的，勤儉的聲譽、寬大的舉措，連深閨中的婦女、草野的百姓，都聽得很夠，說了又說了。我不瞭解古代的情形，請問先生，當代不是太平之世嗎！此外又有不是人力所能做到的情形，年年糧食豐收，天賜的瑞兆屢屢降臨。至於違犯國法的壞人，不反抗就被拘禁；強橫的暴徒，削弱顫抖，馴順畏服，收斂行跡。有一件事沒有安排妥當，天子就認為自己還不是完美的人；四海之內，沒有一個男子穿甲胄、執武器。像這樣的時代，拾遺公不趕快出仕跟天下有學問道德的人士共同樂享功成，那就失去時機了！從前孔子知道當時不適於有所作為，卻不停地想有所作為，足跡在諸侯之國一處接一處。您在適於有所作為的時代，自己卻藏在深山中，緊緊閉門，固執地拒絕徵召，那就跟仁義之士的操守不同了！我遙想拾遺公戴冠束帶上了車，順從地答應前來，施展出胸中蓄積的學問才能，來彌補天子盛德的缺漏不足，造福於當世之人，名聲流傳於後代，我歡欣鼓舞地引頸舉踵而望，即刻就已在希冀等待了。

我私下聽說，朝廷的意見是，一定要起用拾遺公，使者前去，若是您不同意，則河南尹一定接著來請您。用拾遺官來徵召您，若是您不肯來，一定會加高官職來徵召，這樣的話，您推辭俸祿少的，接受俸祿多的，則有損於廉潔，妨害於道義，拾遺公一定是不肯這樣做的。有道德學問的人不能得到進用，則其他有道德學問的人就都寄望於您，若是您不肯被起用，就使眾多有道德學問的人不能得到您的好處了。由於拾遺公的作為從而使天子不能把好的臣子全都網羅到，使君子不能全都得到顯耀的官位，百姓不能全都受到福澤，害處可不算小。務望您周詳地考察，深遠地思索，一定使您的作為符合於孔子的道義原則，切盼之至。韓愈再拜。

代張籍與李浙東書

【題解】這篇文章作於元和五年（西元八一〇年），時張籍在長安任太常寺太祝，貧窮而且正患眼病。恰好他的好友李翱來京，李翱當時在浙東觀察使李遜之下任職，說到李遜許多政績。張籍因而心動，打算去投靠李遜，一來可以解救飢寒，二來可以治療眼疾。韓愈跟張籍誼兼師友，就代張籍寫了這封致李遜的書信，請求李遜資助路費，並予錄用。

前人都認為此文圍繞一個「盲」字來論述。前是說李遜取人不應當看目盲不盲，而應問人賢不賢；後則說自己目雖盲，而心不盲，心中自能辨別是非，蘊藏知識，等待一吐。全文看來重複一個「盲」字，其實論述卻層層深入。清末著名文學家林紓曾以此篇為繞筆之例，他說：「為文不知用旋繞之筆，則文勢不曲。繞筆似複，實則非複。複者，重言以聲明之謂。繞筆則於本意中抉深一層，乍觀但覆述已過之言，乃不知實有抽換之筆，明明前半意旨，然已別開生面矣。」（《春覺齋論文》）

月日，前某官某謹東向再拜寓書浙東觀察使中丞李公閣下：籍聞議論者皆云：方今居古方伯連帥❶之職，坐一方得專制❷於其境內者，惟閣下心事犖犖❸，與俗輩不同。籍固以藏之胸中矣。近者閣下從事李協律翶❹到京師，籍於李君友也，不見六七年，聞其至，馳往省❺之。問無恙外，不暇出一言，且先賀其得賢主人。李君曰：「子豈盡知之乎？吾將盡言之。」數日籍益聞所不聞。籍私獨喜，常以為自今已後，不復有如古人者，於今忽有之。退自悲不幸兩目不見物，無用於天下，胸中雖有知識，家無錢財，寸步不能自致。今去李中丞五千里，何由致其身於其人之側，開口一吐出胸中之奇乎！因飲泣❻不能語。

既數日，復自奮曰：無所能人乃宜以盲廢，有所能人雖盲，當廢於俗輩，不當廢於行古人之道者❼。浙水東七州戶不下數十萬，不盲者何限，李中丞取人固當問其賢不賢，不當計盲與不盲也。當今盲於心者皆是，若籍自謂獨盲於目爾，其心則能別是非。若賜之坐而問之，其口固能言也，幸未死，實欲一吐出心中平生所知見。閤下能信而致之於門邪？籍又善於古詩，使其心不以憂衣食亂，閤下無事時一致之座側，使跪進其所有，閤下憑几而聽之，未必不如聽吹竹彈絲敲金擊石也。夫盲者業專，於藝必□❽，故樂工皆盲，籍儻❾可與此輩比並乎！使籍誠不以蓄妻子憂飢寒亂心，有錢財以濟醫藥，其盲未甚，庶幾其復見天地日月，因得不廢，則自今至死之年，皆閤下之賜。閤下濟之以已絕之年，賜之以既盲之視，其恩輕重大小，籍宜如何報也？閤下裁之度之。籍慚靦❿再拜。

【注釋】❶方伯連帥　殷周時代一方諸侯之長。此處泛稱地方長官。❷專制　獨自決斷。❸犖犖　分明的樣子。❹閤下從事李協律翺　李翺時任協律郎，為李遜屬官。❺省　探望；問候。❻飲泣　淚流滿面，進入口中。形容極度悲痛。❼行古人

之道者　此指李遜。❽□　此為闕字。疑為「精」字。❾儻　或許。❿慙靦　慚愧害羞。

【語　譯】某月某日，前某官某人恭謹地向東再拜寄信給浙東觀察使中丞李公閣下：我聽議論的人都說：當今身居古代諸侯這樣的要職，坐鎮一方能夠獨自決斷境內之事的人，只有您胸懷坦蕩，和一般俗人不同。我本來已經把這話藏納在胸中了。最近您的屬官協律郎李翶到京城來，我跟李君是朋友，六、七年不見了，聽說他來到了，趕去看望他。問候他健康之外，來不及說一句別的話，且先祝賀他得到賢能的主人。李君說：「對於李公您難道完全瞭解嗎？我將完全告訴您。」往後幾天裡我越加聽到許多從未聽到過的事跡。我獨自心中高興，平時總認為從今以後，不再有像古人那樣的人了，如今忽然又發現了。回家後我又為自己不幸以致兩目不能見物而感到悲哀，覺得我對於天下毫無用處，胸中雖然有知識積累，但家中沒有錢財，不能使自身移動寸步。如今離開李中丞五千里，怎麼才能把我的身體送到中丞身邊，讓我開口傾訴胸中的奇見呢！於是涕淚橫流，不能說話。

過了幾天，我又自己奮發說：沒有什麼能力的人才應該由於目盲而無所事事，有才能的人雖然目盲，應該在一般俗人那裡無所事事，而不應該在能按古人行事準則而行的人那裡無所事事。浙水之東的七州，戶口不少於幾十萬，不盲的有多少，李中丞取重人本來應該問這人是不是賢能，不應該計較這人是不是目盲。如今世上心盲的人到處都是，像我這樣，自認為只是目盲罷了，我的心倒是能分辨是非的。假如您能賜我坐下來而問詢我，我的口一定能說話，幸而沒有死，實在想要盡情傾訴藏於我心中的平生閱歷和知識。您能夠相信我，把我接到您的府中嗎？我又善寫古詩，如能使我的心不由於憂慮衣食而紊亂，您閒暇無事時容我隨侍在您座位旁邊，使我長跪奉獻我的作品，您靠著几聽我吟詩，未必不如聽一些管弦樂器和打擊樂器的演奏。目盲的人做事專心，技藝一定精湛，所以樂工都是盲人，我或許可以跟這些人相比罷！假使我確能不由於要贍養妻兒、擔憂飢寒而擾亂心境，有錢財來供應醫藥費用，我的目盲不至很厲害，但願又能見到天地日月，因而能夠不至無用，那麼從今天到我死那年的歲月，都是您給我的恩賜了。您給我已經斷絕的年歲延續了光陰，您賜我已經失去視力的雙眼重見光明，您的恩惠的深重巨大，我該如何報答呢？請您考慮估量一下。張籍羞慚再拜。

上留守鄭相公啟

【題解】本文作於元和五年（西元八一〇年）冬，當時韓愈任河南縣令，縣治就在洛陽城內。文題中的「留守鄭相公」，指鄭餘慶，他曾做過宰相，故稱他相公，當時他以檢校兵部尚書兼東都留守，是東都洛陽的最高長官。啟，是一種官方文書，用來向上司陳述政事。

當時洛陽城內，一些藩鎮建有邸宅，窩藏士兵和罪犯，這些人橫行霸道，官吏不敢去管。韓愈才任縣令，就有百姓控告不法軍人辱罵他的妹妹和妻子，韓愈傳訊有關軍人，這軍人竟然不肯到庭，韓愈即要把他拘捕杖責。這一來，軍吏們紛紛告到東都留守鄭餘慶處，鄭餘慶竟把原告百姓拘捕起來。韓愈於是上了這個啟，向鄭餘慶辨明是非。

文章一開始就堂堂正正地提出自己事鄭餘慶是按照對待大君子的道義準則而行的，不是苟且取悅之輩；接著指出：不法的所謂軍人，其實是一批冒充軍人的奸詐之徒，對這種人不應寬縱；再次又說明，鄭餘慶拘捕原告百姓的做法不妥；最後他表示，自己是去是留，就待鄭一言而決，言下之意是如果鄭不支持他，他寧可掛冠而去。可說寫得原則分明，理直氣壯。但是，鄭餘慶究竟是上官，不能直接頂撞他，所以文章又寫得十分婉轉，這就給鄭餘慶改變決定留下了餘地。

從這篇文章裡，我們可以看到韓愈那種嚴於執法、剛正不阿的精神。據說此事以後，東都洛陽的軍士氣燄大為消滅，不敢犯禁。憲宗皇帝後來聽說了，也大為高興。

愈啟：愈為相公官屬五年❶，辱❷知辱愛，伏念曾無絲毫事為報答效，日夜思慮謀畫，以為事大君子❸當以道，不宜苟且❹求容悅❺，故於事未嘗敢疑惑，宜行則行，宜止則止，受容受察，不復進謝，自以為如此真得事大君子之道。今雖蒙沙汰為縣❻，固猶在相公治下，未同去離門牆為故吏❼，為形跡嫌疑，改前所為以自疏外於大君子，固不待煩說於左右❽而後察也。

人❾有告人辱罵其妹與妻，為其長❿者，得不追⓫而問之乎！追而不至，為其長者得不怒而杖⓬之乎！坐軍營，操兵守禦，為留守出入前後驅從者，此真為軍人矣。坐坊市賣餅，又稱軍人，則誰非軍人也！愚以為此必姦人以錢財賂將吏，盜相公文牒⓭，竊注名姓於軍籍⓮中，以陵駕府縣。此固相公所欲去，奉法吏所當嫉⓯，雖捕繫杖之未過也。

昨聞相公追捕所告受辱罵者，愚以為大君子為政當有權變，始似小異，要歸於正耳。軍吏紛紛入見告屈，為其長者，安得不小致為之之意乎！未敢以此仰疑⓰大君子。及見諸從事說，則與小人⓱所望信者少似乖戾⓲。雖然，豈敢生疑於萬一。必諸從事與諸將吏未能去朋黨⓳心，蓋覆黤黮⓴，不以真情狀白露㉑左右。小人受私恩良久，安敢閉蓄以為私恨，不一二陳道！伏惟相公憐察，幸甚幸甚㉒！

愈無適時才用，漸不喜為吏，得一事為名可自罷去，不啻㉓如棄涕唾，無一分顧藉㉔心。顧失大君子纖芥㉕意如丘山重，守官去官，惟今日指揮。愈惶懼再拜（ㄅㄞˋ）。

【注　釋】❶愈為相公官屬五年　元和元年韓愈在京城任國子博士，鄭餘慶是國子祭酒；二年，韓以國子博士分教東都生，鄭任河南尹兼知東都國子監事；三年至五年，鄭任東都留守，韓愈從四年任都官員外郎分司東都，五年改任河南令，仍是鄭餘慶的下屬。❷辱　承蒙。謙詞。❸大君子　稱德高望重者。此謂鄭餘慶。❹苟且　不按正道的意思。❺求容悅　用奉迎、巴結的手法博取對方的寬容和歡心。❻沙汰為縣　沙汰即淘汰。為縣是說做縣令。唐代京官重於地方官，韓愈從都官員外郎分司東都改任河南令，雖在官階上提高了，但因是外調，仍自謙說是如同泥沙一樣被汰除出來。❼故吏　過去手下的屬官。❽左右　書信中不直接稱對方，而稱他身邊侍從的人，以表尊敬。❾人　相當於「民」。唐避太宗世民諱。❿長　一縣之長。⓫追　下命令叫來、拘來。⓬杖　用杖拷打。為唐五刑之一。⓭文牒　文書。⓮軍籍　記載軍人姓名的簿籍。⓯嫉　憎恨。⓰仰疑　即疑惑的意思。加「仰」字表示以下對上之意。⓱小人　這裡是韓愈的謙稱。⓲乖戾　違背；有差異。⓳朋黨　古代稱某些人為私利而勾結到一起為朋黨。⓴黤黮　深黑色。形容昏暗。㉑白露　表白坦露。㉒幸甚幸甚　書信中表欣幸希望之意。㉓不啻　不僅；不止。㉔顧藉　留戀。㉕纖芥　極其細小。

【語　譯】韓愈稟告：我作為相公的屬官已經五年了，承蒙您瞭解我，愛護我，知道自己竟沒有絲毫微勞可以報答您，日夜思慮謀劃，認為對待大君子應當遵循道義的原則，不該不按正道來博取您的寬容和歡心，所以對於政事不敢疑惑，該辦就辦，該停止就停止，受到您的包容，受到您的察知，也不進見致謝，自己認為這樣做是真正按照對待大君子的道義原則。如今我雖然承蒙淘汰為縣令，但還是在相公屬下，不同於離開門下成為故吏的人，為了避免形跡嫌疑，改變以前做法，使自己疏遠於您，本來不必向您多說而由您隨後察知。

百姓控告有人辱罵他的妹妹和妻子，作為當地長官，能不把那人喚來訊問嗎！傳訊他他不來，作為長官，能不發怒而杖責他嗎！身在軍營裡，手執兵器守衛，作為留守出入時前驅後從的衛隊，這是真正的軍人。身在街市賣餅，又自稱是軍人，那麼誰不是軍人呢！我認為這一定是奸詐的人用錢財賄賂將吏，盜取相公的文書，偷偷把姓名添加進軍人姓名登記簿中，來欺壓府、縣。這種做法本來是相公所要根除，奉公守法的官吏所痛恨的，即使逮捕捆綁而加以杖責，也不算錯啊。

昨天我聽說相公拘捕原告受辱罵的百姓，我認為大君子處理政事本當依據實際情形作些權宜變化的處理，起初似乎稍有些不同，大體還是不離正道。軍吏紛紛進見訴說委屈，您作為他們的長官，怎能不略為表示幫助他們的意思呢！我不敢因此就懷疑大君子。等到聽到諸位從事們所說，則跟我所仰望信賴於相公的好像不甚一致。雖然如此，我怎敢對相公產生一點點懷疑。一定是從事們和將吏們不能除去結黨營私的積習，遮蓋蒙蔽，不把真實情況向您坦露。我個人受您的恩惠很久，怎敢把我的想法藏在胸中而暗暗懷恨，不一一向您陳述呢！希望相公垂憐明察，我就很幸運了！

我沒有處世的才能，漸漸不喜歡做官吏，能找到一件事作為藉口，就可以自行罷官離去，比甩掉涕唾還輕易，沒有一點留戀之心。但是我把不合大君子一絲心意看得像山那麼重，我是繼續為官，還是棄官不做，今天全憑您的吩咐。韓愈惶懼再拜。

答楊子書

【題解】楊子，指楊敬之，字茂孝，虢州弘農（今河南靈寶）人，元和初登進士第。約在元和六年（西元八一一年）時，他曾寫信給韓愈，表示仰慕之意，並附上了自己的文章。韓愈乃寫了這封信回答楊敬之（對此信寫作時間的考證，今從王惺齋說，見方成珪《昌黎先生詩文年譜》）。

當時楊敬之尚是青年，而韓愈已是文壇巨擘，為人所仰望。但韓愈對有為青年總是懷著一片赤誠。在信中他陳述了對楊敬之的認識過程：先是見其容顏，已經暗自稱奇，後來孟、崔、李三人相繼稱道，更使他堅信無疑，於是決定今後與楊敬之相信相親。《新唐書．楊敬之傳》說到韓愈對楊敬之的〈華山賦〉十分讚賞，曾大力向人推薦，一時傳誦。而楊敬之後來也官至檢校工部尚書兼國子祭酒，對於士子也很注重獎掖，曾到處稱道項斯的詩，使項斯終得登第。韓愈、楊敬之二人這種對後進的古道熱腸，向為後世人所樂道，從這篇文章也可窺見一二。

辱書并示表記述書辭❶等五篇。比❷於東都，略見顏色，未得接言語，心固已相奇。但不敢果於貌定，知人堯舜所難，又嘗服宰予之誡❸，故未敢決然挹❹，亦不敢忽然忘也。到城已來，不多與人還往，友朋之中，所敬信者，平昌孟東野❺，東野矻矻❻說足下不離口。崔大敦❼詩不多見，每每說人物，亦以足下為處子❽之秀；近又得李七翱❾書，亦云足下之文，遠其兄❿甚。夫以平昌之賢，其言一人固足信矣，況又崔與李繼至而交說邪！故不待相見，相信已熟，既相見，不要約已相親，審❶❶知足下之才充其容也。今辱書乃云云，是所謂以黃金注，重外而內惑也❶❷。然恐足下少年與僕老者不相類，尚須驗以言❶❸，故具白所以。而今而後，不置疑於其間可以。若曰長育人才，則有天子之大臣在，若僕者，守一官且不足以修理❶❹，況如是重任邪！學問有暇，幸時見臨。愈白。

【注　釋】❶表記述書辭　這是五篇文章的體裁。❷比　近來。❸宰予之誡　宰予利口辯辭，品行不端，孔子曾說：「吾以言取人，失之宰予。」（《史記・仲尼弟子列傳》）宰予，字子我，孔子的弟子。❹挹　稱引；稱道。❺平昌孟東野　孟郊。字東野，原籍德州平昌。下文即以平昌代稱他。❻矻矻　努力不懈的樣子。❼崔大敦　崔群。字敦詩。❽處子　猶處士。指未做過官的士人。❾李七翺　李翺。排行七。❿其兄　一說指楊誨之，一說指楊承之。⓫審　確。⓬以黃金注二句　這是說用黃金投擊（用李頤說），由於重視外物，心智就昏亂了。語本《莊子・達生》：「以瓦注者巧，以鉤注者憚，以黃金注者殙。其巧一也，而有所矜，則重外也。凡外重者內拙。」從上下文看，似是楊敬之來信表示要與韓愈訂交，韓愈比他的來信為投金，說他心中不明，其實自己早已對他相信相親了。⓭然恐足下少年與僕老者不相類二句　這是說自己已深知楊敬之，擔心楊敬之不相信他，所以還要寫此信證驗。⓮修理　調治理得好。

【語　譯】承蒙您給我寫信，並把表記述書辭等五篇文章給我讀。近在東都已稍見到您的容顏，沒有機會交談，而我心中卻已經對您稱奇了。但我不敢竟然根據外貌來下定論，因為瞭解人這種事就算對於堯、舜來說也是件難事，而又記著孔子關於宰予的告誡，所以不敢決然稱引您，也不敢很快忘懷您。到京城以來，不跟人多來往，朋友中，我所尊敬信仰的是平昌的孟東野，東野經常稱道您不離口。崔大敦詩不常見，他每說到人物，也把您視作未做過官的士人中的優秀人才；近來我又得到李七翺的書信，也說您的文章，超過您的兄長很多。

按照孟東野的賢能，他一個人的話本來就足夠採信了，何況又有崔跟李接連著稱說呢！所以不必等跟您再相見，我對您的信賴已經很深了，相見了，不用訂交就跟您很親近了，我確實知道您的才能和您的容貌是很相符的。如今您給我的信卻如此說，這就是所謂用黃金來投擊，由於重視外物就使心智惑亂了。然而我擔心您這青年人和我這老人不一樣，還要用話驗證，所以在這封信裡把全部緣由說一說。從今以後，不要對我們之間的交誼產生懷疑就可以了。若說到培育人才，則有天子的大臣在，像我這樣的人，做個普通的官還做不好，何況來擔負這樣的重任！您學習問難有餘暇的時候，還望常常光臨。韓愈敬告如上。

答劉正夫書

【題解】 本文約作於元和七年（西元八一二年），時韓愈復任國子博士。劉正夫，是一位被舉送參加進士科考試的士子，其父劉伯芻時任給事中。但《新唐書·宰相世系表》記載劉伯芻只有名叫寬夫、端夫、巖夫的三個兒子，並沒有「正夫」其人，所以有人根據別的版本認為「正夫」當是「巖夫」之誤。

韓愈在這封答人如何作文的信中，發表了一些見解獨特的議論。他指出：學習古代聖人、賢人的作品，應該學習他們的用意，而不是效法他們的文辭；文章的好壞不在平易還是艱深，而在於辭與意結合是否恰當；好的文章一定要不同於流俗，有作者獨創的風格，才能流傳於後世。

韓愈這一番話是他從長期寫作生涯中得出的甘苦之談，對於當時學子無疑有指導意義。時至今日，學者們仍把此文作為研究唐代文學理論的重要資料。

愈白進士❶劉君足下：辱牋❷教以所不及，既荷❸厚賜❹，且愧其誠然❺，幸甚幸甚！凡舉進士者，於先進❻之門，何所不往！先進之於後輩，苟見其至，寧可以不答其意邪！來者則接之，舉城士大夫莫不皆然，而愈不幸獨有接後輩名❼，名之所存，謗之所歸也。

有來問者，不敢不以誠答。或問：「為文宜何師？」必謹對曰：「宜師古聖賢人。」曰：「古聖賢人所為書具存，辭皆不同，宜何師？」必謹對曰：「師其意，不師其辭。」又問曰：「文宜易❽宜難❾？」必謹對曰：「無難易，惟其是爾。」如是而已，非固開其為此而禁其為彼也。

夫百物朝夕所見者，人皆不注視也，及覩其異者，則共觀而言之。夫文豈異於是乎！漢朝人莫不能為文，獨司馬相如❿、太史公⓫、劉向⓬、揚雄⓭為之最。然則用功深者，其收名也遠。若皆與世沈浮⓮，不自樹立，雖不為當時所怪，亦必無後世之傳也。足下家中百物，皆賴而用也，然其所珍愛者，必非常物。夫君子之於文，豈異於是乎！今後進之為文，能深探而力取之，以古聖賢人為法者，雖未必皆是，要若有司馬相如、太史公、劉向、揚雄之徒出，必自於此，不自於循常之徒也。若聖人之道不用文則已，用則必尚其能者，能者非他，能自樹立，不因循⓯者是也。有文字來，誰不為文！然其存於今者，必其能者也。顧常以此為說耳。

愈於足下忝⓰同道而先進者，又常從遊於賢尊給事⓱，既蒙厚賜，又安得不進其所有以為答也？足下以為何如？愈白。

【注釋】❶進士　唐代被舉送參加進士科考試的就叫進士，和後世考中了方稱進士不同。❷牋　同「箋」。指書信。❸荷　承受恩惠。❹厚賜　指書信中的教誨。❺誠然　確實如此。❻先進　指先中進士者。❼而愈不幸獨有接後輩名　韓愈熱心於獎掖後進，但因此招來謗議，蓋謂他有「植黨營私」的企圖，所以韓愈說不幸有接後輩名。❽易　用字用意淺近易解。❾難　指用冷僻字，造句奇特，文義艱深。❿司馬相如　西漢大辭賦家。⓫太史公　指《史記》作者司馬遷。⓬劉向　西漢大學者。文章上也很有成就。⓭揚雄　西漢大學者、文學家。⓮與世沈浮　隨俗俯仰，隨波逐流。⓯因循　因襲循舊。⓰忝　辱。謙詞。⓱賢尊給事　尊稱劉正夫的父親劉伯芻。劉伯芻時任門下省的給事中。

【語　譯】韓愈敬告進士劉君足下：承蒙您給我寫信，教誨我做得不夠的地方，既承受了您豐厚的賜與，也感愧我確實如此，真是幸運之至！凡是被舉參加進士考試的人，對於先中進士者的門，哪有不去的！先中進士者對於後輩，如果見他來訪，哪裡可以不報答他的誠意的！來訪就接待，全城士大夫沒有一個人不是這樣，但我不幸獨有喜歡接待後輩的名聲，誰有了名聲，誹謗也就投向了他。

有來問我的，我不敢不真誠地回答。有人問：「寫文章應該效法誰？」我一定鄭重地回答說：「應該效法古代的聖人、賢人。」再問道：「古代聖人、賢人所寫的書都在，文辭卻都不相同，應該效法什麼呢？」我一定鄭重地回答說：「效法他們的用意，不效法他們的文辭。」又問道：「文章應當寫得平易還是應當寫得艱深？」我一定鄭重回答說：「不必管艱深還是平易，只要合適就行了。」我就是如此回答，不是一定要引導後輩這麼做而禁止他那麼做。

早晚常見的各種東西，人們都不會注意去看，等到看見稀奇的東西，就會圍觀並且議論。文章難道和這種情形有什麼兩樣嗎！漢朝人沒有不會寫文章的，但只有司馬相如、太史公、劉向、揚雄是漢朝人中寫得最好的。可見功夫下得深，名聲也才流傳久遠。假如都隨著一時風尚而變化，沒有個人的建樹，雖然不被當代人稱為怪異，也一定不能流傳到後世。您家裡的各種東西，都是必需而有用的，然而您所珍愛的東西，一定不是平常的東西。君子對於文章，難道跟這種情況有什麼兩樣嗎！如今後進的人寫文章，能夠深入探索並努力爭取，把古代聖人、賢人作為效法對象的人，雖然不一定都做得對，但若真有像司馬相如、太史公、劉向、揚雄這樣的人出現，一定會出現在這些人當中，不會來自遵循常規的人中。假如聖人的學說不用文章來推廣，也就算了，如果要用到文章，一定要推崇那能寫文章的，能寫文章的不是別種人，就是能夠自己有所建樹，不因襲循舊的人。自從有文字以來，誰不寫文章！然而能夠保存到今天，一定是那能寫文章的人的作品。我就常這麼說。

我對於您來說，很慚愧是同操進士之業而先中的人，又常跟令尊給事中來往，既承蒙您豐厚的賜與，又怎能不奉獻我所知道的來答謝您呢？您認為如何？韓愈敬告如上。

答陳商書

【題　解】這封信作於元和七年（西元八一二年），韓愈時任國子博士。陳商，字述聖，這時正被舉送參加進士考試。他給韓愈寫了一封信，但文字艱澀，韓愈反覆讀了三、四遍，仍不能完全通曉，於是他寫了這封信忠告陳商。

韓愈向來認為寫文章，關鍵在於表達恰當，文與意配合得好，只要達到這個要求，文字艱澀一點或淺易一點都可以。但是像陳商這樣的文風，故作高深，使人無法理解，這就不好了，信中他委婉地表示了這樣的意見。他還明確指出，用這樣的文章去競逐科場，那更是自找失敗。韓愈的忠告語重心長，顯示出他對後輩的一片熱腸。陳商兩年以後中了進士，後官至祕書監，《新唐書・藝文志》記載有文集十七卷，他能取得這些成就，也許跟韓愈的這番教導有關。

文中韓愈為了說明陳商的文風不適於科場，創作了一則寓言，內容是說擅奏瑟的人到喜聽吹竽的齊王處求官，因而一無所得。這故事是根據《韓非子・內儲說上》所記齊宣王、齊湣王好聽竽的故事演化而來，寫得簡練生動，寓義顯豁。運用寓言故事來說明道理，遠比直接說理要婉轉得多，給人印象深刻，前人認為這是吸收了《戰國策》的修辭技巧。

愈白：辱惠書，語高而旨深，三四讀，尚不能通曉，茫然增愧赧。又不以其淺弊❶無過人知識，且喻以所守，幸甚！愈敢不吐情實！然自識其不足補吾子所須❷也。齊王好竽❸，有求仕於齊者，操瑟❹而往，立王之門，三年不得入，叱曰：

「吾瑟鼓之能使鬼神上下，吾鼓瑟合軒轅氏之律呂❺。」客罵之曰：「王好竽而子鼓瑟，雖工，如王不好何！」是所謂工於瑟而不工於求齊也。今舉進士於此世，求祿利行道於此世，而為文必使一世人不好，得無與操瑟立齊門者比歟！文雖工不利於求，求不得則怒且怨，不知君子必爾為不❻也？故區區之心，每有來訪者，皆有意於不肖❼者也，略不辭讓，遂盡言之，惟吾子諒察。愈白。

【注釋】❶淺弊　淺陋。❷須　通「需」。❸竽　古簧管樂器。形似笙而較大，管數亦較多。❹瑟　撥弦樂器。春秋時已流行。形似琴，但無徽位，通常有二十五弦，每弦有一柱。❺軒轅氏之律呂　《呂氏春秋》說黃帝令伶倫作律，伶倫取竹，聽鳳凰之鳴製十二筒生十二律。軒轅氏即黃帝。《史記・五帝本紀》：「黃帝者，少典之子，姓公孫，名軒轅。」律呂，即十二律。是古代的定音方法，由六律六呂合成，簡稱律呂。❻不　同「否」。❼不肖　謙稱自己。

【語譯】韓愈稟告：承蒙您給我寫信，來信文辭高雅而含意深奧，讀了三、四遍，尚不能完全讀懂，心中茫然不解，更增加了我的羞愧。您又不計較我的淺陋與無過人的知識，還告訴我您的做人宗旨，真感到榮幸！我怎敢不傾訴我的真心話！然而我自己知道這些話不夠來補償您的需要。從前齊王喜歡聽人吹竽，有人到齊國求官，帶著瑟前去，站在齊王的宮門口，三年不能入宮，他大聲斥責說：「我彈起瑟來能使鬼神上上下下，我彈起瑟來合於黃帝定的音律。」齊王門客罵他說：「大王喜歡聽人吹竽，你卻彈瑟，就是彈得很精妙，大王不喜歡怎麼辦！」這就稱做善於彈瑟卻不善於到齊國求官。如今您在當代被貢舉參加進士考試，在當代尋求俸祿推行聖道，然而寫的文章一定要使得當代的人不喜歡，難道不是跟拿著瑟站在齊王宮門口一樣嗎！文章雖然精妙，但不利於求官，求官求不到就發怒並且怨恨，我不知道君子是否一定這樣做？我心中認為，每有人來訪問我，總是來向我求教的，我也毫不推辭，就盡我所知地來說，希望您能原諒明察。韓愈稟告如上。

答劉秀才論史書

【題解】元和八年（西元八一三年）三月，韓愈因文筆雄健，被宰相所賞識，遂調任比部郎中兼史館修撰，擔任史官。一位姓劉的年輕人（有人說他名叫劉軻，字希仁）寫信給韓愈，勉勵他實錄史事，垂褒貶於將來。韓愈就寫了這封信回答，談論他對作史的看法。秀才，此時為進士的代稱，當指被舉送參加進士考試者。

韓愈在此信中的主要立論是：作史難。一是作史者褒貶人事，「不有人禍，則有天刑，豈可不畏懼而輕為之哉！」他舉了許多史家遭遇悲慘為例來說明。二是人物事跡傳聞有差異，傳者的憎愛不同，甚至還有人捏造史料，因而難以擇取史料，覈定事實。他表示自己實不敢認真作史，還是靜待他人罷。

韓愈為人耿直，並不膽小怕事，他在史館負責修撰《順宗實錄》，褒善貶惡，頗為切直。在這封信中為什麼會說出這樣一番洩氣的話來呢？清林雲銘認為韓愈此信中吐露的「純是一片憂讒畏譏隱衷」（《韓文起》卷四）。這話也有一定道理，做史官避不開褒貶人物，難免得罪人，憂讒畏譏之心，即使是韓愈也難免，在這封信中流露出來，也不足為怪。不過韓愈把話說得片面了一些，過頭了一些，我們千萬不要以為這封信就代表了韓愈全部論史之見。

六月九日，韓愈白秀才：辱問見愛，教勉以所宜務，敢不拜賜！愚以為凡史氏褒貶大法，《春秋》已備之矣❶，後之作者，在據事跡實錄，則善惡自見。然此尚非淺陋偷惰❷者所能就，況褒貶邪！孔子，聖人，作《春秋》，辱於魯、衛、陳、宋、齊、楚❸，卒不遇而死。齊太史氏兄弟幾盡❹，左丘明紀春秋時事以失明⑤，司馬遷作《史記》，刑誅⑥，班固瘐死⑦，陳壽起又廢，卒亦無所至⑧，王隱謗退死家⑨，習鑿齒無一足⑩，崔浩、范曄赤誅⑪，魏收夭絕⑫，宋孝王誅死⑬，足下所稱吳兢⑭，亦不聞身貴而今其後有聞也。夫為史者，不有人禍，則有天刑⑮，豈可不畏懼而輕為之哉！

唐有天下二百年矣，聖君賢相相踵⑯，其餘文武之士，立功名跨越前後者，不可勝數，豈一人卒卒⑰能紀而傳之邪！僕年志⑱已就衰退，不可自敦率⑲，宰相知其無他才能，不足用，哀其老窮，齟齬⑳無所合，不欲令四海內有戚戚㉑者，猥㉒言之上，苟加一職榮之耳，非必督責迫蹙令就功役㉓也。賤不敢逆盛指㉔，行且謀引去。且傳聞不同，善惡隨人所見，甚者附黨，憎愛不同，巧造語言，鑿空構立善惡事迹，於今何所承受取信，而可草草作傳記令傳萬世乎！若無鬼神，豈可不自心慚愧！若有鬼神，將不福人。僕雖騃㉕，亦粗知自愛，實不敢率爾㉖為也。夫聖唐鉅跡㉗，及賢士大夫事，皆磊磊軒天地㉘，決不沈沒。今館中非無人，將必有作者勤而纂之。後生可畏㉙，安知不在足下？亦宜勉之。愈再拜。

【注釋】❶史氏褒貶大法二句　從孟子以來就認為孔子筆削魯史而成《春秋》，是為了實行他「正名」的主張，因而在「微言」之中隱有大義，他寓褒貶，明是非，要使亂臣賊子無所隱遁。❷偷惰　苟且怠惰。❸孔子聖人四句　孔子曾至齊，齊景公一度欲用他，但因齊大夫阻撓，孔子只得返魯。魯定公時孔子任魯司寇，政績顯著，齊人害怕魯國會在孔子治理下稱霸，遂贈女樂給魯執政者，孔子見執政腐敗就離開魯國。孔子多次到衛國，因有人在衛靈公處說他壞話，衛靈公對他不禮貌，所以沒有在衛國做官。孔子在陳蔡之郊曾被陳蔡的人馬圍困，絕糧。在宋國又因宋司馬桓魋不容，連身邊遮蔭的大樹也被拔去，遂離開宋國。楚昭王迎孔子，但又不能用孔子。❹齊太史氏兄弟幾盡　春秋時崔杼殺死國君齊莊公，太史直書：「崔杼弒其君。」崔杼於是把他殺死。太史的兩個弟弟接著又這樣寫，於是又被殺死。另一個弟弟仍接著這樣寫，崔杼只得由他去了。事見《左傳・襄公二十五年》。❺左丘明紀春秋時事以失明　據司馬遷〈報任少卿書〉：「左丘失明，厥有《國語》。」左丘，指春秋時魯國史官左丘明。失明，眼睛瞎了。❻司馬遷作史記二句　司馬遷在天漢二年因為替投降匈奴的李陵辯解，觸怒武帝，下獄，被處腐刑。刑誅，受刑法懲罰。❼班固瘐死　班固，東漢史學家。著《漢書》。永元四年因竇憲案牽連被捕，死於獄中。瘐死，病死獄中。❽陳壽起又廢二句　陳壽，晉代史學家。著《三國志》。在蜀時屢遭委屈貶抑。蜀平歸晉，司空張華愛其才，屢舉薦他，但又遭人忌恨及貶議。仕宦之途始終不順利。❾王隱謗退死家　王隱，晉人。繼承父王銓遺作撰《晉書》。曾任著作郎，因受虞預誹謗而被罷職歸家。❿習鑿齒無一足　習鑿齒，晉人。曾為桓溫部屬，因桓溫有叛逆之心，習乃撰寫《漢晉春秋》一書來規正桓溫。後因腳有殘疾，廢於里巷。⓫崔浩范曄赤誅　崔、范兩人皆被誅。崔浩，北魏人。曾著國書三十卷，並且刻石。太平真君十一年被殺，本族及姻親俱被夷滅。范曄，南朝宋人。曾刪眾家《後漢書》成一家之作，後以謀反被誅。⓬魏收夭絕　魏收，北齊人。著《魏書》。有一女，無子。⓭宋孝王誅死　宋孝王曾任北齊北平王文學，入周後著成《關東風俗傳》。北周大象初，因參預尉遲迥起事被誅死。⓮吳兢　唐代史學家。曾撰梁、齊、周史各十卷，陳史五卷、隋史二十卷，參與撰《則天實錄》及唐國史。開元年間累遷台、洪、饒、蘄四州刺史加銀青光祿大夫，遷相州長垣縣子，天寶初入為恆王傅。⓯天刑　指疾病等自然災禍。⓰踵　追隨。⓱卒卒　匆促。⓲年志　年紀志向。⓳敦率　敦勉；勤勉。⓴齟齬　上下齒不相配合。比喻意見不合、不融洽。㉑戚戚　憂懼的樣子。此處指不得志而憂傷。㉒猥　辱。謙詞。㉓功役　興建工程的勞役。此指史館的本職工作。㉔盛指　盛意。㉕騃　愚；呆。㉖率爾　貿然；輕率地。㉗鉅跡　巨大的功績、成就。㉘磊磊軒天地　謂突出聳立於天地之間。磊磊，眾石積累的樣子。軒，高起；上舉。㉙後生可畏　語本《論語・子罕》：「後生可畏，焉知來者之不如今也？」意謂年少的人是可敬畏的，怎能斷定他的將來趕不上現在的人呢？

【語　譯】六月九日，韓愈奉告秀才：承蒙您來信問候，對我錯愛，教誨並勉勵我應當做些什麼，我怎敢不拜謝您的厚賜！我認為史家所有褒貶的法則，《春秋》中已全都具備了，後代作史的人，只在根據具體事跡實實在在地記錄，那麼是善是惡自會顯現出來。然而這樣還不是學識淺陋、苟且怠惰的人所能夠做到的，何況表示褒貶呢！孔子是聖人，撰成《春秋》，在魯、衛、陳、宋、齊、楚等國受辱，終究沒有遇到能賞識、提拔他的人就死去了。齊國太史兄弟幾乎全被崔杼殺死，左丘明記載春秋時事而眼睛失明，司馬遷作《史記》，受到刑法懲罰，班固病死獄中，陳壽被起用又遭罷黜，終究沒有做到什麼官，王隱遭人誹謗被罷職，死在家中，習鑿齒缺一隻腳，崔浩、范曄被滅族，魏收無子絕後，宋孝王被殺，您所稱道的吳兢，也沒聽說他當時身居高官，後代有名聲流傳。做史官，不遭人為的災禍，就會受到上天的懲罰，難道可以不畏懼而輕易做嗎！

大唐擁有天下二百年了，聖君賢相連續出現，其他建立功名跨越前人後人的文武之士，數也數不完，一個人哪裡能匆匆忙忙地記載而流傳下去的呢！我如今年紀志向已漸衰退，不能自己勤勉，宰相知道我沒有其他才能，不值得大用，憐憫我年老窘困，跟世人又不投合，不想使四海之內有人懷憂，承蒙他告訴皇上，就任命我一個職位來寵榮我罷了，不是一定要監督、逼迫我，使我去做好本職工作。我由於卑賤，不敢違背宰相的盛意，但就將設法離職。而且人物事跡傳說不同，是善是惡隨著各人見到的而定，甚至於有人心存偏向，憎愛不同於一般人，巧妙地造作語言，憑空構成或善或惡的事跡，我如今接受相信誰所說的，卻可以草草地寫作人物傳記，使它流傳萬世呢！假如沒有鬼神，難道在自己心中可以不感到慚愧嗎！假如有鬼神，祂將不會降福給這樣的人。我雖然愚笨，也多少知道要愛惜自己，實在不敢貿然寫作。我聖唐的巨大功績，以及賢能的士大夫的事跡，都突出聳立於天地之間，絕對不會沉沒。如今史館中不是沒有人才，一定會有作者努力來編述。年輕人可畏，怎麼知道將來趕上今人的不是您呢？您也應當努力。韓愈再拜。

答元侍御書

【題解】元侍御，指元稹，字微之，河南（今河南洛陽）人，明經及第，累官至監察御史，因直言敢諫，於元和五年（西元八一〇年）被貶為江陵士曹參軍。元和八年，他聽說韓愈被任為史館修撰，就致信韓愈，稱說其友甄逢之父甄濟的節行及甄逢的德行，認為二人都應當載入國史之中。元和九年，韓愈寫了這封信回答元稹，因元稹曾任監察御史，監察御史本名監察侍御史，所以稱他元侍御。

甄濟，天寶中隱居在衛州的青巖山（在今河南淇縣西南），天寶末被薦舉拜左拾遺，做了安祿山的部屬。天寶十二載（西元七五三年），他看出安祿山將要謀反，就偽裝口啞離開安祿山，回到青巖山。安祿山起兵謀反，曾遣人緘刀去逼召他，甄濟至死不從。後來安祿山之子安慶緒又把他囚禁在洛陽，直到唐軍光復洛陽方才得釋。元和八年，由於甄逢的努力，朝廷追贈甄濟秘書少監的官職。韓愈認為按照作史的準則，甄濟、甄逢父子都應當寫入國史，而元稹樂於稱道人善事，也應當附帶寫入。古代史家有所謂蓋棺論定之說，韓愈所以鼓勵甄逢與元稹都要認真做人，保持一生的名節。從這封信中可以看出，韓愈在任史官之職時，態度是審慎不苟的。

九月五日，愈頓首，微之足下：前歲辱書，論甄逢父濟識安祿山❶必反，即詐為喑❷棄去，祿山反，有名號❸，又逼致之，濟死執不起，卒不汙祿山父子事。又論逢知讀書，刻身❹立行，勤己取足，不干❺州縣，斥❻其餘以救人之急。足下繇是與之交，欲令逢父子名迹存諸史氏。足下以抗直喜立事斥，不得立朝❼，失所不自悔，喜事益堅，微之乎，子真安而樂之者！

謹詳足下所論載，校之史法，若濟者固當得附書❽。今逢又能行身，幸於方州大臣以標白其先人事，載之天下耳目，徹之天子，追爵其父第四品❾，赫然❿驚人，逢與其父俱當得書矣。濟逢父子自吾人發，《春秋》美君子樂道人之善，夫苟能樂道人之善，則天下皆去惡為善，善人得其所，其功實大，足下與濟父子俱宜牽聯得書。足下勉逢令終始其躬，而足下年尚彊，嗣德有繼，將大書特書，屢書不一書而已也。愈既承命，又執筆以竢。愈再拜。

【注　釋】❶安祿山　唐營州柳城胡人。驍勇善戰，因設法取得玄宗、楊貴妃信任，兼任平盧、范陽、河東三節度，擁兵十五萬。天寶十四載冬起兵叛亂，陷洛陽，入長安，自稱雄武皇帝，國號燕。至德二載，其子安慶緒為奪帝位把他殺死。❷暗啞。❸有名號　謂安祿山稱帝建國號。❹刻身　嚴格要求自己。❺干　求。❻斥　散發。❼足下以抗直喜立事斥二句　元和五年，元稹以監察御史分司東都，他敢於直道而行，得罪了權貴，執政說他年少務作威福，貶他為江陵府士曹參軍。抗直，剛強正直。立事，成事。❽若濟者固當得附書　韓愈認為根據甄濟的事跡，在國史中理當附帶寫到，但還不夠單為他立傳。姚範說，這是因為甄濟在來瑱幕中時，對來瑱的跋扈不能出言力爭的緣故。❾今逢又能行身五句　元和八年正月，袁滋任襄州刺史、山南東道節度使，任命甄逢為文學掾，且上表要求表彰甄逢之父甄濟的節行，朝廷乃下詔追贈甄濟祕書少監的官職。方州大臣，州郡長官。指袁滋。祕書少監為從四品上階的官職。❿赫然　顯明；盛大。

【語　譯】九月五日，韓愈頓首，微之足下：去年承蒙您給我寫信，談到甄逢之父甄濟的事跡，他看出安祿山一定造反，就假裝口啞而離開安祿山，安祿山起兵造反，自立帝號，又強逼招納他，甄濟寧死堅持不肯從命，終於沒有被安祿山父子造反事件所沾汙。您的信中又談到甄逢懂得讀書，嚴格要求自己，很有德行，勤勉自足，不向州縣求助，散發餘財救濟百姓的困難。您因此跟甄濟交友，想要使甄逢父子的名字事跡保存在史書之中。您由於剛正，喜歡成事而被排斥，不能在朝中為官，失去應有的位置，但自己並不後悔，越加堅持喜歡成事，微之啊，您真是心安而樂觀啊！

我詳細地讀了您所談論的甄濟事跡，查考作史的準則，像甄濟這樣的人本來應當附寫在國史中。如今甄逢又善於處世做人，受到州郡大臣的信用，公開表白他先人的事跡，展示在天下人的面前，一直通到天子那裡，天子追贈他的父親第四品官職，這番舉動顯赫驚人，因此甄逢和他的父親都應寫入國史中。而甄濟、甄逢父子的事跡由您提出，《春秋》讚美君子喜歡稱道人的善事，若是能夠喜歡稱道人的善事，天下人就都不去做惡事而去做善事了，善人都能受到很好的對待，這個功績實在巨大，您跟甄濟父子都應該連帶地寫入國史。您勉勵甄逢要他認真地對待自己的一生，而您年紀還輕，還會有事跡來繼續光大盛德，史官將要大寫特寫，不止一次地記述呢。我既已接受您的囑咐，又手執筆在等待您新的德行。韓愈再拜。

與袁相公書

【題解】袁相公，指袁滋，字德深，蔡州朗山（今河南確山縣）人，元和九年（西元八一四年）九月任檢校兵部尚書、兼江陵尹、荊南節度使，由於還帶同平章事的官銜，所以稱他為相公。

韓愈此信約作於元和九年冬，內容是向袁滋推薦樊宗師為其幕僚。樊宗師，字紹述，河中（今山西永濟）人。元和三年登軍謀宏遠科，授著作佐郎，以後幾年一直不得志。樊宗師是韓愈的好友，在文學主張上也志同道合。在這封信中，韓愈從樊的人品直到他的學識、文章、才幹等各方面，作了全面的介紹，文字簡練，評價準確，語氣肯定，表現出他對摯友相知之深和情誼之厚。

伏聞賓位❶尚有闕員，幸蒙不以常輩知遇，恆不自知愚且賤，思有論薦。竊見朝議郎前太子舍人樊宗師，孝友❷聰明，家故饒財，身居長嫡❸，悉推與諸弟❹，諸弟皆優贍有餘，而宗師妻子常寒露飢餒，宗師怡然處之，無有難色。窮究經史，章通句解，至於陰陽、軍法、聲律，悉皆研極原本。又善為文章，詞句刻深❺，獨追古作者為徒❻，不顧世俗輕重。通微曉事，可與晤語；又習於吏職，識時知變，非如儒生文士止有偏長。退勇守事，未為宰物者所識，年近五十，遑遑勉勉❼，思有所試。閣下儻引而致之，密加識察，有少不如所言，愈為欺罔大君子❽，便宜得棄絕之罪於門下。誠不忍奇寶橫棄❾道側，而閤下篋櫝❿尚有少闕不滿之處，猶足更容，輒冒⓫言之，退增汗慴⓬。謹狀。

【注　釋】❶賓位　賓客的席位。指幕僚的職位。❷孝友　孝順父母，敬愛兄弟。❸身居長嫡　是說既是長子，又是正妻所生。❹諸弟　宗師之弟為宗懿、宗憲。❺詞句刻深　謂文字古奧峭拔。❻徒　同類。❼遑遑勉勉　匆忙不定又努力不倦的樣子。❽大君子　稱道德、文章受人尊仰或地位高的人。此指袁滋。❾橫棄　隨意丟棄。❿篋櫝　竹箱與木櫃。⓫冒　貿然；冒昧。⓬汗慴　羞慚害怕。

【語　譯】我聽說您那幕賓的職位還有空額，我儌倖承蒙您不把我當一般人對待，常常不顧慮自己愚笨而且卑賤，想要向您議論和推薦人才。我見到朝議郎前太子舍人樊宗師，孝順父母，敬愛兄弟，天資聰明，家中本來多財，又身為長子嫡子，卻把家財全都推給幾個弟弟，弟弟們都富足有餘，而宗師的妻子兒女時常挨凍受餓，宗師愉快地對待，沒有一點為難的表情。他深入地研究經史典籍，章句都能通曉，至於陰陽、軍法、聲律方面的學問，全都鑽研很透，摸清根源。他又擅長寫文章，詞句艱深，獨自追隨古代作家為同道，不管世人評價高低。他深通精微的道理，瞭解世事，值得跟他交談；他又熟知官吏的職務，懂得時勢，知道權變，不像儒生文士只有一方面的長處。他勇於謙退，操守專一，沒有被掌權者所認識，年近五十，匆忙不定又努力不倦，想要找機會一展才能。閣下如果能把他召到屬下，暗中加以考察，如果他稍微有不如我所說的地方，那是我欺蒙大君子，應當被您棄絕。我實在不忍心珍奇的寶物被隨意丟棄在道旁，而閣下的箱櫃中尚有少許空著不滿的地方，還足夠容受寶物，就冒昧地進言，說了後又感到羞慚害怕。謹此陳述。

與華州李尚書書

【題　解】華州李尚書，指李絳。李絳，字深之，趙郡贊皇（今河北贊皇）人，曾官宰相，元和十年（西元八一五年）檢校戶部尚書，出為華州（治所在今陝西華縣）刺史，故稱華州李尚書。李絳由朝廷中樞重臣出為地方官，精神上的抑鬱可想而知。韓愈因與李絳同年登進士科，私交甚篤，所以寫這封信給他，表示慰勉。

此信一開始就敘述自己和李絳之間的親密友誼，抒發李絳外任之後自己心中的思念。接著對李絳提出忠告：要他不要以疏遠外臣自居，仍要把政見祕密上奏；要他平時出言謹慎，不要被政敵抓到口實；要他保重身體，為國自愛。這幾點忠告對於處於當時地位的李絳來說，是十分中肯的。不是最親厚的朋友，不會也不便這樣直告。

本篇文字十分簡練，卻極富情韻，使人深深感到作者對摯友那種「拳拳之心」。

比來❶不審尊體動止何似。乍離闕庭❷，伏計倍增戀慕。愈於久故游從❸之中，伏蒙恩獎知待，最深最厚，無有比者。懦弱昏塞，不能奮勵出奇，少答所遇。拜辭之後，竊念旬朔❹，不即獲侍言笑，東望殞涕❺，有兒女子❻之感。獨宿直舍❼，無可告語，展轉❽歔欷❾，不能自禁。

華州雖實百郡之首，重於藩維❿，然閤下居之，則為失所。愚以為苟慮有所及，宜密以上聞，不宜以疏外自待。接過客俗子，絕口不挂時事，務為崇深，以拒止嫉妒之口。親近藥物方書⑪，動作步趨，以致和宣滯，為國自愛，副⑫鄙陋拳拳之心⑬，幸甚幸甚⑭。謹奉狀不宣⑮。愈再拜。

【注釋】❶比來 近來。❷闕庭 朝廷。❸游從 交往之人。韓愈在此含有自謙的意思在內。❹旬朔 十天或一個月。泛指不長的時日。旬，十日。朔，月初。❺殞涕 墮淚。殞，通「隕」。❻兒女子 猶言婦孺之輩。❼直舍 古代官員在禁中當值辦事之處。韓愈時知制誥，故在禁中當值。❽展轉 形容憂思縈牽的樣子。❾歔欷 歎息。❿藩維 藩國。此指州郡。⓫方書 醫書。⓬副 合。⓭拳拳之心 真摯不捨之情。⓮幸甚幸甚 書信中習用語。有表示殷切希望之意。⓯不宣 不一一細說。舊時書信末尾的常用語。

【語譯】不知您近來起居作息如何。您剛離開朝廷，估計您一定十分眷戀皇上。我在您長久交往的朋友之中，承蒙您的誇獎知遇，最深最厚，沒有人能夠相比。可是我懦弱糊塗，不能奮發自勵，做出卓異的成績，來稍微報答您的厚待。和您拜別之後，這些時一直在思念您，沒有機會和您一起談笑，只得望向東邊掉淚，像婦孺之輩那樣傷感。獨自住在禁中當值之處，沒有可說話的人，憂思縈牽，長歎短吁，不能克制。

華州雖然是百郡之首，是天下州郡之中最重要的，然而您任此郡刺史，則不適當。我認為，您如果想到什麼，應當祕密上奏，不應該把自己置於疏遠外臣的地位。您接待過往客人、世俗之徒，絕口不要談到當前政事，一定要做到高深莫測，來杜絕嫉妒您的人之口。要注意常服藥和看醫書，動作行走，來使身體調適，宣洩阻滯之氣，為了國家愛惜自己，這才合於我這鄙陋而真摯不忘之心，殷切希望之至。恭謹地奉上此信，不一一細說。韓愈再拜。

與鄂州柳中丞書

【題解】元和十年（西元八一五年），吳元濟竊據淮西，背叛朝廷，朝廷乃命宣武等十六道進軍討伐，又命鄂岳觀察使柳公綽把五千兵士交付安州刺史李聽，由李聽率領討伐吳元濟。柳公綽說：「朝廷以吾書生不知兵邪！」即奏請自己統兵出征，朝廷准行。柳公綽到了安州，與李聽合兵一處，由於他統兵有方，故每戰皆捷。韓愈就在此段時期寫了這封信給他。柳公綽，字起之，京兆華原（今陝西耀縣）人，因當時他尚兼鄂州（治所在今湖北武漢）刺史、御史中丞，所以稱他鄂州柳中丞。

這封信故意把那些表面武勇，盛氣凌人，卻討賊無功的諸將，和書生出身，毅然請纓出征的柳公綽相比，更顯出柳公綽的忠勇氣概和過人膽識，同時也是對那些色厲內荏的武夫作了尖銳諷刺。因作者此時內心充滿對柳公綽的欽佩和對諸將的憤懣，故下筆不假雕琢，文氣雄勁，如同江河滔滔一般。

淮右殘孽❶，尚守巢窟。環寇之師❷，殆且十萬，瞋目語難❸，自以為武人，不肯循法度，頡頏❹作氣勢，竊爵位自尊大者，肩相磨地相屬❺也。不聞有一人援桴鼓❻誓眾❼而前者，但日令走馬來求賞給，助寇為聲勢而已。

閤下書生也，《詩》、《書》禮樂是習，仁義是修，法度是束。一旦去文就武，鼓三軍而進之，陳師鞠旅❽，親與為辛苦，慷慨感激❾，同食下卒❿，將二州之牧⓫，以壯士氣，斬所乘馬以祭踶死之士⓬，雖古名將何以加茲！此由天資忠孝，鬱於中而大作於外，動⑬皆中於機會⑭，以取勝於當世，而為戎臣師，豈常習於威暴之事，而樂其鬬戰之危也哉！

愈誠怯弱不適於用，聽於下風，竊自增氣，誇於中朝稠人廣眾會集之中，所以羞武夫之顏，令議者知將國兵而為人之司命者，不在彼而在此也。臨敵重慎，誡⑮輕出入，良食⑯自愛，以副見慕之徒之心，而果為國立大功也，幸甚幸甚。不宣。愈再拜。

【注釋】❶淮右殘孽　指盤踞淮西的吳元濟等人。殘孽，殘餘的黨徒或舊勢力。❷環寇之師　指討伐吳元濟的王師。❸瞋目語難　形容武士氣勢洶洶之狀。語本《莊子・說劍》。瞋目，瞪大眼睛。語難，因憤激出語艱澀。❹頡頏　傲視。❺屬　連。❻援桴鼓　拿起鼓槌擊鼓。桴，鼓槌。❼誓眾　即誓師。軍隊出發前主帥告誡士卒，表示決心。❽陳師鞠旅　陳列軍隊，告誡士卒。陳，列隊。師，古以二千五百人為師。此泛指軍隊。鞠，告。旅，古以五百人為旅。此亦泛指軍隊。❾感激　憤激。❿下卒　等級低的士卒。⓫二州之牧　指鄂、安二州的州官。⓬斬所乘馬以祭踶死之士　柳公綽曾因良馬踢死養馬人，便命令斬馬。賓客說：「可惜良馬！」柳公綽說：「安有良馬害人乎！」即命斬馬。此舉說明柳公綽有愛惜士卒之心。踶，踢。⓭動　每每；往往。⓮機會　關鍵；要害。⓯誡　通「戒」。⓰良食　健飯；加餐。

【語譯】淮西的餘黨，還盤踞著他們的巢穴。周圍討伐的軍隊，將近十萬，那些將領們擺出一副豪勇的姿態，自認為是武夫，不肯遵循國家法度，傲慢地作出氣勢淩人的樣子，竊取爵位來使自己尊顯，這樣的人多到肩碰肩、地接地。沒有聽說有一個人擂起戰鼓，誓師進軍的，只是每天派快馬來討賞賜供給，為賊寇助長聲勢而已。

您是書生，學習的是《詩》、《書》禮樂，進修的是仁義道德，時時用法度來約束自己。一旦棄文就武，發動三軍前進，擺列隊伍，告誡士卒，親自參與辛苦的軍旅之事，慷慨憤激，同下等士卒一樣飲食，率領二州的州官來鼓舞士氣，斬所騎的馬來祭奠被此馬踢死的馬伕，即使古代名將又如何能超過這樣的作為呢！這都是由於您秉賦忠孝，蘊蓄於內而大大表現於外，每每都恰在關鍵時候有所作為，因而取勝當世之人，成為武臣的模範，哪裡是經常習慣於武力暴烈的事件，而喜歡危險的戰鬥呢！

我實在膽怯軟弱，不適於大用，處在這低賤的地位也聽到您的消息，暗自感到長了志氣，就在朝中眾人聚集之時誇耀您，以此來使武夫感到羞恥，使議論者知道真正率領國家軍隊、掌握人民命運的人，不在那些武夫，而在這裡。您對敵要慎重謹慎，切戒輕率出入，努力加餐自愛，以滿足我這愛慕您的人的心，從而終於為國立大功，切望之至。不一一細述。韓愈再拜。

再與鄂州柳中丞書

【題解】本篇約作於元和十年（西元八一五年）五、六月間，是韓愈此年寫給柳公綽的第二封書信。當時柳公綽部下只得六千人，孤軍勢弱，韓愈想要使這支軍隊得到擴充，足以進取，所以寫此信向柳公綽進策。

本篇一開始和前篇一樣，也是竭力讚揚柳公綽以一介書生敢於提兵敵界的忠勇精神。但是話並沒有說到此為止，而是進一步指出，匹夫之勇並不可貴，重要的「在行事適機宜」，就是說要有適於時宜的謀略。接著韓愈正面提出他的建議：與其從遠方徵發士卒，不如從與淮西接境之州召募當地百姓入伍，他對比這二者的種種優劣之後，得出結論：「徵兵滿萬，不如召募數千。」

這是篇談兵事的文章，故字字著實，曾國藩曾稱讚此文不遜於西漢賈誼、晁錯的政論文（見《求闕齋讀書錄》卷八）。

愈愚不能量事勢可否，比常念淮右以靡敝困頓❶三州❷之地，蚊蚋❸蟻蟲之聚，感兇豎❹呴濡❺飲食❻之惠，提童子❼之手坐之堂上，奉以為帥，出死力以抗逆明詔，戰天下之兵，乘機逐利，四出侵暴，屠燒縣邑，賊殺不辜，環其地數千里莫不被其毒，洛、汝、襄、荊、許、潁、淮、江❽為之騷然❾。丞相公卿士大夫勞於圖議，握兵之將，熊羆❿貙⓫虎之士，畏懦蹙蹜⓬，莫肯杖戈為士卒前行者。獨閤下奮然率先，揚兵⓭界上，將二州之守，親出入行間⓮，與士卒均辛苦，生其氣勢。見將軍之鋒穎，凜然有向敵之意；用儒雅文字章句之業，取先天下武夫，關其口而奪之氣。

愚初聞時，方食，不覺棄匕箸⑮起立。豈以為閣下真能引孤軍單進，與死寇角逐，爭一旦僥倖之利哉！就令如是，亦不足貴。其所以服人心，在行事適機宜⑯，而風采可畏愛故也，是以前狀輒述鄙誠。眷惠手翰還答，益增欣悚。夫一眾人心力耳目，使所至如時雨，三代⑰用師不出是道。閣下果能充其言，繼之以無倦，得形便⑱之地，甲兵足用，雖國家故所失地，旬歲⑲可坐而得，況此小寇，安足置齒牙間！勉而卒之，以俟其至，幸甚。

【章旨】讚揚柳公綽面對猖獗的賊寇，敢於奮身率兵而出，其行事、風采都足以服人心。

【注釋】❶靡敝困頓　殘破困窘。❷三州　指申、光、蔡三州。❸蚋　蚊子一類的昆蟲。❹兇豎　兇險的小人。猶言惡賊。此指吳元濟。❺呴濡　此謂給予關心照顧。語本《莊子・大宗師》：「泉涸，魚相與處於陸，相呴以濕，相濡以沫。」呴，同「响」。❻飲食　給予吃喝。❼童子　此指吳元濟。據《新唐書》，吳元濟此時方二十三歲。❽洛汝襄荊許潁淮江　皆州郡名。洛，州名。治所在今河南洛陽。汝，州名。治所在今河南臨汝。襄，州名。治所在今湖北襄樊。荊，州名。治所在今湖北江陵。許，州名。治所在今河南許昌。潁，州名。治所在今安徽阜陽。淮，指淮陽郡。治所在今河南淮陽。江，州名。治所在今江西九江市。❾騷然　動亂；不安寧。❿羆　熊的一種。也叫馬熊或人熊。⓫貙　獸名。似狸而大如豹。⓬蹴蹈　退縮不前的樣子。⓭揚兵　陳兵。⓮行間　謂軍陣之中。行，古軍隊編制。二十五人為行。⓯匕箸　食具。即羹匙和筷子。⓰機宜　時宜；事理。⓱三代　夏、殷、周。⓲形便　謂地理形勢有利。⓳旬歲　滿一年。旬，滿。

【語　譯】我愚昧不能估量形勢可不可為，近來常想，淮西據有殘破困窘的三州之地，叛黨猶如蚊蚋蟻蟲聚集，他們感念那兇險的小子關懷照顧他們、供給他們吃喝的恩惠，便拉著這童子的手使他坐在堂上，尊奉為統帥，拼死出力對抗朝廷聖明的詔命，與天下之兵交戰，乘機追逐利益，四出侵犯暴掠，屠戮焚燒縣邑，殘殺無辜之人，周圍數千里的地方無不遭到他們的災害，使得洛、汝、襄、荊、潁、淮、江等州郡都動亂不寧。丞相公卿士大夫都忙於謀劃議論，掌兵權的將領，像熊羆貙虎的武士，也膽怯退縮，不肯拿起武器走在士卒前面。只有您奮起領先，陳兵邊界之上，率領二州的州官，親自出入於軍陣之中，與士卒同受辛苦，以鼓起士氣。顯現出將軍的鋒芒，威嚴地有攻敵的意向；平時所做的是講究文字、章句的儒雅之事，卻能在兵事上領先於天下武夫，使他們閉口無言，氣餒受挫。

我初聽到您的消息，正在進食，不覺放下羹匙筷子站了起來。難道我認為您真能率領孤軍單獨進攻，與拼死的賊寇角逐，爭奪一日偶然的勝利嗎！即使您能做到這樣，也不值得看重。您所以能使人心服，在於您行事適合時宜，而風采可敬可愛的緣故，因此前一封信就已敘述了我的心意。承您顧念，賜我親筆書信作答，我越加感到高興和崇敬。能夠齊一眾人的心力耳目，使大軍所到之處如降及時雨，就是三代先王用兵也不過是這樣的做法。您果真能實行您所說的話，繼續執行而無倦怠，找到形勢有利的地方，部下甲兵糧餉充足，那麼即使國家過去所失去的土地，一年都可輕易收復，何況這一小寇，哪裡值得一談呢！努力地堅持到底，等待這一天的到來，切望之至。

夫遠徼軍士，行者有羈旅❶離別之思，居者有怨曠騷動之憂，本軍有饋餉❷煩費❸之難，地主多姑息❹形迹❺之患。急之則怨，緩之則不用命。浮寄孤懸，形勢銷弱，又與賊不相諳委❻，臨敵恐駭，難以有功。若召募土人，必得豪勇與賊相熟，知其氣力所極，無望風之驚，愛護鄉里，勇於自戰，徵兵滿萬，不如召募數千。閣下以為何如？儻可上聞行之否？計已與裴中丞❼相見。行營事宜，不惜時賜示及，幸甚。不宣。愈再拜。

【章　旨】建議柳公綽就地召募士卒，並闡述此種做法的優點。

【注　釋】❶羇旅　作客他鄉。❷饋餉　運送糧餉。❸煩費　大量耗費。❹姑息　無原則地寬容。❺形迹　拘禮；客套。❻諳委　瞭解詳細情況。❼裴中丞　指裴度。時任御史中丞。元和十年五月憲宗遣裴度詣行營宣慰，察用兵形勢。

【語　譯】從遠處徵發士卒去討伐淮西，出征士卒有作客他鄉、離別親人的思念之情，在家的親屬有怨恨獨居、不得安寧的憂患，大軍有長途運送糧餉、耗費巨大的困難，而當地官吏又多姑息敷衍的毛病。管得緊了，士卒有怨言，管得寬鬆，士卒就不聽從命令。寄託於虛浮，孤立而無依，形勢衰弱，又對賊寇情況沒有詳細的瞭解，臨敵之時士卒害怕，難以立功。如果召募與淮西接境諸州的百姓為士卒，必定會召到對賊情熟悉的豪邁勇敢之人，他們知道賊寇士氣、兵力到底如何，不會望見敵人蹤影或聽到一點風聲就大為驚駭，他們愛護鄉里，勇於主動作戰，因此從遠方徵兵上萬，還不如在當地召募數千士卒。您認為我的建議如何？或許可以上奏朝廷准予實行嗎？估計您已與裴中丞見過面。行營事務，還望不吝惜時常賜告，切盼之至。不一一細述。韓愈再拜。

答殷侍御書

【題解】這篇書信作於元和十三年（西元八一八年）。殷侍御，指殷侑，陳州（今河南淮陽）人，貞元末以五經及第。因時任虞部員外郎兼侍御史，故稱之為殷侍御。殷侑精通經學，撰作了《公羊春秋》新注一書，寫信要求韓愈為他寫一篇序言，韓愈乃寫了此信作覆，表示願意承擔此事。

《公羊春秋》是《春秋》三傳中今文經學的重要典籍，西漢時有嚴、顏二家立於學官。東漢時何休之注，更卓然為一家。三國以後，《公羊》學逐漸衰落，北朝僅徐遵明一家，南朝未得立於學官。到了唐代，雖仍是古文經學的天下，但《公羊》學也略受人關注，殷侑的新注就是在這種情況下產生的。但殷侑此書在《舊唐書・經籍志》、《新唐書・藝文志》中都未著錄，大約早已散佚了。

韓愈尊崇儒術，重視經學，對於殷侑這樣有精深研究的專家，自是十分欽敬。本篇用誇張手法對自己加以貶抑，說自己如何怠惰不學，其目的當然是為了推崇對方，別無他意。

某月日，愈頓首：辱❶賜書，周覽累日，竦然❷增敬，蹙然❸汗出以慚。愈於進士中，粗為知讀經書者。一來應舉，事隨日生，雖欲加功，竟無其暇。遊從❹之類，相熟相同，不教不學，悶然❺不見己缺，日失月亡，以至於老，所謂無以自別於常人者。每逢學士真儒，歎息踧踖❻，愧生於中，顏變於外，不復自比於人。

前者蒙示新注《公羊春秋》❼，又聞口授指略❽，私心喜幸，恨遭逢之晚，願盡傳其學。職事羈纏，未得繼請，怠惰因循❾，不能自彊，此宜在擯而不教者。今反謂少知根本，其辭章近古，可令敘❿所注書。惠出非望，承命反側，善誘不倦，斯為多方⓫，敢不喻所指！八月益涼，時得休假，儻矜⓬其拘綴⓭不得走請，務道之傳而賜辱臨，執經座下，獲卒所聞，是為大幸。

況近世《公羊》學幾絕，何氏注⓮外，不見他書。聖經賢傳，屏而不省，要妙⓯之義，無自而尋，非先生好之樂之，味於眾人之所不味，務張而明之，其孰能勤勤綣綣⓰若此之至！固鄙心之所最急者，如遂蒙開釋，章分句斷，其心曉然。直使序所注，挂名經端，自託不腐，其又奚辭！將惟⓱先生所以命。愈再拜。

【注釋】❶辱　謙詞。猶言「承蒙」。❷竦然　肅敬貌。❸蹙然　侷促不安的樣子。❹遊從　交遊；朋友。❺悶然　不覺貌。❻踧踖　恭敬而又侷促不安的樣子。❼公羊春秋　亦稱《春秋公羊傳》。儒家經典之一。專門闡釋《春秋》。起於魯隱公元年，終於魯哀公十四年。舊題戰國時公羊高撰。初僅口說流傳，漢初才成書。據唐徐彥《公羊傳疏》引戴宏序，說是由景帝時公羊壽和胡毋生（子都）「著於竹帛」。此書是今文經學的重要經籍，著重闡釋《春秋》大義，史事記載因而較簡略。❽指略　要旨。❾因循　沿襲；照舊不改。❿敘　同「序」。書籍的敘言。此處作動詞，謂作敘言。⓫多方　學識淵博。《莊子・天下》：「惠施多方，其書五車。」⓬矜　通「憐」。憐憫；同情。⓭拘綴　羈絆；牽制。⓮何氏注　指東漢何休所著《春秋公羊解詁》。此書為《公羊傳》制定「義例」，說《公羊傳》有「三科九旨」，系統地闡發了《春秋》中的「微言大義」。⓯要妙　精深微妙。⓰勤勤綣綣　努力不倦而又極懇切的樣子。⓱惟　聽從；順從。

【語　譯】某月日，韓愈頓首：承蒙您寫信給我，連日通讀，對您肅然增加了敬意，又覺得侷促不安，慚愧得流出了汗。我在進士之中，也算略為懂得讀經的。一旦被舉送之後，俗事日日產生，雖然想要進一步研讀，竟然沒有空閒時間。相交的朋友們，互相熟悉，也都一樣，既不教授，也不學習，不知不覺，不見到自己的缺陷，一天天，一月月，失去進修的機會，以至於年老，我真是所謂不能使自己和普通人有所區別的人。每遇到飽學之士、純粹的儒者，我就歎息，恭敬而不安，心生愧意，面現羞赧，不敢再跟人相比。

前些時承蒙您把您新注的《公羊春秋》給我看，又聽您親口說到尊著的要旨，我的心裡感到慶幸，恨自己跟您相逢太晚，願意完全接受您的學問。但由於官務羈絆，沒能接著向您提出請求，我就這樣懈怠懶惰，沿襲舊習，不能自己振作，應當是屬於被您擯棄而不教的人。如今您反說我稍微懂得經學的根本，我的文章也近於古人，可以命我為您所作此書做序。您對我的盛意遠遠超出我的想望，聽到您對我的指示，很為不安，您對於我善於誘導而不倦，這才是學識淵博之人，我怎能不理解您的意思！八月天氣越加涼爽，時常有休假，或許您能同情我受到職務羈絆不能趕來請教，為了一心致力於傳授學術而能光臨這裡，使我能手執經卷在您座前，有機會把您的學術聽完，這是我最大的幸運。

況且近代《公羊》學幾乎滅絕，何氏注之外，不見其他研究著作。聖人之經、先賢之傳，都被人摒棄而不細讀，精妙的含義，也無從去尋求，不是先生喜於此學，樂於此學，體會眾人所不體會的種種微言奧旨，努力發揚而使它顯明，誰又能辛勤懇摯達到如此之極的地步！這本來也是我心中所最急想做的事，如果因而蒙您為我解釋疑難，就可使我分清章節，讀通句子，完全了然於心。如今您竟然要我為您的新注作序，使我掛名於經書的開端，名聲也能隨之不朽，則我又有什麼好推辭的呢！我將聽從先生命我做的事。韓愈再拜。

與孟尚書書

【題　解】孟尚書，指孟簡。孟簡，字幾道，德州平昌（今山東商河縣西北）人。元和十三年（西元八一八年）以檢校工部尚書出為襄州刺史、山南東道節度使，十四年改授太子賓客分司東都。十五年閏正月，穆宗即位，被貶官吉州（今江西吉安）司馬。孟簡篤信佛教，曾翻譯佛經，這一年他由吉州致書韓愈，說到聽人說韓愈在潮州時曾與僧人大顛交往，因而已改信佛教了。韓愈此時正任袁州（今江西宜春）刺史，乃在此年秋覆信孟簡。標題稱孟簡為「孟尚書」，是就其過去的官職而稱呼的。

韓愈在信中先就他與大顛的交往作了解釋。韓愈說，在偏遠的潮州沒有可以交談的人，而老僧大顛「頗聰明，識道理」，所以有了來往，這只是一般友誼，「非崇信其法，求福田利益也」。其次說君子立身處事，自有師法，不會因懼怕佛會降禍而信從。最後，韓愈從維護先王之道作了一番慷慨激昂的陳說。他說昔日由於楊、墨之說肆行，造成先王之道終至泯滅；如今佛、道的猖獗更勝於楊、墨，使先王之道面臨的危險更為嚴重了。韓愈表示他絕不會因受到挫折就改變信仰，而要以昔日辭闢異端的孟子自居，繼續排斥佛、道，努力捍衛儒道，「使其道由愈而粗傳，雖滅死萬萬無恨」，表現出無比頑強的鬥志。

這封長信有著重要意義，這是韓愈對那些誣傳他轉向信佛的人的一個有力的回擊，也可以說是他在因排佛貶官之後為繼續排佛崇儒而發表的一篇宣言書。寫得真是理足氣盛，渾浩變化，所以歷來受到古文家的重視和好評。清林雲銘說：「篇中總為衛道起見，筆力所至，有惓惓不容己之心；而又有勃勃不可過之氣，如勁弩初張，所中必洞。」（《韓文起》卷四）

愈白：行官❶自南迴，過吉州，得吾兄二十四日手書數番❷，忻悚❸兼至。未審入秋來眠食何似，伏惟萬福❹。來示云，有人傳愈近少信奉釋氏，此傳之者妄也。潮州時，有一老僧，號大顛❺，頗聰明，識道理。遠地無可與語者，故自山召至州郭，留十數日，實能外形骸❻，以理自勝❼，不為事物侵亂。與之語，雖不盡解，要自胸中無滯礙。以為難得，因與來往。及祭神至海上❽，遂造其廬。及來袁州，留衣服為別，乃人之情，非崇信其法，求福田❾利益也。

【章　旨】先否認說自己近來信奉佛教的傳聞，再敘述與僧大顛的交往過程。

【注　釋】❶行官　節度使、刺史的屬官，受命去京師或鄰近州郡辦理公事。❷番　張；幅。❸忻悚　喜懼。忻，同「欣」。❹萬福　多福。祝禱之詞。❺大顛　唐代禪宗大師。俗姓陳或楊，名寶通，潁川（郡名，治所在今河南許昌）人。法號大顛。生於開元末，大曆中與藥山惟儼師事惠照，又同遊南嶽，參石頭希遷，遂大悟，辭往潮州。貞元六年，開闢牛巖，立精舍。貞元七年在邑西幽嶺下，創建禪院，名曰靈山。❻外形骸　把自己的身體看作外物。❼自勝　克制自己。❽海上　海邊。❾福田　佛教用語。謂人行善，可受諸福報，如種於田畝，有秋收之利。

【語　譯】韓愈稟白：行官從南方回來，路過吉州，使我因而得到吾兄二十四日親筆寫給我的書信數張，讀後感到喜懼兼至。不知您入秋以來睡眠飲食如何，祝願您多福。來信說，有人傳說我近來稍微信奉佛教，這是傳說者虛妄之辭。我在潮州時，有一個老僧，法號大顛，很聰明，懂得道理。偏遠之地沒有可以談話的人，所以把他從山上召到州城，留住十多日，他實在能夠把自己身體看作外物，以理來克制自己，不被外在事物所侵擾。我跟他談話，雖然不完全理解他的看法，但知道他的要旨是胸中不要有阻滯障礙。我認為這樣的人難得，於是跟他來往。等到我到海邊祭神，就到他的寺院訪問。到了我來袁州上任，就留了衣服跟他作別，這也是人之常情，而不是我尊崇信奉佛法，想求得福報好處。

孔子云：「丘之禱久矣。」❶凡君子行己立身，自有法度。聖賢事業，具在方冊❷，可效可師。仰不愧天，俯不愧人，內不愧心。積善積惡，殃慶自各以其類至❸。何有去聖人之道，捨先王之法，而從夷狄之教❹，以求福利也！《詩》不云乎：「愷悌君子，求福不回。」❺《傳》又曰：「不為威惕」、「不為利疚」❻。假如釋氏能與人為禍祟❼，非守道君子之所懼也。況萬萬無此理。且彼佛者，果何人哉？其行事類君子邪，小人邪？若君子也，必不妄加禍於守道之人。如小人也，其身已死，其鬼不靈。天地神祇，昭布森列，非可誣❽也。又肯❾令其鬼行胸臆作威福於其間哉！進退❿無所據，而信奉之，亦且惑矣。

【章旨】論說君子立身處世，應當效法聖賢，不該信從「夷狄之教」，而佛也斷無作禍患於人之事。

【注釋】❶孔子云二句　《論語・述而》記載，孔子病重，子路請求為他向天地神祇祈禱，孔子說：「丘之禱久矣。」意謂我早就祈禱過了。❷方冊　指典籍。方，木板。冊，竹簡。古代用來書寫。❸積善積惡二句　《周易・坤・文言》：「積善之家必有餘慶，積不善之家必有餘殃。」慶，福。❹夷狄之教　指佛教。佛教由印度傳入，故如此說。❺詩不云乎三句　語見《詩・大雅・旱麓》。愷悌，原作「豈弟」。和易近人。不回，不違先祖之道。❻傳又曰三句　語見《左傳》哀公十六年、昭公二十年。惕，畏懼。疚，病患。此謂病於邪僻。❼禍祟　災禍。祟，禍。❽誣　欺瞞。❾肯　豈許。❿進退　這是總結前面二方面論述。即從君子為人所應師法及從畏懼釋氏作禍於人二方面。

【語譯】孔子說：「我早就祈禱過了。」君子立身行事，自有法度。古代聖賢的事業，都記載在典籍之中，可以倣效，可以取法。要對上不愧於天，對下不愧於民，對己不愧於心。積累善行、積累惡行，禍福自會按照各自類別而來到。我怎麼會離開聖人的大道，捨棄先王的法度，卻去信奉夷狄之教，來求取個人的福利呢！《詩經》不是說過嗎：「和易近人的君子，謀求福利時不違背先祖之道。」《左傳》又說：「不畏懼威脅」、「不因為利誘而變得邪僻」。假如佛教能對人造成災禍，則不是遵行大道的君子所畏懼的。又何況絕對沒有這樣的道理。而且那佛，果真是什麼樣的人呢？他的行為跟君子相似呢，還是跟小人相似呢？佛如果是君子，一定不會胡亂加禍給守道的人。佛如果是小人，他的肉體已經死了，他的鬼魂也不會靈應。天地的神靈，分布顯明，排列森嚴，不是可以欺瞞的。又難道會允許讓佛的鬼魂在天地之間隨心所欲，作威作福嗎！從進退二方面看，都沒有什麼根據，卻去信奉佛教，也太糊塗了。

且愈不助釋氏而排之者，其亦有說。孟子云：「今天下不之楊則之墨。」❶楊、墨交❷亂而聖賢之道不明，則三綱❸淪❹而九法❺斁❻，禮樂崩而夷狄橫，幾何其不為禽獸也！故曰：「能言拒楊、墨者，皆聖人之徒也。」❼揚子雲曰：「古者楊、墨塞路，孟子辭而闢之，廓如也。」❽夫楊、墨行，正道廢，且將數百年，以至於秦，卒滅先王之法，燒除其經，坑殺學士，天下遂大亂。及秦滅，漢興且百年，尚未知修明❾先王之道。其後始除挾書之律❿，稍求亡書⓫，招學士⓬，經雖少得，尚皆殘缺，十亡二三。故學士多老死，新者不見全經，不能盡知先王之事，各以所見為守，分離乖隔⓭，不合不公。二帝⓮三王⓯群聖人之道於是大壞。後之學者無所尋逐，以至於今，泯泯⓰也。其禍出於楊、墨肆行而莫之禁故也。

孟子雖聖賢，不得位，空言無施，雖切何補！然賴其言，而今學者尚知宗孔氏，崇仁義，貴王賤霸[17]而已。其大經大法皆亡滅而不救，壞爛而不收，所謂存十一於千百，安在其能廓如也！然向無孟氏，則皆服左衽[18]而言侏離[19]矣。故愈嘗推尊孟氏，以為功不在禹下者，為此也。漢氏已來，群儒區區修補，百孔千瘡，隨亂[20]隨失，其危如一髮引千鈞，緜緜延延，寖[21]以微滅。於是時也，而唱[22]釋老[23]於其間，鼓天下之眾而從之。嗚呼，其亦不仁甚矣！釋老之害，過於楊、墨。韓愈之賢，不及孟子。孟子不能救之於未亡之前，而韓愈乃欲全之於已壞之後。嗚呼！其亦不量其力，且見其身之危，莫之救以死也。雖然，使其道由愈而粗傳，雖滅死萬萬無恨。天地鬼神臨之在上，質[24]之在傍。又安得因一摧折，自毀其道以從於邪也！

籍、湜[25]輩雖屢指教，不知果能不叛去否。辱吾兄眷厚，而不獲[26]承命，惟增慚懼，死罪死罪[27]。愈再拜。

【章旨】敘述昔日由於楊、墨之說大行於世，因而造成天下大亂、先王之道大壞的嚴重局面，以說明今日對於佛教、道教必須加以排斥的道理。並以辭闢楊、墨的孟子自比，表示捍衛正道，絕不信從邪教的決心。

【注　釋】❶孟子云二句　《孟子・滕文公下》：「天下之言不歸楊則歸墨，楊、墨之道不熄，孔子之道不著。」❷交　共；俱。❸三綱　指君臣、父子、夫婦三種主要倫理關係。❹淪　淹沒；沒落。❺九法　即「九疇」。九種法則。指古代傳說天帝賜給禹的九種治理天下的大法。詳見《尚書・洪範》。❻斁　敗壞。❼故曰三句　《孟子・滕文公下》：「能言距楊、墨者，聖人之徒也。」❽揚子雲曰四句　出自揚雄《法言・吾子》。揚子雲，揚雄。字子雲，蜀郡成都（今四川成都）人。西漢哲學家、文學家。辭，責備；指斥。闢，排斥；屏除。廓如，澄清貌。❾修明　發揚光大。❿除挾書之律　秦代法律規定，對敢藏書的人，處以滅族之刑。漢惠帝四年三月方廢除這一法律。挾，藏。⓫稍求亡書　漢興朝廷開始注意收集篇籍，但到武帝時尚書缺簡脫，禮壞樂崩，武帝努力提倡儒學，廣開獻書之路，於是外廷內宮藏書如山積。成帝時，又因書頗散失，命謁者陳農求遺書於天下。⓬招學士　此指武帝時延攬儒生為博士，又設立博士弟子、文學掌故等鼓勵士子向學。⓭乖隔　分離隔開。⓮二帝　指堯、舜。⓯三王　指夏禹、商湯、周文王。一說，指夏禹、商湯、周代的文王和武王。⓰泯泯　猶泯滅。⓱貴王賤霸　尊崇王道，鄙棄霸道。這是孟子的主張。⓲左衽　前襟向左掩的服裝。指夷狄服裝。異於中原人民右衽。衽，衣襟。⓳侏離　形容蠻夷語音難辨。⓴亂　治。㉑寖　漸漸。㉒唱　通「倡」。倡導。㉓釋老　指佛教、道教。㉔質　評斷。㉕籍湜　指張籍、皇甫湜。都是韓愈的弟子。㉖不獲　不能。㉗死罪死罪　舊時請罪或道歉時用的套語。表示罪過很重。

【語　譯】況且我不贊助佛教，卻排斥它，也有我的理由。孟子說：「如今天下學者不投向楊朱就投向墨翟。」楊、墨共同擾亂了天下使聖賢之道不能顯明，則三綱沒落、九法敗壞，禮樂制度崩毀，夷狄之族在中原橫行，人民有多少不成為禽獸呢！所以說：「能夠說要抗拒楊、墨的人，都是聖人的弟子。」揚子雲說：「古時候楊、墨弟子充塞道路，孟子指責和排斥他們，於是世上為之一清。」楊、墨之說風行，正道遭到廢棄，將近數百年，直到秦代，終於滅亡先王的法制，燒毀聖人的經書，埋殺儒學之士，天下因而大亂。等到秦朝滅亡，漢朝興起近百年，還不知將先王之道發揚光大。後來才取銷秦代禁止民間藏書的法律，稍稍徵求流失的書籍，招聚儒學之士，經書雖然得到了一些，但還都殘缺，十分之中丟失了二、三。舊日的儒學之士多數年老而死，新的儒學之士沒有見過完整的經書，不能完全瞭解先王之事，因此各人以所見到的經書為依據，他們的學說分離相隔，不合原意，也不公允。二帝三王眾聖人之道於是大為毀壞。後代學者無處追尋，直到如今，使先王之道竟泯滅如此。這場災禍產於當年楊、墨之說橫行卻沒有禁止它們的緣故。孟子雖然聖明賢能，但因沒有官職，徒然發表言論，無法施行，話雖切要，於實際又有何補益呢！然而還是靠他這些話，使如今的學者尚且知道宗仰孔子，推崇仁義，重視王道，鄙賤霸道，不過僅止於此而已。那些主要的經書、主要的法制都滅亡而無法挽救，壞爛而不能收集，可說千百之中只存十分之一，又如何能使世上為之一清呢！然而當年若沒有孟子，中原人民就都要穿夷狄的服裝、說蠻夷難懂的話了。所以我曾推尊孟子，認為他的功績不在禹之下，就因為這個緣故。漢朝以來，眾儒生作了小小的修補，然而先王之道百孔千瘡，一邊治理，一邊失去，危險的情形猶如一根頭髮牽引千鈞之重，綿綿延延，漸漸衰微，以至於消滅。在這時候，卻想在世間提倡佛教、道教，鼓動天下人去信從。唉，這種做法也太不仁厚了！佛教、道教的危害，超過楊朱、墨翟。韓愈的賢能，趕不上孟子。孟子不能在先王之道未亡失之前加以挽救，而韓愈竟然要在它已經毀壞之後加以保全。唉，我也太不自量力，而且可見我處身的危險，無法救助，將至於死了。雖然如此，假使先王之道通過我而得以大致傳承下去，我雖滅死也絕對無遺恨。天地鬼神在我之上臨照，在我之旁評斷。我又怎麼能夠因為一時受到挫折，卻自己摧毀先王之道而去信從邪教呢！

張籍、皇甫湜等人，我雖屢次教誨他們，不知他們是不是果真能夠不叛離先王之道。承蒙吾兄關懷看重，卻不能遵從您的指示，只能增加我心中的慚愧惶懼，抱歉之至。韓愈再拜。

答呂毉山人書

【題解】呂毉，其人事跡無可考，稱他「山人」，文中又說他「始自山出」，可見是個隱居山林之士。他穿著破衣麻鞋，未經介紹，貿然上門來見韓愈。韓愈不知他的底細，提了些問題來考察他。此人自視頗高，因而很不高興，便寫信責備韓愈，說韓愈沒有能像戰國時的信陵君那樣肯親自為賢士牽馬。韓愈於是寫了這封書信來回答他。

韓愈首先指出，用信陵君來和他相比是不恰當的。信陵君是出於要擴張個人聲勢，使天下人傾倒於他，所以那樣禮賢下士，目的是用厚禮來換取賢士效忠的結果，這其實跟做買賣一樣。而韓愈是孔門弟子，獎勵後進，是要使他們歸於聖人的正道，因而真誠指導，沒有做作。其次，韓愈指出，當今士林風氣極為衰敝，他要推薦那種敢於不顧個人生死利害的人才到朝廷上去力挽頹風，捍衛聖道，而不是著重於這些人文章學識如何。最後，韓愈說，呂毉對他的責備雖然並不正確，但他這種不肯逢迎巴結人的個性倒是可取的。從而勸告他「少安無躁」，自己必將好好接待他，表現出寬大的胸懷。這篇書信可說把韓愈教育和薦舉人才的目的和原則都闡述得非常明白。

此文筆致雄肆，含意深遠，當是韓愈晚年之作。從其中進人於朝的話看，可能是他任兵部侍郎或吏部侍郎時（長慶元年至四年）所作。

愈白：惠書責以不能如信陵執轡❶者。夫信陵，戰國公子，欲以取士聲勢傾天下❷而然耳。如僕者，自度❸若世無孔子，不當在弟子之列。以吾子始自山出，有樸茂❹之美意，恐未礱磨❺以世事。又自周後文弊❻，百子為書，各自名家❼，亂聖人之宗❽，後生習傳，雜而不貫。故設問以觀吾子：其已成熟乎，將以為友也；其未成熟乎，將以講去其非而趨是耳。不如六國公子❾有市❿於道者也。

方今天下入仕，惟以進士、明經⓫及卿大夫之世⓬耳。其人率⓭皆習熟時俗，工於語言，識形勢，善候⓮人主意。故天下靡靡⓯，日入於衰壞，恐不復振起。務欲進足下趨死不顧利害去就之人於朝，以爭救之耳。非謂當今公卿間，無足下輩文學知識也。不得以信陵比。

然足下衣⓰破衣，繫麻鞋，率然⓱叩吾門；吾待足下，雖未盡賓主之道，不可謂無意者。足下行天下，得此⓲於人蓋寡，乃遂能責不足於我，此真僕所汲汲⓳求者。議雖未中節⓴，其不肯阿曲㉑以事人者，灼灼明矣。方將坐足下三浴而三熏之㉒，聽僕之所為，少安㉓無躁。愈頓首。

【注釋】❶信陵執轡　戰國時魏公子無忌被封為信陵君，極能禮賢下士，得知魏國夷門的守門人侯嬴賢，乃備車騎去迎接，信陵君親自牽馬。轡，馬韁。❷傾天下　使天下人傾倒他、佩服他。❸度　估計。❹樸茂　樸實優秀。❺礱磨　磨練。礱，也是磨的意思。❻周後文弊　周之政尚文，講究禮樂制度，但到後來專尚虛文，而不誠懇。《史記・高祖本紀》太史公曰：「周人承之以文，文之敝小人以僿。」僿，不誠懇。❼名家　謂有專長而自成一家。❽宗　根本；本旨。❾六國公子　指齊孟嘗君田文、趙平原君趙勝、楚春申君黃歇及信陵君等人。❿市　買賣。⓫進士明經　都是唐代常科考試的科目。進士以詩賦為主，明經以通曉經義為主。⑫卿大夫之世　指貴族和官員的子弟因恩蔭而有官做。如一品官之子可做正七品上階官。詳細規定可見《新唐書・選舉志下》。⑬率　大都。⑭候　伺望。⑮靡靡　順風貌。⑯衣　穿。⑰率然　貿然。⑱此　指真正的交結之道。⑲汲汲　心情急切的樣子。⑳中節　合乎禮義法度。《禮記・中庸》：「喜怒哀樂之未發謂之中，發而皆中節謂之和。」㉑阿曲　逢迎巴結。㉒三浴而三熏之　齊桓公接待管仲，使他三次沐浴、三次以香料塗身。典出《國語・齊語》，原作「三釁三浴」。釁，用香料塗身。此謂待人優禮，表示尊重。㉓少安　稍為徐緩。安，徐。

【語　譯】韓愈稟白：您來信責備我不能像信陵君親自為賢士牽馬那樣來接待您。那信陵君是戰國時的公子，他是想要用能招納賢士的聲譽勢位來使天下人欽服他，才這樣做的。像我這樣的人，自己估量，假如世上沒有孔子，我自然不在弟子之中。由於您才從山裡出來，有樸實優秀的美好意向，只怕沒有經過世事的磨練。又自從周朝後來政事尚文出現弊病，諸子著書立說，各人都自成一家，擾亂聖人的根本大道，後代學子學習傳承，駁雜而不能貫通。所以我提出問題來考察您：若您的學識已經成熟了呢，就打算把您當作朋友；若您的學識沒有成熟呢，就打算用講求學問來幫助您改去錯誤而趨向正確。不像六國的那些公子在交結之道上做買賣。

當今天下人步入仕途，只有進士科、明經科以及作為官員的後代這幾條路而已。這些人大都熟悉社會風氣，巧於說話，識得形勢，善於伺望天子的意向。所以天下人都順風而倒，風氣日漸衰敗，恐怕不能再振作起來。我一定要把您作為敢於捨棄生命、不顧及趨利避害的人，來推薦給朝廷，從而努力挽救社會的頹風。不是我認為當今公卿之中，沒有您這樣的文章學識之士。您不能把我跟信陵君相比。

然而您穿著破衣，結著麻鞋，貿然來敲我的門；我接待您，雖然沒有完全做到賓主之道，但不可以說我不想以道義待人。您行遍天下，從人家那裡得到這種道義之交的接待大概也很少，您竟然責備我做得不夠，您這樣的人，真是我急切尋求的人。您的議論雖然不是很恰切，您那不肯逢迎巴結人的個性，卻顯示得十分鮮明了。我將要以極其尊崇的禮儀來接待您，請聽任我的安排，慢慢來，別急躁。韓愈頓首。

為人求薦書

【題解】這是一篇為人代筆的書信。唐時天子常下詔命公卿大夫向朝廷舉薦所知人才，而此人住在某顯官的府中，是主人的親戚後輩，因而請求這位主人推薦他。明茅坤曾指出此文的特點在於「善喻」，說得很對。韓愈先以伯樂識馬、匠石知材來比喻這位主人，尊崇這位主人有知人之明，從而表示此人切望得到他的瞭解的心情。接著正面提出請求薦舉的事，又用伯樂一顧，馬價倍增的典故，來抬高這位主人薦舉的作用。求人薦舉，很難措辭，運用恰當的比喻，既可把意思表達清楚，又不涉邀恩諂諛之語，是很高明的手法。

某聞木在山，馬在肆，遇之而不顧❶者，雖日累千萬人，未為不材與下乘❷也。及至匠石❸過之而不睨❹，伯樂❺遇之而不顧，然後知其非棟梁之材、超逸之足也。以某在公之宇下非一日，而又辱居姻婭❻之後，是生於匠石之園，長於伯樂之廄❼者也，於是而不得知，假有見知者千萬人，亦何足云！

今幸賴天子每歲詔公卿大夫貢士❽，若某等比❾咸得以薦聞，是以冒❿進其說以累於執事⓫，亦不自量已，然執事其知某如何哉。昔人有鬻馬不售於市者，知伯樂之善相也，從而求之，伯樂一顧，價增三倍⓬。某與其事頗相類，是故終始言之耳。某再拜。

【注釋】❶顧　回看。❷下乘　下等的馬。❸匠石　傳說中名叫石的技巧高超的木匠。見《莊子・人間世》。❹睨　斜視。❺伯樂　相傳古之善相馬者。❻姻婭　亦作「姻亞」。泛稱有親戚關係的親戚。《爾雅・釋親》：「婦之父母、婿之父母相謂為婚姻，兩婿相謂為亞。」❼廄　馬房。❽貢士　向皇帝推薦人才。❾等比　同輩；同列。❿冒　貿然；冒昧。⓫執事　侍從左右供使令的人。此處即指對方，謂不敢煩勞對方，故煩勞執事者，表示尊敬。⓬昔人有鬻馬不售於市者五句　典出《戰國策・燕策》：「人有賣駿馬者，比三旦立市，人莫之知。往見伯樂曰：『臣有駿馬，欲賣之，比三旦立於市，人莫與言，願子還而視之，去而顧之，臣請獻一朝之賈。』伯樂乃還而視之，去而顧之，一旦而馬價十倍。」鬻，賣。

【語譯】我聽說樹木在山中，馬在店裡，遇到它（牠）們卻不回頭的人，即使一日累計千萬，也不能說明樹木不成材，馬是下等的馬。等到石木匠走過這樹木卻不斜視一下，伯樂遇到此馬卻不回頭看一下，然後才知道這樹木不是棟梁之材，這馬不是能超越眾馬的好馬。我在您家中不是一日了，而又忝為您有親戚關係的後輩，這等於樹生於石木匠的園中，馬長於伯樂的馬房中一樣，在這裡卻不被主人瞭解，假如被千萬個外人所瞭解，又有什麼值得一說！

如今幸而依賴天子每年下詔命公卿大夫推薦人才，像我輩都能夠由於薦舉而被朝廷知曉，因此冒昧地進呈這一番論說來煩勞您，我也很不自量了，然而您可以說瞭解我的才能如何。從前有人賣馬卻不在市場上出售，知道伯樂擅長觀察馬的優劣，於是向他求助，伯樂一回頭注視，馬價增加三倍。我的情形與這事很相似，所以原原本本地說了一說。某人再拜。

與李祕書論小功不稅書

【題　解】祕書是官職，李祕書是何人，已不可考。小功不稅，是古代禮制中關於喪服的一項規定。小功是喪服名，是按親疏為差的五服中的第四等，其服用較細的熟麻布做成，服期為五個月。稅，即追服，是說聽到報喪以後開始補穿喪服。不稅，即不補穿喪服。由於小功是喪服中較輕的一等，所以禮制規定如果得到報喪時已經較遲，死者逝世已超過五個月，那麼該穿小功喪服的人就不用補穿喪服了。《禮記．檀弓上》記載：「曾子曰：『小功不稅，則是遠兄弟終無服也，而可乎？』」曾子即孔子弟子曾參，他居心仁厚，認為如果應穿小功喪服而過時則不必補穿的話，那麼死者的遠方兄弟終究不穿喪服了，這樣作為骨肉至親沒有一點形式表示悲哀，從人情上說似不應該。韓愈認為，在古代這個問題還不突出，而到了唐代，男子遠出做官和女子遠嫁的很多，由於家貧報喪不及時的情況也很多，所以應穿小功喪服而不補穿的情況越加普遍了。對於這個禮制和人情之間的矛盾應如何看待，當初先王為何如此規定，韓愈感到困惑，乃寫信向李祕書求教。李祕書如何回答，已不得而知了。但韓愈的觀點似傾向於小功不當不稅，也就是說應該補穿喪服。

曾子稱：「小功不稅，則是遠兄弟終無服也，而可乎？」鄭玄❶注云：「以情責情❷。」今之士人，遂引此不追服小功。小功服最多，親則叔父之下殤❸，與適孫❹之下殤，與昆弟之下殤，尊則外祖父母，常服則從祖祖父母❺。禮沿人情，其不可不服也明矣。古之人，行役不踰時，各相與處一國，其不追服，雖不可，猶至少。今之人，男出仕，女出嫁，或千里之外，家貧訃告❻不及時，則是不服小功者恆多，而服小功者恆鮮❼矣。君子之於骨肉，死則悲哀而為之服者，豈牽於外❽哉！聞其死則悲哀，豈有間❾於新故死哉！今特❿以訃告不及時，聞死出其月數，則不服，其可乎！愈常怪此。近出弔人⓫，見其顏色慼慼⓬類有喪者，而其服則吉⓭，問之，則云小功不稅者也。

禮文殘缺，師道不傳，不識禮之所謂不稅，果不追服乎？無乃別有所指，而傳注者⓮失其宗乎？伏惟⓯兄道德純明，躬行古道，如此之類，必經於心，而有所決定，不惜示及，幸甚幸甚。泥水馬弱不敢出，不果鞠躬⓰親問而以書，悚息⓱尤深。愈再拜。

【注釋】❶鄭玄　字康成，北海高密（今屬山東）人。漢代經學家。❷以情責情　今本鄭注並無此語，只云：「以己恩怪之。」方苞引蔣之翹語曰：「然韓子博極群書而詳於義訓，必無訛舛，以此知今之傳註非唐以前之舊也。」❸下殤　按禮制，八歲至十一歲死為下殤。❹適孫　嫡長孫。適，同「嫡」。❺從祖祖父母　堂房伯叔祖父母。❻訃告　報喪。❼鮮　少。❽外　指得到死訊的遲早等外在因素。❾間　差別；距離。❿特　只；但。⓫弔人　對於遭喪事者給予慰問。⓬慼慼　憂傷。⓭其服則吉　指穿著吉服。吉服即禮服。⓮傳注者　指解釋經籍者。⓯伏惟　有所陳述時的表敬之辭。⓰鞠躬　謹敬貌。⓱悚息　因惶懼而屏息。此處猶惶恐。為書信中的套語。

【語譯】曾子說：「應該穿小功喪服的人，按照禮制不補穿，那麼死者遠方的兄弟終究不穿喪服了，這樣應該嗎？」鄭玄注解這段話說：「這是從人情來要求禮制合乎人情。」如今的士人就根據這一條記載不補穿小功喪服。小功喪服涉及的親戚關係最多，親近的如八至十一歲夭折的叔父，和八至十一歲夭折的嫡長孫，和八至十一歲夭折的兄弟，尊崇的如外祖父母，按常服則有堂伯叔祖父母。禮制的設立是按照人情，小功喪服不可不穿，是很明顯的。古代的人，外出服役不超過一個季節，都一起住在一個諸侯國裡，他們不補穿小功喪服，雖然不應該，這種情形還是極少。如今的人，男的外出做官，女的嫁到外地，有的到千里之外，人死了，因為家貧報喪不及時，於是不穿小功喪服的人經常很多，而穿小功喪服的人經常很少了。君子對於至親骨肉，為其死而感到悲哀，穿上喪服，難道會被外在因素所牽制嗎！聽到親人死了就感到悲哀，難道會因為是新近死的還是早些時候死的而有所差別嗎！如今只是因為報喪不及時，聽說死時至今已超出該穿小功喪服的月數，就不穿了，難道應該嗎！我時常對這種情形感到奇怪。最近外出慰問遭到喪事的人，見他表情憂傷，像是遭到喪事的樣子，卻穿著吉服，問他什麼緣故，他就說：小功喪服是不補穿的啊。

禮制的記載已經殘缺，經師的學術也已不傳了，不知禮制所規定的不稅，果真是不補穿喪服嗎？莫非還別有所指，而注解經籍的人失去了原來宗旨呢？仁兄道德純粹光明，親身實行古代聖賢之道，像這一類問題一定放在心上，因而有了結論，還望不吝惜而告訴我，切望之至。外面地上泥濘，我的馬瘦弱，所以不敢出外，不能恭敬地親口提問而只得書面請教，十分惶恐。韓愈再拜。

序

上巳日燕太學聽彈琴詩序

【題解】上巳日，原指三月上旬的巳日，魏晉以後，則定為三日。漢以來，人在此日到水邊嬉遊，以消除不祥，叫做「修禊」，唐時此風也很盛。德宗貞元年間，朝廷還把此日定為官員的公假日。貞元十八年（西元八〇二年）春，韓愈被任為四門博士，這是國子監四門館的儒官。由於上巳日國子監按例舉行宴會，宴上由一儒生彈琴助興。而國子監司業武少儀則賦詩歌詠，眾儒官也都作詩，韓愈因而奉命寫了這篇詩序。此序除交代必要的事實外，主要是渲染宴上眾官雍容儒雅之風。全篇文氣從容平緩，句腳多用平聲，遣詞典雅淵懿，在韓愈集中可謂別具一格。

與眾樂之之謂樂，樂而不失其正，又樂之尤也。四方無鬬爭金革❶之聲，京師之人，既庶❷且豐。天子念致理❸之艱難，樂居安之閒暇，肇置三令節❹，詔公卿群有司，至于其日率厥官屬，飲酒以樂，所以同其休，宣其和，感其心，成其文者也。三月初吉❺，實❻惟其時，司業武公❼，於是總太學儒官❽三十有六人，列燕⑨于祭酒之堂⑩，罇俎⑪既陳，肴羞⑫惟時，醆斝⑬序行，獻酬⑭有容，歌風雅之古辭⑮，斥夷狄之新聲⑯，褒衣危冠⑰，與與如⑱也。有儒一生，魁然其形，抱琴而來，歷階以昇，坐于罇俎之南。鼓有虞氏之〈南風〉⑲，賡⑳之以文王、宣父之操㉑，優游夷愉㉒，廣厚高明，追三代㉓之遺音，想舞雩之詠歎㉔。及暮而退，皆充然若有得也。武公於是作歌詩以美之，命屬官咸作之，命四門博士昌黎韓愈序之。

【注　釋】❶金革　猶言兵革。兵器甲鎧的總稱。引申指戰爭。❷庶　眾多。❸致理　即致治。謂使國家安定清平。為避唐高宗李治諱，故以「理」代「治」。❹肇置三令節　開始創立三個美好的節日。肇置，開始創立。三令節，德宗朝貞元五年曾下詔規定，二月一日、三月三日、九月九日為三節日，宜任文武百僚選勝地追賞為樂。令節，美好的節日。❺初吉　古人有以自朔日至上弦（初一至初八）為初吉，說見王國維《觀堂集林・生霸死霸考》。此處當指三日。❻實　此。❼司業武公　指武少儀。時任司業。司業，國子監的副長官。❽太學儒官　太學中掌管學務的官員或教師。太學，此指國子監所屬各學。儒官，指博士等官。❾燕　通「宴」。宴飲。❿祭酒之堂　當為國子監正堂。祭酒，國子監祭酒。是國子監的正長官。⓫罇俎　同「尊俎」。古代盛酒和盛肉的器皿。常用為宴席的代稱。⓬肴羞　指美食。肴，魚肉等葷菜。羞，美好的食品。⓭醆斝　酒器。醆，即「盞」。淺而小的杯子。斝，古代酒器。青銅製，圓口，有鋬和三足，用以溫酒。⓮獻酬　謂飲酒時主客間互相敬酒。⓯風雅之古辭　指合於詩教的古樂曲歌辭。⓰夷狄之新聲　唐代音樂吸收了大量自西域傳入的外族音樂，從保守觀點看來，自是夷狄新聲了。⓱褒衣危冠　指儒生的打扮。褒衣，寬大的袍子。危冠，高冠。⓲與與如　安詳的樣子。⓳南風　古樂曲名。相傳為虞舜所作。⓴賡　繼續。㉑文王宣父之操　指文王所作，孔子學彈過的琴曲〈文王操〉（事見《史記・孔子世家》）。文王，周文王。宣父，舊時對孔子的尊稱。《新唐書・禮樂志五》：「（貞觀）十一年詔尊孔子為宣父，作廟於兗州。」㉒優游夷愉　悠閒愉悅的樣子。優游，悠閒自得。夷愉，喜悅。夷，通「怡」。㉓三代　指夏、商、周。㉔舞雩之詠歎　孔子有一回問到弟子們的志向，曾點回答說：暮春三月，春天的衣服穿定了，我陪同五六位成年人，六七個小孩，在沂水旁邊洗洗澡，在舞雩臺上吹吹風，一路唱歌，一路走回來。孔子長歎一聲，對曾點的志向很表贊同（見《論語・先進》）。

【語　譯】和眾人一起行樂稱為快樂，快樂而不失去正則，又是最為快樂的。四方不起兵甲爭鬥之聲，京城中人，眾多而富裕。天子想到實現國家安定清平的艱難，樂意於過閒暇無事的安居生活，開始創立三個美好的節日，下詔命公卿及朝中各個部門，在節日裡率領他們的屬官，飲酒為樂，以此來同享美好時光，抒發和樂，感化其心，成就禮樂盛事。恰逢三月三日這個節日，司業武公於是率領國子監的儒官三十六人，在祭酒之堂擺開宴會，杯盤已經陳列，魚肉等食品都很時鮮，使用各式酒器依序斟酒，互相敬酒，儀容儒雅，唱起合於詩教的古歌辭，斥去夷狄的新樂，寬袍高冠，十分安詳。有一個儒生，形軀魁偉，捧著琴來，登上臺階，坐在宴席的南面，他奏起虞舜所作的〈南風〉，又繼續彈起文王、宣父所彈琴曲，悠閒而怡悅，博厚而高明，重現三代的遺曲，令人想起孔子所感歎的舞雩臺歸來的詠歌。到了日暮宴終人散，大家都感到心中充實，好像有所進益。武公於是寫詩讚美，並命屬官都來作詩，又命四門博士昌黎韓愈寫序言。

荊潭唱和詩序

【題解】《荊潭唱和詩》是一部詩集，《新唐書・藝文志》在裴均名下列有「《荊潭倡和集》一卷」。其實這一詩集的作者並不止裴均一人，還有楊憑等人。裴均，字君齊，河東郡人，貞元十九年（西元八〇三年）五月，任荊南節度使，治所在江陵；楊憑，字虛受，弘農人，貞元十八年九月任湖南觀察使，治所在潭州。這部詩集就是荊（南）、潭（州）之間二位大員唱和（即作詩相酬答）之作，並還包括他們的部屬的和作。韓愈在永貞元年（西元八〇五年）曾在裴均部下任江陵法曹參軍，所以受託為這部詩集寫了序言。從文中出現裴、楊二人後來所任官銜看，此文可能在元和三年（西元八〇八年）作過增改。

這篇文章開頭說和平之音、歡愉之辭都不易動人，而愁思之聲、窮苦之言就容易美妙，因而好文章常出於羈旅之人、平民百姓。接著轉入本題，他讚頌裴、楊二位大員，雖是官高祿厚，政務煩冗，卻肯下功夫努力於詩歌的寫作，因而寫出了可播於樂章、記於史冊的精采作品。

中國古代從來認為悲哀的音樂方能感人，本文前半段韓愈也沿襲了這種觀點。前半段這番話其實只是作為後半段的陪襯而已，作者真正的用意倒是在證明富貴之人同樣可寫出好作品，「和平之音」、「讙愉之辭」的《荊潭唱和詩》還可以永垂不朽呢！先抑後揚，先反後正，是韓愈為文常用的狡獪。

從事❶有示愈以《荊潭酬唱詩》者，愈既受以卒業❷，因仰而言❸曰：「夫和平之音❹淡薄❺，而愁思之聲要妙❻；讙❼愉之辭難工❽，而窮苦❾之言易好也。是故文章之作，恒發於羈旅❿草野⓫。至若王公貴人，氣滿志得，非性能而好之，則不暇以為。今僕射⑫裴公，開鎮⑬蠻荊⑭，統郡惟九⑮；常侍⑯楊公，領湖之南⑰，壤地⑱二千里。德刑之政⑲並勤，爵祿之報⑳兩崇，乃能存志乎《詩》、《書》㉑，寓辭㉒乎詠歌，往復循環㉓，有唱斯㉔和，搜奇抉怪㉕，雕鏤文字㉖，與韋布里閭㉗憔悴專一之士較其毫釐分寸。鏗鏘㉘發金石㉙，幽眇㉚感鬼神，信㉛所謂材全㉜而能鉅者也。兩府之從事與部屬㉝之吏，屬㉞而和之，苟在編者㉟，咸可觀也。宜乎施之樂章㊱，紀諸冊書㊲。」

從事曰：「子之言是也。」告於公㊳，書以為《荊潭唱和詩》序。

【注釋】❶從事　漢以後三公及州郡長官自辟僚屬，多以從事為稱。❷卒業　謂讀至終篇。❸仰而言　即稟告之意。含有敬意。❹和平之音　安和之音。「音」與下文之「聲」，俱指詩歌。❺淡薄　淡而無味的意思。❻要妙　美妙。❼讙　「歡」的異體字。❽工　精；妙。❾窮苦　處境困窘艱苦。❿羈旅　作客他鄉之人。⓫草野　指平民百姓。⓬僕射　唐代為尚書省長官。初期與中書令、侍中同為宰相，中宗以後，非加同中書門下平章事者，即不為宰相。裴均於元和三年入為尚書右僕射，尋加同平章事。作此序如在永貞元年，則不當有「僕射裴」三字，一本正是如此。下文「告於公」，也不注明為裴公。⓭開鎮　開府鎮守。開府，謂成立府署，自選僚屬。〈河南府同官記〉謂裴均「出藩大邦，開府漢南」，則是為山南東道節度使。⓮蠻荊　蠻人的荊州。《詩．小雅．采芑》有「蠢爾蠻荊，大邦為讎」，則是西周時荊州一帶人經濟文化較落後，故如此稱之。⓯統郡惟九　荊南統制九郡。即夔、忠、萬、澧、朗、涪、峽、荊、歸九州。⓰常侍　官名。又稱散騎常侍，侍從天子，掌管文書、詔令。然按《舊唐書．楊憑傳》，楊憑在任湖南、江西之觀察使後，「入為左散騎常侍」，則任湖南觀察使時尚未任常侍。⓱湖之南　湖南。唐方鎮名，治所在潭州（今湘南長沙）。轄領潭、衡、郴、永、連、道、邵等州。⓲壤地　土地。⓳德刑之政　仁德之政和威刑之政。⓴爵祿之報　謂其官高俸厚。㉑存志乎詩書　是說裴、楊肯下功夫研究《詩》、《書》典籍，因而所作必然雅正。㉒寓辭　寫作。㉓往復循環　這是形容雙方唱和來往之狀。㉔斯　則；那麼就。㉕搜奇抉怪　搜尋瑰異的詞字。搜，尋找。抉，挑選。㉖雕鏤文字　在詩歌字句上下功夫。雕鏤，雕刻。㉗韋布里閭　指平民。韋布，布衣皮帶。比喻生活貧寒。里閭，本指里巷的門。這裡即指里巷，平民所居。㉘鏗鏘　金石之聲。這裡是形容詩歌音韻的響亮。㉙金石　指鐘、磬之類。㉚幽眇　精微深妙。㉛信　的確。㉜材全　謂二人政事、文學俱長，所以為全材。㉝部屬　部下。㉞屬　寫作。這裡指作詩。㉟在編者　指收錄在《荊潭唱和詩》之中。㊱施之樂章　用於配樂的詩中。意謂有益於人心教化。㊲冊書　史冊。謂將永久保存下去。㊳公　指裴均。

【語　譯】裴公的一位僚屬把《荊潭酬唱詩》給我讀，我接受後從頭到尾讀了一遍，於是稟告說：「安和之音淡薄無味，憂愁之聲美妙；歡愉時寫的文辭難以精緻，困苦之時的作品容易美好。所以寫作文章，常是那些旅客平民們。至於王公貴人，志向得逞，意氣驕滿，不是特別擅長而且愛好寫作，那就沒有功夫來做這件事。當今僕射裴公，開府鎮守荊州，統轄九郡；常侍楊公，領轄湖南，土地二千里。他們推行德政、執行刑罰都很努力，得到的官爵、俸祿也很高，竟然還能用心研究《詩》、《書》典籍，在詩歌寫作上施展文采，一來一往，循環不止，只要一方寫了詩，另一方就接著相和，搜尋瑰異的詞語，精心雕琢文字，要跟那些穿著布衣，住在里巷，為了專心著文而面容黃瘦之士在文字細節上比較高低。他們的詩音韻鏗鏘好似鐘磬一般，精微深妙足以感動鬼神，的確可稱得上是才能全面、能力巨大的人。兩府的僚屬和部下官吏，也寫詩奉和，只要收在這部詩集中的，都很值得一讀。適宜用於配樂的詩中，也可記於史冊之內。」

這位僚屬說：「您的話說得很對。」於是稟告給裴公，而命我寫下來作為《荊潭唱和詩》的序。

石鼎聯句詩序

【題　解】 這是一篇詩序。石鼎，是詩的主題；聯句，是一種作詩方式，由二人或多人共作一詩，相聯成篇。本文乃是詠石鼎的聯句詩的一篇序。寫這篇詩的人有三個：劉師服、侯喜和衡山道士軒轅彌明。從序中的描寫看，軒轅彌明的相貌和言談都十分詭異，而文才超凡，似是個地仙者流（後世道教學者即把他收入仙傳之中，見《歷世真仙體道通鑑》卷三八）；而描寫劉、侯二人的神態也都細膩異常，可見這是一篇誌異之文。

宋以來對此文的真正寓意有種種不同的猜測。有人認為詩中的軒轅彌明實是韓愈自己（宋張淏《雲谷雜記》卷一說吳安中有此見），但壓低自己的弟子（如侯喜）來抬高自身，似也不合韓愈的為人，所以不同意此說者甚多。也有人認為：古時以「鼎鼐」來比三公，此聯句詩是借詠石鼎來譏刺當時的宰相大臣，為了遠禍，故意杜撰出一個子虛烏有的軒轅彌明，而且連言之鑿鑿的「元和七年十二月四日」也是虛託的（見童第德《韓愈文選》一二七頁）。此說相當有道理，但還有待進一步論證。

元和七年十二月四日，衡山❶道士軒轅彌明自衡下來，舊與劉師服進士衡湘❷中相識，將過太白❸，知師服在京，夜抵其居宿。有校書郎侯喜❹，新有能詩聲❺，夜與劉說詩。彌明在其側，貌極醜，白鬚黑面，長頸而高結❻，喉中又作楚語❼，喜視之若無人。彌明忽軒衣張眉❽，指鑪中石鼎謂喜曰：「子云能詩，能與我賦此❾乎？」劉往見衡湘間人說，云：年九十餘矣，解捕逐鬼物❿，拘囚蛟螭⓫虎豹，不知其實能否也。見其老，頗貌敬之，不知其有文也。聞此說大喜，即援筆題其首兩句，次傳於喜。喜踊躍⑫，即綴其下云云。道士啞然⑬笑曰：「子詩如是而已乎！」即袖手竦肩⑭倚北牆坐，謂劉曰：「吾不解世俗書⑮，子為我書。」因高吟曰：「龍頭縮菌蠢⑯，豕腹漲彭亨⑰。」初不似經意⑱，詩旨有似譏喜。二子相顧慚駭，欲以多窮之，即又為而傳之喜。喜思益苦，務欲壓道士，每營度欲出口吻⑲，聲鳴益悲，操筆欲書，將下復止，竟亦不能奇也。畢，即傳道士。道士高踞大唱⑳曰：「劉把筆，吾詩云云。」其不用意而功益奇，不可附說㉑，語皆侵劉侯。喜益忌之。劉與侯皆已賦十餘韻，彌明應之如響㉒，皆穎脫㉓含譏諷。夜盡三更㉔，二子思竭不能續，因起謝㉕曰：「尊師非世人也，某伏矣㉖，願為弟子，不敢更論詩。」道士奮曰：「不然。章不可以不成也。」又謂劉曰：「把筆來，吾與汝就之。」即又唱出四十字為八句。書訖，使讀，讀畢，謂二子曰：「章不已就乎？」二子齊應曰：「就矣！」道士曰：「此皆不足與語，此寧為文邪！吾就子所能而作耳，非吾之所學於師而能者也。吾所能者，子皆不足以聞也，獨文乎哉！吾語亦不當聞也，吾閉口矣。」二子大懼，皆起，立牀㉗下，拜曰：「不敢他有問也，願聞一言而已。先生稱『吾不解人間書』，敢問解何書？請聞此而已。」道士寂然若無聞也，累問不應。二子不自得，即退就座。道士倚牆睡，鼻息如雷鳴。二子怛然失色㉘，不敢喘㉙。斯須㉚，曙鼓㉛動鼕鼕，二子亦困，遂坐睡。及覺，日已上。驚顧覓道士，不見，即問童奴，奴曰：天且明，道士起出門，若將便旋㉜然，奴怪久不返，即出到門覓，無有也。二子驚惋㉝自責，若有失者，間遂詣余言，余不能識其何道士也。嘗聞有隱君子彌明，豈其人耶？韓愈序。

【注釋】❶衡山　山名。在湖南衡山縣西。俯瞰湘江，山勢雄偉。❷衡湘　指衡山、湘水一帶。今湖南省中部。❸太白　山名。在陝西武功。❹侯喜　字叔起，貞元十九年進士。能古文，工詩，為韓愈弟子。官終國子主簿。❺能詩聲　會作詩的名聲。❻結　古「髻」字。〈石鼎聯句〉詩中有「上為孤髻撐」句，亦似為譏道士之詞。結，有人釋為喉結。還有人把此句連下句斷為「長頸而高結喉」，結喉亦喉結之意。宋以來釋韓文者對這二句爭論頗多。❼楚語　指上文所說衡、湘一帶口音。這一帶古屬楚國。❽軒衣張眉　掀衣揚眉。❾賦此　以此為題來作詩。❿鬼物　鬼怪。⓫蛟螭　兩種龍。蛟，古代傳說是能發洪水的一種龍。螭，古代傳說中一種沒有角的龍。⓬踊躍　熱烈積極，爭先恐後的樣子。⓭啞然　笑聲。⓮袖手竦肩　表示輕蔑。袖手，藏手於袖內。竦肩，聳肩。⓯世俗書　世間通行的文字。下文又說成「人間書」，意思也差不多。軒轅彌明說「吾不解世俗書」，未必是不懂，似含有不屑寫的意思在內。⓰菌蠢　形容退縮不舒展。⓱彭亨　形容張大、驕滿的樣子。菌蠢、彭亨，都是疊韻聯緜詞。⓲不似經意　即似不經意。不經意，不在意；不費心。⓳營度欲出口吻　指構思琢句，準備念出口來。營度，經營忖度。指構思琢句。欲出口吻，將要念出口來。⓴高踞大唱　形容狂傲恣肆。高踞，足底著地，高聳其膝。大唱，大呼。㉑附說　增添解說。㉒響　回聲。㉓穎脫　《史記・平原君虞卿列傳》：「平原君曰：『夫賢士之處世也，譬若錐之處囊中，其末立見。……』毛遂曰：『臣乃今日請處囊中耳。使遂蚤得處囊中，乃穎脫而出，非特其末見而已。』」此處則指語言中有鋒芒顯露出來。穎，鋒穎。脫，出。㉔三更　夜間十二時左右，約當半夜。古時把一夜分為五更，每更約兩小時。㉕謝　道歉；認錯。㉖某伏矣　指劉、侯二人甘拜下風。某，代各人名字。伏，同「服」。㉗牀　古人坐臥的家具，可在床上放几案，以為依憑、進食。㉘怛然失色　驚懼的樣子。㉙喘　呼吸。㉚斯須　同「須臾」。一會兒。㉛曙鼓　天明時的更鼓聲。夜間報時用鼓。㉜便旋　小便。一說，同「盤旋」。指散步。㉝惋　悵恨；歎惜。

【語譯】元和七年十二月四日，衡山道士軒轅彌明從衡山來，他過去和劉師服進士在衡、湘中相識，將往訪太白山，知道劉師服在京師，夜晚便到劉家住宿。校書郎侯喜，近來享有能寫詩的名聲，當夜正和劉師服談詩。彌明坐在旁邊，相貌極醜，白鬚黑面，長長的頸子，高高的髮髻，喉中發出楚地方言，侯喜對他就像旁邊沒有這個人一樣。忽然間，彌明掀衣揚眉，指著鑪中石鼎對侯喜說：「您說能寫詩，能夠和我一起以此為題來作詩嗎？」劉師服從前聽衡、湘一帶人說起，說彌明九十多歲了，懂得捕逐鬼怪，拘囚蛟螭虎豹，不知道他真的能否這樣做。看他年老，表面對他很恭敬，卻不知他有文才。聽他這麼說，大為高興，立即提筆題了頭兩句。其次傳給侯喜。侯喜興致勃勃，就在下面又題了兩句。道士啞然笑說：「你們的詩就這樣嗎！」就手籠在袖內，聳起肩膀，靠北牆坐著，對劉師服說：「我不懂得世俗通行文字，您為我寫。」於是高聲吟誦道：「龍頭縮菌蠢，豕腹漲彭亨。」好像毫不費心，而詩中含意則似在譏諷侯喜。二人相看，感到慚愧驚駭，想要以多為勝來使彌明才盡，師服就又寫了二句傳給侯喜。侯喜思考起來越加艱苦，但為了一定要壓倒道士，所以往往心中經營忖度一番，將要念出口來，發出的吟哦之聲就越加淒苦，提筆要寫，準備下筆了又停止，終究也不能出奇制勝。他寫畢，就傳給道士。道士高踞大呼：「劉師服提筆代我寫，我的詩如此如此。」他一點也不費心，而詩越加奇妙，既不能增添解說，語意又都刺到劉、侯。侯喜因而越加忌憚彌明。劉與侯都已賦詩十多韻了，彌明應答如同回聲，都鋒芒顯露，語含譏諷。深夜三更將盡，二人文思枯竭，不能續寫，於是起身道歉說：「尊師不是普通人，我們服您了，願做您的弟子，不敢再繼續論詩了。」道士振奮地說：「不能這樣，不可以不成篇。」又對劉說：「提起筆來，我為您們把詩寫完。」就又大聲念出四十個字，成為八句。寫好，命讀一遍，讀罷，對二人說：「詩篇不是寫成了嗎？」二人齊聲回答說：「寫成了。」道士說：「這些都不值得談，這些哪裡算得上文章呢！我是依照您們所能寫的而寫罷了，不是我從老師那裡學來所能做的事。我所能做的事，您們都不夠資格聽，哪裡只是文章呢！我所說的話你們也不該聽，我閉口了。」二人大為畏懼，都起身，立於床下，下拜說：「我們不敢問別的，只想聽一句話。先生說『我不懂得人間文字』，請問懂得什麼文字？我們只想聽您談談這個問題。」道士寂然無聲，好像沒有聽到什麼，多次問他，他也不答應。二人感到不自在，就退回到原來的座位上。道士倚牆而睡，鼾聲如雷鳴。二人驚懼，變了臉色，不敢大聲喘氣。一會兒，曙鼓鼕鼕敲響，二人也困倦，就坐著睡著了。等到醒來，太陽已升起。急忙回頭找道士，道士已不見了，立即問童奴，童奴說：天將亮，道士起身出門，好像要小便的樣子，童奴奇怪他好久不回來，就出門尋找，已經沒有人了。二人驚歎惋惜，責備自己，好像失去什麼一般，過不多久就來對我說，我也不知道他是什麼道士。曾聽說有隱居的君子彌明，難道就是這人嗎？韓愈作序。

鄆州谿堂詩并序

【題解】憲宗在平定吳元濟之後，於元和十三年（西元八一八年）出師征討悖逆的淄青節度使李師道，次年二月李師道被部下所殺，淄青十二州收歸朝廷。朝廷乃三分其地，命馬總為鄆曹濮節度使、觀察使。不久穆宗登基，諸鎮之兵復又叛亂，而鄆、曹、濮三州在馬總治理下，依舊保持安定。長慶二年（西元八二二年），馬總在鄆州官邸的西北角建一堂，下臨谿水，名叫谿堂。他在堂上歡宴賓客將校，共享清平之樂。韓愈時在京任兵部侍郎，應鄆人之請寫了此詩和長篇的序。全篇主要是讚揚馬總對朝廷的忠誠和傑出的政治才能，這和韓愈一貫主張維護朝廷政令的統一，反對藩鎮割據的思想本來是一致的。而且，正如清林雲銘所指出的：「觀公為京兆尹，舉馬公自代，稱其文武兼資，寬猛得所，累更方鎮，皆有功能，則知篇中所言，俱是實錄，無諛詞也。」（《韓文起》評語）此詩和序曾刻石立於鄆州谿堂。

憲宗之十四年，始定東平❶，三分其地，以華州刺史禮部尚書兼御史大夫扶風馬公為鄆曹濮節度觀察等使❷，鎮其地。既一年，褒其軍號曰天平軍❸。上即位之二年❹，召公入，且將用之，以其人之安公也，復歸之鎮❺。上之三年❻，公為政於鄆曹濮也適四年矣，治成制定，眾志大固，惡絕於心，仁形於色，蓴心❼一力，以供國家之職。于時沂、密始分而殘其帥❽；其後幽、鎮、魏不悅於政，相扇繼變，復歸於舊❾；徐亦乘勢逐帥自置❿，同於三方。惟鄆也截然⓫中居，四鄰望之，若防⑫之制水，恃以無恐。然而皆曰：鄆為虜巢，且六十年⑬，將彊⑭卒武。曹、濮，州大而近，軍所根柢⑮，皆驕以易怨。而公承死亡之後⑯，掇拾⑰之餘，剝膚椎髓⑱，公私掃地赤立⑲，新舊不相保持⑳，萬目睽睽㉑。公於此時能安以治之，其功為大。若幽、鎮、魏、徐之亂不扇而變，此功反小。何也？公之始至，眾未孰化㉒，以武則忿以憾，以恩則橫而肆，一以為赤子，一以為龍蛇㉓，憊心罷精㉔，磨㉕以歲月，然後致之㉖，難也。及教之行，眾皆戴㉗公為親父母，夫叛父母，從仇讎，非人之情，故曰易。

【章旨】敘述馬總治理鄆、曹、濮州的艱難，以頌揚其功績。

【注釋】❶憲宗之十四年二句　憲宗元和十四年二月，擁兵自重，不肯臣順朝廷的淄青節度使李師道為其下都知兵馬使劉悟所殺，其所據之十二州土地全歸朝廷。東平，郡名。即鄆州。治所須昌縣（今山東東平西北）。時朝廷軍圍攻鄆州，因劉悟反正，乃定其地。❷三分其地二句　元和十四年三月，朝廷析李師道所據地為三鎮，以華州刺史馬總為鄆曹濮等州節度使，以義成節度使薛平為平盧節度、淄青齊登萊等州觀察使，以淄青四面行營供軍使王遂為沂海兗密等州觀察使。馬公，即馬總。字會元，扶風人。時馬總又兼鄆曹濮等州觀察使。❸褒其軍號曰天平軍　元和十五年七月，鄆曹濮等州節度賜號天平軍。❹上即位之二年　即長慶元年。上，指穆宗。於元和十五年正月即位。❺召公入四句　長慶初，朝廷曾命劉總接替馬總，詔馬總還朝，將加以重用，正巧劉總死，穆宗以鄆人附賴馬總，乃復詔其還鎮。❻上之三年　指長慶二年。❼溥心　齊心。溥，等齊。❽沂密始分而殘其帥　元和十四年七月，沂海將王弁殺其觀察使王遂，自稱留後。❾幽鎮魏不悅於政三句　長慶元年七月，幽州盧龍軍都知兵馬使朱克融囚其節度使張弘靖，反叛朝廷；鎮州成德軍大將王廷湊殺朝廷所任命的節度使田弘正，自稱留後；長慶二年正月，魏博節度使田布被迫自殺，兵馬使史憲誠自稱留後。相扇，互相鼓動。扇，通「煽」。舊，指昔時藩鎮割據的局面。⑩徐亦乘勢逐帥自置　長慶二年二月，徐州的武寧軍節度副使王智興，以武力逼迫朝廷任命的節度使崔群離去。⑪截然　界限分明的樣子。⑫防　堤。⑬鄆為虜巢二句　這是說李氏盤踞鄆州將近六十年。永泰元年七月，以平盧兵馬使李正己為本軍節度使，正己傳子李納，李納傳子李師古，李師古傳弟李師道，計五十五年。但若從鄆州為軍人盤踞算起則超過此數，乾元元年侯希逸為平盧軍節度使已為部下軍士所擁立。⑭彊　即「強」字。⑮軍所根柢　軍隊的基地所在。柢，樹根。⑯死亡之後　指經過大戰，傷亡慘重之後。⑰掇拾　指李師道的搜刮。⑱剝膚椎髓　比喻盤剝深重。⑲公私掃地赤立　謂公私財產一無所有。掃地，無遺餘。赤立，空無所有。形容窮困之極。⑳新舊不相保持　指馬總所帶來的官屬及鄆州原有官吏將士不能相互保護扶持。㉑睽睽　張目注視的樣子。㉒孰化　順服開化。㉓一以為赤子二句　此言鄆之軍民或可成為良善之人，或可成為桀驁不馴之輩。一，或。赤子，初生嬰兒。㉔憊心罷精　費心勞神。憊，極度疲乏。罷，通「疲」。㉕磨　消耗時間。㉖致之　謂治理成功。㉗戴　尊奉；擁護。

【語　譯】 憲宗皇帝十四年，剛平定了東平郡，就把李師道所據土地分而為三，命華州刺史禮部尚書兼御史大夫扶風馬公任鄆曹濮節度使、觀察使，鎮守一方土地。一年以後，又褒揚其軍，號為天平軍。當今皇帝即位的第二年，曾詔馬公入朝，打算重用他，卻由於鄆人安於馬公之治，便又詔馬公還鎮鄆州。當今皇帝即位的第三年，馬公在鄆、曹、濮州當政剛好四年了，治理已成，制度已定，人心大為鞏固，惡念不存，仁義表現於臉上，齊心合力，為國家服務。當時沂、密二州才分開就殺害朝廷所命觀察使；以後幽州、鎮州、魏州的將士不滿朝廷的政令，互相鼓動，相繼叛變，又回復到舊時的局面；徐州的將士也乘勢驅逐主帥而自立，和幽、鎮、魏三州一樣亂。只有鄆州處於當中，卻完全不同，四鄰之州看它，就像堤岸防水一樣，依賴它就不用害怕。然而他們都說：鄆州成為叛賊的巢穴，將近六十年了，將強卒勇。曹、濮二州對於鄆州來說，是大州，又靠得近，也是軍隊的基地，這三州都素來驕縱易生怨恨。而馬公來到鄆州，正在大戰死者眾多之後，李師道搜刮之餘，盤剝慘重，公私財產掃地以盡，新舊官屬不能相互保護扶持，萬人注視觀望。公在此時能安然治理，功績偉大。如果幽、鎮、魏、徐諸州不相繼鼓動叛亂，他的功績就反而小了。為什麼呢？馬公才到鄆州時，眾人沒有順服開化，用武力對付他們，他們就憤怒懷恨；給他們恩寵，他們就兇橫放肆；或可成為良善的嬰兒，或可成為難制的龍蛇，費心勞神，消耗了歲月，然後才治理成功，這是困難的。等到教化施行，眾人都擁護公為親父母，要他們背叛父母，跟從仇敵，不合人之常情，所以說是容易做到的。

於是天子以公為尚書右僕射，封扶風縣開國伯以褒嘉之。公亦樂眾之和，知人之悅，而侈上之賜❶也，於是為堂於其居之西北隅❷，號曰谿堂，以饗❸士大夫，通上下之志。既饗，其從事❹陳曾謂其眾言：公之畜❺此邦，其勤❻不亦至乎？此邦之人，纍❼公之化，惟所令之，不亦順乎？上勤下順，遂濟❽登茲，不亦休❾乎？昔者人謂斯❿何？今者人謂斯何？雖然，斯堂之作，意其有謂，而喑⓫無詩歌，是不考引⓬公德而接邦人於道也。乃使來請⓭，其詩曰：

帝奠九壥⓮，有葉⓯有年。有荒不條⓰，河岱之間⓱。及我憲考⓲，一收正之。視邦選侯⓳，以公來尸⓴。公來尸之，人始未信。公不飲食，以訓以徇㉑。孰饑無食？孰呻孰歎？孰冤不問，不得分願㉒？孰為邦蟊㉓，節根之螟㉔，羊很狼貪㉕，以口覆城㉖？吹之呴之㉗，摩手拊之㉘。箴之石之㉙，膊而磔之㉚。凡公四封㉛，既富以彊。謂公吾父，孰違公令！可以師征㉜，不寧守邦。公作谿堂，播播㉝流水，淺有蒲蓮㉞，深有蒹葦㉟。公以賓燕㊱，其鼓駭駭㊲。公燕谿堂，賓校㊳醉飽。流有跳魚，岸有集鳥。既歌以舞，其鼓考考㊴。公在谿堂，公御㊵琴瑟。公暨賓贊㊶，稽經諏律㊷。施用不差㊸，人用不屈㊹。谿有薲苽㊺，有龜有魚。公在中流，右《詩》左《書》。無我斁遺㊻，此邦是庥㊼。

【章　旨】敘述建造谿堂的緣由，以歌頌馬總之德。

【注　釋】❶侈上之賜　張大天子的厚賜。❷隅　角落。❸饗　用酒食款待人。❹從事　州郡長官自辟的僚屬。❺畜　調治理。❻勤　辛勞。❼纍　繫。❽濟　成。❾休　美。❿斯　是；為。⑪喑　通「瘖」。啞不能言。⑫考引　稽考發揚。⑬請　請求，此謂求詩。⑭帝奠九壚　此指唐開國君主平定天下。帝，帝王。奠，定。九壚，九州。《尚書·禹貢》：「禹敷土，隨山刊木，奠高山大川。」⑮葉　世。⑯有荒不條　有處地方荒蕪不曾整理。此指淄青十二州被李氏盤踞摧殘之狀。條，理。⑰河岱之間　指鄆州。河，黃河。岱，岱宗。即泰山。⑱憲考　指憲宗皇帝。⑲視邦選侯　是說根據其州選擇長官。邦，諸侯國，此指州郡。侯，有國者之稱。此指州牧。⑳尸　主持。㉑徇　宣令。㉒分願　猶本心、本願。㉓蟊　食苗根的害蟲。㉔節根之螟　這裡是說螟食節根。螟，食苗心的害蟲。㉕羊很狼貪　性情兇狠貪毒。《史記·項羽本紀》：「猛如虎，很如羊，貪如狼。」很，通「狠」。㉖以口覆城　謂利口傾覆城池。㉗吹之煦之　對他們吹呴，使感溫暖。吹煦，吹呴。輕者為煦，急者為吹。㉘拊之　撫慰他們。拊，同「撫」。㉙箴之石之　此指以教育來糾正當地人的缺點錯誤。箴，同「鍼」。此謂針砭。古以砭石為針的治病法，後即以金針治療和砭石出血為針砭。㉚膊而磔之　謂把犯人分屍而曝之。膊，磔屍曝之。磔，分屍。㉛四封　四境。封，疆界。㉜師征　出師征討。㉝播播　流水的樣子。㉞蒲蓮　蒲草與荷花。㉟蒹葦　指荻與蘆。㊱賓燕　宴請賓客。燕，通「宴」。㊲駭駭　鼓聲。㊳賓校　賓客將校。㊴考考　鼓聲。㊵御　此謂彈奏。㊶公暨賓贊　馬公和其幕僚。暨，和；同。賓贊，幕僚。㊷稽經諏律　查考經書，諮詢有關法律的問題。㊸施用不差　政治上的舉措因此沒有差錯。用，因此。㊹人用不屈　人才使用因此不會受到委屈。㊺薲苽　蘋草與茭白。薲，同「蘋」。水草。苽，同「菰」。即茭白。㊻斁遺　厭棄。㊼庥　同「休」。吉慶；福祿。

【語　譯】於是天子命馬公為尚書右僕射，封他為扶風縣開國伯，來褒揚嘉獎他。馬公也樂於眾人能和衷共濟，知道眾人心中的愉悅，而想張大天子的厚賜，於是在他府邸的西北角建了一座堂，名叫谿堂，來宴請士大夫，溝通上下的思想。宴會結束後，從事陳曾對眾人說：馬公治理此方，不是十分辛勞嗎？此方的人聽從馬公的教化，馬公命令什麼就做什麼，不是也順服得很嗎？官長辛勞，部下順服，就功成臻於此境，不是很美好嗎？從前人家說些什麼？如今人家說些什麼？雖然如此，建造這堂，我想是有目的的，卻沒有詩歌來表白，這是不稽考、發揚公的大德並引導此方之人向道的做法。於是派遣使者來向我求詩，詩是這樣的：

高祖平定天下，世代相傳多年。有地荒蕪不理，黃河、泰山之間。到我憲宗皇帝，一舉收復歸正。視地選擇長官，命公來主政令。公初來主此地，眾人未能相信。公至不及飲食，忙於發令立訓。誰人飢餓無食？誰人感歎呻吟？誰人有冤不問，誰人不遂本心？誰是此地壞人，啃囓節根之螟，羊狠狼貪一般，利口傾覆人城？貧者煦以溫暖，撫慰使之心安。惡行加以針砭，惡人曝屍處斬。凡公所守之處，強盛而又富庶。眾人稱公我父，誰敢違抗公令！既可率眾出征，又可遇亂守境。公今建造谿堂，前有潺潺流水。淺處生長蒲蓮，深處則有蒹葦。公於堂上宴賓，鼕鼕鼓聲伴隨。公於谿堂設宴，賓客將校飽醉。流水有魚躍起，岸邊有鳥聚會。歌唱又加舞蹈，考考鼓聲喧沸。公在谿堂之上，彈奏琴瑟和美。公與賓客幕僚，考經查詢法律。舉措不出差錯，人才不受委屈。谿中生長蘋菰，還有龜與游魚。公在谿水中流，左右堆著《書》、《詩》。望勿厭棄我們，乃是此地福祉。

韋侍講盛山十二詩序

【題 解】韋侍講，指韋處厚，字德載，京兆萬年人，曾中進士第。憲宗時任考功員外郎，與宰相韋貫之友善。由於韋貫之因政見不合上意被免職，他也受到牽連，出為開州刺史。開州治所在盛山縣（今四川開縣），比較偏遠，韋處厚來到盛山，並沒有把個人進退放在心上，他飽覽風景，吟詠不輟，寫下了〈盛山十二詩〉，讚美當地的十二處風景。這組詩一時流傳開來，就有一些地方官員也寫詩相和。二年後，已是穆宗時，韋處厚的摯友崔敦詩為相，他也被徵入朝，任戶部郎中，又任翰林侍講學士。這時昔日和詩的那些詩友也都陸續升職，齊集京師。於是〈盛山十二詩〉在世上更加流傳，和者日益增多，韋處厚於是把原詩和昔日的和詩合成大卷，時人慕而和者分為別卷，請韓愈寫了這篇序，時為長慶二年（西元八二二年）。後來韋處厚遷官中書舍人，文宗時做到宰相。

本文主要讚揚韋處厚那種儒者的胸襟，只要患難不是由於個人過失所造成的，就保持達觀的態度，絲毫不存悲戚之情。作者認為一個人處世，能做到這一點，是難能可貴的。

韋侯❶昔以考功副郎❷守盛山，人謂韋侯美士，考功顯曹❸，盛山僻郡，奪所宜處，納之惡地以枉❹其材，韋侯將怨且不釋矣。或曰：不然，夫得利則躍躍以喜，不利則戚戚以泣，若不可生者，豈韋侯謂哉！韋侯讀六藝之文❺，以探周公、孔子之意，又妙能為辭章，可謂儒者。夫儒者之於患難，苟非其自取之❻，其拒而不受於懷也，若築河堤以障屋霤❼，其容而消之也，若水之於海，冰之於夏日，其翫而忘之以文辭也，若奏金石以破蟋蟀之鳴、蟲飛之聲，況一不快於考功、盛山，一出入息之間哉！未幾，果有以韋侯所為十二詩遺❽余者，其意方且以入谿谷、上巖石、追逐雲月不足日為事。讀而歌詠之，令人欲棄百事往而與之游，不知其出於巴東以屬朐䏰❾也。于時應而和者凡十人。及此年，韋侯為中書舍人，侍講六經禁中❿。和者通州元司馬為宰相⓫，洋州許使君為京兆⓬，忠州白使君為中書舍人⓭，李使君為諫議大夫⓮，黔府嚴中丞為秘書監⓯，溫司馬為起居舍人⓰，皆集闕下⓱。於是〈盛山十二詩〉與其和者，大行於時，聯為大卷，家有之焉，慕而為者將日益多，則分為別卷。韋侯俾⓲余題其首⓳。

【注　釋】❶侯　古時士大夫之間的尊稱。猶言「君」。❷考功副郎　指考功員外郎。是考功的副職，故稱副郎。❸考功顯曹　考功執掌對文武官員的考課，是顯要的部門。曹，古時分科辦事的官署。❹枉　屈。❺六藝之文　謂六經。❻自取之　指由於個人過失而招來禍患。❼屋霤　屋簷滴水。❽遺　致送；贈予。❾朐䏰　古縣名。在今四川雲陽西，漢置。開州為漢之朐䏰地。❿侍講六經禁中　元和十五年三月韋處厚以侍講學士講《詩・關雎》、《書・洪範》於太液亭。⓫通州元司馬為宰相　元和十年三月元稹為通州司馬，長慶二年二月同平章事。⓬洋州許使君為京兆　洋州刺吏許康佐，入為京兆尹。⓭忠州白使君為中書舍人　元和十三年十二月，白居易為忠州刺史，長慶元年十二月為中書舍人。使君，對州郡長官的尊稱。⓮李使君為諫議大夫　李景儉。字寬中，元和中為忠州刺史，長慶元年八月為諫議大夫。由於連上文而言，故不稱某州使君。⓯黔府嚴中丞為秘書監　元和十四年二月嚴謩任黔中觀察使，長慶元年入為祕書監。⓰溫司馬為起居舍人　溫造曾任武陵司馬，後為起居舍人。⑰闕下　宮闕之下。借指朝廷。闕，古代宮殿、祠廟等前的建築物，左右各一，建成高臺，臺上建樓觀。⑱俾　使；命。⑲題其首　即作序的意思。

【語　譯】韋君從前由考功副長官出任盛山地方官，人們說：韋君是才能出眾之士，考功是顯要的官署，盛山是偏僻的一個郡，把他從他所應該任職的地方調出來，安排到不好的地方去委屈他的才能，韋君將要怨艾而且不愉快了。又有人說：不是這樣，得到好處就高興得蹦蹦跳跳，不得好處就哀哀哭泣，好像活不下去似的，難道能這樣說韋君嗎！韋君讀六經之書，探討的是周公、孔子的本意，又擅長寫詩文，可說是個儒者。儒者對於患難，如果不是由於他個人的過失所造成，他會加以阻止，使它不影響個人的情懷，就像築河堤來防止屋簷滴水一般；他會容納並消除它的影響，就像水歸大海、冰融於夏天的太陽一樣。他用欣賞文辭來遺忘它，就像奏起鐘磬來破除蟋蟀的鳴聲、蟲飛的聲音，何況偶而在考功、盛山的遷職上感到不快，如同一呼一吸之間呢！不多久，果然有人把韋君所作的十二首詩送給我，從詩中之意看來，他正入谿谷、上巖石、追賞雲月而忙不完，以此作為每日之事。讀他的詩而加以歌詠，令人想要放棄各種事務而去與他同遊，不知道已經出了巴東到了漢朐腮之地了。當時響應而和他此詩的共十人。到今年，韋君被任為中書舍人，在宮中侍講六經。和他詩的人有通州元司馬已任宰相、洋州許刺史已任京兆尹、忠州白刺史已任中書舍人、李刺史已任諫議大夫、黔中嚴觀察使已任祕書監、溫司馬已任起居舍人，他們都已會聚朝中。於是〈盛山十二詩〉和這些和詩，一時大為流行，合在一起成為長卷，家家都藏有，仰慕而續和的人日益多，則抄為另一卷。於是韋君要我為他寫了這篇序。

贈張童子序

【題　解】張童子，只知姓張，其名及家世、經歷已俱不可考。韓愈贈他此序時，他方十一歲。張童子在科舉考試中是位早捷者，九歲就登第了。至於他中的是什麼科，歷來有爭論。舊注及宋、明論者都認為張童子中的是貞元八年童子科。童子科是唐代為選拔夙慧兒童在科舉考試中所特設的一門常科考試。但是清代林雲銘、何焯等人認為張童子中的是明經科。明經是唐代科舉考試中一大常科，明經有明五經、明三經、明二經等之別，經書則又分大經、中經、小經之別。明經科取士雖多於進士科，一年也不到二百人。韓愈此序說「天下之以明二經舉於禮部者」、「歲不及二百人」，則是指明經科而言，後又說張童子「一舉而進立於二百之列」，可見是登的明經科。二種意見，何者為是呢？應該說還是以前者為是。唐代一年除明經科、進士科外的諸科，錄取人數很少，貞元八年（西元七九二年）不過八人（見徐松《登科記考》卷三一）。那年童子科恐怕只取了張童子一名，說他「一舉而進立於二百之列」，則是說他小小年紀也與眾多頭髮花白的明經登第者同列而已。稱他張童子也正是就他所登科第來稱呼。

本文前半詳述明經一科考試的重重艱難過程，目的是反襯張童子少年得第的難得。而作者的一番殷勤厚意卻是寄託在末段贈言之中。韓愈在贈言中諄諄告誡他：人們對少年和成人要求不同，對少年只注意他有異於常人之處，而對成人則要求他懂得禮法，在道德上有所成就。因而韓愈向他提出，要他停止過去的學業而致力於過去未接觸過的學業，即要求他不要只停留在會背誦經文而已，而要在學識上努力探求，在道德上完善自己。這其中寄寓著君子愛人以德的一番深意。正因為張童子中的是童子科，韓愈才對他提出進一步的要求。

本篇從文體上說屬於贈序，是一種用以表示惜別贈言的文章。韓愈於貞元十年到河陽（今河南孟縣）故里省墓，秋冬之時見到張童子，乃寫了此文。

天下之以明二經舉於禮部❶者，歲至三千人。始自縣考試定其可舉者，然後升於州若府❷，其不能中科❸者，不與是數焉。州若府總其屬之所升，又考試之如縣，加察詳焉。定其可舉者，然後貢於天子而升之有司；其不能中科者，不與是數焉，謂之鄉貢❹。有司者總州府之所升而考試之，加察詳焉，第❺其可進者，以名上於天子而藏之，屬❻之吏部❼，歲不及二百人，謂之出身❽。能在是選者，厥❾惟艱哉！

二經章句❿，僅數十萬言，其傳注⓫在外，皆誦⓬之，又約知其大說⓭。繇⓮是舉者，或遠至十餘年然後與乎三千之數，而升於禮部矣。又或遠至十餘年然後與乎二百之數，而進於吏部矣。班白⓯之老半焉，昏塞⓰不能及者，皆不在是限。有終身不得與者焉。

【章　旨】簡述科舉考試過程及其艱難。

【注　釋】❶禮部　尚書省所屬六部之一。掌管全國禮儀、祭祀、科舉、學校教育等事務。❷州若府　唐代全國設三百多州(郡)。另京都所在稱京都府，重要衛戍地區稱都督府，邊疆衝要地區稱都護府。❸中科　考試中選。❹鄉貢　不經學館考試而由州縣推薦應科舉的士子。因每年十月隨物入貢，故稱鄉貢。❺第　評等次。明經及第者分四等。❻屬　交付。❼吏部　尚書省六部之一。掌官吏的任免、升降、考核、賞罰等事務。❽出身　指禮部試及第者。出身是一種可以做官的資格。❾厥　其。❿章句　章節句子。此指本文。⓫傳注　解釋經文的文字。⓬誦　背誦。唐明經、進士等科考試皆須考帖經，其方式類似今之填空題。⓭大說　要旨。明經考試中有口試經義，策問中也有關於經義的題目，所以要通經之要旨。⓮繇　通「由」。⓯班白　同「斑白」。頭髮花白。謂年老。⓰昏塞　糊塗不通。

【語譯】天下由於懂得兩部經書而被舉送到禮部參加考試的士子，每年達到三千人。開始由縣考試，評定可以舉送的人，然後上報給州或府，那些不能中選的，不在這個數額之內。州或府集中所屬各縣上報的士子，又像縣裡那樣去考他們，比縣裡更加考察得細致。評定可以舉送的人，然後貢舉給天子而上報給主管部門；那些不能中選的人，不在這個數額之內，貢舉給天子的舉子就稱為鄉貢。主管部門集中州府上報的舉子而加以考試，更加考察得細致一些，對那些可以進獻的人評定等次，把這些人姓名上報給天子而收藏起來，又交付給吏部，每年禮部試登第的人不到二百人，稱做有了出身。能被選中在其內，這真是艱難啊！

兩部經書的本文只有幾十萬字，注解在外，本文都要背誦，又要大略懂得經書的要旨。由此而被舉送參加州府考試，有的人考了許久，經十多年然後才進入三千人的數額，從而上報給禮部。又有的人考了許久，經十多年然後進入二百人的數額，從而報給吏部。頭髮花白的老人佔了一半，糊塗不通以致不能考上的，都還不在所說範圍之內。有人終生不能得到舉送。

張童子生九年，自州縣達禮部，一舉而進立於二百之列。又二年，益通二經，有司復上其事，繇是拜衛兵曹❶之命。人皆謂童子耳目明達，神氣以靈；余亦偉❷童子之獨出乎等夷❸也。童子請於其官之長，隨父而寧母❹。歲八月，自京師道陝❺南至虢❻東，及洛師❼，北過大河❽之陽❾，九月始來及鄭❿。自朝之聞人⓫以及五都⓬之伯長⓭群吏，皆厚其餼賂⓮，或作謌⓯詩以嘉童子。童子亦榮矣！

【章旨】敘述張童子科舉之捷速及所享的榮耀。

【注釋】❶衛兵曹　官名。衛，指左右衛。兵曹，指兵曹參軍。❷偉　認為出色。❸等夷　同輩。❹寧母　探望母親。❺陝　州名。治所在陝縣（今河南陝縣）。❻虢　州名。治所在弘農（今河南靈寶）。❼洛師　洛京。唐以洛陽為東京。《尚書・洛誥》：「予惟乙卯，朝至于洛師。」師，京師。❽大河　指黃河。❾陽　指河北。❿鄭　州名。治所在管城（今河南鄭州）。⓫聞人　有名望的人物。⓬五都　唐肅宗寶應元年，以京兆府為上都，河南府為東都，鳳翔府為西都，江陵府為南都，太原府為北都，合稱五都。⓭伯長　指地方官。⓮餽賂　贈送的財貨食物。⓯謌　即「歌」字。

【語譯】張童子長到九歲，就由州縣舉送到禮部參加考試，一次就進入二百人的行列。又過了二年，更加通曉兩部經書，主管部門又上報他的情況，因此接受了衛兵曹的任命。人們都說童子耳聰目明，精神靈秀；我也稱道童子特別超出同輩之人。童子向他的長官提出申請並得准許，便隨同父親去探望母親。這年八月，從京城出發，取道陝州之南至虢州東部，到了洛京，向北過了黃河到了北岸，九月才來到鄭州。從朝廷中的名人直到五都的長官群吏，都贈他許多財貨食物，有的則作詩歌來讚揚童子。童子也很榮耀了！

雖然，愈將進童子於道，使人謂童子求益者，非欲速成者❶。夫少之與長也異觀❷。少之時，人惟童子之異；及其長也，將責成人之禮焉。成人之禮，非盡於童子所能而已也。然則童子宜暫息乎其已學者而勤乎其未學者，可也。愈與童子俱陸公之門人❸也，慕回路二子之相請贈與處❹也，故有以贈童子。

【章旨】勉勵童子進一步學習，從而在道德上有所成就。

【注釋】❶使人謂童子求益者二句　使人說童子是要求上進的，不是急於求成的人。典出《論語・憲問》：「闕黨童子將命。或問之曰：『益者與？』子曰：『吾見其居於位也，見其與先生並行也。非求益者也，欲速成者也。』」可見孔子是不贊成欲速成的童子的。❷異觀　不同看待。❸愈與童子俱陸公之門人　貞元八年兵部侍郎陸贄知貢舉（即主持禮部考試），韓愈在這年登進士科，張童子登童子科。陸公，指陸贄。❹回路二子之相請贈與處　《禮記・檀弓下》：「子路去魯，謂顏淵曰：『何以贈我？』曰：『吾聞之也：去國則哭于墓而后行，反其國不哭，展墓而入。』謂子路曰：『何以處我？』子路曰：『吾聞之也：過墓則式，過祀則下。』」顏回，字子淵。仲由，字子路。都是孔子的學生。子路離開魯國，顏回送別，二人互相贈語，共勉敬重祖先。處，對待。

【語譯】雖然如此，我要促進童子在道德上有所成就，使人說童子是要求上進的，不是急於求成的人。人們看待年少人和成年人是不同的。童子年少的時候，人們只是注意他異乎尋常的地方；待到他長大了，就將用成人的禮法來要求他。成人的禮法，不是用盡童子現在所會的這些所能做到的。既然如此，那麼童子應當暫時停止已學過的那些而努力於沒有學過的東西，就行了。我和童子都是陸公的門生，仰慕顏回、子路二位先賢臨別之際互相要求贈言的做法，所以把這些話贈給張童子。

送齊皞下第序

【題解】齊皞，瀛州高陽（今河北高陽東）人，參加進士科考試，落第返鄉，韓愈寫了此序為他送行。齊皞後來終於在貞元十一年（西元七九五年）登進士第，所以韓愈此文當作於貞元十一年之前。

韓愈認為齊皞的文學造詣早已夠水準了，只是因為其兄齊映曾任宰相，主持進士科考試的官員是因為怕被人猜疑趨奉高官，所以故意使齊皞落第的。此序就圍繞著抨擊選拔人才中的不正之風的主題逐層展開。韓愈說，大公無私的古人取士並不管關係的親疏遠近，下人也不猜疑他。而世道衰敗之後，方才上下互相猜疑，於是官員們就做出矯情偏激之舉，說出心口不一的話，而其實內愧於心。韓愈分析形成這種風氣的原因是：「生於私其親，成於私其身。」就是說由於官員們利己的心理，才使科場上出現種種不公的情形。這種分析的確一針見血。韓愈本人在科舉考試中屢屢遭到挫折，對此中的不正風氣體會極深，乃就送齊皞之機，一吐為快。所以明代茅坤說韓愈寫此文「大鬯（通「暢」）己嫉時之論」（《唐宋八大家文鈔・韓文》卷七評語）。

古之所謂公無私者，其取捨進退❶，無擇❷於親疏遠邇❸，惟其宜可焉。其下之視上也，亦惟視其舉黜❹之當否，不以親疏遠邇疑乎其上之人。故上之人行志擇誼❺，坦乎其無憂於下也；下之人克己❻慎行，確乎其無惑於上也。是故為君不勞，而為臣甚易。見一善焉，可得詳❼而舉也；見一不善焉，可得明而去也。

及道之衰，上下交疑，於是乎舉讎舉子之事❽，載之《傳》中而稱美之，而謂之忠。見一善焉，若親與邇，不敢舉也；見一不善焉，若疏與遠，不敢去也。眾之所同好焉，矯[9]而黜之，乃公也；眾之所同惡焉，激而舉之，乃忠也。於是乎有違心之行，有怫志[10]之言，有內愧[11]之名。若然者，俗所謂良有司也，膚受之訴[12]不行於君，巧言之誣不起於人矣。烏虖[13]，今之君天下者，不亦勞乎！為有司者，不亦難乎！為人嚮道者[14]，不亦勤乎！

是故端居[15]而念焉，非君人者之過也。則曰：有司焉？則非有司之過也。則曰：今舉天下人焉？則非今舉天下人之過也。蓋其漸[16]有因，其本有根，生於私其親，成於私其身。以己之不直，而謂人皆然。其植之也固久，其除之也實難，非百年必世[17]不可得而化也，非知命不惑[18]不可得而改也。已矣乎！其終能復古乎！

若高陽齊生者，其起予者乎？齊生之兄，為時名相，出藩于南[19]，朝之碩臣，皆其舊交。齊生舉進士，有司用是連枉[20]齊生。齊生不以云，乃曰：「我之未至也，有司其枉我哉！我將利吾器[21]而俟其時耳。」抱負其業，東歸於家。吾觀於人，有不得志則非其上者，眾矣，亦莫計其身之短長也。若齊生者，既至矣，而曰：我未也，不以閔於有司，其不亦鮮乎哉！吾用是知齊生後日誠良有司也，能復古者也，公無私者也，知命不惑者也。

【注釋】❶進退　提升、貶斥。❷無擇　沒有區別。❸邇　近。❹黜　貶斥。❺行志擇誼　按自己想法行事、選擇朋友。誼，交情。❻剋己　同「克己」。約束自己。❼詳　審慎。❽舉讎舉子之事　《左傳・襄公三年》記載：晉國祁奚請求告老退休，晉侯向他詢問接替他的人選。雖然解狐是他的仇人，卻稱道解狐，晉侯便打算任命解狐，解狐卻死了。晉侯又問祁奚。祁奚就推薦自己的兒子祁午。祁奚的助手羊舌職死了，他就推薦羊舌職之子羊舌赤。於是晉侯就任命祁午做中軍尉、羊舌赤任副職。君子評論這件事時，認為祁奚能夠推舉有德行的人。❾矯　矯情。謂故違常情以立異。❿佛志　違背實際想法。佛，通「悖」。違反。⓫內媿　內心感到慚愧。媿，同「愧」。⓬膚受之訴　謂讒言。語本《論語・顏淵》：「浸潤之譖，膚受之愬，不行焉，可謂明也已矣。」膚受，利害切身。⓭烏虖　同「嗚呼」。感歎語。⓮為人嚮道者　給人指引道路的人。韓愈就是這樣的人，他指點士人的學業，並向有關官員推薦。⓯端居　平常居處。⓰漸　事物發展的開端。⓱必世　三十年。語本《論語・子路》：「如有王者，必世而後仁。」⓲知命不惑　知天命，不會迷惑。《論語・為政》：「四十而不惑，五十而知天命。」⓳齊生之兄三句　齊映於貞元二年拜同中書門下平章事（即宰相），貞元三年貶夔州刺史，又轉衡州，貞元七年授御史中丞、桂管觀察使，又改洪州刺史、江西觀察使。貞元十一年七月卒。⓴連枉　連累委屈。㉑利吾器　此謂磨勵自己的才具。

【語譯】古代那稱為大公無私的官員，他錄用、捨棄、提升、貶斥人員，對於親疏遠近這些關係都不加區別，只要適宜就加以任用。下人看待上層官員，也只看他升降人員是否恰當，不從親疏遠近的關係來懷疑上層官員。所以上層官員按自己想法辦事、選擇朋友，心地坦然，不用擔心下人會懷疑他；下人約束自己，謹慎行事，的確不猜疑上層官員。由於這樣，所以做人君主既不勞累，而做人大臣也很容易。見到一個優秀人才，能夠審慎加以拔擢；見到一個不賢之人，能夠明智加以排斥。

等到世道衰敗了，上下之間就互相猜疑，於是舉薦仇人、舉薦親子的史事，就記載在《左傳》中而受到稱讚，稱為盡忠。上層官員見到一個賢才，如果和自己是親戚或接近的，就不敢拔擢；見到一個不賢之人，如果跟自己是關係疏遠的，就不敢排斥。眾人共同喜愛的人，卻矯情加以貶斥，這就看作公正；眾人共同厭惡的人，卻偏激地拔擢他，這就看作是盡忠。因此上層官員中就有違心的行為，有心口不一的言論，有內心慚愧的名聲。像這樣的官員，一般人就稱為賢良的官員了，結果利害切身的讒言不會進於君主，狡詐的誣衊也不會從眾人中產生了。唉，如今君臨天下之主，不也很辛勞嗎！做官員的，不也很困難嗎！給人指引道路的人，不也很勤苦嗎！

所以我平時在想，這種風氣的產生，不是君主的過錯。那麼可以說是官員們的過錯嗎？我看也不是官員們的過錯。那麼可以說是如今所拔擢的天下人的過錯嗎？我看也不是如今所拔擢的天下人的過錯。這種風氣的產生有起因，有根源，它產生於偏愛自己親近的人，形成於自私的心理。由於自己不正直，就認為人人都是如此。這種風氣根深蒂固，由來已久，要排除掉實在很難，不是百年三十年不可能化解，不是知天命不迷惑的人不可能改變。算了吧！難道終究能夠恢復古道嗎！

像高陽齊先生，他可算是能啟發我的人吧？齊先生的兄長，是當代著名的宰相，在南方任大員，朝中大臣，都是他過去的朋友。齊先生被舉送參加進士考試，主持的官員因為這個原因而連累委屈了齊先生。齊先生不把這個原因說出來，竟然說：「我的水準不夠，主持的官員難道會委屈我嗎！我將磨勵我的才具而等待時機。」他懷抱他的德業，往東回到老家去。我觀察世人，有人不得志就非議他的上司，這樣的人多得很，他們並不考慮自身的優缺點。像齊先生，水準已經達到了，卻說：我不夠，不以他的遭遇邀取主持官員的憐憫，這種情形不是很少嗎！我因此知道齊先生日後一定是賢良的官吏，是能夠恢復古道的人，是大公無私的人，是知天命不迷惑的人。

愛直贈李君房別

【題　解】貞元十五年（西元七九九年），韓愈在徐州任徐泗濠節度使張建封的節度推官。在節度使府中認識了張建封的女婿李君房。李君房是貞元六年的進士，為人正直，對張建封的施政敢於建言，因而受到韓愈的尊重。此年李君房離開徐州，到別的州郡任職，韓愈乃寫了此文贈別。題中「愛直」二字，是表示愛惜其正直的意思。

本文前半寫李君房為人的正直，說他雖身為貴人之婿，其實並不是只求滿足個人所欲而已。本文後半則是贈言。韓愈認為如果新長官能以正道對待李君房，固然是好的；但如果新長官並不是一個守道之人，對李君房也不能尊重信賴，那麼李君房就不要再這樣直言無忌了，言下之意是要他注意遠禍。把對直人的關懷，表現得深沉而婉曲。

左右前後皆正人也，欲其身之不正，烏❶可得邪！吾觀李生在南陽公❷之側，有所不知，知之未嘗不為之思，有所不疑，疑之未嘗不為之言。勇不動于氣，義不陳乎色。南陽公舉措施為不失其宜，天下之所窺觀稱道洋洋❸者，抑亦左右前後有其人乎？凡在此趨公之庭，議公之事者❹，吾既從而遊矣。言而公信之者，謀而公從之者，四方之人則既聞而知之矣。李生，南陽公之甥❺也。人不知者將曰：「李生之託婚於貴富之家，將以充其所求而止耳。」故吾樂為天下道其為人焉。

今之從事於彼❻也，吾為南陽公愛之。又未知人之舉李生於彼者何辭，彼之所以待李生者何道。舉不失辭，待不失道，雖失之此足愛惜，而得之彼為歡忻，於李生道猶若也。舉之不以吾所稱，待之不以吾所期，李生之言不可出諸其口矣，吾重❼為天下惜之。

【注釋】❶烏　何。❷南陽公　指徐泗濠節度使張建封。張為鄧州南陽（今河南南陽）人。❸洋洋　美善。❹趨公之庭二句　指幕僚。❺甥　女婿。❻從事於彼　此謂李君房任別的地方長官的僚屬。從事，三公及州郡等長官自辟的僚屬。此處作動詞。指任從事。❼重　深；甚。

【語譯】一個人如果左右前後都是正直的人，那麼就是想要使他立身不正直，又怎麼可能呢！我看李先生在南陽公的身邊，府中政事，他要麼不知道，知道了沒有不為南陽公思考；他要麼沒有懷疑，有所懷疑沒有不對南陽公說的。勇敢卻不動意氣，正義不表現在面容之上。南陽公舉措施政沒有錯誤，天下人觀察、稱讚他政治美好的原因，或許也是他左右前後有正直的人的緣故吧？凡是來此地到南陽公的廳堂，議論政事的人，我都已結識了。說話能為南陽公聽信的人，出謀劃策能為南陽公接受的人，四方的人都已聽到知道他們的姓名了。李先生，是南陽公的女婿。不瞭解他的人會說：「李先生跟富貴人家之女結婚，是打算滿足他個人的名利要求而已。」所以我樂於對天下人說一說他的為人。

如今李先生要到別的長官處去任職，我為南陽公感到可惜。又不知人家舉薦李先生到那位長官處是怎麼說的，那位長官怎麼來對待李先生。要是舉薦他的話不失誤，對待他又合乎禮儀，雖然此處失去他值得可惜，而得到他的那邊卻是歡喜，這樣對於李先生來說，受到尊重的對待是相同的。若是舉薦他的話不如我所稱道的，對待他又不如我所期望的，那麼李先生在這裡說的這種話就不要再說出口了，我深深為天下人惋惜他。

題李生壁

【題　解】李生，名叫李平，貞元三年（西元七八七年）與韓愈相識，其時二人都還年少。貞元十六年五月，二人再度在下邳（今江蘇睢寧西北古邳鎮）相逢，都已年過而立，攜妻挈子了。此時韓愈剛被徐泗濠節度使張建封免去職務，正是貧困失意之際。所以本文首先對比了二人今昔的變化：昔時二人都年少不通世事，天真爛漫，思想不受羈絆，而今日難道還再有這些情態嗎！作者說到此，沒有再說下去，言下之意是說，十四年來所經歷的種種人生磨難早已使彼此大大改變了，哪裡還有當年的豪氣呢！無限的辛酸感慨盡在不言之中。文章接著說到前往洛陽的途中，將在睢陽（今河南商丘南）遊覽訪古。此地是周初微子、西漢梁孝王的都城，作者表示要尋訪他們的遺跡，這也是語含深意的。當年梁孝王曾經厚待鄒陽、枚乘、司馬相如等文學之士，而今日張建封卻如此對待文才出眾的作者。此外，微子之時，禮樂興盛，而如今〈那〉頌久已不演奏了。因此作者再一次表示了他的無限感慨和憤懣。

本文寫得非常簡練含蓄，感情蘊藏極深。曾國藩說此文「低徊唱歎，深遠不盡，無韻之詩也」（《求闕齋讀書錄》卷八）。

余始得李生於河中❶，今相遇於下邳❷，自始及今，十四年矣。始相見，吾與之皆未冠❸，未通人事，追思多有可笑者，與生皆然也。今者相遇，皆有妻子，昔時無度量❹之心，寧復可有是！生之為交，何其近古人也！是來也，余黜❺於徐州，將西居於洛陽。汎舟於清泠池❻，泊於文雅臺下，西望商丘，東望脩竹園。

入微子廟，求鄒陽❼、枚叔❽、司馬相如❾之故文，久立於廟陛❿間，悲〈那〉頌⓫之不作於是者已久。隴西李翺⓬、太原王涯⓭、上谷侯喜⓮實⓯同與焉。貞元十六年五月十四日，昌黎韓愈書。

【注　釋】❶河中　府名。治所在河東（今山西永濟蒲州鎮）。❷下邳　縣名。治所在今江蘇睢寧西北古邳鎮東。❸未冠　謂未滿二十歲。冠，指冠禮。古代男子二十歲成年時舉行。❹無度量　謂不受限制，爛漫而無不可。❺黜　貶斥；廢除。此指為張建封免職。❻清泠池　此池與下文的文雅臺、商丘、脩竹園、微子廟俱在睢陽（今河南商丘南）。其地為漢梁孝王故城，清泠池在梁孝王故宮內，脩竹園即梁苑。其地又為商始祖契始居處，周初微子封於此，國號宋，都邑號商丘。故此處有微子廟。據說孔子適宋，即與弟子習禮於文雅臺。❼鄒陽　西漢文學家。齊人。曾投梁孝王門下為客。❽枚叔　枚乘。字叔，淮陰（今屬江蘇）人。西漢辭賦家。曾先後二次在梁孝王門下為賓客，享有盛名。❾司馬相如　字長卿，蜀郡成都（今四川成都）人。西漢辭賦家。曾客遊於梁孝王門下。❿陛　臺階。⓫那頌　是《詩・商頌》的第一篇。為祭祀成湯的樂歌。據毛序，此詩在微子之後，由於禮樂廢壞而亡失，後從周太師處尋得。⓬李翺　字習之，隴西成紀（今甘肅秦安）人。貞元十四年進士。是韓愈弟子。⓭王涯　字廣津，太原（今山西太原）人。進士及第。⓮侯喜　字叔起，上谷（今河北易縣）人。貞元十八年經韓愈推薦登進士第。⓯實　是；此。

【語　譯】我最初與李先生相識是在河中，如今在下邳相遇，從初見到如今，已十四年了。初相見時，我跟李先生都還未滿二十歲，不懂世事，回想起來，有許多可笑的事情，我們二人都是這樣。如今相遇，我們都有妻子兒女了，從前那爛漫不加限制的思想，難道還會再有嗎！李先生對待朋友，和古人多麼相近啊！我這次來此，是由於在徐州受到貶斥，打算到洛陽去居住。我將在清泠池中汎舟，停泊於文雅臺下，西望商丘，東望脩竹園。進入微子廟，尋求鄒陽、枚乘、司馬相如的舊作，長久佇立在廟中階級上，悲傷〈那〉頌在此久已不演奏了。隴西李翺、太原王涯、上谷侯喜此次跟我一同前往。貞元十六年五月十四日，昌黎韓愈作。

送李愿歸盤谷序

【題解】李愿是隴西（今甘肅隴西東南）人，貞元十七年（西元八〇一年）因不得志回盤谷（在今河南濟源城北二十里）隱居，韓愈乃寫了此序來贈他。昔人多把李愿當作是西平王李晟之子，後經清閻若璩等考證，已弄清李晟之子其實是同名的另一人。

這篇文章先描寫盤谷的風光，著墨不多，卻把盤谷的優美可愛、遠離塵俗的特點寫了出來。接著作者借李愿之口形容了三種人：一種是仕途得志之人，他們專橫跋扈，聲勢烜赫，滿耳是阿諛奉承之聲，滿眼是綺羅錦繡之色；另一種人是隱居之士，他們潔身自好，甘於淡泊，悠閒自在，與世無爭；第三種人是趨炎附勢的鑽營小人，他們在高官權貴面前出盡醜態，表現出人格的卑瑣可鄙。作者對這三種人態度各異：對於得志者，在敘述中語含嘲諷；對於隱者，則衷心讚美；而對於鑽營者，則予以尖銳的揭露和抨擊。篇末作者臨別贈詩，歌頌李愿高潔的志向，並表達自己企慕嚮往之情。

本篇是名作，蘇軾曾推崇說：「唐無文章，惟韓退之〈送李愿歸盤谷〉一篇而已。平生願效此作一篇，每執筆輒罷，因自笑曰：『不若且放，教退之獨步。』」（《東坡題跋》卷一〈跋退之送李愿序〉）由於本文極善描繪，人物描寫得維妙維肖，故程端禮說此文「丹青筆也，形容如畫圖」（《昌黎文式》卷二）。雖然此文是散體文，然兼採駢偶句，穿插其中，融為一體，因而文氣格外酣暢。

太行❶之陽❷有盤谷，盤谷之間，泉甘而土肥，草木藂❸茂，居民鮮少。或曰：「謂其環兩山之間，故曰盤。」或曰：「是谷也，宅❹幽而勢阻，隱者之所盤旋❺。」

友人李愿居之。

愿之言曰：「人之稱大丈夫者，我知之矣：利澤施于人，名聲昭于時，坐于廟朝❻，進退❼百官，而佐天子出令。其在外，則樹旗旄❽，羅弓矢，武夫前呵❾，從者塞途，供給之人，各執其物，夾道而疾馳。喜有賞，怒有刑。才畯❿滿前，道古今而譽盛德，入耳而不煩。曲眉豐頰⓫，清聲而便體⓬，秀外而惠中⓭，飄輕裾⓮，翳⓯長袖，粉白黛綠⓰者，列屋而閒居，妬寵而負恃⓱，爭妍而取憐。大丈夫之遇知於天子，用力於當世者之所為也。吾非惡此而逃之，是有命焉，不可幸而致也。

「窮居而野處，升高而望遠，坐茂樹以終日，濯清泉以自潔。採於山，美可茹⓲；釣於水，鮮可食。起居無時，惟適之安。與其有譽於前，孰若無毀於其後；與其有樂於身，孰若無憂於其心。車服⓳不維⓴，刀鋸㉑不加，理亂㉒不知，黜陟㉓不聞。大丈夫不遇於時者之所為也，我則行之。

「伺候於公卿之門，奔走於形勢㉔之途，足將進而趦趄㉕，口將言而囁嚅㉖，處穢汙而不羞，觸刑辟㉗而誅戮，徼倖㉘於萬一，老死而後止者，其於為人賢不肖何如也？」

【章旨】描寫了盤谷風景，並借李愿之口形容了權貴者、隱居者及欲求富貴而趨奉奔走者三種人。

【注釋】❶太行　山名。在今山西、河北兩省交接處。❷陽　山的南面。❸藂　同「叢」。❹宅　居處。❺盤旋　盤桓；留連不去。❻廟朝　指宗廟和朝廷。皇帝常在宗廟發布政令，在朝廷朝見群臣，商議國事，發布政令。❼進退　升降；任免。❽旄　本指旗杆頭上用旄牛尾所作的裝飾。後遂指有這種裝飾的旗。❾呵　大聲喝叱。指大官出行時在前面「喝道」。❿才畯　才學出眾之人。此指幕僚門客。畯，通「俊」。⓫豐頰　豐滿的面頰。唐代以容顏豐滿的女子為美女。⓬便體　體態輕盈。⓭惠中　秉性聰慧。惠，通「慧」。⓮輕裾　質料輕細的衣服的前後襟。⓯翳　遮蔽。⓰黛綠　黛是女子用來畫眉的顏料，為青黑色，綠是青中帶黃。⓱負恃　依仗自己美貌。⓲茹　食。⓳車服　古代按官的品級乘特用的車子、穿特定的服裝。⓴維維繫；羈絆。㉑刀鋸　指行刑的器械。㉒理亂　治亂。㉓黜陟　貶官和提升。㉔形勢　指地位權勢。㉕趦趄　躊躇不前，欲進又不敢進的樣子。㉖囁嚅　欲說又不敢出口的樣子。㉗刑辟　刑法。㉘徼倖　希望獲得本分之外的利益。

【語譯】太行山的南面有個盤谷，盤谷裡面，泉水甜美，土質肥沃，草木茂密，居民稀少。有人說：「因為這個谷在兩山環繞之中，所以稱為盤。」有人說：「這個谷地處幽僻而形勢險阻，是隱居者盤桓的地方。」友人李愿就住在這裡。

李愿說過這樣的話：「被稱為大丈夫的人，我是瞭解的：把利益普遍施給百姓，名聲顯耀於當時，身在宗廟朝廷之上，升降百官，輔佐天子發布政令。他出外時，則樹起旗幟，陳列弓箭，武士在前喝道，隨從的人塞滿道路，供應的人，各自拿著物件，在道路兩邊飛馳。他一高興就給人賞賜，一發怒就對人施加刑罰。才學出眾的人聚滿他的面前，談古說今來讚頌他的盛德，使他聽得入耳而不感到厭煩。美女們眉毛彎曲，面頰豐滿，音聲清脆，體態輕盈，外表秀麗，內心聰慧，飄動輕柔的衣襟，遮蔽長長的衣袖，用白白的香粉擦臉，以青黑色的顏料畫眉，閒居在長排的後房中，妒嫉別人得寵，自負麗質，互相爭妍鬥美，來博取憐愛。這些就是受到天子的賞識，在當世施展才能的大丈夫所做的。我不是厭惡這些行為而逃避，而是因為能達到這樣的地位乃命運所致，不可以徼倖得到。

「在鄉野過著平民的生活，登高望遠，坐在茂密的樹下度過一日，用清泉洗濯使自身潔淨。在山上採摘，可以得到美味的食品；在水邊垂釣，又可以得新鮮的食物。作息沒有一定的時間，只要舒適就滿意。與其當面受人讚揚，怎如背後無人毀謗；與其身體得到享樂，怎如心中沒有憂慮。不受官職禮數的羈絆，沒有刑具懲罰的危險，不知天下是治是亂，聽不到貶官、升官的消息。那些不受賞識重用的大丈夫就是這樣做的，我就這樣做。

「還有一種人，等候在高官顯貴家的門口，奔走在趨奉權勢之人的路上，腳想邁進卻又躊躇不前，口想說話卻又囁嚅不說，身處汙穢卻不感羞恥，觸犯刑法就要受到誅戮，希圖萬一得到本分之外的好處，直到老死而後停止，這種人在為人上是賢還是不賢呢？」

昌黎韓愈聞其言而壯之，與之酒而為之歌曰：「盤之中，維子之宮❶。盤之土，可以稼❷。盤之泉，可濯可沿❸。盤之阻，誰爭子所！窈❹而深，廓❺其有容。繚❻而曲，如往而復。嗟盤之樂兮，樂且無殃。虎豹遠跡兮，蛟龍遁藏。鬼神守護兮，呵❼禁不祥。飲則食兮壽而康。無不足兮奚所望！膏❽吾車兮秣❾吾馬，從子于盤兮，終吾生以徜徉❿。」

【章　旨】韓愈贈送李愿詩歌，稱頌李愿之志，並表示自己也要追隨他歸隱。

【注　釋】❶宮　房屋。❷稼　播種五穀。❸沿　順著水邊走去。❹窈　幽遠。❺廓　空曠。❻繚　回旋。❼呵　呵叱。❽膏　油脂。此處作動詞。指在車軸和轂之間塗油，使車輪轉動滑利。❾秣　用草料餵養。❿徜徉　自由自在地往來。

【語　譯】昌黎韓愈聽到這番話很為讚賞，給他敬酒，還為他唱了一首歌：「盤谷裡面，是您的房屋。盤谷的土地，可以播種五穀。盤谷的泉水，可以洗濯，可以沿著閒步。盤谷的地勢是如此險阻，誰來和您爭這塊地方！幽遠而深邃，空曠而可容納一切。回旋而又曲折，似在往前卻又返回。真可讚歎啊這盤谷的樂趣，快樂而沒有災殃。虎豹逃得遠遠的，蛟龍也一併躲藏。鬼神在此守護，呵斥禁止不祥之物。有吃有喝，長壽健康。沒有什麼不滿足的，還企求什麼！把我的車軸塗上油，把我的馬餵飽，我要跟從您到盤谷去，終生在那裡遊逛。」

送竇從事少府平序

【題解】竇平，扶風平陵（今陝西咸陽西北）人，貞元五年（西元七八九年）進士。貞元十七年五月，朝廷任命工部侍郎趙植為廣州刺史兼御史大夫、嶺南節度使。趙植乃任命竇平為從事，同赴廣州。他的堂姪竇牟時在洛陽任東都留守判官，就集合能文友好之士，賦詩為竇平送行。韓愈當時已通過吏部銓選，正在洛陽待命，也作了此序贈給竇平。

廣州在瀕海的南疆，唐時是極偏遠之地，交通不便，民俗也不開化。唐人任官重內輕外，竇平不得志於京師，只得遠就廣州幕僚之職，內心之抑鬱，可想而知。韓愈此序重點即在議論廣州其地。先從這一地區上相應的天文、南北的地理說起，一直說到此地的民風。並進一步指出，大唐統治天下以來，此地已有很大變化，民俗遷改，越加富饒，因而到廣州去猶如在中原東西而行一般。這一番話說得非常堂皇，而實是對遠行的竇平巧予撫慰。

此序後半敘述東都眾人為竇平賦詩送行的盛況，稱讚趙植之得人、竇平之能報答知己、竇牟之愛親，也仍含有勉勵行人的用意。

本篇氣象雄壯闊大，而寓意微妙深遠，頗有特色。

踰甌❶閩❷而南，皆百越❸之地。於天文其次❹星紀❺，其星牽牛❻。連山隔其陰❼，鉅海敵❽其陽。是維島居卉服❾之民，風氣之殊，著自古昔。唐之有天下，號令之所加，無異於遠近。民俗既遷，風氣亦隨，雪霜時降，癘疫❿不興，瀕海之饒，固加於初，是以人之之⓫南海者，若東西州焉。

皇帝⓬臨天下二十有二年，詔工部侍郎趙植為廣州刺史，盡牧⓭南海⓮之民，署⓯從事扶風竇平。平以文辭進，於其行也，其族人殿中侍御史牟⓰，合東都交遊之能文者二十有八人，賦詩以贈之。於是昌黎韓愈嘉趙南海⓱之能得人，壯⓲從事之答於知我，不憚行之遠也，又樂貽周之愛其族叔父，能合文辭以寵榮之，作〈送竇從事少府平序〉。

【注　釋】❶甌　指今浙江溫州一帶，甌江入海處。❷閩　指今福建閩江流域。❸百越　指古越族。秦漢以前即已分布於長江中下游以南，因部落眾多，故稱百越。此處指南越，即今廣東一帶。❹次　指十二次。我國古代為了量度日、月、行星的位置和運動，把黃道帶分成十二個部分，叫做十二次。每次有若干星宮作為標誌。❺星紀　十二次之一。其與二十八宿相配，則為斗、牛二宿。從和地區相應的分野說，則為吳、越。❻牽牛　即牛宿。二十八宿之一。由摩羯座的六顆星組成。❼陰　北面。❽敵　對。陳景雲謂此字當從南宋本作「敞」。❾卉服　用絺葛做衣服。❿癘疫　瘟疫。指急性流行傳染病。⓫之　到。⓬皇帝　指唐德宗。⓭牧　治理。⓮南海　指南方各族居地。⓯署　委任；任命。⓰牟　竇牟。字貽周，貞元二年進士，時任東都留守判官。⓱趙南海　指趙植。⓲壯　讚賞。

【語　譯】越過甌江、閩江流域往南，都是古越族居住的地區。對應於天文則為十二次的星紀，從二十八宿說則是牽牛星。連綿的山巒在北面阻隔，大海則在它的南面相對。這個地區只有住在島上、穿著絺葛衣服的人民，風俗習尚跟中原地區的不同，從古以來就很顯著。大唐統治天下，朝廷政令下達之處，遠近都無異樣。人民風俗已經變遷，氣候也隨著改變，雪霜及時降落，傳染病也不流行，瀕臨大海地區的富饒，本就超過往昔，因此人們到南方去，就像中原地區東面和西面來往一樣。

當今皇帝君臨天下的二十二年，特詔命工部侍郎趙植為廣州刺史，治理全部南方人民，他委任扶風竇平為從事。竇平憑著文辭出眾而仕進，當他動身時，他的同族人殿中侍御史竇牟，集合在東都能寫文章的朋友二十八人，賦詩贈行。此時昌黎韓愈稱許趙南海能夠識擢人才，讚賞竇從事能報答知己，不懼遠行，又樂於貽周愛戴他的堂叔，能集合文辭來使堂叔榮耀，因此寫下這篇〈送竇從事少府平序〉。

送陸歙州詩序

【題解】 陸歙州，指陸傪，字公佐，吳郡（今江蘇蘇州）人。貞元十八年（西元八〇二年）二月被任為歙州（治所在今安徽歙縣）刺史。當時不少在京的朝官名士賦詩作文為他送行。韓愈時任四門博士，乃寫了此文。

陸傪自貞元十六年起即任禮部的祠部員外郎，曾參與貢舉考試，很受信任，此次外任歙州刺史，其實是受到了冷落。陸傪心中的不愜，可想而知。韓愈在詩序中竭力對陸傪加以慰藉。他先強調說，歙州是江南大州，有關國家賦稅的大局，任此州刺史，不是輕調，而是重用。接著他又說，陸傪去治理歙州，自可造福一方，但以陸傪之才，如果在朝廷任職，更可以加惠於天下。既推崇了陸傪的才德，又隱約表示了對陸傪此次外任的不平和惋惜。在贈詩的最末，作者說：「無疾其驅，天子有詔。」這是說上任的車馬且緩緩而行，也許朝廷還會有詔書下達。什麼樣的詔書呢？他沒有明說，顯然是指朝廷收回對陸傪的不當任命，把陸傪重新留在朝中供職的詔書。這兩句曲折地描寫出送行人那種作萬一之想的希冀心理，也更寫出了對遠行人的留戀之情。

不幸的是，陸傪起程後，途中瘡發，四月二十日卒於洛陽。

貞元十八年二月十八日，祠部員外郎陸君出刺歙州。朝廷夙夜❶之賢，都邑游居❷之良，齎咨❸涕洟❹，咸以為不當去。歙，大州也，刺史，尊官也，由郎官❺而往者，前後相望也。當今賦出於天下，江南居十九，宣使❻之所察，歙為富州。宰臣之所薦聞，天子之所選用，其不輕而重也較然❼矣。如是而齎咨涕洟以為不當去者，陸君之道行乎朝廷，則天下望其賜，刺一州，則專而不能咸❽。先一州而後天下，豈吾君與吾相之心哉！於是昌黎韓愈道願留者之心而泄其思❾，作詩曰：

我衣之華兮我佩之光，陸君之去兮誰與翱翔❿！歛⓫此大惠兮施於一州，今其去矣胡不為留！我作此詩，歌于逵道⓬。無疾其驅，天子有詔。

【注　釋】❶夙夜　謂早起夜臥，勤於國事。❷游居　出仕和居住。❸齎咨　歎息。❹涕洟　謂哭泣。淚水稱涕，鼻涕稱洟。❺郎官　指尚書省六部所屬二十四司的正副長官郎中、員外郎。時陸傪任禮部所屬之祠部員外郎。❻宣使　指宣撫使或宣慰安撫使。唐玄宗開元中始置，派大臣巡視經過戰亂及天災的地區。❼較然　明顯。較，通「皎」。❽咸　遍。❾思　情緒。❿翱翔　猶遨遊。⓫歛　聚集。⓬逵道　謂道路。逵，四通八達的大路。

【語　譯】貞元十八年二月十八日，祠部員外郎陸君出任歙州刺史。朝廷中勤於國事的賢能之臣，在京都任職居住的良士，無不歎息哭泣，都認為他不該離去。歙州是大州，刺史是地位高的官職，由郎官調任的人，前後相繼。當今國家的賦稅從天下徵收，江南各州出的賦稅佔十分之九，宣撫使視察的地方，歙州是富州。宰相推薦陸君給天子，天子選用陸君任歙州刺史，這一任命不是輕調而是重用，是很明顯的。雖是如此，而士大夫所以歎息哭泣而認為陸君不應當離去的原因是，陸君如在朝廷施展他的政治主張，則天下都能有望得到他的好處，做一個州的刺史，則一州受惠而不能遍霑天下。使一州優先得益而天下卻居後，難道是天子和宰相的用心嗎！因此昌黎韓愈敘說希望陸君留京的人的想法並抒發眾人的情懷，作詩說：

我的衣服華麗啊，我的佩玉光明；陸君離去啊，我跟誰遨遊！集中這麼大的好處啊，給予一個州；如今他離去了，為什麼不為天下人而停留！我寫作此詩，在道路上歌詠。此去馬車不要疾馳，也許天子還會下達召回的詔書。

送浮圖文暢師序

【題解】貞元十九年（西元八〇三年）春，韓愈任四門博士，有個名叫文暢的僧人通過柳宗元的介紹來見韓愈，說他將要到東南方向去，請求為他寫一篇文章，韓愈乃寫了此序贈給他。題中「浮屠」二字，指僧人；師，是對僧人的尊稱。

韓愈向來力主排佛，如今怎麼來給僧人贈言呢？韓愈就從這位僧人喜愛文章落筆，說他既愛文章，一定是仰慕儒家聖人之道，由這一點說開去，素來所持的理論乃一瀉而出。他說：人民初生之時與禽獸無異，只是由於堯、舜以來的聖人的教化，方才有今天文明的生活，就連身為僧人者，也同樣受到聖人的恩惠，所以聖人之道是應當世世代代遵循不渝的。這一番理論與〈原道〉所述基本相同，所以前人說：「此篇小〈原道〉也。」（清蔡世遠《古文雅正》評論卷八）

人固有儒名而墨行者，問其名則是，校❶其行則非，可以與之游乎？如有墨名而儒行者，問之名則非，校其行而是，可以與之游乎？揚子雲❷稱：「在門牆則揮之，在夷狄則進之。」❸吾取以為法焉。

浮屠師文暢喜文章，其周遊天下，凡有行，必請於搢紳❹先生❺以求詠謌❻其所志。貞元十九年春，將行東南，柳君宗元❼為之請。解其裝，得所得敘❽詩累百餘篇，非至篤好，其何能致多如是邪！惜其無以聖人之道告之者，而徒舉浮屠之說贈焉。夫文暢，浮屠也，如欲聞浮屠之說，當自就其師而問之，何故謁吾徒而來請也。彼見吾君臣父子之懿⑨，文物事為⑩之盛，其心有慕焉，拘其法而未能入，故樂聞其說而請之。如吾徒者，宜當告之以二帝三王⑪之道，日月星辰之行，天地之所以著，鬼神之所以幽，人物之所以蕃，江河之所以流而語之，不當又為浮屠之說而瀆⑫告之也。

民之初生，固若禽獸夷狄然，聖人者立，然后知宮⑬居而粒食，親親而尊尊，生者養而死者藏。是故道莫大乎仁義，教莫正乎禮樂刑政，施之於天下，萬物得其宜，措之於其躬⑭，體安而氣平。堯以是傳之舜，舜以是傳之禹，禹以是傳之湯，湯以是傳之文、武，文、武以是傳之周公、孔子。書之於冊，中國之人世守之。今浮屠者，孰為而孰傳之邪！夫鳥俛而啄，仰而四顧，夫獸深居而簡出，懼物之為己害也，猶且不脫焉，弱之肉，彊之食。今吾與文暢安居而暇食，優游以生死，與禽獸異者，寧可不知其所自邪！夫不知者，非其人之罪也。知而不為者，惑也；悅乎故不能即乎新者，弱也；知而不以告人者，不仁也；告而不以實者，不信也。余既重柳請，又嘉浮屠能喜文辭，於是乎言。

【注　釋】❶校　查對。❷揚子雲　揚雄。字子雲，蜀郡成都（今四川成都）人。西漢文學家、哲學家、語言學家。❸在門牆則揮之二句　這是說若是在蠻夷之地，有人唱不正之聲，讀異端之書，那是應當引導他歸於儒門；若是有人已經到孔子家門口，還這樣做，那就應當驅趕他。揚雄《法言．修身》：「或問：『人有倚孔子之牆，弦鄭衛之聲，誦韓莊之書，則引諸門乎？』曰：『在夷貉則引之，倚門牆則麾之。』」❹搢紳　指官員。搢笏垂紳，是古代官員的服裝。搢，插。紳，腰間束的大帶。❺先生　指年長有德業者。❻謌　即「歌」字。❼柳君宗元　柳宗元。字子厚，河東解（今山西運城解州鎮）人。唐代文學家、哲學家。❽敘　同「序」。指贈序。❾懿　美。❿文物事為　指禮樂制度。文物，指表示一定制度的花紋色彩。事為，指符合制度的百工技藝。⓫二帝三王　指唐堯、虞舜、夏禹、商湯、周文王。⓬瀆　煩瑣。⓭宮　房屋。⓮躬　自身。

【語　譯】人們中間本來有表面稱儒家而行為是墨家的人，問他的門派名稱是對的，查對他的行為就不對了，這種人可以跟他們交遊嗎？如果有人表面稱墨家而行為是儒家的，問他的門派名稱則不對，查對他的行為卻是對的，這種人可以跟他們交遊嗎？揚子雲說：「若有人倚孔子門牆唱不正之聲，讀異端之書，就應當驅趕他；若是在夷狄之地有人這樣做，就應當引導他走進儒門。」我把這兩句話作為自己做人的法則。

和尚文暢師喜歡文章，他廣遊天下，凡是出行，一定要求官員、長者等人來著文寫詩歌詠他們心中的想法。貞元十九年春，他將要到東南去，柳宗元君為他向我求文。卸下他的行囊，發現他所得到的序、詩累計百餘篇，不是極為深愛文章，他怎能收集到這麼多文章呢！可惜那些作者不把聖人的理論告訴他，而只是徒然舉佛教的學說來贈他罷了。文暢是個和尚，如果想聽佛教的學說，應當自己去向他的老師去求教，為什麼來見我輩求文呢。他見我儒家君臣父子之間的美德，禮樂制度的興盛，心中仰慕，卻又被佛教的理論所拘束，不能深入領會，因而喜歡聽到儒家的學說而來求文。像我們這些人，應當告訴他二帝三王的理論、日月星辰的運行法則，並把天地為何顯著，鬼神為何處於幽隱，人物為何繁殖，江河為何流淌對他說，不應當又把佛教的學說煩瑣地告訴他。

人民初生於世的時候，本來如同禽獸、夷狄那樣，聖人為君，人民然後才知道住房屋、吃糧食，親愛親人，尊重尊長，養活生者，掩埋死者。所以道理沒有比仁義更大，教化沒有比禮樂刑政更正當，施行於天下，使萬物都能得到適宜的處所，用於自身，身體安康，心氣平和。堯把這種理論傳給舜，舜把這種理論傳給禹，禹把這種理論傳給湯，湯把這種理論傳給周文王、周武王，周文王、周武王把這種理論傳給周公、孔子。這種理論寫在典籍中，華夏人民世世代代遵守。如今佛教，誰創立、誰傳授呢！鳥類俯身啄食，仰頭向四面張望，野獸居住在幽深之處，很少外出，畏懼外物傷害自己，結果還是不能逃脫，使弱者的肉，成為強者的食物。如今我跟文暢能安然居住，從容進食，悠閒地過盡一生，跟禽獸完全不同，怎能不知道這是從何而來的呢！一個人不知聖人的理論，不是他的過錯。知道聖人的理論卻不去實行，這是糊塗；喜歡往昔信從的一套，不能投向新的信仰，這是軟弱無力；知道真理卻不去告訴別人，這是不仁慈；告訴別人卻不說實情，這是不信實。我既尊重柳宗元君的要求，又讚許和尚卻能喜愛文章，於是說了這一番話。

送何堅序

【題　解】本篇約作於貞元十八年（西元八〇二年）冬至十九年秋之間，當時韓愈正任國子監四門博士。何堅為太學生，被舉送參加進士科考試，未能登第，失意歸鄉。韓愈跟何堅相識十年，乃寫了此文來送他。何堅是道州（治所在今湖南道縣）人，其州的刺史為陽城，陽城由於疏救陸贄，諫阻裴延齡為相而名重天下。道州又屬湖南觀察使楊憑管轄，楊憑也有賢名。韓愈於是說，何堅此去必將與道州、湖南二位賢長官相合，倡導一方服從政令，因而太平可致，必會有鳳凰出現於其地。這一番話說得堂堂正正，也表現出作者殷切的思治之心。

何於韓同姓為近❶。堅以進士舉，於吾為同業。其在太學也，吾為博士，堅為生，生、博士為同道。其識堅也十年，為故人。同姓而近也，同業也，同道也，故人也，於其不得願而歸，其可以無言邪！

堅，道州人。道之守陽公賢也。道於湖南❷為屬州，湖南楊公又賢也。堅為民，堅又賢也。湖南得道為屬，道得堅為民，堅歸唱❸其州之父老子弟服陽公之令，道亦唱其縣與其比州服楊公之令。吾聞鳥有鳳者，恆出於有道之國，當漢時，黃霸為潁川❹，是鳥實集而鳴焉。若史可信，堅歸，吾將賀其見鳳而聞其鳴也已。

【注　釋】❶何於韓同姓為近　何氏祖先出於周成王母弟唐叔虞，原姓姬。十一代孫封於晉之韓原，遂姓韓。韓王安為秦所滅，子孫分散於江淮間。當地人口音讀韓為何，於是變為何姓。所以說韓何實本同姓。❷湖南　唐方鎮名。治所在潭州（今湖南長沙）。轄領潭、衡、郴、永、連、道、邵等州。❸唱　通「倡」。倡導。❹黃霸為潁川　黃霸，字次公，淮陽陽夏（今河南太康）人。宣帝時任潁川（郡名，治所在陽翟）太守，為政外寬內明，其地大治。據《漢書・循吏傳》，時鳳凰神雀多集於潁川。

【語　譯】何姓跟韓姓是同姓，因而親近。何堅被舉送參加進士科考試，跟我是同業。在太學中，我是博士，何堅是太學生，太學生、博士是同道。我認識何堅十年，是舊交。我跟他是同姓，因而親近，又是同業，又是同道，又是舊交，在他不能如願而回鄉的時候，難道可以不說幾句話嗎！

何堅是道州人。道州的刺史陽公是賢者。道州對於湖南而言，是屬州，湖南觀察使楊公也是賢者。何堅作為人民，他又是賢者。湖南得道州為屬州，道州得何堅為人民，何堅歸去倡導本州父老子弟服從陽公的政令，道州也倡導其屬縣與其他各屬州服從楊公的政令。我聽說有鳳凰這種鳥，經常出現在治理有方的州郡，漢朝時，黃霸治理潁川，這種鳥曾經集聚在那裡而且鳴叫。如果史書記載可信，何堅歸去，我要祝賀他會見到鳳凰而且聽到牠們的鳴叫聲。

送許郢州序

【題解】許郢州，指許仲輿（一說名許志雍），字叔載，貞元十九年（西元八〇三年）出任郢州（治所在今湖北鍾祥）刺史，故稱他為許郢州。郢州屬山南東道，時于頔正任該道節度使、觀察使，史稱他「公然聚斂，恣意虐殺，專以凌上威下為務」（《舊唐書・于頔傳》）。韓愈因而在許仲輿赴任之際寫了此文，既向許仲輿進忠告，更著重對于頔作諷諫。

韓愈在文中指出，當觀察使的常急於徵收賦稅，而當刺史的常偏厚本州，不把實情上報，這樣上下相左，賦斂格外重，以致「財已竭而斂不休，人已窮而賦愈急，其不去為盜也亦幸矣」。所以他主張觀察使和刺史之間，刺史和縣令之間，都要保持一致，互通實情，互相信任。這樣人民的負擔均平，不致弄到竭澤而漁的地步。當時許仲輿還沒有到達郢州，根本談不上什麼偏厚不偏厚本州的事，這番話主要是針對于頔而言，勸告他不要聚斂不已，殘害人民。

前人對韓愈在文中提出「凡天下之事成於自同而敗於自異」的論點提出異議，認為「事之成敗，不在同異，在以義為斷而已」（明張自烈《與古人書》卷上）。話說得不錯，上下級之間的一致自應建立在正義的基礎上，不能成為狼狽為奸的橋梁。但韓愈提出此論，實有其不得已的苦衷，他不能直截了當地批評地位顯要的于頔賦斂不已，因而只能說成是由於觀察使和刺史之間互不以實情相告，不相求同而造成的。這樣話就說得婉轉得多。其實他所謂的求同，仍是同於減輕人民的負擔，不把人民逼到去為盜這一點上。

愈嘗以書自通於于公[1]，累數百言，其大要言：先達之士，得人而託之，則道德彰而名問流；後進之士，得人而託之，則事業顯而爵位通。下有矜乎能，上有矜乎位，雖恆相求而不相遇。于公不以其言為不可，復書曰：「足下之言是也。」于公身居方伯❷之尊，蓄不世❸之材，而能與卑鄙庸陋❹相應答如影響❺，是非忠乎君而樂乎善，以國家之務為己任者乎！愈雖不敢私其大恩，抑不可不謂之知己，恆矜而誦之。情已至而事❻不從，小人之所不為也，故於使君❼之行道刺史之事，以為于公贈。

凡天下之事成於自同而敗於自異。為刺史者恆私於其民，不以實應乎府❽，為觀察使者恆急於其賦，不以情信乎州，繇是刺史不安其官，觀察使不得其政。財已竭而斂不休，人已窮而賦愈急，其不去為盜也亦幸矣。誠使刺史不私於其民，觀察使不急於其賦。刺史曰：「吾州之民，天下之民也，惠不可以獨厚。」觀察使亦曰：「某州之民，天下之民也，斂不可以獨急。」如是而政不均、令不行者，未之有也。其前之言者，于公既已信而行之矣；今之言者，其有不信乎！縣之於州，猶州之於府也，有以事乎上，有以臨乎下，同則成、異則敗者皆然也。非使君之賢，其誰能信之！愈於使君非燕游一朝之好也，故其贈行，不以頌而以規。

【注　釋】❶愈嘗以書自通於于公　此指貞元十八年七月三日致于頔之〈與于襄陽書〉。❷方伯　古代諸侯中的領袖之稱。謂為一方之長。此指節度使。❸不世　不是每代都有的。猶言非常、非凡。❹卑鄙庸陋　此韓愈謙稱自己。❺影響　謂如影隨形，如響應聲，反應迅速。❻事　謂贈言酬答知己。❼使君　漢時稱刺史為使君。此處亦用來指許仲輿。❽府　指觀察府。

【語　譯】我曾自己寫信向于公表白，共計數百字，信中主要的意思是說：仕宦先榮顯的人，找到某位後輩並通過他的宣揚，就道德顯明，名聲流傳；仕途居後的人，得到某位前輩的關注並通過他的援拔，就事業顯耀，爵位提升暢通。若居於下位的人驕矜自己的才能，居於上位的人驕矜自己的官位，即使經常互相尋求，卻不會相遇合。對於我這番話，于公不認為錯，覆信給我說：「您的話很對。」于公身任封疆大吏的尊貴職位，又具有非凡的才能，卻能對我這樣卑鄙庸陋之人說的話迅捷應答，這不是忠於君主、喜好善人，把國家大事作為自己責任的人嗎！我雖然不敢把他的大恩據為私有，但不可不把他稱為知己，經常驕傲地陳述這番話。情已至極，卻不隨即行事，即使小人也不會這麼做，所以在您將赴任之時說一說刺史的公務，以此作為給于公的贈言。

天下的事都由於做的人自己求與人相同而成功，求與人相異而失敗。任刺史的人經常偏愛他的屬民，不把實際情況稟報給觀察使，做觀察使的人經常急於徵收賦稅，不能用真情取信於屬州。因此刺史不能安於官職，觀察使也不能處理好政事。百姓的錢財已經竭盡，卻聚斂不止；人民已經窮困，卻徵收賦稅愈加急迫，人民不去做強盜已算僥倖了。假如刺史不偏愛屬民，觀察使不急於徵收賦稅。刺史說：「我這一州的人民是天下人民的一部分，給他們的好處不可以特別多。」觀察使也說：「某一州的人民是天下人民的一部分，徵收賦稅不可以特別急迫。」這樣做而政事不平治、政令得不到執行的情形，是不會有的。我以前說的話，于公已經相信而做到了；如今我說的話，難道會不相信麼！縣對於州，如同州對於觀察府，如何對待上司，便如何對待下屬，相同則事成，相異則事敗，全是一樣的道理。不是您這樣賢明，誰能相信呢！我跟您不是一時飲宴遊玩的朋友，所以在您臨行時的贈言，不是頌揚，而是規勸。

贈崔復州序

【題　解】這篇序作於唐德宗貞元十九年（西元八〇三年），這年冬韓愈由四門博士轉任監察御史。崔君的名字已不可考，時方任復州（治所在今湖北沔陽）刺史。這篇文章是為崔之行贈言的。

本文的第一段，用以形容刺史的尊嚴榮耀，含有祝賀之意。第二段用一「雖然」使語氣轉折，轉而著重於談論刺史責任之重。可貴的是作者完全從維護百姓利益的角度來談論這個問題。他談到山野小民難於向官府為自己申訴，賦稅有常而民產無恆，水旱癘疫不能預期，上司催索又急，因而百姓日漸貧困。如何解決這個問題，這就是放在刺史面前的一道難題了。這一段議論表現出作者那時時關心百姓疾苦的寬仁胸懷，寫得懇切動人。第三段是諷諭，作者說崔君仁德，他的上司于公又賢明，因而復州人民將要有好日子過了。其實，于公就是于頔，當時「公然聚斂，恣意虐殺，專以凌上威下為務」（《舊唐書・于頔傳》）。韓愈在這裡是以頌揚為規勸，實際的意思是希望于頔信賴並任用崔君，希望崔君慈仁以紓民困，停止那種橫徵暴斂的行為。意思很明白，寫得含蓄得體。

此篇與〈送許郢州序〉作於同時，用意也相同，只是寫法不一樣。

有地❶數百里，趨走之吏❷，自長史❸、司馬❹已下數十人。其祿足以仁❺其三族❻及其朋友故舊❼。樂乎心，則一境❽之人喜；不樂乎心，則一境之人懼。丈夫官至刺史亦榮矣。

雖然，幽遠之小民❾，其足跡未嘗至城邑；苟有不得其所❿，能自直⓫於鄉里之吏⑫者鮮⑬矣，況能自辨於縣吏⑭乎！能自辨於縣吏者鮮矣，況能自辨於刺史之庭⑮乎！由是刺史有所不聞，小民有所不宣⑯。賦有常而民產無恒⑰，水旱癘疫⑱之不期⑲，民之豐約⑳懸㉑於州。縣令不以言，連帥㉒不以信，民就㉓窮而斂㉔愈急，吾見刺史之難為也。

崔君為復州，其連帥則于公㉕。崔君之仁，足以蘇㉖復人；于公之賢，足以庸㉗崔君。有刺史之榮，而無其難為者，將在於此乎！愈嘗辱于公之知㉘，而舊游㉙于崔君，慶復人之將蒙㉚其休澤㉛也，於是乎言。

【注釋】❶有地　領有土地。指管轄範圍。❷趨走之吏　指奔走聽命的官吏。趨，急行。走，跑。❸長史　官名。管理文書。❹司馬　官名。管理軍中考察賞罰之事。唐制，刺史兼管州內軍事。時刺史之下設長史一人，司馬一人。❺仁　施恩。❻三族　有多種說法，這裡當指父族、母族、妻族而言。❼故舊　舊交；舊友。❽一境　整個管轄地區。境，疆界。❾幽遠之小民　指住在荒僻邊遠地區的百姓。❿不得其所　是說得不到適宜的處境，不能安安穩穩過日子。即受到委曲、侵害。所，是處的意思。⓫自直　自己提出申訴。直，申。⓬鄉里之吏　指鄉老、里正。當時百戶為一里，里設里正；五里為一鄉，鄉設鄉老。⓭鮮　少。⓮縣吏　指縣裡官吏。，如縣令、縣丞、主簿、縣尉之類。⓯庭　公廳。刺史理政之處。⓰宣　表達；吐訴。⓱賦有常而民產無恒　這是當時的一種弊政。賦是國家徵收的賦稅。當時實行兩稅法，以州為單位規定每戶繳納戶稅錢若干，每畝耕地繳納地稅穀若干，但農戶窮了可以賣掉自己的田產，這就叫「民產無恒」。民產變動了，但由於官吏的不負責任，原定要繳納的錢穀卻不隨之增減。恒，常；不變。⓲癘疫　瘟疫。急性傳染病。⓳不期　不曾預料到；突然發生。⓴豐約　衣食的豐足和短缺。㉑懸　懸繫。這裡是取決的意思。㉒連帥　這裡借指節度使。節度使管轄若干州，是州的上司。古代十國為連，連有連帥。㉓就　趨於。㉔斂　徵收。㉕于公　于頔。字允元，時任山南東道節度使，領襄、郢、復、鄧、隨、唐、均、房八州。㉖蘇　困而得息。㉗庸　任用；信用。㉘辱于公之知　這是謙詞。意謂蒙于公所知，這對于公這樣身分的人是辱沒了他。㉙舊游　有過交往。㉚蒙　承受。㉛休澤　美好的恩澤。休，美。澤，雨露。

【語　譯】領有轄地方圓數百里，聽命奔走的官吏，自長史、司馬以下有數十人。所得的俸祿足夠用來施恩給父、母、妻三族及朋友舊交。心裡一高興，全境的人都跟著高興；心裡一不樂，全境的人就都感到畏懼。大丈夫官做到刺史也夠榮耀的了。

雖然如此，住在荒僻邊遠地區的小百姓們，從來沒有到過城裡；如果受到什麼冤屈、迫害而不能安穩度日了，能夠自己向鄉老、里正提出申訴的，是很少的，何況能向縣裡的官吏自己辯解呢！能向縣裡的官吏自己辯解的，是很少的，何況能在刺史公廳自己辯解呢！因此刺史聽不到一些情況，小百姓沒有吐訴一些事情。賦稅有定額而百姓產業會變動，水災、旱災、瘟疫難以預料，百姓衣食的豐足和短缺就取決於州官了。縣令不把情況上報，節度使不信任州官，百姓越來越窮而上頭催徵賦稅卻越來越急，我看刺史真是難做啊。

崔君做復州刺史，他的上司節度使是于公。崔君的仁德，足以使復州百姓重得休養生息；于公的賢明，又足以任用崔君。有刺史的榮耀，卻沒有刺史的難處，大約就在此處吧！我曾蒙于公下交，而早與崔君結識，為了祝賀復州百姓將要得到恩惠，於是說了這些話。

送孟東野序

【題解】孟東野，即孟郊，字東野，武康（今浙江德清）人。他比韓愈大十七歲，是韓愈最親密的朋友之一。孟郊四十六歲才考中進士，貞元十六年（西元八〇〇年）五十歲時才經銓選之後分發到溧陽（今江蘇溧陽）任一個品位低微的縣尉（縣令、縣丞之下的屬官）。次年又被上司降為溧陽假尉，並降半俸，生活十分困苦。貞元十九年冬，他有事到京師長安，當時韓愈剛任監察御史。二人短暫相聚之後，孟郊又返回溧陽。臨別之際，韓愈滿懷惋惜和同情寫了這篇序，為摯友排解憂愁。

在這篇文章裡，韓愈提出了一個著名的論點：不平則鳴。他說萬物在失去平靜狀態時就會鳴起來，人也是如此，受到外物刺激就不得不鳴起來。然而人之鳴也有善與不善的區別，於是歷述從古至當時的著名政治家、思想家、文學家是如何鳴的。最後他才歸結到孟郊身上，說以孟郊的文學成就自然要屬於一代善鳴者，然而人生的遭際卻很難說。如果終能發達，自可鳴國家的興盛，如果窮困終生，也可自鳴不幸的遭遇，這一切就要看天命了。他要孟郊達觀地對待自己的命運，而在詩歌創作上不懈地努力下去。

這篇文章所說的「不平」，是指不平靜的意思，因而不平則鳴只是指人受到外界刺激而發表感想、評論而已。然而現代一些文學批評史常把「不平」解作憤懣不平的意思，說這和司馬遷「發憤著書」說相承接。其實韓愈原意並非如此，細析他在文中所舉的歷代賢人名家，並不都是坎壈終生的，其鳴也並不都是困厄憂愁之音。就是對孟郊他也不是認定孟郊今後只會窮困而已，他認為也有窮和達兩種可能，但都可以鳴。至於「不平則鳴」成為一個成語以後，人們在習慣使用時的含義和原出典有所不同，這是另外一個問題。

本篇行文以一「鳴」字為中心，前人統計共有四十個「鳴」字，而句法竟有二十九式，猶如夭矯於雲際的神龍，變化無窮（見清吳楚材、吳調侯《古文觀止》卷七評語、清過珙《古文評注》卷七評語）。

大凡物不得其平則鳴。草木之無聲，風撓❶之鳴。水之無聲，風蕩之鳴。其躍也，或激之；其趨❷也，或梗❸之；其沸也，或炙❹之。金石❺之無聲，或擊之鳴。人之於言也亦然，有不得已者而后言，其謌❻也有思，其哭也有懷❼，凡出乎口而為聲者，其皆有弗平者乎！

樂也者，鬱❽於中而泄於外者也，擇其善鳴者而假❾之鳴。金、石、絲、竹、匏、土、革、木❿八者，物之善鳴者也。維天之於時也亦然，擇其善鳴者而假之鳴。是故以鳥鳴春，以雷鳴夏，以蟲鳴秋，以風鳴冬，四時之相推敓⓫，其必有不得其平者乎！

【章旨】反覆闡述自然物和人事失去其原有平靜狀態時就會發出聲音，而事物又總是選擇善於發聲者來發聲。

【注釋】❶撓　擾動。❷趨　疾行。此指水快流。❸梗　阻塞。❹炙　燒。❺金石　指金屬、石頭製成的樂器。如鐘、磬之類。❻謌　即「歌」字。❼懷　哀傷。❽鬱　蓄積。❾假　假借；憑藉。❿金石絲竹匏土革木　謂「八音」。即八種材料製成的樂器。金、石，見❺。絲，指有絲弦的樂器。如琴、瑟。竹，指用竹製成的樂器。如管、簫。匏，本是葫蘆科植物。此指用匏作斗子的管簧樂器。如笙、竽。土，指陶製樂器。如塤。革，指用皮革製成的樂器。如鼓。木，指用木製成的樂器。如柷、敔。⓫推敓　推移。敓，即「奪」字。

【語譯】大體說來，物體失去了它本來平靜的狀態就會鳴起來。草木原本無聲，風擾動它們就鳴起來。水原本無聲，風激蕩它才會鳴起來。它騰湧起來，是由於有東西阻遏它；它疾流，是由於有東西阻塞它；它沸騰，是由於有東西在燒著它。鐘、磬原本無聲，有人敲擊才鳴起來。人在言語上也是這樣，到了不得不吐露時才發出，他歌詠，是心有情緒，他哭泣，是心有哀傷，凡是出於人口而成為聲音，大概都是由於心中有所不平靜的緣故吧！

音樂，是把蓄積於心中的情緒發洩出來，選擇善於鳴的東西憑藉著它們來鳴。金、石、絲、竹、匏、土、革、木八類樂器，都是善於鳴的東西。上天對於四季也是這樣，選擇善於鳴的東西憑藉著它們來鳴。所以用鳥在春天來鳴，用雷在夏天來鳴，用蟲在秋天來鳴，用風在冬天來鳴，四季遞相推移，恐怕一定有不能保持它們平靜的原因要借這些東西來鳴吧！

其於人也亦然。人聲之精者為言，文辭之於言，又其精也，尤擇其善鳴者而假之鳴。其在唐、虞❶，咎陶❷、禹❸，其善鳴者也，而假以鳴。夔❹弗能以文辭鳴，又自假於〈韶〉以鳴。夏之時，五子以其歌鳴❺。伊尹鳴殷❻，周公鳴周❼。凡載於《詩》、《書》六藝❽，皆鳴之善者也。周之衰，孔子之徒鳴之，其聲大而遠。傳曰：「天將以夫子為木鐸。」❾其弗信矣乎！其末也，莊周以其荒唐之辭鳴❿。楚，大國也，其亡也，以屈原⓫鳴。臧孫辰⓬、孟軻⓭、荀卿⓮，以道鳴者也。楊朱⓯、墨翟⓰、管夷吾⓱、晏嬰⓲、老聃⓳、申不害⓴、韓非㉑、昚到㉒、田駢㉓、鄒衍㉔、尸佼㉕、孫武㉖、張儀㉗、蘇秦㉘之屬，皆以其術鳴。秦之興，李斯㉙鳴之。漢之時，司馬遷㉚、相如㉛、揚雄㉜，最其善鳴者也。其下魏、晉氏，鳴者不及於古，然亦未嘗絕也。就其善者，其聲清以浮，其節數㉝以急，其辭淫㉞以哀，其志弛㉟以肆，其為言也，雜亂而無章㊱。將天醜㊲其德，莫之顧邪？何為乎不鳴其善鳴者也？

唐之有天下，陳子昂㊳、蘇源明㊴、元結㊵、李白㊶、杜甫㊷、李觀㊸，皆以其所能鳴。其存而在下者，孟郊東野，始以其詩鳴，其高出魏、晉，不懈而及於古，其他浸淫㊹乎漢氏矣。從吾游者，李翺㊺、張籍㊻其尤也。三子者之鳴信善矣，抑不知天將和其聲，而使鳴國家之盛邪？抑將窮餓其身，思愁其心腸，而使自鳴其不幸邪？三子者之命，則懸乎天矣。其在上也奚以喜？其在下也奚以悲？

東野之役於江南㊼也，有若不釋然者，故吾道其命於天者以解之。

【章旨】總論歷史上善鳴和不善鳴的人物，頌揚唐代已取得的文學成就，高度評價孟郊的詩作。

【注釋】❶唐虞　唐是帝堯的國號。虞是帝舜的國號。❷咎陶　傳說虞舜的臣。掌司法。《尚書・皐陶謨》記載著他的言論。❸禹　原為舜臣，後建立夏朝。《尚書》中有〈禹貢〉記載其事跡，又有偽造的〈大禹謨〉一篇記載他的言論，但韓愈時人都誤認是真的。❹夔　舜時的樂官。相傳曾作樂曲〈韶〉。❺五子以其歌鳴　偽古文《尚書》有〈五子之歌〉。說夏王太康沉溺於遊樂而失國，他的五個弟弟作歌，陳述大禹的警戒之語。❻伊尹鳴殷　伊尹是商的賢相。曾助湯伐桀，又輔佐過湯的孫子太甲。據說他曾著有〈汝鳩〉、〈汝方〉等篇。俱已亡佚。偽古文《尚書》中有〈伊訓〉、〈太甲〉、〈咸有一德〉都是偽託的。❼周公鳴周　周公姓姬，名旦。曾助武王滅商，又輔佐成王鞏固周王朝。《尚書》中〈大誥〉、〈多士〉、〈無逸〉等篇都是他的著作。相傳《周禮》、《儀禮》也是他所手定。❽六藝　這裡指《易》、《詩》、《書》、《禮》、《樂》、《春秋》。❾傳曰二句意謂上天將要把孔子作為人民的導師。這是儀封人讚揚孔子的話。傳，指《論語》。語見〈八佾〉。木鐸是銅質木舌的鈴。古代搖木鐸來發布政令。⑩莊周以其荒唐之辭鳴　莊周，戰國時的思想家。今本《莊子》為莊周及其後學所作。書中〈天下〉評述莊周學說時說其「荒唐之言」。荒唐，廣大無邊際的意思。⑪屈原　戰國時楚國的政治家、詩人。代表作有〈離騷〉等。⑫臧孫辰　姓臧孫，名辰。字仲，諡文，春秋時魯國大夫。《左傳・襄公二十四年》記穆叔之言曰：「魯有先大夫曰臧文仲，既沒，其言立。」他的言論見於《國語・魯語》及《左傳》中。⑬孟軻　戰國時儒家思想家。言論見於《孟子》一書。⑭荀卿　名況，戰國時儒家思想家。其言論見於《荀子》一書。⑮楊朱　戰國時思想家。他的著作未保存下來，他的言論事跡在《孟子》、《莊子》等書中有所記載。⑯墨翟　春秋戰國之際的思想家。他的學說保存在弟子們輯錄的《墨子》中。⑰管夷吾　字仲，春秋時齊桓公的相。他的言論見於後人所編的《管子》中。⑱晏嬰　春秋時齊景公的相。後人採其言論行事輯為《晏子春秋》。⑲老聃　春秋時思想家。著有《老子》。⑳申不害　戰國時人。做過韓昭侯的相。《漢書・藝文志》列為法家。有《申子》。已亡佚，馬國翰有輯本。㉑韓非　戰國時韓國公子。法家。其著作保存在《韓非子》中。㉒昚到　昚，同「慎」。慎到是戰國思想家。有《慎子》一書。已失傳，近人有輯本。㉓田駢　戰國思想家。有《田子》一書相傳為他所作。已失傳，清人有輯本。㉔鄒衍　即騶衍。戰國末思想家、陰陽家。著有《鄒子》、《鄒子終始》。皆不傳。㉕尸佼　戰國思想家。著有《尸子》。已亡佚，清人有輯本。㉖孫武　春秋時軍事家。著有《孫子兵法》。㉗張儀　戰國時人。縱橫家。有《張子》十一篇。已失傳。㉘蘇秦　戰國時縱橫家。有《蘇子》卅一篇。已亡佚，清人有輯本。㉙李斯　秦始皇、秦二世的丞相。他的文章皆見於《史記》之中。㉚司馬遷　西漢史學家。著有《史記》。㉛相如　即司馬相如。西漢辭賦家。著有〈子虛賦〉、〈上林賦〉等。㉜揚雄　西漢儒家學者、辭賦家。著有《太玄》、《法言》、《方言》及多篇辭賦。㉝數　頻繁。㉞淫　過度；靡麗。㉟弛　鬆懈。㊱無章　沒有法度。㊲醜　憎惡。㊳陳子昂　初唐詩人。為扭轉六朝以來綺靡詩風起了很大作用。㊴蘇源明　唐玄宗至代宗時詩人。㊵元結　唐玄宗至代宗時詩人。㊶李白　唐玄宗、肅宗時著名詩人。㊷杜甫　唐玄宗至代宗時大詩人。㊸李觀　唐德宗時文人。㊹浸淫　漸漸沁入；逐漸接近。㊺李翺　韓愈弟子。文人和思想家。㊻張籍　曾從韓愈學詩文，詩擅古風和樂府。㊼江南　指江南東道。時溧陽屬江南東道。

【語　譯】上天對於人來說也是這樣。人聲的精華是言論，文辭對於言論說，又是其中之精華所在，尤其要選擇善於鳴的人而借助他來鳴。在唐、虞的時候，咎陶、禹是善於鳴的人，就借助他們來鳴。夔不能通過文辭來鳴，又自己借助樂曲〈韶〉來鳴。夏朝的時候，太康的五個弟弟憑藉他們作的歌來鳴。伊尹在殷商作出鳴聲，周公在周朝作出鳴聲。凡是記載在《詩經》、《尚書》等六藝上的文辭，都是鳴得好的。周朝衰落，孔子及其弟子就鳴起來，聲音宏大而傳得久遠。古書說：「上天將要把夫子作為木鐸來訓導人民。」難道不是真實的嗎！到了周朝末年，莊周用他那廣大無際的文辭來鳴。楚國是大國，到它快要滅亡的時候，就通過屈原的作品來鳴。臧孫辰、孟軻、荀卿用他們的理論來鳴。楊朱、墨翟、管夷吾、晏嬰、老聃、申不害、韓非、昚到、田駢、鄒衍、尸佼、孫武、張儀、蘇秦之類，都用他們的學術來鳴。秦興起，李斯就鳴起來。漢朝時，司馬遷、司馬相如、揚雄，是最善於鳴的了。由此之後到了魏晉時，鳴的人不及古人，然而也不曾斷絕。就其中鳴得好的人說，聲音清新而飄浮，節奏繁密而急促，文辭靡麗而哀傷，志趣鬆懈而放縱，他們的言論，雜亂而沒有法度。大概是上天憎惡這個時代人的品行，不肯去關注他們吧？為什麼不選擇那善於鳴的人來鳴呢？

唐朝統治天下以後，陳子昂、蘇源明、元結、李白、杜甫、李觀，都憑藉他們的文學才能來鳴。現存而地位較低的，有孟郊東野，開始用他的詩來鳴，他的詩好的已超過魏、晉之作，絲毫不弱地達到古人的水準，而其他詩作則接近漢人了。跟我學習的士子中，李翺、張籍是最出色的。他們三人的鳴確實是很好的了，但不知上天要和諧他們的鳴聲，而使他們來鳴國家的興盛呢？還是要窮餓他們的身子，使他們的內心思慮愁苦，而使他們來鳴自己不幸的遭遇呢？三人的命運，則要取決於上天了。身居尊位有什麼可高興的？屈居下僚又有什麼可悲傷的？

東野在江南任職，好像有些想不開的樣子，所以我說這一番命運決定於天的議論來為他排解。

送王含秀才序

【題　解】秀才，指被舉送參加進士科考試者，登第稱前進士，未登第稱進士，或以秀才代之。王含由於落第要遠行，韓愈便寫了這篇序贈給他。

王含未獲知遇，滿腹憤懣不平。給他送行，若說君相不能用才，有犯時忌；若直接勉勵他以聖人為師，不要以不遇為懷，又未免迂闊唐突，因此難以下筆。怎麼辦呢？韓愈特尋出王含的祖先王績做個起引來著筆。王績，字無功，絳州龍門（今山西河津）人，號東皐子。在隋代、唐初曾為官，後棄官還鄉。他放誕縱酒，詩文多以酒為題材，讚美嵇康、阮籍和陶潛，嘲諷周、孔禮教，表現出對現實的不滿。韓愈就從王績所作的〈醉鄉記〉談起，他說王績以及阮籍、陶潛都是有感於時事，心中不能平靜，就以酒為寄託，逃於醉鄉了。而顏回、曾參雖生於亂世，生活貧苦，卻不改其樂，這是因為他們有聖人孔子為師。因此王績等人不遇聖人而受到教導是很可悲憫的。這一段看來與王含無關，其實正以王績比王含，告誡他不要以仕途失意而消極頹放，而要以聖人為師，學顏、曾的榜樣。

第二段也是從王含的上代說起，說王含的一位不知名的長輩，他是個耿直忠良之臣，卻在天子勵精圖治之時遭到廢黜。這是安慰王含，告訴他雖在明時，也會有不受知遇的事情發生。

第三段則歸到王含身上，表述自己對王含的器重，同時說明無力為之揄揚的難處。末云「於其行，姑與之飲酒」，用語非常含蓄，「一半在言外」（清何焯《義門讀書記》語），寄寓了很深的感慨惜別之情。人考此序約作於貞元二十年（西元八〇四年）間，時韓愈正貶為山陽令，發出這樣無可奈何的感歎，倒是很自然的。

這篇文章不似韓愈其他作品那麼鮮明雄奇，而是優遊淡遠，愈讀愈能品出其中雋永的回味。

吾少時讀〈醉鄉記〉❶，私怪隱居者無所累❷於世，而猶有是言❸，豈誠❹旨❺於味邪？既讀阮籍❻、陶潛❼詩，乃知彼雖偃蹇❽，不欲與世接，然猶未能平其心，或為事物是非相感發，於是有託❾而逃焉❿者也。若顏氏子操瓢與簞⓫，曾參歌聲若出金石⓬。彼得聖人⓭而師之，汲汲⓮每若不可及。其於外⓯也固不暇，尚何麴糵⓰之託而昏冥⓱之逃邪！吾又以為⓲悲醉鄉之徒不遇⓳也！

建中初，天子嗣位⓴，有意貞觀、開元之丕績㉑，在廷之臣爭言事㉒。當此時，醉鄉之後世㉓又以直廢㉔！

吾既悲醉鄉之文辭，而又嘉良臣㉕之烈㉖，思識其子孫。今子之來見我也無所挾㉗，吾猶將㉘張之㉙；況文與行㉚不失其世守㉛，渾然㉜端且厚，惜乎吾力不能振之㉝，而其言不見信㉞於世也。於其行，姑與之飲酒。

【注釋】❶醉鄉記　王績所作。《新唐書・隱逸傳》：「績著〈醉鄉記〉，以次劉伶〈酒德頌〉。」〈醉鄉記〉託言醉鄉離中原不知幾千里，其地和平安寧，居民無愛憎喜怒，吸風飲露，不食五穀，與鳥獸魚鼈雜處。阮籍、陶潛等俱遊此不返，成為酒仙。❷累　牽累。❸是言　謂文中有留戀飲酒之言。❹誠　果真。❺旨　味美。❻阮籍　字嗣宗，陳留尉氏（今河南尉氏）人。為「竹林七賢」之一。他生當魏晉易代之際，政治鬥爭複雜尖銳，因此縱酒談玄，不問世事以避禍。所作八十二首〈詠懷詩〉辭旨隱晦，大都表現自己對現狀的不滿和無法解脫的矛盾苦悶的心情。❼陶潛　即陶淵明。東晉潯陽柴桑（今江西九江市）人。早年曾任官職，後因厭惡官場汙濁，遂退隱農村。他的詩固然有不少是描寫農村的美好風光及個人閒適生活，但也有一些詩表現了他對政局的關心，說明他對政治並沒有忘懷。❽偃蹇　驕傲；傲慢；高傲。隱士們不願與世人同流合汙，所以被視為高傲。❾託　寄託。指酒。❿逃焉　逃往那裡。指逃往醉鄉。此句即下之「麴糵之託而昏冥之逃」。⓫顏氏子操瓢與簞　顏氏子，指孔子的弟子顏回。《論語・雍也》載孔子曾稱讚顏回說：「賢哉回也！一簞食，一瓢飲，在陋巷，人不堪其憂，回也不改其樂。賢哉回也！」簞，古代盛飯的圓形竹器。⓬曾參歌聲若出金石　曾參是孔子弟子。據《莊子・讓王》記載，曾子居衛時，雖三天沒有吃飯，形容憔悴，衣衫破爛，但當他拖著破鞋唱起〈商頌〉來，「聲滿天地，若出金石」。金石，指鐘、磬之類樂器。⓭聖人　指孔子。⓮汲汲　心情急切的樣子。⓯外　指上文所說世上「事物是非相感發」之類。⓰麴糵　酒母。即製酒的發酵劑。此處指酒。⓱昏冥　指醉鄉。⓲為　此字疑衍。⓳不遇　謂不遇聖人。⓴建中初二句　唐大曆十四年，德宗即位。十五年正月，改年號為建中。㉑貞觀開元之丕績　據說德宗即位之初勵精圖治，有意於達到貞觀、開元之治。貞觀，唐太宗年號。開元，唐玄宗年號。丕績，盛大之功績。㉒言事　謂向皇帝進諫或議論政事。㉓醉鄉之後世　此人名與事俱不可考。㉔以直廢　以立朝耿直遭貶黜。㉕良臣　即上「醉鄉之後世」。㉖烈　功業。㉗無所挾　指沒有所長。㉘將　欲。㉙張之　張大其名聲。張，大。㉚行　品行。㉛世守　世代堅守的傳統。㉜渾然　質樸純真的樣子。㉝振之　此謂不能相助他。㉞見信　被信用。

【語　譯】我年少時讀〈醉鄉記〉，心中奇怪隱士無所牽累於世，卻還說出這樣的話，難道果真貪於美味嗎？後來讀了阮籍、陶潛的詩，才知道他們雖然高傲，不想與塵世接觸，然而還是不能使他們的心平靜下來，有時受到世事是非的感動激發，於是有所寄託而去逃避。若像顏回持瓢、簞飲食而不改其樂，曾參形容憔悴而歌聲似鐘磬。他們有聖人為老師，常常心情急切怕趕不上。他們對於世上的人事是非本來沒有功夫顧及，還何必寄託於醇酒而逃避於昏昏沉沉的醉鄉呢！我又悲憫逃於醉鄉的這些人不遇聖人啊！

建中初年，天子即位，想要重現貞觀、開元的偉大政績，朝臣爭著進諫議事。就在這時候，醉鄉的一位後代又由於耿直而遭到貶黜！

我既悲憫醉鄉的文辭，並且又讚許忠良之臣的功業，因而想認識他們的子孫。就是您一無所長地來見我，我也要為您揄揚一番。更何況是您的文才與品行都保持著世代的傳統，質樸、端正而且仁厚呢！可惜的是我的力量不能助您振作，而且我的話也不被世人所相信。在您將行之時，只能姑且與您飲酒告別。

送楊支使序

【題　解】本文作於貞元二十年（西元八〇四年），時韓愈正任陽山（今廣東陽山縣）縣令。陽山屬連州，連州屬湖南觀察府管轄，時楊憑正任御史中丞、湖南觀察使。而楊儀之就在楊憑幕下任觀察支使，來到陽山。當他回府之時，韓愈寫了這篇序來送他。序中對楊儀之的人品才具極予褒揚。

本文並沒有一開始就接觸送楊儀之之事，而是從在宣州（今安徽宣城）的宣歙觀察使崔衍幕下多賢說起，直說到楊憑賢明，因而湖南觀察使幕下也多賢，從而得出結論：「知其客可以信其主者，宣州也；知其主可以信其客者，湖南也。」這樣以宣州作陪襯，說明湖南觀察府中，從觀察使到府中眾幕客，無一不賢能。作為屬下一名縣令，這樣寫是得體的，但也有所不得已。

愈在京師時，嘗聞當今藩翰❶之賓客，惟宣州為多賢，與之游者二人，隴西李博❷、清河崔群❸。群與博之為人吾知之，道不行於主人，與之處者非其類，雖有享之以季氏❹之富，不一日留也。以群博論之，凡在宣州之幕下者，雖不盡與之遊，皆可信而得其為人矣。愈未嘗至宣州，而樂頌其主人❺之賢者，以其取人信之也。今中丞❻之在朝，愈日侍言於門下，其來而鎮茲土也，有問湖南之賓客者，愈曰：「知其客可以信其主者，宣州也；知其主可以信其客者，湖南也。」去年冬，奉詔為邑於陽山，然後得謁湖南之賓客於幕下，於是知前之信之也不失矣。及儀之之來也，聞其言而見其行，則向之所謂群與博者，吾何先後焉！儀之智足以造謀，材足以立事，忠足以勤上，惠足以存❼下，而又侈❽之以《詩》、《書》六藝之學，先聖賢之德音，以成其文，以輔其質，宜乎從事於是府而流聲實於天朝也。夫樂道人之善以勤❾其歸者，乃吾之心也，謂我為邑長於斯而媚夫人云者，不知言者也。工乎詩者，歌以繫之。

【注釋】❶藩翰　此指觀察使等鎮守一方的重臣。語本《詩・大雅・板》：「价人維藩，大師維垣，大邦維屏，大宗維翰。」毛傳：「藩，屏也；翰，幹也。」後因以「藩翰」喻捍衛王室的重臣。❷李博　隴西（今甘肅隴西）人。貞元八年與韓愈同年登進士第，授祕書省校書郎，曾任徐泗濠三州節度掌書記。❸崔群　字敦詩，貝州武城（今山東武城）人。與韓愈同年登進士第，曾任宣歙觀察使判官。❹季氏　指季孫氏。春秋後期魯國掌握政權的貴族。三桓之一。❺主人　指宣歙觀察使崔衍。❻中丞　御史中丞。指楊憑。❼存　撫慰；顧恤。❽侈　張大。❾勤　慰問；勞勉。

【語譯】我在京城時，曾聽說當今地方重鎮的幕客，惟有宣州多賢人，我所交遊的宣州幕客有二人，他們是隴西李博、清河崔群。崔群和李博的為人我瞭解，主人如果不依正道而行，一起共事之人如不是同類正人，即使使他們享有季氏的財富，也不肯逗留一日。依據崔群、李博的為人來推論，凡是在宣州的幕客，我雖然沒有跟他們全都交往過，可是我可以都相信和知道他們的為人了。我未曾到過宣州，卻喜歡讚揚主人的賢明，是因為他能擇取正人為客而相信他們。如今中丞在朝為官時，我經常在他門下陪侍交談，他南來坐鎮此方，有人問我湖南的幕客如何，我說：「瞭解那裡的幕客可以相信那裡主人的，那是宣州；瞭解那裡的主人可以相信那裡幕客的，那是湖南。」

去年冬季，我奉了詔命在陽山任縣令，然後有機會見到湖南的幕客，於是知道我以前所說相信他們的話是不錯的。等到儀之來到此地，聽到他的言談並見到他的行事，便拿他和我以前所稱道的崔群與李博來相比，我又怎麼評得出誰先誰後呢！儀之的智謀足以定謀，才幹足以成事，忠誠足夠為上司效力，恩義足夠撫恤下人，而且他又進一步修習《詩》、《書》等六經的學問和古代聖賢富有意義的教導，成就他的文采，以輔進他的品質，當然會在觀察府中任職而聲名流傳到朝廷中了。樂於稱道儀之的長處來勞勉他歸去，是我寫這篇序的用心，說我作為這裡的縣令因而討好他，那是不懂得我這篇序的意思。擅長賦詩的人，在我的序後寫詩來送他。

送區冊序

【題解】貞元二十年（西元八〇四年），韓愈在陽山（今廣東陽山縣）任縣令。有一位名叫區冊的讀書人，從南海（今廣東廣州）來拜訪他，聽他講述《詩》、《書》仁義之說，又陪伴他出遊，十分相得。貞元二十一年正月，區冊歸去，韓愈乃寫了這篇序來送他。

從這篇序中，可以看出，當時陽山十分窮僻，水陸形勢險惡，人煙稀少，與外界隔絕，官吏配置不全。作者貶職居此，心緒可想而知。在這種落寞的環境中，竟然有區冊來訪，而且居然是有志於學問的同道，韓愈的喜悅和珍視是難於形容的。就在這篇短短的文章中作者把當時的境遇和心情描寫得非常生動感人。

韓愈對於區冊的來訪雖然很為感動，但對他的獎許還是很注意分寸，說他「若有志於其間」、「若能遺外聲利，而不厭乎貧賤」，連用二「若」字，表示不十分肯定的意思，這就不會過當了。林紓曾經十分稱道這種用字準確的筆法是「大家之文」（見《春覺齋論文》）。

陽山，天下之窮處也。陸有丘陵之險，虎豹之虞❶。江流悍急，橫波之石，廉利❷乍❸劍戟，舟上下❹失勢❺，破碎淪溺者，往往有之。縣郭❻無居民，官無丞尉❼，夾江荒茅篁竹之間，小吏十餘家，皆鳥言夷面。始至，言語不通，畫地為字，然後可告以出租賦❽，奉期約❾。是以賓客游從之士，無所為而至。愈待罪❿於斯，且半歲矣。

有區生者，誓言⓫相好，自南海⓬拏舟⓭而來。升自賓階，儀觀⓮甚偉，坐與之語，文義卓然。莊周云：「逃空虛者，聞人足音跫然而喜矣！」⓯況如斯人者，豈易得哉！入吾室，聞《詩》、《書》仁義之說，欣然喜，若有志於其間也。與之翳⓰嘉林，坐石磯⓱，投竿而漁，陶然以樂，若能遺外聲利⓲，而不厭乎貧賤也。歲之初吉⓳，歸拜其親，酒壺既傾，序以識⓴別。

【注釋】❶虞 憂；患。❷廉利 鋒利。❸侔 等同。❹上下 上行和下行。❺失勢 指船隻失控。❻縣郭 縣的外城。❼官無丞尉 屬官中沒有縣丞、縣尉。陽山極荒僻，屬官配置不全。❽租賦 指賦稅。❾奉期約 遵守期限、規約。❿待罪 等待懲處。這是謙語。⓫誓言 願意。誓，願。言，語助詞。⓬南海 縣名。即今廣東廣州。⓭拏舟 撐船。⓮儀觀 儀表。⓯莊周云三句 莊周，戰國道家思想家。引文出自《莊子・徐无鬼》。原文作「夫逃虛空者，藜藋柱乎鼪鼬之逕，踉位其空，聞人足音跫然而喜矣」。意謂逃於荒涼之處的人，雜草塞滿了鼪鼬所由的途徑，長久居住在空野，聽到人的腳步聲就高興起來。虛空，司馬本作「空虛」。指荒涼處。跫然，腳步聲。⓰翳 隱蔽。⓱磯 水邊突出的岩石。⓲聲利 名利。⓳初吉 指正月。⓴識 記。

【語譯】陽山是天下窮僻的地方。陸上有丘陵的險阻、虎豹的禍患。而江流也兇猛湍急，橫阻波上的礁石，銳利得跟劍戟一樣，船上下航行一旦失控，破碎沉沒的情況，常常發生。縣的外城就沒有人居住，官員中也沒有縣丞、縣尉，江水兩岸荒茅竹林之間，住有十餘家小吏，個個都語言難懂，面貌若蠻夷。我才到陽山，由於言語不通，只好畫地寫字來表達意思，然後才可以告訴他們要繳納賦稅，遵守期限規約。因此賓客朋友，更說不上有人會到這裡來了。我在此等待處分，將近半年了。

有一位區生，願意和我做朋友，從南海縣乘船而來。他從西階登堂，儀表很魁偉，我跟他坐談，發現他文采義理超群。莊周說：「逃往荒涼之處的人，聽到人的腳步聲就高興起來！」何況像這樣的人，難道容易遇到嗎！他進入我的房間，聽我講論《詩》、《書》仁義的學說，欣然喜悅，似乎想要學習探討一番。我跟他一起在佳木下乘涼，坐在水邊岩石上，投竿釣魚，十分快樂，他又好像能夠拋棄名利，不嫌厭貧賤。今歲開初，他要歸去探望尊長，酒喝過之後，便寫了這篇序來記念離別。

送孟秀才序

【題　解】孟秀才，名琯；秀才，指進士，即被州縣舉送到京城參加進士科考試者。這篇序作於永貞元年（西元八〇五年）十月，時韓愈正在由郴州（今湖南郴州）赴江陵（今湖北江陵）任法曹參軍的途中。孟琯準備赴京應試，在臨行之時，向韓愈求文，韓愈乃就此向他進了一番忠告。韓愈告誡他：京城裡參加進士考試的人有各種各樣，因而要「詳擇而固交之」，作者作為一個久諳此道的前輩，對於後學新進作這一番指點，可以說是很中肯的。本文不事浮華，言簡意賅，故曾國藩評論：「敘述絜，訓詞當。」（《求闕齋讀書錄》卷八）

今年秋，見孟氏子琯於郴❶，年甚少，禮甚度❷，手其文一編甚鉅。退披❸其編以讀之，盡其書，無有不能，吾固心存而目識❹矣。其十月，吾道於衡潭以之荊❺，累累❻見孟氏子焉，其所與偕盡善人長者❼，吾益以奇之。今將去是而隨舉❽於京師，雖不有請，猶將彊而授之以就其志，況其請之煩邪！

京師之進士以千數，其人靡所不有，吾常折肱❾焉。其要在詳擇而固交之。善雖不吾與，吾將彊而附；不善雖不吾惡，吾將彊而拒。苟如是，其於高爵猶階而升堂，又況其細者邪！

【注　釋】❶郴　州名。今湖南郴州。❷度　合乎法度。❸披　翻開。❹識　記。❺道於衡潭以之荊　經過衡州（治所在今湖南衡陽）、潭州（治所在今湖南長沙）而到達江陵府（今湖北江陵）。江陵府原為荊州。❻累累 屢屢。❼長者 此指有德行者。❽隨舉 指孟琯作為考生隨同州郡上計被舉送尚書省參加進士科考試。❾折肱 謂久經磨練而富有經驗。一說此處「折肱」是「折節」的意思。《左傳・定公十三年》：「三折肱，知為良醫。」肱，胳臂。

【語譯】今年秋天，在郴州見到孟琯，年紀很輕，禮貌很合度，手持他自己的一部很厚的文集。我回來打開他的文集來讀，讀完全書，發現他無所不能，我本來已經記存於心目之中了。十月份，我經過衡州、潭州到江陵府去，連連見到這位姓孟的青年，而跟他在一起的都是善人、有德行的人，於是我對他越加感到驚異。如今他將離開此地隨同上計被舉送去京城，即使他不要求我有所贈言，我還要強行授給他這篇文章來促成他志向的實現，何況他已多次要求呢！

京城裡參加進士科考試的考生有上千人，各色各樣，無所不有，我在跟他們打交道時常受到磨練而有了經驗。關鍵在於細致選擇並堅持結交。善人即使不跟我結交，我也要強行攀附他；不善的人即使不得罪我，我也要強行拒絕他。如果能做到這樣，那麼要獲得高的官爵就像登著階級上堂一樣，又何況獲取小的功名呢！

送廖道士序

【題解】永貞元年（西元八〇五年）八月，憲宗即位，韓愈再次逢赦，被任為江陵法曹參軍，便和張署一道離開郴州，經衡陽、潭州、岳陽等地前往江陵。這篇序是他道經衡山時作。眾所周知，韓愈是以闢佛、老為一生宗旨的，然而偏偏此時要送的是一位姓廖的道士，一位老、莊之學的信徒。怎麼辦呢？廖道士是郴州人，在衡山學道，韓愈乃從這二地寫起，他說衡山最尊，其神最靈；而中州「清淑之氣」到了郴州一帶就旺盛而鬱積於此。這樣好的地理環境除有豐富的物產外，必出壯偉奇異的人才。這樣的人才在哪裡呢？是不是沉溺於老、佛之學而不出呢？作者這才點到他所送的主人公——廖道士，說他就是這種壯偉奇異卻又沉溺異端之學的人。文章寫到此算是寫出了地靈人傑的主旨，但又有所保留，有所批評，不失作者一貫堅持的原則，可說是有褒有貶。

這篇文章在描寫衡山、郴州一帶的地理形勢及其特產時下了很大功夫，寫得極具聲勢，而末後議論只有寥寥幾句，卻使其用意豁然而明。清劉大櫆曾說：「此文如黑雲漫空，疾風迅雷，甚雨驟至，電光閃閃，頃刻盡掃陰霾，皎然日出，文境奇絕。」

五岳❶於中州❷，衡山❸最遠。南方之山，巍然高而大者以百數，獨衡為宗❹。最遠而獨為宗，其神必靈。衡之南八九百里，地益高，山益峻，水清而益駛❺。其最高而橫絕南北者嶺❻。郴❼之為州在嶺之上，測其高下，得三之二焉。中州清淑之氣❽於是焉窮。氣之所窮，盛而不過，必蜿蟺❾扶輿❿磅礴⓫而鬱積。衡山之神既靈，而郴之為州又當中州清淑之氣蜿蟺扶輿磅礴而鬱積，其水土之所生，神氣之所感，白金⓬、水銀、丹砂⓭、石英⓮、鍾乳⓯，橘柚之包⓰，竹箭⓱之美，千尋⓲之名材，不能獨當⓳也。意必有魁⓴奇忠信材德之民生其間，而吾又未見也。其無乃迷惑溺沒㉑於老佛之學而不出邪？

廖師郴民，而學於衡山，氣專㉒而容寂，多藝㉓而善遊，豈吾所謂魁奇而迷溺者邪？廖師善知人，若不在其身，必在其所與遊㉔，訪之而不吾告，何也？於其別申㉕以問之。

【注釋】❶五岳　東岳泰山，南岳衡山，西岳華山，北岳恆山，中岳嵩山。❷中州　中原。❸衡山　在今湖南衡山縣西。俯瞰湘江，山勢雄偉。有七十二峰，以祝融、天柱、芙蓉、紫蓋、石廩五峰為著。❹宗　尊崇。❺駛　迅疾。❻嶺　指五嶺。即越城、都龐、萌渚、騎田、大庾等五嶺的總稱。在湘、贛和粵、桂等省區邊境。一說有揭陽而無都龐。❼郴　州名。隋開皇九年置州。治所在郴縣（今湖南郴州）。唐時轄境相當今湖南永興以南的來水流域和藍山、嘉禾、臨武、宜章等縣地。產銅、錫、銀。❽清淑之氣　清和之氣。❾蜿蟺　屈曲盤旋。❿扶輿　盤旋升騰的樣子。⓫磅礴　混同。⓬白金　銀。⓭丹砂　朱砂。⓮石英　石如玉者。⓯鍾乳　泉水由岩罅下滴，其所含石灰質，日久凝結，狀如鐘之乳，故名。鍾，通「鐘」。⓰包　包裹。謂橘、柚產後加以包裹，方可運送。《書・禹貢》：「厥包橘柚。」⓱箭　竹之小者。⓲尋　古代長度單位。八尺為尋。⓳獨當　謂不能獨鍾於物。⓴魁　壯偉。㉑溺沒　沉迷。㉒氣專　神氣專一。㉓多藝　多才能。㉔與遊　和他交遊之人。㉕申　表明。

【語譯】五岳地處中原，以衡山最遠。南方的山，巍然又高又大的有百餘座，唯獨衡山尊崇。地處最遠，地位又最尊崇，它的神一定靈驗。衡山往南八、九百里，地勢越高，山越峻峭，水清而越湍急。那最高而且隔斷南北的是五嶺。郴州就在五嶺上，估測一下所在位置的高低，約居三分之二。中原清和之氣到達這裡就到了盡頭了。氣到達盡頭，雖旺盛卻越不過五嶺，必定在這裡盤旋、升騰、混合而鬱積。衡山的神既然靈驗，而郴州又正遇上中原清和之氣在這裡盤旋、升騰、混和而鬱積，當地水土所生產的，神靈元氣所感應的，雖有白銀、水銀、朱砂、石英、鐘乳、包裹的橘柚、美好的竹箭、高大的木材，但不能只在這些上面。我認為一定有壯偉、奇異、忠誠、信實、有材有德的人生於此地，但我沒有見到。他該不是迷惑沉醉於老、佛之學而不能自拔吧？

廖法師是郴州人，而學道於衡山，神氣專一而形容寂漠，才能多而擅遊歷，難道他就是我所說的壯偉、奇異，卻沉迷於老、佛之學的人嗎？廖法師善於知人，我所說的人若不是他本人，一定在他交遊的人當中，尋訪到而不告訴我，是為什麼呢？在他將行之時，我特別表明這個意思來問他。

送董邵南序

【題 解】董邵南，壽州安豐（今安徽壽縣西南）人，與韓愈交誼甚厚。從韓愈所寫〈嗟哉董生行〉一詩看，董邵南家境貧寒，白天耕田、打柴、捕魚，晚上認真讀書，官吏常到門上來催索租稅，而事親孝敬，處家和睦，是個有才有德之士。然而在仕途上，他很不順利，作為鄉貢舉子來到京師參加進士科考試，連連不被錄取。在這種情況下，他只得到河北去尋找出路。河北地區在唐初已有契丹、奚等族人入居，使漢族居民大受其影響，多擅長戰鬥，而文化水平低下。因為這樣，在玄宗天寶末年，安祿山就利用這裡的兵力發動叛亂；代宗時亂事雖告平定，叛軍殘餘勢力的頭目在中央認可下仍分任幽州、成德、魏博三鎮節度使，可以自設官吏，編練軍隊，留用賦稅，還可以父子兄弟相傳，成為半獨立狀態的割據勢力。由於河北藩鎮喜招攬人才，增強實力，以對抗朝廷；而失意之士，也就多託身於其幕府之中。

韓愈此文是為送董邵南去河北而作，但他內心卻不願摯友去投奔那不肯臣服於朝廷的藩鎮，因而行文婉曲，寄寓了很深的用心。本文共分三大段。第一段是點題，說明董邵南由於科舉不第而去河北，而河北自古本多慷慨忠義之士，所以懷抱才智的董邵南此去，必會有所遇合。這裡一方面是對摯友遠行作了美好的祝願，另一方面又提醒董邵南，必須要投奔忠直之士，所以諄諄告誡「董生勉乎哉」。第二段筆鋒忽轉，說「然吾嘗聞風俗與化移易，吾惡知其今不異於古所云邪？」這就提出了一個現實的重要政治問題要董邵南深思：由於當地當政者的倒行逆施，河北難道還會保持古風嗎？那些跋扈的節度使們心中還保持有忠義之性嗎？董生此去可以作判斷。實際是說，董生如果仍保持昔日的美好德性，那是難以受到厚遇的；而要受到厚遇，恐怕難免同流合汙，為虎作倀了。語中隱含為朋友今後命運擔憂的心情。於是復叮嚀一句「董生勉乎哉」，這是又一次要他勉力保持節操。第三段韓愈請董邵南為他憑弔忠義的望諸君之墓，並請他到市上看看俠義的「狗屠」還有沒有，要他轉告他們：當今聖明天子在上，可以出而為朝廷效力了。這是呼籲燕、趙被埋沒的人才出來直接為天子效力。言下之意也是不贊成董邵南赴河北；即使去了，也希望他不忘為「明天子」效力，而不助紂為虐。

這篇贈序是韓愈的名篇，明茅坤曾說此篇在「昌黎序文當屬第一首」（《唐宋八大家文鈔・韓文》卷七評語）。而它曲折含蓄的特點歷來為人所稱道，清過珙說此文「勸其往又似勸其不必往，言必有合又似恐其未必合。語意一半是愛惜邵南，一半是不滿藩鎮」。又說：「含蓄不露，曲盡吞吐之妙。」（《古文評注》卷六評語）清劉大櫆也說：「退之以雄奇勝，獨此篇及送王含序，深微屈曲，覺高情遠韻，可望不可及。」（轉引自馬通伯《韓昌黎文集校注》）

燕、趙❶古稱多感慨悲歌之士❷。董生❸舉進士❹，連不得志❺於有司❻，懷抱利器❼，鬱鬱❽適❾茲土❿。吾知其必有合⓫也。董生勉乎哉！

夫以子之不遇時⓬，苟慕義彊仁者⓭，皆愛惜⓮焉。矧⓯燕、趙之士出乎其性⓰者哉！然吾嘗聞風俗與化⓱移易，吾惡知⓲其今不異於古所云邪？聊以吾子⓳之行卜之⓴也。董生勉乎哉！

吾因子有所感矣。為我弔㉑望諸君㉒之墓，而觀於其市，復有昔時屠狗者㉓乎？為我謝㉔曰：「明天子㉕在上，可以出而仕矣。」

【注釋】❶燕趙　戰國時，燕國在今河北北部和遼寧西端，趙國在今山西中部、陝西東北部和河北西南部。唐代河北三鎮正是當年燕、趙的一部分，因而唐人可稱河北地區為燕、趙。❷感慨悲歌之士　即所謂豪俠之士。如古代所傳荊軻、高漸離一流人物。《史記・刺客列傳》：「荊軻既至燕，愛燕之狗屠及善擊筑者高漸離。荊軻嗜酒，日與狗屠及高漸離飲於燕市。酒酣以往，高漸離擊筑，荊軻和而歌於市中，相樂也，已而相泣，旁若無人者。」《漢書・地理志》：「趙、中山地薄人眾……丈夫相聚游戲，悲歌慷慨。」感慨，感情憤激。悲歌，悲涼地歌唱。❸董生　指董邵南。生，舊時對讀書人的通稱。❹舉進士　唐代科舉中最熱門的是進士科。參加尚書省考試的人員有兩個來源：一是鄉貢，二是生徒。鄉貢就是參加州縣鄉試及第後再送尚書省應試的考生。在京師和州縣學校讀書的學生，只要學校考試合格，便可直接參加尚書省考試，這些考生稱為生徒。唐進士科考試，原由吏部主持，玄宗開元二十四年始歸禮部主持。舉進士，是說為鄉里所貢舉，至長安應進士科考試。❺不得志　沒有滿足志願。這裡指不被錄取。❻有司　主管部門；主管當局。這裡指主持進士科考試的禮部和主考官（一般為禮部侍郎）。❼懷抱利器　語本《三國志・魏書・曹植傳》：「植常自憤怨，抱利器而無所施。」利器，銳利的兵器。比喻卓越的才能。❽鬱鬱　心情抑鬱不舒暢的樣子。❾適　往；到。❿茲土　這個地方。指古燕、趙之地。即河北。⓫有合　有所遇合。指會遇到能賞識他的人。⓬不遇時　指「不得志於有司」。⓭慕義彊仁者　仰慕勉力於仁義者。彊，同「強」。勉強；勉力。司馬遷〈報任少卿書〉：「怯夫慕義，何處不勉焉！」⓮愛惜　這裡是同情的意思。⓯矧　況且。⓰出乎其性　出於其本性，不須勉強。意謂燕、趙之士仁義性成，必能同情引薦董生，與篇首「燕、趙古稱多感慨悲歌之士」相應。⓱化　教化。⓲惡知　怎知。⓳吾子　你。含有親昵的意味。⓴卜之　判斷它。卜，卜卦。因為古代有「卜以決疑」的習俗，這裡就有判斷決疑的意思。之，指古今風俗是否相同的懷疑。㉑弔　憑弔。㉒望諸君　即樂毅。戰國時燕國的名將，曾聯合五國之兵為燕昭王攻下齊國七十多個城池。昭王死，惠王即位，中了齊國反間計，命人取代了樂毅職務。樂毅怕惠王加害於他，就投奔了趙國。趙國封樂毅於觀津，號曰望諸君。後來燕為齊所敗，他寫了一封信給燕惠王，表示他始終懷念燕昭王的恩德，絕不會乘人之危攻擊燕國。所以他被昔人認為是忠義之臣（見《史記・樂毅列傳》）。其墓在邯鄲西南十八里（見《元和郡縣志》）。㉓屠狗者　古人吃狗肉，所以有屠狗為業的人。此屠狗者，《史記・刺客列傳》作「狗屠」。是荊軻、高漸離的朋友。㉔謝　殷勤致意。㉕明天子　英明的皇帝。

【語　譯】燕、趙一帶自古以來人們就說這裡多出慷慨悲歌的人士。董生為鄉里所舉而參加進士科考試，卻接連不被考官錄取。身懷卓越的才能，心情抑鬱地要到那裡去。我知道他必定會有所遇合的。董生努力啊！

你這樣的人沒有得到施展才具的時機，只要是仰慕仁義並努力去做的人都會同情你。何況燕、趙人士出於他們的天性就會這麼做啊！然而我曾聽說風俗人情會隨著教化而改變，我怎麼知道今天那裡的風俗人情和古時候所說的情形沒有不同呢？且憑你此行的遭遇來作判斷吧。董生努力啊！

我因為你的遠行而有所感觸。請替我去憑弔望諸君的墳墓，再到市場上去看一看，還有昔日以屠狗為業的義士沒有？請替我殷勤致意說：「聖明天子在上，可以出來給國家效力了。」

送湖南李正字序

【題解】湖南李正字，指李礎，貞元十九年（西元八〇三年）登進士第，元和初任祕書省正字、湖南觀察推官，故以「正字」稱他。韓愈與李礎家相識多年，貞元十二年韓愈與李礎之父李仁鈞同在汴州（今河南開封）宣武軍節度使董晉府中任職，當時李礎尚在家讀書，二十九歲的韓愈與李氏父子都成了朋友。貞元十五年，董晉死，韓愈護喪柩去洛陽，隨即汴州發生兵變，府中多位官員被殺，李仁鈞也因受讒言中傷被流放到偏遠的南方。在睽違了十多年後的元和五年（西元八一〇年），韓愈於洛陽任都官員外郎分司東都兼判祠部，而李仁鈞則在此任親王長史，連昔日汴州同事周愿也在河南府任司錄參軍。此時李礎由湖南來洛陽省親，四人重又聚首，舉杯相勸。在李礎將返回湖南之際，眾人賦詩送別，韓愈乃寫了此序。

韓愈與李氏父子相識十五年，十五年來彼此飽經滄桑，而今居然又能重逢一地。但短暫相聚之後，李礎又將離去，客中送客，重逢不知何日，韓愈心中的感慨自是很深。然而他只是把這種感慨寓於敘事之中，文字十分含蓄。林紓曾說此文「悲涼世局，俯仰身世，語語從性情中流出，至文也」（見《春覺齋論文》）。

貞元中，愈從太傅隴西公平汴州❶。李生之尊府❷以侍御史管汴之鹽鐵，日為酒殺羊享賓客。李生則尚與其弟學讀書，習文辭，以舉進士為業。愈於太傅府年最少，故得交李生父子間。公薨軍亂，軍司馬從事皆死❸，侍御亦被讒為民日南❹。其後五年，愈又貶陽山令。今愈以都官郎守東都省；侍御自衡州刺史為親王長史❺，亦留此掌其府事；李生自湖南從事請告來覲❻。於時，太傅府之士惟愈與河南司錄周君❼獨存，其外則李氏父子，相與為四人。離十三年❽，幸而集處，得燕❾而舉一觴相屬❿，此天也，非人力也。

侍御與周君於今為先輩成德⓫。李生溫然⓬為君子，有詩八百篇，傳詠於時。惟愈也業不益進，行不加修，顧惟未死耳。往拜侍御，謁周君，抵⓭李生，退未嘗不發媿⓮也。往時侍御有無⓯盡費於朋友，及今則又不忍其三族之寒飢，聚而館之，疏遠畢至，祿不足以養。李生雖欲不從事於外，其勢不可得已也。重李生之還者皆為詩，愈最故，故又為序云。

【注　釋】❶愈從太傅隴西公平汴州　貞元十二年七月董晉被任為檢校左僕射、同中書門下平章事、汴州刺史、宣武軍節度使、宋亳潁觀察使，時原節度使李萬榮之子李迺作亂，大將鄧惟恭亦覬覦節度使之位，董晉乃率幕僚隨從十餘人入汴州（今河南開封），從容鎮定一方。時韓愈出任董晉幕下觀察推官。太傅隴西公，指董晉。董晉死後贈官太傅，其爵位為隴西郡開國公。❷尊府　這是尊稱李生之父李仁鈞。❸公薨軍亂二句　貞元十五年二月董晉卒，不到十日，汴州軍士作亂，殺死軍司馬陸長源、判官孟叔度等。薨，古代稱諸侯或有爵位的大官之死。❹侍御亦被讒為民日南　侍御指李仁鈞。他被人讒言中傷，流放到愛州日南縣（今越南清化）。❺親王長史　指親王府長史官。❻覲　會見。謂探親。❼河南司錄周君　指周愿。字君巢，時任河南府司錄參軍。❽離十三年　自貞元十五年至元和五年，只有十二年。此處之「三」字或為「二」字之誤。或許李仁鈞流日南是貞元十四年之事，則相離十三年。❾燕　通「宴」。宴飲。❿屬　斟酒相勸。⓫成德　此指盛德之人。⓬溫然　溫和貌。《詩・秦風・小戎》：「言念君子，溫其如玉。」鄭玄箋：「念君子之性，溫然如玉。」⓭抵　干謁。⓮媿同「愧」。⓯有無　猶「多寡」。謂所有之家財。

【語譯】貞元中，我跟從太傅隴西公平定汴州。當時李生的父親任侍御史管理汴州的鹽鐵，每天擺設酒宴，殺羊招待客人。李生則還和他的弟弟一起學讀書，練習寫文章，把參加進士科考試作為事業。我在太傅府年紀最輕，所以能夠跟李生父子都交上朋友。太傅隴西公逝世，軍士作亂，軍司馬及一些幕客都被殺死，李侍御史也受人讒言中傷被流放到日南縣為民。五年之後，我又貶職任陽山縣令。如今我以都官員外郎分司東都；李侍御史從衡州刺史調任親王府長史，也留在此地掌管府中事務；李生則任湖南觀察使的從事，請假來此探親。在此時，當年太傅府中之士，只有我和現任河南府司錄參軍的周君還在，此外則是李氏父子了，一共是四個人。分離十三年，如今幸運地會聚一處，參加宴飲，舉杯相勸，這是天緣，不是人力所能做到的。

　李侍御史和周君如今都是有盛德之前輩。李生成為溫和的君子，有八百篇詩，時人相傳歌詠。只有我學業沒有更為精進，德行沒有越加美好，只是還沒有死罷了。我前去拜見李侍御史，謁見周君，訪問李生，回來沒有不感到慚愧的。從前李侍御史為招待朋友用盡所有家財，至今不忍心自己三族親戚受飢寒，於是把這些窮親戚集中收留，關係疏遠的全都來了，他的俸祿不夠贍養這些人。李生雖然想要不去外地任從事，從家中這種情形看也不可能。重視李生這次回返任所的人都寫了詩，我跟他交情最久，所以又寫了這篇詩序。

送鄭十校理序

【題解】鄭十校理，指鄭涵。鄭涵（後因避文宗藩邸時名，改名為瀚），滎陽（郡名，治所在今河南鄭州）人，貞元十年（西元七九四年）進士，行第為十，元和四年（西元八〇九年）任集賢校理，故稱他鄭十校理。他為人正直，博學有文才，是曾任宰相的鄭餘慶之子。鄭餘慶從元和三年開始任東都留守，鄭涵請假來洛陽省親，元和五年春返回京城。臨行時東都官員們在東城門外設筵為他餞行，各自賦詩十句，韓愈受託又寫了這篇序。

韓愈與鄭涵並不熟識，如果隨便寫一些推崇的話，言不由衷，也是失實。韓愈於是從鄭涵所任職的集賢殿說起，說明集賢殿是天子所重視的地方，校理官是挑選有才學者充任，鄭涵作為宰相之子被選中任這一親要之職，因而受到天下人的重視和好評。接著韓愈又從自己跟鄭餘慶的關係來談，說明自己三為屬吏，時歷五年，對鄭餘慶的德行早有親身體驗。而鄭涵正是真正恪守家法、不墜家聲的人。從這二方面著筆，就把對鄭涵的尊敬和推重表達無遺，而又絲毫不落形跡，的確經過一番苦心經營，很是難得。

祕書❶，御府❷也，天子猶以為外且遠，不得朝夕視，始更聚書集賢殿❸。別置校讎官❹，曰學士❺，曰校理，常以寵丞相為大學士，其他學士皆達官❻也。校理則用天下之名能文學者，苟在選，不計其秩次❼，惟所用之。由是集賢之書盛積，盡祕書所有不能處其半，書日益多，官日益重。四年，鄭生涵始以長安尉選為校理，人皆曰：「是宰相子，能恭儉守教訓，好古義施於文辭者，如是而在選，公卿大夫家之子弟其勸耳矣！」

愈為博士也，始事相公於祭酒❽；分教東都生也，事相公於東太學❾；今為郎於都官也❿，又事相公於居守⓫。三為屬吏，經時五年，觀道德於前後，聽教誨於左右，可謂親薰而炙之矣。其高大遠密者，不敢隱度論也。其勤己而務博施，以己之有，欲人之能，不知古君子何如耳。

今生始進仕，獲重語於天下，而慊慊⓬若不足，真能守其家法矣！其在門者可進賀也。求告來寧⓭，朝夕侍側，東都士大夫不得見其面。於其行日，分司吏⓮與留守之從事⓯，竊⓰載酒肴席定鼎門⓱外，盛賓客以餞⓲之。既醉，各為詩五韻，且屬⓳愈為序。

【注釋】❶祕書　指祕書省。為宮廷藏書之處。❷御府　主藏禁中圖書祕記的官署。❸集賢殿　開元十三年改集仙殿為集賢殿，藏四部書於其中，其中官員、工作人員一百餘人。❹校讎官　指負責考訂書籍、糾正錯誤的官員。一人獨校為校，二人對校為讎。❺學士　此指集賢殿侍講學士。❻達官　顯貴的官員。❼秩次　謂秩祿之等級高低。❽愈為博士也二句　元和元年六月韓愈授權知國子博士，鄭餘慶曾任國子祭酒。祭酒為國子監最高長官。相公，對宰相的稱呼。❾分教東都生也二句　元和二年夏末以權知國子博士分司洛陽，元和三年改真博士分司。唐時洛陽為東都，亦置六館學，故韓愈自稱分教東都生。鄭餘慶於元和元年十一月遷河南尹，元和三年六月拜東都留守，則韓愈又為鄭餘慶屬官。❿今為郎於都官也　指任刑部都官之副長官員外郎。時分司東都。⓫居守　指留守。⓬慊慊　不自滿貌。⓭寧　探望、省視父母。⓮分司吏　中央朝廷官員在東都任職者。⓯留守之從事　指東都留守的幕僚。從事，三公及州郡長官自辟的僚屬。⓰竊　此處為謙詞。⓱鼎門　洛陽東城門名。⓲餞　以酒食送行。⓳屬　通「囑」。託付。

【語　譯】祕書省是禁中收藏圖書祕記的官署，天子還認為它在外而且遠，不能早晚去閱覽，才另外在集賢殿收藏圖書。並另外設置了校讎官，稱為學士，稱為校理，常常任命寵榮的丞相為集賢殿大學士，其他殿中學士也都是顯貴的官員。集賢殿校理則選用天下能寫文章又博學的著名人物，如果選中，不管他秩祿等級高低，一律予以任用。因此集賢殿的書籍蓄積極多，傾盡祕書省全部藏書也達不到集賢殿的一半，集賢殿的書一天天多起來，官職也一天天重要。元和四年，鄭涵先生在長安尉的職務上開始被選為集賢殿校理，人們都說：「此人是宰相之子，能夠恭儉自持，遵守先賢教訓，愛好把古人義理表現在文辭中，像他這樣的人會被選中，公卿大夫的子弟應當知所努力啊！」

我任博士，開始侍奉相公，相公正任國子祭酒；我分教東都學生，在東都太學侍奉相公；如今我任刑部都官員外郎分司東都，又侍奉任東都留守的相公。我三次做相公的屬官，經過五年時間，在他的前後瞻仰他的道德，在他的左右聽取他的教誨，可以說親身受到了他的熏陶。他德行的高大遠密，我不敢私下審度議論。他為人之努力與廣泛之施惠，根據自己的能力品德，要求別人也一樣做到，不知古代的君子跟他相比會怎麼樣。

如今鄭先生才出來做官，就得到天下人對他器重的評價，而他卻謙虛地好像認為自己還不夠，真是能遵守家法啊！對於這點，像我這樣一個他家門下的屬吏是可以獻上我的祝賀的。他請假來洛陽省親，朝夕都侍奉在父母身旁，東都士大夫見不到他的面。在他起程回京這一天，分司東都的官吏和留守的幕僚，帶著酒肴在鼎門外安排筵席，聚集眾多賓客給他餞行。眾人酒醉之時，各寫了十句詩，並且囑咐我為此寫一篇序。

送幽州李端公序

【題解】幽州李端公，指李益，益字君虞，是一位有才華的詩人，因仕途不得意，投奔幽州節度使劉濟。他在劉濟幕府中兼任御史之職，因唐人稱御史為端公，故稱他為幽州李端公。李益為劉濟出使，又到洛陽省親，將要返回幽州，韓愈正在洛陽任職，就寫了此序來為他送行。其時為元和五年（西元八一〇年）。

當時幽州也是割據的強藩之一。韓愈寫作此序的目的是希望李益返回幽州能勸說劉濟及早前來歸順朝廷。然而開篇就直接這樣說，未免有些唐突。於是先從四年前與今日任宰相之李藩的一番談話說起，以李藩當年奉詔去幽州所受的禮遇，證明劉濟實懷忠義之心。接著作者又就天下大局發表了他自己的看法，他認為禍亂起於幽州，天下太平也必從幽州開始，六十年前既由合而分，六十年後必定由分而合，因而他希望劉濟能看清形勢，領先於割據的河南北諸將來朝見天子，奉行職事。當時憲宗正有意於裁抑藩鎮，韓愈所以提出了這樣的預見。在說明了天下局勢後，作者又進一步竭力鼓舞打動對方，他說宰相李藩一定已屢對天子進言幽州之忠，所以來歸不必疑懼；而如能幡然悔悟，毅然來歸，這將是一件千秋萬歲的不朽功績。這一番話不能說不具感染力，同時也明顯表現出作者盼望國家統一的迫切心情。

後來劉濟為其子劉總所毒死，裨將譚忠勸劉總歸唐說：「河北與天下離六十年，數窮必合。」就是承用韓愈的舊說，可見此文在當時是發生了相當作用的。

元年[1]，今相國李公[2]為吏部員外郎，愈嘗與偕朝[3]，道語幽州司徒公[4]之賢，曰：「某前年被詔告禮幽州[5]，入其地，迓[6]勞[7]之使累至[8]，每進益恭。及郊，司徒公紅帓首⑨，鞾袴，握刀在左，右雜佩⑩，弓韔服⑪，矢插房⑫，俯立迎道左⑬。某禮辭⑭曰：『公，天子之宰⑮，禮不可如是。』及府，又以其服即事。某又曰：『公，三公，不可以將服⑯承命。』卒不得辭。上堂，即客階⑰，坐必東向⑱。」愈曰：「國家失太平，於今六十年矣⑲。夫十日十二子相配，數窮六十，其將復平⑳。平必自幽州始，亂之所出也㉑。今天子大聖，司徒公勤於禮㉒，庶幾㉓帥先㉔河南北之將㉕，來覲㉖奉職㉗，如開元㉘時乎！」李公曰：「然。」今李公既朝夕左右，必數數㉙焉為上言㉚，元年之言㉛殆合矣。

端公歲時㉜來壽㉝其親㉞東都㉟，東都之大夫士，莫不拜于門。其為人佐㊱甚忠，意欲司徒公功名流千萬歲。請以愈言為使歸之獻。

【注釋】❶元年　元和元年。❷今相國李公　指李藩。藩字叔翰，趙郡人。元和四年二月為門下侍郎，同中書門下平章事（唐代宰相）。六年二月罷相。❸愈嘗與偕朝　元和元年六月韓愈自江陵召為國子博士，當與李藩相偕赴京。❹幽州司徒公　指劉濟。濟父劉怦為幽州節度使，順宗永貞元年三月以幽州節度使本職加檢校司徒銜（見《舊唐書・劉怦傳》）。❺前年被詔告禮幽州　貞元二十一年正月，德宗崩，李藩為告哀使赴幽州（唐幽州治薊縣，今北京市西南）。❻迓　迎接。❼勞　慰問。❽累至　接連而至。累，原作「里」。據另本改。❾紅帓首　紅色裹頭巾。是武將衛官朝參時的公服。❿鞾袴三句　原作「鞾袴握刀，左右雜佩」。今按杭本改。鞾，「靴」的異體字。有長筒的鞋。此指唐時武官所著烏皮鞾。袴，本作「絝」。古時指套褲，以別於有褲襠的「褌」。握刀在左，佩刀於左則便於右手抽取。握刀，佩刀之名。雜佩，射玦（戴在手指上用以鉤弓弦的器具）之類。⓫弓韔服　韔和服都是弓袋。這裡韔作藏解。謂弓藏在弓袋內。⓬矢插房　箭插在箭袋裡。房，插箭的器具。

⑬道左　大道的旁邊。⑭禮辭　依禮辭讓。⑮公二句　據《舊唐書・劉怦傳》載，貞元中「惟濟最恭順，朝獻相繼，德宗亦以恩禮接之，尋加同中書門下平章事」。這就加了宰相之職。⑯將服　將士之服。⑰即客階　客階在西，劉濟為尊天子之使，不敢居主位，只能就客位。即，就。⑱東向　向東的客位。⑲國家失太平二句　從玄宗天寶十四載安祿山起兵造反到韓愈答李藩之言的時候，不過五十二年，說六十年是約略舉其成數而言。⑳十日十二子相配三句　十日，指甲、乙、丙、丁、戊、己、庚、辛、壬、癸。十二子，指子、丑、寅、卯、辰、巳、午、未、申、酉、戌、亥。十日與十二子相配，從甲子至癸亥，為數六十，周而復始。此處言天下由合而分六十年，勢必由分而合。㉑平必自幽州始二句　此預言太平亦必自幽州開始。而幽州是安祿山的根據地，故言亂之所出。㉒勤於禮　指上所述尊禮天子所遣告哀使之事。㉓庶幾　也許可以。表希望。㉔帥先　謂在前頭，作榜樣。㉕河南北之將　指當時割據的節度使們。㉖覲　諸侯秋季朝見天子之稱。㉗奉職　奉行職事。㉘開元　唐玄宗年號。㉙數數　屢次；常常。㉚為上言　對皇上說。㉛元年之言　指韓愈的預言。㉜歲時　每年一定的季節或時間。㉝壽　省視祝福的意思。㉞其親　李益之父名虬。㉟東都　洛陽。㊱為人佐　時李益任幽州從事。

【語　譯】元和元年，當今宰相李公任吏部員外郎，我曾和他相偕赴京，路上他談起幽州司徒公的賢德時，說道：「我前年受皇命去幽州報告國哀，才入其境，迎接慰問的使者便接連而至，我越進入，來使越加恭敬。到了城郊，司徒公紅帕裹頭，著靴套褲，左懸佩刀，右有雜佩，弓藏在弓袋內，箭插在箭袋裡，屈身站立在道邊迎候。我依禮辭讓說：『公是天子的宰相，按禮不可如此迎接。』到了府裡，又穿著這套服裝來參加典禮。我又說：『公屬三公，不可穿著將士之服來接受天子詔命。』我終究又辭讓不成。上堂之時，他由客階上，座位一定朝東。」我說：「國家不太平，至今約六十年了。用十日和十二子相搭配，數目窮盡六十，天下大概就將又太平了。太平一定從幽州開始，因為禍亂是從幽州先發生的。當今天子是大聖人，司徒公又這樣盡心於君臣之禮，也許他可以領先河南北諸將，來朝見天子，奉行職事，像開元之時一樣！」李公說：「是的。」如今李公已經早晚在天子左右，一定常常對天子說他親見之事，我元和元年的預言大約要實現了。

端公每年定時來洛陽探親，東都的士大夫無人不上門去拜訪他。他作為僚屬很忠誠，想要司徒公的功名千秋萬歲流傳下去。請允許把我這番話作為出使而歸的獻禮吧。

送石處士序

【題解】石處士，名洪，處士是對有德行而隱居不仕之人的稱呼。石洪，字濬川，祖居河南府（今河南洛陽一帶），明經出身，曾任黃州錄事參軍，去職歸東都洛陽，隱居十餘年不出。其間公卿數次舉薦他，他都沒答應。元和五年（西元八一〇年）六、七月間，新任河陽軍節度使的烏重胤聞石洪之名，備辦聘書禮品聘請石洪，石洪乃出任烏重胤的從事。韓愈時在東都任職，和眾人一起在北城門外為石洪餞行，各自賦詩，韓愈又寫了這篇序。

當時正是藩鎮割據之時，成德軍節度使王承宗發動叛亂，吐突承璀統領諸道兵討伐，沒有成功。河陽軍既是討叛大軍中的一支，河陽（今河南孟縣南）一帶又是運輸糧餉的必經之地。在此國家多事之秋，石洪去河陽任從事，是大有可為的。韓愈此序儘量從國家大義出發來評論這件事，說烏重胤與石洪，一個是禮賢下士，為國求才，一個是以道自任，毅然赴軍，因而應該給予熱情的讚揚。隨後韓愈對烏、石二人提出了忠告，要烏重胤「無務富其家而飢其師」、「無甘受佞人而外敬正士」，要石洪「無圖利於大夫而私便其身」。這些規勸可說義正詞嚴，也切中時弊，有著很高的思想意義。

這篇序中，作者直接的敘述文字很少，主要通過對話來敘述、議論。前面通過烏重胤和一個從事的對話來形容石洪的為人和才學，說明烏重胤聘請石洪的目的；後面則通過石洪的一位朋友的祝辭和石洪的承諾，表現作者對烏、石二人的期待和告誡。這種寫法生動、感人，的確別具一格。

河陽軍節度、御史大夫烏公為節度之三月[1]，求士於從事[2]之賢者。有薦石先生者，公曰：「先生何如？」曰：「先生居嵩、邙、瀍、穀[3]之間，冬一裘，夏一葛❹，食：朝夕飯一盂❺，蔬一盤。人與之錢，則辭；請與出游，未嘗以事辭；勸之仕，不應。坐一室，左右圖書。與之語道理，辨古今事當否，論人高下，事後當成敗，若河決下流而東注，若駟馬❻駕輕車就熟路，而王良、造父❼為之先後❽也，若燭照、數計而龜卜❾也。」大夫曰：「先生有以自老，無求於人，其肯為某來邪？」從事曰：「大夫文武忠孝，求士為國，不私於家。方今寇聚於恆❿，師環其疆，農不耕收，財粟殫亡⓫。吾所處地⓬，歸輸⓭之塗，治法征謀，宜有所出。先生仁且勇，若以義請而彊委重焉，其何說之辭！」於是譔⓮書詞，具馬幣⓯，卜日⓰以授使者，求先生之廬而請焉。

先生不告於妻子，不謀於朋友，冠帶⓱出見客，拜受書禮於門內。宵則沐浴，戒⓲行李⓳，載書冊，問道所由，告行於常所來往。晨則畢至，張⓴上東門㉑外。酒三行㉒，且起，有執爵㉓而言者曰：「大夫真能以義取人，先生真能以道自任，決去就。為先生別。」又酌而祝曰：「凡去就出處㉔何常，惟義之歸。遂以為先生壽㉕。」又酌而祝曰：「使大夫恆無變其初，無務富其家而飢其師，無甘受佞人㉖而外敬正士，無昧於諂言，惟先生是聽，以能有成功，保天子之寵命㉗。」又祝曰：「使先生無圖利於大夫而私便其身。」先生起拜祝辭曰：「敢不敬蚤㉘

夜以求從祝規！」於是東都之人士咸知大夫與先生果能相與以有成也。遂各為歌詩六韻，退，愈為之序云。

【注　釋】❶河陽軍節度御史大夫烏公為節度之三月　烏重胤任節度使之三月，當是在元和五年六、七月間。烏公，指烏重胤。他於元和五年四月被任為河陽軍節度使（河陽在今河南孟縣南），兼御史大夫銜。❷從事　三公及州郡長官自辟的僚屬。❸嵩邙瀍穀　山水名。嵩，山名。五嶽之一。在河南登封北。邙，山名。在河南洛陽。瀍，水名。源出洛陽西北，流入洛水。穀，水名。源出河南陝縣東部，在洛陽西南與洛水會合。❹葛　蔓草類植物。此指用葛的纖維織的夏衣。❺盂　盛飲食或液體的圓口器皿。❻駟馬　一車套四馬。此指一車所套之四馬。❼王良造父　二人都是著名馭馬能手。王良，春秋時晉國人。造父，周穆王時人。❽先後　輔導。《詩・大雅・緜》：「予曰有先後。」毛傳曰：「相道前後曰先後。」❾若燭照數計而龜卜　謂處事明確神妙。燭照，比喻看事看物清楚明白。數計，比喻計算精確。龜卜，比喻有預見。❿寇聚於恆　時成德軍節度使王承宗在恆州叛亂。恆，恆州（今河北正定）。成德軍駐此。⓫殫亡　罄盡。⓬吾所處地　指河陽。⓭歸輸　供給運送軍需品。歸，通作「饋」。⓮譔　同「撰」。⓯幣　帛。古人通常用作相互贈送的禮物。⓰卜日　謂選擇吉日。⓱冠帶　戴冠束帶。表示鄭重。⓲戒　準備。⓳行李　出行所帶的東西。⓴張　指張飲。在郊野張設帳幕餞飲。張，通「帳」。㉑上東門　洛陽城北門。㉒酒三行　三次行酒。行酒，依次斟酒。古人宴會一般以三次行酒為度。㉓爵　酒器。㉔出處　出仕、退隱。㉕壽　祝壽；祝福。㉖佞人　善以巧言獻媚的人。㉗寵命　榮耀的使命。㉘蚤　通「早」。

【語　譯】河陽軍節度使、御史大夫烏公任節度使的第三個月，他向賢能的幕僚訪求人才。有人推薦石先生，烏公問道：「先生怎麼樣？」回答說：「先生居住在嵩山、邙山、瀍水、穀水之間，冬天一件皮衣，夏天一件葛衣，食物方面：早晚飯一盂、蔬菜一盤。人家給他錢，他就謝絕；邀他一同出遊，他不曾用別的事由推辭過；鼓勵他出來做官，他也不應聲。他坐在一室之內，身邊都是圖書。跟他談論道理，辨析古今大事是否正確，評論人物高低，或事後檢驗成敗，他的話就像黃河決口，向下奔流，往東而去，就像四匹馬拉著輕便的車子在熟悉的道路上驅馳，而王良、造父在車上駕馭，好像秉燭照明、用數字計算並且用龜甲占卜一樣。」

大夫說：「先生是有他自己的想法而打算這樣隱居過盡一生的，他不求靠別人，難道肯為我而到這裡來嗎？」幕僚說：「大夫能文能武，又忠又孝，是為國訪求人才，不是出於個人利益。如今叛賊集聚在恆州，王師包圍它的邊境，農民不能耕種收穫，財物糧食耗盡。我們所處的地方，正當供給運送軍需品的必經之途，治軍之法、征伐的謀略，應該有人參與策劃。先生仁厚而且勇敢，如果用大義為由去聘請他，勉力他承擔重任，他拿什麼話來推辭呢！」於是寫好聘書，備辦馬匹禮品，選擇吉日把這些交給使者，命他尋到先生的住處，去聘請先生。

先生不把此事告訴妻子兒女，不跟朋友商量，戴冠束帶出來會見客人，在家門內拜受聘書禮品。當晚就沐浴，準備行李，裝好書冊，問清路線，向經常來往的人辭行。次日早晨朋友們全都來到了，在上東門外設帳餞飲。三次行酒之後，將要起身，有人端著酒杯說：「大夫真能出於大義，擇取人才，先生真能把實現大道作為自己責任，從而決定是否就職。此杯為先生送別。」又斟了一杯祝告說：「一般說來，出仕、退隱哪能長久不變，只是根據道義而行而已。就用這杯酒祝先生健康。」又斟一杯祝告說：「願大夫長久不改變他最初的想法，不致力於使自己的家富有而部下軍隊挨餓，不要喜歡接納巧言獻媚的小人卻疏遠莊重端正之士，不要聽到諂媚的話就覺得很合胃口，一切只聽從先生的意見，從而獲致成功，保有天子交予的榮耀使命。」又祝告說：「願先生不要向大夫謀求利祿而使自身得好處。」先生起身拜謝祝辭說：「我怎敢不恭敬地早起晚睡來實現祝辭的規勸！」因此東都的人士都知道大夫與先生一定能共同獲取成就，就各人寫了十二句詩。我回家又寫了這篇序。

送溫處士赴河陽軍序

【題解】溫處士，名造，字簡輿，并州（治所在今山西太原西南）人。處士，是對有德行而隱居不仕的人的稱呼。溫造有才學，有膽略，曾隱居洛陽附近的王屋山。約在元和五年（西元八一〇年）冬，御史大夫、河陽軍節度使烏重胤聘請溫造出山，任其幕僚。東都留守鄭餘慶等人寫詩為溫造送行，韓愈乃寫了這篇序。

本篇是繼上篇〈送石處士序〉後不久所作，作者敘述烏重胤先得石洪，後得溫造，因而讚揚烏重胤之識人和石、溫二人的賢能，預測天下將要得治，並為朋友離去感到惋惜。韓愈在文中並沒有直接鋪敘溫造的德才如何如何，而是說，石、溫二人一去，東都官員無人可諮詢，士大夫無人可共遊，後生們無人可請益，過客無人可拜訪，因而東都隱士的居處再也無人了。這樣運用烘雲托月的手法，把對溫、石二人的評價提得很高，的確十分巧妙。文末又故意對烏重胤表示不滿，說自己的朋友都被他網羅盡了，要溫造代他向烏重胤表示埋怨，這其實是用反襯手法對烏重胤善於知人、渴於求才作了讚揚。林紓所以說韓愈此處「極意寫己之不悅，然烏公見之，則大悅矣。此文字之狡獪動人處」（《春覺齋論文》）。

伯樂❶一過冀北之野❷，而馬群遂空。夫冀北馬多於天下，伯樂雖善知馬，安能空其群邪？解之者曰：吾所謂空，非無馬也，無良馬也。伯樂知馬，遇其良輒取之，群無留良焉。苟無良，雖謂無馬，不為虛語矣。

東都，固士大夫之冀北也。恃才能深藏而不市❸者，洛之北涯❹曰石生❺，其南涯曰溫生。大夫烏公以鈇鉞❻鎮河陽❼之三月，以石生為才，以禮為羅❽，羅而致之幕下。未數月也，以溫生為才，於是以石生為媒❾，以禮為羅，又羅而致之幕下。東都雖信❿多才士，朝取一人焉，拔其尤⓫，暮取一人焉，拔其尤，自居守⓬、河南尹⓭以及百司之執事⓮，與吾輩二縣之大夫⓯，政有所不通，事有所可疑，奚所諮⓰而處⓱焉！士大夫之去位而巷處者，誰與嬉遊！小子後生於何考德而問業焉！搢紳⓲之東西行過是都者，無所禮於其廬。若是而稱曰：大夫烏公一鎮河陽，而東都處士之廬無人焉，豈不可也！

夫南面⓳而聽天下⓴，其所託重而恃力者，惟相與將耳。相為天子得人於朝廷，將為天子得文武士於幕下，求內外無治，不可得也。愈縻於茲㉑，不能自引去，資二生以待老。今皆為有力者奪之，其何能無介然㉒於懷邪！生既至，拜公於軍門㉓，其為吾以前所稱為天下賀，以後所稱為吾致私怨於盡取也。

留守相公㉔首為四韻詩歌其事，愈因推其意而序之。

【注釋】❶伯樂　古代傳說中善於相馬的人。❷冀北之野　古冀州的北部。指燕（今河北北部、遼寧西端）、代（今河北蔚縣東北）之地。其地多產良馬。❸市　出售。指憑藉才學博取官位。❹北涯　北岸。涯，水濱。❺石生　指石洪。字濬川，元和五年六、七月間為河陽節度使烏重胤聘為從事。❻鈇鉞　古代軍法用以殺人的斧子。天子授與大將，以示有專殺之權。

❼河陽　今河南孟縣南。❽羅　捕鳥的網。下句之「羅」字作動詞。謂捕捉、招致。❾媒　射獵時用作誘餌或馴養以招引其同類的鳥獸。❿信　確實。⓫尤　傑出的人物。⓬居守　指東都留守。時為鄭餘慶。⓭河南尹　指河南府尹。⓮百司之執事　各官署的官員。⓯二縣之大夫　指東都近郊的洛陽縣、河南縣的縣令。⓰諮　詢問。⓱處　處理；安排。⓲搢紳　指官員。官員們平時插笏於腰帶間，故稱。搢，插。紳，大帶。⓳南面　古代以坐北朝南為尊位。此處指居帝王之位。⓴聽天下　治理天下。㉑縻於茲　牽繫於此。指在此任河南縣令。縻，束縛；牽繫。㉒介然　猶芥蒂。細小的梗塞物。用以比喻積在胸中的怨恨和不快。介，通「芥」。㉓軍門　營門。㉔留守相公　指鄭餘慶。時任東都留守。曾兩任宰相，故稱相公。

【語　譯】伯樂一經過冀州北部的原野，馬群就空了。冀州北部的馬比天下其他地方的馬都多，伯樂雖然擅長相馬，怎麼能使那裡的馬群全空呢？解答這個問題的人說：我所說的空，不是沒有馬，而是沒有好馬了。伯樂擅長相馬，遇到好馬就挑去了，馬群裡不再留存好馬了。如果沒有好馬，就是說馬群裡沒有馬了，也不算是虛誑之言了。

東都本來是士大夫的集聚之地，猶如馬群集聚在冀州北部一般。具備才能而深深隱藏，不肯博取官位的人，洛水北岸有一位石先生，洛水南岸有一位溫先生。御史大夫烏公憑著天子所賜鈇鉞鎮守河陽後三個月，就認為石先生是人才，用禮儀作為羅網，像捕鳥兒一樣把石先生招納到幕下任職。不到幾個月，又認為溫先生是人才，於是用石先生為鳥媒，用禮儀作羅網，又把溫先生像捕鳥兒一樣招納到幕下任職。東都雖然確實有很多有才之士，但早上取走一個，是選拔其中最傑出的，晚上又取走一個，也是選拔其中最傑出的，從留守、河南府尹到各官署的負責官員和我們二縣的縣令，政事有不順暢的地方，事務有疑惑不明的地方，向何處去詢問然後加以處置呢！離職家居的士大夫，跟誰一起遊玩呢！青年後輩向哪裡探討品德修養並請教學業呢！往東往西，經過東都的官員，已沒有值得拜訪的隱士居處了。根據這種情形而說：御史大夫烏公才鎮守河陽，東都隱士的住處就沒有人了，難道不可以嗎！

天子坐北朝南，治理天下，他付與重任並且依靠他們出力的人，只有宰相和大將。宰相在朝廷為天子擇取人才，大將為天子擇取有文才武略之士置於自己幕下，這樣想要朝廷和郡縣治理不好，是不可能的。我牽繫於此地，不能離開，靠這二位先生相伴來等待年老。如今二人都被有力的人奪去了，我怎能不心存芥蒂呢！溫先生到了那裡，在營門拜見烏公，希望根據我所說的前面一番話替我為天下人表示祝賀，根據我所說的後面一番話替我向烏公表示個人的埋怨情緒，埋怨他把人才都取盡了。

留守相公寫了八句詩歌詠這件事，我就闡發他的意思寫了這篇序。

送水陸運使韓侍御歸所治序

【題解】元和六年（西元八一一年）冬，振武軍（方鎮名，治所在今內蒙古和林格爾西北）將吏馳告朝廷軍糧缺乏，時方任宰相的李絳和戶部侍郎判度支的盧坦主張在駐地開墾田地，減少國家軍費支出和運輸費用，避免和糴中的欺隱行為，憲宗皇帝表示贊成，乃撤掉不稱職的原代北水陸運使薛謇，改任韓重華（後改名韓約）任振武京西營田和糴水陸運使，負責籌措一方軍糧事務。韓重華到任後立即放出犯貪贓罪的吏員九百多人，命他們就近開墾種植，結果接連二年豐收，虧欠全部補上，還有贏餘。韓重華又招募人建立十五個屯，每屯在附近高地建有土堡，屯中墾地，兵農兼事，耕戰結合，結果收粟二十萬石，節省大量軍費；他本人也因而被拜為殿中侍御史。韓重華鑑於屯田政策的巨大成功，乃入朝請求進一步擴大規模。但此時盧坦、李絳先後去職，他的建議未被朝中大臣所採納。當他黯然返回任所之時，京中眾官賦詩贈別，韓愈又受命寫了這篇序。

這篇文章完全是直敘韓重華屯田的經過和成績，並未加過多的渲染和評論，然而充分表現出作者對韓重華屯田之舉的讚賞和為他未能進一步實現壯志的同情。

清高宗弘曆曾指出此文記敘的年代有誤，可能傳抄中有錯字（見《唐宋文醇》卷五評語），所見甚是。韓重華元和六年冬赴任，命罪吏耕種，連獲二年豐收，又置十五屯再獲豐收，則已經三年，當是元和九年冬入朝，不是序中所言之「八年」。若是元和八年冬入朝，則李絳尚在位。而元和九年冬則李絳已罷相，別的執政大臣於是壓制韓重華的建議。由此看來，本文也應是作於元和九年之冬。

六年冬❶，振武軍❷吏走驛馬❸詣闕❹告饑，公卿廷議以轉運使不得其人，宜選才幹之士往換之，吾族子⑤重華適當其任。至則出贓罪吏⑥九百餘人，脫其桎梏⑦，給耒耜⑧與牛，使耕其傍便近地，以償所負⑨，釋其粟之在吏者⑩四十萬斛⑪不徵。吏得去罪死，假⑫種糧，齒平人⑬有以自效⑭，莫不涕泣感奮，相率⑮盡力以奉其令。而又為之奔走經營，相⑯原隰⑰之宜，指授方法。故連二歲大熟⑱，吏得盡償其所亡失四十萬斛者而私其贏餘，得以蘇息⑲，軍不復饑。

君曰：「此未足為天子言，請益募人為十五屯，屯置百三十人而種百頃⑳。令各就高為堡㉑，東起振武，轉而西過雲州㉒界，極於中受降城㉓。出入河山之際，六百餘里，屯堡相望，寇來不能為暴，人得肆耕其中，少可以罷漕輓㉔之費。」朝廷從其議。秋果倍收，歲省度支錢千三百萬㉕。八年，詔拜殿中侍御史，錫服朱銀㉖。

其冬來朝，奏曰：「得益開田四千頃，則盡可以給塞下五城㉗矣。田五千頃，法㉘當用人七千。臣令吏於無事時督習弓矢為戰守備，因可以制虜，庶幾所謂兵農兼事，務一而兩得也。」大臣方㉙持㉚其議。

吾以為邊軍皆不知耕作，開口望哺㉛。有司常僦人㉜以車船自他郡往輸，乘沙逆河㉝，遠者數千里，人畜死，蹄踵㉞交道㉟，費不勝計，中國㊱坐耗㊲，而邊吏恒苦食不繼。今君所請田，皆故秦漢時郡縣地，其課績㊳又已驗白，若從其言，其利未可遽以一二數也。今天子方舉群策以收太平之功，寧使士有不盡用之歎，懷奇見而不得施設㊴也！君又何憂！而中臺㊵士大夫亦同言侍御韓君前領三縣，紀綱㊶二州，奏課㊷常為天下第一，行其計於邊，其功烈㊸又赫赫如此，使盡用其策，西北邊故所沒地㊹，可指期而有也。聞其歸，皆相勉為詩以推大㊺之，而屬㊻余為序。

【注釋】❶六年冬　元和六年冬。❷振武軍　方鎮名。治所在單于都護府（今內蒙古和林格爾西北）。❸驛馬　驛站供應的馬。供傳遞公文的人和來往官員使用。❹詣闕　謁赴朝堂。詣，到。闕，宮闕。❺族子　同族兄弟之子。❻贓罪吏　犯貪汙受賄罪的官吏。❼桎梏　桎，腳鐐。梏，手銬。❽耒耜　古代耕地的工具。耒是其柄，耜是其鏵。❾負　虧欠。❿粟之在吏者　指罪吏虧欠公家的糧食。⓫斛　量器名。古以十斗為一斛。⓬假　借給。⓭齒平人　與普通人並列。⓮自效　貢獻自己的力量。⓯相率　相繼；一個接一個。⓰相　觀察。⓱原隰　平原和低溼之地。⓲大熟　豐收。⓳蘇息　休養生息。⓴種百頃　《新唐書・食貨志》記載此一史實作「人耕百畝」。頃，土地面積單位。一頃相當於一百畝。㉑堡　土築的小城。㉒雲州　治所在定襄（今山西大同）。轄境相當今山西長城以南、桑乾河以北地。㉓中受降城　在今內蒙古包頭西南黃河北岸。㉔漕輓　指水運和陸運。㉕歲省度支錢千三百萬　《新唐書・食貨志》記載為：「歲收粟二十萬石，省度支錢二千餘萬緡。」一緡為一千文。度支錢，指戶部度支司所撥軍費。㉖錫服朱銀　賜穿朱紅官服、用銀飾。錫，通「賜」。殿中侍御史為從七品下，而朱服為五品官服，賜穿朱服，為寵榮之遇。㉗五城　指東受降城（今內蒙古托克托西南黃河東岸）、中受降城、西受降城（在今內蒙古烏特中後旗西南烏加河北岸）和朔方軍（方鎮名。治所在靈州。即今寧夏靈武西南）、振武軍。㉘法　常理；常規。㉙方　卻。㉚持　壓制。㉛哺　原為鳥以食物飼幼鳥。此指受人供養。㉜傭人　僱傭人。㉝乘沙逆河　越過沙漠，由黃河下游往上游航行。㉞蹄踵　指人和馬的足跡。蹄，馬蹄。踵，人的腳後跟。㉟交道　交錯於道路上。㊱中

國　此指中原。糧餉俱由中原地區運來。㊲坐耗　以致虧損。㊳課績　指已有的賦稅成績。㊴施設　實施；施行。㊵中臺　尚書省的別稱。㊶紀綱　治理。㊷奏課　把對官吏的考績上報朝廷。㊸功烈　功業。㊹西北邊故所沒地　指被吐蕃侵佔的河西隴右之地。㊺推大　推崇；推重。㊻屬　通「囑」。囑咐。

【語　譯】元和六年冬，振武軍的將吏乘驛馬馳奔朝廷報告軍糧缺乏，公卿在朝中議論時認為轉運使不稱職，應當選用有辦事才能的人去替換，我一個同族兄弟之子重華恰好被選中擔任這一職務。重華到任就放出犯貪汙罪的吏員九百多人，脫去他們戴的手銬腳鐐，供應他們農具和牛，命他們去耕種附近方便的土地，來償還虧欠，暫時不催收他們欠公家的四十萬斛糧食。這些吏員得以不因罪被處死，又借給他們種子糧食，跟普通人地位平等，有機會去貢獻自己的力量，他們無不流下眼淚，感動振奮，一個接一個盡力去執行命令。他們又為韓君奔走籌劃，觀察平原溼地，看看各適宜於種植什麼作物，指導教授耕作方法。所以接連二年獲得豐收，這些吏員得以全部償還他們所損失的四十萬斛糧食，並且個人還可以據有多出的餘糧，得以休養生息，將士因而不再挨餓。

　　韓君說：「這些不值得對天子說，請允許我再招募人組成十五個屯，每個屯安置一百三十人，耕種一百頃地。命他們各自依據較高的地形築堡，東從振武開始，轉向西經過雲州邊界，到中受降城為止。蜿蜒於河山邊緣，六百多里，屯堡相望，敵寇來不能為害，人可以在屯中自在耕種，這樣國家可以稍稍減少水陸運輸的費用。」朝廷接受了他的建議。到秋季果真收入加倍，一年節省戶部所撥的錢一千三百萬緡。元和八年，朝廷下詔授韓君殿中侍御史，賜穿朱紅官服，用銀飾。

　　這一年冬韓君來朝見天子，上奏說：「如果再開闢四千頃田，則可以完全供給塞下五城了。五千頃田，按常規要用七千人。臣命令將吏在無事時督促部下學習弓箭，為作戰防守作準備，因而可以制勝敵人，這樣差不多可以說兵農兩者兼做，憑此一舉，卻得到兩方面的收穫。」大臣卻壓制他的建議。

　　我認為邊疆軍人都不懂得耕作，張口等人餵養。主管糧餉的部門經常僱人用車船從其他州郡運送，越過沙漠，逆黃河航行，遠的路途達幾千里，人畜死亡，人和馬的足跡交錯於道路，費用無法計算，中原以致虧損，而邊疆將吏經常又為糧食供應不上而煩惱。如今韓君所請求開闢的田地，都是從前秦漢時郡縣之地，賦稅成績又都已驗證明白，若是接受他的建議，獲得的利益將不可能一下子就算清楚。如今天子正採納群臣的策略以建立天下太平的大功，哪裡會使士人產生沒有被充分信用的感歎，使他們胸懷卓異的見解卻不能施行呢！韓君又何必憂傷！而尚書省的官員們也同說，殿中侍御史韓君以前為三縣縣令，治理兩個州，上報考績常為天下第一，在邊疆施行他的計謀，功業又這樣盛大，假如完全採用他的計謀，西北邊境以前被侵佔的土地，可以在不遠的時間內收復。聽說韓君回歸任所，都共同努力寫詩來推崇他，並囑咐我寫這篇序。

送殷員外序

【題解】殷員外，指殷侑，陳州（今河南淮陽）人，勤奮好學，精研禮制，貞元末以明五經及第，元和中任太常博士。時回鶻可汗遣使來唐朝請求和親，有關官員計算需開支五百萬緡錢，憲宗皇帝因正在對淮西叛軍用兵，就派遣使者去回鶻請求延緩婚期。派去的正使是宗正少卿李孝誠，殷侑假官虞部員外郎，任副使，時為元和十二年（西元八一七年）。朝中官員為殷侑餞行，韓愈乃寫了此序。

殷侑到了回鶻，可汗盛陳兵甲，脅迫他行臣下朝見君主之禮，殷侑堅立不動。宣諭已畢，可汗責備他倨慢，要把他扣留下來，同去的人都惶懼不安，殷侑說：「可汗是漢家子婿，欲坐受使臣拜，是可汗失禮，非使臣失禮也。」可汗聽了就不敢再逼迫他了（見《舊唐書‧殷侑傳》）。韓愈在此序中高度評價殷侑「通經」、「知輕重」，讚揚他能以聖賢教導為立身準則，明於民族大義，不顧自身安危，可以說不為虛語。

唐受天命為天子，凡四方萬國，不問海內外，無小大，咸臣順於朝。時節❶貢水土百物，大者特來❷，小者附集❸。

元和睿聖文武皇帝❹既嗣位，悉治方內就法度。十二年，詔曰：「四方萬國，惟回鶻於唐最親，奉職尤謹❺。丞相其選宗室四品一人❻，持節❼，往賜君長，告之朕意。又選學有經法❽、通知時事者一人，與之為貳❾。」由是殷侯❿侑自太常博士遷尚書虞部員外郎⓫，兼侍御史，朱衣象笏⓬，承命以行。

朝之大夫，莫不出錢。酒半，右庶子韓愈執盞言曰：「殷大夫：今人適數百里，出門惘惘⑬，有離別可憐之色；持被入直三省⑭，丁寧⑮顧婢子，語刺刺⑯不能休。今子使萬里外國，獨無幾微出於言面，豈不真知輕重⑰大丈夫哉！丞相以子應詔，真誠知人。士不通經，果不足用。」於是相屬⑱為詩，以道其行云。

【注　釋】❶時節　此指元旦或冬至。❷特來　特地派使臣來。❸小者附集　謂小國附託大國使臣代為進貢，或隨同大國使臣同來進貢。❹元和睿聖文武皇帝　元和三年正月內外大臣給唐憲宗李純上尊號「睿聖文武」四字。❺惟回鶻於唐最親二句　回鶻，即回紇。古維吾爾族。唐時轄境曾東起今興安嶺，西至今阿爾泰山，曾助唐平安史之亂，其王曾娶唐帝之女，所以說回鶻於唐最親，奉職尤謹。但回鶻叛服不常，時騷擾邊境。❻宗室四品一人　謂選用唐宗室任四品官者任使者。李孝誠任宗正少卿，官階為從四品上。❼持節　使者出行，持符節以為憑證。❽學有經法　學問能通達六經家法。❾貳　副職。❿侯　同「君」。士大夫之間的尊稱。⓫尚書虞部員外郎　指尚書省工部所屬虞部一司的副長官。殷侑出使時尚為假官，出使歸來方真拜此官。⓬朱衣象笏　虞部員外郎為從六品上，侍御史為從六品下，本應穿綠衣執木笏，朱衣象笏為寵遇。笏，手版。一說唐制御史穿朱衣。⓭惘惘　失意貌。⓮持被入直三省　拿著被子到三省（指尚書省、中書省、門下省）去值班。⓯丁寧　一再囑咐。⓰刺刺　多言貌。⓱知輕重　知道何輕何重。意謂懂得國事為重、個人之事為輕的道理。⓲相屬　互相連接；一個接一個。

【語　譯】唐朝秉受天命而成為天子，所有四方萬國，不問在四海之內還是在四海之外，無論大國還是小國，都成為臣子，順服於唐朝。在一定季節前來貢獻各種土產物品，大國特地派使臣來，小國就附託大國一起進貢。

元和睿聖文武皇帝即位之後，把天下治理得完全合於法度。元和十二年，皇帝下詔說：「四方萬國之中，只有回鶻對大唐來說最親近，而奉行職責，尤其小心。丞相應選派一名出身皇族的四品官員，持符節為使者，前去賞賜回鶻君主，把我的意旨告訴他。又選派一名有學問而能曉知六經家法、通達時事的官員，給正使作副使。」因此殷侑君由太常博士升為尚書省工部的虞部員外郎，兼侍御史之職，穿朱衣，執象牙笏，承受王命出行。

朝廷官員，沒有人不出來為他餞行。酒宴進行到中途，右庶子韓愈手執酒盞說：「殷大夫：如今的人要到數百里外的地方去，出門時就悵惘失意，臉上露出因離別而可憐的神色；有的官員拿著被子到三省值夜班，還對婢女一再囑咐，話說個不止。如今您出使到萬里之遙的外國，卻沒有一點點惜別之情表現在語言和臉上，難道不是真正懂得何輕何重的大丈夫嗎！丞相選擇您來執行詔書的指示，真是確實知人。士人不通曉經術，果真不值得任用。」於是送行之人互相接續著寫詩，來敘說殷大夫此次出行的事。

送楊少尹序

【題解】楊少尹，指楊巨源，字景山，河中府（治所在河東，今山西永濟蒲州鎮）人。貞元五年（西元七八九年）登進士第，善寫詩，曾受到白居易推重，因而知名。他官至國子司業，年滿七十，辭官返鄉。宰相愛重他的才學，惋惜他辭去官位，就任命他為本鄉河中府少尹，並寫詩勉勵他，京中善詩者也寫了和詩。當楊巨源離京還鄉時，韓愈因病未能前去送行，乃寫了此序。時約長慶中，韓愈正任吏部侍郎。

此序通篇採用類比的手法來寫。西漢疏廣、疏受叔姪功遂身退的高情歷來受人讚歎，韓愈乃用他們和楊巨源相比，指出其情則相同，其事則有異，因而認為楊巨源實有古代品德高尚的鄉先生之風。這種寫法錯綜變化，富於情致，頗受人欣賞。

昔疏廣、受二子，以年老一朝辭位而去❶。于時公卿設供張❷，祖道❸都門外，車數百兩❹。道路觀者多歎息泣下，共言其賢。漢史既傳其事❺，而後世工畫者又圖其迹。至今照人耳目，赫赫❻若前日事。

國子司業❼楊君巨源，方以能詩訓後進，一旦以年滿七十，亦白丞相去歸其鄉。世常說古今人不相及，今楊與二疏，其意豈異也！

予忝❽在公卿後❾，遇病不能出。不知楊侯❿去時，城門外送者幾人，車幾兩，馬幾疋？道邊觀者亦有歎息知其為賢以⓫否？而太史氏⓬又能張大其事為傳繼二疏蹤跡否？不落莫⑬否？見今⑭世無工畫者，而畫與不畫，固⑮不論也。然吾聞楊侯之去，丞相有愛而惜之者，白以為其都少尹⑯，不絕其祿。又為歌詩以勸之，京師之長於詩者亦屬而和之。又不知當時二疏之去，有是事否？古今人同不同，未可知也。

中世⑰士大夫以官為家，罷則無所於歸。楊侯始冠⑱，舉於其鄉⑲，歌〈鹿鳴〉⑳而來也。今之歸，指其樹曰：「某樹，吾先人之所種也；某水某丘，吾童子時所釣遊也。」鄉人莫不加敬，誡子孫以楊侯不去其鄉為法㉑。古之所謂鄉先生㉒沒㉓而可祭於社㉔者，其在斯人歟？其在斯人歟？

【注釋】❶昔疏廣受二子二句　疏廣，字仲翁，西漢東海蘭陵（今山東棗莊東南）人。少好學，徵為博士，宣帝時，任太子太傅，其姪疏受亦任少傅。在任五年，叔姪皆稱病還鄉。功遂身退，歷代傳為美談。❷設供張　陳設帷帳等用具以供宴會或行旅的需要。❸祖道　為出行者祭祀路神，並飲宴送行。❹兩　同「輛」。❺漢史既傳其事　漢史，指班固所著《漢書》。其中有〈疏廣傳〉。❻赫赫　盛大貌。❼國子司業　國子，指國子監。為當時最高學府。司業，國子監的副長官。❽忝　辱；有愧於。此處用作謙詞。❾在公卿後　謙謂自己位於公卿之後。❿侯　用作尊稱。同於「君」。⓫以　通「與」。⓬太史氏　太史為官名。西周至秦漢時，修史為其職務之一。魏晉以後已不管修史了。此處以古太史指當代史官。⓭落莫　同「落寞」。冷落，唐人常語。⓮見今　現今。見，通「現」。⓯固　則。⓰其都少尹　其都，指河中府。唐以河中府為中都。少尹，府的副長官。⓱中世　中古。上古以後時代。此處當泛指漢魏以來。⓲冠　古代男子二十歲始加冠。⓳舉於其鄉　謂州縣考試及格被舉送參加尚書省進士科考試。⓴歌鹿鳴　〈鹿鳴〉是《詩．小雅》中一篇。唐代鄉試完畢，州縣官宴請中舉之人，席間要奏〈鹿鳴〉。㉑法　法式；榜樣。㉒鄉先生　古時尊稱辭官居鄉或在鄉教學的老人。㉓沒　通「歿」。死亡。㉔社　此指祭祀土地神的地方。

【語譯】從前疏廣、疏受二位先生，由於年老一日辭掉官位，離京而去。當時朝中公卿在京都城門外陳設帷帳，為二疏送行，共有數百輛車。路上觀眾中許多人歎息流淚，都說他們賢明。漢代史書已把他們的事跡記入傳記中，而後代擅於繪畫的人又畫了送行的場景。畫上人物的風采至今還能打動觀者耳目，顯耀盛大好像前幾天發生的事。

國子司業楊君巨源正憑著他的詩才教訓後學之輩，一日以年滿七十為理由，也稟告宰相辭官回鄉。世人常說今人及不上古人，如今楊君跟二疏相比，他們的情懷難道有什麼不同嗎！

我很慚愧，位列於公卿之後，正逢生病，不能去送行。不知楊君離京時，城門外多少人送行，車多少輛，馬多少匹？道邊觀眾有沒有也為他歎息知他是賢人？而史官是否能鋪敘他的事跡寫成傳記來接續二疏的史跡？有沒有冷落了他？當今世上沒有精於繪畫的人，那麼是畫了還是沒有畫送行場面，就不必談了。然而我聽說楊君離京回鄉，宰相中有人愛重他的才學，惋惜他的辭官，奏明皇上，任他為他的家鄉中都少尹，使他的俸祿不致斷絕。又寫了詩歌來勉勵他，京城中擅長寫詩的人也接著寫了和詩。又不知當年二疏離京時，有這樣的事沒有？古今之人相同還是不同，就不能知道了。

中古以來士大夫以官為家，罷官就無處可歸。楊君剛成年，受到家鄉舉薦，唱著〈鹿鳴〉到京城來應試。如今回鄉，指著樹說：「某棵樹，是我先人所種的；某條河、某座山，是我為童子時釣魚遊玩的地方。」本鄉的人都越加尊敬他，把楊君不離故鄉作為榜樣來告誡子孫。古人所說死後可以在社場祭祀的鄉先生，大概就是楊君這樣的人吧？大概就是楊君這樣的人吧？

送鄭尚書序

【題　解】鄭尚書，指鄭權，滎陽開封（今河南開封）人，長慶三年以刑部尚書兼御史大夫出任嶺南節度使、廣州（治所在今廣東廣州）刺史。此年四月京中官員為他送行，並限韻賦詩，時任吏部侍郎的韓愈乃寫了此序。

本篇首先敘述嶺南節度使在嶺南五府中是為首的大府，受四府之尊重，權力極大。接著形容嶺南諸州及東南各國地域之廣遠、情況之複雜，及蠻夷人民之難治，以說明節度使責任的重大。最後讚揚鄭權能以儉約自處，規勸他此去要廉潔奉公。本文敘述詳密，描繪生動，氣度宏闊，是一篇很有特色的文章。

但此文也受到後人的責難，主要是因鄭權的為人而產生的。鄭權此次是因家中姬妾多，人口多，俸祿不足以養活，所以通過佞人鄭注向宦官王守澄活動，從而得到嶺南節度使的官職。他到任後，就搜刮珍寶，回報鄭、王等人，諫官薛廷老曾上疏要求治鄭權之罪（見《舊唐書・鄭權傳》、《舊唐書・薛廷老傳》及《資治通鑑・長慶三年》）。因而對韓愈的評價感到不滿的大有人在，宋洪邁問道：「其（指鄭權）為人乃貪邪之士爾，韓公以為仁者何邪？」（《容齋續筆》卷四）其實韓愈此文是作於鄭權赴任之時，他後來貪贓枉法的行為尚未發生，家口多而境況窘迫是事實，所以韓愈如此說，也不為錯。而且韓愈如此說還寄寓了要鄭權此去為官要清廉自守的期望，是「雖贊而實規」（清林雲銘《韓文起》評語）。

嶺之南❶，其州七十。其二十二隸嶺南節度府❷，其四十餘分四府❸。府各置帥，然獨嶺南節度為大府。大府始至，四府必使其佐❹啟問起居❺，謝❻守地不得即賀以為禮。歲時[7]必遣賀問[8]，致水土物。大府帥或道過其府，府帥必戎服[9]，左握刀，右屬[10]弓矢，帕首[11]袴鞾[12]迎郊。及既至，大府帥先入據館，帥守屏[13]，若將趨入拜庭之為者。大府與之為讓至一再，乃敢改服以賓主見，適位執爵皆興拜，不許乃止，虔[14]若小侯之事大國。有大事諮而後行。

隸府之州離府遠者，至三千里，懸隔山海，使必數月而後能至。蠻夷悍輕，易怨以變。其南州皆岸大海，多洲島，颿[15]風一日踔[16]數千里，漫瀾[17]不見蹤迹。控御[18]失所，依險阻，結黨仇[19]，機[20]毒矢以待將吏，撞搪[21]呼號以相和應，蜂屯蟻雜，不可爬梳[22]。好則人，怒則獸，故常薄其征入，簡節而疏目[23]，時有所遺漏，不究切[24]之，長養[25]以兒子。至紛不可治，乃草薙[26]而禽獮[27]之，盡根株[28]痛斷乃止。其海外雜國，若耽浮羅[29]、流求[30]、毛人[31]、夷、亶之州[32]、林邑[33]、扶南[34]、真臘[35]、于陀利[36]之屬，東南際天地以萬數，或時候風潮朝貢。蠻胡賈人[37]，舶交海中。

若嶺南帥得其人，則一邊盡治，不相寇盜賊殺，無風魚之災，水旱癘[38]毒之患，外國之貨日至，珠、香、象、犀、玳瑁[39]奇物溢於中國，不可勝用。故選帥常重於他鎮，非有文武威風，知大體，可畏信者，則不幸往往有事。

長慶三年四月，以工部尚書鄭公為刑部尚書兼御史大夫往踐其任。鄭公嘗以節鎮襄陽㊵，又帥滄、景、德、棣㊶，歷河南尹、華州刺史㊷，皆有功德可稱道。入朝為金吾將軍、散騎常侍、工部侍郎、尚書㊸。家屬百人，無數畝之宅，僦屋㊹以居，可謂貴而能貧㊺，為仁者不富之效也。及是命，朝廷莫不悅。將行，公卿大夫士苟能詩者，咸相率為詩以美朝政，以慰公南行之思㊻，韻必以「來」字㊼者，所以祝公成政而來歸疾也。

【注釋】❶嶺之南　五嶺以南地區。❷其二十二隸嶺南節度府　時嶺南節度使治廣州，領二十二州。❸其四十餘分四府　邕管經略使治邕州，領州十三；容管經略使治容州，領州十四；桂管經略使治桂州，領州十四；鎮南經略使、安南都護府治交州，領州十一。四府實分管轄五十二州。❹佐　屬官。❺啟問起居　問候、請安之意。❻謝　謝罪。❼歲時　每年一定的季節或時間。❽賀問　祝賀與省問。指應酬交往。❾戎服　軍服。❿屬　佩。⓫帕首　以巾裹頭。是武將朝參時的公服。⓬袴韡　指軍服。袴，左右各一，分裹兩脛的套褲。韡，即「靴」字。高到踝骨以上的長筒鞋。⓭屏　當門的小牆。⓮虔　誠敬。⓯颿　即「帆」字。⓰踔　越。⓱漫瀾　大水無邊無際貌。⓲控御　控制駕馭。⓳黨仇　同夥。⓴機　原義是弩牙。是弩上發箭的裝置。此處則是給弩裝上的意思。㉑撞搪　衝擊。㉒爬梳　治理。㉓簡節而疎目　謂少加節制，不嚴格用法度治理。疎目，法網稀疏。目，網眼。㉔究切　追究責備。㉕長養　撫育培養。㉖薙　除草。㉗獮　殺傷禽獸。㉘根株　樹根。㉙耽浮羅　今濟州島。在韓國西南。㉚流求　即今琉球群島。㉛毛人　今日本蝦夷。㉜夷亶之州　即夷洲、亶洲。東海中之島。傳說秦始皇時方士徐福率童男女數千人入海居此。夷洲即今之臺灣。㉝林邑　古國名。故地在今越南中南部。㉞扶南　中南半島古國名。七世紀中葉為其北方屬國吉蔑所滅。其故地位於今柬埔寨。韓愈著文時此國已亡。㉟真臘　即古吉蔑王國。位於今柬埔寨。㊱于陀利　古國名。即干陁利。舊說以為是三佛齊的古稱。故地在今印度尼西亞蘇門答臘島。近人考證，或以為在馬來半島。干陁利是吉打別稱。㊲賈人　商人。㊳癘　疫病。㊴玳瑁　一種海龜。背板可製裝飾品。㊵嘗以節鎮襄陽元和十一年七月鄭權任襄州刺史、山南東道節度使，駐襄陽（今湖北襄樊）。節，符節。古使臣的信物。㊶帥滄景德棣　元和十三年鄭權任德州刺史、德棣滄景節度使。滄，指滄州。治所在今河北滄州東南。景，指景州。治所在今河北東光西北。德，指德州。治所在今山東陵縣。棣，指棣州。治所在今山東惠民東南。㊷歷河南尹華州刺史　鄭權曾於元和十一年之前及長慶元年二次出任河南府（治所在今河南洛陽）尹。元和十二年任華州（治所在今陝西華縣）刺史、潼關防禦鎮國軍使。㊸入朝為金吾將軍散騎常侍工部侍郎尚書　元和十四年十一月鄭權任右金吾衛大將軍，充左街使。穆宗即位，改授左散騎常侍，充入回鶻告哀使。長慶元年由河南尹入為工部侍郎，不久拜為工部尚書。㊹僦屋　租屋。㊺貴而能貧　語出《左傳・襄公二十二年》。為公孫黑肱之言。㊻思　情緒。㊼韻必以來字　此謂作詩限韻，必以「來」及同韻字為叶。

【語譯】五嶺以南地區，共有七十多個州。其中二十二個州屬嶺南節度府管轄，其餘四十多個州分屬四個府管轄。每府各設置長官，然而只有嶺南節度府為大府。大府長官才到任，四府長官一定派他們的屬官來請安，為他們由於防守轄地不能親自前來道賀致歉，以此作為禮節。每年一定季節一定派遣使者來祝賀省問，獻上當地土產。大府長官有時路過小府，小府長官一定穿著軍服，左邊佩刀，右邊佩著弓箭，以巾裹頭，穿褲著靴，到郊外迎接。等到大府長官到了，大府長官先入住賓館，小府長官守在門牆邊，好像打算快步入館在庭中參拜的樣子。大府長官跟他一再謙讓，小府長官才敢改換服裝按賓主的禮儀相見，到座位舉酒杯都要起身下拜，大府長官不允許他這樣做才停止，誠敬的態度就像小國諸侯侍奉大國諸侯一般。有大事要徵求大府長官的意見後再做。

離節度府遠的轄州，達到三千里，遠隔山海，使者一定要經過幾個月才能到達。蠻夷之民兇悍輕率，容易產生怨恨而發生變亂。南部諸州都瀕臨大海，多島嶼，乘風揚帆一天可越數千里，茫茫見不到人的蹤跡。長官駕馭不當，蠻夷之民就佔據險要的地形，結成同夥，給弩裝上毒矢來等待府中將吏的到來，他們衝擊呼喊，互相呼應，像蜂群屯聚，像螞蟻那樣雜亂，無法治理。跟你交好時就是人，發起怒來就如同野獸，所以官府常減輕賦稅，少加節制，並放寬法度，有時有遺漏之處，也不追究責備，像對兒女一樣撫養他們。等到紛亂得不可治理時，才像割草、殺禽獸一樣來對待他們，使變亂徹底斷根才停止。那些海外雜國，像耽浮羅、流求、毛人、夷洲、亶洲、林邑、扶南、真臘、于陀利之類，在東南方向，接近天地邊緣，有上萬之多，有時趁著順風潮水前來朝貢。蠻胡商人的船舶交錯在海中。

假如任用的嶺南節度使能夠稱職，則一方完全得以治理，蠻夷之民不互相侵犯殘殺，沒有狂風巨魚之災，沒有水、旱、疫病、毒氣的禍患，外國的貨物天天運到，珍珠、香料、象牙、犀角、玳瑁等奇特之物充滿中國，使用不盡。所以選任此地長官常比其他節度使更看重，不是具有文才武略、威嚴風度，懂得大體，可畏可信的人任職，則此地不幸往往會發生事變。

長慶三年四月，朝廷任命工部尚書鄭公為刑部尚書兼御史大夫去接任嶺南節度使的職位。鄭公曾憑著符節鎮守襄陽，又曾任滄、景、德、棣節度使，做過河南府尹、華州刺史，都有功德可以稱道。他入朝曾任金吾將軍、散騎常侍、工部的侍郎和尚書。家屬有上百人，沒有佔地數畝的宅邸，而租屋居住，可說是地位尊貴卻能守著貧窮，實行仁愛的人卻不會富裕的徵驗。等到這次任命公布，朝廷中官員無不欣悅。鄭公即將出發，只要是能寫詩的公卿大夫，都相繼寫詩讚美朝廷的決定，安慰鄭公南行的離情，用韻一定以「來」字為限，用以祝願鄭公治理成功、迅速歸來。

送王塤秀才序

【題解】本文是韓愈的一篇重要學術論文，寫來鼓勵參加進士科考試的士子王塤。全文分前後二段。前一段是敘述孔子死後，儒家學派的分化與傳承，據他看，主要有三派：一派是子夏傳田子方，流而為莊周；一派是商瞿傳於馯臂子弓而至荀卿；一派是曾子傳於子思，又傳到孟子。韓愈認為孟子一派真正得到了孔子學說的本旨。這一看法，啟發了宋代的理學家們，使他們循著這一學術發展的線索，把《論語》、《大學》（據認為是曾子作）、《中庸》（據認為是子思作）和《孟子》合在一起，稱為「四書」。從此四書成為儒學教育的基本教材，對中國近古學術思想發展起了重大影響。

本文第二段是談論學習途徑的問題。他認為必須選正途徑，又努力不止，才有可能最終達到目的。因此要學習孔子之道就必須從孟子入手，若經由異端之學是不可能真正領會儒家學說的。這番議論固然與他的一貫學術立場有關，而在治學之道上也有一定的道理。

這篇文章是一篇平正的學術論文，但為避免過分平淡，前段在敘述孔學三派時，對一派採取順敘，對另二派採取倒敘，使文章顯現出一些波瀾。後段用乘船從黃河入海來比喻求學，也很準確生動。

吾常以為孔子之道大而能博，門弟子不能偏觀而盡識也，故學焉而皆得其性之所近❶。其後離散分處諸侯之國❷，又各以所能授弟子，原❸遠而末益分。蓋子夏之學，其後有田子方❹；子方之後，流而為莊周❺。故周之書，喜稱子方之為人❻。荀卿之書，語聖人必曰孔子、子弓❼。子弓之事業不傳，惟太史公書〈弟子傳〉❽有姓名字，曰「馯臂子弓」❾，子弓受《易》於商瞿❿。孟軻師子思⓫，子思之學，蓋出曾子⓬。自孔子沒，群弟子莫不有書⓭，獨孟軻氏之傳得其宗，故吾少而樂觀焉。

太原王塤，示予所為文，好舉孟子之所道者。與之言，信⓮悅孟子，而屢贊其文辭。夫沿河⓯而下，苟不止，雖有遲疾，必至於海。如不得其道也，雖疾不止，終莫幸⓰而至焉。故學者必慎其所道。道於楊、墨、老、莊、佛之學，而欲之聖人之道⓱，猶航⓲斷港⓳絕潢⓴以望至於海也。故求觀聖人之道，必自孟子始。今塤之所由，既幾㉑於知道，如又得其船與檝㉒，知沿而不止，嗚呼！其可量也哉！

【注釋】❶學焉而皆得其性之所近　孔子曾有一次談到他的學生各人的長處：德行好的有顏回、閔損、冉耕、冉雍；會說話的有宰予、端木賜；能辦理政事的有冉求、仲由；熟悉古代文獻的有言偃、卜商（見《論語・先進》）。可見這些人各就其性情所近而學有所成。❷其後離散分處諸侯之國　《史記・儒林列傳》載：子路（仲由）居衛，子張（顓孫師）居陳，澹臺子羽（滅明）居楚，子夏（卜商）居西河，子貢（端木賜）終於齊。❸原　「源」之本字。❹子夏之學二句　子夏在孔子死後居西河（今河南湯陰東三十里，羑水之南）設教，《史記・儒林列傳》謂田子方、段干木、吳起、禽滑釐等皆受業於子夏。然《呂氏春秋・當染篇》曰：「田子方學於子貢。」❺子方之後二句　這只是韓愈的觀點，而司馬遷則稱莊子「其學無所不窺，然其要本歸於老子之言」（見《史記・老子韓非列傳》）。關於莊子的學術淵源，目前學術界仍有爭論。❻故周之書二句　《莊子》一書中有〈田子方〉一篇，僅引田子方一次。此處說「喜稱子方之為人」，似不止一次。然今本《莊子》係經郭象刪削，據考唐時尚流傳各種本子，也許韓愈所見本提到田子方之處較多。❼荀卿之書二句　見《荀子》之〈非相〉、〈非十二子〉、

〈儒效〉諸篇。❽太史公書弟子傳　指《史記・仲尼弟子列傳》。❾馯臂子弓　據《史記・仲尼弟子列傳》則作馯臂子弘，《漢書・儒林傳》則作子弓。姓馯，名臂，字子弓。楊倞《荀子》注說子弓即仲弓（冉雍）。❿商瞿　魯人，孔子弟子，少孔子二十九歲。孔子傳《易》於商瞿。⓫孟軻師子思　《史記・孟子荀卿列傳》：「及長，受業子思之門人，卒成大儒。」子思，名伋，孔子之孫，魯繆公師。⓬子思之學二句　曾子，指曾參。孔子弟子。《孟子・離婁下》：「曾子、子思同道。」可見為同一學派。⓭群弟子莫不有書　相傳卜商作《喪服傳》、序《詩》，曾參有《曾子》，清人馮雲鵷及馬國翰又輯有孔門諸弟子之書。⓮信　確實。⓯河　黃河。⓰幸　徼幸。⓱欲之聖人之道　前一個「之」為動詞。往；到。聖人之道，指孔門的學術真諦。⓲航　行船。⓳斷港　不通於海的支流。港，大水支流。⓴絕潢　隔絕的積水池。㉑幾　近於。㉒檝　划船的用具。

【語　譯】我常認為孔子的學說範圍廣大，而才能廣博，他的弟子不能全部瞭解，徹底認識，所以都就其性情之所近去學習。後來分散住在各個諸侯國，又把各自所學的知識教給他們的弟子，離源頭越遠，支流就分得越開了。子夏的學說，繼承者有田子方；田子方之後，又演化為莊周的學說。所以莊周的書中，喜歡稱道田子方的為人。荀卿的書中，只要說到聖人就必定提到孔子、子弓。子弓的事業沒有傳下來，只有《史記》的〈仲尼弟子列傳〉中載有名字，叫做「馯臂子弓」，子弓從商瞿那裡學得《易》學。孟軻師承子思的門人，子思的學說，大約出於曾子。自從孔子死後，眾弟子無人不著書，只有孟軻所傳下的學說得到孔子之道的本旨，所以我年少時就喜歡讀《孟子》。

太原王塤，拿他所寫的文章給我看，文章喜歡舉孟子稱道的事。我和他談話，發現他確實悅服孟子，並且多次讚美孟子的文辭。沿著黃河乘船而下，如果不停止，雖然有快有慢，一定會到達大海。如果不選擇正確的航道，即使船行很快而且不停止，最後是不可能徼幸到達的。所以學習的人一定要慎重選擇學術途徑。若是取道於楊、墨、老、莊、佛的學說，卻想學到孔子的學說，就如同在不通的支流、隔絕的水池中行船想要到達大海一樣。所以要瞭解孔子的學說，一定要從孟子入手。如今王塤所走的道路，已經幾乎懂得正確的航道了，如果又得到船和檝，又懂得沿著此道而不停止，啊！他的前途難道可以估量嗎！

送高閑上人序

【題　解】高閑，烏程（今浙江吳興）人，是一位僧人，贊寧《宋高僧傳》卷三〇有傳。上人，是對僧人的尊稱。高閑是著名的草書家，所以韓愈在給他送行時，特別就書法發表了一番議論。此文約寫於長慶年間，是韓愈晚年之作。

韓愈認為，要精通一門藝術一定要做到兩點：一是要專力於其中，終生樂此不倦，無暇外慕；二是內心有豐富的感情，觀察外物有種種感受，需要借助於藝術一洩為快。他認為昔日張旭正因如此而成為一代草書名家，而高閑卻不可能做到。因為高閑是僧人，看破生死，不受外物打動，內心寧靜，於世淡漠，能有多少感情可寄寓於書法呢！無張旭之心，卻追求形似，是達不到張旭的境界的。韓愈真正之意並不在貶低高閑的書法，而是就此來抨擊佛教。正如清林雲銘所指出，這樣「見得佛法在人情物理之外，其不堪世用，無小大一也」（《韓文起》評語）。文末韓愈又說：聽說佛教徒善幻術，高閑如會這套本事，他能不能用到書法上就不得而知了。這番話把佛教和吞刀吐火之類幻術混為一談，無異說佛教徒實是一伙江湖騙子而已，這是極其尖銳的諷刺。

昔人如薛瑄、茅坤、儲欣等都認為這篇文章的風格頗似莊子之文，這是有一定見地的。莊子行文恢詭譎怪，運用種種曲折的手法對於當時的百家之見竭盡諷刺否定之能事。韓愈此文實也有所借鑑。所以儲欣說：「其詭變大約與《南華》（即《莊子》）相似。」（《昌黎先生全集錄》卷四）

苟可以寓其巧智，使機應於心，不挫於氣，則神完而守固。雖外物至，不膠❶於心。堯、舜、禹、湯❷治天下，養叔❸治射，庖丁治牛❹，師曠❺治音聲，扁鵲❻

治病，僚之於丸❼，秋❽之於弈，伯倫❾之於酒，樂之終身不厭，奚暇外慕！夫外慕徙業者，皆不造其堂❿不嚌其胾⓫者也！

往時張旭⓬善草書，不治他伎⓭。喜怒窘窮，憂悲愉佚，怨恨思慕，酣醉無聊，不平⓮有動於心，必於草書焉發之。觀於物，見山水崖谷，鳥獸蟲魚，草木之花實，日月列星，風雨水火，雷霆霹靂，歌舞戰鬭，天地事物之變，可喜可愕，一寓於書。故旭之書變動猶鬼神，不可端倪⓯，以此終其身而名後世。

今閑之於草書，有旭之心哉？不得其心而逐其跡，未見其能旭也。為旭有道，利害必明，無遺錙銖⓰，情炎於中⓱，利欲鬭進⓲，有得有喪，勃然不釋，然後一決⓳於書，而後旭可幾⓴也。今閑師浮屠氏㉑，一死生㉒，解外膠㉓。是其為心，必泊然㉔無所起，其於世，必淡然㉕無所嗜。泊與淡相遭，頹墮委靡㉖，潰敗不可收拾，則其於書得無象㉗之然乎？

然吾聞浮屠人善幻㉘，多伎能，閑如通其術，則吾不能知矣。

【注釋】❶膠　黏著。❷堯舜禹湯　指唐堯、虞舜、夏禹、商湯。都是儒家所稱道的平治天下的聖賢之君。❸養叔　養由基。春秋時楚人。善射，能百步穿楊葉，一發透七層革製軍服。❹庖丁治牛　這是《莊子·養生主》中的一個故事，說的是一個名叫丁的廚師，技藝高超，十九年中，解牛數千，刀刃如新磨過一般。❺師曠　春秋時晉人。精於音樂。師，樂師。曠，人名。❻扁鵲　姓秦，名越人，春秋時鄭人。善醫術，能見人五臟。一說扁鵲原是黃帝時名醫，秦越人醫術高明，因此也稱他扁鵲。❼僚之於丸　僚，指熊宜僚。春秋時楚國勇士。善於連續拋多枚彈丸於天而不著地。❽秋　人名。《孟子・告子上》說此人是一國最著名的棋手。❾伯倫　劉伶。字伯倫，晉沛國（今安徽宿縣）人。喜飲酒，著〈酒德頌〉。❿不造其堂　謂造詣不深。《論語・先進》：「子曰：由也升堂矣，未入於室也。」故常以登堂、入室喻學術造詣的逐步深入。造，到。⓫不嚌其胾　未嚐肉塊。比喻未曾深入。《禮記・曲禮上》：「三飯，主人延客食胾，然後辯殽。」這是說客人三食之後，主人方引導客人食肉塊，吃罷肉塊。才能遍食殽。嚌，嚐味。胾，肉塊。⓬張旭　字伯高，唐蘇州吳郡（今江蘇蘇州）人。喜飲酒，善草書，世呼張顛。⓭伎　同「技」。⓮不平　指心緒不能平靜。「不平」的含義參見〈送孟東野序〉。⓯不可端倪　不可測度。⓰錙銖　古代極小的重量單位。說法不一。⓱中　指內心。⓲鬬進　競進。⓳決　沖開；發洩。⓴幾　近。㉑浮屠氏　指佛教徒。浮屠為佛陀的舊譯。㉒一死生　把死生看作相等。㉓解外膠　解除外在事物對內心的干擾。㉔泊然　恬靜之狀。㉕淡然　不經意、不熱心貌。㉖頹墮委靡　頹廢委靡。㉗象　同「像」。㉘浮屠人善幻　這裡是故意把西來之佛教和西域傳來的吞刀、吐火之類幻術混為一談，以貶低佛教。

【語　譯】如果可以把自己巧妙的智慧寄寓在某件事上，使心能隨機應變，情緒不受挫傷，那麼就會精神充足而意志堅定。即使有外物干擾，也不會留存在心頭。堯、舜、禹、湯治理天下，養叔射箭，庖丁解剖牛，師曠演奏音樂，扁鵲治病，熊宜僚玩弄彈丸，弈秋下棋，劉伶飲酒，他們都喜歡做所做的事，終身不厭倦，哪裡有功夫愛好別的事！由此看來，愛慕別的事因而改變原來專業的人，都是原來就不夠深入的人啊！

從前張旭擅長寫草字，不研習其他技藝。喜怒窘困，憂悲愉快，怨恨思念，酣醉無聊，內心不平靜而有所觸動，一定要從所寫草字之中發洩出來。他看外物，見到山水崖谷，鳥獸蟲魚，草木的花果，日月和星辰，風雨水火，雷霆霹靂，歌舞戰鬥，天地萬物的變化，使人喜悅、使人驚愕之事，全都寄寓在他的草書之中。所以張旭寫的草字變動如同鬼神，不能測度，他畢生從事這一專業，名傳於後世。

如今高閑寫草字，有張旭那樣的心理，卻追求表面形跡相似，不見得能達到張旭那樣的書法水準。要做到張旭那樣，也有途徑，利和害一定分明，一點點也不漏掉，內心感情熾熱，爭取私利的欲望不可遏止，有得有失，情緒激動而不能排解，然後全發洩在書法之中，這樣就可以接近於張旭的水準了。如今高閑信奉佛教，把死生看作等同，解除外物對內心的干擾。這樣他的內心，一定是恬靜不受打動，而對於世事，也一定淡漠沒有愛好。恬靜和淡漠合在一起，情緒頹廢委靡，消沉下去，不能振作，那麼他在書法上會不會也像這樣子呢？

然而我聽說佛教徒擅長幻術，有很多技能，高閑如果懂得這套本事，那麼我就不知道他能不能也用到書法上去了。

送浮屠令縱西游序

【題解】這篇序是為將要西行的僧人令縱而作。眾所周知，韓愈一生始終反對佛教，但是他與一些僧人仍有交往，令縱就是其中之一。在這篇序中，韓愈說，從表面行為看，令縱是一個僧人，但是從其情性說，卻與普通人相同。他善於寫作，喜歡晉謁地方大員、文武豪士，為他們寫作詩文，歌功頌德，也和他們親密相處，評文論人，但是行蹤如白雲清風，對權門並無所求，所以沒有什麼可以指責的缺點。自己早已忘記令縱是個僧人，而把他當作了一個世俗的朋友。韓愈這番話，一方面不影響他一向堅持的排佛原則，另一方面也照顧到彼此的私誼，的確是費了苦心。張裕釗說：「退之為釋子作贈序，內不失己，外不失人，最見精心措注處。每篇各出意義，無相襲者，筆端具有造化，惟退之足以當之。」（轉引自《韓昌黎文集校注》三九二頁）

其行異❶，其情同，君子與其進❷可也。令縱，釋氏之秀者，又善為文。浮游徜徉，跡接天下，藩維大臣❸，文武豪士，令縱未始不褰衣❹而負業❺，往造❻其門下。其有尊行美德，建功樹業，令縱從而為之歌頌，典而不諛，麗而不淫❼，其有中古之遺風與。乘閒❽致密，促席❾接膝❿，譏評⓫文章，商較⓬人士，浩浩乎不窮，愔愔⓭乎深而有歸⓮，於是乎吾忘令縱之為釋氏之子也。

其來也雲凝，其去也風休。方懽而已辭，雖義⓯而不求，吾於令縱不知其不可⓰也。盍⓱賦詩以道其行乎？

【注　釋】❶其行異　這是說令縱是個僧人，行為與一般人不一樣。❷與其進　讚許他的進步。《論語・述而》記述互鄉之人難以交談，孔子接見其地一童子，然後說：「與其進也，不與其退也。」韓愈此處以互鄉人比佛教徒。❸藩維大臣　主持一方政務的大員。《詩・大雅・板》：「价人維藩。」後以藩維指藩國。❹褰衣　即褰裳。撩起下裳。這是表示熱情趨往的意思。《詩・鄭風・褰裳》：「子惠思我，褰裳涉溱。」按鄭玄的說法，褰裳是形容鄭國人涉過溱水往告大國正卿之態。❺負業　帶著所作詩文。❻造　至；到。❼淫　浮華。❽乘閒　趁機會。❾促席　接席；座位靠近。❿接膝　膝與膝相接。猶促膝。形容坐得很近。⓫譏評　譏議評論；譏諷批評。⓬商較　研究比較。⓭愔愔　幽深貌。⓮歸　本；宗旨。⓯義　通「議」。⓰不可　缺點；過錯。⓱盍　何不。

【語　譯】如果某個人行為雖與一般人不一樣，性情卻是相同，君子是可以讚許他的進步的。令縱在僧人中比較優秀突出，又擅長寫作。周遊徜徉，足跡遍於天下，封疆大臣，文武傑出之士，令縱沒有不主動帶著所作詩文，去投到他們的門下的。他們有崇高的言行、美好的道德，建立了功勳，樹立了事業，令縱就寫作詩文為他們歌頌，詩文典雅而不諂諛，藻麗而不浮華，恐怕有中古遺留的風致吧。他趁此機會表示親密，移近座席，膝蓋相接，譏諷評論文章，研究比較人士，語言滔滔，沒有窮盡，意義深刻，不離宗旨，我於是忘記令縱是個僧人了。

他的到來就像白雲之停駐，他的離去就如清風之休止。正在歡聚，他已提出告辭，他雖議論，卻不提出要求，我看不出令縱有什麼缺點。既然如此，何不賦詩來敘述他的西行呢？

新譯人物志　吳家駒注譯
新譯張載文選　張金泉注譯
新譯近思錄　張京華注譯
新譯傳習錄　李生龍注譯
新譯呻吟語摘　鄧子勉注譯
新譯明夷待訪錄　李廣柏注譯

【文學類】

新譯詩經讀本　滕志賢注譯
新譯楚辭讀本　林家驪注譯
新譯楚辭讀本　傅錫壬注譯
新譯文心雕龍　羅立乾注譯
新譯六朝文絜　蔣遠橋注譯
新譯世說新語　劉正浩等注譯
新譯昭明文選　周啟成等注譯
新譯古文觀止　謝冰瑩等注譯
新譯古文辭類纂　黃　鈞等注譯
新譯樂府詩選　溫洪隆注譯
新譯古詩源　馮保善注譯
新譯千家詩　邱燮友等注譯
新譯詩品讀本　成　林等注譯
新譯花間集　朱恒夫注譯
新譯南唐詞　劉慶雲注譯

新譯絕妙好詞　聶安福注譯
新譯唐詩三百首　邱燮友注譯
新譯宋詩三百首　陶文鵬注譯
新譯宋詞三百首　汪　中注譯
新譯宋詞三百首　劉慶雲注譯
新譯元曲三百首　賴橋本等注譯
新譯明詩三百首　趙伯陶注譯
新譯清詩三百首　王英志注譯
新譯清詞三百首　陳水雲等注譯
新譯唐人絕句選　卞孝萱等注譯
新譯唐才子傳　戴揚本注譯
新譯拾遺記　石　磊注譯
新譯搜神記　黃　鈞注譯
新譯唐傳奇選　束　忱等注譯
新譯宋傳奇小說選　束　忱注譯
新譯明傳奇小說選　陳美林等注譯
新譯容齋隨筆選　朱永嘉等注譯
新譯明散文選　周明初注譯
新譯明清小品文選　鄭　婷注譯
新譯人間詞話　馬自毅注譯
新譯白香詞譜　劉慶雲注譯
新譯幽夢影　馮保善注譯
新譯菜根譚　吳家駒注譯

新譯小窗幽記　馬美信注譯
新譯圍爐夜話　馬美信注譯
新譯郁離子　吳家駒注譯
新譯歷代寓言選　黃瑞雲注譯
新譯賈長沙集　林家驪注譯
新譯揚子雲集　葉幼明注譯
新譯曹子建集　曹海東注譯
新譯建安七子詩文集　韓格平注譯
新譯阮籍詩文集　林家驪注譯
新譯嵇中散集　崔富章注譯
新譯陸機詩文集　王德華注譯
新譯陶淵明集　溫洪隆注譯
新譯江淹集　羅立乾等注譯
新譯庾信詩文選　歸　青注譯
新譯初唐四傑詩集　李福標注譯
新譯駱賓王文集　黃清泉注譯
新譯王維詩文集　陳鐵民注譯
新譯孟浩然詩集　楊　軍注譯
新譯李白詩全集　郁賢皓注譯
新譯李白文集　郁賢皓注譯
新譯杜甫詩選　張忠綱等注譯
新譯杜詩菁華　林繼中注譯
新譯高適岑參詩選　孫欽善等注譯

新譯昌黎先生文集　周啟成等注譯
新譯劉禹錫詩文選　閻　琦注譯
新譯柳宗元文選　卞孝萱等注譯
新譯白居易詩文選　陶　敏等注譯
新譯元稹詩文選　郭自虎注譯
新譯李賀詩集　彭國忠注譯
新譯杜牧詩文集　張松輝注譯
新譯李商隱詩選　朱恒夫等注譯
新譯范文正公選集　王興華等注譯
新譯蘇洵文選　羅立剛注譯
新譯蘇軾文選　滕志賢注譯
新譯蘇軾詞選　鄧子勉注譯
新譯蘇轍文選　朱　剛注譯
新譯曾鞏文選　高克勤注譯
新譯王安石文選　沈松勤注譯
新譯唐宋八大家文選　鄧子勉注譯
新譯柳永詞集　侯孝瓊注譯
新譯李清照集　姜漢椿等注譯
新譯陸游詩文集　韓立平注譯
新譯辛棄疾詞選　聶安福注譯
新譯歸有光文選　鄔國平注譯
新譯唐順之詩文選　馬美信注譯
新譯徐渭詩文選　周　群等注譯
新譯薑齋文集　平慧善注譯
新譯顧亭林文集　劉九洲注譯
新譯納蘭性德詞　馮　乾注譯
新譯方苞文選　鄔國平等注譯
新譯鄭板橋集　朱崇才注譯
新譯袁枚詩文選　王英志注譯
新譯李慈銘詩文選　潘靜如注譯
新譯聊齋誌異選　任篤行等注譯
新譯閱微草堂筆記　嚴文儒注譯
新譯浮生六記　馬美信注譯
新譯弘一大師詩詞全編　徐正綸編著

歷史類

新譯史記　韓兆琦注譯
新譯漢書　吳榮曾等注譯
新譯後漢書　魏連科等注譯
新譯三國志　吳樹平等注譯
新譯資治通鑑　張大可等注譯
新譯史記—名篇精選　韓兆琦注譯
新譯尚書讀本　吳　璵注譯
新譯尚書讀本　郭建勳注譯
新譯周禮讀本　賀友齡注譯
新譯逸周書　牛鴻恩注譯
新譯左傳讀本　郁賢皓等注譯
新譯公羊傳　雪　克注譯
新譯穀梁傳　顧寶田注譯
新譯春秋穀梁傳　周　何注譯
新譯戰國策　溫洪隆注譯
新譯國語讀本　易中天注譯
新譯說苑讀本　左松超注譯
新譯說苑讀本　羅少卿注譯
新譯新序讀本　葉幼明注譯
新譯吳越春秋　黃仁生注譯
新譯西京雜記　曹海東注譯
新譯列女傳　黃清泉注譯
新譯越絕書　劉建國注譯
新譯燕丹子　曹海東注譯
新譯東萊博議　李振興等注譯
新譯唐六典　朱永嘉等注譯
新譯唐摭言　姜漢椿注譯

宗教類

新譯金剛經　徐興無注譯
新譯高僧傳　朱恒夫等注譯
新譯碧巖集　吳　平注譯
新譯百喻經　顧寶田注譯

新譯楞嚴經　賴永海等注譯
新譯梵網經　王建光注譯
新譯圓覺經　商海鋒注譯
新譯法句經　劉學軍注譯
新譯六祖壇經　李中華注譯
新譯禪林寶訓　李中華注譯
新譯維摩詰經　陳引馳等注譯
新譯經律異相　顏洽茂注譯
新譯阿彌陀經　蘇樹華注譯
新譯無量壽經　邱高興注譯
新譯無量壽經　蘇樹華注譯
新譯妙法蓮華經　張松輝注譯
新譯景德傳燈錄　顧宏義注譯
新譯大乘起信論　韓廷傑注譯
新譯釋禪波羅蜜　蘇樹華注譯
新譯八識規矩頌　倪梁康注譯
新譯永嘉大師證道歌　蔣九愚注譯
新譯華嚴經入法界品　楊維中注譯
新譯地藏菩薩本願經　李承貴注譯
新譯悟真篇　劉國樑等注譯
新譯无能子　張松輝注譯
新譯坐忘論　張松輝注譯
新譯列仙傳　張金嶺注譯

新譯抱朴子　李中華注譯
新譯神仙傳　周啟成注譯
新譯性命圭旨　傅鳳英注譯
新譯老子想爾注　顧寶田等注譯
新譯周易參同契　劉國樑注譯
新譯道門觀心經　王　卡注譯
新譯養性延命錄　曾召南注譯
新譯樂育堂語錄　戈國龍注譯
新譯冲虛至德真經　張松輝注譯
新譯長春真人西遊記　顧寶田等注譯
新譯黃庭經・陰符經　劉連朋等注譯

軍事類

新譯司馬法　王雲路注譯
新譯尉繚子　張金泉注譯
新譯三略讀本　傅　傑注譯
新譯六韜讀本　鄔錫非注譯
新譯吳子讀本　王雲路注譯
新譯孫子讀本　吳仁傑注譯
新譯李衛公問對　鄔錫非注譯

教育類

新譯爾雅讀本　陳建初等注譯
新譯顏氏家訓　李振興等注譯
新譯聰訓齋語　馮保善注譯
新譯曾文正公家書　湯孝純注譯
新譯三字經　黃沛榮注譯
新譯百家姓　馬自毅等注譯
新譯幼學瓊林　馬自毅注譯
新譯增廣賢文・千字文　馬自毅注譯
新譯格言聯璧　馬自毅注譯

政事類

新譯商君書　貝遠辰注譯
新譯鹽鐵論　盧烈紅注譯
新譯貞觀政要　許道勳注譯

地志類

新譯山海經　楊錫彭注譯
新譯水經注　陳橋驛等注譯
新譯佛國記　楊維中注譯
新譯大唐西域記　陳　飛等注譯
新譯洛陽伽藍記　劉九洲注譯
新譯徐霞客遊記　黃　珅注譯
新譯東京夢華錄　嚴文儒注譯

◎新譯蘇軾文選

滕志賢／注譯

蘇軾集文學家、藝術家、思想家、政治家於一身，被譽為天下奇才。在文學創作上，他的文章代表了宋代散文的最高成就，比他的詩詞享有更高的聲譽。其一生經歷曲折，迭宕起伏，散文則是他心路歷程的忠實記錄。本書精選蘇文八十二篇加以注釋評析，內容兼及作者各個人生階段，且包含各種文體，俾讀者窺知蘇軾一生生活思想的變化，領略其在不同文體所展示之風采。

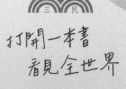

國家圖書館出版品預行編目資料

新譯昌黎先生文集／周啟成,周維德注譯;陳滿銘,黃俊郎校閱.——二版四刷.——臺北市：三民，2023
面；　公分.——（古籍今注新譯叢書）

ISBN 978-957-14-5467-2（上冊：平裝）
ISBN 978-957-14-5468-9（下冊：平裝）

844.17　　100004313

古籍今注新譯叢書

新譯昌黎先生文集(上)

注譯者　周啟成　周維德
校閱者　陳滿銘　黃俊郎

發行人　劉振強
出版者　三民書局股份有限公司
地　址　臺北市復興北路386號(復北門市)
　　　　臺北市重慶南路一段61號(重南門市)
電　話　(02)25006600
網　址　三民網路書店 https://www.sanmin.com.tw

出版日期　初版一刷 1994年4月
　　　　　二版一刷 2011年4月
　　　　　二版四刷 2023年9月
書籍編號　S031590
ISBN　978-957-14-5467-2